D

Christian David

Mädchenauge

Roman

Deuticke

1 2 3 4 5 17 16 15 14 13

ISBN 978-3-552-06208-5

Satz: Eva Kaltenbrunner-Dorfinger, Wien
Druck und Bindung: CPI – Ebner & Spiegel, Ulm
Printed in Germany

FSC
www.fsc.org
MIX
Papier aus verantwortungsvollen Quellen
FSC® C006701

Gerade die Betonung des Gebotes: Du sollst nicht töten, macht uns sicher, daß wir von einer unendlich langen Generationsreihe von Mördern abstammen, denen die Mordlust, wie vielleicht noch uns selbst, im Blute lag.

Sigmund Freud, *Zeitgemäßes über Krieg und Tod*

Es gab einen Sommer, da kam die große Angst nach Wien. Einer Seuche gleich hielt sie Einzug in die Stadt, zunächst nahezu unbemerkt, dadurch umso heimtückischer.

Die Menschen vergaßen auf ihre Instinkte und taten, was sie schon immer angesichts schwer einzuschätzender Gefahren getan hatten. Sie gaben vor, sich nicht beirren zu lassen, frönten weiter ihrem gewohnten Leben und schienen sich an die veränderte Atmosphäre gewöhnt zu haben. Erst allmählich gestanden sie sich ein, dass unter ihnen einer war, der seiner Mitwelt Böses zufügen wollte, einer, der das Kainsmal trug.

Da erkannten sie, dass sie den Albtraum nicht mehr im Schlaf zurücklassen konnten, sondern mit ihm und in ihm leben mussten. Sie versuchten, sich nichts ansehen zu lassen, sie tarnten ihre Gefühle. Doch jegliche Sicherheit war ihnen abhandengekommen, was ihre Verwundbarkeit nur weiter steigerte. Die Angst konnte in sie eindringen wie Gift in verletzte Haut.

Es mehrten sich die Fragen, wer dieser Mörder sei, was er mit seinem Tun überhaupt bezwecke und wie man seinem unbarmherzigen Zugriff entrinnen könne. Weil sinnvolle Antworten ausblieben und die Vernunft keinen Schlüssel mehr zum Verständnis der Realität bereitstellte, verpuppten sich die Menschen in einem Kokon der Furcht wie Raupen, die inständig hofften, dereinst als Schmetterlinge schöner und stärker denn zuvor eine neue Existenz zu finden.

Von diesem Sommer und der Angst, die ihn regierte, soll hier Zeugnis abgelegt werden.

Samstag, 12. Juni

I

Das Wissen, zweimal ungestört gemordet zu haben, bestärkte ihn in seinem Glauben, ein Auserwählter zu sein. Zuversicht, Selbstvertrauen und Hass erfüllten ihn.

Mitten im dicht verbauten Häusermeer von Wien lebte ein Mensch, der ganz anders empfand als seine Nachbarn.

Aufrecht stand er an diesem Abend in seinem hell erleuchteten Schlafzimmer. Durch die herabgelassenen Rollbalken waren die Fenster nach außen abgedichtet. Vor einem großen Spiegel posierend und komplett in Schwarz gekleidet, unterzog er sein Kostüm einer letzten Kontrolle. Der von der hohen Decke hängende Luster spendete reichlich Licht. Und damit seiner Aufmerksamkeit wirklich nichts entging, war der scharfe Strahl einer Stehlampe zusätzlich auf ihn gerichtet.

Es ist gerecht, jene zur Verantwortung zu ziehen, die gesündigt haben.

Er war sich selbst der beste Freund. Bei sich musste er das Spiel der Masken und der permanenten Verstellung nicht mitmachen, dem er sonst unterworfen war.

Zur Gerechtigkeit gehört die Strafe. Durch sie wird die verletzte Ordnung wieder geheilt.

Was er sah, gefiel ihm. Jacke, Hose und Stiefel waren aus schwarzem, matt glänzendem Leder gefertigt, das seiner Erscheinung die angemessene Härte verlieh.

Ich fälle das gerechte Urteil und vollstrecke es.

Er stülpte den schwarzen Helm über seinen Kopf und schob das getönte Visier nach unten.

Die Verführung durch die Schlange bewirkte die erste Sünde. Ihretwegen mussten Adam und Eva den Garten Eden verlassen.

Aus dem Futteral zog er liebevoll das stählern schimmernde Militärmesser und strich mit der Fingerkuppe vorsichtig über dessen Klinge.

Zum Schlechten zu verführen ist schlimmer als lediglich Böses zu tun. Verführung ist die Methode des gefallenen Engels. Man muss sie bekämpfen und auslöschen.

Die Waffe war gewählt, die Mission stand fest. In dieser Welt oblag es ihm, Richter und Vollstrecker zu sein. Davon war er überzeugt.

Er verstaute das Messer im Futteral, steckte es zusammen mit dem Klebeband in eine Jackentasche und löschte die Lichter. Mit dem Gefühl aufkeimender Vorfreude stürmte er die geschwungene Treppe hinab.

Als er ins Freie trat, umfing ihn die paradiesische Wärme des Sommerabends. Er atmete tief ein und fühlte, wie die Erregung in ihm wuchs. In Gedanken flog er seinem Ziel entgegen. Er konnte es kaum noch erwarten.

*

Wild und unberechenbar strömte die Donau einst durch Wien. Bis man sie zähmte und in ein auf dem Reißbrett gezogenes Flussbett zwängte.

Als schämte man sich für diesen Akt der Domestizierung, verbannte man den Fluss in den Norden von Wien. Breit und belanglos ließ man die Donau dort vor sich hin fließen. Weder prunkvolle Uferpromenaden noch spektakuläre Brücken waren ihr vergönnt, bloß Zweckarchitektur wurde geduldet. Doch schien man einen letzten Rest der alten Herrlichkeit bewahren zu wollen und schuf den Donaukanal, der beinahe mitten durch Wien verlaufen durfte. Nie wurde er, wie die Seine in Paris oder die Moldau in Prag, elementarer Bestandteil der urbanen Landschaft. Der Donaukanal verkam zur bloßen Schneise, zum langweiligen Störenfried, den man zur Strafe dafür, dass er an üppigere Zeiten gemahnte, zwischen graue Betonwände pferchte. Zusätzlich eskortierte man den Fluss mit mehrspurigen Durchzugsstraßen, um trotzige Flanierversuche abzuwürgen.

Erst spätere Generationen entdeckten den Freiraum, den der Kanal bot. Anfangs rückten sie mit ihren Skateboards an, später, inzwischen älter geworden, mit Hunden oder Kindern. Die Gastronomen folgten, eröffneten Lokale und inszenierten im Sommer eine mediterrane Strandatmosphäre an beiden Ufern. Die Gegend gewann eine Verspieltheit zurück, die man ihr einst mit allen Mitteln hatte austreiben wollen.

In diesem Jahr, das bald im Zeichen der Frauenmorde stehen sollte, hatten die Wiener eine nicht enden wollende Periode heftiger Unwetter und eisiger Temperaturen durchleiden müssen. Erst vor vier Wochen war die Hitze über die Stadt gekommen, seitdem konnte wieder unter freiem Himmel gegessen, getrunken und geflirtet werden. Was nun auch eifrig getan wurde, so als gelte es, die verlorene Zeit aufzuholen.

Unmittelbar am Kanal, nahe der alten Urania-Sternwarte, war eine großzügig dimensionierte Bar errichtet worden. Es gab eigens importierten Meeressand, auf dem elegante Liegestühle und italienische Sonnenschirme gruppiert waren. Jung, schön und zahlungskräftig sollten die Gäste sein, die sich hier niederließen. Den ihnen angemessenen Soundtrack lieferten DJs bis spät in die Nacht, wenn die Lichter der Stadt milder wurden und die Sterne am Himmel zu erkennen waren.

Gegen dreiundzwanzig Uhr trafen dort vier Frauen und fünf Männer ein, alle um die zwanzig. Betont leger gekleidet, die Herkunft aus braven Bürgerhäusern konnten die Studenten dennoch nicht verleugnen. Übermütig diskutierten und lachten sie, tranken Bier, Wein oder Cocktails. Ihre Gesichter waren hübsch und glatt, Mimik und Gestik von sorgloser Unbeschwertheit geprägt. Private oder berufliche Kränkungen hatten sie noch nicht gedemütigt.

Eine halbe Stunde nach Mitternacht erhob sich ein Mädchen aus der Runde. Sie habe einen langen Tag vor sich, verkündete Magdalena Karner und schnitt eine missmutige Grimasse.

»Übermorgen habe ich die große Prüfung, genau genommen schon *morgen*«, sagte sie, während sie sich nach ihrer Handtasche bückte. »Ich muss wirklich bis zum letzten Moment lernen, sonst wird es heikel.«

»Das heißt aber jetzt nicht, dass du uns schon verlassen willst,

Lena?«, fragte einer der jungen Männer mit provokantem Unterton und nahm einen Schluck aus seinem Rotweinglas.

»Leider schon«, gab Magdalena zu und lachte kurz auf, als wäre sie bei einer peinlichen Lüge ertappt worden.

Sofort hagelte es Proteste. Die Freunde spielten Empörung und versuchten, sie zum Bleiben zu überreden: »Das ist echt schade, Lena … Nur eine halbe Stunde noch, darauf kommt's garantiert nicht an … Am Tag vor der Prüfung soll man gar nicht mehr lernen, sondern nur chillen … Sicher bist du ohnehin schon perfekt vorbereitet …«

Es half natürlich nichts, aber das wussten die Freunde. Magdalena ließ sich niemals zu etwas bewegen, von dem sie nicht vollkommen überzeugt war. Eine minutenlange Abschiedszeremonie wurde zelebriert, es wurde umarmt und geküsst.

Magdalena stakste durch den Sand davon. Hinter sich hörte sie die Stimmen jener, die diesen Samstagabend weiter genießen konnten. Für einen kurzen Augenblick bedauerte sie den frühen Abschied.

Sie dachte an die verliebten Paare, die sie gesehen hatte. Und daran, wie allein sie sich gefühlt hatte, obwohl sie in Gesellschaft gewesen war.

Wie immer in solchen Situationen versuchte Magdalena, sich auf die Realität zu konzentrieren. Auf das Machbare. Ihr Medizinstudium wollte sie zielstrebig absolvieren. So wie sie es geplant und den Eltern versprochen hatte. Ihre Ziele umfassten ein erfolgreiches Studium, eine erfolgreiche Karriere, ein erfolgreiches Leben. *Erfolgreich* war das magische Wort. Es schien ihr von einem Zustand größtmöglicher Erfüllung zu künden, der jedoch erst verdient werden musste. Durch Arbeit und Fleiß.

Diese moralische Komponente gefiel ihr. Die Vorstellung, einem Menschen könnte das Glück in den Schoß fallen, verachtete sie. Alles im Leben müsse angestrebt und unter Mühen erworben werden, gegen jegliche Widerstände. Davon war Magdalena überzeugt. Ausschließlich das auf diese Art Erreichte hielt sie für wertvoll.

Um den Grund für ihre Haltung zu erkennen, hätte sie in die eigene Vergangenheit zurückkehren müssen. Bis zum schmerzlichsten, dunkelsten Punkt, der ihr Vertrauen in die Mitmenschen und eine von guten Geistern bestimmte Welt unrettbar ruiniert hatte.

Magdalena kletterte die enge Treppe hinauf und nahm den direkten Weg entlang der vielbefahrenen Straße oberhalb des Donaukanals. Einer jener für Wien typischen leichten Winde wehte durch ihre lockigen braunen Haare und ließ ihr blaues Sommerkleid flattern. Autos brausten an ihr vorbei, und sie erschrak, als plötzlich wild gehupt wurde und hämmernde Beats vorbeidröhnten. Der Lärm stammte von einer weißen Stretchlimousine, aus deren Dachfenster zwei dünne, blonde Mädchen hingen. Zu lauter und billiger Musik warben sie mit rudernden Armen für einen neu eröffneten Strip-Club.

Kein Grund zur Beunruhigung. Alles entsprach jenem Idealbild des fröhlichen, harmlosen und sicheren Wien, wie es seit Wochen von der Vizebürgermeisterin Marina Lohner propagiert wurde. Keine Gauner, Diebe oder Vandalen waren hier unterwegs, sondern durch die Nacht Wandernde, die dem nächsten Lokal oder der nächsten Party entgegenstrebten.

Eine Viertelstunde später querte Magdalena eine hektische Kreuzung. Wenige Schritte später erreichte sie den plump proportionierten Betonkoloss mit den vielen Balkonen, der von schamlosen Architekten in eine Lücke zwischen raffiniert geschmückte Altbauten geklotzt worden war. Wo der erste Bezirk abrupt endete und den Durchzugsstraßen Platz machte, hatten Magdalenas Eltern eine Garconniere für sie gemietet, als sie von Salzburg nach Wien übersiedelte. Anfangs bloß als Provisorium gedacht, hatte sich diese Lösung bald als ideal erwiesen. Einen Umzug in eine Wohngemeinschaft mit Studienkollegen hatte die pflichtbewusste Tochter deshalb nie ernsthaft erwogen. Sie besaß ihre eigene kleine Welt in der fremden Großstadt.

Einige Meter vom Hauseingang entfernt tastete sie in ihrer Handtasche nach dem Schlüsselbund. Das Tor war matt verglast, Licht drang nach draußen. Jemand musste die Beleuchtung im Treppenhaus eingeschaltet haben.

Magdalena war froh darüber. Zwar gefiel es ihr, so zentral zu wohnen. In der historischen Stadtmitte, mit all den alten Plätzen und Parks, den vielen Einkaufsmöglichkeiten, Theatern und Kaffeehäusern. Nur die Anonymität dieses Betongebäudes, dessen seelenlose und verwinkelte Korridore jegliche Hinweise auf die Existenz anderer Mieter schluckten, verstörte Magdalena gelegentlich.

Durch einen schmalen Flur ging sie zum Aufzug. Offenbar war zuletzt jemand genau in ihr Stockwerk gefahren. Nach kurzer Wartezeit stieg sie in die Kabine und drückte auf die entsprechende Taste. Mit lautem Getöse rumpelte der in die Jahre gekommene Lift hinauf in die fünfte Etage.

Als Magdalena aus dem Aufzug trat, wurde es schlagartig dunkel. Vorsichtig tastete sie sich bis zum Schalter, dessen matt leuchtendes Zentrum in der Dunkelheit nur schwer zu erkennen war. Grell flammten die Leuchtstofflampen wieder auf. Zugleich hörte sie ein dumpfes, wetzendes Geräusch. In der Annahme, dies sei die Aufzugstür gewesen, ignorierte sie es und wandte sich nach links.

Es waren noch sechs Meter bis zu ihrer Wohnungstür. Den passenden Schlüssel hielt sie fest in der Hand. Erneut vernahm sie das dumpfe Geräusch, ohne es exakt lokalisieren zu können.

Das müsse wohl, vermutete Magdalena, die Person sein, die vor ihr das Haus betreten hatte. Sie steckte den Schlüssel ins Schloss. In diesem Moment empfand sie instinktiv das Bedürfnis, noch einmal in Richtung Aufzug zu schauen. Im Gegenlicht der Deckenbeleuchtung sah sie eine schwarze Gestalt, die sich als Silhouette wie ein Schattenriss vom schmutzigen Weiß der Wände abhob.

Die Gestalt war groß und verharrte reglos in ihrer Position, wie eine Schaufensterpuppe. Ein überraschend langer, spitz auslaufender Arm stand auf seltsame Weise vom Körper ab.

Magdalena überlegte, ob es sich um jemanden handelte, den sie kannte. Der Arm zog sie in seinen Bann. Ihre Augen richteten sich vor allem auf die spitze Hand. Ihr Blick wanderte zum Kopf, dessen Ausmaß sie erstaunte. Bis sie den Motorradhelm identifizierte. Auch die Hand verlor ihren Zauber. Ein großes und langes Messer war es, das sie so spitz wirken ließ.

Die Gestalt löste sich aus ihrer Starre. Wie in Zeitlupe bewegte sie sich vorwärts, die Körperhaltung blieb unverändert. In diesem Moment verstand Magdalena, was hier vorging.

Die Angst, die sie mit einem Mal erfasste, fror sie regelrecht ein. Magdalena wollte den Schlüssel im Schloss umdrehen, um in die rettende Wohnung zu flüchten, aber das gelang ihr nicht. Wie gelähmt war sie, obwohl sie ihren Gliedmaßen intensiv befahl, zu funktionieren. Sie öffnete ihren Mund, um zu schreien, doch aus ihrer Kehle drang nur ein dumpfes Krächzen, als hätte sich plötzlich alles in ihr versteinert. So stand sie da, während die in schwarzes Leder gekleidete Gestalt näher kam.

Magdalena wurde mit dem Rücken gegen die Wohnungstür gepresst. Die Hand mit dem Messer fuhr auf sie ein. Und gleich noch einmal.

Den Schmerz bemerkte Magdalena nicht sofort. Doch sie spürte das warme Blut, das aus ihrem Oberkörper strömte. Eine große, geradezu siedende Hitze erfüllte sie. Sie blickte auf den Motorradhelm und sah sich selbst in dessen Visier gespiegelt. Ihre panische Starre machte einer Art Krampf Platz. Die Hand der schwarzen Figur hob sich und stach erneut zu.

Magdalenas Gedanken rasten. Zugleich versuchte sie, Haltung zu bewahren. Sie wollte nicht nachgeben. Nicht schwach sein. Nicht zum Opfer werden. Nicht schon wieder.

Obgleich sie sich mit allen Kräften bemühte, schaffte sie es nicht, aufrecht stehen zu bleiben. Weitere Stiche trafen ihren Oberkörper, das Blut floss aus den Wunden und wurde von ihrem blauen Kleid aufgesaugt.

Schließlich krümmte sie sich nach unten. Ihre Beine gaben nach.

Plötzlich begriff Magdalena Karner, warum sie sterben sollte. Und sie versuchte, die Wahrheit in die Welt hinauszubrüllen, um alle wissen zu lassen, was da einst gewesen und was nun war. Dass sie an jenen dunkelsten Punkt ihres Lebens zurückkatapultiert worden war, den sie für immer hinter sich gewähnt hatte.

*

Die Männer taxierten die schlanke blonde Frau. Sie starrten sie an, verfolgten sie mit Blicken. Ganz unverhohlen, frech und aufdringlich.

Bei ihrer Ankunft am Flughafen Wien trug Lily Horn einen faltigen grauen Kapuzensweater, dazu schmutzigblaue Jeans und fleckige Sneakers, die vor Jahren einmal froschgrün gewesen sein mussten. Ihre Augen waren klein vor Erschöpfung, das Gesicht und die Lippen wirkten blass, geradezu farblos. Die knapp schulterlangen Haare hatte sie zu einem unordentlichen Schwanz gebunden, der eigenwillig vom Kopf abstand. Keine oberflächlichen Effekte erregten das Interesse der gaffenden Männer, sondern die fließenden Bewegungen der jungen Frau, ihr federnder Gang, der selbstbewusst gereckte Hals, die entschlossene und abweisende Miene.

Am Rooseveltplatz, im neunten Bezirk, stieg Lily Horn aus dem Taxi. Ihr fiel auf, dass der Medikamentencocktail seine Wirkung noch nicht ganz eingebüßt hatte. Gehen konnte sie problemlos, auch die Fähigkeit, klar zu denken, war ihr nicht abhandengekommen. Aber ihre Emotionen befanden sich unter einer dichten, dämmenden Schicht. Sie empfand nahezu nichts, nur Ruhe und Gelassenheit. Angst oder Anspannung schienen nicht zu existieren.

Niemals hätte Lily die Reise ohne die Medikamente überstanden. Eine befreundete Ärztin, die selbst unter heftiger Flugangst litt, hatte ihr vor einigen Jahren das Rezept für den Cocktail aus diversen Psychopharmaka gegeben. In ihrer Kindheit hatte Lily das Fliegen noch als mondänes, erregendes Abenteuer empfunden. Mit dem Einsetzen der Pubertät war sie von einem Gefühl ohnmächtigen Ausgeliefertseins erfasst worden, sobald die massiv einsetzende Schubkraft der beim Start aufheulenden Triebwerke die Passagiere in die Sitze presste. Nun, fünfzehn Jahre später und mit fast dreißig, genügte bereits der Gedanke an eine bevorstehende Reise mit einem Flugzeug und dessen enge, ausweglose Kabine, um Lily unruhig werden zu lassen.

Mit der emotionalen Betäubung konnte Lily leben. Zumal in diesem Moment, als sie vor dem großbürgerlichen, aus dem späten 19. Jahrhundert stammenden Wohnhaus mit seiner eleganten Stuckfassade stand. Sie mochte sich nicht ausmalen, was sie in komplett klarem und nüchternem Zustand gefühlt hätte.

Vor sechs Monaten und voller Hoffnungen hatte sie von hier aus die Reise nach New York angetreten. Beruflich hatte sich der Aufenthalt als Gewinn entpuppt, er hatte ihr einen Einblick in die Methoden der New Yorker Staatsanwälte verschafft. In privater Hinsicht war sie gescheitert. Weder einen Neuanfang noch ein Auseinandergehen in Freundschaft hatte sie bewerkstelligen können. Der Bruch und die nachfolgende Entfremdung hatten sich als unüberbrückbar erwiesen.

Vermutlich hätte sie sich nun als Verliererin gefühlt. Mehr noch als doppelt Gescheiterte. Ihr ursprüngliches Ziel war gewesen, nie mehr nach Wien zurückzukehren, allenfalls zu einem Besuch bei Freunden und für ein paar nostalgische Momente. Aber sie befand sich wieder hier und fast nichts hatte sich geändert. Was eine gute Basis für Enttäuschung, Einsamkeit und Verzweiflung gewesen wäre.

Nur verspürte Lily nichts dergleichen. Bereits die Ankunft am Flughafen hatte sie unberührt gelassen. Lediglich die warmen Temperaturen vor der Ankunftshalle hatte Lily mit einem Anflug von Erstaunen zur Kenntnis genommen und sich eilig ins klimatisierte Taxi geflüchtet.

Gelangweilt hatte sie während der halbstündigen Fahrt in die Stadtmitte vom Taxi aus das Riesenrad im Prater und den strahlend hell beleuchteten Turm des Stephansdoms registriert. Und als der Wagen angehalten hatte, war nicht der kleinste Hauch von Wiedersehensfreude in Lily aufgekommen.

Dabei war dies der einzige Ort auf der Welt, den sie als ihr Zuhause bezeichnet hätte. Am Rooseveltplatz war sie aufgewachsen, war vom Kind zur Jugendlichen und später zur jungen Erwachsenen gereift. Hier hatte sie zwischen den Sphären des Tags und der Nacht zu unterscheiden gelernt und begriffen, diese nicht zu vermischen oder gar zu verwechseln. Der Rooseveltplatz hatte sie gelehrt, dass es im Leben zwar ein gut sichtbares Grundgerüst gab, darüber hinaus jedoch immer noch eine andere, unbekannte, zur Entdeckung einladende Seite. Und keine dieser Seiten durfte auftrumpfen, denn sie bedingten einander. So war der Rooseveltplatz gebaut, der zu drei Vierteln von zutiefst bourgeoisen, zugleich niemals auftrumpfenden oder übertrieben pompösen Gebäuden des späten 19. Jahrhunderts gebildet wurde. Die vierte Seite jedoch war offen, sodass der Platz ausflutete in das Grün des Sigmund-Freud-Parks, aus dem sich die filigrane neugotische Architektur der Votivkirche erhob, ohne im Geringsten bollwerkartig zu wirken.

Für Lily war der Rooseveltplatz ein mit unzähligen Erinnerungen besetzter, geradezu magischer Ort, dessen Ästhetik die Phantasie eines Filmausstatters ersonnen haben könnte. Bei Tag erschien er seltsam verlassen und vernachlässigt, fast schon gemieden, was nur daran lag, dass hier kein Platz für Restaurants oder Geschäfte vorgesehen war. Des Nachts schließlich sank der Platz in einen tiefen Schlaf, um mit jenen, deren Sensibilität ausreichend entwickelt war, von all dem zu träumen, was sich hier zugetragen hatte.

So erging es Lily, als sie sich umwandte und den Blick panoramaartig über den Rooseveltplatz und den angrenzenden Park schweifen ließ. Gleich den aufblitzenden Bildern eines rasant abgespulten Films zuckten Erinnerungsfetzen durch ihren Kopf. Da waren die verschämten Gespräche mit einstigen Verehrern, erste Küsse und Umarmungen unter Bäumen oder im Schutz dunkler Hauseingänge. Die Parkbank, auf der sie mit Freundinnen ihren ersten Joint geraucht hatte. Und lebhaft entsann sie sich einer gefährlich schwankenden nächtlichen Heimkehr, erschwert und himmlisch erleichtert zugleich von zu viel Rotwein. Fünfzehn war sie gewesen und sehr froh über die nächtliche Leblosigkeit dieses Platzes, von dem sie, barfuß und die drückenden Schuhe in der Hand haltend, empfangen worden war wie von einem verständnisvollen Vater, der seiner Tochter in peinlichen Augenblicken keine unnötigen Fragen zumuten wollte.

Dem Taxifahrer spendierte Lily ein großzügiges Trinkgeld. Er transportierte die Koffer bis zum Hauseingang, stellte sie ab und streckte ihr unvermittelt eine mehrfach zusammengefaltete Zeitung entgegen.

»Die hab ich schon gelesen«, sagte er mit einem undefinierbaren slawischen Akzent.

Während der gesamten Fahrt war er schweigsam gewesen. Lily lächelte und nahm die Zeitung an sich. Der Fahrer lächelte zurück, wünschte ihr eine gute Nacht und setzte sich in seinen Wagen.

Das vertraute Haustor schloss Lily auf, als der Taxilenker seinen Mercedes startete. Mit laufendem Motor blieb er stehen, bis sich das schwere Tor wieder geschlossen hatte.

Sie betrat die schmale, mit dem Prunk einer untergegangenen Zeit ausgestattete Eingangshalle und schleppte das Gepäck über ein paar Stufen zum Aufzug. Zwei Minuten später und im dritten Stock des Hauses angelangt, öffnete sie die dunkelbraun lackierte Doppelflügeltür, die in die Wohnung führte.

Jedes Stockwerk wies zwei solche Türen auf, es lebten nicht viele Menschen in diesem Haus. Gegenüber logierte ein höchstens zwanzigjähriger Student mit rabenschwarzem Haar, der Sohn der eigentlichen Wohnungsbesitzerin. Vor einem Jahr hatte Lily ihm geholfen, als er, lediglich mit weiß-blau gestreiften Boxershorts bekleidet und ziemlich bekifft, frühmorgens bei ihr angeläutet hatte. Treuherzig hatte er behauptet, unversehens und ohne Schlüssel im Treppenhaus aufgewacht zu sein. Zwei Tage später hatte ihr der Student einen großen Strauß roter Rosen vor die Tür gelegt und eine romantische, mit schwarzer Tinte gemalte Danksagung beigefügt. Lily hatte nicht darauf reagiert, erstens aus Zeitmangel und zweitens war er nicht ihr Typ. Was ihn seitdem nicht davon abhielt, sie betont verschmitzt zu grüßen.

Nun war sie also in Wien und in ihrem Heim. Das war ihr Zuhause, ihre Zuflucht. Kein anderer Ort auf der Welt.

Eine Viertelstunde später lag sie entspannt ausgestreckt auf dem alten Ledersofa im karg möblierten Wohnzimmer. Eine auf die niedrigste Stufe gedimmte Stehlampe spendete mildes Licht. Ihr Handy hatte Lily an die B & O-Anlage angeschlossen, *Glory Box* von Portishead schallte durch die gesamte Wohnung. *Give me a reason to love you. Give me reason to be a woman.*

Lily hörte zu, empfand den Text als extrem passend und war überzeugt, dass nun andere, bessere Zeiten bevorstünden. Jemand sollte kommen, dem man solche Worte sagen konnte.

Fast überfallsartig war Lily von einer angenehmen Erschöpfung erfüllt worden. Darum hatte sie bloß das Allernötigste getan. Sie hatte den Strom angedreht, die Koffer geöffnet und zum Teil ausgeräumt, kurz geduscht, sich in einen alten Pyjama geworfen und sich ein Glas von dem Grünen Veltliner eingeschenkt, der leicht verstaubt in der Küche herumstand. Der Weißwein sollte die letzten widerspenstigen Gedanken bändigen, die durch ihr Gehirn geisterten. Zuvor hatte sie die Fenster zum Rooseveltplatz aufgerissen, frische Luft war hereingeströmt, Lily hatte den Wind vernommen, der die Blätter der Bäume zum Rascheln brachte, und aus der Ferne hatte sich ganz leise das Rauschen des Autoverkehrs gemeldet.

An ihrem Weinglas nippend blätterte sie unaufmerksam die Zeitung des Taxilenkers durch, die jüngste Ausgabe des Boulevardblatts *Clip24*. Lilys Müdigkeit setzte jeglicher Widerstandskraft zu. Nur deshalb schmiss sie die mit bunten Bildern und reißerisch formulierten Berichten aufwartende Zeitung nicht sofort weg. Und nur darum blieb ihr Blick an einem Kommentar der Herausgeberin Sasha Bonino hängen: *Täglich frage ich mich: Wann wird Vizebürgermeisterin Marina Lohner endlich gegen die wachsende Kriminalität vorgehen? Sie verspricht uns ständig mehr Sicherheit. Wir Frauen möchten aufatmen können. Und vor allem unsere Kinder. Die Zustände in Wien schreien zum Himmel. Clip24 fordert ultimativ: Ab sofort null Toleranz für Straftäter!*

Laut gähnend wunderte sich Lily, was die Wiener Vizebürgermeisterin mit der Kriminalitätsbekämpfung zu tun haben sollte. Als ob dafür nicht die Polizei zuständig wäre. Offenbar genügten ein paar Monate Abwesenheit von Wien, um das Verständnis für lokale Verhältnisse einzubüßen.

Im nächsten Moment entsann sich Lily eines riesigen Werbeplakats. Als das Taxi vor einer Ampel an einer Kreuzung im zweiten Bezirk hatte anhalten müssen, war es ihr aufgefallen. Das Plakat hatte aus einem Foto der gewohnt elegant gekleideten Vizebürgermeisterin bestanden, die einem uniformierten Polizisten die Hand schüttelte und angestrengt in die Kamera lachte. Daneben hatten fette Lettern verkündet: *Unser Wien. Sicheres Wien.*

Offenbar existierten in Wien Probleme, die mit Marina Lohner und der Kriminalitätsrate zusammenhingen. Sasha Boninos Kommentar war gewiss nicht zufällig mit einem Bild illustriert worden, das die sonst attraktiv wirkende Vizebürgermeisterin mit vergrämter, zerfurchter Miene zeigte. Wobei ein Teil des Problems der Irrglaube Marina Lohners sein mochte, mit Slogans wie *Unser Wien. Sicheres Wien* die sorgfältig geschürte Hysterie aus dem Hause Bonino parieren zu können.

Lily verspürte nicht die geringste Lust, sich weiter damit zu befassen. Jedenfalls nicht jetzt. Missmutig wollte sie *Clip24* gerade in hohem Bogen von sich werfen, doch plötzlich hielt sie inne.

Sie sah etwas durch die Luft flattern. Es war ein Nachtfalter, der, vom Licht angelockt, seinen unerschrockenen Weg in Lilys Wohnung gefunden hatte. Dort taumelte er wie blind herum, krachte gegen die Decke, flog mutig weiter, kollidierte mit einem Schrank, danach mit der Deckenlampe, und ließ sich schließlich ermattet auf einer Zimmerwand nieder. Er hatte alle Widerstände überwunden und war angekommen.

Lily knüllte die Zeitung zusammen. Da kam ihr etwas in den Sinn. Sie wankte in den kleinen Raum neben der Küche. In der Ecke stand der vergammelte Schreibtisch. Lily riss die unterste linke Schublade heraus.

Alles war in Ordnung. Da lag die alte Beretta Cheetah ihres Vaters. Zärtlich berührte Lily die Pistole, als ginge eine besondere Kraft von ihr aus.

Noch sechsunddreißig Stunden waren zu überbrücken, bis Doktor Lily Horn in ihre frühere Rolle als Wiener Staatsanwältin schlüpfen würde. Bis dahin wollte sie Albine treffen, Musik hören und Grünen Veltliner trinken. Und an nichts mehr denken, sondern die Augen schließen, den Moment genießen und das Rauschen der Blätter im sanften Wind hören.

Hinter einem Baum nahe der Votivkirche trat ein dunkel gekleideter Mann eine Zigarette aus und machte sich auf den Weg. Gemächlich, als befände er sich auf einem nächtlichen Spaziergang, begann er in Richtung Universitätsstraße zu schlendern. Dabei kramte er das

Handy aus der Gesäßtasche. Das Fenster im dritten Stock hatte er lange genug beobachtet, um seiner Sache gewiss zu sein.

Die Zielperson war eingetroffen.

Sonntag, 13. Juni

2

Niemand liebte ihn. Ob ihn das störte, wusste keiner zu sagen, und er selbst verlor darüber kein Wort. Seine Mimik und sein Auftreten verbargen, inwieweit es ihm an Zuneigung mangelte und er dieser überhaupt bedurfte.

Er trat aus dem Halbdunkel seines Hauses hinaus ins Freie. Das glitzernde Wasser reflektierte die Sonnenstrahlen und blendete ihn leicht, seine Augen verengten sich.

Nicht irgendein Sonntag war das, sondern der gefürchtete zweite nach dem letzten Mord. Der Täter hatte bisher stets an Samstagen zugeschlagen, exakt vierzehn Tage waren zwischen dem ersten und dem zweiten ermordeten Mädchen verstrichen. Wenn er bei seinem bisherigen Muster geblieben war, musste er in der gestrigen Nacht getötet haben. An beiden Sonntagen war Belonoz morgens durch einen Anruf alarmiert worden.

Er war um die fünfzig und vermittelte kein Bedürfnis nach Nähe. Er kam und ging allein, und wenn er irgendwo erschien, umgab ihn eine unsichtbare, undurchdringliche Mauer, die sofort für Distanz sorgte. Ob jemand sein Privatleben begleitete, war nicht bekannt. Das Auftreten des Major Belonoz war von einer Selbstgewissheit, die manche Fragen gar nicht erst aufkommen ließ. Deshalb fehlten auch die entsprechenden Antworten.

Die Anzüge, die er im Dienst trug, waren so schwarz wie sein Haar, das erst am Hinterkopf wirklich füllig wurde und auf die Krägen seiner weißen, weit offenen Hemden herabfiel. Mit hellblauen, manchmal kalt anmutenden Augen taxierte Major Belonoz die Menschen und verfuhr mit ihnen generell wie ein Verhörspezialist mit schwierigen Verdächtigen. Er konnte überraschend Vertrauen erzeugen und sein Gegenüber zu völliger Offenheit verleiten. Hatte er erreicht, was er benötigte, fiel die Maske falscher Intimität. Ob Belonoz sich immer schon so verhalten hatte? Einige Kollegen mutmaßten, er sei entweder durch den Beruf so geworden oder durch verbitternde Schicksalsschläge. Dass Belonoz Chef der Wiener Mordkommission war, passte zu beiden Möglichkeiten.

Dass manche ihn hinter seinem Rücken als sarkastisch, arrogant oder zynisch schmähten, war ihm zu Ohren gekommen. Sein Verhalten beeinflusste das nicht. Anderer Leute Getuschel interessierte Belonoz keine Sekunde lang.

»Man darf sich nie abhängig machen von dem, was andere denken«, hatte Belonoz seinem Stellvertreter Edi Steffek am Beginn ihrer Zusammenarbeit gesagt. »Unsere Daseinsberechtigung basiert nicht darauf, dass uns die Leute mögen. Also verlieren wir sie auch nicht, wenn uns einige verachten oder hassen.«

Damals, vor rund zwei Jahren, hatte ihn der brave Steffek dermaßen skeptisch angeblickt, dass Belonoz hinzugefügt hatte: »Wer nichts zu verlieren hat, ist nicht schwach, sondern stark. So stark, dass sich die anderen fürchten. Ihre Angst kann dein erster kleiner Sieg in einer großen Schlacht sein. Vergiss das nie.«

Belonoz strahlte eine Unabhängigkeit aus, die all jene Ministerialbeamten und Politiker verwirrte, die den Major gerne an die Kandare genommen hätten. Verstört waren sie, weil sie an ihm etwas bemerkten, das sie von sich selbst nicht oder nicht mehr kannten. Und einsahen, dass einer wie Belonoz auch nicht käuflich war. Beinahe verzweifelt zermarterten sich einige von ihnen regelmäßig die Köpfe, um endlich eine Erklärung dafür zu finden, woher Belonoz seine innere Stärke bezog. War er doch, im Unterschied zu ihnen, nicht durch parteipolitische Manöver zu seinem Posten gelangt und konnte nicht auf die Unterstützung einer politischen Gruppierung bauen. Dass seine Stärke, die ihnen geradezu eine Provokation schien, eben aus seiner Freiheit rührte, begriffen sie nicht. Sie selbst waren längst in ein Netz aus Abhängigkeiten und Freundschaftsdiensten verstrickt und fristeten ihr Dasein als demütig gebrochene Charaktere.

Der private Major Belonoz war unsichtbar. Er verschwand in dem kleinen, abgewohnten Haus an der Alten Donau. Ursprünglich, zu ganz anderen Zeiten, war dies ein reiner Ferienwohnsitz gewesen. Bis sich die Dinge geändert hatten. Eine geliebte Person war gegangen und Belonoz fortan ganzjährig hier anzutreffen gewesen. In den warmen Monaten genoss er die idyllische Lage am Wasser des ehemaligen Donauarms. Dafür war die Tristesse groß, sobald die Tage kalt und grau wurden und das Wasser zufror. Wenn er es nicht länger mit sich und der Einsamkeit aushielt, schwang sich Belonoz in seinen alten MG und glitt zu den Klängen von Patti Smith, den Kinks oder Velvet Underground durch das nächtliche Wien, bis der Morgen graute. Aber davon wusste niemand.

An diesem heißen Nachmittag trug Belonoz ein kirschrotes T-Shirt und eine marineblaue Badehose. Barfuß lehnte er im Türrahmen, vor ihm lag der Garten, dahinter die Alte Donau. Der Himmel war wolkenlos, die Sonne brannte hemmungslos herunter. Gleich wollte sich Belonoz in den Liegestuhl schmeißen und dösen. Später würde das Bio-Huhn aus der Steiermark auf dem Holzkohlegrill gegart und anschließend zusammen mit burgenländischem Rotwein verschlungen werden. So weit reichten die Pläne des Majors. Mittels konkreter Gedanken sollten Störmanöver des Schicksals gebannt werden.

Der Major warf einen Blick auf die silberne Omega an seinem rechten Handgelenk. Es war kurz nach fünfzehn Uhr dreißig.

Er kontrollierte sein Handy. Nichts überhört, niemand hatte ihn zu erreichen versucht.

Belonoz dachte an seine Schulzeit. Damals hatte er in ähnlicher Weise das Vergehen der Zeit beobachtet, während quälend langer Mathematikstunden. Nie mehr wieder waren Minuten und Stunden ähnlich langsam dahingekrochen. Nun war es anders. Es ging darum, dass möglichst nichts geschah und die Zeit schnell verging. Dass der Sonntag einfach nur ereignislos ausklang und ein normaler, langweiliger, sorgloser Montag begann.

Mit zusammengekniffenen Augen schaute Belonoz in den Himmel. Er überlegte, inwieweit das Wetter die Pläne eines Mörders durchkreuzen könnte. Würde nicht, so fragte er sich, die Schönheit dieser Tage jegliche Gedanken an die Tötung anderer Menschen zu verscheuchen imstande sein?

Er ging in das durch Jalousien verdunkelte Hausinnere. Die Uhr ließ er vom Handgelenk gleiten und legte sie zusammen mit dem

Handy auf die Fensterbank. Grob verrieb er Sonnenmilch auf Gesicht und Körper, kehrte mit ein paar weißen Schlieren auf der Haut in den Garten zurück und bahnte sich durch üppig wucherndes Grün den Weg zum Liegestuhl. Er wollte sich in den dunkelgrünen Stoff fallen lassen, als er das Summen hörte.

Die Biene flog etwa einen Meter von ihm entfernt. Erst zögerlich, schließlich entschlossen steuerte sie auf eine Rose zu, um kopfüber in sie einzutauchen. Belonoz beobachtete, wie begeistert sich das Insekt am Nektar ergötzte. Als sie genug gesoffen hatte, krabbelte die vom Genuss berauschte Biene aus der Blüte, um gleich zur nächsten Versuchung zu schweben.

Im Hintergrund hörte Belonoz das Handy klingeln.

»Vergangene Nacht ist eine junge Studentin ermordet worden«, meldete sich ein müder Edi Steffek. »Vor einer Stunde hat man sie gefunden.«

Es war vorbei mit der Unsicherheit und dem Warten.

»Wo?«, fragte Belonoz mit rauher Stimme und räusperte sich.

»In einem großen Mietshaus im ersten Bezirk. Die Tatumstände passen zu den bisherigen Fällen.«

»Wann holst du mich ab?«

»In zwanzig Minuten, schätze ich.«

»Maximal«, sagte Belonoz.

Das Telefon behielt er in der zur Faust geballten Hand, während er im Garten eine Runde drehte und tief Luft holte. Er wollte die Wut, die ihn plötzlich überkommen hatte, wegatmen.

Er wusste, dass die Zeit der Illusionen endgültig vorüber war. Das dritte Opfer binnen vier Wochen würde für Panik sorgen und den Druck auf die Ermittler vervielfachen. Mit Zwischenrufen, Warnungen und Belehrungen würden Politiker, Fernsehmoderatoren, Zeitungskolumnisten, Blogger und andere Besserwisser immer neue Nebenschauplätze eröffnen. Jene, die keine Verantwortung trugen, würden am lautesten plärren.

Wien befand sich unmittelbar vor einem Wahlkampf. In den vergangenen Monaten hatte eine angeblich besorgniserregende Kriminalitätsrate Anlass zu grotesken Polemiken gegeben und war in der politischen Diskussion zum dominierenden Thema avanciert. Ein anonymer, ungehindert mordender Serientäter war das, was noch gefehlt hatte.

Belonoz und seine Teamkollegen würden die Lage ausbaden dürfen. Falls nicht rasch ein Wunder geschah. Wobei einem Mitglied der Mordkommission Wunder so häufig unterkamen wie treue Ehemänner oder arbeitslose Zahnärzte.

Auf die Staatsanwaltschaft war in einer solchen Situation kein Verlass, so viel hatte Belonoz längst begriffen. Es gab nichts zu gewinnen für Ankläger, die nur auf ihre Karriere bedacht waren. Nominell leiteten sie zwar die Ermittlungen, hielten sich jedoch von der mühsamen Alltagsarbeit fern. Mit langwierigen, womöglich ergebnislosen Untersuchungen sollten ihre Namen unter keinen Umständen assoziiert werden. Erst wenn ein Serientäter gefasst war, schalteten sie sich ein. Weil sie die Chance witterten, im Gerichtssaal zu brillieren und vor Kameras zu posieren.

Belonoz stellte sich in die Duschkabine. Das Wasser prasselte auf ihn herab, er seifte sich ein und wusch sich die klebrige Sonnenmilch vom Leib. Er wollte sauber sein, unbefleckt, bereit für das Blut und den Schmutz, mit dem er in den kommenden Stunden konfrontiert sein würde.

Mit einem Badetuch um die Lenden eilte Belonoz in den Garten und setzte sich in die Sonne. Er hatte noch ein paar Minuten und wollte für wenige Momente so tun, als wäre die unschuldige Ruhe nicht gestört worden. Als hätte ihn kein Anruf erreicht.

Endlich gab er sich einen Ruck, der seinen Körper durchfuhr. Seine Muskeln spannten sich und er stand auf. Er streckte sich. Wäre jemand dabei gewesen, hätte er Belonoz zu sich selbst murmeln hören: »Es geht los.«

Er kehrte ins Innere des Hauses zurück und schloss die Tür zum Garten. Dem Kleiderschrank entnahm er einen schwarzen Slip und schwarze Socken, ein frisches weißes Hemd und einen abgewetzten schwarzen Leinenanzug. Belonoz zog sich an, dann holte er aus einer Schublade seines Arbeitstisches den Schulterholster und die Glock 17. Die Waffe war makellos sauber, nach dem Frühstück hatte er sie sorgfältig gereinigt. Um für alle Fälle gewappnet zu sein, auch für solche, die er sich weit weg wünschte.

Als Belonoz die Glock in den Schulterhalfter steckte, fühlte er, dass er im Dienst war. Von nun an war er ein anderer. Einer, der die Gewalt auf seiner Seite hatte.

Der Major trat aus dem Haustor, an dem Oberleutnant Steffek eben geläutet hatte. Das Sakko hatte er um die Schultern hängen, seine Augen wurden von einer Ray-Ban-Sonnenbrille verdeckt. Grußlos ließ sich Belonoz in den Beifahrersitz des schwarzen Alfa Romeo fallen und gurtete sich an. Die Klimaanlage hatte das Wageninnere gut gekühlt.

»Montier das Blaulicht«, sagte er leise, ohne Steffek direkt anzublicken. »Und dann gib Gas.«

Der Oberleutnant nickte, befestigte das Blaulicht auf dem Fahrzeugdach und raste los.

Auf Steffek wirkte Belonoz kalt und apathisch, zugleich angespannt und lauernd. Deshalb zog Steffek es vor, zu schweigen. Er kannte den Grund für Belonoz' Stimmung nicht. Noch in den vergangenen Tagen war der Major von einer seltsam aggressiven Fröhlichkeit gewesen. Steffek wollte ihn nicht provozieren. Minutenlang waren im Alfa nur die Fahrgeräusche zu hören.

Der rasante Fahrstil des Oberleutnants stand im Widerspruch zu dessen Erscheinung. Steffek war ein betont höflich auftretender Enddreißiger mit fortgeschrittener Glatzenbildung. Meist in Anzug und Krawatte, erinnerte er an einen biederen, milchgesichtigen Bankbeamten. Angesichts der Hitze hatte er diesmal immerhin den Schlips weggelassen.

Steffek lenkte konzentriert, doch die Ereignisse waren nur schwer zu verdrängen. Er hielt es nicht länger aus. Er musste das Schweigen durchbrechen.

»Kurz nach vierzehn Uhr dreißig haben die Kollegen den Notruf erhalten«, sagte er in neutralem Tonfall. »Von einer älteren Frau, einer Nachbarin des Opfers. Sie hat eine Blutlache und zahlreiche Blutspritzer gesehen. Sieben Minuten später waren zwei Streifenbeamte vor Ort. Sie haben die Wohnungstür aufgebrochen und die Leiche entdeckt. Aber eigentlich war schon vorher offensichtlich, dass wahrscheinlich wieder ... Das Bild hat perfekt dem entsprochen, was wir schon kennen.«

Steffek wartete kurz auf eine Reaktion. Doch Belonoz rührte sich nicht. Seine Blicke schienen ausschließlich den vorbeiziehenden Straßen zu gelten.

»Auch sonst die gleiche Vorgangsweise wie in den zwei anderen Fällen«, fuhr Steffek fort. »Zahlreiche Stiche in den Hals und den Oberkörper. Dazu das Klebeband, und die Augen ... Und die Wohnungstür war geschlossen, der Schlüssel steckte innen.«

Vorübergehend musste Steffek die Sirene einschalten. Ein unaufmerksamer Autofahrer wurde aus dem Weg gescheucht.

»Die Leiche hat sich auf einem Sessel befunden, in Sitzhaltung, aber zusammengesunken. Wieder keine Anzeichen für sexuelle Handlungen. Alle Fenster waren geöffnet, Vorhänge gibt es dort keine, und die Jalousien waren nicht heruntergelassen. In der gesamten Wohnung war das Licht angedreht. Die Augen des Opfers hat der Täter wie in den beiden anderen Fällen ausgestochen und einen Teil des Kopfes mit schwarzem *Duct Tape* verklebt.«

Der Major blieb stumm.

»Bei ein paar Hausbewohnern haben wir uns schon umgehört. Bisher war die Ausbeute mager. Niemandem ist irgendetwas aufgefallen.«

Belonoz fuhr sich durch die Haare und atmete tief ein und aus. Beinahe unmerklich nickte er. Dabei blieb es.

Steffek beendete seine Versuche, einen Dialog zustande zu bringen. Es schien ihm, als wollte der Major nur rasch zum Tatort gebracht werden. Der Rest der Fahrt verlief ruhig und zugleich von einer nervösen Erwartung geprägt, wie vor einer entscheidenden Prüfung.

Den Alfa parkte Steffek in der Nähe des Hauseingangs, wo die anderen Polizeifahrzeuge standen. Belonoz löste den Gurt und stieg unerwartet schwungvoll aus. Während er sein zerknittertes Sakko anzog, fragte er mit überraschender Schärfe: »War sie eine echte Studentin? Kein Escort-Mädchen oder so?«

»Medizin im achten Semester«, erwiderte Steffek und gewann den Eindruck, dass Belonoz plötzlich wie aus tiefer Trance auferstanden und hellwach war.

»Also eine Studentin, die allein in einer Wohnung im teuren ersten Bezirk wohnt.«

»Mich hat das auch gewundert«, sagte Steffek. »Offenbar sind die Mieten in diesem Haus vergleichsweise günstig.«

Belonoz warf einen Blick auf die massive Fassade und nickte anerkennend: »Guter alter Betonbrutalismus. Dünne Wände, niedrige Räume. Da kannst du den Nachbarn zuhören, wenn sie am Klo sitzen.«

Steffek hatte den Wagen abgeschlossen. Der Major holte die an einer metallenen Kette befestigte Polizeimarke aus seiner Hosentasche und strebte dem Hauseingang zu.

»Der Hausbesitzer«, sagte er im Gehen zu Steffek, »profitiert von Menschen, die in guter Lage wohnen möchten, ohne gleich ein Vermögen ausgeben zu müssen. Und der Tod ist sogar gratis.«

Beflissen salutierte der am Haustor wachende Beamte, als Belonoz ihm die Marke zeigte. Steffek folgte seinem Chef, der noch immer die Sonnenbrille trug, ins Gebäudeinnere.

Hinter einer Absperrung waren ein paar Passanten versammelt, die nun ihre Köpfe zusammensteckten, aufgeregt tuschelten und gestikulierten. Direkt hinter ihnen stand ein dunkel gekleideter Mann. Seine Augen blieben starr auf das Geschehen vor dem Haus fixiert, während er sich eine Zigarette anzündete. Seine Hände zitterten.

*

Im Nachhinein ließ sich nichts mehr rekonstruieren. Aber irgendwie musste sie es während der Nacht und im Schlaf geschafft haben, das Sofa zu verlassen. Jedenfalls hatte sich Lily Horn am späten Sonntagvormittag nach beinahe elfstündigem Schlaf in ihrem Bett wiedergefunden.

Im Airbus über dem Atlantik war Lily die letzte Mahlzeit serviert worden. Sie war nahezu unberührt geblieben. Daher rührte der Hunger, der sie gegen ihren Willen aus den Federn trieb. Sie trank drei Gläser Leitungswasser, schlüpfte in einen uralten, ausgebeulten Jogginganzug und lief die kurze Strecke zum Schottentor. In der unterirdischen Passage versorgte sie sich mit Gebäck, Obst und Mineralwasser.

Später räumte Lily die Koffer aus, während alle Winkel der Wohnung durch die geöffneten Fenster von frischer Luft erfüllt wurden. Dabei bemerkte sie etwas überrascht, dass sie sich freute, wieder zu Hause zu sein. Die gestern noch sedierten Gefühle hatten sich zurückgemeldet, was ihr Wohlbefinden steigerte. Nur kurz empfand sie Verwunderung angesichts eines dunklen Flecks auf einer der weiß getünchten Wände. Eine Sekunde später entpuppte sich der Fleck als der Nachtfalter von vergangener Nacht.

Endlich war Albine an der Reihe. Lily hatte die Freundin vermisst, besonders zuletzt, als sie die Einsamkeit plagte. Mails oder Telefonate hatten keinen Ersatz für den persönlichen Kontakt bieten können.

In mancher Hinsicht stellte Albine einen Gegenentwurf zu Lily dar. In den entscheidenden Punkten jedoch existierte eine Verbundenheit zwischen ihnen, die keiner erläuternden Worte bedurfte und etlichen Männern Verdruss beschert hatte. Beide handelten instinktiv und verabscheuten Heuchelei, sie liebten das Leben und lachten gerne auch über sich selbst. Und sie waren nicht bereit, die eigenen Ideen aufzugeben, um irgendjemandem zu gefallen. Schon gar nicht Männern, die sie mit geweiteten Augen wortlos anglotzten, bloß weil sie von selbstbewussten Frauen überfordert waren.

Ohne Lily richtig zu begrüßen, jubelte Albine aus dem Telefon: »Wo ist der Treffpunkt? Dir ist doch klar, dass wir uns sofort sehen müssen? Die vergangenen Monate ohne dich waren die Hölle. Mir hat meine Beichtmutter gefehlt. Dabei habe ich eine Menge zu beichten. So viele Sünden, wenn du wüsstest.«

Albine lachte begeistert, und Lily sagte: »In einer Stunde beim Brunnen vor dem Café Korb. Okay? Ich brauche dringend ein echtes, gut gereiftes Wiener Kaffeehaus. Und natürlich dich, keine Frage!«

Gegen fünfzehn Uhr erschien Lily in einem hellblauen Kleid und Flipflops beim Brunnen und umarmte die Freundin herzlich. Vor dem

Café Korb lag ein vollbesetzter Gastgarten, wo sich Wiener und Touristen unter schattenspendenden Schirmen drängelten. Das Lokal selbst war leer. In dessen kultiviert abgewohntem Ambiente, das sich seit den Sechzigern des 20. Jahrhunderts kaum verändert hatte und seine Antiquiertheit gelassen ausstellte, machten es sich die Frauen an einem kleinen Tisch bequem.

Albines Gesicht war mit Sommersprossen übersät. Ihr naturrotes, lockiges Haar war auf dem Hinterkopf zu einem üppigen Schwanz zusammengebunden, sie trug eine weiße Leinenhose und ein grünes T-Shirt, unter dem sich ihr schöner Busen abzeichnete. An ihren bloßen Füßen befanden sich blaue Chucks, die aussahen, als hätten sie schon einige Sommerfestivals durchlebt.

Albine wirkte locker, unbefangen und herzlich. Nur selten hatte Lily sie anders erlebt. Wenn doch, war Albine das krasse Gegenteil gewesen, nämlich in düsterster Depression verfangen samt akutem Heißhunger auf Unmengen von Alkohol und Joints. Aber diese Phasen hatten nie länger als ein paar Tage angehalten. Darum beneidete Lily ihre Freundin. Weniger Neurosen, mehr Leichtigkeit wünschte sie sich auch für sich selbst.

»Sag schon, wie geht's dir?«, drängte Albine, nachdem beide ihre Bestellungen aufgegeben hatten und der Ober verschwunden war. Albines dunkelgrüne Augen waren plötzlich riesengroß, sie brannte sichtlich auf Informationen.

»Gemischte Gefühle, würde ich sagen«, erwiderte Lily und verzog den Mund.

»Solange man nur irgendetwas fühlt, ist es schon gut. Wie sieht es in deiner Herzregion aus?«

»Frag einen Geologen.«

»Warum denn das?«

»Weil mein Herz aus Stein ist.«

»Blödsinn«, sagte Albine stirnrunzelnd. »Wer behauptet sowas?«

»Er.«

»Ein Geologe?«

»Nein, mein Exfreund und Ex-Verlobter und Fast-Ehemann. Und er hat ja recht. Niemand kann ihm das verübeln.«

Albine protestierte: »Du musst ihn wirklich nicht auch noch verteidigen.«

»Doch, muss ich. Er hat sich nichts zuschulden kommen lassen. Ich bin verantwortlich für alles. Ich bin die Böse.«

Albine blickte Lily lange an, ihr Gesicht war schlagartig ernster als üblich. Sie beugte sich vor und berührte sanft die rechte Hand der Freundin. »Ich finde nicht, dass Schuldgefühle so wahnsinnig hilfreich sind.«

»Stimmt, das sind sie nie«, erwiderte Lily und nickte zustimmend. »Aber ich habe sie eben. Diese permanenten Selbstvorwürfe sind ein Charakterfehler, ich weiß.«

»Also bereust du jetzt plötzlich alles, was war?«

»Das ist ja das Problem«, sagte Lily und lächelte gelöst. »Ich habe alles falsch gemacht. Aber ich bereue nichts. Gar nichts. Schon wieder ein Charakterfehler.«

*

Wenn sie erst einmal durch deine Wohnung trampeln und deine Sachen durchwühlen, dann bist du wirklich tot, dachte Major Belonoz.

Ihm war nicht wohl zumute, und trotz seiner langen Berufserfahrung hatte er dieses Gefühl niemals abstreifen können. Er steckte in einem leichten, atmungsaktiven Schutzanzug aus weißem Kunststoff und inspizierte zum wiederholten Mal Magdalena Karners Zuhause. Die Fenster hatte man schon vor Stunden geschlossen, die Luft war stickig und stand geradezu im Raum. Feucht glänzten die Gesichter aller, die hier arbeiten mussten. Ihre durchgeschwitzten Hemden wurden von den Kunststoffoveralls gnädig verhüllt.

Belonoz wunderte sich. Die Studentenwohnungen, die er bisher kennengelernt hatte, waren ganz anders gewesen. Vor allem chaotischer und schmutziger. Mit billigen Möbeln, herumliegenden Skripten und Büchern, ungewaschenen Geschirrbergen in der Küche. Dazu leere Wein- und Bierflaschen, zerwühlte Betten und verstreute Zigarettenstummel. Nichts dergleichen war hier zu finden.

Alles war ordentlich und befand sich am richtigen Platz. Das

Ambiente hätte man der braven, unverheirateten Marketingassistentin eines straff organisierten internationalen Konzerns zurechnen mögen. Sorgfältig war das Bett gemacht und völlig unberührt. Nirgendwo gab es Spuren, die auf Alkoholkonsum deuteten. Der Kühlschrank war mit Fruchtjoghurts, Käse, Obst und Gemüse gefüllt. Mineralwasser und Apfelsaft waren die einzigen Getränke, die dort gelagert wurden.

Auf einem Regal befanden sich vier in Messing gerahmte Fotos. Belonoz beugte sich zu ihnen hin und studierte sie. Ein Paar war auf den Bildern zu sehen, etwa vierzig Jahre alt, durchschnittliche Gesichter, unauffällige Kleidung, außerdem zwei Einzelaufnahmen der Frau und des Mannes. Die Eltern?

Nichts deutete auf die regelmäßige oder gelegentliche Anwesenheit eines Mannes in dieser Wohnung hin. Da gab es keine Bierdosen, die aus Liebe gehortet und gekühlt wurden. Keine fremde Wäsche im Schrank, keine Männerschuhe im Vorzimmer, keine zweite Zahnbürste im Bad, kein Foto.

»Du analysierst ihren Musikgeschmack?«, fragte Steffek. Lautlos hatte er sich hinter Belonoz gestellt, als der gerade den iPod des Opfers durchforstete.

»Wie du mit deiner unnachahmlichen Auffassungsgabe siehst«, erwiderte Belonoz emotionslos. »Ich frage mich aber auch, ob und wo Magdalena Karner Urlaub gemacht hat?«

»Warum?«

»Mir fehlen die typischen Postkarten und Mitbringsel. Es gibt auch keine fremdsprachigen Bücher.«

»Vielleicht hat sie das, was ihr wichtig war, auf ihrem Computer gespeichert.«

»Und alles andere weggeworfen, damit es nicht die Ordnung in dieser Wohnung stört ... Das wäre natürlich denkbar«, sagte Belonoz und drückte dem Oberleutnant den iPod in die Hand. »Was schließt du daraus?«

Steffek hantierte flink am Gerät herum. »Da kenne ich einiges durch meine Tochter. Der übliche Mainstream-Pop.«

Belonoz' Augen verengten sich für Sekundenbruchteile. »Gut formuliert, Edi. Eigentlich gehorcht hier alles dem üblichen Mainstream. Einfach übertrieben normal.«

»Übertrieben normal?«

»Wo ist hier das echte Leben einer jungen Studentin? In dieser Wohnung sieht es so keimfrei aus wie in einem Möbelhaus.«

Steffek blickte seinen Chef neugierig an.

»Mich irritiert irgendwas«, fuhr Belonoz mit leichtem Kopfschütteln fort. »Vielleicht ist es diese sterile Aufgeräumtheit. Dermaßen künstlich und gestellt … nein, mir fällt ein besseres Wort ein: *anonym*. Die ganze Wohnung wirkt anonym. Als hätte hier niemand wirklich gelebt.«

Belonoz setzte seinen Rundgang fort. Zugleich verstärkte sich sein Missmut.

Jemand würde die Eltern der Ermordeten benachrichtigen müssen. Er wusste zwar, dass für diese gefürchtete Aufgabe die Salzburger Kollegen zuständig waren. Doch die Last auf seinen Schultern nahm ihm keiner ab. Nämlich den Täter zu finden und die nervöse Öffentlichkeit zu beruhigen. Nicht um die hämischen Medien eines Besseren zu belehren oder sich als Sieger feiern zu lassen. Sondern um die Ermordung weiterer junger Frauen zu verhindern. Dieser Kampf war vor allem einer gegen die Zeit.

Belonoz blickte auf seine Armbanduhr.

»Jetzt sind wir schon so lange hier«, sagte er mit genervtem Unterton. »Wo bleibt der Staatsanwalt? Sind wir die einzigen Deppen, die am Sonntag arbeiten dürfen?«

Steffek, der gerade telefoniert hatte, steckte das Handy in die Gesäßtasche. Wie zufällig tat er ein paar Schritte, bis er unmittelbar neben Belonoz stand.

»Mir ist etwas zu Ohren gekommen«, raunte er dem Major zu. »Vielleicht nur Kollegentratsch. Aber morgen sollen wir angeblich einen neuen Staatsanwalt bekommen. Beziehungsweise eine neue Staatsanwältin.«

Der Gesichtsausdruck des Majors veränderte sich keinen Deut. Er schaute den Oberleutnant kühl an.

»Jetzt tauschen sie schon die ersten Leute aus«, sagte Belonoz so deutlich, dass ihn alle Umstehenden hören konnten. »Früher oder später wird es jeden von uns treffen, solange diese Sache nicht aufgeklärt ist.«

Der übergewichtige Mann, der sich schwer atmend und mit nasser Stirn dem Major näherte, war gestresst. Als Chef der Tatortgruppe unterstanden ihm die Leute, die sich um die kriminaltechnische Spurensicherung kümmerten.

»Viel haben wir noch nicht gefunden. Die Überprüfung der Fingerabdrücke wird natürlich noch dauern, und bis das DNA-Material … Aber wenn diese Sache zu den zwei anderen Fällen gehört, wiederholt sich ohnehin das bisherige Spiel. Diverse Spuren, aber eben nichts, das direkt auf einen konkreten Verdächtigen hinweist. Und schon gar nicht auf jemanden, den wir in unserer DNA-Datenbank haben. Ein Unbekannter, der nie irgendwo erfasst wurde. Das ist unser Pech.«

Belonoz nickte. »Ja, das Spiel wiederholt sich. Ich glaube, der Täter hat das einkalkuliert. Er geht Risiken ein, er mordet in fremden Häusern, und das in unterschiedlichen Bezirken. Er betritt die Wohnungen seiner Opfer, er arrangiert ungestört die Leichen. Weil er genau weiß, wie weit er gehen und was er sich leisten kann. Er spielt mit uns, und das macht ihm Spaß. Er ist ein Spieler. Und wie jeder Spieler ist er im Grunde seines Herzens ein Arschloch, das von den Schwächen und Ängsten anderer Mitspieler profitiert. So viel ist jetzt immerhin klar, unser Mörder ist ein Arschloch.«

Für einen kurzen Moment herrschte Schweigen in Magdalena Karners Wohnung. Ein paar Mitarbeiter der Tatortgruppe unterbrachen ihre Arbeit für einen Moment und blickten Belonoz an. Steffeks Lippen wurden noch schmaler.

Belonoz hatte keine abstrakte Charakterisierung benutzt, sondern ein Schimpfwort. Er hatte ein ungeschriebenes Gesetz ignoriert. Demzufolge hätten sich Ermittler stets emotionslos mit einem Fall zu beschäftigen, um die vorurteilsfreie und von privaten Urteilen unbeeinflusste Untersuchung eines Falles sicherzustellen. Keiner wusste, woher diese Regel stammte und ob es für sie eine wissenschaftliche Begründung gab. Aber alle befolgten sie.

Bis auf Belonoz. Er verweigerte sich dem Glauben, ein Ermittler müsse ohne Emotionen vorgehen. Im Gegenteil, er war davon überzeugt, dass Gefühle das detektivische Denken bereicherten. Seinen Standpunkt hatte er einmal mit dem Kriminalpsychologen Mario Promegger besprochen. Geradezu begeistert hatte ihm dieser zugestimmt. Aber auch Promegger war ein Außenseiter, nicht zuletzt seiner sexuellen Orientierung wegen.

»Dafür haben wir einen kleinen Hoffnungsschimmer«, meldete sich der Leiter der Tatortgruppe mit plötzlichem Optimismus in der Stimme.

»Und was schimmert?«, fragte Belonoz.

»Spermaspuren. Auf der Bettwäsche.«

»Eher frisch oder schon älter?«

»Mindestens einige Stunden, vielleicht sogar ein paar Tage. Rein gefühlsmäßig.«

»Das ist, ebenfalls rein gefühlsmäßig, kein Hoffnungsschimmer, sondern macht den Fall noch komplizierter.«

Belonoz wunderte sich abermals. Die Wohnung erschien so ordentlich, geradezu klinisch sauber. Er fragte sich, wie Spermaspuren in diesen Kontext passen sollten, und erneut beschlich ihn das Gefühl, etwas passe nicht ins Bild. Aber die verborgene Wahrheit hatte sich zu gut getarnt.

Dass er den Störfaktor nicht benennen konnte, verschlechterte seine Laune. Er dachte an den verdorbenen Nachmittag im Freien mit gegrilltem Fleisch und burgenländischem Rotwein. Als er das geplant hatte, war die Welt noch halbwegs in Ordnung gewesen. Jedenfalls gemessen an den Kriterien seines Berufs. Zwei Morde hatte es gegeben sowie die Angst vor einem möglichen nächsten Mord und einem eventuellen Serientäter. Aber seit ein paar Stunden waren die Befürchtungen von Gewissheit abgelöst worden. Die Titanic steuerte nicht mehr bloß auf den Eisblock zu, sondern war kurz davor, ihn zu rammen.

In sich gekehrt verließ Belonoz die Wohnung und suchte sich im Treppenhaus einen Platz, an dem er ungestört war. Er holte das Handy aus der Sakkotasche und wählte eine Nummer. Möglichst schnell wollte er in Erfahrung bringen, warum man den bisherigen Staatsanwalt abgezogen hatte und wer dessen ominöse Nachfolgerin sein würde.

Nur eines stand für Belonoz bereits fest. Dass diese arme Frau dazu bestimmt war, ein Himmelfahrtskommando zu leiten.

3

Am Stephansplatz kämpften sie sich durch die Touristenscharen, die das Areal um den alten Dom bevölkerten. Englische, russische und italienische Wortfetzen vermischten sich zu einem unverständlichen, dissonanten Chorgesang.

»Ich kann tun, was ich will«, sagte Lily, »aber ich komme einfach nicht los von diesem verdammten, schrecklichen, wunderschönen, herrlichen Wien.«

Vor über einer Stunde hatten sie einander im Café Korb getroffen. Aufgeputscht durch Kaffee und zwei Portionen Topfenstrudel, hüpften Lily und Albine nun fröhlich durch die heiße Innenstadt. Andere Passanten achteten darauf, sich vorwiegend im Schatten und vor allem nicht zu schnell oder nicht allzu viel zu bewegen. Den beiden Freundinnen war das völlig egal. Sie genossen Luft, Licht und Sonne.

»Und vergiss nicht, die Wienerinnen sind nicht annähernd so aktiv wie die New Yorker Frauen«, sagte Albine. »Die Wiener Männer müssen sich mehr bemühen, wenn sie zu etwas kommen wollen. Du solltest das ausnützen. Und ein Casting ansetzen. Auch Party genannt.«

»Um Himmels willen. Ich möchte momentan vieles. Nur keinen neuen Mann in meinem Leben. Ganz sicher *nicht*. Ich habe keinen Bedarf an emotionalen Schmarotzern.«

»Es gibt auch normale Männer, Lily.«

»Glaubst du wirklich?«

»Habe ich gerüchteweise gehört. Aber immerhin wandelst du nicht auf den Spuren unserer lieben Gila. Das beruhigt mich.«

Sie waren seit der Schulzeit eine Dreierclique gewesen, Albine, Lily und Gila. Gemeinsam hatten sie gegessen, getrunken, geraucht, Partys gefeiert und Clubs heimgesucht. Die Männer hatten es schwer mit ihnen gehabt, die drei Mädchen mit ihnen dafür umso leichter. Wer mit einer eine Beziehung eingegangen war, hatte letztlich alle drei am Hals gehabt, wenn er nicht brav gewesen war. Doch rascher als erwartet war aus all dem Vergangenheit geworden.

Von einem Sommerurlaub mit den Eltern und ihrer Schwester war Gila verändert nach Wien zurückgekehrt. Plötzlich schien sie die wohlerzogene Tochter in sich entdeckt zu haben. Wenige Wochen später war die schöne Gila mit ihrer dunklen, sagenhaft üppigen Haarmähne nach London übersiedelt und hatte sich an einer privaten Universität eingeschrieben. Im Jahr darauf hatte sie einen vier Jahre älteren Unternehmer geheiratet, der bis dahin nur als irgendein englischer Bekannter gegolten hatte.

So war innerhalb von sechsundzwanzig Monaten aus Gila die Mutter zweier kleiner Kinder und Trägerin einer sittsamen Bob-Frisur geworden. Lange hatten Lily und Albine über die Motive hinter Gilas abruptem Persönlichkeitswandel spekuliert. Eine Art Torschlusspanik war nicht in Frage gekommen, schließlich war Gila erst dreiundzwanzig gewesen. Die Betroffene selbst hatte nur wiederholt beteuert, endlich sei ihr Traum von einer perfekten Ehe und Kindern in Erfüllung gegangen.

»Nein, Gila eifere ich sicher nicht nach«, sagte Lily nachdenklich. »Obwohl … fast wäre es passiert und ich …«

Das lautstarke Gelächter einer niederländischen Besuchergruppe übertönte sie, und eigentlich war Lily froh darüber, den Satz nicht vollenden zu müssen.

Sie flanierten bis zum Hotel Sacher, dessen Gastgärten zum Bersten gefüllt waren. Albine schüttelte den Kopf. »Die gehen alle ins Sacher, essen dort natürlich eine Sachertorte und fotografieren sich gegenseitig dabei. Es muss ja schon Milliarden solcher Bilder geben. Ob denen die Torte überhaupt schmeckt?«

»Spielt keine Rolle, Albine. Für die geht es lediglich darum, etwas zu tun, das sie für eine landestypische Sitte halten. Das ist ungefähr so, als würden wir nach Amsterdam fahren und dort unbedingt in einem Coffeeshop einen Joint rauchen wollen.«

»Sachertorten und Joints, der Vergleich gefällt mir, solange ich mich nicht nur für eines davon entscheiden muss«, sagte Albine grinsend.

»Und wenn doch?«

»Wie?«

»Wenn du gezwungen wärest, dich zu entscheiden.«

»Sachertorte lässt sich notfalls durch Schokolade ersetzen. Aber wie ersetze ich …?«

»Das habe ich mir gedacht.«

Der Weg führte sie in Richtung Albertina. Unterhalb des auf einer Bastei der alten Stadtmauer thronenden Barockschlosses durchschritten sie den Eingang zum Burggarten. Dessen Rasenflächen verdankten ihr saftiges Grün noch den scheinbar endlosen Wochen permanenter Regengüsse. Nun faulenzten dort junge Leute in der Sonne, andere lagen lesend oder rauchend im Schatten der alten Bäume. Vor dem Café im Palmenhaus ließen sich die Freundinnen an einem gerade frei gewordenen Tisch nieder. Sie bestellten zwei weiße Gespritzte und entspannten sich im wohltuenden Schatten, den ein Sonnensegel spendete.

»Du willst schon morgen wieder mit der Arbeit anfangen?«, fragte Albine mit einer Mischung aus Neugier und Skepsis. »Wirklich?«

»In den vergangenen Wochen habe ich genug Einsamkeit erlebt«, erwiderte Lily. »Jetzt möchte ich mit möglichst vielen Leuten zu tun haben. Ich will den ganzen Tag beschäftigt sein.«

»Ja, das kann ich verstehen. Aber wie schaffst du das mit dem Jetlag?«

»Ich muss einfach. Weil ich es so haben will.«

Innerlich war Lily weniger überzeugt. Der Kampf mit der Zeitumstellung war natürlich noch nicht ausgestanden. Geregelte Arbeitszeiten und der Kontakt mit Menschen würden das vielleicht ausgleichen. Jedenfalls hoffte sie das.

Der Kellner servierte die Getränke. Lily und Albine prosteten einander zu und nahmen den ersten Schluck.

»Es verblüfft mich nach wie vor, dass du wirklich Staatsanwältin geworden bist«, sagte Albine und schüttelte dabei ungläubig grinsend den Kopf.

Lily nickte. »Ich habe einfach dieses dumme Bedürfnis nach Gerechtigkeit. Schon in der Schule war das so. Dauernd habe ich mich mit irgendwelchen Lehrern angelegt.«

»Ich erinnere mich sogar, dass du einmal kurz überlegt hast, zur Polizei zu gehen. Damals habe ich geglaubt, dass mich der Schlag trifft. Meine beste Freundin bei der Polizei! Da hätte nur noch gefehlt, dass ich mich unsterblich in jemanden verliebe, der ein lebenslanges Keuschheitsgelübde abgelegt hat.«

»Das war ja nur so eine Idee, Albine.«

»Ja, eine Schnapsidee. Hochprozentig.«

»In der Polizei herrscht eine ganz spezielle Atmosphäre. Hierarchie, Disziplin und Korpsgeist sind dort extrem wichtig.«

»Da wäre die auf Unabhängigkeit bedachte Lily aber aufgeschmissen gewesen.«

»Eben, Albine. Und in der Staatsanwaltschaft bietet die Arbeit etwas für den Intellekt. Man muss selbständig denken können. Bei der Polizei hätte mir das Analytische gefehlt, das Gehirnbetonte. So aber kann ich immer noch Rechtsanwältin werden, wenn mir der österreichische Staat irgendwann total auf die Nerven geht.«

»Tut er das denn nicht schon längst? Also ich weiß nicht, wie ich es aushalten würde, für den Staat zu arbeiten.«

»Meinst du?«

»Mir wäre nie klar, ob meine Arbeit überhaupt geschätzt wird und Sinn ergibt. Der Staat ist so ein riesiger Moloch. Dazu die Politiker, die dauernd mitreden, aber immer nur bedeutungslose Phrasen dreschen, anstatt konkrete Antworten zu geben. Genau diese Politiker spielen sich dauernd als Chefs und Besserwisser auf.«

»Noch schaffe ich das. Was die Zukunft bringt, wird man ja sehen.«

Albine reagierte mit einem verständnisvollen Lächeln, sie hatte nicht vor, Lilys Arbeit einem Stresstest zu unterziehen. Dabei flog ihr Blick über Lilys Körper. Sie bemerkte, dass die Freundin in den vergangenen Monaten noch deutlich schlanker geworden war. Dennoch hatte Lilys eigenwillige Schönheit nicht gelitten. Nun erinnerte sie an eine ätherische Elfe oder eine Fee aus einer Zauberwelt.

»Weißt du schon, worauf du dich spezialisieren wirst?«, fragte Albine.

»Wirtschaftskriminalität. Jedenfalls habe ich das dem Oberstaatsanwalt vorgeschlagen.«

»Sehr cool, da kannst du diese Gauner in ihren feinen Anzügen zur Strecke bringen. Also die Typen, die permanent abkassieren, während die Normalbürger sparen müssen.«

»Genau«, gab Lily amüsiert und zugleich entschlossen zurück. »Hauptsache, ich bin ganz weit weg von irgendwelchen geistesgestörten Mördern.«

»Aber dein Erfolg mit diesem … diesem Salusek … Es hat dich doch berühmt gemacht, dass du ihn …«

»Berühmt hat es mich sicher nicht gemacht.«

»Okay, sagen wir, es hat dich bekannt gemacht, dass du den Psychopathen geschnappt hast.«

»Ein bisschen vielleicht. Kurzfristig. Aber der Fall hat mir wirklich gereicht. Überhaupt gehen mir verrückte Männer nur noch auf die Nerven. Aus irgendwelchen Gründen scheint es da leider kein Nachwuchsproblem zu geben.«

Während die beiden noch Albines unstetes Liebesleben, deren durch eine neue Chefin stressig gewordene Arbeit als Radiomoderatorin und die aktuellen Entwicklungen im gemeinsamen Freundeskreis durchgingen, entfaltete sich im Burggarten die entspannte Atmosphäre eines späten sommerlichen Nachmittags. Es war kurz nach siebzehn Uhr. Der Gedanke, dass in Wien ein Mensch frei herumlief, der junge Frauen erstach, war so fern wie die Grippewelle in Australien.

Allein an einem kleinen Tisch saß ein dunkel gekleideter Mann, der sein Bier austrank und eine Zigarette im Aschenbecher zerdrückte. Er nahm die vor ihm liegende digitale Spiegelreflexkamera und blickte in den Sucher. Es schien, als interessierte sich der Mann für den Burggarten und die dort herumschwirrenden Vögel. Das Teleobjektiv richtete er mehrmals, aber bloß für wenige Momente und wie zufällig, auf einen anderen Tisch, an dem zwei Personen saßen, von denen die eine blond und die andere rothaarig war. Niemandem fiel das auf.

*

Ferdinand Descho war zweiunddreißig Jahre alt und ein gehorsamer Mensch. Unterordnung und Pflichtbewusstsein waren das, was ihm seine Eltern beigebracht hatten, kleine Tagelöhner, später Knecht beziehungsweise Magd auf verschiedenen Bauernhöfen. Was die Obrigkeit sagte, glaubte oder vorschrieb, das galt, und man hatte es zu akzeptieren, widerspruchslos. Dem Sohn vermittelten die Eltern, dass dieses Prinzip ein gutes, sorgenfreies Leben garantiere.

Also wurde und blieb Descho stets gehorsam, was ihm beim Militär und bei der Polizei zum Vorteil gereichte. Er stieg auf, blieb nicht, wie manch anderer mit bescheidener Schulbildung, in der Karrierefalle eines kleinen Streifenbeamten stecken. Was er versäumt hatte, holte er zielstrebig nach, stets darauf bedacht, zu tun, was notwendig und verlangt war. Schließlich gelang ihm der Sprung in den Kriminaldienst des Salzburger Landespolizeikommandos, und von da an wurde er von den Vorgesetzten als jemand betrachtet, dem Großes zuzutrauen war. Sie hielten Descho für einen Polizisten, der keine unnützen Gedanken verschwendete, sondern Befehle bestmöglich und eifrig befolgte. Deswegen war er ihr Mann, deswegen förderten sie ihn auf seinem Weg nach oben.

Dennoch war es Zufall, dass Descho an diesem heißen Sonntagnachmittag ins Spiel kam. Er war schlicht der einzige für Mordfälle zuständige Kriminalbeamte, der noch verfügbar war. Im Unterschied zu seinen Kollegen hatte er den Fehler begangen, sein Handy in der Freizeit nicht abzuschalten. Es mochte von seiner Seite auch Absicht mit im Spiel gewesen sein, was sich jedoch nie mehr exakt feststellen ließ.

Jedenfalls sah sich Descho gezwungen, seine Frau und die zwei kleinen Kinder im überlaufenen Salzburger Freibad Volksgarten zurückzulassen. Das kühle Bier, auf das er sich gerade gefreut hatte, musste verschoben werden. Descho hatte das fröhliche Johlen und Schnattern der Badegäste noch im Ohr, als er zu Hause seine Arbeitskluft überstreifte. In ausgebeulten schwarzen Jeans, einem grauen Sakko und einem kurzärmeligen blauen Hemd mit offenem Kragen verließ er die Wohnung.

Im fast völlig verwaisten Landeskriminalamt wurde Descho mitgeteilt, was man von ihm erwartete. Aus Wien hatte sich ein gewisser Major Belonoz an die Kollegen mit der dringenden Bitte um Unterstützung gewandt. Möglichst rasch und zugleich extrem diskret sollte er den Aufenthaltsort eines Salzburger Ehepaars ermitteln. Herbert und Margit Karner hatten ihre Tochter verloren. An Descho lag es, ihnen beizubringen, dass Magdalena in Wien ermordet worden war.

»Wird sofort erledigt«, sagte er zu dem Vorgesetzten, dessen rosa Polohemd und vor Ärger gerötete Miene vermuten ließen, dass er wie Descho aus der Freizeit in die Arbeit gerufen worden war. Als Descho zur Tür ging, spürte er die Blicke des Vorgesetzten in seinem Rücken. Er ahnte, dass eine Erwartungshaltung auf ihm ruhte, der er gerecht zu werden hatte. Das mörderische Treiben aus dem scheinbar fernen Wien reichte bis nach Salzburg. Im Eiltempo, so viel war Descho klar, sollte der Ball wieder zurück nach Wien gespielt werden. Fehler durfte er sich deshalb keine erlauben. Schon gar nicht beim Überbringen der Botschaft vom Tod des Mädchens.

Doch die Karners waren unauffindbar. Ihre Wohnung im Stadtteil Liefering war leer. Anrufe landeten sofort auf der Sprachbox ihrer Handys. Die Befragung der Nachbarn gestaltete sich mühsam und langwierig, die meisten waren nur telefonisch zu erreichen. Immerhin brachte Descho in Erfahrung, dass sich das Ehepaar an diesem Sonntag möglicherweise in Dienten aufhielt, einem kleinen Dorf in den Salzburger Alpen.

Descho befragte den Polizeicomputer. Der Hinweis aus der Nachbarschaft ergab einen Sinn. Ursprünglich stammten die Karners aus Dienten. Dort hatten sie gewohnt und waren vor einigen Jahren in die Stadt gezogen. Magdalena musste damals noch zur Schule gegangen und mitten in der Pubertät gewesen sein.

Mit dem Auto war Dienten eine knappe Dreiviertelstunde von der Stadt Salzburg entfernt, wenn man zügig fuhr. Descho war mit der Gegend vertraut, und ihm war auch klar, dass der Handyempfang dort aufgrund der engen Täler und hohen Berge mitunter nur lückenhaft funktionierte. Er bestieg seinen Dienstwagen, einen silbernen Audi, und raste über die vor Hitze glühende Autobahn A10 nach Bischofshofen. Dort wechselte er auf die Hochkönig-Bundesstraße, wo er auf jedes ihm entgegenkommende Fahrzeug achtete. Ein blauer Volvo älterer Bauart mit Salzburger Kennzeichen war nicht darunter.

Endlich führte die Straße bergauf. Die letzte Etappe der Reise hatte begonnen. Links und rechts lagen saftig grüne Hänge. Auf manchen von ihnen ragten die trostlos grauen Maste der Skilifte gen Himmel und harrten des kommenden Winters.

Descho war froh, als er endlich die auf einer einsamen Anhöhe errichtete Pfarrkirche erkannte. Darunter breitete sich das Dorf mit seinen achthundert Bewohnern im wieder enger werdenden Tal aus, so gut es ging.

Vergeblich hielt er auch im Ort Ausschau nach einem blauen Volvo. Als er schon weit außerhalb des Dorfs bei einem verlassen wirkenden Sägewerk angelangt war, kehrte er um.

Den Audi stellte Descho auf einem für Gäste reservierten Hotelparkplatz ab. Er schlenderte die wenigen Meter zu einem betagten Haus, dessen dicke Mauern jeder Lawine getrotzt hätten. Seit Jahrhunderten residierten hier die Pfarrer von Dienten. Vor seiner Abfahrt hatte sich Descho noch schnell im Internet kundig gemacht, jetzt wollte er mit Helmut Zach sprechen. In österreichischen Dörfern zählten die Pfarrer immer noch zu den besten Informationsquellen. Sie kannten jeden und wussten all das, was öffentlich verschwiegen wurde, ob aus Scham, Angst oder purer Berechnung.

Eine erstaunlich niedrige, für Menschen einer anderen Zeit gebaute Tür aus Holz bildete den Eingang. Descho drückte auf den daneben angebrachten Knopf und wischte sich mit einem Stofftaschentuchl den Schweiß von der Stirn. Er war überzeugt, dass Zach ihm mehr über die Familie Karner würde verraten können. Nicht zuletzt über Magdalena, die der Pfarrer noch persönlich gekannt haben musste.

Descho plante, ganz locker mit Zach zu plaudern. Menschen öffneten sich gegenüber neugierigen Fragen, wenn man ihnen das Gefühl gab, dass es eigentlich um komplett Nebensächliches ging. Man musste jeden Anschein von Verhör meiden und die Atmosphäre ungezwungenen Smalltalks herstellen. In solchen Fällen verließ sich Descho auf sein Äußeres. Die runde Bauchregion suggerierte ein beschauliches Temperament, und von der Natur war er mit einer Glatze sowie einem scheinbar unerschütterlich heiteren Gesichtsausdruck ausgestattet worden. Dazu kam die beruhigende Wirkung der weichen, unaufdringlichen Stimme. Die Menschen vergaßen, es mit einem ermittelnden Kriminalbeamten zu tun zu haben.

Für Descho war Pfarrer Zach mehr als nur irgendein zufälliger Gesprächspartner. Aus ihm konnte ein entscheidender Zeuge werden, wenn Descho es geschickt anstellte. Zach musste über familiäre Interna der Karners Bescheid wissen, auf welche Weise auch immer sie ihm zu Ohren gekommen sein mochten. Vielleicht gar bei der Beichte. Das war Deschos Arbeitshypothese, aber auch seine vorläufig einzige Hoffnung. Sollte sich der Pfarrer in der Pose eines weltfernen Einsiedlers gefallen, musste man ihn ein wenig manipulieren.

Descho sah harmlos aus. Tatsächlich war er ziemlich schlau. Er ließ sich von anderen bewusst unterschätzen, während er innerlich vor Ehrgeiz brannte. Er wollte den allzu selbstbewussten Kollegen aus dem großen Wien vor Augen führen, dass man auch in der Provinz das Polizeihandwerk beherrschte. Seit er in den Kriminaldienst eingetreten war, hatte er insgeheim diesen Wunsch gehegt. Den sonnigen Nachmittag im Freibad sollte man ihm nicht umsonst verdorben haben.

*

Die Sparsamkeit des Hausbesitzers erkannte man daran, dass die Beleuchtung der langen Korridore nur jeweils eine knappe Minute lang anhielt. Zum Glück hatten die Ermittler eigene Lampen mitgebracht.

Ansonsten störte der eigenartige Geruch, der sich jahrzehntelang in den Beton gefressen hatte. Das schale Odeur längst vergangener und vergessener Existenzen hatte sich so verewigt, eine Mischung aus Rauch, Staub und Küchengestank, die durch die Ritzen der Wohnungstüren nach draußen entwichen war und die Wände imprägniert hatte.

Der Grund für die gespenstische Ruhe war, wie Edi Steffek mit der Zeit herausfand, vielschichtig. Rund ein Drittel der Wohnungen stand überhaupt leer. Ein weiteres Drittel war von Firmen als Unterkünfte für Wien-Aufenthalte von Mitarbeitern angemietet worden, teilweise als Tarnung für die erotischen Abenteuer der Manager, wie Steffek von Nachbarn versichert wurde. Lediglich der Rest der Wohnungen wurde dauerhaft bewohnt, und ein Großteil dieser Mieter hatte es angesichts des Wetters und der heißen Betonmauern bevorzugt, ins Freie zu flüchten.

»Bei den Salzburgern sind Grenzdebile am Werk«, sagte Major Belonoz.

Zornig schüttelte er den Kopf und ließ das Handy in die rechte Sakkotasche plumpsen. Mit Edi Steffek stand er vor der Eingangstür zu Magdalena Karners Wohnung. Beide schwitzten heftig.

»Wir wissen, wie die Eltern heißen und wo sie wohnen. Aber die Mozartkugeln schaffen es nicht, die beiden aufzustöbern. Und der Mann, den sie auf die Suche geschickt haben, ist derzeit nicht erreichbar. Unfassbar.«

Steffek nickte zustimmend, er verstand die üble Laune seines Chefs. Gerade bei Mordfällen mussten möglichst rasch die engsten Angehörigen des Opfers befragt werden. Sensibel natürlich, und der Tatsache bewusst, es mit schwer geschockten Menschen zu tun zu haben. Was allerdings auch für die Ermittlungen genutzt werden konnte. Jedes andere Verhalten wäre unprofessionell gewesen.

»Dieser Fall entwickelt sich zum Albtraum«, fuhr Belonoz gereizt fort und erweckte den Eindruck, als drohte jeden Moment die Wut aus ihm herauszuexplodieren. »Es ist jedes Mal dasselbe. Ein neues Opfer, also neue Familien und Freunde, die erst mühsam zu halbwegs brauchbaren Aussagen gebracht werden müssen. Was viel Zeit kostet und den Vorsprung des Täters vergrößert. Die Staatsanwaltschaft möchte sich nicht die Finger verbrennen und hält sich nobel zurück. Und die Journalisten wissen zwar nichts, aber alles besser. Also machen sie Stimmung gegen uns. Ein Ende ist nicht absehbar. Ich prophezeie dir, Edi, wenn es so weitergeht, wird die Liste der erstochenen Frauen noch sehr lang werden. Sicher wird auch noch …«

Die Aufzugstür öffnete sich. Der Kabine entstieg in Begleitung zweier uniformierter Polizisten ein Herr Anfang sechzig mit spärlichem weißem Haar und einer goldumrandeten Brille auf der Nase. Eine distinguierte Aura umgab ihn, der sichtlich nicht geneigt war, sich dem Wetter zu ergeben. Zum strahlend weißen Hemd trug er einen sehr eng anliegenden, grauen Leinenanzug mit blauer Krawatte und bordeauxrotem Stecktuch, die cognacbraunen Lederschuhe waren glänzend poliert. Als er Belonoz erblickte, begann er abrupt jovial zu lächeln. Dabei hob er seine Arme, als wollte er ihn gleich umarmen.

»Mein lieber Herr Major, ich begrüße Sie!«, verkündete der Mann mit der aufdringlichen Freundlichkeit eines Politikers auf Wahlkampftour und schüttelte ausgiebig Belonoz' Hand. »Sicher sind Sie überrascht, dass Sie mich hier sehen. Nur, im Moment geht es halt nicht anders …«

Belonoz blickte entgeistert in Steffeks Richtung.

Der Herr im Maßanzug war Oberstaatsanwalt Otto Maria Lenz und seit Jahren auf keinem Tatort mehr gesichtet worden. Belonoz nahm Lenz deshalb nicht ernst. Für ihn war der Oberstaatsanwalt nichts weiter als ein aalglatter Bürokrat, der den Kontakt zur ermittlerischen Realität komplett eingebüßt hatte.

»Genau, ich bin überrascht«, sagte Belonoz ausdruckslos, und seine kalten Augen fixierten nun den Oberstaatsanwalt. »Was suchen Sie hier?«

Unverfroren weiter lächelnd tat Lenz so, als hätte er den Affront in Belonoz' Frage nicht gehört. »Eine Folge der Personalknappheit. Sie wissen, der Staat muss sparen … natürlich immer an den problematischen Stellen. Also habe ich mir gedacht, dass ich jetzt einmal persönlich nach dem Rechten schaue … wobei ich überzeugt bin, dass Sie hier ohnehin alles im Griff haben, Herr Major.«

Für die Neigung, sich hinter höflichen Floskeln zu verschanzen, war der Oberstaatsanwalt berüchtigt. Belonoz ließ sich davon nicht irritieren. »Eigentlich würde mich interessieren, warum Staatsanwalt Seiler nicht mehr an dem Fall dran ist.«

Lenz wand sich. »Ah, Sie haben schon davon gehört, das ist wirklich sehr interessant … Sie sind natürlich über die *Pratorama*-Affäre im Bilde, nicht wahr, Herr Major?«

Belonoz beantwortete die überflüssige Frage des Oberstaatsanwalts mit einem nachlässigen Nicken. Ihm schwante, worauf Lenz hinauswollte.

Was Lenz verharmlosend als Affäre bezeichnete, galt in der Öffentlichkeit längst als Skandal. Unter dem Projektnamen *Pratorama* wurde in der nördlichen Peripherie Wiens ein aufwendiger Vergnügungspark geplant, mit dem vor allem zusätzliche Touristen angezogen werden sollten. Bürgermeister Berti Stotz persönlich wurde als Ideengeber betrachtet. Allerdings hatten sich kundige Personen bereits vor der öffentlichen Bekanntgabe des Projekts die entscheidenden Grundstücke gesichert. Deren Preise waren, wie energische Oppositionspolitiker herausgefunden hatten, in der Folge in absurde Höhen geklettert. Außerdem hatte eine Baufirma Bestellungen für Material und Fahrzeuge getätigt sowie Personal angeheuert, bevor noch irgendein Auftrag vergeben worden war. Seitdem ergingen sich die Medien in wildesten Spekulationen, welche prominenten Unternehmer und Politiker durch *Pratorama* zu Fall kommen würden.

»Deshalb habe ich mir überlegt«, dozierte Lenz unermüdlich lächelnd, »dass man Staatsanwalt Seiler jetzt unbedingt entlasten muss. Und Ihr Fall, Herr Major, hat ja leider auch an Dringlichkeit zugenommen. Also ist es das Beste, wenn sich jemand ausschließlich um … also diese Todesfälle kümmert. Das ist ja durchaus in Ihrem Interesse, nicht wahr, Herr Major?«

Belonoz schwieg. Staatsanwalt Oliver Seiler hatte bislang sowohl die Ermittlungen im *Pratorama*-Skandal wie auch in den Frauenmorden geleitet. Offenbar war ihm das nun zu viel geworden. Tatsächlich hatte Seiler zuletzt deutlich weniger Interesse an Belonoz' Arbeit gezeigt und ihm freie Hand gelassen. Belonoz hatte dies als Versuch Seilers interpretiert, nicht mit den erfolglosen Mordermittlungen assoziiert zu werden und sich lieber im Glanz eines aufbrechenden Politskandals zu sonnen. Andererseits lag nun die Möglichkeit nahe, dass Seiler durch die Konzentration auf *Pratorama* isoliert werden sollte. Welche Rolle der politisch flexible Lenz in diesem Spiel einnahm, war unklar.

»Wer genau wird die Untersuchung leiten?«, fragte Belonoz direkt und sah Lenz an, der seinem Blick auswich.

»Das steht so gut wie fest, aber ganz offiziell machen wir es morgen Vormittag«, sagte Lenz in diskreter Lautstärke und einem Tonfall, der Vertraulichkeit suggerieren sollte. »Auf ein paar Stunden früher oder später kommt es nicht an. Sie können darauf vertrauen, dass Sie es mit einer besonders fähigen Person zu tun haben werden, die auch schon Erfahrung hat, wie man einen gefährlichen Täter jagt. So, jetzt will ich Sie nicht weiter aufhalten und überlasse Sie wieder Ihrer Arbeit. Ich hoffe, wir sehen einander unter erfreulicheren Umständen bald wieder, Herr Major.«

Lenz ergriff Belonoz' Hand, schüttelte sie emphatisch und rauschte so eilig ab, wie er aufgetaucht war. Er hatte sich gar nicht erst bemüht, Interesse für den aktuellen Leichenfund vorzutäuschen.

»Der kleine Cäsar unter den Wiener Staatsanwälten kam, schwätzte und ging«, sagte Belonoz mit verächtlicher Ironie zu Steffek. »Natürlich, damit sich keiner beschweren kann, dass niemand von der Staatsanwaltschaft hier war. Alles nur, um der Form Genüge zu tun. Wie immer bei solchen bürokratischen Schreibtischhockern.«

Steffek räusperte sich. »Weißt du, welche Staatsanwältin er gemeint haben könnte?«

»Nein. Soll es wirklich eine Frau sein?«

»Sagen die Gerüchte.«

»Ich habe noch nichts herausfinden können. Mir fällt jedenfalls keine ein, die zur Beschreibung von Lenz passt.«

»Vielleicht eine aus Graz oder Linz?«, überlegte Steffek.

»Möglich. Oder eine Schnecke aus Salzburg. Das könnte amüsant werden, wenn irgendeine Provinztussi hier anrückt und das Kommando führt. Nur weil sie schon einmal einen Sittenstrolch eingebuchtet hat, der im Streichelzoo ein paar Tiere belästigt hat.«

Kurz vor achtzehn Uhr wurde Magdalena Karners Leiche in einem grauen Aluminiumsarg abtransportiert. Ein älterer, leicht untersetzter Mann mit Vollglatze, schwerer Lesebrille und gerundetem Rücken kam auf Belonoz zu. Professor Clemens Dalik war der diensthabende Gerichtsmediziner und ein Veteran seines Fachs.

»Tatzeitpunkt war zwischen dreiundzwanzig und vier Uhr«, sagte Dalik. »In der Wohnung war es allerdings recht warm. Das hat den Verwesungsprozess durchaus beeinflusst.«

»Alle Fenster waren geöffnet«, murmelte Belonoz wie zu sich selbst. »Und das bei der größten Hitze.«

»Nach der Obduktion morgen werden wir mehr wissen. Die Insekten beziehungsweise deren Larven werden uns bei der Bestimmung der Todeszeit helfen.«

»Fliegen?«

»Aber natürlich. Für die muss das der reinste Sonntagsbraten gewesen sein.«

»Das ist die Handschrift des Täters. Er ermordet eine Frau und überlässt sie der Natur. Sagen Sie mir bitte so exakt wie möglich, wann das Opfer erstochen worden ist«, bat Belonoz mit resignativem Unterton. »Wir haben so wenig Spuren. Jedes Detail könnte weiterhelfen, wenn wir dieses Spiel gewinnen wollen.«

Daliks Miene verzog sich nur unmerklich. »Verzeihen Sie, das habe ich in dem Trubel ganz vergessen. Das Opfer ist nicht erstochen worden.«

Zwei Sekunden lang starrte Belonoz den Gerichtsmediziner verblüfft an. Er glaubte, sich verhört zu haben. »Ich verstehe nicht ganz …«

»Es stimmt schon, die Leiche weist Einstichstellen auf, die wahrscheinlich vom selben Tatwerkzeug stammen wie bei den zwei früheren Morden.«

»Das ist klar.«

»Nur hat der Täter seine Methode in einem entscheidenden Punkt verändert. Er hat die Stichwunden zugefügt und danach sein übliches Ritual vollzogen.«

Belonoz, der nicht begriff, worauf Dalik hinauswollte, wurde ungeduldig. »Na sicher, der Mörder hat wie in den beiden anderen Fällen den Kopf der Leiche mit Klebestreifen umwickelt.«

»Nein, diesmal war es anders. Er hat …«

»Sorry, aber ich weiß, was ich gesehen habe. Auch die Leiche, und zwar sehr genau.«

Da berührte Dalik behutsam den Unterarm des Majors, als wäre dieser ein zu Aufsässigkeit neigender Patient, der beruhigt werden musste.

»Es tut mir leid«, sagte der Gerichtsmediziner sanft. »Ich habe mich unklar ausgedrückt, lassen Sie es mich noch einmal versuchen. Nase und Mund waren also wie der restliche Kopf mit sogenanntem *Duct Tape* zugeklebt. So weit sind wir uns einig. Aber der Täter hat zuerst die Augen ausgestochen und danach die Klebestreifen angebracht. Das Opfer hat da noch gelebt und geatmet. Letztlich war es ein Erstickungstod. Und wenn Sie mich fragen, lieber Belonoz, garantiert eine ziemliche Quälerei.«

4

So wie sie dastanden, ganz ohne Entourage, ohne Einflüsterer, Berater, Bewunderer, Begaffer, Einschmeichler, Verehrer oder Bewacher, vor allem jedoch ohne Fotografen, waren sie einfach nur ein Mann und eine Frau, nichts weiter.

Der Mann war Ende vierzig, er schien seltsam aufgedunsen und frühzeitig gealtert. Sein weißes Hemd spannte im Bauchbereich, die Jeans schienen augenblicklich zu platzen. Die Frau in ihrem cremefarbenen, sommerlich leichten Kostüm wirkte aufrechter, gepflegter, eleganter, frischer, dadurch insgesamt jünger. Weil sie hohe Absätze trug, überragte sie den Mann um ein paar Zentimeter.

Seite an Seite blickten sie durch das Fenster eines anonymen Bürogebäudes unweit des Stadtzentrums nach draußen. Sie schwiegen, während die Dämmerung die Stadt in ein intensives Orange tauchte, das langsam einem begierigen und dunkler werdenden Blau wich. Im Meer der Straßen und Häuser funkelten immer mehr Lichtpunkte, die Leben anzeigten.

»Lauter Schicksale dort unten«, sagte die Frau leise und nachdenklich.

»Nein«, widersprach der Mann schroff. »Keine Schicksale. Wähler.«

Aus zwei Menschen wurden zwei Politiker. Der gut gepolsterte Mann war Berti Stotz, der Bürgermeister der Stadt Wien. Und die schlanke Frau neben ihm war die Vizebürgermeisterin Marina Lohner. Es war wenig an ihnen, das sie von den meisten anderen Menschen unterschieden hätte. Weder schienen sie außergewöhnlich klug noch besonders humorvoll zu sein.

Es waren der Wille zur Macht und die gesellschaftliche Stellung, die sie auszeichneten. Und die Fähigkeit, das Leben ihrer Mitbürger zu beeinflussen. Das verschaffte ihnen Ansehen und Bedeutung, und weil ihnen dies bewusst war, versäumten beide keine Gelegenheit, sich in der Öffentlichkeit zu inszenieren. Fotografiert zu werden, während aus der anonymen Masse Objektive auf sie gerichtet waren, empfanden sie nicht als Zumutung, sondern als Beweis der Zustimmung, ja, der Liebe.

Der Bürgermeister ließ sich in den pompösen Lederstuhl hinter einem riesigen, völlig leeren Schreibtisch aus dunkelbraunem Holz fallen. Heimlich war das geräumige, spärlich möblierte Büro einige Monate zuvor angemietet worden, damit Stotz sich ungestört und unbeobachtet auf den Wahlkampf vorbereiten konnte. Bloß ein paar engste Vertraute waren eingeweiht.

Vor über vier Jahren hatte Stotz mit populistischen Parolen versprochen, in Wien alles besser zu machen und für Ordnung zu sorgen. Aufräumen wolle er, hatte er wiederholt mit frecher Entschlossenheit angekündigt. Zur Überraschung der meisten Beobachter hatte er etablierte Konkurrenten besiegt. Damals war er ein noch halbwegs jugendlich wirkender, vorlauter Wirbelwind gewesen. Die Zeit indes hatte gnadenlos gewütet. Sein Körpergewicht war ebenso gewachsen wie seine Selbstzufriedenheit. Stotz' einstige Ambitionen waren ihm hingegen abhandengekommen, falls sie jemals wirklich existiert hatten. Mittlerweile ging es ihm um den bloßen Machterhalt. Die Neigung zu Intrigen war ihm geblieben.

»Bitte nimm Platz, Marina«, lud er seine Vizebürgermeisterin ein, und sein Tonfall war betont freundlich.

Als wollte sie beweisen, selbst die letzte Entscheidung über ihre Bewegungen zu treffen, verharrte Marina Lohner am Fenster. Erst nach einem Augenblick bewusster Verzögerung stolzierte sie mit betont langsamen Schritten zum Schreibtisch. Sie setzte sich und schlug ihre schlanken Beine übereinander.

Die Bürobeleuchtung war unbarmherzig. Doch der gepflegten Erscheinung der fünfundvierzigjährigen Vizebürgermeisterin konnte sie nichts anhaben.

»Warum hast du mich an einem Sonntag hierherkommen lassen, Berti?«, fragte sie unverwandt.

Stotz starrte sie kurz an, schließlich lachte er.

»Marina, das ist echt gut«, sagte er und tat so, als könnte er sich vor Lachen kaum beruhigen. »Du wartest nicht einfach auf das, was ich sage. Sondern du ergreifst sofort die Initiative und drehst den Spieß um. Wirklich großartig.«

Lohners Mund verzog sich so weit, dass man gerade noch von einem Lächeln sprechen konnte.

»Ich gebe immer das Beste, Berti«, sagte sie. »Weißt du das denn nicht?«

Auch ihr Tonfall war locker, doch ihre Augen blieben, voller Kälte, auf Stotz gerichtet und schienen kein Zwinkern zu benötigen.

»Natürlich, Marina, ich kenne doch deine Qualitäten«, erwiderte Stotz heiter. »Du bist auch nicht zufällig zu meiner Stellvertreterin geworden. Deine Leistungen sprechen für sich. Alle wissen, dass du unverzichtbar bist.«

Marina Lohner nickte freundlich: »Das ist fein, aber … worum geht's?«

Wieder lachte Stotz. »Aha, immer muss es um etwas gehen … Du bist und bleibst misstrauisch … Das finde ich irgendwie gut.«

»Also?«, fragte Lohner unnachgiebig.

Stotz sah sie an, und schließlich nickte er devot, als hätte er die Aussichtslosigkeit seiner Situation endlich begriffen.

»Marina, die Lage ist leider brenzlig«, sagte Stotz und ließ Lohner nicht aus den Augen. »Wir brauchen einen Ausweg, eine Rettungsaktion. Vor allem für die Koalition. Die steht auf der Kippe.«

Aus der letzten Wahl waren Berti Stotz und dessen Freunde als stimmenstärkste Partei hervorgegangen. Er hatte allen alles versprochen. Nur jenen, die sich nicht wehren konnten, weil sie zu alt, zu krank oder zu arm waren, hatte er die Kürzung von Beihilfen angedroht.

Aber Stotz' Partei hatte nicht genügend Abgeordnete für eine Mehrheit im Wiener Gemeinderat gewonnen und sich widerstrebend einen Koalitionspartner suchen müssen. Plötzlich hatte Stotz energisch dafür plädiert, mit Marina Lohner und deren Partei zu kooperieren. Sämtliche Beobachter waren überrascht gewesen, und fast schon empört hatten sie daran erinnert, dass er vor der Wahl jegliche Zusammenarbeit mit anderen Parteien ausgeschlossen hatte. Dabei war gerade das typisch für Stotz gewesen. Überraschungen jeglicher Art zählten zum Repertoire seiner Kunstgriffe und hatten ihm oft den entscheidenden Vorsprung verschafft. Wie jeder gute Intrigant nahm er Nachteile in Kauf, bloß um das Steuerrad in der Hand zu behalten.

Was Stotz beabsichtigt hatte, war eingetroffen. Plötzlich hatten sich sogar kritisch eingestellte Medien vor Begeisterung überschlagen und über einen Sinneswandel des sonst nach billiger Beliebtheit lechzenden Stotz spekuliert. Er sei offenbar mit dem neuen Amt gewachsen, hatten sie verkündet. Weiter hätten sie von der Realität nicht entfernt sein können.

Tatsächlich hatte Stotz nur einen leicht zu manipulierenden Koalitionspartner gesucht. Die Truppe um Marina Lohner war ihm als die geeignetste erschienen. Sie sehnte sich nach Aufmerksamkeit und Einfluss, er wiederum benötigte die Stimmen von Lohners Partei. So ergänzten einander beide Seiten. Außerdem hatte der populistische Stotz den Imagegewinn erkannt, der seiner Partei durch die Kooperation mit Lohners aufgeschlossenen, modern und international wirkenden Leuten zuteilwerden würde.

Marina Lohner blickte Stotz emotionslos an. »Ich weiß nicht genau, was du meinst, Berti.«

»Ich spreche von *Unser Wien. Sicheres Wien.* Ich habe dich unterstützt, wenn Journalisten bohrende Fragen gestellt haben. Zum Beispiel, ob diese teure Kampagne notwendig ist. Aber jetzt … Etwas läuft schief.«

Sehr sanft und geradezu väterlich hatte Stotz diese Sätze gesagt. In bester Wiener Tradition, wo man es liebte, die Einleitung von Kriegshandlungen hinter einem Paravent aus rosa Schleiern zu verbergen. Deshalb wirkte Lohner mit einem Mal nervös und verunsichert, als hätte man ihr einen Tritt in den Magen verpasst. Sie kannte das Spiel, sie war eine Wienerin.

»Worauf willst du hinaus, Berti?«

»Du musst die Realität zur Kenntnis nehmen. Sonst leidet unser Image.«

»Wieso denn? Ich habe diese Kampagne erfunden, um den kommenden Wahlkampf vorzubereiten.«

Bei seinem Amtsantritt hatte Stotz in seiner gewohnt großspurigen Art geschworen, Wien zur sichersten Stadt der Welt zu machen. Nach der Wahl hatte er das Sicherheitsthema großzügig seiner Koalitionspartnerin überlassen. Mittlerweile fragten sich viele Wiener, was aus diesem Versprechen geworden war. Und ob Stotz nicht doch bloß das Großmaul mit den vollmundigen Behauptungen war, als das ihn seine politischen Gegner unablässig, aber erfolglos geschmäht hatten.

»Die Kampagne ist hochprofessionell«, sagte Stotz in herablassendem Tonfall und lächelte die Vizebürgermeisterin an. »Nur hast du ein Problem mit der Glaubwürdigkeit.«

»Wie bitte?«, fragte Lohner verblüfft.

»Wenn du unser sicheres Wien über alles lobst, wirkt das momentan etwas eigenartig. Nämlich, als ob du die Realität ignorieren würdest.«

»Wir haben das doch zur Genüge besprochen, oder? Zuerst korrigieren wir unser öffentliches Image. In einem zweiten Schritt werden wir auch …«

»Leider ist nun ein Punkt erreicht«, unterbrach Stotz, und seine demonstrative Gelassenheit grenzte an Arroganz, »wo du dir überlegen musst, deine Kampagne zu korrigieren. Oder sie überhaupt ganz zu beenden.«

»Berti, das … das ist hoffentlich nicht dein Ernst …«

»Marina, sieh das bitte endlich ein, es gab brutale Morde an jungen Frauen«, fuhr Stotz unbarmherzig fort. »Offenbar ist ein Serienkiller in Wien unterwegs. Du läufst also Gefahr, dich lächerlich zu machen, wenn du in dieser Situation weiter ungestört von unserem sicheren Wien sprichst.«

Marina Lohner richtete sich auf und erklärte entschieden: »Ja, du hast recht. Die zwei Morde waren alles andere als hilfreich. Aber uns geht es vor allem um Straßen- und Drogenkriminalität. Also das, was die Bürger im täglichen Alltag am eigenen Leib verspüren.«

»Marina … in der vergangenen Nacht hat der Täter einen dritten Mord begangen.«

Stotz konnte mit leichter Befriedigung beobachten, wie die Augen der Vizebürgermeisterin beinahe aus ihren Höhlen traten.

»Was?«, fragte sie mit ungewohnt fahler Stimme.

»Ja, so leid es mir tut. Ein dritter Mord an einer jungen Frau. Die Nachricht ist brandneu. Ich selbst habe erst vor einer Stunde davon erfahren.«

Lohner starrte den Bürgermeister an. »Du hast nichts davon erwähnt, als du mich hierhergebeten hast.«

»Weil ich es dir hier in aller Ruhe mitteilen wollte.«

»Von wem hast du es erfahren, Berti?«

»Rebernik hat mich angerufen.«

Das war beinahe nicht gelogen. Der Wiener Polizeipräsident Rebernik hatte ihn tatsächlich vor einer Stunde angerufen. Von dem neuen Mord hatte Stotz zu diesem Zeitpunkt allerdings bereits gewusst. Er besaß ein Netz nützlicher Informanten.

»Moment, Moment … Rebernik ist doch im Unterstützerkomitee meiner Kampagne«, sagte die Vizebürgermeisterin und klang dabei leicht wütend. »Warum hat er mich nicht auch benachrichtigt? Warum nur dich? Das ist wirklich …«

»Weil ich ihn ersucht habe, das nicht zu tun. Damit du es von mir persönlich erfährst. Und jetzt möchte ich, dass du mit deiner Kampagne sofort auf diese Situation reagierst. Das wirst du sicher schaffen, Marina.«

»Also was soll ich deiner Meinung nach tun?«

Stotz erkannte ihren Versuch, den argumentativen Spieß umzudrehen, und ließ sich gar nicht erst darauf ein. »Es ist deine Sache, Marina, lass dir etwas einfallen. So wie sonst auch. Dir ist noch immer etwas eingefallen.«

»Leicht wird das nicht werden.«

»Das sehe ich ähnlich«, sagte Stotz und nickte gönnerhaft.

»Ich glaube trotzdem, dass die Leute sehr wohl unterscheiden können. Zwischen der Kriminalität, die ich thematisiere und gegen die ich kämpfe, und einer solchen … einer Ausnahmetat wie dieser Mordserie. Die Menschen wissen, dass das zwei Paar Schuhe sind, und sie werden sicher …«

»Du willst es wirklich darauf ankommen lassen, Marina? Kannst du dir dieses Risiko leisten?«

Stotz schaute Lohner lange an, ohne zu blinzeln. Sein Blick war konzentriert, verriet jedoch keine Emotion. Der Bürgermeister verhielt sich wie eine Katze, die alle Geduld der Welt besaß und das Loch nicht aus den Augen ließ, in dem die Maus verschwunden war.

Der Moment, auf den jedes Streitgespräch zwischen starken Persönlichkeiten hinsteuerte, war erreicht. Wenn einer Seite die Argumente ausgingen, stand der Sieger fest. Berti Stotz hatte, einmal mehr, die Oberhand behalten. Nicht aufgrund seines überragenden rhetorischen Talents, denn Stotz besaß überhaupt kaum nennenswerte Begabungen. Lediglich darin, gelassen den geeigneten Zeitpunkt abzuwarten und dann den entscheidenden Schlag zu führen, zeichnete er sich aus. So war seine Karriere zustande gekommen, so hatte er Personen ausgetrickst, die allgemein als ihm überlegen galten. Bis nicht einmal mehr tatsächliche Überraschungen notwendig waren. Irgendwann war es egal, wie sich Stotz verhielt, ob klug oder dumm, ständig vermutete man, dass er noch ein Ass im Ärmel verborgen hielt. Dies hatte den endgültigen Durchbruch des Berti Stotz bedeutet. Er musste nie mehr irgendetwas beweisen, im Gegenteil, permanent unterstellte man ihm, schon demnächst den vernichtenden Gegenschlag auszuführen. Es gab Journalisten, die glaubten, kritisch über Stotz zu berichten, indem sie dessen angebliche Strategie beschrieben. Tatsächlich bestätigten sie damit das Image des Bürgermeisters, und manche Gegenspieler wurden nervös. Aus reiner Nervenschwäche unterliefen ihnen Fehler, die Stotz auszuschlachten wusste.

Stotz hatte den Aufstieg der Vizebürgermeisterin beobachtet, seitdem die Koalition vor fast vier Jahren vereinbart worden war. Nie hatte er Lohner in dieser Zeit öffentlich zu diskreditieren versucht. Im Gegenteil, öffentlich hatte er sie gelobt, sooft es ihm möglich gewesen war. Zugleich hatte er den geeigneten Moment abgewartet, um Marina Lohner zu demontieren. Nun war dieser Punkt gekommen. Zwar spät, aber er war gekommen, und nur das zählte für Berti Stotz.

Er begleitete die Vizebürgermeisterin zur Tür und kehrte an seinen Schreibtisch zurück. Er massierte seinen linken Arm, der sich zuletzt etwas taub angefühlt hatte, und holte sein Handy aus der Hosentasche.

»Sie hat nichts geahnt und war völlig überrascht«, sagte der Bürgermeister ohne lange Vorrede und komplett entspannt. »Das Spiel geht in die nächste Runde. Und die liebeskranke Staatsanwältin, die ihrem Traummann nach New York nachgereist ist ... Was soll man da noch sagen? Lächerlicher geht es nicht mehr. Das Schöne ist, dass zunächst niemand darüber reden wird. Lenz muss den Mund halten, obwohl er davon weiß. Denn sonst würde man ihn fragen, warum er die Ermittlungen ausgerechnet dieser Frau anvertraut hat. Ist das alles nicht unglaublich ironisch?«

Stotz lachte und beendete kurz darauf das Gespräch. Einen Moment lang überlegte er, bevor er eine andere Nummer wählte.

Nach dem dritten Läuten ertönte die Stimme von Sasha Bonino.

*

Nur ein einziges Mal, nämlich als Descho ihm mitgeteilt hatte, dass sich Herr und Frau Karner möglicherweise in Dienten aufhielten, schien der Pfarrer vorübergehend irritiert zu sein. Da hatte Descho sofort nachgehakt und sich erkundigt, ob denn das Ehepaar Karner noch irgendwelche Freunde oder Verwandte in Dienten besäße. Davon sei ihm bedauerlicherweise nichts bekannt, hatte der etwa fünfzigjährige Zach mit entschuldigender Miene erwidert und sich wieder gefangen.

»Das waren alle gute Katholiken, jeden Sonntag haben sie die Messe besucht«, hatte Zach oberflächlich die Familie Karner charakterisiert, die vor zehn Jahren zur Überraschung aller Dorfbewohner nach Salzburg umgezogen war. Und kaum mehr als freundliche Allgemeinplätze hatte Zach für Magdalena Karner gefunden.

»Ein liebes und fleißiges Mädchen, wie man es sich nur wünschen kann«, hatte Zach gesagt.

»Irgendwelche Probleme oder Konflikte, vielleicht mit den Eltern oder mit Freunden?«

»Nicht dass ich wüsste.«

»Sind Ihnen Vorkommnisse hier im Dorf erinnerlich, die Ihnen rückblickend als seltsam oder gefährlich erscheinen?«

»Überhaupt nichts. Da muss ich Sie enttäuschen. Hier bei uns gibt es noch die sprichwörtliche heile Welt. Die Dorfgemeinschaft funktioniert, einer kann sich auf den anderen verlassen.«

»Warum haben die Karners dann Dienten verlassen?«

»Na, wahrscheinlich wollten sie lieber in der Stadt leben. Und auch mehr verdienen. Herr Karner hat damals den örtlichen Supermarkt geleitet, Frau Karner war im Büro eines Liftbetreibers beschäftigt. In Salzburg haben sie sich vielleicht mehr erhofft. Eventuell auch bessere Chancen für ihre Tochter.«

»Es hat hier in Dienten auch nie Probleme mit Touristen gegeben? Also zum Beispiel mit Gästen, die hiesige Mädchen bedrängt haben? Und dabei gewalttätig geworden sind?«

»Sicher nicht. Sowas wäre mir garantiert zu Ohren gekommen. Es sei denn, es hat sich um eine absolute Lappalie gehandelt. Da behält man nicht alles so genau im Kopf. Die Zeit vergeht eben, manches vergisst man leider. Sie kennen das sicher. Bei den vielen Leuten, die Ihnen unterkommen. Mir geht es genauso.«

Da hatte Zach verschwörerisch gelächelt. Ganz so, als verstünde er den Kriminalpolizisten genau, weil er selbst ähnliche Erfahrungen gemacht hatte.

Descho verabscheute solche Attitüden. Er mochte es nicht, wenn sich jemand Kenntnisse anmaßte, die er nicht haben konnte. Nein, ein Dorfpfarrer hatte definitiv keine Ahnung, wie es sich anfühlte, für die Kriminalpolizei zu arbeiten.

Schließlich hatte Zach äußerst geschickt begonnen, das Thema auf sich selbst und seine sportlichen Aktivitäten zu lenken. Stolz hatte er von seinem samstäglichen Squashspiel im nahen Saalfelden berichtet, als wäre er nach einem Alibi gefragt worden. Da hatte es Descho gereicht. Den Redeschwall des Priesters ausblendend, hatte er einen Blick auf dessen makellos manikürte Finger und die schlanke Figur geworfen. Und beschlossen, die Flucht vor einem eitlen Einzelgänger anzutreten, der von der Begegnung mit einem echten Kriminalpolizisten allzu begeistert war.

Via Funk meldete sich Descho bei der Salzburger Zentrale. Auch die Kollegen hatten die Karners noch immer nicht aufgestöbert. Descho sorgte sich um den Erfolg, den er den arroganten Wiener Kollegen präsentieren wollte.

Noch einmal fuhr er durch Dienten und die schmale Straße hinauf bis zum ersten Skilift außerhalb des Dorfs. Er wollte sich vergewissern, ja nichts übersehen zu haben. Angestrengt musterte er, was ihm in den Blick kam. Er war nicht gewillt, die Hoffnung aufzugeben.

Doch er fand nicht den kleinsten Hinweis. Es blieb nur der Weg zurück nach Salzburg. Ergebnislos, mit leeren Händen. Vor allem jedoch enttäuscht. Dabei hätte Descho schwören können, dass hier etwas in der Luft lag und bloß darauf wartete, entdeckt zu werden.

Als Descho seinen Dienstwagen auf der einspurigen Straße wenden wollte, näherte sich ein Auto, das in hohem Tempo talabwärts in Richtung Dienten unterwegs war.

Es war ein schwarzer Mercedes. Auf dem Dach befestigte weiße Fähnchen und Girlanden zeigten an, dass jemand geheiratet hatte.

Ein Paar hatte die Herausforderung angenommen, die guten und die schlechten Zeiten miteinander zu verbringen. Vielleicht würden die beiden Kinder haben. Ihnen mit Liebe und viel Mühe beim Aufwachsen helfen, in der Hoffnung, sie damit auf ein geglücktes Leben vorzubereiten. Stets voller Sorge, dass diesen Kindern ja nichts passieren und sich niemand unterstehen würde, ihnen etwas anzutun.

Nervös aktivierte Descho den Blinker.

Dem Mercedes folgte ein dunkelblauer Volvo älteren Typs. Das Kennzeichen des Wagens zeigte an, dass er aus der Stadt Salzburg stammte.

Offenbar war er bereits etwas unaufmerksam geworden. Anders konnte Descho es sich nicht erklären, dass er einen zweiten Blick benötigte, um völlig sicher zu sein.

Natürlich war es das Auto, das er die ganze Zeit über gesucht hatte.

5

Dort drüben hatte Magdalena Karner Musik gehört, gelernt, geschlafen, gelebt. Vom Fenster seines Büros aus konnte Major Belonoz einen Teil des Hauses sehen, in dem die Studentin getötet worden war. Wie die Kriminaldirektion lag es am Donaukanal, einen knappen Kilometer flussabwärts. Niemals zuvor hatte Belonoz dem Betonklotz Beachtung geschenkt. Nun schien es ihm beinahe, als sollte ihm seine Ohnmacht angesichts des anonymen Täters dauerhaft vor Augen geführt werden.

»Fassen wir zusammen«, sagte Belonoz und drehte sich zu Steffek um. »Was haben wir? Wie machen wir weiter?«

»Zunächst zum Opfer«, begann Steffek. »Magdalena Karner stammte aus Salzburg, sie war zweiundzwanzig Jahre alt. Seit vier Jahren war sie Studentin an der Medizinischen Universität und wohnhaft in Wien. Keine Vorstrafen und auch sonst völlig unauffällig. Nicht einmal irgendein Verkehrsdelikt.«

»Eine brave Staatsbürgerin«, murmelte Belonoz, begab sich zu seinem Schreibtisch und ließ sich erschöpft in den Sessel fallen.

»Neuigkeiten von den Eltern?«, erkundigte sich Steffek betont beiläufig.

»Keine Spur«, antwortete Belonoz.

Fassungslos schüttelte er den Kopf, hatte aber keine Lust mehr, sich aufzuregen.

»Und die Hausbewohner, haben die was bemerkt?«, fragte er.

»Das Problem ist, dass viele Nachbarn am Wochenende nicht in Wien waren.«

»Schön für sie, aber eine genaue Befragung bleibt ihnen nicht erspart«, sagte Belonoz. »Vielleicht hat sich der Täter in den vergangenen Tagen im Haus herumgetrieben, um die Lage auszukundschaften. Oder einer der Bewohner hat mehr mit dem Mord zu tun, als wir ahnen. Relativ unwahrscheinlich bei einem Serienmörder. Aber untersuchen muss man es.«

»Wird derzeit erledigt. Übrigens muss die unmittelbare Nachbarin der Ermordeten zur Tatzeit in ihrer Wohnung gewesen sein. Eine ältere Dame, die behauptet, nichts gehört oder gesehen zu haben. Am Samstagabend ist sie angeblich gegen dreiundzwanzig Uhr schlafen gegangen. Ihre Wohnungstür hat sie erst geöffnet, nachdem sie das Rumoren unserer Beamten bemerkt hatte. Sagt sie zumindest.«

»Wie alt ist diese ältere Dame?«

»Sechsundachtzig.«

»Großartig«, lachte der Major hämisch. »Eine ideale Zeugin, wie aus dem Kriminalistiklehrbuch. Was ist eigentlich mit der Frau, der die Blutlache aufgefallen ist?«

»Die ist dreiundsiebzig und die Witwe eines Apothekers. Sie behauptet, dass sie täglich das gesamte Haus durchforstet. Weil es angeblich aus Kostengründen keinen fixen Hausmeister gibt, der technische Probleme behebt, und sie Angst vor einem Brand hat.«

»Ein Wahnsinn«, sagte Belonoz düster. »Alles Bisherige war wie eine leichte Brise. Jetzt kommt Sturm auf. Solange nicht irgendetwas passiert, das von dem Fall ablenkt, wird die Öffentlichkeit uns als Sündenböcke und Schießbudenfiguren benutzen.«

Belonoz lehnte seinen Kopf an die Rückenlehne und schloss kurz die Augen.

»Wir müssen«, fuhr er fort, »das gesamte Umfeld des Opfers durchleuchten. So gründlich, dass man uns nicht beschuldigen kann, irgendetwas ausgelassen oder übersehen zu haben. Außerdem sind eventuelle Querverbindungen zu den anderen Morden zu überprüfen. Das hat bisher zwar nichts gebracht, aber wer weiß … Dieser Täter ist enorm gefährlich. Die Mordserie wird erst aufhören, wenn wir ihn festnehmen. Oder wenn er stirbt.«

Belonoz dachte an die Beschwichtigungsversuche der letzten Tage. Forsch hatte die Wiener Vizebürgermeisterin verkündet, die beiden Morde seien noch kein Beweis für einen Serientäter. Möglicherweise sei alles purer Zufall, und eigentlich brauche sich niemand Sorgen zu machen. Keinesfalls dürfe man zwei tragische Todesfälle für politische Zwecke missbrauchen, hatte sie mit dramatischer Attitüde gepredigt.

Der Major verachtete das manipulative Geschwätz der Politiker. Selbstverständlich genügten zwei Morde, um von einem Serientäter zu sprechen. Vor kurzem hatte er mit Mario Promegger darüber diskutiert.

Skepsis war es, die seine grundsätzliche Haltung gegenüber Politikern bestimmte. Belonoz hatte die Ränkespiele diverser Parteifunktionäre wiederholt zu spüren bekommen, zuletzt bei seiner Ernennung zum Leiter der Mordkommission. Damals hatte man versucht, seine Bestellung unter allen Umständen zu verhindern. Das Innenministerium hatte sich sofort eingemischt, kurz darauf das Justizministerium. Fast schon verzweifelt hatten sie darauf gedrängt, einen devoten Jasager mit dem Posten zu betrauen. Womöglich jemanden, der zumindest irgendein Parteibuch besäße, also jedenfalls kalkulierbar gewesen wäre. Aber keinesfalls jemanden, der so eigenwillig und selbstbewusst war wie Belonoz. Wodurch die Politiker bewiesen hatten, aus dem großen Polizeiskandal nichts gelernt zu haben. Ihn hatten Beamte verursacht, die, ungeachtet ihrer Unfähigkeit, mit Rückendeckung einer politischen Partei an entscheidende Stellen gelangt waren. Belonoz vermied es, sich daran zu erinnern, sonst wäre ihm die Galle hochgekommen.

Es klopfte an der Tür, und im nächsten Augenblick stürmte eine energisch wirkende, dunkelhaarige Frau in den Raum. Sie war Mitte dreißig, trug sportliche Kleidung und Laufschuhe. Ihre markanten Gesichtszüge verrieten Stress und Anspannung.

Belonoz nickte ihr zu. »Ich habe mich schon gefragt, wo du dich herumtreibst.«

»Sorry, es ging nicht anders«, sagte Leutnant Nika Bardel atemlos und warf sich in den zweiten Sessel vor Belonoz' Schreibtisch. »Ich war bei meinen Eltern in der Steiermark und hatte das Handy abgedreht.«

»Die Nachrichten hast du nicht verfolgt?«

»Erst im Auto auf der Rückfahrt hab ich gehört, was passiert ist. Dann hab ich auch eure Anrufe auf der Mobilbox bemerkt.«

»Man kann Handys auf lautlos stellen, anstatt sie ganz abzudrehen.«

»In dem Fall nicht«, gab Bardel knapp Auskunft. »Also, was ist der Stand der Dinge?«

Belonoz atmete tief ein und machte Bardel stichwortartig mit den wichtigsten Details des jüngsten Mordes vertraut. Als er gerade die ersten Untersuchungsergebnisse von Gerichtsmediziner Dalik referieren wollte, läutete das Telefon auf seinem Schreibtisch.

Belonoz lauschte und ließ nur gelegentlich ein »Mhm« und »Aha« fallen, dann schloss er mit »Bis später« und legte auf.

»Die Mozartkugeln werden langsam munter«, sagte er ohne erkennbare Emotion. »Sie haben die Eltern gefunden.«

»Und was sagen sie?«, erkundigte sich Steffek.

»Nichts. Wir müssen warten.«

»Wieso?«, fragte Nika Bardel misstrauisch und warf Belonoz einen scharfen Blick zu.

*

Zuerst zweimal über die Ringstraße, danach den Donaukanal flussabwärts, über eine Brücke zum anderen Ufer und flussaufwärts. Ziellos kurvte Marina Lohner in ihrem Jaguar durch Wien. Sie wusste weder, was sie wollte, noch, wohin sie sollte.

Sie versuchte, einen klaren Gedanken zu fassen. Sich zu überlegen, wie ihre nächsten Schritte aussehen könnten. Unweit des Kahlenbergs, mitten im Grünen, wo niemand sie beobachten konnte, hielt sie an. Sie stieg aus ihrem klimatisierten Auto und holte Luft. Die Hitze war ihr in diesem Moment egal.

Sie hatte keine Antworten, weil sie noch nicht einmal die dazugehörenden Fragen hatte. Orientierungslos war sie, verwirrt, verärgert und verzweifelt.

In ihrer großen Handtasche kramte sie nach ihrem Handy. Sie hatte erkannt, dass sie in diesem Zustand Hilfe benötigte. Allein schaffte sie es nicht mehr.

Eine Viertelstunde später fuhr Lohner in die Tiefgarage eines Hauses in der Sieveringer Straße, wo sie ein Dachgeschoß bewohnte.

Als sie ausgestiegen war und die Wagentür zugeschmissen hatte, sah sie die Person. Reglos stand sie ungefähr zehn Meter entfernt. Schließlich begann sich die Person mit langsamen Schritten zu nähern. Es gab kein Entkommen, nicht hier und nicht jetzt.

»Eines muss ich wissen«, sagte die Person leise und blieb stehen. »Willst du weitermachen?«

In diesem Augenblick kehrte Lohners Selbstsicherheit zurück. Als hätte das Schicksal sie bloß auf die Probe gestellt. Was gerade erst gewesen war, fiel von ihr ab wie Schnee von einem imprägnierten Wintermantel. Sie war wieder eine professionelle Politikerin. Und als solche kannte sie ihre Ziele, wollte sie verwirklicht sehen.

»Ja, das möchte ich unbedingt«, erwiderte die Vizebürgermeisterin mit kalter, mühsam unterdrückter Wut. »Berti Stotz hat nichts anderes verdient. Auch wenn es schwierig wird.«

»Es könnte Opfer geben.«

»Das wird kaum zu vermeiden sein.«

*

Die Fahrt im Zwielicht der Dämmerung über die von ebenso rasanten wie reaktionsarmen Wochenendheimkehrern verstopfte Autobahn war mühsam. Auf keinen Fall durfte Descho den blauen Volvo aus den Augen verlieren. Noch in Dienten hatte sich Descho dazu entschieden, den Karners vorläufig bloß zu folgen. Telefonisch waren sie weiterhin nicht erreichbar, offenbar hatten sie ihre Handys abgeschaltet.

Also galt es abzuwarten. Selbst wenn es Druck aus Wien gab, die Sache möglichst rasch zu klären. Das war Descho egal. Er wollte keine schnelle, sondern die richtige Lösung.

Erstmals atmete Descho auf, als der Volvo auf den Salzburger Stadtteil Liefering zusteuerte. Dann noch einmal, als der Volvo in einer Lieferinger Wohnsiedlung geparkt wurde und zwei Personen Anstalten machten, den Wagen zu verlassen. Sie waren auf dem Heimweg, nicht auf der Flucht.

Zugleich war abzusehen, was folgen würde. Deshalb schlug Deschos Herz jetzt wieder schneller.

Rasch stellte er sein Auto ab und hastete in Richtung der beiden Personen, die sich dem Eingang zu ihrem Wohnhaus näherten. Descho erkannte, dass sie sich über den davor postierten Streifenwagen wunderten und ein paar Worte wechselten. Aber da war er schon bei ihnen.

Er wies sich als Beamter der Salzburger Kriminalpolizei aus und fragte sie, um einem möglicherweise gravierenden Irrtum vorzubeugen, nach ihren Namen. Ja, sie waren es, Herr und Frau Karner.

Behutsam gab ihnen Descho zu verstehen, dass er mit ihnen reden müsse. Dergleichen glaubhaft zu kommunizieren, darauf verstand er sich. Sie musterten ihn zwar mit großen Augen, und er bemerkte, wie Misstrauen in den beiden keimte. Aber sie erlaubten ihm, mit in die Wohnung zu kommen. Einer der uniformierten Polizeibeamten, die vor dem Haus ausgeharrt hatten, folgte ihnen und bezog vor der Wohnungstür Stellung.

Die Räume waren ohne gestalterischen Ehrgeiz möbliert, aber auffällig sauber und beinahe schon übertrieben ordentlich. Im Wohnzimmer wurde Descho bedeutet, am hölzernen Esstisch Platz zu nehmen. Frau Karner fragte ihn, ob er etwas trinken wolle, doch er verneinte höflich. Sein Durst war verschwunden und er spürte die plötzliche Beklommenheit. Es galt, das Unvermeidliche hinter sich zu bringen. Danach würde nichts mehr sein wie zuvor. Er selbst würde nach Hause gehen und mit seinen Kindern spielen können, sein Leben würde wie gewohnt weitergehen. Aber Herr und Frau Karner würden allein sein und das von nun an auch bleiben, für den Rest ihrer Tage.

Der Zusammenbruch der Eltern war ein totaler. Wie festgefroren saßen die drei Menschen im Wohnzimmer, Änderungen gab es lediglich in der Mimik und Gestik. Bleierne Hoffnungslosigkeit breitete sich aus. Descho wünschte sich weit weg, vor allem wegen dieser entsetzlichen Stille, die sich breitmachte. Wenn da wenigstens Wut oder Verzweiflung gewesen wäre, hätte Descho es vielleicht besser aushalten können. Aber das Ehepaar zeigte keine Emotion, als wären sie es gewohnt, alles sofort runterzuschlucken, was ihnen das Schicksal auftischte. Es schien Descho, als wären die beiden vor ihm bei lebendigem Leib gestorben.

Gleichwohl wusste er, dass nun die Teufel des Zweifels am Werk waren. Mit verlockender Süße flüsterten sie dem Ehepaar Karner ins Ohr, das alles einfach nicht zu glauben. Stattdessen sollten sie eine Verwechslung in Erwägung ziehen, die sich garantiert in jedem Moment aufklären würde. Wenn nicht überhaupt gleich an einen ausgeklügelten, sehr bösen Scherz denken, den man ihnen spielte, und in den seriös wirkende Darsteller eingebunden waren. Und selbst wenn dieser Descho ein echter Polizist und seine Aufgabe ernsthaft seien, gelte es dennoch, so raunten die Teufel, sich gegen diese Zumutung des Schicksals zu wehren. Die wirklich schrecklichen Sachen passierten doch lediglich denjenigen, die den Mut verloren und deshalb eine Bestrafung regelrecht heraufbeschworen.

Descho ging davon aus, dass sich die Karners jetzt innerlich aufbäumten. Auch wenn sie es sich nicht anmerken ließen, weil sie offenbar gelernt hatten, Gefühle zu verbergen. Erst viel später würden sie zu Boden fallen und umso härter aufschlagen, je mehr Einfluss sie den Teufeln des Zweifels gewährt hatten. Zugleich war Descho dazu verpflichtet, diese wertvollen ersten Momente nicht zu vergeuden. So stellte er Frage um Frage. Seine Beharrlichkeit führte dazu, dass Herr und Frau Karner vorübergehend wieder zu angemessen menschlichen Reaktionen fähig wurden. Wie um sich selbst zu betäuben, sprachen sie immer mehr, gaben bereitwillig Auskunft zu allem, wonach sich Descho erkundigte, und fielen einander manchmal sogar ins Wort.

Er machte sich Notizen, während er konzentriert das Ehepaar Karner beobachtete und sich das Verhalten der beiden genau einzuprägen versuchte. Später würde man daraus eventuell wichtige Schlüsse ziehen können. Und irgendwann sollte sich vielleicht auch eine Erklärung dafür finden, warum Herrn Karners Atem dermaßen intensiv nach Alkohol roch.

*

Kurz vor dreiundzwanzig Uhr summte das Handy. Das Display beleuchtete einen Teil des stockdunklen Vorzimmers. Lily wurde darauf aufmerksam, als sie aus dem Bad kam.

»Ich wollte dir noch rasch alles Gute für morgen wünschen«, meldete sich Albine.

Im geräuschvollen Hintergrund vernahm Lily aufgeweckt plaudernde Stimmen.

»Wie lieb von dir«, sagte sie. »Wo bist du gerade?«

»Vor einem Club im vierten Bezirk. Hörst du die anderen Leute?«

»Natürlich«, antwortete Lily. »Da scheint ja einiges los zu sein so spät am Sonntagabend.«

Sie hatte alle Lichter in ihrer Wohnung gelöscht und die elektrisch betriebenen Geräte ausgeschaltet. Lily benötigte dieses Ritual, um dem Körper und der Seele zu signalisieren, dass es an der Zeit war, den Schlaf zu beginnen.

Albines Anruf verband Lily mit einer Welt, die einem anderen Rhythmus gehorchte. Während Lily ihrem ersten Arbeitstag nach ihrer langen Pause entgegensah und sich nach Schlaf sehnte, schwamm Albine in der nächtlichen Wiener Partyszene. Manchmal hatte Lily selbstkritisch überlegt, ob sie in ihrem tiefsten Inneren eifersüchtig auf Albines Lebensstil war. Zu einer Antwort hatte sie nie gefunden. Oder nie finden wollen. Weil sie schon oft genug der Zeit jugendlicher Unbeschwertheit nachhing, die selten zwischen Dürfen und Müssen unterschied, sondern vorrangig zwischen Können und Nicht-Können. Aber auf keinen Fall zwischen Tag und Nacht.

»Ich muss hier sein, weil mein Sender das will«, sagte Albine betont abgeklärt, als hätte sie Lilys Gedanken erraten. »Aber heute habe ich überhaupt keine Lust. Lieber wäre ich jetzt bei dir, um dich für morgen in Form zu bringen.«

»Na ja, in irgendeiner Form werde ich sicher sein ... Fragt sich nur, in welcher.«

Auf der Stelle verkündete Albine im Tonfall absoluter Entschiedenheit: »Alles wird super laufen. Das sagt mir mein Bauchgefühl. Außerdem halte ich dir die Daumen.«

»Gut so, dann kannst du mit deinen Händen auch nichts Schlimmes anstellen. Wie heißt das eigentlich, wo du gerade bist?«

»*Foxy*. Du kennst den Club, letztes Jahr waren wir zusammen hier.«

Lily erinnerte sich. Vor allem daran, wie sehr sie sich unter all den Gästen zwischen zwanzig und vierzig wohlgefühlt hatte, die sich die Nächte um die Ohren schlagen konnten. Die Location war eng und die Luft verbraucht gewesen, das Licht schummrig und die Musik genau in der richtigen Lautstärke. Lily vermisste diese Momente.

»Genieß es, Albine, das ist ein Befehl!«

»Wird ausgeführt, Frau Staatsanwältin. Hast du übrigens am Donnerstag schon was vor? Christoph macht nämlich eine Party und ...«

»Nicht zufällig *der* Christoph?«

»Doch. Dein ewiger Verehrer. Du musst kommen. Jetzt, wo du in Wien bist, werde ich nicht zulassen, dass du dich wieder zu Hause einigelst. Ins Kloster kannst du auch in zwanzig Jahren noch gehen.«

»Lust hätte ich schon«, sagte Lily und gähnte.

Kurz darauf legte sich Lily ins Bett und schloss die Augen. Der Schlaf der vergangenen Nacht war zwar lang gewesen, aber nicht besonders erholsam. Nun forderten die Anstrengungen der Reise und der Zeitumstellung ihren Tribut.

Da rief Albine erneut an. Das Summen des Telefons drang bis ins Schlafzimmer.

Albine entschuldigte sich für die Störung und fragte Lily, ob sie von diesem dritten Mord gehört habe. Plötzlich sei er Gesprächsstoff im *Foxy*, ausgerechnet dort, wo die Realität am Türsteher sonst nie vorbeikomme. Und sie frage sich, ob man als junge Frau in Wien nachts noch allein nach Hause gehen könne.

*

Die Hitze des Tages hatte sich kaum verflüchtigt. Major Belonoz stand vor der Kriminaldirektion und genoss die frische Luft, die von einem sanften Wind durch die Straßen getrieben wurde. Gegen die lähmende Stickigkeit der Büros ließ sich wenig ausrichten, ganz egal wie lange man die Fenster geöffnet ließ. Nun hatten Steffek und Bardel damit zurechtzukommen. Sie kümmerten sich um die Ermittlungen und koordinierten die Zusammenarbeit mit den Kollegen in Wien und Salzburg. Am frühen Montagmorgen, also in ein paar Stunden, wurden Kovacs und Metka erwartet, später Steffek und er selbst.

Damals, als der Polizeiskandal enorme Lücken in den Apparat gerissen hatte, war Belonoz gefragt worden, ob er die Mordkommission übernehmen wolle. Er hatte unter der Bedingung zugesagt, sich die Mitarbeiter und die Büroräume aussuchen zu dürfen. Seitdem arbeitete er mit unbelasteten, motivierten Nachwuchskräften, die keiner politischen Partei verpflichtet waren. Und das Büro lag in dem betagten Gebäude am Donaukanal, in dem Belonoz sein Geschäft gelernt hatte. Deshalb war er dorthin zurückgekehrt. Weil es galt, die alten, unschuldigen Zeiten, als die Korruption noch nicht alles zerstört hatte, wiederzubeleben.

Belonoz überquerte die Roßauer Lände und näherte sich dem Donaukanal. Der Autoverkehr hatte um diese Zeit bereits merkbar abgenommen, und es duftete angenehm nach dem Grün des Flussufers. Aus der Richtung eines nahen Lokals drangen die fröhlichen Laute junger Menschen an sein Ohr. Belonoz dachte an ihre Sorglosigkeit und wurde gegen seinen Willen etwas melancholisch. Seine eigene Unbekümmertheit war längst verblichen. Das Leben und die Arbeit hatten Narben hinterlassen. Zuerst war ihm die jugendliche Naivität mit ihrem unerschütterlichen Optimismus abhandengekommen, danach das Vertrauen, noch fast alle Chancen vor sich zu haben. Er war ein anderer geworden.

Andererseits war es besser so. Die drei erstochenen Frauen hatten solche Probleme nie erleben dürfen. Der Mörder hatte sie jeglicher Chance beraubt, zu reifen und ihre Persönlichkeiten weiterzuentwickeln.

Belonoz' Handy vibrierte.

»Aha, so heißt sie also«, sagte der Major nach kurzem Lauschen. »Der Name kommt mir bekannt vor … Natürlich, völlig klar, jetzt fällt es mir ein … Danke für die Information, das hilft mir weiter. Ich rufe dich zurück, sobald ich was weiß …«

Er ließ das Handy in einer Sakkotasche verschwinden, aus der anderen holte er ein gelbes Päckchen mit kubanischen *Partagás*-Zigarillos. Genüsslich rauchte er, während ihn eine milde nächtliche Brise umwehte. Dabei wunderte er sich, dass der alte Lenz ausgerechnet eine noch nicht einmal dreißigjährige Wiener Staatsanwältin mit dieser heiklen Sache betrauen wollte.

Als ein freies Taxi vorbeifuhr, winkte Belonoz und warf den Zigarillo weg. Er schwang sich auf die Rückbank, gab das Ziel an und begann zu überlegen, was er von Doktor Lily Horn zu erwarten hatte.

Montag, 14. Juni

6

Es fühlte sich an, als sei es sieben Uhr früh.

Das Gefühl trog. Tatsächlich war es beinahe eine Stunde früher, als Lily Horn erwachte. Der Blick auf den Radiowecker war ernüchternd. Sie hatte den Tag um sieben Uhr dreißig beginnen und im Bewusstsein aufstehen wollen, ausreichend geschlafen zu haben.

Sie zog das dünne Leintuch über ihren Kopf und versuchte, sich auf das Wiedereinschlafen zu konzentrieren. Es blieben anderthalb Stunden.

Hatte sie eigentlich den Wecker richtig gestellt oder war sie gestern schon viel zu müde gewesen? Was hatte sie gestern Abend noch getan? Die Erinnerung an Albines nächtlichen Anruf tauchte schemenhaft auf.

Widerwillig robbte Lily in eine Position, von der aus sie den Wecker kontrollieren konnte. Alles stimmte. Seufzend vergrub sie ihr Gesicht im Polster.

Sie spürte das Pochen ihres Herzens.

Lily legte sich auf die andere Seite, verkrallte sich in ihrem Bett, bohrte sich in die Matratze, wollte sich verbergen vor dem anbrechenden Tag. Eine sinnlose halbe Stunde verging, bis sie endgültig aufgab und aus dem Bett stieg.

Sie zog die Jalousien auf und öffnete die Fenster. Albine schlief ganz sicher noch. Vielleicht sogar gerade erst.

Im Wohnzimmer rollte Lily die Yoga-Matte aus, machte den Sonnengruß und ein paar Dehnungsübungen. Was den Körper erfrischte, nur der Geist, dieser eigenwillige Motor, wollte nicht so recht anspringen.

Zum Frühstück gab es Joghurt, eine Banane und mehrere Tassen ungesüßten schwarzen Tees. Danach duschte sie ausgiebig, und während sie ihre Haare mit dem Handtuch abtrocknete, hörte sie im Radio die Morgennachrichten. Als über den neuen Wiener Frauenmord berichtet wurde, erinnerte sich Lily erneut an das Telefonat mit Albine.

In hochhackigen Sandalen trat sie eine Dreiviertelstunde später auf den Rooseveltplatz. Dezent war ihr Gesicht geschminkt, die Haare hatte sie straff nach hinten gebunden. Eine elegante Ledertasche baumelte an ihrer Schulter, und zusammen mit der leichten Hose und der Bluse sah Lily aus, als wollte sie den schicksten Frauen von Mailand oder Paris Konkurrenz machen. Weil die Hitze sich erneut der Stadt zu bemächtigen begann, wählte sie ein geruhsames Tempo. Keinesfalls wollte sie verschwitzt im Grauen Haus eintreffen. So nannte der Volksmund das Wiener Landesgericht für Strafsachen, eine festungsähnliche Trutzburg der Justiz.

Das robuste, an eine Kaserne erinnernde Gebäude war mitten in einem tiefbürgerlichen Wohnviertel errichtet worden, gleichsam als Beweis dafür, dass der Rechtsstaat die Gnade nur in Ausnahmefällen kannte. Es beherbergte Gerichtssäle unterschiedlicher Größen, Büros für Richter und Staatsanwälte, sowie ein Gefängnis. Früher hatte das aus dem späten 19. Jahrhundert stammende Graue Haus tatsächlich einen Abgrund an Verschlossenheit und Verkommenheit dargestellt. Damit war es längst vorbei. Nun war alles sauber und hell. Der einst für seine feuchte, schmutzige Enge berüchtigte Gefangenentrakt war durch einen modernen Zweckbau ersetzt worden, den man in die alten Gemäuer eingefügt hatte.

Als Lily das Graue Haus erblickte, empfand sie zu ihrer eigenen Überraschung gar nichts. Es war, als ginge der unterbrochene Song weiter, weil die Play-Taste wieder gedrückt worden war. Was dazwischen gewesen war, spielte keine Rolle mehr.

Sie sah das massive, flaschengrüne Tor, davor zahlreiche Menschen, die kamen und gingen oder einfach herumstanden. Rechts neben dem Eingang meldete ein schlichtes Schild mit schwarzen Lettern auf weißem Grund: *Staatsanwaltschaft Wien.*

Lily setzte rasch ihre große, dunkle Sonnenbrille auf. Sie wollte von keinem Kollegen erkannt werden. Und falls doch, konnte sie vorgeben, ihn oder sie zu übersehen.

Sie durchschritt das Tor, zeigte ihren Dienstausweis und ging an den Sicherheitskontrollen vorbei zum Aufzug. Von jetzt an gehörte Lily Horn wieder dazu. Als hätte die New Yorker Episode nie stattgefunden. Das angebliche wahre Leben hatte sie erneut in seinen Fängen.

*

Die Klimaanlage rauschte, das permanente Ticken konnte sie aber nicht übertönen. Im Halbdunkel herabgelassener Jalousien thronte Oberstaatsanwalt Lenz an seinem Schreibtisch und studierte eingelangte E-Mails.

Als es klopfte, rief er »Ja!« und Lily Horn trat ein.

Lenz warf einen kühl prüfenden Blick auf sie, dann lächelte er plötzlich. Er erhob sich und streckte ihr seine Hand entgegen. »Ich freue mich, dass Sie wieder da sind, Frau Doktor Horn.«

»Guten Morgen, Herr Oberstaatsanwalt«, sagte Lily höflich und nahm auf dem gepolsterten Sessel Platz, den ihr Lenz mit einer eleganten Handbewegung zugewiesen hatte.

Mit raschen Blicken musterte Lily den Raum. Alles war genau so wie bei ihrem letzten Besuch im vergangenen Dezember, angefangen bei den luxuriösen Möbeln. Die Wände waren leer, dafür machten silbergerahmte Fotos den Mangel an Bildern wett. Sie waren auf einer Fensterbank versammelt und zeigten den Oberstaatsanwalt mit Politikern, Medienleuten sowie einem verstorbenen Papst. Für die Geräuschkulisse sorgten Exemplare aus Lenz' Sammlung alter Uhren. Sie standen auf Tischchen und Regalen, hemmungslos tickend.

Wie schon vorgestern, bei ihrer Rückkehr an den Rooseveltplatz, beschlich Lily der Verdacht, die Zeit sei nicht bloß stehengeblieben, sondern geradewegs zurückgedreht worden. Das Geräusch der tickenden Uhren wirkte wie ein Hohn des Schicksals.

»Ich hoffe, Frau Doktor, dass Sie die Zeit ihrer Karenzierung angenehm verbracht haben«, sagte Lenz. »Aber es ist gut, dass Sie die Wiener Staatsanwaltschaft wieder verstärken. Offen gesagt, Sie haben enorm gefehlt.«

Die Floskel *Offen gesagt* und der amikale Tonfall erschienen Lily eigenartig. Lenz galt als gewiefter Taktiker mit besten Kontakten zu maßgeblichen gesellschaftlichen Kreisen. Stets hatte er es verstanden, sich beliebt zu machen, vor allem im Justizministerium. Keinesfalls war er dafür bekannt, irgendetwas *offen* zu sagen. Stattdessen bevorzugte er allgemeines, joviales Palavern, um sich nicht allzu genau festlegen zu müssen.

»Wie Sie wissen, Frau Kollegin«, fuhr Lenz fort, »ist die Arbeitsbelastung bei uns nicht geringer geworden. Übrigens habe ich mich vorgestern bei einem Charity-Golfturnier in der Nähe von Baden mit der Justizministerin darüber unterhalten.«

Die Justizministerin gehörte derselben Partei an wie Lenz. Zu ihr besaß der Oberstaatsanwalt einen bekannt guten Draht. Außerdem liebte es Lenz, seine Anwesenheit bei gesellschaftlichen Ereignissen mit demonstrativer Beiläufigkeit zu erwähnen.

»Und zufällig«, sagte Lenz, »kam die Rede auf Sie, Frau Kollegin. Stellen Sie sich das vor!«

Lily wusste nicht, was sie dazu äußern sollte. In ihrer Verzweiflung schnitt sie eine Grimasse, die mit weit geöffneten Augen und hochgezogenen Augenbrauen Überraschung demonstrieren sollte. Doch das war egal, denn Lenz interessierte sich gar nicht für ihre Reaktion auf seine Worte, sondern redete ohnehin gleich weiter. »Wir waren beide der Ansicht, dass wir Sie in der jetzigen Lage gut brauchen können. Sie haben vielleicht die Diskussionen der letzten Wochen verfolgen können?«

»Natürlich«, erwiderte Lily im Brustton der Überzeugung, obwohl ihr schleierhaft war, worauf Lenz anspielte. Sie wollte das Gespräch rasch hinter sich bringen. Dass sie erst vorgestern aus New York zurückgekehrt war, ging Lenz nichts an.

»Ich muss Ihnen also nichts erklären«, sagte Lenz, um es dann doch zu tun. »Es gibt ein bisschen … nennen wir es Unruhe. Manche Beobachter sind der Ansicht, dass die Kriminalität hier in Wien derzeit besondere Blüten treibt. Dass etwas mehr dagegen unternommen werden sollte. Und die Medien … Sie wissen ja, was die Journalisten so alles berichten, wenn der Tag lang ist, Frau Kollegin. Manches davon stimmt, anderes … eher nicht.«

Lenz redete weiter herum, doch Lily fiel die Glosse in *Clip24* ein, die sie nach ihrer Ankunft überflogen hatte. Ihr schwante, worauf der Oberstaatsanwalt anspielte.

»Die Justizministerin hat Sie in besonders guter Erinnerung durch den Fall Salusek.«

Lily sagte »Aha« und zwang sich zu einem interessierten Gesichtsausdruck.

Die Sache lag ein Jahr zurück. Die Ministerin, eine ehemalige Notarin, hatte damals noch als einfache Parlamentsabgeordnete gearbeitet. Der Fall Salusek war von ihr dazu benutzt worden, in Zeitungskommentaren auf eine Verschärfung des Strafvollzugs zu drängen.

Erwin Salusek, ein dreifacher Prostituiertenmörder, hatte zehn Jahre im Gefängnis verbüßt. Durch die Fürsprache des Gefängnisseelsorgers war ihm der Besuch bei seiner bettlägerigen Mutter gestattet worden. In der ebenerdig gelegenen Wohnung hatte er darum gebeten, die Toilette benutzen zu dürfen. Die ihn begleitenden Justizwachebeamten hatten das kleine Fenster entweder nicht bemerkt oder unterschätzt. Salusek hatte sich hindurchgezwängt und war geflohen. Fünf Minuten später, als er längst über alle Berge gewesen war, hatten die Beamten das Verschwinden entdeckt. Auf der Flucht hatte Salusek einen Taxifahrer erwürgt. Anschließend war er in dessen Wohnung eingedrungen, wo sich die Frau des Taxifahrers und der schwerbehinderte Sohn aufgehalten hatten. Beide waren von Salusek gefesselt und nacheinander mit einem Kabel erdrosselt worden.

Lily hatte die Fahndung geleitet, nachdem ihr Kollege Taub überraschend erkrankt war. Zwölf Tage war Salusek auf der Flucht gewesen. Bis man ihn in einem verlassenen Haus nahe Wien aufgespürt hatte und er von einer Spezialeinheit der Polizei überwältigt worden war.

»Die Ministerin«, erzählte Lenz inzwischen weiter, »war überzeugt, dass wir ohne Sie, Frau Kollegin, viel länger benötigt hätten, um Herrn Salusek festzunehmen. Jetzt müssen wir also überlegen, wie wir Sie hier möglichst sinnvoll einsetzen. Und wie Ihre Zukunft bei uns aussieht.«

Lily wunderte sich, worauf Lenz mit seinem samtweichen, aalglatten Geplauder hinauswollte. Mit einem Mal verspürte sie leichten Argwohn. Um Zeit zu gewinnen, sagte sie einfach: »Herr Oberstaatsanwalt, ich hoffe, Sie können etwas mit den Ideen anfangen, die ich Ihnen gemailt habe …«

Lenz lächelte noch breiter als zuvor. »Aber sicher. Sie wollen sich mit Wirtschaftskriminalität befassen … Ein interessantes Terrain, gar keine Frage. Da könnten Sie durchaus Positives bewirken.«

Er schwieg und blickte Lily freundlich an. Der Rest seines Körpers blieb starr und ausdruckslos. Nichts verriet, was in Lenz vorging und worauf er abzielte. Lily war unschlüssig, wie sie sich verhalten sollte. Also tat sie einfach nichts weiter, als dem Blick des Oberstaatsanwalts standzuhalten. Sie wollte ihm kein Stichwort liefern. Er musste es schon allein schaffen, die entscheidenden Worte auszusprechen.

»Die Frage ist natürlich, wo Sie angesichts der aktuellen Lage nicht nur Gutes, sondern das Beste leisten können«, sagte Lenz und verschränkte die Arme vor der Brust. »Sie müssen wissen, dass Kollege Seiler derzeit stark überlastet ist. Der Fall *Pratorama* wächst sich zu einer immer größeren Sache aus.«

Wieder schwieg Lenz, und Lily fragte sich, ob der Oberstaatsanwalt seine Worte bloß wirken lassen wollte oder von Lily eine bestimmte Reaktion erwartete. Im Internet hatte sie Berichte über den *Pratorama*-Skandal gelesen. Lenz hatte wohl nicht zufällig so deutlich darauf Bezug genommen. Es ging dabei um Wirtschaftskriminalität, somit um Lilys dezidiertes Wunschthema, und die Ermittlungen leitete Oliver Seiler. Entweder sollte Seiler der Fall entzogen werden, oder ihm sollte jemand bei der Arbeit helfen. Eine andere Möglichkeit fiel Lily nicht ein. Also beschloss sie nach sekundenlangem Nachdenken, Lenz zu erlösen und ihm entgegenzukommen.

»Herr Oberstaatsanwalt«, sagte sie, »ich würde mich gerne mit dem Fall *Pratorama* befassen. Ich habe auch kein Problem damit, dass Seiler federführend ist.«

Lenz blickte Lily intensiv an. In seinen Augen lag eine schwer zu deutende Heiterkeit, die Lily einen Moment lang als Erleichterung interpretierte.

»Das bezweifle ich nicht«, erwiderte Lenz. »Sie sind, Frau Kollegin, eine besonders fähige Person, und Sie sind bekannt für Ihre hervorragende Arbeitsauffassung. Dafür möchte ich mich einmal ganz ausdrücklich bedanken, aber … Sagen wir es so, *Pratorama* ist wichtig. Sogar sehr wichtig und äußerst prominent. Nur gibt es noch andere, eventuell dringlichere Probleme.«

Lenz sah Lily an. Als ob sie endlich von allein begreifen könnte, worauf er abzielte, und sie es ihm bitte nicht so schwer machen sollte. Doch Lily verstand gar nichts mehr, die letzte Volte des Oberstaatsanwalts hatte sie entwaffnet. Sie hatte keine Ahnung, worauf er hinauswollte und was er von ihr erwartete. Genervt verlor sie jegliches Verständnis und bedachte Lenz mit einem Gesichtsausdruck, der zwischen Herablassung und Ungeduld schwankte. Also gab sich Lenz einen Ruck. Allzu viel Zeit wollte er auch nicht verschwenden.

»Bisher hat Kollege Seiler sowohl den Fall *Pratorama* wie auch die jüngsten Frauenmorde untersucht«, sagte er. »Eine unangenehme Angelegenheit, Sie sind sicher informiert …«

Lily nickte vorsichtig und zwang sich zu einem neutralen Gesichtsausdruck.

»Nachdem er sich bereits in Tausende Unterlagen eingelesen hat und alle erforderlichen Kontakte besitzt, muss Seiler natürlich weiter den Fall *Pratorama* bearbeiten. Somit ergibt sich die Frage, was wir mit den Frauenmorden machen. In diesem Zusammenhang habe ich an Sie gedacht.«

Es fiel Lily schwer, ruhig zu bleiben. Vieles hätte sie am ersten Tag ihres Comebacks erwartet, nur das nicht.

»Also *ich* soll *das* machen?«, fragte Lily in die mittlerweile entstandene Stille hinein, weil ihr gerade nichts anderes einfiel.

Gewiss war Lenz' Vorschlag ehrenvoll. Zugleich hatte der Oberstaatsanwalt signalisiert, dass er Lilys Idee ablehnte, sich der Wirtschaftskriminalität zu widmen. Vielleicht, weil er ihr dies schlicht nicht zutraute, sondern sie lieber auf Bewährtes ansetzte. Lily hatte Salusek aufgespürt, nun sollte sie den nächsten Mörder einfangen.

»Sie hätten dabei alle Unterstützung, die Sie verlangen. Und Ihre

Erfahrungen mit Salusek sprechen eindeutig für Sie. Die Frage ist also nur, ob Sie sich das zutrauen.«

Wie immer hatte Lenz seine Worte klug gewählt. Und aus dem Angebot eine Herausforderung gemacht.

»Ich brauche Ihre Entscheidung innerhalb einer Stunde«, sagte Lenz mit gespielter Nonchalance. »Sonst muss ich jemand anderen damit beauftragen. Es ist leider extrem dringend.«

Schlagartig hatte Lenz jene geschäftsmäßige Kühle wiedererlangt, die ihn sonst auszeichnete. Das ironische Spiel, das er gerade eben mit Lily getrieben hatte, war vorbei. Alles Nötige war gesagt, es ging nur noch um Details.

Lily dachte kurz und intensiv nach. Vor allem suchte sie fieberhaft nach Antworten. Etwa auf die Frage, weshalb man eigentlich ausgerechnet ihr, einer dermaßen jungen Staatsanwältin, diese brisante Ermittlung zuschanzen wollte. Warum war nicht ein älterer Kollege mit mehr Erfahrung herangezogen worden? Lag es daran, dass sie eine Frau war? Oder hatten bereits andere das Angebot abgelehnt, weil sie sich den Fall nicht zumuten wollten?

Fest stand für Lily lediglich, dass sie unter genauer Beobachtung der Medien und nicht zuletzt auch der Politik stehen würde. Jeder Schritt würde kommentiert und kritisiert werden. Von eventuellen Fehlern oder Irrtümern ganz zu schweigen. War der Fall es wert, diesen Preis zu zahlen?

Einen Vorteil gab es zweifellos. Sie würde sich in umfangreiche Arbeit stürzen können, um sich abzulenken. Genau das hatte sie sich gewünscht, um New York zu vergessen. Dort hatte sich Lily als der einsamste Mensch der Welt empfunden. Jetzt bot sich die Chance, die Einsamkeit radikal zu beenden.

»Ich habe meine Entscheidung bereits getroffen«, sagte sie gelassen. »Ich möchte herausfinden, wer der Täter ist. Sie können mir die Frauenmorde zuteilen.«

Lenz sah Lily ungewohnt durchdringend an. Für einen Moment hätte man den Eindruck haben können, als husche ein Hauch von Wohlwollen über sein Antlitz. Doch schon den Bruchteil einer Sekunde später gewann die emotionslose Routine Oberhand.

»Perfekt. Ich bin glücklich, dass Sie den Fall übernehmen. Setzen Sie sich bitte mit dem Kollegen Seiler in Verbindung, damit er Ihnen das diesbezügliche Material übergibt.«

So zuvorkommend Lenz bisher gewesen war, so offenkundig war nun sein plötzlich ausbrechendes Desinteresse. Er verhielt sich wie ein Politiker, der bei einem Bad in der Menge einem Bürger die Hand schüttelte und dabei schon den nächsten anlächelte.

Lily verabschiedete sich eilig.

Lenz wartete, bis sich die Schritte entfernt hatten. Dann fischte er das Handy aus einer Lade seines Schreibtisches und wählte eine Nummer.

»Lily Horn macht es«, sprach Lenz auf die Mobilbox. »Ich wünsche Ihnen noch einen angenehmen Vormittag, Herr Bürgermeister.«

Er widmete sich wieder seinen E-Mails. Zehn Minuten später fiel ihm etwas ein, er blickte auf die Uhr und ließ sich von seiner Sekretärin mit der Justizministerin verbinden. Nach dem wortreichen Austausch höflicher Floskeln kündigte er an, Staatsanwalt Seiler von der Mordserie abzuziehen und die Ermittlungen an Frau Doktor Lily Horn zu übergeben. Ob sie damit einverstanden sei? Die Justizministerin war es. So wie diese gebildete und nicht unsympathische, doch insgesamt ziemlich naive Frau immer schon mit jedem Vorschlag einverstanden gewesen war, den Lenz ihr jemals unterbreitet hatte.

*

Descho arbeitete wie ein Automat. Persönliche Gefühle und Gedanken blendete er einfach aus, soweit es möglich war.

Die vergangene Nacht hatte er durchmachen müssen. Zuvor hatte er noch mit Belonoz telefoniert.

»Sie müssen rasch und exakt recherchieren«, hatte Belonoz herablassend doziert. »Das ist ein großer Fall, nicht irgendeine Salzburger Provinzposse. Ich brauche hieb- und stichfeste Informationen. Sind Sie dazu imstande?«

»Selbstverständlich«, hatte Descho ruhig geantwortet.

Schon zu diesem Zeitpunkt hatte er sich müde gefühlt und deshalb beschlossen, sich von Belonoz' Tonfall nicht provozieren zu lassen. Der Major hatte ihm aufgezählt, was er sich erwartete. Nämlich sämtliche Details zu Familie, Freunden, sozialem Umfeld, Lebensgewohnheiten, Telefon- und E-Mail-Verkehr und so weiter.

»Das kriegen Sie alles, so schnell es geht«, hatte er Belonoz versprochen.

Dabei hatte er sich innerlich geschworen, diesem eingebildeten Wiener nicht den geringsten Anlass zu Ärger oder gar Spott über die Salzburger Kriminalbeamten zu bieten. Descho hatte sich auf die Ermittlungsarbeit geradezu gestürzt und sich ausgemalt, wie es wäre, die vielleicht entscheidenden Details ans Tageslicht zu bringen. Die Wiener Kollegen würden ihren Erfolg bei der Ergreifung des Täters mit den Salzburgern teilen müssen.

Das Problem bestand darin, diese aufwendige Arbeit genau in jenem Zeitraum durchzuführen, der für jede Straftat der entscheidende war. Also unmittelbar nach der Tat, wenn der Schatten des gesuchten Täters noch zu spüren war. Ausgerechnet da sollte man alles gleichzeitig machen, nämlich streng bürokratisch und nach dem Lehrbuch handeln sowie seine Intuition benutzen und ganz generell auf der Hut sein. Nicht bloß die Vorgesetzten lauerten auf Ermittlungsfehler. Auch nach Monaten oder Jahren konnten noch die kleinsten Fehler von peniblen Richtern oder Verteidigern aus den Akten gezerrt und den Medien zugespielt werden.

Die Eltern von Magdalena Karner hatten vor Descho das Bild einer idealen, weil braven und strebsamen Tochter ausgebreitet. Immer wieder hatte Descho im Verlauf der Einvernahme versucht, dieses Bild durch geschickte Fragen ins Wanken zu bringen und eventuelle Schattenseiten aufzudecken. Gelungen war ihm dies in keinem Moment.

Descho hatte Magdalenas Zimmer in der elterlichen Wohnung inspiziert. Deutlich hatten sich darin verschiedene Stadien der Reife eines jungen Menschen vermischt. Zugleich hatte dem Raum etwas Museales angehaftet. Als Magdalena nach Wien gezogen war, hatte das Zimmer aufgehört, verändert zu werden. Fortan war es für immer das Zimmer einer Jugendlichen, nicht einer Studentin geblieben. Nur gelegentlich war Magdalena noch gekommen und hatte das Zimmer bewohnt, im Sommer etwa und während der Semesterferien. Poster längst vergessener Popstars hatte Descho an den Wänden gesehen. Das Bücherregal war mit typischer Schullektüre angefüllt, das Bett mit bunter Wäsche bezogen, einem Mädchen angemessen, nicht einer jungen Frau.

Dabei hatte Magdalena einen Freund gehabt. Nicht in Wien, sondern in Salzburg. Seit einem halben Jahr.

»Davor hat es jemanden in Wien gegeben«, hatte die Mutter erklärt. »Aber dann …«

»Was war dann?«, hatte Descho sanft nachgefragt.

»Es muss Schwierigkeiten gegeben haben, aber … Lena hat dazu nicht viel gesagt. Bei solchen Themen war sie eher verschlossen.«

»Entschuldigen Sie, aber bei welchen Themen?«

»Wenn es um … um ihre persönlichen Angelegenheiten gegangen ist … da hat sie nie viel erzählen wollen. Sie hat da immer nur Andeutungen gemacht. Und wir haben sie natürlich gefragt, ob es ihr gut geht und alles in Ordnung ist. Sie hat gemeint, wir sollen uns keine Sorgen machen, alles passt.«

»Und was ist dann passiert? Nach den Schwierigkeiten, von denen Sie erzählt haben …«

»Da hat sie sich von dem Wiener getrennt … Also ob es wirklich ein Wiener war, wissen wir natürlich nicht, jedenfalls scheint er in Wien gelebt zu haben …«

»Magdalena hat seinen Namen nie erwähnt?«, hatte Descho neugierig gebohrt. »Oder sonst etwas zu seiner Person verraten?«

»Kein Wort, da war sie wirklich zurückhaltend.«

»Hat sie ihn vielleicht in Briefen oder E-Mails beschrieben, oder per SMS?«

»Keine Spur, nie im Leben. Wie gesagt, dazu war unsere Lena viel zu … wie soll ich sagen?«

»Zu schüchtern?«

»Ja genau.«

Für einen Moment war Descho enttäuscht gewesen. Doch sofort

war ihm eingefallen, dass der ominöse Wiener Freund ohnehin eine Sache der Kollegen aus der Hauptstadt war.

»Gut«, hatte er mit neuem Enthusiasmus begonnen, »Magdalena trennt sich von ihrem Wiener Freund und … was jetzt?«

»Sebastian war ein früherer Schulkollege von ihr. Mit dem war sie bereits vor der Übersiedlung nach Wien zusammen … Wie eng das war, weiß ich natürlich nicht, aber … Jedenfalls ist er in Salzburg geblieben, um Rechtswissenschaften zu studieren. Nach Wien hat er nicht gewollt, daher haben sie Schluss gemacht. Und Lena ist danach kaum noch in Salzburg gewesen, sondern fast nur noch in Wien. Erst als sie wieder mit Sebastian … da hat sie meistens bei ihm übernachtet, wenn sie hier war.«

»Das hat Sie nicht gestört oder beunruhigt?«

»Überhaupt nicht. Wir haben ja jetzt gewusst, mit wem wir es zu tun haben. Das zwischen Lena und Sebastian hat uns schon sehr gefallen, wir haben ihn gekannt und deshalb …«

»Sie kennen ihn? Wie heißt er?«

»Sebastian Emberger.«

Als der Name gefallen war, hatte Descho aufgehorcht. Und endgültig gewusst, nicht an einer beliebigen Ermittlung beteiligt zu sein.

»Emberger … Ist der junge Mann zufällig verwandt mit …?«, hatte Descho wie nebenbei gemurmelt.

»Ja, Sebastian gehört zu der Familie, die Sie meinen. Das sind seriöse Menschen, da waren wir natürlich sehr beruhigt und zufrieden.«

Die Familie Emberger besaß ein traditionsreiches Restaurant nahe der Altstadt. Im Sommer ließen sich dort Opernsänger, Dirigenten, Schauspieler und andere Künstler der Salzburger Festspiele bis in die frühen Morgenstunden bewirten, mit diversen Prominenten und Klatschreportern im Schlepptau. Deshalb galten, zumindest in Salzburg, die Embergers selbst als Prominente. *Gasthaus Emberger* nannte sich das Lokal mit vorgetäuschter Bescheidenheit. Für Salzburger Polizisten war das *Emberger* eine No-go-Area. Aktiv durfte man dort nur werden, wenn die Besitzer es wünschten.

Am frühen Montagmorgen fuhr Descho nach Anif zur Villa der

Embergers. Eine geradezu unterwürfig freundliche Haushälterin öffnete und trieb einen sichtlich übernächtigten Sebastian Emberger aus den Federn. Ein sehr großgewachsener, schlaksiger junger Mann mit dunkelbraunem Haar, eindrucksvoller Nase und unruhig herumflackernden Augen.

Sebastian Embergers Schock über die Nachricht vom gewaltsamen Tod seiner Freundin war offenbar groß, seine Schläfrigkeit verzögerte jedoch das volle Einsetzen der Trauer. Bereitwillig und augenscheinlich unbefangen plauderte er mit dem Kriminalbeamten. Viele Erkenntnisse, die Descho bei der Befragung der Karners gewonnen hatte, bestätigten sich. Auch die möglicherweise letzte Begegnung zwischen Sebastian und Magdalena, die erst zwei Wochen zuvor in Salzburg stattgefunden hatte.

»Worüber haben Sie damals gesprochen?«, wollte Descho wissen.

»Eigentlich über nichts Besonderes«, erwiderte Emberger. »Ganz Alltägliches eben. Bevorstehende Prüfungen an der Uni zum Beispiel. Oder was man so erlebt hat. Wie gesagt, nichts Spezielles. Ich kann mich im Moment auch gar nicht so im Detail erinnern …«

»Völlig klar«, sagte Descho verständnisvoll. »Wo waren Sie übrigens gestern Abend?«

»Hier war ich … ich meine, in Salzburg. Ich war zu Hause und habe für eine Prüfung gelernt. Unsere Haushälterin kann das bestätigen. Meine Eltern sind leider bis morgen im Ausland.«

»Kein Problem, das ist nicht so wichtig …«

Beim Hinausgehen stellte Descho ein weiteres Gespräch in Aussicht. Emberger schien nicht beunruhigt zu sein. Stattdessen hatte er es plötzlich eilig, eine vormittägliche Vorlesung an der Universität nicht zu versäumen.

Irgendwo hatte Descho aufgeschnappt, dass Sebastian einen BMW fuhr. Wahrscheinlich in irgendeiner lokalen Klatschzeitung. Als er über den kleinen Platz vor dem mit einer Überdosis alpenländischer Rustikalität aufwartenden Haus der Embergers schlenderte, sah er sich sorgfältig um. Von der Emberger-Villa aus konnte Descho beobachtet werden, also blieb er nicht stehen und verlangsamte sein Tempo auch nicht. Doch er erinnerte sich, dass die Villa über zwei

Garagentore verfügte. Wenn Vater wie Mutter jeweils ein eigenes Auto besaßen, musste jedes weitere Fahrzeug anderswo geparkt werden.

Da stand ein schwarzer BMW. Im Gehen studierte Descho die Windschutzscheibe, die Kühlerhaube und die Scheinwerfer. Unzählige zerquetschte Insekten klebten darauf. Wie bei einem Fahrzeug, das mit hoher Geschwindigkeit unterwegs gewesen war. Zum Beispiel auf einer Autobahn. Descho prägte sich das Nummernschild ein.

Als er wieder in seinem Dienstwagen saß, recherchierte Descho im Polizeicomputer. Danach kehrte er in sein Büro zurück, trank ein zuckerfreies *Red Bull* und setzte sich an den Computer. Die routiniert formulierten Sätze, mit denen er seinen Bericht füllte, flogen ihm nur so zu. Gegen elf Uhr mailte er den Text an Major Belonoz.

Anschließend fuhr er nach Hause und nahm die Dusche, auf die er sich seit Stunden gefreut hatte. Als der Schmutz und der Schweiß aus seinen Poren geschwemmt wurden, verspürte Descho so etwas wie Glück. Dabei fiel ihm ein, wie er Sebastian Emberger mit wenigen Worten beschrieben hätte. Nicht als einen Menschen in Trauer.

Sondern als jemanden, der sich bemüht hatte, seine Angst zu verbergen. Und darüber schlicht vergessen hatte, seinen BMW rechtzeitig waschen zu lassen.

7

»Die Schüsse kommen ab jetzt aus allen Richtungen«, sagte Berti Stotz. »Marina wird sich warm anziehen müssen, wenn sie das überleben will. Ihr Kleiderschrank ist ja sehr vielseitig, wie wir wissen. Vielleicht findet sie dort eine schusssichere Weste.«

Der Bürgermeister hatte ein Telefongespräch beendet. Kurz und herzlich lachte er in Richtung seines Gastes. Er ließ sich in den hellbraunen Lederfauteuil fallen, der zu der protzigen Sitzgruppe seines Büros im Rathaus zählte. Die traditionsreiche Aura des hohen, getäfelten Raums wurde von zahlreichen Plakaten konterkariert, auf denen große Farbfotos des breit grinsenden Bürgermeisters prangten. Dass sie und die neureiche Möblierung zum historischen Ambiente ebenso gut passten wie Pappteller in ein Gourmetrestaurant, hatte Stotz noch nie interessiert. Und ihm das zu erklären, hatte niemand gewagt.

Schon gar nicht jener Mann, der Stotz jetzt gegenübersaß. Michael Schegula war der für Finanzen verantwortliche Stadtrat und galt als Schützling des Bürgermeisters. Der angepasst wirkende Enddreißiger sah seltsam alterslos aus und so grau wie die Anzüge, in denen er täglich auftrat. Sie machten ihn unsichtbar. Ob Schegula einen Raum betrat oder verließ, fiel niemandem auf.

»Warum hast du eigentlich einen neuen Staatsanwalt gewollt, Berti?«, fragte Schegula so beiläufig, als ginge es bloß um die Wahl zwischen zwei Restauranttischen.

»Seiler ist zu gut«, sagte Stotz und grinste bitter. »In den paar Wochen seit Beginn der *Pratorama*-Untersuchung hat er Dinge zustande gebracht, für die andere Jahre benötigt hätten. Durch die Ermittlungen ist er ein kleiner Star geworden. Außerdem ist er fotogen und kann sich in den Medien gut präsentieren.«

Schegula nickte, als würde er verstehen, aber er ließ nicht locker. »Was bringt uns Lily Horn? Die Frauenmorde waren doch eine zusätzliche Belastung für Seiler. Die müssen ihn eigentlich von der *Pratorama*-Sache abgelenkt haben.«

»Nicht wirklich. Seiler ist ein Arbeitstier. Aber wenn er neben *Pratorama* auch noch weiter die Frauenmorde untersucht hätte, wäre er zum absoluten Medienliebling unter den Staatsanwälten aufgestiegen. Solche Leute kannst du nicht sabotieren.«

»Warum?«

»Weil sie zu Helden des kleinen Mannes werden und dadurch unangreifbar sind. Jede Kritik an ihnen wird als Vertuschungsversuch gedeutet. Es sei denn, es gibt private Fehltritte. Aber in dieser Hinsicht sind wir bei Seiler nicht fündig geworden. Seine letzte Freundin hat ihn vor ungefähr einem Jahr verlassen. Dieser Ehrgeizling lebt nur für die Arbeit. Keine Affären, nicht einmal Bordellbesuche oder Huren. Schwul ist er leider auch nicht.«

»Das weißt du alles so genau?«, fragte Schegula mit scheinbar naiver Neugier.

»Glaub mir, Michael, das alles ist überprüft worden. Und zwar sorgfältig.«

»Also willst du ihn auf *Pratorama* beschränken und ihm Steine in den Weg legen?«

»Sicher«, sagte Stotz. »Und bis Frau Doktor Horn alle Akten studiert hat, vergeht wertvolle Zeit. Das hilft uns gegenüber Marina.«

»Was ist, wenn sich Lily Horn als eine Art weiblicher Seiler entpuppt?«

»Sie ist jung, noch nicht einmal dreißig. Und darf sich schon um die prominenteste Mordserie Österreichs kümmern. Das wird Neid und Eifersucht erzeugen. Vielleicht sogar bei Seiler. Der hält sich garantiert für unersetzlich. Und sobald die Medien erkennen, dass Lily Horn den Mörder nicht rasch zu fassen bekommt, werden die Attacken losgehen. Ich kenne doch unsere liebe Freundin Sasha Bonino. Auf sie und *Clip24* ist Verlass.«

»Gut, aber … also nur einmal angenommen, diese Lily Horn ist so talentiert und fähig, dass sie den Mörder schnappt …«

Stotz verzog seinen Mund zu einem schiefen Lächeln. »Ich habe mich über sie informiert. Die Frau war ein halbes Jahr karenziert und in New York. Erst seit vorgestern ist sie wieder in Wien. Die muss sich wieder an die hiesigen Verhältnisse gewöhnen, bevor sie eine heiße Spur hat.«

»Ein halbes Jahr in New York«, murmelte Schegula nachdenklich.

»Offiziell zur Weiterbildung bei den amerikanischen Kollegen. Aber eben nicht nur. Es hat auch private Gründe gegeben.«

»Woher weißt du das?«

»Wer in der Politik überleben will, muss gut informiert sein«, sagte Stotz emotionslos. »Mit welchen Methoden auch immer. Meine Quellen sind zuverlässig. Lily Horn war aus verschmähter Liebe in New York. Um irgendeinem Mann nachzurennen, stell dir das einmal vor. Wenn eine Frau sowas macht, hat sie einen labilen Charakter.«

»Immerhin hat sie es geschafft, den Irren zu schnappen, der damals …«

»Ja, diesen Salusek. Aber im Wesentlichen war das nach einigen Tagen vorbei. Ab heute steht sie im Blickpunkt der Öffentlichkeit. Und niemand wird sie schonen, denn vor dem Mörder haben alle Angst. Das wird über ihre Kräfte gehen.«

»Bist du sicher?«, fragte Schegula mit skeptischem Unterton.

»Die bisherigen Ermittlungsergebnisse sind äußerst dünn. Es gibt nichts Konkretes. Außer haufenweise Spekulationen in den Medien.«

»Es heißt doch immer, dass Belonoz ein hervorragender Ermittler ist.«

»Belonoz ist ein Genie. Aber er und seine Truppe tappen im Dunkeln. Wenn dann noch die hypersensible Frau Doktor Horn hinzukommt, wird das Chaos perfekt sein. Denn Belonoz ist ein schwieriger Typ. Eine Staatsanwältin mit Liebeskummer wird ihm verhasst sein. Und umgekehrt ist Belonoz bei Frauen nicht allzu beliebt, weil sie ihn für einen überheblichen Zyniker halten.«

»Und du hoffst, dass Marina Lohner …«

»Ich *hoffe* gar nichts«, stellte Stotz hämisch lächelnd fest. »Ich bin *sicher*. Die Ermittlungen der Staatsanwaltschaft und der Polizei werden nur schleppend vorankommen. Und die Behauptung unserer lieben Freundin Marina, dass Wien eine sichere Stadt ist, wird zum Running Gag verkommen. Marinas Karriere wird versanden. Und damit auch ihr Plan, mich zu beerben. Dann ist der Weg frei für dich.«

Nun täuschte Schegula Bescheidenheit vor, zugleich lächelte er geschmeichelt. »Berti, ich bin dir dankbar, dass du …«

»Diese blöden Weiber können mir gestohlen bleiben«, unterbrach ihn Stotz mit wegwerfender Handbewegung. »Es ist in Ordnung, wenn sie irgendwelche untergeordnete Posten bekommen oder sich vor Journalisten mit ihren Einfällen wichtig machen können. Aber letztlich kommt es darauf an, wer wirklich die Macht hat. Wer an den Schalthebeln sitzt. Und eine Marina Lohner darf das ganz sicher nicht sein.«

»Du machst also die Pressekonferenz und wirst …«

»Aber selbstverständlich. Marina kann dann an ihren roten Fingernägeln knabbern.«

Stotz grinste siegesgewiss. Doch über Schegulas Gesicht zog ein plötzlicher Schatten des Zweifels.

»Was ist, wenn die Morde weitergehen?«, erkundigte er sich vorsichtig. »Und wenn eine schwache Staatsanwältin den Fall bearbeitet und es nur deshalb neue Opfer gibt …?«

Stotz blieb ruhig und nickte verständnisvoll.

»Weißt du, Michael, wir müssen uns mit der Realität auseinandersetzen«, sagte er. »Und es ist eine Tatsache, dass diese bedauerliche Mordserie für uns auch nützliche Aspekte hat. Letztlich wird sich weisen, dass es ohne uns Männer der Praxis nicht geht. Die Emanzen und Dilettantinnen sollen einpacken. Egal, ob es sich um eine Vizebürgermeisterin handelt oder um eine Staatsanwältin.«

Der Bürgermeister erhob sich plötzlich. Beschwingt ging er zu einem Schrank hinter seinem Schreibtisch und entnahm ihm zwei Gläser.

»So, mein lieber Michael, jetzt genehmigen wir uns einen«, sagte Stotz begeistert und fischte aus einer Schublade eine Flasche Wodka, die ihm vom Moskauer Bürgermeister geschenkt worden war. »Wir stoßen natürlich auf Marina an.«

Die Aussicht, schon am Vormittag harten Alkohol trinken zu müssen, widerte Schegula an. Für Sekundenbruchteile verzog er angeekelt den Mund. Stotz bemerkte das nicht. Er war, sichtlich voller Vorfreude, mit dem Einschenken beschäftigt.

*

Die Sekretärin hatte den Kaffee serviert und den Raum wieder verlassen.

»Also, Oliver, sag mir, was los ist. Welche Tipps kannst du mir geben? Ich will möglichst keine Zeit verlieren.«

Lily Horn saß mit Oliver Seiler in dessen Büro. Papiere, Computerausdrucke, Statistiken, Fotos, Listen und andere Materialien lagen teils auf Stapeln, teils einzeln verstreut herum. Ein dermaßen heilloses Chaos schien hier zu herrschen, dass Lily sich beim Betreten des Raums gewundert hatte, wie sich hier irgendjemand auch nur ansatzweise zurechtfinden konnte. Nur mühsam hatte sie sich eines Kommentars enthalten. Nicht bloß, weil für sie selbst Ordnung absolute Priorität besaß und jegliche Unordnung sie irritierte. Sondern weil sie verblüfft war.

Erneut befand sie sich in einem ihr vertrauten Raum. Diesmal jedoch in einem, der seinen Charakter komplett verändert hatte. Gewiss war Oliver Seiler nie ein Ordnungsfanatiker gewesen. Sein Büro hatte immer einen leichten Anflug von Boheme versprüht. Aber wie sehr hier jetzt das Chaos Einzug gehalten hatte, erstaunte Lily doch. Offenbar war es allerhöchste Zeit, ihren Kollegen zu entlasten.

»Du willst den Fall wirklich übernehmen?«, fragte Oliver und fixierte sie mit seinen braunen Augen. »Was du dir damit einhandelst, weißt du?«

»Irgendjemand muss es tun«, erwiderte Lily, »und mir wurde gesagt, dass du mit der *Pratorama*-Sache schwer beschäftigt bist.«

Sie sah ihn an und spürte unwillig, wie ihr Inneres auf ihn reagierte. Oliver Seiler wurde von der gesamten Wiener Juristenszene als ausnehmend attraktiver Mann betrachtet. Vielen Frauen galt er als Ehemann-taugliches Material, vor allem seitdem seine letzte Beziehung zerbrochen war. Gescheitert war sie, so wurde mit Schadenfreude gemunkelt, an seiner Arbeitswut und seinem Ehrgeiz. Viele bewunderten ihn und schmeichelten ihm. Andere jedoch beneideten und feindeten ihn an, vor allem ältere, verheiratete Männer.

Für Lily war Oliver Seiler zu perfekt, zu schön, zu gepflegt. Er schien ihr jemand zu sein, dem bewusst war, wie stark sein Erscheinungsbild auf andere Menschen wirkte, und der das gezielt einsetzte. Und das missfiel ihr. Menschen, die auch im privaten Bereich Strategien verfolgten, wich sie konsequent aus.

Dennoch empfand sie etwas Unbestimmbares für ihn. Wenn ihre Blicke einander trafen, spürte sie eine Verbundenheit mit ihm. Natürlich fand sie ihn auch attraktiv. Unterschwellig neigte sie zu der Ansicht, Seiler versuche mit seiner äußerlichen Erscheinung eine innere Schwäche wettzumachen. Gerade das war der Grund, weshalb er auf sie, trotz ihres Unwillens, eine nicht zu leugnende Anziehungskraft ausübte.

»Stimmt, irgendjemand muss das erledigen«, sagte Seiler. »Und *Pratorama* ist eine harte Nuss, auch wenn ich schon ganz gut gelernt habe, durch diesen Sumpf zu waten und nicht unterzugehen. Es freut mich übrigens, dass ausgerechnet du mir die Mädchenmorde abnimmst.«

»Ach, komm!«

»Nein, mich freut das wirklich.«

»Warum denn bitte das?«

»Weil du hier in der Staatsanwaltschaft eine der Fähigsten bist. Aber das muss ich dir nicht sagen. Dass du den Fall Salusek großartig gemeistert hast, wissen alle. Und bei den Mädchenmorden ist es sicher nicht schlecht, wenn eine Frau die Untersuchung führt. Das bringt einen neuen Blick auf die Sache. Eine gewisse … sagen wir: Sensibilität. Das könnte dazu beitragen, das Rätsel aufzuklären. Vielleicht rascher, als ein Mann das schaffen würde.«

Lily fiel auf, wie ungebrochen positiv sich Seiler meistens äußerte. Möglicherweise war es das, was sie an ihm mochte. Sie neigte zu Selbstzweifeln. Lediglich Albine gelang es manchmal, ihr solche Tendenzen vorübergehend auszutreiben.

»Wer waren diese Frauen, die sterben mussten?«, fragte Lily. »Was hat sie zu Opfern werden lassen?«

»Das waren ganz normale Mädchen. Sie haben unbekümmert vor sich hin gelebt, studiert, Partys gefeiert, das Leben genossen. Das Übliche eben. So wie wir früher auch.«

Ohne dass sie den Grund dafür hätte angeben können, hatte Seilers letzte Bemerkung Lilys Herz einen kleinen Stich versetzt. Sie fragte rasch: »Alle drei hatten einen derartigen Lebenswandel?«

»So ungefähr. Moment, bevor ich etwas Falsches sage … Also die ersten zwei waren auf jeden Fall so. Aber über das dritte Opfer weiß ich natürlich nichts.«

»Du warst doch am Tatort. Hast du da nicht …?«

»Nein, da irrst du dich«, unterbrach Seiler freundlich, aber entschieden. »Ich war nicht dort.«

»Man benötigt aber die Anwesenheit eines Staatsanwalts vor Ort, wenn die Polizei …«

»Es war ja auch ein Staatsanwalt dort.«

Seilers Tonfall war belustigt, deshalb blickte Lily ihn überrascht an. »Ein Staatsanwalt war dort? Und warum hat man ihm dann nicht den Fall übertragen, sondern mir?«

»Lenz.«

»Was meinst du?«

»Oberstaatsanwalt Lenz. Am Freitag hat er mir mitgeteilt, dass ich wegen der *Pratorama*-Affäre von den Mädchenmorden befreit werde. Und dann war er es selbst, der am späten Sonntagnachmittag am Tatort aufgekreuzt ist. Echt witzig, ich glaube, er war schon mehr als zehn Jahre an keinem anderen Tatort mehr als in seinem eigenen Büro.«

Oliver Seiler lachte amüsiert über diese Vorstellung und nahm einen Schluck Kaffee.

»Willst du mir irgendetwas über den Fall erzählen?«, fragte Lily.

»Was du wissen musst, steht in den Akten«, erwiderte er und deutete mit der Hand, in der er die Kaffeetasse hielt, auf die zu einem unordentlichen Stoß gestapelten Unterlagen. »Ich kann dir die Lektüre leider nicht ersparen. Du wirst ohnehin erkennen, dass wir noch recht wenig wissen. Optimistisch ausgedrückt. Eigentlich wissen wir fast gar nichts. Das Glas ist nicht halbvoll, sondern nicht einmal halbleer.«

»Schade. Irgendwie hatte ich gehofft, du könntest mir einen Hinweis geben. Oder irgendein Gefühl mitteilen, eine Ahnung. Oder einen Verdacht, auch wenn der noch überhaupt nicht rational begründet ist.«

»Nein, zu meinem größten Bedauern gibt es da gar nichts«, sagte Seiler mit einem äußerst charmanten Gesichtsausdruck, als müsste er amouröse Avancen enttäuschen. »Wir tappen im sprichwörtlichen Dunkeln. Keine Beziehung zwischen den Opfern, keinerlei Hinweise auf Leute, die auch nur ansatzweise verdächtig wären. Nichts. Und das in einer Situation, wo die Panik über Wien schwappt und es in der Stadt kein anderes Gesprächsthema zu geben scheint als den Mädchenmörder. Die ganze Stadt wird mittlerweile von diesem geistesgestörten Phantom beherrscht.«

»Wenn er überhaupt gestört ist. Vielleicht ist er geistig völlig normal.«

»Möglich, aber nicht einmal das wissen wir. Schon gar nicht, ob es überhaupt ein Mann ist. Das ist ja das Gefährliche.«

»Das *Gefährliche?*«

»Sicher. Denn natürlich darf ich nicht öffentlich verlautbaren, dass die Ermittlungsbehörden wenig oder gar nichts wissen. Und ab jetzt bist du es, die das für sich behalten muss.«

»Verhindert man auf diese Weise nicht, dass mehr Hinweise aus der Bevölkerung kommen?«

»Möglicherweise. Aber das interessiert die Politiker doch nicht. Die wollen nur Ruhe. Die Bevölkerung soll glauben, dass die Sache in guten Händen ist und der Täter demnächst gefasst wird.«

»Wieso das?«

»Diskussionen über die Sicherheit in Wien sind nicht erwünscht. Es gibt Druck aus dem Rathaus. Und neuerdings auch vom Innenminister. Ich habe ihn gespürt. Und du wirst ihn auch noch ertragen müssen.«

»Schöne Aussichten«, sagte Lily, atmete tief ein und schüttelte widerwillig den Kopf.

»Bereust du schon, den Fall übernommen zu haben?«, fragte Seiler.

Lily zögerte einen Moment. Mit dem Instinkt des geübten Jägers hatte Seiler einen wunden Punkt getroffen. Gewiss hatte sie die Absicht gehegt, sich in Arbeit zu vergraben. Doch diese Morde an jungen Frauen, mit denen sie so jäh nach ihrer gedankenverlorenen Rückkehr nach Wien konfrontiert worden war, erzeugten eine Eiseskälte, die Lily intuitiv frösteln ließ. Dennoch verkündete sie sehr entschlossen und mit fester Stimme: »Nein, überhaupt nicht. Wenn es Schwierigkeiten gibt, werde ich mit ihnen fertigwerden.«

»Exzellente Einstellung. Ich geb dir doch noch einen Tipp: Sprich mit Belonoz, so schnell du kannst. Er hat ein Gespür für Dinge. Seine Intuition ist unbezahlbar. Belonoz wird dir weiterhelfen. Er weiß alles.«

Lily blickte ihn groß an.

»*Belonoz?*«

»Ja, natürlich. Mit ihm kannst du erfolgreich sein. Bis dahin aber wird Wien von diesem Phantom regiert und …«

Lily unterbrach ihn. »Aber *wer* ist dieser Belonoz?«

Seilers Mund verzog sich zwar zu einem leicht spöttischen Lächeln, doch in seine Augen trat ein ungewohnt ernster Ausdruck.

»Das ist typisch für dich, Lily«, sagte er. »Du hast gerade erst begonnen und schon ein entscheidendes Problem erkannt.«

Wochen später würde Lily sich immer noch fragen, ob ihr Instinkt nicht in diesem Augenblick hätte Alarm schlagen müssen.

*

An diesem Morgen hatte sich der Radiowecker pünktlich um sieben Uhr eingeschaltet. Mit dröhnender Lautstärke hatte er binnen einer halben Minute Vizebürgermeisterin Marina Lohner aus dem Schlaf geholt. Sie war aus dem zerwühlten Bett aufgestanden und in die Küche gegangen, wo sie die Espressomaschine in Gang gesetzt hatte. Auf dem Weg ins Bad hatte sie sich das Handy geschnappt und einen Blick auf die während der Nacht eingetroffenen Nachrichten geworfen.

Sie war im Türrahmen des Badezimmers stehen geblieben, um zu lesen, was Sasha Bonino ihr hatte mitteilen wollen.

Fast wie in Trance hatte sie anschließend geduscht. Die Gedanken waren durch ihren Kopf gerast, während das Wasser auf sie herabgeprasselt war. Als hätte man ihr den Boden unter den Füßen weggezogen. Als hätte man sie aus dieser Stadt vertrieben. Und dauernd hatte sie erwartet, dass ihr im nächsten Augenblick eine Lösung einfallen würde. Aber das geschah einfach nicht.

Auf ihrem Oberkörper hatte Marina Lohner Duschlotion verteilt und abgespült. Und wenig später die Prozedur hastig wiederholt. Sie war nicht mehr fähig gewesen, sich zu erinnern, ob sie es bereits getan hatte.

Boninos Botschaft war klar und schnörkellos gewesen: *Liebe Ma-*

rina, nach dem neuen Frauenmord hat sich innerhalb der Redaktion ein Konsens gebildet: Wir müssen vor der Wiener Wahl kritischer berichten. Die Konkurrenz auf dem Mediensektor ist enorm. Deshalb wird meine Zeitung deine Sicherheitspolitik und deine Kampagne härter anfassen. Ich bin sicher, dass du als Profi das verstehen und sportlich nehmen wirst. Viel Glück, S.

Lohner hatte ihr gerade abgetrocknetes Gesicht im Spiegel betrachtet. Plötzlich hatte sie sich als über Nacht gealtert, einsam und verbraucht empfunden. Jegliches Selbstwertgefühl war verschwunden. Wie wild hatte sie daraufhin Feuchtigkeitscreme in die Haut massiert.

Ende. Aus. Diese zwei Worte waren durch ihren Kopf gerast. Ihre Hände hatten gezittert, aber sie hätte nicht zu sagen vermocht, ob vor Wut oder aus Angst.

Alles, wofür sie sich seit Jahren abgemüht und ihr Privatleben geopfert hatte, empfand sie als ausgelöscht. Das gestrige Gespräch mit Berti Stotz war bloß der Anfang gewesen. Nun hatte die in ihrem Verlag diktatorisch agierende, für beinharten Kampagnenjournalismus berüchtigte Herausgeberin der einflussreichsten Boulevardzeitung Österreichs Kritik angekündigt. Was gemäß Sasha Boninos Kriterien nichts anderes als hemmungslose Attacken bedeutete. Und dass sie Lohner die bisherige Unterstützung entzogen hatte.

In weniger als vierundzwanzig Stunden hatte sich die Situation komplett gedreht. Kein Rückhalt mehr durch Berti Stotz, dazu die Kriegserklärung von Sasha Bonino. Dabei hatte Lohner ihr Leben danach ausgerichtet, viel zu erreichen. Sie hatte sogar auf eine Ehe und Kinder verzichtet, im festen Glauben, nur möglichst ungebunden und unabhängig den Sprung an die Spitze zu schaffen.

Die vorgesehenen Termine der folgenden Stunden hatte Lohner wie ein Roboter absolviert. Innerlich dagegen war sie von der wachsenden Überzeugung beherrscht worden, sich selbst abhandengekommen zu sein.

Bis sie erkannte, dass sie unter keinen Umständen tun konnte, wozu man sie offenbar zwingen wollte. Nein, sie war nicht gewillt, den Traum von der Wiener Bürgermeisterin Marina Lohner zu begraben.

Wenn sie schon untergehen musste, dann eben im Kampf. Und ohne Rücksicht auf Verluste.

Es war gegen Mittag in dem japanischen Restaurant unweit des Stephansdoms. Die Innenausstattung wurde von warmen Braun- und Goldtönen geprägt, das effiziente Service entsprach den Erwartungen der betuchten Gäste. Während Lohner das von stumpfsinniger Routine geprägte Treffen mit öden Parteifunktionären aus Kärnten gleichsam im Standby-Modus über sich ergehen ließ, fasste sie einen Entschluss. Sie entschuldigte sich für einen Moment und hastete zur Toilette.

Zuerst überzeugte sie sich, dass sie allein war und niemand mithören könnte. Danach kramte sie das Handy aus ihrer Handtasche und wählte eine Nummer.

Als sich am anderen Ende der Leitung jemand meldete, verzichtete Marina Lohner auf lange Vorreden. »Okay, ich weiß, dass die Pressekonferenz morgen stattfinden soll. Also ist jetzt die Zeit für einschneidende Maßnahmen gekommen. Sonst können wir alles vergessen, was wir uns vorgenommen haben. Die Schläge werden hart ausfallen und Berti Stotz wird bluten. Auch für Sasha Bonino wird es eng werden. Aber diese Leute haben es nicht anders verdient. Im Gegenteil. Sie haben es so gewollt.«

Dienstag, 15. Juni

8

Die Dusche hatte Wunder bewirkt. Für zwanzig Minuten. Als er im Taxi saß, überflutete ihn der Schweiß. Er schob es auf die langsam wieder ansteigende Hitze des Tages und verdrängte die eigene Nervosität.

Um acht Uhr dreißig stieg Major Belonoz vor der Kriminaldirektion aus und führte sich die Situation vor Augen.

Mehr als bloß ein neuer Tag und eine neue Woche hatten begonnen. Eine Schwelle war überschritten worden. Der entscheidende Teil des Spiels war eingeläutet worden. Der Kampf aller gegen alle hatte eingesetzt. Zunächst würden sie sich zu Rudeln zusammenrotten, um ihre Mutlosigkeit zu übertölpeln. Erst am Schluss würden sie erkennen, dass sie immer schon allein gewesen waren. Solange es Menschen geben würde, musste mit diesem Verhalten gerechnet werden. Belonoz wusste das, nie hatte er etwas anderes erlebt.

Der Mörder würde sich gegen seine Entdeckung wehren, die Politik gegen die erfolglosen Ermittler, die Bürger gegen ihre Angst und überhaupt gegen alles und alle, die sie dafür verantwortlich machten. Die Zeit der verschämt zurückgehaltenen Empörung war vorbei. Es ging nur noch darum, möglichst viele Schuldige zu identifizieren.

Edi Steffek und Nika Bardel hatten die Nacht durchgearbeitet. Ihre nervöse Munterkeit war ein Resultat der Übermüdung. Um sieben Uhr war Chefinspektor Emil Kovacs eingetroffen, gleich darauf Abteilungsinspektorin Marlene Metka. Kovacs war ein großgewachsener, muskulöser Dreißigjähriger, dessen graubraune Kleidung einem bisher unentdeckt gebliebenen Modestil zugerechnet werden musste. Ein Bürstenhaarschnitt zähmte sein volles, schwarzes Haar. Metka war dunkelblond und lediglich zwei Jahre jünger als er. Doch ihre engen Jeans, das verwaschene, von einem alternativen Musikfestival stammende T-Shirt und die ausgetretenen Ballerinas zeigten deutlich, dass sie bereits einer anderen Generation angehörte als Kovacs.

Kurz nach neun Uhr versammelte Belonoz die engsten Mitarbeiter der Mordkommission in seinem Büro. Die Fenster waren die Nacht über offen gestanden. Noch konnte man sich an unverbrauchter Luft laben. Steffek und Bardel durften auf den vorhandenen Stühlen sitzen, während Metka und Kovacs stehen mussten.

»Habemus Staatsanwältin«, sagte Belonoz emotionslos und lehnte sich in seinem Stuhl zurück, während sein Blick durch die Fenster hinaus ins Freie wanderte. »Lily Horn heißt die Frau. Lenz hat mir schon ein Rendezvous mit ihr zugeschanzt.«

Nika Bardel runzelte die Stirn.

»Wer bitte ist Lily Horn?«, fragte sie skeptisch. »Kann die was? Was kann sie?«

»Salusek«, antwortete Belonoz, und einen Moment lang herrschte absolute Stille.

»Na sicher, daher kenne ich sie«, platzte es unvermittelt aus Marlene Metka heraus. »Das war doch in allen Medien, du erinnerst dich sicher daran, Nika. Diesen Mörder hat sie …«

»Genau, sie *hat*«, unterbrach der Major gelassen.

Metka lächelte stolz. »Ich hab gleich gewusst, dass mir der Name was sagt. Die Journalisten haben sich um sie gerissen. Sie hat alles abgelehnt. Keine Interviews, kein Auftritt in einer Talkshow, nichts. Echt erstaunlich. Die meisten ihrer Kollegen hätten wahrscheinlich …«

Belonoz nickte, sein Mund war schmal geworden. »Alles richtig. Aber das ist die Vergangenheit. Was Lily Horn heute oder in Zukunft taugt, muss sie bald beweisen.«

Dabei sah er Metka scharf an und fragte sich, welche verborgenen Talente in dieser kleinen, leicht burschikosen Person schlummerten. Immer schon hatte er ihr Fähigkeiten unterstellt, die sie für die Mitarbeit in der Mordkommission prädestiniert erscheinen ließen. Deshalb hatte er sie schließlich in die Truppe geholt. Obwohl Steffek ihm abgeraten und auf ihr jugendliches Alter verwiesen hatte. Aber welcher Art diese Fähigkeiten waren, vermochte er noch immer nicht zu definieren. Belonoz hatte spontan und instinktiv gehandelt, wie ein Fußballtrainer, der auf einen noch nicht ganz ausgereiften Spieler setzte. Seitdem wartete er auf den Moment, der Metkas Stern zum Leuchten bringen würde.

»Die Salusek-Sache hat sie jedenfalls gut gemacht«, sagte Steffek so überzeugt, dass er einen scharfen Seitenblick Bardels erntete.

Kovacs hatte bisher mit unbewegter Miene gelauscht. Jetzt räusperte er sich.

»Persönlich habe ich nie was mit ihr zu tun gehabt«, sagte er, »aber ich kenne zufällig jemanden, der bei der Fahndung nach Salusek mit von der Partie war. Staatsanwältin Horn muss hart gewesen sein, aber auch offen und kommunikativ. Oder nein, nicht hart. Sondern *unnachgiebig*. Fast schon stur. So hat er sie beschrieben.«

»Und was hat sie nach der Salusek-Fahndung getan?«, erkundigte sich Bardel.

»Keine Ahnung, und es ist mir im Moment auch egal«, sagte Belonoz. »Ich treffe sie in einer Stunde. Da brauche ich alle verfügbaren Ermittlungsergebnisse. Neue Spuren oder Hinweise? Irgendwas, womit ich Lily Horn beschäftigen kann?«

Steffek schüttelte enttäuscht den Kopf. »Sieht leider nicht so aus. Es ist so deprimierend wie in den anderen beiden Fällen.«

»Wobei man betonen muss«, sagte Bardel, »dass die Spuren noch ausgewertet werden. Also eine Überraschung schon völlig auszuschließen, wäre leicht voreilig. Das müsste eigentlich auch eine Frau Horn einsehen.«

Steffek zog eine skeptische Grimasse, gleichzeitig starrte er auf das Display seines Handys. Er stand auf, entschuldigte sich und verließ den Raum.

»Das darf doch nicht wahr sein«, wunderte sich Kovacs inzwischen. »Wir haben die modernsten Methoden zur Verfügung. Alles, von der DNA-Analyse bis hin zur elektronischen Überwachung. Aber wir tappen im Dunkeln herum, als wären wir im Londoner Nebel des Jahres 1888 und würden Jack the Ripper jagen. Da müsste man doch weitaus mehr herausholen können.«

Bardel gab sich keine Mühe, ihr ironisches Lächeln zu verbergen.

Am Wochenende hatte Kovacs ein zweitägiges Seminar in Zürich besucht zum Thema *Fall- und Täteranalysen historischer Tötungsdelikte*. Ursprünglich hatte Kovacs den Termin absagen wollen, wegen der Mädchenmorde. Belonoz hatte jedoch darauf bestanden und Kovacs die Reise in die Schweiz geradezu befohlen. Nichts sollte den Eindruck erwecken, eine Art Ausnahmezustand sei ausgebrochen, in dem jeder Mann ständig gebraucht würde. Wie bei seinen gestrigen Grillplänen hatte Belonoz versucht, das Schicksal gnädig zu stimmen, es nicht herauszufordern.

»Seit den Tagen von Jack the Ripper und Sherlock Holmes hat sich halt einiges geändert«, sagte Bardel sarkastisch. »Leider nicht nur bei unseren technischen Möglichkeiten. Sondern auch bei den Methoden der Täter. Pech gehabt, mein lieber Watson.«

Kovacs wollte zu einer Replik ansetzen, aber Steffek hetzte in den Raum.

»Der Bericht aus Salzburg ist da«, sagte er aufgeregt und wedelte mit ein paar Seiten in der Luft.

»Zeig her«, befahl Belonoz.

Er überflog den Ausdruck.

»Überraschend ordentliche Arbeit der Mozartkugeln«, befand er nachdenklich. »Edi, ruf dort gleich an und sag diesem Descho, dass wir uns herzlich bedanken.«

Belonoz wandte sich erneut dem Bericht zu. Er las ihn, blickte kurz zur Decke und gab dem Team detaillierte Anweisungen.

»Bis ich zurückkomme, sollte das alles erledigt sein«, sagte er und stand auf.

In den Augen seiner Mitarbeiter fiel ihm ein Hauch von Lustlosigkeit auf. Und er verstand sie nur allzu gut.

Man musste einmal mehr einer Spur nachgehen, von der nicht klar war, was sie bringen würde. Und wie so oft in den letzten Wochen lag erneut die Möglichkeit in der Luft, dass jede neue Anstrengung, jeder neue Ansatz vergebens waren. Die eigene Arbeit nur noch als Zeitverschwendung zu begreifen, war die bitterste Erkenntnis jeder Mordkommission. Dann war man hauptsächlich damit beschäftigt, die eigene Resignation zu verdrängen.

Solche Frustrationen gehörten zum Geschäft. Aber zu erleben, dass berufliche Versäumnisse oder Pannen zu neuen Leichen führten, strapazierte die Nerven.

Belonoz machte sich auf den Weg. Die neue Staatsanwältin schien ihm ein Unsicherheitsfaktor zu sein.

Andererseits gab es Deschos Bericht. Und, wenn ihn nicht alles trog, Anlass zu leiser Hoffnung.

*

»Morgen um elf machen wir es«, sagte Berti Stotz. »Wie vorgesehen. Damit schaffen wir es in die Mittagsnachrichten. Das heißt, die Innenpolitik-Berichterstattung der zweiten Tageshälfte gehört uns. Und nachdem der Mörder immer am Wochenende zuschlägt, kann der uns auch nicht dazwischenfunken.«

Die Lesebrille des Bürgermeisters hing am Ende seiner Nase und drohte demnächst abzustürzen. Mit diesem Accessoire ließ er sich nach Möglichkeit nicht fotografieren. Bis zur Besessenheit war er davon überzeugt, eine Brille würde ihn alt erscheinen lassen. Das konnte er nicht brauchen. Teil seiner öffentlich inszenierten Persönlichkeit war es, jung und aufmüpfig zu wirken. Auch gegen die Evidenz seines bekannten Geburtsdatums wie seiner füllig gewordenen Figur.

Michael Schegula lächelte. »Perfekt. Vor allem weil die Pressekonferenz ja schon seit Wochen feststeht. Motto: *Wien – Jahrhundertchancen unserer Stadt.*«

»Super, das Motto müssen wir nicht einmal ändern«, sagte Stotz und grinste.

»Ein riesiger Vorteil, Berti. Alles wird aussehen, als wäre es lange geplant und gut durchdacht. Das wird die Menschen in Sicherheit wiegen. Und die Nachricht von den Veränderungen wird einschlagen.«

Stotz nickte zustimmend. Er fühlte sich kräftig wie selten zuvor. Nein, Altern war für jemanden wie ihn nicht vorgesehen.

Binnen vierundzwanzig Stunden würde er Marina Lohner endgültig ausmanövrieren. Jene Frau, die in den Medien schon als seine Rivalin porträtiert wurde. Sich selbst würde er ein paar ungestörte Amtsjahre mehr bescheren und überdies den Wunschnachfolger installieren.

»Wenn wir den Neustart von *Unser Wien. Sicheres Wien* präsentieren, kriegen wir zwei Fliegen mit einer Klappe«, sagte Stotz befriedigt. »Marina ist aus dem Spiel. Und gleichzeitig wird der Opposition und allen kritischen Gruppen das Wasser abgegraben. Besser geht's nicht. Oder, Michael?«

»Stimmt.«

»Ein paar werden natürlich toben. Vor allem die Frauen. Aber von dem Schlag werden sie sich erst erholen müssen. Die Journalisten werden berichten, dass ich noch immer das Heft in der Hand halte. Letztlich zählt nur das.«

»Das glaube ich auch.«

»Und du wirst der künftige Hoffnungsträger sein, Michael. Völlig unangefochten.«

Das Telefon läutete. Stotz hob ab und lauschte.

»Sicher, schicken Sie ihn herein«, sagte er der Sekretärin.

Der Bürgermeister ging zur Tür, die gerade von außen geöffnet wurde.

»Herzlich willkommen«, begrüßte er den Gast strahlend und führte ihn zur ledernen Sitzgruppe. »Was möchten Sie trinken? Champagner vielleicht?«

Der Besucher wählte Mineralwasser, die Sekretärin nickte freundlich und zog sich diskret zurück.

»Es freut mich, dass Sie unsere Bemühungen verstärken«, sagte Stotz, nachdem sich alle wieder gesetzt hatten. »*Rettet unser Wien!* war eine gute Sache. Das hat uns viele Anregungen gebracht.«

Die Bürgerinitiative *Rettet unser Wien!* hätte eigentlich den Anfang vom Ende des Bürgermeisters Berti Stotz darstellen sollen. Zumindest hatten das jene politischen Beobachter vermutet, die in den Medien als Insider charakterisiert wurden. Nach bescheidenem Beginn war die Bürgerinitiative auf Tausende engagierte Mitglieder angeschwollen. Anfangs hatte sich die Debatte bloß um besorgte Mütter gedreht, die ihre Kinder vor der illegalen Straßenprostitution und deren Nebenwirkungen beschützen wollten. Zu ihnen hatten sich Stimmen gesellt, die über steigende Kleinkriminalität erzürnt waren, vom Taschendiebstahl bis zu geplünderten Autos und ausgeraubten Geschäften. Schon allein die von ihnen berichteten Fakten hatten die einst vollmundigen Versprechungen des Berti Stotz Lügen gestraft.

Doch rasch hatte sich der Fokus der Bürgerinitiative erweitert und gewandelt. Immer weniger ging es um Einzelfälle, immer mehr um die gesellschaftliche Entwicklung Wiens. Menschen meldeten sich zu Wort, die sich nach sauberen, von Korruption und Postenschacher freien Politikern sehnten. An Parteien und deren Programmen zeigten sie kein Interesse. Noch weniger akzeptierten sie simpel denkende und argumentierende Apparatschiks, die hauptsächlich ihr eigenes Fortkommen im Sinn hatten und dies durch buckelndes Wohlverhalten zu erreichen trachteten.

Nicht nur im Kleinen, sondern auch im Großen wurde einer neuen Ehrlichkeit das Wort geredet. Es mehrten sich die Forderungen nach einem besseren Miteinander, nach einer größeren Fairness zwischen Wählern und Gewählten, nach mehr Mitbestimmung.

Beinahe über Nacht hatten Stotz, dessen Mitstreiter und deren plumpe Parolen ziemlich altmodisch gewirkt. Vor allem jedoch heuchlerisch und verlogen. Die von Marina Lohner gestartete Kampagne *Unser Wien. Sicheres Wien* war ein zahmer, sehr bemühter Versuch, solchen Strömungen entgegenzuwirken. Die sich empörenden Bürger zweifelten außerdem auch an der Sinnhaftigkeit eines neuen, für enorme Summen errichteten Vergnügungsparks. *Pratorama* verkam zum Inbegriff für abgehobene, Steuergelder verschwendende Politfunktionäre. Und die sich häufenden Hinweise auf dubiose Machenschaften und obskure Hintermänner schienen zu Sargnägeln für ein überkommenes System zu mutieren.

»In der neuen Position werden Sie weitaus mehr erreichen als durch die Bürgerinitiative«, sagte Stotz und lächelte selbstzufrieden. »Mit voller Unterstützung des Rathauses. Ihnen soll es an nichts fehlen.«

Der Gast wirkte erfreut. »Absolut, und das ist für mich der Grund, warum ich die Seiten wechsle. Man will schließlich nicht nur etwas fordern, sondern auch was bewirken.«

»Richtig. Und genau das können und sollen Sie bei uns tun.«

»Was glauben Sie, wie werden Ihre bisherigen Weggefährten von der Bürgerinitiative reagieren?«, mischte sich Schegula ein. »Sie haben dort eine prominente Rolle gespielt. Und Sie haben diesen Leuten durch Ihren Namen enorme Glaubwürdigkeit verschafft.«

»Sie werden verärgert sein, aber das ist normal«, sagte der Gast völlig entspannt. »Nach einiger Zeit wird der Zorn verraucht sein. Dann kann ernsthafte Arbeit betrieben werden. Damit sich in Wien wirklich alle sicher fühlen.«

Stotz lachte begeistert, er schien hochzufrieden. »Goldene Worte. Also dann bis morgen bei der Pressekonferenz. Beginn ist um elf. Am besten, wir treffen uns hier eine Viertelstunde vorher.«

»Hervorragend«, sagte der Kriminalpsychologe Mario Promegger und trank das Glas Mineralwasser in einem Zug aus.

*

Der silberne Minivan parkte etwa hundert Meter entfernt vom eigentlichen Ziel. Jede Aufmerksamkeit sollte vermieden werden.

Die Aktion balancierte am Rande zur Illegalität. Für die Beschaffung von Beweisen gab es strikte Regeln. Aber in diesem Fall waren rasche Resultate gefragt. Also blieb keine Wahl. Man musste das Risiko eingehen.

Eine junge Frau mit kurzen, brünetten Haaren spazierte ein paar Meter und führte einen Hund an der langen Leine. Mit dem Mobiltelefon, das sie in der linken Hand trug, war sie durch ein Kabel verbunden, dessen Enden in ihre Ohren gestöpselt waren. Fröhlich plauderte sie vor sich hin. Während der Pudel interessiert und zugleich misstrauisch das Terrain erkundete, beobachteten die hinter einer dunklen Sonnenbrille verborgenen Augen der Frau sorgfältig die Umgebung. Alles schien in Ordnung. Das gesuchte Objekt war vorhanden.

»Aber natürlich, kein Problem, Schatz«, sprach die Frau in ihr Handy und spazierte weiter.

Hundert Sekunden später schlenderte ein Mann in Joggingkleidung und mit umgehängter Sporttasche den Weg hinauf zu den rustikal gestalteten Villen. Plötzlich kniete er nieder, offenbar hatte er ein loses Schuhband entdeckt. Er erhob sich wieder und studierte die Schuhsohle. Dabei stützte er sich einen Moment lang auf dem neben ihm stehenden BMW ab. Als er genug gesehen hatte, entfernte er sich mit beschwingter Gelassenheit.

Er machte einen Umweg, bog dreimal ab. Als er beim Minivan ankam, wurde die Schiebetür von innen geöffnet. Der Mann stieg ein, holte die Folie mit dem Material aus der Sporttasche und reichte sie sofort weiter an eine Frau, die mit einem geöffneten Metallkoffer auf der hinteren Sitzbank saß.

Das Fahrzeug startete und beschleunigte rasch. Auf dem rechten Vordersitz saß der Pudel.

Der Plan hatte funktioniert. Und die Fahrt zum Salzburger Landeskriminalamt nahm weniger Zeit in Anspruch, als Descho befürchtet hatte.

*

»Wie hat diese Sache eigentlich angefangen?«, fragte Lily und erwiderte standhaft den harten Blick von Major Belonoz.

Seine Miene war ausdruckslos. Als er den Raum betreten hatte, war er verblüfft gewesen, hatte sich dies aber keine Sekunde lang anmerken lassen.

Belonoz hatte die Arbeitszimmer vieler Staatsanwälte gesehen. Die meisten waren konventionell eingerichtet, von den obligaten Topfpflanzen über die unvermeidlichen Familienfotos bis hin zu Urlaubspostkarten der Kollegen und unnützem Nippes.

Dieses Büro war anders. Die Wände waren kahl, der Schreibtisch befand sich mitten im Raum, von ihm führten die Kabel des Computers und des Telefons quer über den Boden zu den Steckdosen. Eine Batterie von Mineralwasserflaschen stand auf dem Tisch, daneben lag ein Handy. Durch die vorhanglosen Fenster strahlte die kräftige Mittagssonne, es war heiß, und Belonoz' Stirn glänzte.

Außer dem Bürostuhl hinter dem Schreibtisch gab es noch zwei abgewetzte Holzsessel, die verloren in einer Ecke ihrer Verwendung geharrt hatten. Lily hatte sie kurzerhand zu einer kleinen Gruppe zusammengestellt, den einen dem Major zugewiesen und auf dem anderen selbst Platz genommen.

Lily hatte sich diesen Ermittler anders vorgestellt. Jetzt aber wunderte sie sich nicht mehr, dass dieser Mann zwei Jahre zuvor nur durch Zufall auf seinen Posten als Chef der Mordkommission gelangt war. Bis zum Polizeiskandal mitsamt den Rücktritten hoher und mittlerer Beamter hatte Belonoz in der Abteilung für internationale Kooperation Dienst getan. Fünf Jahre zuvor, nach einem heftigen verbalen Schlagabtausch mit einem eitlen, politisch gut vernetzten Vorgesetzten, war er dorthin strafversetzt worden.

In dieser Abteilung hatte er sich mit anderen, gleichfalls ungeliebten Kollegen wiedergefunden. Den ganzen Tag hatten sie nichts anderes zu tun gehabt, als mühsam die leeren, von kompletter Untätigkeit erfüllten Stunden abzusitzen. Ziel der Vorgesetzten war es gewesen, die Störenfriede zu zermürben und sie zur freiwilligen Kündigung zu zwingen.

Zugleich war penibel überprüft worden, ob einer von ihnen jemals auch nur eine Sekunde zu spät zum Dienst erschienen war oder sich sonstiger, auch nur geringster Verfehlungen schuldig gemacht hatte. Überraschend eintreffende, von Nebensächlichkeiten handelnde E-Mails, die nicht binnen Minuten beantwortet worden waren, hatten demütigende, sich über Tage erstreckende Ermahnungen der Polizeileitung nach sich gezogen. Durch Testanrufe war regelmäßig kontrolliert worden, ob die Mittagspause auch nicht um wenige Minuten überschritten worden war. Urlaubsansuchen waren erst nach wochenlanger Verzögerung genehmigt worden, was längerfristige Buchungen unmöglich gemacht hatte. Einige Beamte, die Mütter oder Väter waren, hatten deshalb irgendwann aufgegeben und gekündigt. Belonoz hatte durchgehalten. Aber er hatte dafür einen Preis bezahlt und bewohnte das Haus an der Alten Donau fortan allein.

Polizeiintern war die überflüssige Abteilung für internationale Kooperation als Strafkolonie berüchtigt gewesen. Dennoch hatte sich niemand getraut, dagegen zu protestieren. Auch die Personalvertretung war stumm und mutlos geblieben. Vielleicht, weil ihr suggeriert worden war, dass die Abteilung eine soziale Lösung für unfähige Polizeibeamte sei. Erst als jener Polizeigeneral, mit dem Belonoz aneinandergeraten war, im Sumpf der Korruption versunken war, hatte sich eine reformierte Polizeiführung an den Major erinnert und ihn rehabilitiert.

Belonoz sah die Staatsanwältin an und begann zu erzählen.

»Es war vor vier Wochen, am sechzehnten Mai, einem Sonntagvormittag«, sagte er. »Der Bewohner eines Mietshauses im dritten Bezirk hat sich beim Polizeinotruf gemeldet. Er hat eine junge Frau beschrieben. Seine Nachbarin. Sie soll schon seit mehreren Stunden auf ihrem Balkon in einem Liegestuhl gesessen sein. Ohne sich zu bewegen. Bei der Polizei hat er sich erkundigt, ob er eventuell bei der Wohnungstür anläuten soll. Der Ärmste hat einen Hitzekollaps vermutet.«

»So hat es angefangen?«, fragte Lily.

»Ja, genau so.«

»Scheinbar harmlos also.«

»Ein Routinenotruf.«

»Und weiter?«

»Das Opfer war Sabine Foltinek. Einundzwanzig Jahre alt, gebürtige Niederösterreicherin, die in Wien Wirtschaft studiert hat. Na ja, studiert … mehr oder minder. Ihre Eltern besitzen ein erfolgreiches Busunternehmen und mehrere Reisebüros. Die Tochter war mehr am Wiener Nachtleben interessiert. Ein paarmal ist sie in den Gesellschaftsspalten der Lokalpresse aufgetaucht. Und im Internet auf Seiten, die über Partys berichten. Mit Fotos.«

»Sie war also ein bisschen prominent.«

»Aber überhaupt nicht. Nur ein Partygirl, das sich manchmal gerne in Szene gesetzt hat.«

»Bis irgendwann der Vorhang gefallen ist«, murmelte Lily.

Kurz streifte Belonoz die Staatsanwältin mit einem interessierten

Blick, der dann wieder so kühl und distanziert wurde wie zuvor. »Bei Sabine Foltinek hat der Arzt dreiundzwanzig Stiche in den Oberkörper festgestellt. Dazu die ausgestochenen Augen sowie das Klebeband. Die Öffentlichkeit weiß davon überhaupt nichts.«

»Sind diese Details nach dem zweiten Mord publiziert worden?«

»Auch nicht bei Lisa Back, ermordet am neunundzwanzigsten Mai.«

»Die Medien wurden aber darüber informiert?«

»Nein. Jedenfalls was mich betrifft. Ich habe keinem Journalisten etwas darüber gesagt. Aber letztlich kann ich nur für mich selbst garantieren. Und für mein Team. Für die lege ich die Hand ins Feuer.«

»Warum hat man diese Informationen zurückgehalten?«

»Das ist auf Anweisung Ihres Vorgängers geschehen. Also von Doktor Seiler. Um einige Details geheim zu halten, die als Täterwissen gelten können. Und um unnötige Trittbrettfahrer oder sonstige Wichtigmacher und Pseudoinformanten zu verhindern. Aber ich …«

Belonoz zögerte für einen Moment.

»Ja?«, fragte Lily vorsichtig.

»Ich war nicht überzeugt von dieser Maßnahme. Genau das war nämlich der Triumph des Täters. Dadurch hat sich der Mörder eher noch bestätigt gefühlt, im Besitz von elitärem Geheimwissen zu sein, das Normalsterblichen nicht zumutbar ist. Das hat ihm die Genugtuung gebracht, auf die er womöglich scharf ist.«

Lily nickte nachdenklich. »Wer weiß also von diesen Details?«

»Nur mein Team und ich wissen, dass der Täter die Augen von Sabine Foltinek ausgestochen hat. Und dass sie mit diesen ausgestochenen Augen mindestens vierundzwanzig Stunden auf dem Balkon im Liegestuhl gelegen ist. Das Gleiche gilt für den Fall Back, wo die Leiche allerdings in der Wohnung gefunden worden ist. So wie auch jetzt wieder.«

»Interessant, dass sonst keinem Hausbewohner irgendetwas aufgefallen ist und auch niemand den Tathergang bemerkt hat«, sagte Lily.

Belonoz sah sie konzentriert an. »Sie haben die Akten also noch nicht studiert?«

Für einen Moment wurde es still im Raum, man hörte nur das Rauschen des Autoverkehrs, das durch die geöffneten Fenster drang.

»Leider nein«, sagte Lily leise. »Ich bin gerade erst … Aber wieso wissen Sie, dass ich …?«

»Sie hätten diese Frage sonst nicht gestellt.«

»Tut mir leid, aber zum eingehenden Studium der Akten hat mir bisher einfach die Zeit gefehlt. Es ist vierundzwanzig Stunden her, dass ich diese Aufgabe übernommen habe, also …«

»Vergessen Sie's«, unterbrach Belonoz die Staatsanwältin mit maliziöser Gelassenheit. »Mich interessiert momentan was ganz anderes. Ich habe gehört, dass Sie sich in den letzten Wochen und Monaten im Ausland aufgehalten haben. Wie viel oder wenig haben Sie von der Mordserie insgesamt mitbekommen?«

Lily zögerte kurz, sie vermutete eine Fangfrage. »Offen gesagt, so gut wie gar nichts.«

»Das ist sehr gut.«

»Was meinen Sie damit?«

»Weil Sie dann nicht so voreingenommen an die Sache herangehen werden. Sondern irgendwie unbelastet.«

»Und das finden Sie gut?«

»Vielleicht«, sagte Belonoz kryptisch. »Während der vergangenen Monate hat sich in Wien ein Klima der Hysterie entwickelt. Es wird gestritten, wie sicher die Stadt ist. Oder wie unsicher. Sogar eine Bürgerinitiative wurde gegründet, die Druck auf die Politik macht. Daraufhin hat die Vizebürgermeisterin Lohner ihrerseits eine Kampagne ins Leben gerufen, die zeigen soll, dass Wien eine sichere Stadt ist. Typisches Polit-Hickhack also. Um Fakten geht es da längst nicht mehr. Sondern nur noch um plakative Emotionen.«

»Ich glaube, davon habe ich gehört.«

»Das alles ist natürlich in Zusammenhang mit den Wahlen im nächsten Jahr zu sehen. Ursprünglich waren die ja schon für den kommenden Herbst geplant. Angesichts der Lage hat man es beim Termin im Frühling belassen.«

»Und wie wirkt sich das auf unseren Fall aus?«, fragte Lily.

»Ein Serienmörder, der in Wien sein Unwesen treibt, hat gerade noch gefehlt. Der Fall wird als politische Munition benutzt. Wer immer sich damit beschäftigt, gerät zwischen die Fronten. Was denken Sie, wie oft sich bei mir schon der Polizeipräsident gemeldet hat, um sich nach dem Fortgang der Ermittlungen zu erkundigen?«

»Tut er das?«

»Praktisch jede Woche. Und hinter dem Polizeipräsidenten steht der Bürgermeister. Außerdem hat mich der Innenminister angerufen. Was mir noch nie zuvor passiert ist. Deshalb sind Sie im Vorteil.«

»Warum?«

»Weil Sie viel unabhängiger sind. Falls Sie das sein wollen. Und weil Sie einen frischen Blick auf die Sache einbringen. Und vielleicht den Ermittlungen neuen Schwung verleihen werden. Jedenfalls wünsche ich mir das von Ihnen. Um nicht zu sagen, ich erwarte mir das.«

Belonoz' Offenheit überraschte Lily. Und seine Herangehensweise erstaunte sie. Noch nie hatte ein Kriminalbeamter ihr mitgeteilt, wie er sich die Zusammenarbeit vorstellte. Auch Lilys Kollegen hatten nichts Vergleichbares berichtet. Gewöhnlich sahen Staatsanwälte in der Kriminalpolizei nichts weiter als eine Hilfskraft, die aufgrund genauer Instruktionen Informationen beschaffte und Fakten recherchierte. Umgekehrt empfanden die Polizisten die Staatsanwälte vielfach als abgehobene, theoretisierende Kontrollinstanzen, deren Interesse ausschließlich auf das Gewinnen von Prozessen gerichtet war.

Mit seinen ungepflegten, auf den Sakkokragen fallenden Haaren sah Belonoz nicht bloß anders aus als seine Kollegen. Er war auch anders. Unverblümt sprach er an, was ihn störte. Instinktiv spürte Lily, dass Belonoz ein Außenseiter war. Oder dazu gemacht worden war. Das war einer, mit dem man in höchste Höhen ebenso steigen konnte wie in tiefste Abgründe. Aber immer ohne Netz, ohne rettenden Fallschirm. Volles Risiko. Mit jemandem wie Belonoz bewegte man sich in permanenter Absturzgefahr.

»Ich spreche jetzt bewusst sehr offen mit Ihnen«, sagte Belonoz schließlich, und sein Tonfall war kalt und distanziert. »Aber die Ermittlungen in diesem Fall stocken. Wir Kriminalbeamten brauchen jemanden in der Staatsanwaltschaft, mit dem wir zusammenarbeiten können. Jemanden, der uns nicht alleinlässt, der mit uns zusammen auf Mörderjagd geht. Und den Täter stellt. Ohne Rücksicht auf die politischen Verhältnisse in Wien. Ohne Angst vor Auswirkungen auf die eigene Karriere.«

Lily senkte ihren Blick auf die Tischplatte mit dem darauf liegenden Aktenmaterial. Die unterschiedlichsten Gedanken schossen ihr durch den Kopf. Sie dachte an ihr Gespräch mit dem Oberstaatsanwalt. An den überraschenden Vorschlag, diesen Fall zu übernehmen. Und an die schmeichelnden Worte von Lenz, der sehr gut mit den unterschiedlichen politischen Kreisen auszukommen pflegte.

Sie fragte sich, welches Spiel im Gange war. Und welche Rolle sie selbst darin verkörperte. Aber sie hatte dem Angebot von Lenz zugestimmt. Das war nicht mehr rückgängig zu machen. Und sie wollte das auch gar nicht.

Lily erhob sich aus ihrem Sessel und blieb vor dem sitzenden Belonoz stehen.

»Herr Major, ich möchte den Tatort des letzten Mordes sehen. Begleiten Sie mich dorthin?«

Belonoz blickte Lily an. Etwas Undefinierbares lag jetzt im Ausdruck seiner blauen Augen. Er stand auf.

»Dann gehen wir«, sagte Belonoz.

9

Kurz vor sechzehn Uhr wurde Leutnant Descho von der Erinnerung überfallen. Die Erinnerung war sehr undeutlich, eher eine Ahnung, ein Nachspüren von etwas, das gewesen sein könnte. Zugleich war er überzeugt, sich nicht zu täuschen.

Sein Kollege war in die Kantine gegangen, Descho befand sich allein im Büro. Er setzte sich an den Computer und recherchierte. Das Ergebnis war gleich null.

Er wusste es besser. Da war etwas gewesen. Aber warum konnte er dazu im Computer nichts finden?

Descho suchte die Nummer in seinem Telefonverzeichnis und wählte sie. Der gewünschte Teilnehmer meldete sich sofort.

»Ferdi, schön, wieder einmal von dir zu hören«, sagte Roman Kaller. »Wie geht es der Familie?«

»Großartig, alles bestens.«

Descho kannte Kaller noch aus gemeinsamen Zeiten in der Polizeischule.

»Entschuldige, Roman, aber ich habe eine Frage. Hast du mir nicht vor einiger Zeit von einer jungen Frau erzählt, die von ihrem Freund attackiert worden ist?«

Für einen Augenblick herrschte völlige Stille, als wäre die Leitung tot.

»Ich weiß nicht ... Wann soll das gewesen sein?«, fragte Kaller schließlich.

»Vor ein paar Wochen, glaube ich.«

»Aha ... Nein, also da fällt mir im Moment überhaupt nichts ein. Bist du sicher, dass du das von mir hast?«

»Freilich. Du hast mir erzählt, dass eine junge Frau eine Anzeige erstattet hat ...«

»Sekunde, Sekunde«, unterbrach ihn Roman. »Jetzt fällt es mir wieder ein, weil du von der Anzeige sprichst. Ich weiß, was du meinst. Ja, den Fall hat es gegeben.«

»Der Punkt ist nämlich, Roman, dass ich im Computer gar nichts dazu finde.«

»Das wird schon so sein.«

»Wieso denn?«

»Weil die Anzeige wieder zurückgezogen worden ist.«

»Und das bedeutet, dass es ...«

»... dass es diese Anzeige niemals gegeben hat. Aber warum interessiert dich das eigentlich?«

»Weißt du, es gibt ...«, sagte Descho zögerlich und überlegte rasch, wie er die Sache angehen sollte und wie offen er reden könne. »Also ich bin da mit einem Fall befasst, der uns eigentlich gar nicht direkt betrifft. Ein Fall aus Wien, bei dem ich mit ein paar Nachforschungen aushelfe, hier in Salzburg.«

»Ein Fall aus Wien, na sowas.«

»Du hast sicher davon gehört, aber es wäre gut, wenn das unter uns bleibt … Es geht um diese Mordserie …«

»Du meinst die ermordeten Studentinnen? Wo es gestern ein neues Opfer gegeben hat?«

»Genau.«

»Die Salzburger Kriminalpolizei ist also auch involviert. Und du machst das?«

»Ja.«

»Was hättest du denn wissen wollen?«

»Alles, was du über den Vorfall noch finden kannst. Vielleicht ist irgendwo etwas gespeichert und noch nicht gelöscht worden.«

»Ich werde schauen, vielleicht kann ich da ein bisschen recherchieren«, sagte Roman und legte auf.

Nach zwanzig Minuten meldete er sich telefonisch wieder bei seinem alten Freund.

»Die Sachen maile ich dir gleich. Viel ist es nicht.«

»Macht nichts. Danke für deine Hilfe, Roman.«

»Sag übrigens, ist da nicht dieser Belonoz der Leiter der Mordkommission?«

»Ja sicher, kennst du den?«

»Gott sei Dank nicht. Ich habe nur gehört, was man sich über ihn erzählt … ein arrogantes Arschloch … ein Wiener eben.«

Fünf Minuten später studierte Descho das eingetroffene Material. Roman Kaller hatte recht gehabt, es war nicht umfangreich. Dafür aber aussagekräftig.

Genau zwei Wochen vor dem Mord an Magdalena Karner war eine junge Salzburgerin frühmorgens bei einer Polizeidienststelle erschienen. Aufgewühlt hatte sie behauptet, von einem Mann mit einem Messer bedroht worden zu sein. Ihre Schilderung sei glaubwürdig gewesen, hatte die diensthabende Polizeibeamtin vermerkt.

Allerdings sei es zu weiteren Ermittlungen nicht gekommen, weil dieselbe Frau eine halbe Stunde später erneut auf der Polizeiwache erschienen war und die Anzeige wieder zurückgezogen hatte. Dabei war die Frau von ihren Eltern sowie der Mutter des Mannes begleitet worden, den sie der Tat beschuldigt hatte. Alle hatten insistiert, dass es sich bei der Angelegenheit um einen Irrtum gehandelt habe, geschuldet dem nächtlichen Alkoholkonsum der jungen Frau. Sowohl die Eltern wie auch die Mutter des anfänglich Beschuldigten hatten angegeben, für eventuell entstandene Schwierigkeiten selbstverständlich die Verantwortung zu übernehmen. Was gar nicht nötig war, wie sich rasch herausgestellt hatte.

Descho lehnte sich zurück. Dass die Anzeige problemlos wieder ad acta gelegt worden war, überraschte ihn nicht. Die junge Frau war die Tochter eines Salzburger Politikers, der als Parlamentarier im Nationalrat in Wien arbeitete. Der Beschuldigte sowie dessen Mutter gehörten zur etablierten Salzburger Gastronomie. Kein Wunder, dass öffentliches Aufsehen verhindert werden sollte. Unter allen Umständen.

Der junge Mann, der die junge Frau bedroht haben soll, war Sebastian Emberger. Der Freund von Magdalena Karner, mit dem Descho heute Morgen gesprochen hatte.

Descho war überzeugt, dass diese Episode überprüft werden sollte. Doch war es die Arbeit, die Zeit und den Aufwand wert? Vielleicht handelte es sich um eine völlig irrelevante Alkoholgeschichte. Und womöglich würde sich Descho im Netz der Salzburger Lokalprominenz mit ihren guten Verbindungen verheddern. Drohte nun der Anfang vom Ende seiner hoffnungsvollen Karriere? Würde die Rache für das unbefugte Eindringen in die Sperrzone rund um das Gasthaus und die Villa der Embergers gnadenlos ausfallen?

Er nahm den Telefonhörer ab und wählte die Nummer von Major Belonoz.

*

Hier waren Opfer und Täter aufeinandergetroffen. Ein gesunder Mensch war in den Tod gestochen worden. Ein anderer hatte dabei zugesehen. Ungerührt und den Instinkt, jemandem in Not zu helfen, komplett ignorierend. Er hatte der jungen Frau nichts zu bieten. Nur seinen Vernichtungswillen. Deswegen hat er ihr Böses angetan.

Ein Gefühl der Bedrückung umfing Lily Horn. Sie betrat die Wohnung von Magdalena Karner, deren privatesten Rückzugsraum. Er war dem Opfer zur Falle geworden. In ihrem Zuhause hatte das Opfer den Todeskampf ausfechten müssen, während die Augen ihres Mörders ungerührt geglotzt hatten.

»Sie wurde vor ihrer Wohnungstür attackiert«, sagte Belonoz. »Da wurden Blutspritzer gefunden. Und die Blutlache.«

»Vielleicht hat sie die Tür geöffnet und wurde danach attackiert.«

»Ganz sicher nicht. Der Verlauf der Blutspuren an der Tür beweist, dass sie zum Zeitpunkt der ersten Messerattacke völlig geschlossen gewesen sein muss.«

»Oder sie hat jemanden eben vor ihrer Wohnungstür sprechen wollen. Nur so als Beispiel.«

»Stimmt, Frau Doktor. Aber das Entscheidende bleibt. Wir *wissen* es nicht. Es *kann* so, es *kann* aber auch ganz anders gewesen sein.«

Lily nickte. »Also können wir von den Spuren her nicht schließen, ob der Täter eventuell ein Bekannter oder Freund gewesen ist. Oder ein völlig Fremder.«

»Auch bei den zwei anderen Morden war das so«, sagte Belonoz. »Und die Vollendung der Tat ist innerhalb der Wohnung geschehen.«

»Das bedeutet, dass die Tat vom Mörder bewusst in die jeweilige Wohnung getragen worden ist. Auf den ersten Blick ist das sinnlos.«

»Überhaupt nicht. Vergessen Sie nicht das Klebeband und die Augen. Das hat der Täter in der Wohnung ungestört durchführen können. Hingegen auf dem Gang eines Wohnhauses mit zahlreichen Nachbarn …«

»Stimmt natürlich.«

»Allerdings ist bis jetzt nicht erwiesen, dass es eine Person gibt, die mit allen Opfern bekannt war. Wir haben die ersten beiden Fälle genau analysiert. Keinerlei Verbindungen.«

Lily sah sich in dem Raum um, in dem sie standen. Die Wohnung bestand aus zwei Zimmern, einem Arbeits- und Schlafzimmer sowie einem Wohnzimmer.

»Wie groß ist die Wohnung? Vierzig, fünfundvierzig Quadratmeter?«

»Dreiundvierzig«, präzisierte Belonoz.

»Und das in bester Wiener Lage. Wie hat sich eine Studentin das leisten können?«

»Die Eltern sind dafür aufgekommen.«

»Nachvollziehbar«, murmelte Lily und ging zur Tür, die in das kombinierte Schlaf- und Arbeitszimmer der Studentin führte.

»Wir müssen beim Hauseigentümer in Erfahrung bringen, wie hoch die Miete war.«

»Knapp sechshundert Euro«, erwiderte Belonoz, der ihr gefolgt war.

»Trotzdem keine Mezzie. Sind ihre Eltern wohlhabend?«

»Ganz normale Salzburger Angestellte. Offenbar war es ihnen das Geld wert.«

»Und *was* war ihnen das Geld wert?«

»Gute Frage, Frau Staatsanwältin.«

»Die Eltern sind schon befragt worden?«

»Ja, in der Nacht auf heute. Morgen ist ein zweites Gespräch geplant. Übrigens haben die Eltern angekündigt, am Mittwoch nach Wien zu kommen.«

»Bei der Gelegenheit kann man sich ja ein weiteres Mal mit ihnen unterhalten.«

»Sicher«, sagte Belonoz und holte sein vibrierendes Handy aus der Sakkotasche. Lily setzte inzwischen die Inspektion der Wohnung fort und ließ die Atmosphäre auf sich wirken. Sie wollte hier, wo das Opfer gelebt hatte, Spuren der Persönlichkeit der Ermordeten entdecken. Sie wollte Magdalena Karner näherkommen. Näher, als dies durch Verhörprotokolle oder Leichenfotos möglich war.

Als sie wieder zu Belonoz sah, der telefonierend an einem der Fenster stand und hinausstarrte, hörte sie von ihm nur noch die Worte: »Und zwar möglichst sofort. Danke.«

Belonoz klappte sein Handy zu und sah Lily an. Sein Blick wirkte wie elektrisiert.

»Das war ein Anruf aus Salzburg.«

In knappen Worten schilderte Belonoz, was Descho recherchiert hatte.

»Das heißt«, schloss er seine Ausführungen, »wir haben jemanden, der eine Frau körperlich bedroht hat, aus welchen Gründen auch immer. Und dieser Jemand war der Freund des neuesten Opfers. Zum ersten Mal haben wir etwas halbwegs Konkretes.«

Lily nickte.

»Natürlich«, sagte sie und ging auf den Major zu, »allerdings glaube ich …«

»Sofort stehen bleiben!«, brüllte Belonoz plötzlich.

Lily erstarrte. Belonoz stand noch immer beim Fenster und rührte sich nicht. Konzentriert beobachtete er, was draußen vor sich ging. Sein Gesichtsausdruck verriet höchste Anspannung.

»Warten Sie beim Hauseingang, bis ich wieder zurück bin!«, rief er und stürmte aus der Wohnung.

Perplex hatte Lily das Geschehen verfolgt. Alles war so rasch gegangen, dass sie kein Wort hatte äußern können.

Eigentlich wollte sie Belonoz sofort folgen. Aber dann beschloss sie, die Gelegenheit zu nutzen. Noch einmal machte sie einen raschen Rundgang durch die Wohnung.

Hier hast du gewohnt und dich sicher gefühlt, dachte Lily, und hier hat dich vor sechsunddreißig Stunden dein Schicksal ereilt.

Eine freundliche, nette Atmosphäre strahlten die Räume aus. Beinahe zu perfekt. Zu aufgeräumt.

Und jetzt begriff Lily, was sie bisher intuitiv gestört hatte. Es war die Wohnungseinrichtung. Diese Möbel erzählten nicht von einer Studentin. Nicht von einer jungen Frau Anfang zwanzig. Sondern von einer viel reiferen, auf jeden Fall schon erwachsenen Frau, die der Meinung war, zu wissen, wie es im Leben so laufe. Die keine Lust mehr auf Abenteuer hatte, sondern sich mit betonter Ordnung umgab.

Irgendetwas stimmt an dieser Wohnung nicht, überlegte Lily, und die Wohnungseinrichtung ist ein Symptom. Aber wofür?

In der Nähe des Schreibtisches hatte Lily einen großen Plan gesehen, der an einer Pinnwand befestigt war. Penibel waren dort sämtliche Lehrveranstaltungen des Semesters aufgelistet. Mit unterschiedlichen Farben versehen, die für Magdalena Karner offenbar irgendeinen Sinn ergeben hatten. Das Bizarre jedoch war die Handschrift, in der kurze Notizen in den Plan eingetragen worden waren. Eine ganz und gar seltsame Handschrift, sehr rund, bemüht, unsicher, etwas zu groß.

Es war die Schrift eines Kindes.

Lily fragte sich, was hier der Persönlichkeit des Opfers entsprach. Die Möbel oder die Handschrift? Gar beides? Und wie war dies miteinander in Einklang zu bringen? Besaß dies überhaupt Relevanz für den Fall?

Für einen Moment empfand Lily Angst. Sie fürchtete sich vor einem großen Loch, das sich vor ihr auftun könnte. Und in das sie zu stürzen drohte, weil die vielen ungelösten Fragen sie an den Rand des Abgrunds drängten.

Aber dann schob sie die Selbstzweifel beiseite. Im Laufe ihrer Karriere bei der Staatsanwaltschaft war Lily vor Selbstsicherheit nur so strotzenden Menschen begegnet, die sich bei genauerem Hinschauen als das komplette Gegenteil entpuppt hatten. Und andere, ebenso scheinbar selbstsichere Menschen waren eben aufgrund ihres Mangels an Selbstzweifeln in die Irre gegangen. Eigentlich fiel eine Mehrzahl der Straftäter, mit denen Lily zu tun gehabt hatte, in diese Kategorie. Sie waren sich ihrer Sache stets allzu sicher gewesen, hatten gedacht, dass ihnen nichts geschehen könnte. Und sie waren überzeugt gewesen, mit den aberwitzigsten Unternehmungen davonzukommen. Mangel an Selbstzweifeln war ein Ausdruck von Dummheit.

Wie schon am Tag zuvor, kurz bevor sie Albine getroffen hatte, verspürte sie das dringende Bedürfnis, mit Onkel Neubauer zu reden. Nachher würde ihr Kopf wieder frei sein für neue Gedanken. Onkel Neubauer würde helfen. Wie immer, wenn die Unsicherheit sie zu überwältigen drohte.

Lily verließ die Wohnung. Vor der Tür stand eine uniformierte Polizistin, die höflich salutierte. Mit dem Aufzug fuhr Lily hinab, schritt zum Haustor und öffnete es energisch. Nun war Entschlossenheit angesagt, hatte sie für sich entschieden. Zumindest der Schein musste gewahrt werden, für den Moment.

Zwei weitere Uniformierte erblickten die Staatsanwältin und näherten sich ihr.

»Wissen Sie eventuell, was der Kollege Belonoz gerade macht und wo er ist?«, fragte sie die Polizeibeamten.

»Er hat hier in der Nähe einen Tatverdächtigen gesehen und ist ihm nach«, sagte einer der beiden.

»Na ja, Tatverdächtiger … Ich habe ihn eher so verstanden, dass sich jemand verdächtig benommen hat«, schaltete sich der zweite Beamte ein.

»Da kannst du recht haben, aber auf jeden Fall wird er nicht grundlos losgerannt sein. Instinkt hat er ja einen guten, das muss man ihm lassen.«

»Danke«, sagte Lily und ging weiter.

Sie empfand eine leichte Aufregung. Zugleich warnte sie sich selbst vor verfrühter Euphorie. Weil sie nichts so sehr fürchtete wie die Enttäuschung, die einem trügerischen Hochgefühl folgt. Dennoch musste man nun hoffen, zumindest ein bisschen. Und möglichst gelassen abwarten, was der Major erreichen würde.

Lily blickte am Gebäude empor, hin zu den Fenstern der kleinen Wohnung von Magdalena Karner. Etwas kam ihr in den Sinn. Etwas, worüber sie gerade erst nachgedacht hatte, war ihr beim Verlassen des Hauses noch einmal eingefallen. Für den Bruchteil einer Sekunde, ganz rasch aufleuchtend und wieder verlöschend wie eine Sternschnuppe. Als hätte eine innere Zensur in ihr beschlossen, diesen Gedanken für sinnlos zu erklären. Er war so seltsam und abwegig gewesen, dass sie ihn sofort und unrettbar verdrängt hatte. Und trotzdem schien ihr, als hätte dieser Gedanke etwas mit dem Fall Karner zu tun gehabt.

Lily befahl sich, diese Überlegungen abzustellen. Und das gelang ihr auch. Bloß dieses Bild verschwand nicht. Das Bild der Kinderschrift einer jungen Frau, die in ihrem Zuhause zu Tode gequält worden war.

*

Der Raum war ganz in Weiß gehalten. Er lag im letzten Stockwerk des schlanken, hohen Glasturms. Die Klimaanlage surrte sanft im Hintergrund, es war beinahe kühl.

Die Frau mit dem schulterlangen, tiefschwarzen Haar hatte, wie immer allein, hinter einem großen Tisch Platz genommen. Das war ihr Thronsaal. Sonst befanden sich hier nur Stühle, die alle besetzt waren, weshalb viele stehen mussten.

Am Anfang hatte Alexandra Derflinger den herkömmlichen Karriereweg beschritten. Nach ersten beruflichen Schritten bei kleinen oberösterreichischen Provinzblättern hatte sie es nach Wien geschafft. Hier waren es bessere Zeitungen gewesen, für die sie gearbeitet hatte. Bis sie eines Nachts beschlossen hatte, so nicht weitermachen zu wollen.

Die Grenzen ihres Talents waren ihr täglich vor Augen geführt worden. Abschätzige Kommentare von Kollegen hatten sich gehäuft, und über Artikel zu neuen Wiener Fitnessstudios, den wirksamsten Anti-Falten-Cremes oder aktuellen Trends bei Schuhkollektionen war sie nie hinausgelangt. Ein Versuch, sich als Urlaubsvertretung einer Klatschreporterin zu betätigen, war nach zwei Tagen an der Qualität der eingereichten Texte gescheitert. »Sorry, da fehlt mir irgendwie der Esprit, das liest sich ja wie kommentierte Gästelisten«, hatte der verantwortliche Ressortchef gemurmelt und eilig nach einem Ersatz für den Ersatz gesucht. Der noch größere Traum, als Moderatorin fürs Fernsehen oder beim Radio zu arbeiten, war über ein paar Castingversuche nicht hinausgekommen. Ihre Stimme klinge etwas hohl und sei nichts für das Mikrofon, hatte man ihr mitgeteilt. Der Befund, sie wirke vor der Kamera wie ein kalter Fisch, wurde ihr erspart.

Mit Alexandra Derflingers stark ausgeprägtem Ehrgeiz waren diese Erfahrungen indes nicht zu vereinbaren gewesen. Das hatte sie in jener Nacht eingesehen und den Kurs geändert. Mochte auch ihr Talent nicht ausreichen, um die angestrebte journalistische Karriere zu erreichen, so musste es gefälligst andere Möglichkeiten geben, die Ansprüche ihres Egos zu befriedigen. Nämlich den Durchschnitt endlich hinter sich zu lassen, aus der Masse hervorzustechen, von anderen bewundert und geliebt zu werden. Den Neid und die Eifersucht anderer zu erwecken. Vor allem aber keine Befehlsempfängerin zu sein, sondern im Gegenteil, selbst Chefin zu werden. Also hatte Alexandra Derflinger entschieden, künftig jede sich bietende Gelegenheit zum gesellschaftlichen Aufstieg zu nutzen.

Die Unterstützung männlicher Förderer war ihr nie fremd gewesen. Manches Mal hatte sich daraus eine vorübergehende Beziehung ergeben. Ohne große Emotionen. Nach dem Umdenkprozess jedoch hatte Alexandra Derflinger Nachhaltigeres angestrebt, etwas Fixes, das bleiben und bestehen sollte. Etwas fürs Leben, nicht mehr bloß für den Moment. Als sie dieses Ziel für sich definiert hatte, war ihr Ehrgeiz zu neuer Stärke gewachsen. Sie war härter geworden, hatte alte Denkmuster abgestreift.

Mittlerweile siebenundzwanzig Jahre alt, hatte sie die bis dahin brünetten Haare so schwarz wie möglich gefärbt. Und sich auf die Suche nach der Begegnung gemacht, die ihr Leben in neue Bahnen lenken sollte. Fleißig sowie gemäßigt modisch gekleidet hatte sie Abendtermine absolviert. Sie war überall erschienen, wo sie Menschen mit hohem gesellschaftlichen Prestige vermutete. Podiumsdiskussionen und Vorträge in elitären Wirtschaftszirkeln waren ebenso darunter gewesen wie Theaterpremieren und Bälle. Ihr Status als Journalistin hatte ihr nicht nur die Möglichkeit geboten, Zugang zu sonst verschlossenen Kreisen zu erhalten, sondern auch den Vorwand, Gespräche mit bis dahin Fremden einzufädeln. Ihr frisch geschärfter Blick half ihr, augenblicklich die Spreu vom Weizen zu trennen und sich nicht länger als nötig mit Personen abzugeben, die ihr niemals nützlich sein würden.

Als sie Rudolf Bonino bei der Eröffnung einer Arnulf-Rainer-Ausstellung in der Albertina identifiziert hatte, war Alexandra Derflingers Instinkt erwacht. Der damals siebenundsechzigjährige Bonino hatte als der österreichische Medienzar schlechthin gegolten, zugleich aber auch als notorisch zurückhaltend im Umgang mit der Öffentlichkeit. Nur wenige Fotos von ihm existierten, lediglich zweimal innerhalb der vergangenen zwanzig Jahre hatte er Interviews gewährt. Immerhin war Boninos Tätigkeit als Mäzen und Sammler moderner Kunst nicht verborgen geblieben.

Alexandra Derflinger hatte sich plötzlich wie eine Marionette empfunden, die, von einer höheren Kraft gelenkt, direkt zu Rudolf Bonino getrieben wurde. Sie war auf den Verleger zugegangen, hatte den ihn umgebenden Pulk von Anzugträgern mutig durchschritten und getan, was Bonino lange nicht widerfahren war. Sie hatte ihn unvermittelt angesprochen, an den erstaunten Gesichtern der Umstehenden vorbei. Allein schon dieser Chuzpe wegen war ihr die Aufmerksamkeit Boninos sicher gewesen.

Zuerst hatte sie ihm gesagt, dass sie Journalistin sei. Und dass sie von ihm nichts weiter wolle, als seine berühmte Kollektion früher Arnulf-Rainer-Bilder persönlich studieren zu dürfen. Ohne darüber in einer Zeitung zu schreiben, denn sie schwärme seit langem schon für diesen Künstler. Wenn das jedoch nicht möglich sein sollte, wolle sie unbedingt für ihn arbeiten. Oder aber einfach beides zusammen, also für ihn arbeiten *und* die Sammlung besichtigen. Ob ein solcher Deal für ihn vorstellbar sei, hatte sie ihn forsch gefragt.

Rudolf Bonino hatte sie gelassen angeblickt, und fast wäre Alexandra Derflinger von der Entourage des Verlegers wieder zurückgedrängt worden. Doch Bonino hatte in die Brusttasche seines Sakkos gegriffen, eine Visitenkarte herausgeholt und emotionslos bemerkt: »Rufen Sie mein Büro an, wenn Sie sich entschieden haben, wem Sie den Vorzug geben. Der Kunst oder dem Journalismus. Beides zusammen geht nicht.«

Am folgenden Tag hatte sie sich telefonisch bei seinem Büro gemeldet und den Eindruck gewonnen, ihr Anruf sei bereits erwartet worden. Sie habe sich für die Kunst entschieden, hatte Alexandra Derflinger mitgeteilt und gebeten, Herrn Bonino davon zu unterrichten. Eine Woche später hatte sie eine SMS mit der Einladung zu einer Besichtigung der Rainer-Sammlung in Boninos Villa erhalten. Was sie dabei erwarten würde, hatte sie nicht gewusst. Ebenso wenig, dass Rudolf Bonino sie persönlich durch die Sammlung leiten wollte. Nach drei Stunden hatte er sich bei ihr erkundigt, was sie nun mit ihrem Leben anfangen wolle. Sie habe ja doch versprochen, dem Journalismus abzuschwören. Gänzlich ironiefrei war sein Tonfall gewesen, und sie hatte ihm sehr ernst geantwortet, dass von diesem Moment an alles offen sei. In jeglicher Hinsicht, beruflich wie privat.

So hatten das erste wirkliche Gespräch und letztlich auch die Beziehung mit Rudolf Bonino angefangen. Ihren Vertrag als freie Mitarbeiterin eines Wochenmagazins hatte Alexandra Derflinger noch in der Nacht gekündigt. Von Bonino war sie damit beauftragt worden, die Rainer-Sammlung neu zu katalogisieren und einen großen Bildband als Autorin zu betreuen. Dieses Projekt war zwar nie über das Planungsstadium hinausgelangt. Dafür jedoch hatten Rudolf Bonino und Alexandra Derflinger fast genau sechs Monate nach ihrem Kennenlernen geheiratet.

Kein österreichisches Medium hatte es gewagt, auch nur ein Wort über die Beziehung oder die Hochzeit der beiden zu verlieren. Desgleichen war die Scheidung Rudolf Boninos von seiner bisherigen Frau samt großzügiger Abfindung für sie und die drei Söhne unerwähnt geblieben. Das Privatleben des Medienzaren hatte stets als tabu gegolten, ansonsten wären Anwälte in teuren Maßanzügen auf den Plan getreten. Alles hatte sich von da an hinter einer Mauer des Schweigens vollzogen. Deshalb hatte Alexandra Derflinger in aller Ruhe zwei Kinder, eine Tochter und einen Sohn, zur Welt bringen können. Vor allem jedoch hatte sie sich als Sasha Bonino neu erfinden können.

Vor fünf Jahren war sie mit dem Geld ihres Mannes selbst zur Verlegerin und Zeitungsherausgeberin aufgestiegen. Unter enormem finanziellen Einsatz war mit *Clip24* ein Boulevardblatt auf die Beine gestellt worden, dessen rücksichtslose Aggressivität die österreichische Medienlandschaft durchrütteln sollte. So unbemerkt und unterschätzt die Journalistin Alexandra Derflinger einst vor sich hin geschrieben hatte, so erfolgreich und bis in höchste politische Kreise respektiert agierte nun die Herausgeberin Sasha Bonino. Nur wenige wussten, dass diese zwei Namen derselben Frau gehörten. Die es doch taten oder gewisse Zusammenhänge ahnten, hielten den Mund. Auch ehemalige Kollegen. Weil sie keineswegs sicher sein konnten, nicht irgendwann mangels anderer Möglichkeiten im Bonino-Reich anheuern zu müssen.

Rudolf Bonino war seit knapp zwei Jahren tot. Seitdem galt Sasha Bonino als unangefochtene Alleinherrscherin in ihrem ererbten Imperium. Keine Gelegenheit ließ sie sich entgehen, dies andere Menschen spüren zu lassen. Die Jahre der Missachtung und Zurückweisung hatten Spuren hinterlassen. Sie verlangten nach einer Kompensation, die nicht zu stillen war.

Daher rührte auch die Angst bei *Clip24*. Jeder Redakteur, jede Fotografin, die Layouter oder die gestresste Anzeigenabteilung waren permanent auf der Hut. Motor aller Befürchtungen war die Willkür, die auszuleben sich Sasha Bonino regelmäßig gestattete. Schon kleinste Anlässe genügten, um für unfähig gehaltene Mitarbeiter zu feuern. Die wurden prompt von der Security vor den Eingang des Glaspalasts in der Praterstraße eskortiert. Nicht einmal ihre Schreibtische durften sie aufräumen. Persönliche Sachen wurden in Pappkartons nachgereicht.

»Kann schon sein, dass es *Ihnen* genügt«, sagte Sasha Bonino hauchend und an der Grenze zur Unhörbarkeit. Es war Redaktionssitzung, und die Redakteure kannten ihre Chefin. Dass diese Feststellung und der Tonfall nichts Gutes verhießen, wussten sie.

»Aber *mir* genügt es nicht«, setzte die Herausgeberin fort.

Heute hatte sie ihr Verlegerinnen-Kostüm angezogen. Einen weißen Hosenanzug und eine Hornbrille, von der niemand wusste, ob sie irgendeinem praktischen Nutzen diente.

»Und den Lesern wird es erst recht nicht genügen. Die wollen die kleinsten Details wissen. Das Unwichtigste. Das Intimste.«

Sie warf einen gefährlich gelangweilten Blick in die Redaktionskonferenz, wie auf der Suche nach dem geeigneten Sündenbock für die mageren Rechercheergebnisse.

»Zwei Aspekte hat die Geschichte«, stellte Sasha Bonino fest und nahm die Brille ab, »die Opfer und die Ermittler. Über die Opfer wissen wir einiges, nur haben das unsere Mitbewerber auch schon recherchiert. Dass also niemand von Ihnen auf die Idee gekommen ist, diesen Polizisten Belonoz näher zu beleuchten, finde ich erstaunlich. Und noch mehr überrascht mich die totale Fehlanzeige, was die neue Staatsanwältin betrifft, diese Frau …«

Unwillkürlich gab sie sich eine Blöße, als ihr der Name nicht sofort einfiel. Anstatt den Moment auszukosten, soufflierte ein junger Praktikant eilfertig: »Lily Horn!« Seine Kollegen rührten sich nicht, am liebsten hätten sie ihn jedoch sofort erschlagen.

»Ja, richtig. Lily Horn. Ich erwarte mir also, dass Sie der Arbeit nachgehen, für die Sie bezahlt werden. Diese Frau Horn wird noch eine wichtige Rolle spielen. Wenn sie den Mörder fasst, machen wir sie zur Heldin. Zur Österreicherin des Jahres oder so ähnlich. Und wenn sie versagt, dann … na eben das Gegenteil. Das Paradebeispiel für unfähige Staatsdiener, die es nicht schaffen, gefährliche Verbrecher hinter Schloss und Riegel zu bringen, während unsere Kinder in Angst leben.«

Da klang Sasha Bonino bereits, als wollte sie sich für einen weiteren Leitartikel zu ihrem Lieblingsthema aufwärmen.

»Wie immer es kommt, für uns ist es eine Win-win-Situation. Allerdings nur, wenn für meine Zeitung fähige Reporter tätig sind.«

Wie stets mied Sasha Bonino die Bezeichnung *Journalisten*, so wie von ihr auch nur selten der Begriff *Journalismus* verwendet wurde.

»Wir haben keinen wirklich lückenlosen Lebenslauf des Herrn Belonoz und auch keine Informationen über sein Privatleben. Nur das Übliche, also dass er schwierig, eingebildet, unhöflich und so weiter ist. Wir brauchen Aussagen von Ex-Mitarbeitern, wie es ist, mit ihm zusammenzuarbeiten. Und über Lily Horn wissen wir noch weniger, nämlich gar nichts. Woher kommt sie? In welchen Kreisen bewegt sie sich? Wie sieht sie aus? Es gibt ein einziges Foto, und das ist zwei Jahre alt. Außerdem interessiert mich, warum sie den Fall übernommen hat. Und warum Oliver Seiler nicht weitermacht, der ja so eine Art Star geworden ist.«

Gerade hatte sich die Tür geöffnet. Eine junge Frau schob sich in den Raum. Sie trug ein blaues T-Shirt und Jeans, war von mittlerer Größe und leicht rundlich. Vorsichtig schloss sie die Tür und wollte sich einen Platz zum Stehen suchen, irgendwo hinten, möglichst unauffällig.

Sasha Bonino hielt inne und starrte in Richtung der Frau, die sich Mühe gab, keine Geräusche zu erzeugen.

»Gut, dass meine Mitarbeiter langsam eintrudeln«, sagte sie emotionslos. »Sie sind doch Gaby Koch?«

Die junge Frau nickte vorsichtig.

»Ja ... ganz genau«, sagte sie, nachdem sie sich hatte räuspern müssen.

»Eine Sekunde«, warf Sasha Bonino ein. »Es geht jetzt schon die ganze Zeit um Ihre Arbeit. Sie sollten ja rund um die Morde und die Ermittler recherchieren. Ich finde es einfach unangemessen, dass Sie glauben, hier mit Verspätung hereinspazieren zu können.«

»Ja, das tut mir leid, und ich ...«

»Frau Koch, ich frage mich ... Ich meine, Sie wissen doch wohl genau, dass diese Redaktionssitzung jetzt stattfindet. Haben Sie es nicht für nötig erachtet, hier pünktlich zu erscheinen?«

Darauf legte Sasha Bonino ungeheuren Wert. Jeder Anschein, irgendjemand würde ihre Anordnungen und Befehle missachten, wurde von ihr unbarmherzig verfolgt.

»Natürlich«, sagte Gaby Koch, »aber etwas ganz Wichtiges ist mir dazwischengekommen, und darum ...«

»Aha, etwas *Wichtiges*. Das finde ich gut, dass sich meine Mitarbeiter auch einmal mit *Wichtigem* beschäftigen.«

So ruhig Sasha Bonino diese Sätze sprach, so bösartig klangen sie. Im Raum herrschte Stille. Alle saßen oder standen regungslos da, gespannt darauf wartend, was nun geschehen würde.

»Es ist aber«, begann Koch nach erneutem Räuspern, »tatsächlich etwas enorm Wichtiges.«

Sie sammelte all ihre Kraft, auch ihre Stimme beherrschte plötzlich den Raum. »Es geht um die Morde. Es ist ganz dringend und verändert möglicherweise alles, was wir bisher wissen. Und *Clip24* könnte die Sache exklusiv haben.«

Für einen kurzen Moment schwieg Sasha Bonino, die in ihrer aktiven Zeit niemals irgendetwas aufgedeckt hatte.

»Na dann, Frau Koch«, sagte sie mit kalter Stimme, »möchten wir natürlich alle erfahren, worum es geht. Verraten Sie uns doch diese Sensation. Glauben Sie, dass wir den Pulitzer-Preis dafür kriegen könnten?«

Man hörte den arroganten Triumph im Tonfall der Herausgeberin. Doch Gaby Koch gab nicht nach. Im Gegenteil, plötzlich wirkte sie sehr selbstbewusst.

»Nein, sicher nicht hier und jetzt. Unter vier Augen oder gar nicht.«

Sasha Bonino erstarrte und wirkte für einen Moment wie eine Schaufensterfigur. Es war lange her, dass ihr jemand widersprochen, gar ihr Bedingungen gestellt hatte.

Plötzlich, als befände sie sich in Trance, winkte sie Gaby Koch zu sich.

»Sie haben eine Minute.«

Die Journalistin ging zu ihr, argwöhnisch beäugt von den anderen Anwesenden. Sie benötigte keine Minute, flüsterte nur ein paar Worte in das Ohr der Chefin. Die Zeitungsmacherin drehte ihren Kopf und sah ihre Reporterin frontal an.

»Ist das wahr?«, fragte sie laut.

»Ja«, bestätigte Gaby Koch.

»Und niemand sonst hat diese Informationen?«

»Nicht einmal die Polizei.«

Leichte Unruhe breitete sich im Raum aus. Die plötzlich erwachte Neugier aller Anwesenden war geradezu körperlich zu spüren. Sie reckten die Köpfe, um nur ja kein Detail der Szene zwischen den beiden Frauen zu verpassen.

»Gut«, verkündete Sasha Bonino, »das wär's für den Moment. Sie wissen, was ich erwarte. Beschaffen Sie es.«

Unvermittelt erhob sie sich und bedeutete Gaby Koch durch eine knappe Kopfbewegung, ihr zu folgen. Die Redaktionssitzung war beendet.

Fünfzehn Minuten später musste der für die Chronikberichterstattung zuständige Ressortleiter sein Arbeitszimmer räumen. Gaby Koch, die bisher wie die anderen einfachen Redakteure im zentralen Newsroom gewerkt hatte, zog dort ein.

*

Ob sie denn schon eine Idee hätte, was sie tun wolle, hatte er sie gefragt.

»Ja«, antwortete Marina Lohner. »Ob es funktionieren wird, weiß ich nicht. Aber mir bleibt keine andere Möglichkeit. Stotz will mich absägen. Morgen in der Pressekonferenz, ganz öffentlich.«

Eine Art Hinrichtung auf dem Marktplatz, vor aller Augen, wie im Mittelalter, sei dies, meinte er.

»Den Gefallen werde ich ihm sicher nicht erweisen«, sagte die Vizebürgermeisterin entschlossen.

Während der letzten Stunden hatte sie die Lage sondiert. Äußerlich gelassen hatte sie die Termine dieses Tages absolviert. Doch ihre Gedanken hatten immer nur der Frage gegolten, wie die Intrige des Bürgermeisters durchkreuzt werden könnte.

Während eines späten Mittagessens im *Steirereck* war sie die unterschiedlichen Möglichkeiten durchgegangen. Nun saß sie im Fond ihres Dienst-Mercedes', der in einem Halteverbot beim Stadtpark abgestellt worden war. Mit dem Auftrag, in der Buchhandlung des Museums für angewandte Kunst eine Architekturzeitschrift zu besorgen, war sie den Chauffeur losgeworden. Und hatte zum Telefon gegriffen.

Was sie also tun wolle, wurde sie von dem Mann am anderen Ende der Leitung gefragt.

»Es bleibt nur die Radikallösung«, stellte Lohner ungerührt fest.

Das könne gefährlich werden, sagte er.

»Sicher, aber Stotz will mich fertigmachen. Wenn er das schafft, bin ich erledigt. Comeback gibt es in Wien keines, wenn der Bürgermeister dich einmal abserviert hat. Dann kann ich irgendwo im Rathaus in einer dunklen Ecke hocken und als Frühstücksdirektorin versauern. Wenn die mich nicht binnen vier Wochen wegmobben, würde ich mich sehr wundern.«

Ob sie denn eventuell in die Bundespolitik wechseln wolle?

»Keine Chance. Stotz mischt ja auch dort mit.«

Sie wolle also …?

»Ihm zuvorkommen. Die Seiten wechseln. Die Fühler habe ich in den letzten Stunden ausgestreckt. Ab nun bin ich nicht mehr seine

Verbündete, sondern seine Gegnerin. Der morgige Vormittag, an dem Berti seine Presskonferenz veranstalten will, wird komplett anders aussehen, als er glaubt. Das ist der erste Schritt.«

Und der zweite?

»*Pratorama* natürlich. Da werden ein paar Leute hochgehen. Material habe ich genug. Ich kann dir prophezeien, innerhalb von zwei Wochen wird sich die politische Landschaft in Wien völlig verändert haben. Um hundertachtzig Grad. Das ist meine Chance. Bis zum wahrscheinlichen Wahltermin im Spätherbst wird das reichen.«

Aber Stotz sei in Wien noch immer beliebt, wandte der Mann in der Leitung ein, möglicherweise werde es ihm gelingen, alle Schuld auf andere abzuwälzen …

»Keine Chance«, sagte Marina Lohner gelassen. »Berti wird nichts mehr tun können. Ich kenne seine größte Schwäche. Ich habe alles, was ich brauche.«

Sie sah, dass sich der Chauffeur dem Fahrzeug näherte, und beendete das Telefonat. Der Fahrer stieg ein, der Audi entschwand in Richtung Rathaus.

Wenige Meter entfernt von der Halteverbotszone nahm ein Mann die Stöpsel aus den Ohren, klappte ein aktenkoffergroßes Gerät zu und verstaute es auf der hinteren Sitzbank des in einer Hauseinfahrt geparkten Renault Espace.

Gewiss hatten die extrem dunkel getönten Scheiben des Mercedes' die Sicht eingeschränkt. Aber alles war zu verstehen gewesen. Jedes Wort, jede Silbe. Als hätte die Vizebürgermeisterin direkt neben ihm Platz genommen.

10

»Stand der Dinge ist also, dass wir gleich zwei Pisten haben«, sagte Major Belonoz und trank einen Schluck von seiner Melange. »Zuerst wochenlang gar nichts, und jetzt das.«

Lily meinte, sich verhört zu haben.

»*Pisten?*«, fragte sie.

Es war kurz nach achtzehn Uhr, das Büro des Majors in der Kriminaldirektion war in das milde Licht des späten Nachmittags getaucht.

»Sorry, ein Spezialausdruck von mir«, erklärte der Major, ohne Lily anzusehen. »Meine Truppe ist das gewohnt …«

»Alles klar«, sagte sie, »aber wo haben Sie denn das her, Herr Major.«

»Na ja, das hab ich mir in Mailand angewöhnt, als ich dort zwei Monate lang als Verbindungsmann zur *Digos* gearbeitet habe. Mein Kollege Casoni hat immer von *pista* gesprochen, wenn es um unsere damalige Spur gegangen ist. Dauernd war die Rede davon, *pista* hier, *pista* dort. Auf Deutsch bedeutet das wortwörtlich Schiene. Und ich sage jetzt halt *Piste,* das klingt nach Skifahren und Nichtstun.«

»Sie waren zwei Monate in Mailand?«

»Zum Einkaufen bin ich damals nicht gekommen, Frau Doktor Horn. Aber das Essen … Risotto, wie es sein soll. Unter anderem.«

»Entschuldigen Sie, aber *wo* waren Sie … bei der *Di…*?«

»Bei der *Digos*. Das ist eine Abteilung der *Polizia di Stato*. Die *Digos* kümmert sich um Terrorismus, Waffenhandel, Erpressung, organisierte Kriminalität und andere Dinge, die zu einem schönen Leben gehören.«

»Und was haben Sie dort gemacht?«

»Gearbeitet, Frau Staatsanwältin. Wir haben damals in Wien mit einem … Aber mit Ihrer geschätzten Erlaubnis erzähle ich Ihnen das ein anderes Mal, Frau Doktor. So lustig war die ganze Sache gar nicht, und eigentlich haben wir jetzt genug Sorgen. Casoni war übrigens ein Fan der k.u.k. Monarchie. Zuerst habe ich geglaubt, er macht Witze. Nämlich wegen mir. Aber dann habe ich gelernt, dass das keine Seltenheit in Norditalien ist.«

»Sprechen Sie ein bisschen Italienisch?«

»Durch meine Mutter«, sagte Belonoz, und sein Blick wanderte ins Leere. »Bei Verwandten in Triest habe ich die Sprache gelernt, wenn ich im Sommer dort auf Besuch war. Mein Vater dagegen hat böhmische Wurzeln … Sie sehen, ich bin ein echter Österreicher. Das reinste Völkergemisch.«

Instinktiv begriff Lily, was Belonoz damit ausdrücken wollte. Dass er nicht bloß der Einzelgänger war. Sondern Wurzeln hatte, irgendwohin gehörte. Dass er ein Recht hatte, hier zu sein und in Wien als Kriminalpolizist zu arbeiten. Und dass ihm damals, als die Vorgesetzten ihn gemobbt hatten, Unrecht angetan worden war.

»Wie ist das also mit den Pisten?«, kam Lily auf das eigentliche Thema zurück.

»Einerseits der Voyeur.«

»Wie haben Sie ihn entdeckt?«

»Eigentlich habe ich mit einem Pressefotografen oder Fernsehkameramann gerechnet. Man kennt ja die Bilder, wo Spurensicherer in ihren Overalls am Tatort herumstochern.«

»Wann haben Sie gemerkt, dass es nicht jemand von den Medien ist?«

»Erinnern Sie sich an die Wohnung. Da gibt es keine Vorhänge und keine Jalousien. Offenbar hat die Ermordete das nicht gebraucht. Oder nicht gewollt.«

»Ja«, sagte Lily, »das ist mir auch aufgefallen. Man ist in der Wohnung den Blicken von draußen beinahe schutzlos ausgeliefert. Nur wenn man …«

»Genau, wenn man die Rollläden runterlässt, die außen an den Fenstern angebracht sind«, setzte Belonoz fort. »Aber in den eigenen vier Wänden werden die Leute rasch nachlässig. Oder man will bewusst den Blick nach draußen haben, weil man sich sonst eingeengt fühlt. Bei einem anderen Fall war es ganz ähnlich. Da ist jemand bespitzelt worden, und das war überhaupt nicht schwer. Das Opfer selbst hat sich dem Täter wie auf dem Präsentierteller angeboten. Natürlich ohne es zu ahnen.«

»Rollläden verdunkeln die Wohnung ziemlich stark. Außerdem hat man nicht immer Lust, sie hinaufzuziehen oder herunterzulassen.«

»Damit rechnen Voyeure.«

»Ich frage mich jetzt«, sagte Lily nachdenklich, »ob es das war, was mir in der Wohnung aufgefallen ist. Denn da war irgendein Gefühl, aber … Ich kann es einfach nicht mit Worten beschreiben. Das kommt Ihnen vielleicht blödsinnig vor, aber ich …«

»So geht es einem an Tatorten«, stellte Belonoz lapidar fest. »Man hat immer den Eindruck, dass etwas Besonderes in der Luft liegt. Etwas, das die Lösung zum Rätsel des Verbrechens bilden könnte. Eine Atmosphäre, die den richtigen Weg weist. Aber das ist meistens Autosuggestion.«

»Wie auch immer«, wischte Lily ihre Gedanken beiseite, »Sie haben jedenfalls den Voyeur enttarnt.«

»Ein Vorhang an einem Fenster gegenüber hat sich bewegt, dann zweimal ein kurzes Aufblitzen. Wahrscheinlich war es Sonnenlicht, vom Objektiv reflektiert.«

»Extrem gut beobachtet, Herr Belonoz.«

»Nein, blöd gemacht von dem Typen. Wahrscheinlich, weil er in der eigenen Wohnung war. Da hat er sich zu sicher gefühlt. So eine Wohnung habe ich noch nie gesehen. Völlig desolat, die Küche verdreckt, überall verstreut Kartoffelchips und leere Packungen. Und dazwischen teure Ferngläser, ein Teleskop, ein Nachtsichtgerät, drei Digitalkameras, Flachbildschirme, Beamer … Habe ich irgendwas vergessen? Wahrscheinlich hat er die gesamte Nachbarschaft kontrolliert … und dann noch …«

Lily schwieg. Sie wollte sich nicht in eine falsche Euphorie steigern.

»Was glauben Sie, wie lange wird die Untersuchung des Materials dauern?«, fragte sie.

»Schwer zu sagen«, sagte Belonoz skeptisch. »Ein paar Stunden mindestens für einen groben Überblick. Aber wer weiß, was der Mann alles an Material hortet … und wo. Ich gehe von mindestens ein paar Tagen aus.«

»Und wenn wir Pech haben, wissen wir dann immer noch nicht, ob er mehr getan hat als nur zu beobachten.«

»Sicher, wenn er alles ableugnet und wir nur auf die Ergebnisse der Wohnungsdurchsuchung angewiesen sind, wird es ziemlich kritisch.«

»In weniger als achtundvierzig Stunden wird der Haftrichter von mir wissen wollen, was gegen den Mann vorliegt«, sagte Lily, die vor Unruhe aufgestanden und zum Fenster gegangen war. »Voyeurismus allein ist kein Haftgrund. Selbst wenn ich ihn als Stalker darstelle, reicht das nicht für eine Verlängerung der Untersuchungshaft. Schließlich ist das Objekt seiner Begierde tot und kann von ihm nicht mehr belästigt werden.«

»Frau Doktor, Sie werden sich etwas einfallen lassen müssen.«

»Jetzt rein von Ihrem Gefühl her … Könnten Sie sich vorstellen, dass er etwas mit dem Mord zu tun hat?«

»Nicht im Geringsten. Der ist ein Beobachter, der sich an dem aufgeilt, was er sieht. Aktives Handeln schafft der gar nicht. Ein Spannerschicksal eben.«

»Wenn wir uns nur nicht täuschen … Und was ist mit der zweiten … *Piste*?«

»Das ist ganz interessant. Offenbar … Moment, bitte …«

Das auf dem Schreibtisch liegende Handy hatte angefangen zu brummen. Belonoz blickte auf das Display und meldete sich mit einem aggressiven »Was gibt's denn?« Einige Male nickte er, murmelte »mhm« und beendete das Gespräch: »In fünf Minuten.«

Er schaute Lily an.

»Und genau das war die zweite Piste. Ich muss ein paar Dinge checken. Und zwar jetzt gleich. Sind Sie einverstanden?«

»Gut«, sagte Lily. »Ich nehme mir jetzt den Voyeur vor. Sobald sich etwas Wesentliches ergibt oder ich eine Verhörpause machen kann, rufe ich Sie an. Dann sehen wir weiter.«

»Passt.«

Belonoz nickte und begleitete Lily zum Vernehmungsraum der Mordkommission.

»Trinken Sie Alkohol?«, fragte er im Gehen.

Lily sah ihn überrascht an.

»Natürlich«, sagte sie. »Ich bin ja eine echte Österreicherin. Genau wie Sie.«

»Bei meinem Abschied aus Mailand hat mir Casoni fünf Flaschen Barbaresco geschenkt. Mit meiner Truppe habe ich ausgemacht, dass wir den Rotwein austrinken, sobald wir den Täter geschnappt haben. Wenn Sie Zeit haben und eine geübte Trinkerin sind, können Sie ja dazustoßen.«

Mit einer eleganten Bewegung öffnete er die Tür zum Verhörzimmer und ließ Lily eintreten. Die sich in Gedanken fragte, wann er denn kommen würde, der Zeitpunkt für den Barbaresco.

*

Die Bilder waren grausam gewesen. Nicht direkt, aber durch Hinweise berichteten sie von menschlichen Abgründen und Verirrungen. Und von einer Schuld, die nicht wiedergutzumachen war.

Sasha Boninos Gesicht war nicht die geringste Regung abzulesen, als sie sich in ihrem futuristisch designten Bürosessel zurücklehnte. Ihr Blick war noch immer auf die weiße Wand ihres Büros gerichtet, auf die der Beamer die Bilder projiziert hatte.

»Das Material ist gut«, sagte sie, mehr hauchend als sprechend. »Wann haben Sie es erhalten?«

Gaby Koch wandte sich um, sie saß direkt vor Boninos Schreibtisch. »Am frühen Sonntagabend habe ich davon erfahren. Eine Stunde später habe ich den Informanten getroffen, die DVD auf meinem Laptop begutachtet und sein Angebot akzeptiert.«

»Was wollte er als Gegenleistung haben?«

»Ich habe ihn heruntergehandelt.«

»Wie viel?«

»Auf tausend Euro.«

»*Tausend* Euro?«

Bonino, die ihre Emotionen gerne verbarg, blickte ihre Reporterin sichtlich erstaunt an.

»Wieso … War das etwa … zu viel?«, fragte Koch vorsichtig.

»Sagen wir … Tausend Euro sind natürlich … eigentlich recht bescheiden angesichts der Tragweite. Meinen Sie nicht?«

»Ursprünglich hat er dreitausend verlangt. Da habe ich ihm klargemacht, dass … Offen gesagt, ich war mir nicht sicher. Ich habe ihm einen Tausender vorgeschlagen, um das Gespräch etwas hinauszuzögern, aber er hat sofort eingewilligt.«

»Trotzdem wirkt das äußerst günstig auf mich. Zu günstig.«

»Sie haben das Material gesehen. Ich habe es überprüft, soweit es mir möglich war. Es ist authentisch. Das Haus, die Fassade, das Licht, der Aufnahmewinkel. Alles stimmt.«

Sasha Bonino nickte gedankenverloren, ihre Blicke schweiften durch das große Panoramafenster hinaus auf das abendliche Wien. Ihre Miene war wieder ausdruckslos.

»Haben Sie ihm das Geld sofort gegeben?«

»Nein, heute früh um acht Uhr.«

»Und dann hat er Ihnen die DVD überlassen?«

»Nein, die habe ich behalten können. Nur das Geld war noch ausständig.«

Die Herausgeberin fixierte die Journalistin scharf.

»Bis dahin war die DVD in Ihrem Besitz? Einfach so?«

»Ja.«

»Das ist jetzt eigenartig … als wollte Ihr Informant das Material ohnehin loswerden …«

»Es tut mir leid, wenn ich voreilig war. Falls Sie denken, dass wir uns die Gegenleistung hätten ersparen können, dann werde ich gerne …«

»Vergessen Sie's«, sagte Sasha Bonino kühl. »Dazu ist es jetzt zu spät. Jetzt kommt es darauf an, was wir damit machen.«

»Wir könnten im Lauf der Woche und nach weiteren Überprüfungen …«

»Auf keinen Fall. Das muss rasch gehen. Wir werden groß damit herauskommen. Wer weiß, ob nicht auch schon andere das Material haben und dafür bezahlt haben. Das könnte die Höhe des Honorars und die Vorgangsweise erklären. Nein, in der nächsten Ausgabe.«

»Also bis morgen Abend?«

»Natürlich. Und auf Seite eins. Ganz groß. Aber als Frage. Zum Beispiel: *Sind diese Bilder die Lösung des Rätsels?* Oder so ähnlich. Sie wissen, was ich meine. Sollte sich herausstellen, dass doch etwas Problematisches an dem Material ist, machen wir Ihren Informanten fertig und stellen ihn als Trittbrettfahrer bloß. Klar?«

»Nur frage ich mich … Ich meine, in einem so schwerwiegenden Fall … Frau Bonino, müssen wir nicht auch die Polizei informieren?«

»Aber selbstverständlich.«

»Dann werde ich gleich Belonoz kontaktieren und …«

»Wenn wir die Bilder gebracht haben, Frau Koch. Vorher nicht. Beschweren kann sich niemand, schließlich gibt es so etwas wie vertrauliche Quellen und Informantenschutz. Morgen Abend können Sie alles dem Herrn Belonoz weiterleiten. Oder der Frau Horn. Vielleicht eine gute Gelegenheit, sich mit ihr anzufreunden. Kennen Sie sie vielleicht näher?«

»Überhaupt nicht.«

»Möglicherweise ergibt sich daraus etwas … Wir werden ja sehen. Die tausend Euro werden Ihnen als Spesen gutgeschrieben. Sonst noch irgendwas, das anliegt?«

Gaby Koch verneinte und verließ eilig das Büro.

Sasha Bonino nahm ihr Handy und führte vier Telefongespräche. Danach wusste sie, dass keiner der wichtigsten österreichischen Fernsehsender ähnliches Material vorliegen hatte. Ebenso verhielt es sich mit den meisten Zeitungen. Sofern man davon ausging, dass Boninos Kontaktpersonen tatsächlich gut unterrichtet waren.

Bloß ein Wiener Konkurrenzblatt blieb übrig. Dorthin besaß Bonino keine Verbindung. Doch das Risiko musste sie eingehen, die Chancen standen fünfzig zu fünfzig.

Entweder hatte der Informant von Gaby Koch bei zwei Zeitungen gleichzeitig angeheuert. Oder er war ein Idiot, der sich mit tausend Euro begnügt hatte.

*

»Das haben wir Ihrer Beobachtungsgabe zu verdanken, Herr Kollege«, sagte Belonoz.

Leutnant Descho lächelte zufrieden, was der Major auf seinem Handy nicht sehen konnte. »Es war schon auch Zufall mit im Spiel, dass mir das aufgefallen ist. Und dass es von Freitag auf Samstag in Salzburg ein Gewitter gegeben hat. Die toten Insekten auf der Windschutzscheibe und den Scheinwerfern waren aber frisch. Eigentlich ist nur der Zeitraum zwischen Samstag und Montagfrüh übrig geblieben.«

»Als der junge Herr Emberger angeblich permanent in der Stadt Salzburg war.«

»Morgen liegt das endgültige Ergebnis der Kriminaltechnik vor. Jetzt schon steht fest, dass die Insekten nicht länger als sechsunddreißig Stunden auf dem Auto geklebt haben können. Und die Zahl der Insekten spricht für eine Autobahnfahrt.«

»Wie gesagt, einfach großartig. Dann werde ich mich jetzt ...«

Belonoz hörte sich an, als wollte er das Telefonat beenden. Das Desinteresse des Wieners hatte Descho allerdings einkalkuliert, um seinen Triumph vollends auskosten zu können.

»Das Beste kommt noch, Herr Major. Nämlich eine Geschwindigkeitsübertretung.«

»Was meinen Sie damit?«

»Im Raum Linz haben in der Nacht von Samstag auf Sonntag Geschwindigkeitskontrollen mit mobilem Radar und Laserpistole stattgefunden. Eine lange vorher geplante Aktion gegen alkoholisierte Nachtschwärmer.«

Belonoz benötigte einen Moment, um zu begreifen, worauf Descho hinauswollte.

»Auch auf der Autobahn?«, fragte er.

»Emberger hat doppeltes Pech gehabt. Zu schnell gefahren, und dann auch noch dabei ertappt.«

»Steht das fest?«

»Hat mir ein alter Kollege gesteckt, den ich gut kenne. Sonst wäre es schwer gewesen, so rasch ...«

»Sie holen sich den Burschen sofort zu einer Befragung. Verstanden, Herr Descho? Ich regle das mit Ihren Vorgesetzten. Falls die sich wieder in die Hose machen aus Angst vor diesen Wirtsleuten. Mit der Staatsanwältin werde ich gleich sprechen, damit die Aktion gedeckt ist.«

Innerlich glühte Descho vor Begeisterung über sich selbst. »Ich fahre in zwei Minuten los. Das Auto steht ohnehin bereit, weil ich geahnt ...«

»Herr Descho, setzen Sie sich einfach ins Auto, den Rest klären wir später.«

Descho verließ die kriminaltechnische Abteilung, wo ihn der Anruf des Majors erreicht hatte. Von seinem Büro aus organisierte er ein Begleitkommando. Offiziell wollte man Emberger zwar bloß zu einem weiteren Gespräch ins Landeskriminalamt bitten. Würde sich dieser jedoch weigern, musste eine vorläufige Festnahme durchgeführt werden. Wie Emberger darauf reagieren würde, war nicht abzusehen. Jedenfalls sollte die Möglichkeit berücksichtigt werden, dass Emberger ein Mörder war. Vielleicht gar ein dreifacher. Und dass Embergers Vater einen Waffenschein besaß sowie diverse Gewehre und eine Pistole zu Hause verwahrte, durfte nicht unterschätzt werden. Man musste mit allem rechnen, das war Descho bewusst.

Zwanzig Minuten später brachen die vier Männer auf.

Descho war müde, er sehnte sich nach einem Bett und viel Schlaf. Doch die Mühe hatte sich bezahlt gemacht. Als er vor der Villa der Familie Emberger stand, konnte er es noch immer nicht ganz fassen. So unverhofft war er in den meistdiskutierten Kriminalfall Österreichs geraten und hatte möglicherweise den entscheidenden Schritt zur Aufklärung getan.

Erneut erschien die Haushälterin der Embergers an der Haustür, wie beim ersten Mal war sie von unterwürfiger Freundlichkeit.

Nein, leider sei Sebastian nicht im Hause, sagte sie. Und sie wisse auch nicht, wo er sich aufhalte. Schon vor mehreren Stunden sei er weggefahren.

»Könnten Sie ihn bitte anrufen?«, bat Descho die Frau. »Fragen Sie ihn einfach, wann er zurückkommt, damit … Na vielleicht fällt ihnen ja was ein. Also dass Sie in seinem Zimmer putzen müssen und ihn nicht stören wollen. Oder Sie sagen ihm einfach, dass Sie sich Sorgen machen und daher wissen wollen, wo er steckt. Geht das?«

Die Frau nickte nur. Ihren geweiteten Augen war jedoch Besorgnis anzusehen. Solch seltsame, mit Verstellung und Verschleierung verbundene Spiele mochte sie gar nicht. Allerdings war sie seit Kindertagen auf Autoritätsgläubigkeit getrimmt worden. Deshalb tat sie, was ihr aufgetragen worden war.

Sie tippte Sebastians Nummer in das Handy. Man sah auf dem Display, wie der Anruf aktiviert wurde. Und man hörte das Läuten.

Es kam aus dem ersten Stock der Villa.

Descho und ein Kollege rasten hinauf. Auf dem Bett in Sebastian Embergers Zimmer lag das Handy. Descho nahm es an sich.

Er stürmte die Treppe hinab und fragte die Haushälterin, ob Sebastian noch ein zweites Handy besitze. Oder ob er auf einer anderen Nummer zu erreichen sei. Die Haushälterin schüttelte den Kopf: »Davon weiß ich nichts, Herr Inspektor.«

»Gut, dann müssen Sie mir eines versprechen«, sagte Descho. »Sollte sich Herr Emberger hier im Haus oder bei Ihnen telefonisch melden, dann wissen Sie von nichts. Erzählen Sie ihm bitte mit keinem Wort von unserem Besuch. Erwähnen Sie die Polizei nicht, sondern fragen Sie ihn ganz ruhig, wann er zurückkommt. Vielleicht wollen Sie ihm ja eine Mahlzeit zubereiten oder irgendetwas Ähnliches.«

Die Blicke der Haushälterin wanderten gehetzt durch den Raum, sie stand spürbar unter Stress. Dennoch gelobte sie, sich den Vorgaben gemäß zu verhalten.

Draußen ließ Descho seine Kollegen die umgebenden Straßen durchforsten. Der schwarze BMW Sebastian Embergers blieb unauffindbar.

So begannen die wahren Probleme.

*

Lily versuchte sich kurz an das letzte Verhör zu erinnern, das sie geführt hatte. Sie hatte sich vorher konzentrieren wollen, doch das Gespräch mit Belonoz hatte sie abgelenkt. Nachdem er sie zum Verhörraum begleitet hatte, war auch diese kurze Gelegenheit ungenutzt verstrichen.

Doch war es vielleicht besser so. Nämlich einfach ins kalte Wasser zu springen. Und nicht an alte Zeiten zu denken. Als alles anders gewesen war.

Sie setzte sich an den von oben beleuchteten Tisch. Kovacs hatte im Raum Stellung bezogen. Es herrschte zunächst vollkommene Stille.

Lily gab ein Zeichen, und Kovacs stellte die Videokamera an.

»Persönliche Vernehmung von Herrn Stefan Horvath«, begann Lily zu sprechen. »Es ist neunzehn Uhr sechsundzwanzig. Ich bin Staatsanwältin Lily Horn.«

Sie richtete ihren Blick auf den Mann. Zwar hatte sie ihn schon zuvor gesehen, als er von Belonoz festgenommen worden war. Nur, gesprochen hatte sie noch nicht mit ihm.

»Herr Horvath, machen wir es kurz, das ist für alle Beteiligten das Beste«, sagte Lily und konzentrierte sich auf den vor ihr stehenden Laptop. »Sie wurden heute nachmittag von Major Belonoz, dem Leiter der Wiener Mordkommission, festgenommen. Der Anlass war purer Zufall. Sie haben die Wohnung einer jungen Frau mit technischen Hilfsmitteln beobachtet. Diese junge Frau ist ermordet aufgefunden worden. Die Wohnung der Ermordeten liegt in derselben Straße wie Ihre eigene Wohnung, und zwar genau gegenüber. Major Belonoz hat Gefahr in Verzug vermutet, daher ist er in Ihre Wohnung eingedrungen. Dabei hat sich herausgestellt, dass sich in Ihrem Besitz diverse technische Vorrichtungen befinden, die dazu geeignet sind, die Intimsphäre anderer Menschen zu verletzen. An der Auswertung der von Ihnen angefertigten Bild- und Tonaufnahmen wird noch gearbeitet.«

Lily blickte wieder auf und sah direkt in die großen Augen Stefan Horvaths, die unruhig das Geschehen verfolgten. Horvath war dick, der Bauch wölbte sich über die Trainingshose, die er trug. Er wirkte wie jemand, der aus seinem vertrauten, gemütlichen Zuhause in eine fremde Welt katapultiert worden war.

»Herr Horvath, stimmen Sie dem zu oder möchten Sie dazu keine Aussage machen? Das ist Ihr Recht, Sie dürfen es in Anspruch nehmen.«

Stefan Horvath nickte leise.

»Bitte antworten Sie jeweils klar und deutlich«, sagte Lily. »Selbstverständlich können Sie eine Antwort verweigern. Und auf Ihren Anwalt warten. Das ist Ihnen schon gesagt worden, aber ich möchte das zu Ihrer Sicherheit wiederholen. Übrigens … wo ist denn eigentlich Ihr Anwalt?«

»Er … er muss bald eintreffen. Er hat mir gesagt, dass … dass er sehr beschäftigt ist, aber … er … wird kommen. Ganz sicher. Er hat es mir versprochen. Wir müssen nur warten.«

Lily nickte. Stefan Horvath wirkte wenig selbstbewusst. Seine Stimme klang fahl und zittrig.

Kurz hatte Lily sich gefragt, ob in Horvaths Blicken Angst zu entdecken war. Jedoch war sie zur Auffassung gelangt, dass in diesen Augen gar nichts zu lesen war. Sie waren einfach nur groß und leicht aufgerissen und starrten ausdruckslos in die Welt.

»Wie alt sind Sie, Herr Horvath?«

»Neunundddreißig.«

»Familienstand?«

»Ledig.«

»Haben Sie eine Lebensgefährtin oder eine Freundin?«

»Ich … nein … Dazu möchte ich jetzt nichts sagen.«

»Kein Problem«, sagte Lily und begann in den Unterlagen zu blättern, die vor ihr lagen.

Ihr war klar, dass Horvath nicht zufällig eine Antwort verweigert hatte. Er schämte sich dafür, allein zu sein. Nicht Single, sondern eben allein. Einsam. Vielleicht rührte daher das krankhaft verstärkte Interesse am Dasein anderer Menschen. Und dieses Interesse samt den damit verbundenen Spionagetätigkeiten verstärkte wiederum seine Einsamkeit. Stefan Horvath war in einem Teufelskreis gefangen.

»Möchten Sie, Herr Horvath, irgendetwas zu den Umständen sagen, die zu Ihrer Festnahme geführt haben?«

»Ich möchte nicht, dass … ich … nicht wirklich.«

»Na gut, dann eben nicht.«

Die Tür zum Verhörzimmer öffnete sich. Horvaths Anwalt trat ein, begleitet von der Kriminalbeamtin Marlene Metka, die den Raum sofort wieder verließ. Lily kannte ihn als einen der prominentesten Strafverteidiger Wiens.

Georg Sima war eine seit beinahe dreißig Jahren bekannte Kapazität in österreichischen Gerichtssälen. Wenn man nichts in der einschlägigen Chronikberichterstattung über ihn las, dann in den lokalen Gesellschaftsspalten, wo er regelmäßig mit deutlich jüngeren Begleiterinnen auffiel.

Sima reichte Lily mit ausgesuchter Höflichkeit die Hand, dann, weniger höflich als vielmehr beinahe kumpelhaft, seinem Klienten. Er sagte knapp: »Machen Sie bitte weiter, Frau Doktor Horn!«, nahm sich einen Stuhl und setzte sich an den Tisch.

»Gut, Herr Horvath, also wann immer Sie ihren Anwalt konsultieren möchten, teilen Sie das bitte mit«, sagte Lily. »Ich war gerade dabei, die Umstände Ihrer Festnahme zu schildern. Wir haben Sie in Ihrer Wohnung angetroffen, die quasi technisch hochgerüstet war. Ferngläser, Nachtsichtgeräte, Teleskope, Richtmikrofone, Videokameras, Fotoapparate mit starken Teleobjektiven, Videobeamer. Alles, was das Herz begehrt. Das ist Ihnen natürlich unbenommen. Problematisch könnte sein, dass Sie offenbar recht intensiv das Leben einer bestimmten jungen Frau verfolgt haben. Jener Frau, die in der Nacht von Samstag auf Sonntag gewaltsam ums Leben gekommen ist. Wissen Sie, worauf ich anspiele?«

Stefan Horvath blickte nur stumm vor sich hin und starrte ins Leere.

»In Ihrer Wohnung gibt es nämlich«, fuhr Lily fort, »nicht nur diverse Beobachtungsvorrichtungen, die direkt auf die gegenüberliegende Wohnung eines Mordopfers gerichtet waren. Sondern auch eine Art Pinnwand. Diese Pinnwand war voller Fotos und Screenshots, die eine einzige Person zeigen: Magdalena Karner, das Mordopfer. Geradezu ein Heiligenschrein. Mit Bildern, die Magdalena Karner auf Teleobjektivaufnahmen in ihrer Wohnung abbilden, zu unterschiedlichen Tageszeiten, manchmal auch leichtbekleidet oder nackt. Sind Sie sich dessen bewusst, dass dies in Zusammenhang mit dem Mord etwas seltsam wirkt?«

Horvath sah seinen Anwalt an, der ihm aufmunternd zunickte.

»Sie hat mir eben gefallen«, sagte Horvath, nachdem er laut gehustet hatte. »Sie war hübsch und jung und … trotzdem sehr ordentlich und sauber. Aber auch ganz offen … Sie hat da in ihrer Wohnung ihr Leben gelebt, sie hat nichts zu verbergen gehabt, hat sich nicht hinter Vorhängen versteckt, sondern war einfach und unkompliziert … Nicht so wie andere junge Mädchen, die nur Blödsinn machen, aber alles verheimlichen …«

Bei Horvath verschmolzen die Beobachtungen mit seinen privaten Interpretationen. Magdalena Karner war zum Objekt seiner Projektionen geworden. Was ihm in der Realität von echten Frauen verweigert worden war, hatte sie ihm geboten. Nämlich die Teilnahme an ihrem Leben. Eine Art Zusammensein, ein durch Kameras und Objektive ermöglichtes Miteinander.

»Herr Horvath, haben Sie einen Beruf?«

»Ja, natürlich, ich bin … Webdesigner. Ich mache viel im Internet.«

»Für wen sind Sie tätig?«

»Ganz verschieden … alles freiberuflich …«

Er sah sie jetzt ganz ergeben und unterwürfig an. Von einer Frau konkret nach den Umständen seines Lebens gefragt zu werden, war er nicht gewohnt. Die ausweichende Antwort zeigte, dass seine Beschäftigungsverhältnisse prekär waren.

»Können Sie von Ihrer Arbeit leben? Ich meine, wie können Sie sich diese geräumige Wohnung im ersten Bezirk eigentlich leisten?«

Für den Bruchteil einer Sekunde schien Horvath einzuknicken. Etwas war angesprochen worden, das ihn zutiefst berührte.

»Die Wohnung hat meiner Mutter gehört«, sagte er leise. »Ich habe sie geerbt, nach dem Tod … Und die Erbschaft macht es mir möglich, dass … dass ich mir die Arbeit aussuchen kann. Ich bin sehr flexibel.«

Also jemand, der vom Erbe lebt, dachte Lily, und ansonsten sehr einsam ist.

»Herr Horvath, wie intensiv haben Sie Magdalena Karner wirklich beobachtet? Was wissen Sie über sie? Und was haben Sie zum Zeitpunkt des Mordes getan?«

Da erhob sich Rechtsanwalt Sima.

»So, Frau Kollegin«, unterbrach er, »nun ist der Zeitpunkt gekommen, wo ich mit meinem Mandanten ein paar Worte wechseln muss.«

Lily hatte das längst erwartet. Sie hatte geahnt, dass der frisch hereingeschneite Sima nur hatte sehen wollen, worauf die Sache hinauslaufen würde.

»Gut«, sagte Lily. »Rufen Sie mich, wenn Sie Ihre Unterredung beendet haben.«

Sie bedeutete Kovacs, die Videokamera auszuschalten, und verließ den Raum.

Auf dem menschenleeren, von Leuchtstofflampen hellbläulich beleuchteten Korridor holte sie ihr Handy hervor und wählte die Nummer von Belonoz. So kühl und distanziert der Chef der Mordkommission auch sein mochte, in dieser Situation war er ihr einziger Verbündeter. Er verkörperte ein Stück unbeugsamer Normalität in dem rätselhaften Irrsinn dieses Falles. Deshalb sehnte sie sich plötzlich nach ihm. Nur deshalb.

*

Das Gespräch zwischen Anwalt und Mandanten dauerte zwanzig Minuten. Georg Sima stellte wenige, präzise Fragen, auf die Horvath ausführlich antwortete.

»Na wunderbar«, meinte der Anwalt schließlich, »dann ist die Sache klar. Sie können alles beantworten, was die Staatsanwältin Sie fragt. Wir bieten die Zusammenarbeit an. Das wird Ihnen Vorteile bringen. Bei einer Morduntersuchung ist das immer gut.«

»Aber«, wandte Horvath schüchtern ein, »was ist mit der Sache, die … ich Ihnen gerade erzählt habe. Die macht mir wirklich Sorgen. Das könnte böse für mich enden. Als ich das gemacht habe, war mir … Also die Tragweite habe ich nicht erkannt. Ich habe die ganze Zeit Angst gehabt, dass ich mich verplaudere. Dass ich mich in Widersprüche verwickle. So heißt es doch immer in den Zeitungen, wenn es um Verdächtige geht …«

»Unsinn«, sagte Sima in der Art eines strengen Vaters. »Das können Sie für den Moment vergessen. Zuerst müssen wir sehen, was die Staatsanwältin überhaupt weiß. Zum geeigneten Zeitpunkt werden wir damit herausrücken. Falls es notwendig wird und für uns nützlich ist. Vorher sicher nicht.«

Sima erhob sich und ging zur Tür, wo er sich noch einmal jenem Häuflein Elend zuwandte, das sein Mandant war.

»Bleiben Sie ruhig. Überlegen Sie immer, was Sie sagen. Antworten Sie nicht sofort, sondern lassen Sie sich Zeit. Das wirkt außerdem authentisch. Haben Sie mich verstanden? Und erzählen Sie, was wir vereinbart haben. Erzählen Sie von dem Mann im schwarzen Leder.«

Der Anwalt öffnete die Tür und trat auf den Korridor. Lily erwartete ihn bereits.

»Frau Kollegin, wir können weitermachen. Natürlich nur, wenn Sie wollen.«

II

Was für ein schöner Abend, überlegte der Bürgermeister.

Es widerte Stotz an, diesen Abend an Arbeit zu verschwenden.

Die Wärme des vergangenen Tages lag über Wien. Sie verlockte dazu, in einem Schanigarten oder im Innenhof eines Heurigen beim Wein zu sitzen. Stotz war jedoch bewusst, dass ihm keine andere Möglichkeit offenstand. Außerdem schien ihm, als hätte sich die Atmosphäre in der Stadt verändert.

Er spürte sich ausbreitendes Misstrauen und lauernde Angst. Selten noch hatte sich jener Instinkt getäuscht, der ihm mehr als einmal das Überleben im politischen Intrigenspiel erlaubt hatte.

Zudem bereitete ihm das warme Wetter weniger Vergnügen als früher. Er fühlte sich rascher müde und litt stärker unter hohen Temperaturen. Oder bildete er sich das nur ein? Im vergangenen Winter war ihm aufgefallen, dass er mehr als einst zu durchgeschwitzten Hemden neigte.

Vielleicht mutete er sich zu viel zu. Die ihm auferlegten Termine kamen ihm mühsamer vor. Der Empfang für die Künstler der Wiener Festwochen, den er gerade hinter sich gebracht hatte, war ihm früher wie ein einziger feuchtfröhlicher Spaß vorgekommen. In aller Öffentlichkeit hatte er gut essen und ausgiebig trinken können. Diesmal hingegen waren seine Gedanken abgelenkt gewesen.

Er musste dringend handeln. Stotz fuhr in sein privates Zweitbüro und ließ sich hinter dem Schreibtisch in den Ledersessel fallen. Die

Nachrichten, die ihn erreicht hatten, verlangten eine Reaktion. Umgehend.

Der Bürgermeister führte zwei Telefongespräche. Wenig später traf der Gast ein, den er zu sich bestellt hatte. In knappen Worten schilderte ihm Stotz die Lage.

»Ist das jetzt gut oder schlecht für unsere Ziele?«, fragte Michael Schegula, als Stotz geendet hatte.

»Gut oder schlecht, solche Kategorien gibt es nicht in der Politik«, erwiderte der Bürgermeister. »Das wirst du erkennen, wenn du einmal so lange im Geschäft bist wie ich. Es kommt nur darauf an, was man aus einer Sache macht. Wie man sie interpretiert und den Leuten verkauft. Dann wird das Schlechte gut, oder das Gute schlecht. Am besten ist es allerdings, man wartet nicht darauf, dass etwas passiert, sondern sorgt selbst dafür.«

Schegula begriff nicht, worauf Stotz hinauswollte. Zumindest dessen Worte klangen analytisch klar. Offenbar hatte der Bürgermeister noch nicht allzu viel getrunken.

»Was planst du also konkret?«, wollte er von Stotz wissen.

»Meinen Wissensvorsprung auszunützen. Zum Glück habe ich vorgesorgt. Anders geht es in Wien nicht. Wenn du den Wienern in die Augen schaust, lächeln sie dich an. Kaum drehst du dich um, stechen sie dir ein Messer in den Rücken. Glaubst du, ich habe Marina Lohner jemals vertraut? Ich habe immer gewusst, dass ich für sie interessant bin, solange sie durch mich aufsteigen kann. Jetzt wittert sie Morgenluft.«

»Du wirst sie ja morgen abservieren.«

»Das wäre Machiavelli. Nämlich Grausamkeiten rasch hinter sich zu bringen. Aber kennst du zufällig Baltasar Gracián? Ein alter Spanier. Der hat empfohlen, nie das zu tun, von dem die Feinde erwarten, dass man es tut.«

Schegula war weiter ratlos. »Ja … und? Du willst sie eh kalt erwischen.«

»Das geht nicht mehr.«

»Wieso?«

»Sie hat davon erfahren.«

»Wovon? Dass du sie ausbooten willst?«

Stotz nickte. »Genau.«

»Wie hat sie denn bitte das geschafft?«

»Momentan egal. Ausschlaggebend ist lediglich, dass sie weiß, was ich vorhatte.«

»Und was machst du jetzt?«

»Alles schon erledigt. Die morgige Pressekonferenz habe ich gerade abgesagt. Jedenfalls in der geplanten Form. Stattdessen wird unser lieber Stadtrat für Infrastruktur neue Architekturprojekte für Wien präsentieren.«

Schegula war sichtlich aufgeregt. »Das heißt, es bleibt …?«

»Leider ja. Lohner bleibt Vizebürgermeisterin. Und ihr Lieblingsprojekt *Unser Wien. Sicheres Wien* kann sie gerne weiterführen. Moment … da fällt mir ein …«

Stotz nahm sein Handy und wählte eine Nummer.

»Ja, lieber Doktor Promegger, entschuldigen Sie die Störung, etwas ganz Dringendes. Das mit morgen klappt leider nicht, wir müssen das verschieben, es ist etwas dazwischengekommen … Wäre schön gewesen, aber aufgeschoben ist nicht aufgehoben … Beste Grüße, und Sie hören so bald wie möglich von mir.«

Das Handy landete auf dem Schreibtisch.

»So, das ist erledigt. Unser Star-Kriminalpsychologe wird natürlich böse sein, ich hab ihm ja viel versprochen … egal, geht nicht anders.«

»Aber«, wandte Schegula ein, »das alles nur, weil Marina eventuell eine Vorahnung hat …?«

»Keine Vorahnung, lieber Michael. Sondern sie *weiß*, was ich machen wollte. Aber das ist nicht der einzige Grund. Sondern diese Mordserie.«

»Was hat die damit zu tun?«

»Offenbar tut sich da was Entscheidendes. Kaum ist diese Lily Horn da, geschehen Zeichen und Wunder. Manche Leute haben wirklich unfassbares Glück. Ich hätte gewettet, dass sie scheitern wird. Natürlich spielt auch Belonoz eine Rolle. Der ist zwar eine Krätze, aber recht tüchtig. Wie auch immer, es gibt einen Verdächtigen.«

»Du meinst … der Mörder ist gefasst? Das ist ja sensationell.«

»Jedenfalls haben sie einen, der unter dringendem Verdacht steht. Stell dir vor, die haben also womöglich den Fall in vier Wochen geklärt. Da kann ich Marina nicht absetzen. Jetzt passt ihre Kampagne wieder hervorragend ins Konzept. Nein, jetzt darf sie nicht bleiben. Sondern sie *muss*.«

»Warum denn?«

»Weil ich bei unseren Frauen sonst einen Aufstand riskiere … in der Partei, aber auch bei den Wählerinnen. Bei denen ist Marina Lohner sehr beliebt. Dass mir jetzt nachgesagt wird, ich würde eine erfolgreiche Frau abservieren, kann ich nicht brauchen. Weißt du, in der Politik kannst du vieles machen. Nur mit den Frauen darfst du dir es nie verscherzen. Ich hab keine Lust, als alter Macho dazustehen. Bei der nächsten Wahl will ich wieder die Mehrheit haben. Da brauche ich Marina Lohner.«

Schegula erweckte plötzlich den Eindruck, äußerst verstimmt zu sein. Es schien, als hätte man ihm einen Tritt ins Gesicht verpasst. »Ich verstehe … na dann …«

»Ich weiß schon, Michael, du machst dir Sorgen … aber da hat sich nichts geändert. Du wirst mein Vizebürgermeister. Nur Geduld. Spätestens nach der Wahl. Dann wird es Veränderungen geben. Nach der Machiavelli-Methode. Marina Lohner wird sich noch wundern. Aber zuerst soll sie mir ein bisschen nützlich sein.«

Stotz machte eine kurze Pause. »Übrigens möchte ich, dass du morgen nicht zu der Pressekonferenz kommst. Ich gehe auch nicht hin. Zuerst wird der Stadtrat schöne Worte zum Besten geben, und dann wird er von den Journalisten gegrillt werden. Wegen der *Pratorama*-Sache. Dafür ist er ja zuständig.«

»Unangenehm«, sagte Schegula knapp und emotionslos.

»Sollte andererseits der Mörder wirklich gefunden sein, wird sich das Interesse ohnehin darauf verlagern. *Pratorama* wird aus den Schlagzeilen verschwinden. Zumindest vorübergehend. Die Sicherheit von Leib und Leben ist den Menschen um einiges wichtiger als irgendein komplizierter Bauskandal.«

Stotz erhob sich und ging zu einem Wandschrank, aus dem er zwei

Gläser und eine Flasche Rotwein holte. »Ein hervorragender Zweigelt aus dem Burgenland, Michael. Der wird dich darüber hinwegtrösten, dass du auf den Vizebürgermeister noch warten musst.«

Großzügig schenkte der Bürgermeister ein, nachdem er die Flasche mit geübten Griffen entkorkt hatte. Sie stießen an.

»Auf dich, auf meinen künftigen Vize«, sagte Stotz. »Und auf die Lösung des anderen Problems. Staatsanwalt Seiler ist mir viel zu aktiv. Den muss man endlich einbremsen. Ganz radikal.«

*

Achtundvierzig Stunden hatte der Tag gedauert. So fühlte es sich für Lily an.

Dinge, die sie nie oder zumindest anders erwartet hatte, waren auf sie zugekommen. Zuerst war sie nicht in die Wirtschafts- und Korruptionsstaatsanwaltschaft versetzt worden. Stattdessen hatte Lenz sie an die Spitze einer Morduntersuchung berufen. Um den meistbeachteten Kriminalfall Österreichs sollte sie sich ab sofort kümmern. Aus der noch am Freitag erlittenen New Yorker Isolation und Anonymität war sie an diesem Montag ins Zentrum der medialen Aufmerksamkeit katapultiert worden. Die Anfragen von Journalisten häuften sich bei ihrer Sekretärin und wurden umso intensiver, je weniger sie darauf reagierte. Die Morde hatten sie mit jungen Mädchen konfrontiert, die plötzlich und brutal zu Tode gekommen waren. Und mit der gestörten Psyche eines Mörders, der aus dem Dunkel heraus zuschlug und dabei kein Erbarmen zeigte.

Über all dem hatte Lily total vergessen, was sie in den vergangenen Wochen belastet hatte. Das Private, also der Fehlschlag. Die Enttäuschung. All das war plötzlich nicht mehr so wichtig. Oder nein, wichtig schon, aber etwas weniger im Vordergrund.

Lily brannte darauf, darüber sprechen und das Erlebte loszuwerden. Mit Albine, mit Onkel Neubauer. Ihnen sagen zu können, wie gut es tat, abgelenkt zu werden. Und zugleich durch das Gespräch Vorsorge zu treffen, damit nicht das vorübergehend Verdrängte wieder störend ihr Gefühlsleben bestimmen würde.

Ihr war bewusst, dass sie sich davor fürchtete. Dass sie beinahe hoffte, die Morduntersuchung möge noch lange weitergehen und sie von unnützen, selbstquälerischen Gedanken abhalten. Zugleich ermahnte sie sich, ihr privates Glück nicht durch das Unglück anderer erkaufen zu wollen. Ihr Gerechtigkeitsgefühl hatte sie nicht verlassen.

Doch alles deutete ohnehin darauf hin, dass die große Klärung bevorstand. Kurz nach dreiundzwanzig Uhr hatte Belonoz sie angerufen und vorgeschlagen, den Stand der Dinge bei einem späten Abendessen zu besprechen. Er sei schon sehr hungrig, hatte er gesagt. Also hatten sie sich in einem Wirtshaus in der Schlickgasse verabredet, unweit der Kriminaldirektion.

Belonoz stürzte sich zuerst auf die Frittatensuppe, danach auf den Zwiebelrostbraten. Bei Lily war es anders. Die Fülle an Erlebnissen hatte jeglichen Appetit vertrieben. Schon seit Stunden, und Lily wusste, dass das nicht normal war. Also ließ sie sich Palatschinken mit Marillenmarmelade kommen, denn Süßes war ihr stets willkommen. Dazu hatten beide weißen Gespritzten gewählt.

Belonoz sah müde aus. Seine Haare wirkten noch strähniger als sonst, sein schwarzer Anzug schrie danach, gebügelt zu werden. Auch Lily konnte es kaum noch erwarten, ihr Kostüm und die Schuhe endlich loszuwerden. Lange würde es nicht mehr dauern.

»Wie haben Sie das eigentlich geschafft?«, fragte Belonoz, als er noch bei der Suppe war.

»Was genau meinen Sie?«

»Diesen Horvath zu knacken. Bei mir hat der überhaupt nichts gesagt.«

»Weil Sie ein Mann sind. Bei Männern flüchten Voyeure in nichtssagendes Geschwätz. Um nicht negativ aufzufallen. Und nicht zugeben zu müssen, dass sie von Frauen abhängig sind. Zumindest vom Anblick von Frauen.«

»Also was haben Sie getan?«

»Den Muttersatz gespielt. Zuerst Strenge, dann Verständnis. Dadurch bekommt man von solchen Männern, was man von ihnen haben möchte.«

»Eine gute Taktik«, sagte Belonoz und nickte anerkennend. »Ich werde mir das merken.«

»Eine ganz natürliche Technik. Sie setzen Ihre Männlichkeit ein, wenn Sie mit den entsprechenden Kunden zu tun haben. Da werden Sie zum Kumpel, zum besten Freund, zum verständnisvollen Bruder. Oder zum Vater, der seinen Sohn zur Rede stellt. Das funktioniert bei vielen Männern.«

»Auch bei Typen wie diesem Horvath?«

»Denen muss man anders begegnen. Jemand, der davon lebt, was die Mutter hinterlassen hat, und noch dazu in der früheren Wohnung der Mutter wohnt, reagiert nicht auf andere Männer. Für den sind andere Männer immer Feinde. Und Konkurrenten. Weil es immer diese anderen Männer sind, die einem Sohn die Mutter wegzunehmen drohen. Oder die bewunderte, unerreichbare Frau, in die man verliebt ist.«

»Gut analysiert. An Ihnen ist eine Psychotherapeutin verlorengegangen.«

»Ich glaube nicht«, sagte Lily und deutete auf ein Fenster des Wirtshauses. »Hier kann ich auf die Berggasse blicken. Vielleicht ist es nur der Geist von Sigmund Freud, der mich zu solchen Überlegungen bringt.«

Belonoz lachte.

»Schon seltsam, dass die ehemalige Praxis von Freud in derselben Straße liegt wie das Hauptquartier der Wiener Mordkommission. Das kann kein Zufall sein.«

Lily wurde melancholisch. »Egal, was man tut, in Wien kann man seinem Schicksal nicht entgehen. Diese Stadt verschlingt jeden. Sie macht mit einem, was sie will.«

Ein schlaksiger junger Mann servierte den Zwiebelrostbraten und die Palatschinken.

»Was glauben Sie, Frau Doktor Horn?«, fragte Belonoz, während er genüsslich ein Stück Fleisch aufspießte. »Was werden die Beobachtungen dieses Horvath wert sein?«

»Schwer zu sagen. Aber er hat geschworen, jemanden gesehen zu haben. Und zwar in der Nacht, als er die Wohnung von Magdalena

Karner durch sein Fernglas beobachtet hat. Eine Person in schwarzem Leder. Mit einem Helm.«

»Im Outfit eines Motorradfahrers.«

»So hat er es empfunden.«

»Wirklich schwarzes Leder?«

»Er ist sich ganz sicher.«

»Kommt er als Täter in Betracht?«, fragte Belonoz, nachdem er einen Schluck vom Gespritzten genommen hatte.

»Alibi hat er natürlich keines«, sagte Lily. »Wie sollte er auch, wenn er fast immer nur zu Hause herumhockt. Interessanterweise ist kein Alibi meistens ein gutes Alibi.«

»Stimmt. Weil es glaubwürdig ist. Niemand steht vierundzwanzig Stunden unter Beobachtung. Gerade dann nicht, wenn man es später vielleicht benötigen würde.«

»Das Problem ist natürlich, dass bei den bisherigen Morden nur wenige Spuren gefunden worden sind. Das schließt Horvath nicht von vornherein aus. Und seine Behauptung, einen Mann in schwarzem Leder gesehen zu haben, könnte ein Ablenkungsmanöver sein. So wie der berühmte unbekannte Dritte.«

»Wir haben noch die Spermaspuren aus dem Bett von Magdalena Karner.«

»Die würden nicht zu einem Serienkiller passen. Andererseits steht die Möglichkeit einer Beziehungstat nach wie vor im Raum.«

»Was auf Sebastian Emberger zuträfe«, sagte Belonoz und bemühte sich, auch noch die letzten Reste des Zwiebelrostbratens auf seine Gabel zu bekommen. »Seltsam, dass er einfach so verschwunden ist. Das macht ihn automatisch zu einem Verdächtigen. Und dann seine offensichtlich falschen Angaben.«

»Ja, die Insektenspuren und die Tatsache, dass sein Auto am fraglichen Abend in der Nähe von Wien war, sind nicht günstig für ihn.«

»Was denken Sie, Frau Doktor? Kann er der Täter sein?«

»Durchaus möglich. Viel eher noch als Horvath.«

»Warum?«

»Weil offensichtliche Einzelgänger und irre Sonderlinge nur in Filmen und Romanen die Täter sind. Mit der Realität hat das nichts zu tun. Dort trifft man meistens auf biedere Familienväter und harmlose Büroangestellte mit Hornbrille.«

»Sie sind gut informiert. Obwohl Sie erst seit heute an einem Serienmörderfall arbeiten.«

»Daran ist mein Studium schuld«, sagte Lily und lächelte. »Ich habe einen Kurs in Kriminologie absolviert, bei dem es um Serienmorde ging. Natürlich alles nur theoretisches Wissen. Aber ohne Theorie keine Praxis.«

»Dann bin ich auf diesen Emberger schon sehr gespannt. Das Bürschlein aus den besseren Salzburger Kreisen.«

Belonoz gab sich keine Mühe, seine Verachtung gegenüber gesellschaftlichen Eliten zu verhehlen.

Es war kurz nach Mitternacht, als Lily und der Major wieder hinaus ins Freie traten. Beide waren froh, dass der Tag zu Ende ging. Vor allem sehnten sie sich nach Schlaf. Sie wollten sich erholen, um für das Kommende gerüstet zu sein. Was immer auch noch geschehen sollte, die Arbeit war noch nicht getan. Zu viele Leerstellen warteten darauf, gefüllt zu werden. Gespräche mussten geführt und Spuren gedeutet werden. Beweise waren zu erbringen, um eine Anklage wasserdicht zu gestalten.

Kurz bevor sie einander die Hände zum Abschied reichten, läutete das Handy von Major Belonoz. Er entschuldigte sich und wandte sich ab. Lily stand da und sah sehnsüchtig in Richtung Votivkirche, wo ihr Bett schon auf sie wartete. Die süßen, üppigen Palatschinken mit der Marillenmarmelade aus der Wachau hatten wie ein Sedativ gewirkt.

Belonoz ging ein paarmal im Kreis, während er telefonierte. Lily konnte nicht verstehen, was er sagte und worum es ging.

Als er zurückkehrte, sah das Gesicht des Majors bleich aus. Er schüttelte den Kopf.

»Keine gute Nachricht, Frau Doktor.«

Lily verspürte ein plötzliches Unbehagen.

»Was ist los?«, fragte sie alarmiert.

»Nichts Gutes.«

»Sagen Sie es schon.«

»Vor einer halben Stunde ist eine junge Frau erstochen aufgefunden worden. Zeugen geben an, sie hätten einen Mann mit Helm und Motorradfahrerkleidung gesehen. Aus schwarzem Leder.«

Fünf Minuten später traf ein Polizeifahrzeug ein. Lily und der Major fuhren zum Tatort im siebten Bezirk. Sie waren gerade dort eingetroffen, als Belonoz ein weiterer Anruf erreichte.

Man hatte Sebastian Emberger entdeckt. In der Nähe Wiens war er in seinem Auto gegen einen Betonpfeiler gerast. Er musste sofort tot gewesen sein.

*

Sie hatte ihr Handy direkt neben ihr Bett gelegt. Als die zweite Nachricht dieser Nacht eintraf, schreckte Marina Lohner hoch. Eilig langte sie nach dem Telefon und las, was er ihr geschrieben hatte.

Sie ermahnte sich dazu, einmal tief durchzuatmen. Dann stand sie auf und ging in die Wohnküche, um ein Glas Wasser zu trinken. Kurz fragte sie sich, ob es überhaupt sinnvoll sei, zum jetzigen Zeitpunkt über irgendetwas ernsthaft nachdenken zu wollen.

Stotz hatte sein Vorgehen geändert, aus Rücksicht auf die Umstände. Der Plan des Bürgermeisters war von der Realität durchkreuzt worden. So viel hatte sie bereits nach der ersten Nachricht gewusst. Nur nicht, wie sie selbst damit umgehen sollte.

Nun war plötzlich wieder alles offen. Wie würde Stotz darauf reagieren? Würde er einfach an dem Vorhaben festhalten, sie ins Aus zu befördern? Sollte sie deshalb ebenfalls das tun, was sie zu tun beabsichtigt hatte? Oder sollte sie auf eine Versöhnung mit Stotz hinarbeiten, um angesichts der kommenden Wahl Schaden für die Stadtregierung und die Partei zu vermeiden? Gäbe es die Möglichkeit für einen Kompromiss? Oder waren die Fronten so verhärtet, dass jener den Sieg davontragen würde, der als Erster zum Großangriff blasen würde?

Marina Lohner rieb sich die Stirn. So viele Fragen und Unwägbarkeiten.

Doch keine Antworten, jedenfalls nicht jetzt. Sie trank noch ein Glas Wasser und nahm ein Kopfschmerzpulver. Nervös und unzufrieden fühlte sie sich, überfordert und ängstlich. So wie viele Politiker. Anders jedoch als Berti Stotz hatte sie sich stets bemüht, nicht Trost im Alkohol oder anderen Drogen zu suchen.

Vielleicht, fiel ihr dann ein, würde es aber gelingen, eine dritte Person zu finden, die als Sündenbock herhalten könnte. Damit könnten beide Seiten zufriedengestellt werden. Wie war diese Lily Horn eigentlich dazu gekommen, als Staatsanwältin diesen dringenden Fall zu übernehmen? War sie ein Protektionskind von Stotz, über dessen Kontakte in Justiz- und Polizeikreise Marina Lohner so gut Bescheid wusste wie niemand sonst? Wenn ja, dann konnte man sie zuerst erledigen und damit zugleich auch Stotz treffen.

Das wäre eine Möglichkeit, dachte Marina Lohner und ging zurück in ihr Schlafzimmer.

Sie schmiegte sich in ihr Bett, warf aber trotzdem einen Blick auf den Kopfpolster neben ihr, der in dieser Nacht unberührt bleiben würde.

Mittwoch, 16. Juni

12

Sebastian Emberger. War er es gewesen? War das die Lösung des Rätsels und der Albtraum zu Ende?

Lily Horn hatte sich von diesen Gedanken nicht zu lösen vermocht. Und der Vorname *Sebastian* hatte sie an Skulpturen denken lassen, die einen nackten jungen Mann zeigten, durchbohrt von Pfeilen. Ein Märtyrer.

Um zwei Uhr nachts hatte es Lily gereicht.

So lange war sie am Tatort in der Breiten Gasse geblieben. Müde war sie nicht gewesen, auch zu Hause hatte sie später lange nicht einschlafen können. Dazu hatte der Dienstag zu viele Emotionen erzeugt, zu viel Unruhe und Verunsicherung.

Rund achtundvierzig Stunden nach dem dritten Mord hatte der Mörder erneut zugeschlagen. Als habe er zeigen wollen, dass er das Gesetz des Handelns bestimmte, niemand sonst. Dass er das Tempo beschleunigen und den Druck intensivieren konnte, wie es ihm beliebte.

Belonoz hatte angekündigt, sich telefonisch bei Lily zu melden, falls es erforderlich sein würde. Doch er tat es nicht. Also rief Lily den Major an, kurz nach acht Uhr, bevor sie sich zum Grauen Haus aufmachte. Sie landete auf der Sprachbox.

Dabei hatte sie einen Dialog dringend nötig. Sie brauchte jetzt den Austausch. Der ihr vom Einzelgänger Belonoz verweigert wurde. Beim Abendessen hatte sie ihn als fairen und klugen Partner erlebt. Hoffnungsvoll war da die Stimmung gewesen. Nun lag wieder, mehr als zuvor, Ungewissheit in der Luft. Am Tatort hatte sich Belonoz gereizt und nervös gegeben. Vor allem wortkarg. Etwas musste in ihm gearbeitet haben, das hatte Lily gespürt.

»Denken Sie an irgendetwas Bestimmtes?«, hatte sie ihn gefragt.

»An gar nichts«, war seine Antwort gewesen.

Vom Team des Majors waren Marlene Metka und Emil Kovacs in

der Breiten Gasse gewesen. Lily hatte sie als unkomplizierte Menschen empfunden, engagiert und zugleich angenehm unaufgeregt.

In einem schwarzen Hosenanzug traf Lily um neun Uhr in der Staatsanwaltschaft ein. Die neugierigen Blicke ignorierte sie. Und zwei Journalisten, die sie ansprachen, wies sie ab.

»Wir stecken mitten in der Arbeit«, sagte sie ihnen. »Später gibt es mehr, haben Sie etwas Geduld.«

Natürlich war es lächerlich, in dieser Situation, nach dem vierten Mord, ausgerechnet Geduld einzufordern oder gar zu erwarten. Aber im Augenblick war Lily nichts Besseres eingefallen. Dabei war ihr bewusst geworden, dass man nicht so passiv weitermachen durfte. Die öffentliche Meinung sollte nicht allein den Medien überlassen werden. Hier musste man mit Belonoz und dessen Team kooperieren.

Marlene Metka hatte um sechs Uhr früh eine kurze Mail geschickt, mit ein paar dürren Fakten zum neuen Mord und zum Opfer. Lily hatte die Lektüre gerade beendet, als ihr Handy läutete.

»Können Sie zu uns kommen?«, fragte Belonoz. »Da lernen Sie außerdem meine übrigen Leute persönlich kennen.«

»Wann?«

»So bald wie möglich.«

»Um zehn bin ich bei Ihnen.«

»Danke«, sagte Belonoz und legte auf.

Über die Haupttreppe der Kriminaldirektion stieg Lily hinauf zum Büro des Majors. Das Team war vollzählig, die Stimmung angespannt. Lily schüttelte allen die Hand. Danach lud Belonoz sie ein, neben ihm an seinem Schreibtisch Platz zu nehmen.

»Wir haben einen vierten Mord«, begann Belonoz. »Das ist gar nicht gut. Aber es gibt auch einen Verdächtigen. Der ist mit seinem BMW auf der A1 nahe Wien tödlich verunfallt. Ermittlungen gegen Verstorbene sind nicht vorgesehen. In diesem Fall jedoch wären sie hilfreich. Frau Staatsanwältin?«

Belonoz blickte zu Lily, die sich räusperte.

»Es ist so, wie es Kollege Belonoz geschildert hat«, sagte sie und bemühte sich um einen klaren, selbstbewussten Tonfall. »Aber in diesem Fall liegen besondere Umstände vor. Wir müssen absolut sicher sein, ob die Mordserie abgeschlossen ist oder nicht. Auch die Öffentlichkeit, ganz zu schweigen von den Medien und den Politikern, wird das verlangen. Fehler werden sie uns nicht verzeihen. Falls also Emberger nicht der gesuchte Täter war, gibt es das Risiko weiterer Morde. Als Staatsanwältin autorisiere ich Sie hiermit, Ermittlungen zu Sebastian Emberger anzustellen. Sollte sich jemand darüber beschweren, berufen Sie sich auf mich. Ich übernehme die volle Verantwortung.«

Lily blickte die Anwesenden der Reihe nach an. Die Mienen der Kriminalbeamten hatten sich leicht aufgehellt.

»Jetzt muss ich wissen, was der letzte Stand der Ermittlungen ist.«

Belonoz hob die Augenbrauen. »Also? Emil, Marlene? Was habt ihr zu bieten?«

Kovacs blickte Metka kurz von der Seite an.

»Dann fange ich halt an«, sagte er und ordnete dabei die Unterlagen, die auf seinen Oberschenkeln lagen. »Das Opfer war eine gewisse Selma Jordis. Fünfundzwanzig Jahre alt. In Wien geboren und aufgewachsen. Studentin an der Universität für angewandte Kunst.«

»Was hat sie studiert?«, unterbrach Lily.

Angestrengt blätterte Kovacs in den Unterlagen, bis er die gesuchte Information gefunden hatte. »Das war … genau, Design. Sie war knapp vor dem Abschluss. Offenbar eine sehr gute, tüchtige Studentin, die schon ein paar Preise gewonnen hat.«

»Was wissen wir über die Wohnung, in der sie gefunden worden ist?«

»Sie war dort als Mieterin gemeldet. Seit drei Jahren. Davor hat sie bei den Eltern gewohnt. Ein Jahr hat sie in London verbracht, als Gaststudentin an … irgendeiner königlichen … *Royal* irgendwas … Wo hab ich das jetzt …?«

»Ist ja momentan scheißegal«, warf Belonoz ein. »Was machen die Eltern?«

»Der Vater«, sagte Marlene Metka, »ist Manager bei einer Versicherung. Kein Vertreter oder so, sondern eine Führungskraft.«

»Na sicher. Der kommt manchmal in der Zeitung vor. Stefan Jordis heißt er, wenn ich mich nicht täusche. Direktor der *SecuriGen*. Ein prominenter Mann, jedenfalls in Wiener Wirtschaftskreisen. Da können wir uns darauf einstellen, dass wieder irgendwer Druck auf uns ausüben wird, damit der Fall rasch geklärt wird.«

Belonoz massierte sich das Gesicht, und Metka war wieder am Wort. »Das Haus, in dem Selma Jordis gewohnt hat, gehört auch der *SecuriGen*.«

»Hat sie dort allein gelebt?«, erkundigte sich Lily.

»Anscheinend«, erwiderte Metka.

Lily nickte. Das Muster hatte sich wiederholt. Eine allein lebende Studentin mit Wohnung in einer guten Gegend nahe der Innenstadt.

Sie erinnerte sich an den Tatort. Das Opfer hatte im zweiten Stock eines aufwendig renovierten Altbaus gewohnt. Die Wohnung war geräumig und ruhig, dazu im schon seit Ewigkeiten angesagten siebten Bezirk. Also der Traum aller Studenten, vor allem jener, die sich dergleichen niemals leisten konnten.

Lily schätzte die Wohnungsgröße auf rund neunzig Quadratmeter. Drei Räume mit weißen Wänden, gezielt und geschmackvoll eingerichtet. An den Wänden moderne Kunst, außerdem viele herumstehende Modelle und Entwurfszeichnungen. Eine Hifi-Anlage von Bose, in der ein iPod steckte. Ein großer Flachbildschirm, ein Apple-Computer in einem Raum und ein Apple-Notebook in einem anderen. Stapel von Kunst- und Modezeitschriften. CDs und alte Vinylschallplatten. Ein Regal voller DVDs mit Spielfilmen und Videoclips. Lily hatte bei ihrem Rundgang genauer hingesehen und eine DVD mit Musikvideos von Chris Cunningham entdeckt. Dessen Namen kannte sie von Albine, die oft von dem Regisseur geschwärmt hatte.

»Wir haben schon mit ein paar Nachbarn gesprochen«, sagte Metka gerade, »die geben an, Selma Jordis manchmal in Begleitung eines jungen Mannes gesehen zu haben.«

»Wahrscheinlich ihr Freund«, bemerkte Belonoz. »Sie war ja durchaus attraktiv. Dann wird sie nicht allein gewesen sein.«

Metka verzog kurz den Mund, schwieg aber.

Lily sah zur Stirnseite des Raums. Ein Beamer projizierte mehrere Fotos vom Tatort an die Wand. Dazu eines von Selma Jordis, offenbar ein vergrößertes Passbild. Sie musste hübsch gewesen sein, Belonoz hatte nicht übertrieben. Längeres dunkles Haar, ausdrucksvolle Augen, entspannte Gesichtszüge. Sie wirkte stark, in sich ruhend, gefestigt.

All das war nun zerstört worden durch die Hand des unbarmherzigen Mörders.

»Von einem Freund wissen wir aber noch nichts Definitives«, meldete sich Kovacs zurück. »In der Wohnung haben wir keine Hinweise dazu gefunden. Keine Fotos, die das Opfer mit jemandem zeigen. Auch sonst keine Spuren, dass in der Wohnung jemals ein Mann war. Keine zweite Zahnbürste, keine Kondome, keine Unterwäsche oder Kleidungsstücke, die auf einen Mann schließen lassen.«

So wie bei Magdalena Karner, fiel Lily auf.

»Irgendwelche Spuren im Bett?«, fragte sie.

»Frisch bezogen. Völlig unberührt. Die Tote hat eine Putzfrau gehabt, die jeden Montag gekommen ist. Die hat natürlich auch die Bettwäsche gewechselt.«

»Was ist mit der benutzten Bettwäsche passiert?«

»Die hat die Putzfrau in eine Reinigung gebracht. Wir haben dort schon nachgefragt, aber es ist zu spät. Alles bereits gewaschen.«

»Ist die Putzfrau vernommen worden? Weiß sie etwas über den Freund?«

»Wir haben sie am Handy erreicht. Zum Glück stand ihre Telefonnummer in der Küche auf einem Zettel. Heute Nachmittag können wir mit ihr sprechen. Nur hat sie ein Problem. Sie arbeitet nicht offiziell, sondern schwarz, und daher ist sie irgendwie recht zugeknöpft …«

»Sagen Sie ihr, dass wir nicht vom Finanzamt sind. Was ist mit den Eltern? Den Freund werden sie garantiert kennen, bei so geordneten und wohlhabenden Verhältnissen.«

Metka schüttelte den Kopf. »Die sind im Ausland. Der Vater ist auf Geschäftsreise in Spanien, die Mutter begleitet ihn.«

»Was macht die Mutter beruflich?«

»Früher war sie auch bei der *SecuriGen*, jetzt betätigt sie sich als Malerin. Oder Galeristin. Vielleicht auch beides zusammen, das habe ich noch nicht so genau durchschaut.«

»Vom Tod der Tochter wissen die Eltern schon?«

»Die österreichische Botschaft in Madrid hat sie informiert. Sie wollen so schnell wie möglich zurück nach Wien kommen. Aber sie stehen natürlich unter Schock.«

»Ja … das muss die Hölle sein«, murmelte Lily, bevor sie zur gewohnten Stimme zurückkehrte. »Gibt es schon eine Personenbeschreibung des Freundes?«

»Na ja, eine eher vage«, meldete sich Marlene Metka wieder zu Wort. »Er soll etwa eins fünfundachtzig groß sein, dunkelhaarig und auffallend hübsch. Sagen die Nachbarn.«

»Phantombild?«

»Daran wird gearbeitet.«

»Sehr gut«, sagte Lily.

Erneut schaute sie zur Wand, wo an einer anderen Stelle Bilder zum Fall Karner montiert waren. Dort hing auch ein Foto von Sebastian Emberger.

Ein hübscher junger Mann. Dunkelhaarig. In derselben Nacht, als Selma Jordis zu Tode gekommen war, hatte er sich in der Nähe von Wien aufgehalten.

»Was habt ihr zu den Tatumständen recherchiert?«, fragte Belonoz.

»Zahlreiche, letztlich tödliche Messerstiche«, antwortete Kovacs. »Den Spuren zufolge hat die Tat im Vorzimmer stattgefunden, nahe der Eingangstür. Die Leiche ist vom Täter in eines der großen Zimmer gebracht worden. Dort ist sie auf einer Couch positioniert worden.«

»Parallelen zu den anderen Morden?«

»Na ja, die Stichwunden. Und das Gesicht wurde ihr zerschnitten. Ziemlich arg.«

»Augen?«

»Nein, die Augen sind intakt geblieben. Auch kein Klebeband um den Kopf.«

»Außerdem hat der Mörder bis jetzt immer zwei Wochen zwischen den Taten verstreichen lassen«, sagte Lily. »Und er hat nur an Samstagabenden zugeschlagen.«

Belonoz, der bisher an seinem Schreibtisch gelümmelt hatte, setzte sich aufrecht hin. »Die Frage ist, ob er seine Vorgangsweise verändert hat. Und warum.«

Steffek hatte bisher mit unbeteiligter Miene geschwiegen. »Eine mögliche Erklärung kennt ohnehin jeder hier im Raum. Dass es nicht unser Serienmörder war. Sondern ein Nachahmer. Ein Trittbrettfahrer.«

Im Raum war es still geworden. Draußen rauschte gedämpft der Lärm des Autoverkehrs. Man hörte die penetrante Sirene eines Feuerwehrfahrzeugs, das zu einem Einsatz fuhr.

Niemand mochte die Variante, die Steffek ins Spiel gebracht hatte. War es schon schwer genug, den originalen Serientäter festzusetzen, wäre man dann noch mit einem zweiten Mörder konfrontiert. Der konnte seine Tarnung nur gewählt haben, weil der echte Täter nicht verhaftet worden war. Was in der Verantwortung der Ermittler lag. Das Schlimme wäre als noch schlimmer empfunden worden.

Nein, das durfte nicht wahr sein.

Endlich ergriff Marlene Metka das Wort. »Sicher muss man jede Möglichkeit in Betracht ziehen. Aber da musst du erst einmal die Augenzeugen widerlegen.«

»Welche Augenzeugen?«

»Die aus dem Museumsquartier. Das kann kein Zufall gewesen sein.«

Die Breite Gasse verlief neben dem Museumsquartier. Die Hinterfronten der Häuser auf einer Straßenseite grenzten unmittelbar an das Gelände, wo Museen, Ateliers, Restaurants, Veranstaltungssäle, Büros und Geschäfte untergebracht waren. Spätnachts hatte sich dort eine Gruppe von fünf Schülern aufgehalten. Bewaffnet mit einer Weinflasche und drei Bierdosen hatten sie die am selben Tag bestandene Matura und das Ende ihrer Schulzeit gefeiert. Mit Herumblödeln hatten sie Zeit verschwendet.

Als sie endlich in einen Club hatten aufbrechen wollen, waren ihnen die Polizeiautos in der Breiten Gasse aufgefallen. Neugierig hatten sie sich bei der Absperrung versammelt. Vom Alkohol waren sie zwar kaum beeinträchtigt gewesen, doch beflügelt genug, laut Fragen zu stellen und das Geschehen zu kommentieren.

Marlene Metka war auf sie aufmerksam geworden. Rasch hatte sie herausgefunden, dass sich die Gruppe seit dreiundzwanzig Uhr im Museumsquartier herumgetrieben hatte. Also hatte sie ihnen ganz locker ein paar Fragen gestellt. Darunter auch, ob ihnen irgendetwas Ungewöhnliches aufgefallen sei.

Zuerst hatten die fünf Schüler lachend und grinsend verneint. Das Ungewöhnlichste, hatten sie prustend geprahlt, sei das Bestehen der Matura gewesen. An das hätten sie nie geglaubt.

Bis einer von ihnen gemeint hatte, dass der Mann mit dem Helm ja ebenfalls ganz schön ungewöhnlich gewesen sei. Feixend hatten ihm die anderen zugestimmt.

Da hatte sich Marlene Metkas Puls beschleunigt.

Ein Mann. Mit einem *Helm*.

Betont harmlos hatte sie sich erkundigt: »Da gehen im Museumsquartier also Leute herum und haben einen Helm auf?«

»Könnte ein neuer Modegag sein«, hatte einer der Maturanten gegrölt und gelacht.

»Wie hat er ausgesehen?«

»Na ja, total in Schwarz … Leder, glaube ich … So ist der durchs Museumsquartier marschiert. Unfassbar, wie der Typ drauf gewesen sein muss. Aber irgendwie cool. Was der geschluckt hat, möchte ich echt nicht wissen.«

Metka hatte kein Wort mehr gesagt. Die Maturanten hatten auf das Weiterfeiern verzichten und ihre Aussagen zu Protokoll geben müssen.

Die Angaben der jungen Männer hatten sich mit dem gedeckt, was Lily vom Voyeur Horvath im Verhör anvertraut worden war. In der Nacht von Magdalena Karners Ermordung habe er in ihrer Wohnung eine fremde Person beobachtet. Sehr langsam sei diese Person durch die Wohnung geschritten. Und sie habe einen Motorradhelm getragen und sei in einen Overall aus schwarzem Leder gekleidet gewesen. Dies sei durch den Feldstecher ganz klar feststellbar gewesen.

Er sei dann, hatte Horvath behauptet, ein Nachtsichtgerät holen gegangen. Bei der Rückkehr sei die Person jedoch wieder verschwunden gewesen.

»Sind diese Zeugen wirklich glaubwürdig?«, insistierte Steffek.

»Sie sind es durch ihre Aussagen«, sagte Metka. »Bis zum gestrigen Verhör von Horvath war das absolutes Täterwissen.«

»Könnte das nicht Zufall sein? Ich meine, dass eben zufällig irgendein Motorradfahrer dort durchmarschiert ist?«

»Das wären ziemlich viele Zufälle«, sagte Kovacs. »Da passiert ein Mord an einem jungen, allein lebenden Mädchen in Wien, danach berichtet ein Zeuge von einer Person in schwarzem Ledergewand. Und zufällig kommt in der Nähe des nächsten Tatorts eine Person vorbei, die genau so ausschaut? Sorry, aber wenn das Zufall sein soll, wird die …«

»Eigentlich haben Sie alle recht«, unterbrach Lily.

Die Blicke richteten sich auf sie.

»Ist übrigens den Zeugen an dem Motorradfahrer etwas aufgefallen? Irgendwas, das unpassend gewirkt hat? Jetzt einmal vom Helm auf dem Kopf abgesehen …«

Kovacs schüttelte den Kopf. »Nur dass die Person irgendwie leicht orientierungslos herumgeschaut haben soll und dann weitergegangen ist.«

»Sonst nichts?«

»Nein. Wieso?«

»Mir ist gerade eine Idee gekommen, Herr Kovacs … Aber momentan interessieren mich mehr die Unterschiede zu den bisherigen Morden. Wie war das noch einmal mit … ich meine, wie genau ist die Tat entdeckt worden?«

»Eine Nachbarin will Schreie gehört haben«, sagte Metka. »Sie hat sich beschweren gehen wollen, weil sie ein kleines Kind hat, das schlafen soll. Auf dem Gang hat sie Blutspuren bis zur Tür von Selma Jordis gesehen. Da hat sie sofort die Polizei alarmiert.«

Lily erinnerte sich an das Haus. Ein relativ schmaler Altbau. Gut möglich, dass man trotz der dicken Mauern mitbekam, was sich in anderen Wohnungen abspielte. Zumal wenn heftig geschrien wurde.

Die betagten Wohnungstüren erschienen vergleichsweise undicht. Und die Blutspuren hatte Lily noch selbst gesehen.

»Herr Major«, fragte sie, »wie sind die Unterschiede in der Tatausführung zu beurteilen?«

Belonoz sah sie unschlüssig an. »Zwei Möglichkeiten. Entweder ist der Täter gestört worden und hat vorzeitig abbrechen müssen. Vielleicht war er noch in der Wohnung und hat die Nachbarin auf dem Gang bemerkt. Oder er hat sich bewusst anders verhalten. Aus welchem Grund auch immer. Dazu müssten wir ihn befragen.«

Lediglich Nika Bardel hatte bisher nichts beigetragen. Jetzt schaute sie Lily zum ersten Mal frontal an, ihre Augen wirkten leicht zusammengekniffen. »Halten Sie es für möglich, Frau Doktor, dass der schwarzlederne Motorradfahrer ein Zufall war, und …«

»Ganz im Gegenteil. Das war kein Zufall. Davon bin ich überzeugt.«

Gedankenverloren schwieg sie einen Moment, bevor sie fortfuhr. »Jedenfalls wissen wir aus der Kriminalpsychologie, dass Serientäter dazu neigen können, ihr Verhalten zu variieren. Und dass die Abstände zwischen den Taten unter Umständen kürzer werden. Die Befriedigung hält nicht mehr so lange an. Dazu sollte man noch einen Experten konsultieren.«

»Genau«, sagte Belonoz.

»Falls es sich so verhält, ist das kein gutes Zeichen. Es bedeutet, dass uns die Zeit davonläuft, wenn wir neue Opfer verhindern wollen.«

»Sollte Emberger der Mörder gewesen sein, sieht die Sache anders aus.«

»Nein, Herr Major. Auch dann ist zu befürchten, dass es weitere Opfer geben wird.«

Belonoz sah die Staatsanwältin interessiert an. »Wie soll ich das verstehen?«

»Dass wir jetzt …«, begann Lily, wurde jedoch vom Läuten ihres Handys unterbrochen. Sie sah auf das Display und sprach ins Gerät: »Ich rufe Sie zurück, die Besprechung mit Major Belonoz ist gleich zu Ende.«

Sie stand auf und ging eilig in Richtung Tür. »Das war Lenz. Was wollte ich sagen … Ich schlage vor, wir alle treffen uns heute Nachmittag um siebzehn Uhr hier zu einer weiteren Besprechung. Bis dahin bleiben wir in Verbindung, Herr Major. Viel Glück!«

Lily verließ den Raum. Belonoz hob seine Augenbrauen.

»Ich habe sie mir anders vorgestellt«, sagte Marlene Metka.

»Sie ist nicht, wie sie aussieht«, murmelte Belonoz. »Das täuscht. Sie ist nicht zart und zerbrechlich.«

»Was bitte hat sie damit gemeint, dass es weitere Opfer geben könnte, auch wenn Emberger der Mörder ist?«, fragte Kovacs.

»Sie hat nur ausgedrückt, dass … Wir machen einfach weiter. Egal was Frau Horn gerade denkt oder nicht.«

Belonoz teilte das Team auf. Steffek und Bardel sollten sich um den Fall Karner kümmern, Kovacs und Metka würden weiter die Ermittlungen zum Mord an Selma Jordis koordinieren.

»Ich erwarte, dass mit Hochdruck gearbeitet wird und euch nicht der geringste Fehler unterläuft«, sagte Belonoz, während sich sein Team erhob. »Frau Horn macht den Eindruck, dass sie uns genau auf die Finger schauen möchte. Sie ist nicht unsere Freundin. Sie ist und bleibt eine Staatsanwältin.«

*

Die Mannschaft kam gegen halb zwölf Uhr mittags. Auf Verständnis traf sie nicht.

»Wie können Sie uns ausgerechnet jetzt belästigen?«, fragte die Mutter von Sebastian Emberger.

Ihr Gesicht war blass, dunkle Ringe unter den Augen, das Haar zerzaust. Ihre Stimmung schwankte zwischen Aggression und Depression. Gewiss war sie verzweifelt. Doch man merkte immer noch, dass sie es gewohnt war, das Kommando zu führen.

»Ist es so schwer zu verstehen, in was für einem Zustand wir uns befinden?«, schrie Barbara Emberger. »Geht euch jedes Gefühl für das Leid anderer Menschen ab? Was habt ihr nur für einen Beruf!«

Mit gelassenem Interesse hatte Descho zugehört. Keinesfalls

würde er sich zu einem unbedachten Wort, zu einem respektlosen Benehmen provozieren lassen. Er musste rücksichtsvoll und zugleich bestimmt auftreten.

»Ganz im Gegenteil, Frau Emberger«, sagte er und ließ seine sanfteste, geradezu verführerische Simme erklingen. »Wir haben volles Verständnis für Ihre Gefühle. Und für die Gefühle der Eltern von Magdalena Karner. Im Moment ist es wichtig, Klarheit zu schaffen. Das wird etwas sehr Beruhigendes sein, für alle Seiten. Dass wir Ihre Ruhe stören müssen, bedauern wir zutiefst.«

Überrascht von diesem Tonfall blickte Barbara Emberger ihn wortlos an.

Er drehte sich zu seinen Leuten um, nickte kurz und trat ins Haus. Das war Deschos erste Begegnung mit der Mutter des Verdächtigen. Als er nach dem Sohn gefahndet hatte, waren die Eltern nicht zu Hause gewesen, bloß die Hausangestellte.

»Es wird nicht lange dauern«, sagte einer der Kriminalbeamten.

»Vermutlich«, erwiderte Descho und war froh darüber.

Er mochte dieses Haus nicht. Hier war alles reine Dekoration. Trotz der vielen Möbel im alpenländischen Stil mitsamt flauschigen Teppichen und gemusterten Tapeten war die Villa so leer wie die Menschen, die hier wohnten. Embergers Zimmer war ein Rückzugsraum gewesen. Die Reduktion auf das Wesentliche in seinem persönlichsten Bereich sprach für sich. Dadurch hatte er es geschafft, den Rest des Gebäudes auszuhalten.

Dennoch hoffte Descho, in diesem Zimmer auf Hinweise zu stoßen. Hinweise worauf auch immer. Wenigstens ansatzweise sollte sich das Rätsel um Embergers Tod lösen lassen.

Eine Stunde später hatte der Raum noch immer nichts offenbart. Er war so eigenschaftslos und uninteressant wie zu Beginn der Durchsuchung. Das gesamte Inventar war auf das Genaueste kontrolliert worden. Hohlräume in Möbeln oder sonstige Verstecke hätte man entdeckt.

Descho war tief enttäuscht. Sein Blick fiel auf den grauen Spannteppich. Erstaunlich abgewetzt für ein Haus, das ansonsten auf Hochglanz poliert war.

»Weg damit«, sagte Descho.

Mit größter Sorgfalt machten sich die Beamten an die Entfernung. Doch es ging ohnehin ganz leicht. An einigen kleinen Stellen hatte sich der Teppich bereits gelockert und war nicht wieder angeklebt worden. Nun sah man den blanken Betonboden.

Und ein paar gefaltete Bögen Papier.

Sie mussten durch eine Lücke unter den Teppich geschoben worden sein.

»Aha«, sagte Descho und atmete tief ein.

Er zog sich einen Latexhandschuh an, beugte sich hinunter und nahm den Fund an sich. Es waren drei Seiten, gefüllt mit einer sehr runden und sehr großen Handschrift. Eilig überflog Descho die Zeilen.

Niemand war zu sehen, als die Beamten die Villa verließen. Keine Verabschiedung, nichts. Während der Fahrt in die Salzburger Innenstadt griff Descho zum Handy.

»Unter dem Teppich. Drei vollbeschriebene Seiten. Sobald ich im Büro bin, scanne ich sie und maile sie nach Wien. Anschließend schauen wir nach, was der Laptop hergibt. Kein zweites Handy. Dafür ein paar DVDs und USB-Sticks, und ein externer Datenspeicher.«

Descho schwieg kurz und lauschte.

»Nein, da war gar nichts«, erwiderte er schließlich. »Keine Lederjacke. Auch sonst kein Helm oder irgendetwas, was einem Motorradfahrer gehören könnte. Motorrad hat er keines besessen. Nicht einmal einen Motorradführerschein, Frau Doktor Horn.«

13

Nostalgie.

Das empfand Lily, als sie am offenen Fenster ihres Büros stand. Es war halb zwei Uhr nachmittags, und sie schaute hinunter auf die Landesgerichtsstraße. Ihr Blick schweifte bis zur Kreuzung mit dem Frankhplatz. Junge Leute, allein oder in Gruppen, waren zu sehen. Viele Studenten, manche zielstrebig unterwegs, mit dem Fahrrad oder zu Fuß, andere dahinschlendernd oder völlig konzentriert in ihr Handytelefonat vertieft. In der Nähe lag der Campus der Wiener Universität, nur unwesentlich weiter weg die Medizinische Universität.

Da war das junge Leben, ungezwungen, frei, unschuldig. Das pure Existieren. Getrieben von der Lust, sich Wissen anzueignen, oder dem Druck, Prüfungen zu bestehen. Und über all dem nicht die persönliche Glückserfüllung zu vergessen.

In diesem Augenblick fühlte sich Lily stark hingezogen zu diesem vermeintlich sorgloseren Dasein. Zugleich war ihr bewusst, dass diese Existenz bloß eine auf Zeit war.

Sie vermisste die einstige Unbeschwertheit. Das stärkere Maß an Selbstbestimmtheit und Selbstverantwortung. Die Möglichkeit, eigenen Maßstäben zu genügen.

Es klopfte an der Tür. Der Kopf von Oliver Seiler ragte ins Zimmer.

»Ciao, Lily. Hast du schon zu Mittag gegessen?«

»Keine Zeit. Ich hab dermaßen viel zu tun.«

»Ich verstehe. Aber es gibt jetzt ein großartiges serbisches Restaurant ganz in der Nähe. Alles sehr authentisch und mit viel Knoblauch.«

»Danke, Oliver, das klingt sehr verlockend. Aber völlig unmöglich. Ich muss hier vorankommen. Vielleicht morgen? Das ist aber ein unverbindliches Angebot, also falls nichts dazwischenkommt.«

Er nickte verständnisvoll. »Also vielleicht bis morgen. Du wirst meiner Einladung nicht entgehen. Das ist kein Versprechen, sondern eine Drohung …«

»Gerne«, sagte Lily lächelnd.

Seiler lächelte zurück und schloss die Tür.

Lily war wieder allein mit dem Fall. Die gesamten Unterlagen hatte sie auf dem Schreibtisch ausgebreitet. Sie benötigte das haptische Erleben eines Falles. Alles am Bildschirm abzurufen, reichte ihr nicht. Sie wollte das Papier betasten und mit ihm hantieren.

Die Zeit zerrann wie Butter in der Sonne. Der Oberstaatsanwalt hatte sich schon am Vormittag nach dem Fortgang der Ermittlungen erkundigt. Die Anfragen der Medien trafen im Minutentakt ein, Lily hatte sie an die Pressesprecherin der Staatsanwaltschaft delegiert.

Deshalb musste endlich mit Belonoz über eine Pressekonferenz geredet werden. Um den Journalisten entgegenzukommen, sie vielleicht von überbordenden Spekulationen abzuhalten. Die Medienleute sehnten sich nach einem Gesicht, das sie mit den Ermittlungen verbinden konnten. Also würde Lily ihres hinhalten. Nur das hätte Glaubwürdigkeit. Eine beliebige Pressesprecherin war bloß eine Übergangslösung.

Sie ging zu ihrem Schreibtisch. Der erste Mord war der an Sabine Foltinek gewesen. In einer Samstagnacht vor vier Wochen. Lily begutachte die Fotos der geschundenen Leiche, danch ging sie die Berichte und Einvernahmen durch. Eine Stunde später hatte sie ein klareres Bild gewonnen.

Foltinek hatte allein in einer Wohnung im dritten Bezirk gewohnt, in der Landstraßer Hauptstraße. Der Balkon, auf dem sie gefunden worden war, lag in einem recht großen Innenhof. Das Opfer war in einem Gartenstuhl positioniert worden, daneben hatte sich ein kleines Tischchen mit zwei leeren Weinflaschen und drei Gläsern befunden. Über Foltineks Kopf hatte der Täter eine Zeitung ausgebreitet. Was die späte Reaktion der Nachbarn verursacht hatte. Da ruhe sich nur jemand von einer durchzechten Nacht aus, hatten sie vermutet.

Auch sonst war es kein Wunder, dass der Tathergang unbeobachtet geblieben war. Jener Samstagabend im Mai war schon sehr warm gewesen. Niemand hatte sich um das Geschehen im dunklen Innenhof gekümmert. Die meisten Hausbewohner waren ausgegangen, hatten die letzte Ausgabe einer beliebten Fernsehshow gesehen, zu Abend gegessen oder waren bereits schlafen gegangen. Erst Stunden später, im Tageslicht, war jemandem die seltsame, reglose Person auf dem Balkon aufgefallen. Danach die mit dunkelroten Flecken übersäte Bluse. Und die Fliegen.

Ob sich fremde Personen im Haus aufgehalten hatten, vermochte niemand zu sagen. Der Mörder war gekommen, hatte sein Werk vollbracht und war wieder in die Nacht verschwunden. Ungeklärt war, wie er in das Haus gelangt sein konnte. Ebenso, warum das Opfer die Tür geöffnet hatte. Dort war der erste Angriff des Täters erfolgt. Als Sabine Foltinek tot oder zumindest schwerverletzt gewesen war, war sie von ihrem Mörder auf den Balkon transportiert worden.

Kaum Aufschlüsse bot die Obduktion. Die letzte Mahlzeit war nachgewiesen worden. Das Personal eines nahe gelegenen Restaurants hatte bestätigt, dass sie dort allein Sushi bestellt und abgeholt hatte. Später hatte sie reichlich Rotwein der Sorte Sankt Laurent getrunken. Was die Erklärung dafür sein mochte, dass sie an der Wohnungstür angesichts des Täters falsch reagiert hatte.

Bei den Ermittlungen waren Seiler und Belonoz nach dem üblichen Schema vorgegangen. Alle denkbaren Varianten waren untersucht worden, vom engsten Freundeskreis über Verwandte und entfernte Bekannte bis hin zu den Hausbewohnern. Nichts war dabei herausgekommen.

Und eine Schlüsselperson war ausgefallen. Jemand, der in vergleichbaren Situationen sofort als idealer Verdächtiger betrachtet worden wäre.

Gewiss war Sabine Foltinek in Wiener Clubs und Diskotheken gerne und oft zu Gast gewesen.

Was Beziehungen betraf, war sie dagegen vergleichsweise zurückhaltend gewesen. Sie hatte einen festen Freund gehabt. Felix Bawart, einen zwölf Jahre älteren Immobilienhändler, den sie nach ihrer Übersiedlung von Klagenfurt nach Wien kennengelernt hatte. Und sie hatte es bei dieser Beziehung belassen. Andere Liebhaber hatten nicht ermittelt werden können. Allzu aufdringliche Verehrer musste Foltinek auf Distanz gehalten haben. Ungeachtet des vielen Feierns war sie ein bodenständiger Mensch gewesen. Und zurückhaltend, wie enttäuschte Verehrer und weitere Zeugen eindringlich bestätigt hatten.

Also Felix Bawart. Er hätte für die Ermittler einen Ansatzpunkt darstellen können. Theoretisch.

Wenn Bawart nicht begraben worden wäre. Vier Tage vor dem Mord an seiner Freundin. Er hatte sich umgebracht. Erschossen, ein eindeutiger Selbstmord.

Die Möglichkeit einer Beziehungstat schien in weite Ferne gerückt.

Aber ein sexueller Hintergrund ist damit nicht ausgeschlossen, dachte Lily.

Jedenfalls aus Sicht eines Mörders, der sich am Leiden des Opfers erregte. Wenngleich die Tatortgruppe am Leichnam keine Spermaspuren festgestellt hatte.

Damals hatten sich die Medien nicht sonderlich für die Tat interessiert. Die Berichte, die Lily im Netz fand, waren unergiebig und schlampig formuliert. Da gab es eben eine Kärntner Studentin, die in ihrer Wiener Wohnung erstochen worden war. Wenig aufregend für eine Stadt mit zwei Millionen Einwohnern. Zudem hatte Seiler den Journalisten zwei wesentliche Details vorenthalten. Mit ausgestochenen Augen und einem verklebten Kopf konnten somit die Phantasien des Publikums nicht angeheizt werden.

Der Mord hatte lediglich als weiterer Beleg für die Behauptung gedient, Wien würde immer unsicherer werden. Zumal *Clip24* sich entsprechend hervorgetan hatte. Wobei man es damals noch nicht gewagt hatte, Vizebürgermeisterin Lohner direkt zu kritisieren.

Mit dem zweiten Mord hingegen hatten die Spekulationen und Warnungen eingesetzt.

Lisa Back, drei Monate jünger als Sabine Foltinek, war auf ähnliche Weise ermordet worden. Samt ausgestochenen Augen und Klebeband um den Schädel.

Noch weitere Parallelen hatten die Ermittler notiert. Wieder war das Opfer Studentin, wieder aus einem Bundesland, nämlich Oberösterreich, nach Wien übersiedelt, wieder im Bereich der Eingangstür zu ihrer Mietwohnung niedergestochen worden.

Auch Lisa Back hatte allein gelebt, in der Millergasse, im bürgerlichen sechsten Bezirk. Ein Altbau mit einem engen, kleinen Hof. Rund dreißig Einstiche im Bereich von Hals und Oberkörper hatte Gerichtsmediziner Dalik konstatiert. Die Leiche war vom Täter sitzend auf einer Couch drapiert worden. Die Fenster waren geöffnet worden, später waren die Fliegen gekommen. Auch in jener Mainacht war es warm gewesen.

Dalik zufolge war der Mord zwischen drei und vier Uhr nachts ausgeführt worden, in den frühen Morgenstunden des dreißigsten Mai. Etwa acht Stunden später hatte eine junge Frau entsetzt die Polizei alarmiert. Mit Lisa Back war sie zum gemeinsamen Lernen verabredet gewesen. Stattdessen hatte sie die mit eingetrockneten Blutspritzern übersäte Tür vorgefunden.

Eine Viertelstunde später waren die ersten Polizisten am Tatort eingetroffen und hatten Mordalarm ausgelöst. Belonoz war gegen dreizehn Uhr gekommen.

Erneut hatten die Ermittlungen keine konkreten Ergebnisse gezeitigt. Nicht der Hauch eines Verdachts hatte sich gegen irgendjemanden ergeben.

So war die Ahnung aufgekommen, es mit einem Serientäter zu tun zu haben. Als Erster hatte Belonoz diese Variante in den Raum gestellt, Seiler war ihm beigesprungen.

Und sämtliche Resultate der Tatortgruppe wie der forensischen Untersuchung hatten die These erhärtet.

Dagegen hatte Vizebürgermeisterin Lohner von bedauerlichen Einzelfällen gesprochen. Von einem möglichen Trittbrettfahrer. Alles sehr traurig, aber nichts, was die breite Bevölkerung beunruhigen sollte. Eindringlich hatte sie die Opposition gewarnt, aus dem Leid der Opfer politisches Kapital zu schlagen.

Lily stand vom Schreibtisch auf und streckte die Glieder. Sie schenkte sich ein Glas Mineralwasser ein und trank es rasch. Danach noch eines. Die Lektüre der Akten war deprimierend.

Weil sie um den Tod junger Frauen kreisten. Und keine Hoffnung versprachen.

Der Täter konnte dem Treiben der Behörden aus sicherer Entfernung zuschauen. Und alles genießen.

Es schien, als müsste man auf einen rettenden Zufall warten, der den Schuldigen überführen würde.

Jetzt gab es Sebastian Emberger, den sein Verhalten verdächtig gemacht hatte. Allerdings war er tot und würde nie mehr Fragen beantworten können. Immerhin gestaltete sich die Ermittlungsarbeit leichter, wenn sie eine bestimmte Person betraf. Gegen einen sich geschickt verbergenden Einzelgänger hatte man kaum Chancen.

Falls sich Emberger nicht als Täter entpuppte, ging die Jagd im Dunkeln weiter. Und es würde weitere Opfer geben.

Lily dachte über die Parallelen zwischen den Opfern nach. Allein in ihren Wohnungen lebende Mädchen. Studentinnen. Mindestens drei von ihnen nicht aus Wien stammend, bei Selma Jordis stand das noch nicht fest.

Weshalb sollte der Täter gerade solche Mädchen auswählen? Woher hatte er die nötigen Informationen?

Und wie waren die Unterschiede zwischen den ersten beiden Morden und den neuesten zwei zu erklären? Was hatte den Täter zu einer veränderten Vorgangsweise bewogen? Warum hatte Magdalena Karner noch gelebt, als ihr die Augen ausgestochen und der Kopf verklebt worden waren? Wieso war darauf im Fall Jordis verzichtet worden? Weshalb hatte der Täter nicht zwei Wochen bis zum nächsten Mord verstreichen lassen?

Lily fühlte sich an den Mathematikunterricht in der Schule erinnert. Es war wie bei der Mengenlehre. Es gab verschiedene Elemente. Auf einige trafen bestimmte Eigenschaften zu, auf andere nicht. Nur wenige Merkmale galten für alle Elemente. Die Schnittmenge war relativ klein.

Und dann war da noch die Person, die in schwarzes Leder gekleidet war und einen Helm trug. Der Mörder, der aus der Deckung getreten war. Um nur noch mehr Fragen aufzuwerfen.

Lily trank ein weiteres Glas Mineralwasser, dann rieb sie sich die Augen. Belonoz hatte schon recht gehabt. Die Hilfe eines Kriminalpsychologen wäre angebracht. Vielleicht würde der Licht ins Dunkel bringen.

Das Handy läutete.

»Kommen Sie heute noch?«, fragte er.

Lily sah auf die Uhr. Um Himmels willen, es war bereits kurz nach siebzehn Uhr. »Ich bin gleich da!«

Über dem Aktenstudium war die Zeit verflogen. Zusätzlich meldete sich auch noch eine entsetzliche Leere im Magen.

Vor dem Grauen Haus winkte Lily ein Taxi herbei. »Ecke Berggasse/Roßauer Lände, und ich habe es eilig.«

Grantig zog der Fahrer eine Grimasse. »Das ist doch mit dem Auto nur drei Minuten entfernt.«

»Und zu Fuß eine Viertelstunde«, sagte Lily genervt, während sie ihre Sonnenbrille aufsetzte.

*

Spontaneität zählte nicht zu seinen ausgeprägten Eigenschaften. Er liebte die genaue Planung und verabscheute jegliche Improvisation. Deshalb vermied er die Konfrontation mit für ihn überraschenden Situationen. Da war ihm noch nie wirklich viel eingefallen.

Nach außen tat er so, als wäre er ein vor Ideen strotzender Mann der Tat. Seine engsten Mitarbeiter kannten Berti Stotz als jemanden, der sich stets wie ein Schauspieler auf die nächste Szene vorbereitete. Dies verlieh ihm die Selbstsicherheit, die er so gerne demonstrierte.

Jetzt war die Situation wieder einmal viel zu komplex für ihn. Er brauchte dringend Hilfe. Starr vor Angst, wusste Stotz nicht, welchen Schritt er als nächsten tun sollte.

»Ich kenne mich nicht aus«, sagte er wütend. »Ist der Mörder gefasst oder nicht, sind die Morde aufgeklärt, hab ich die Lohner zu Recht verschont oder wie ist das?«

Stotz telefonierte mit seiner Vertrauensperson, die ihm Informationen aus dem Polizeiapparat verschaffte.

Der Informant blieb geschäftsmäßig kühl. »So klar steht das noch nicht fest. Was auch kein Wunder ist. Niemand will in eine Falle tappen und voreilig den Sieg verkünden. Also halten sich alle möglichst bedeckt und warten darauf, dass sich andere hervorwagen.«

»Die sollen gefälligst ihre Arbeit machen. Ich brauche Klarheit. Außerdem …«

»Was?«

»Bonino hat mich gerade angerufen. Von denen kommt noch was. Heute Abend.«

»Angenehmes oder Unangenehmes?«

»Was weiß ich, wie sich das auswirken kann.«

»Brauchst du jemanden, der als Mörder in Frage kommt?«

»Der Mörder ist mir wurscht. Ich bin keine junge Studentin. Und Marina wird ihm zu alt sein, darauf darf man gar nicht erst hoffen. Nein, es muss jetzt eine Lösung her. Und diese Tussi von der Staatsanwaltschaft …

»Ja, die macht sich ganz gut«, sagte der Informant und lachte ironisch.

»Von der habe ich mir was anderes erwartet. Stattdessen führt sie jetzt ein Theater auf, verhaftet irgendwen, macht eine Durchsuchung in Salzburg. Die spinnt ja total. Was glaubt die eigentlich, wer sie ist? Früher haben Staatsanwälte immer schön um Erlaubnis gebeten. Für jeden kleinsten Schritt. Jedenfalls in den heiklen Fällen.«

»Also?«

»Punkt eins ist, dass man die Staatsanwaltschaft in die Schranken weist. Punkt zwei ist Marina. Man muss beiden irgendwas anhängen. Und sie in der Öffentlichkeit bloßstellen.«

»Das geht nicht so schnell.«

»Mach einfach weiter. Und beeil dich. Ich sag dir schon, was zu tun ist.«

»Und die andere Sache?«

»Seiler kommt später dran. Punkt drei, sozusagen.«

*

»Wir sollten mit Emberger anfangen«, sagte Lily um siebzehn Uhr zwölf.

Schnell atmend war sie in den Besprechungsraum geplatzt und glücklich über die Klimaanlage. Belonoz lümmelte müde herum, Steffek sah verschwitzt aus, Bardel malte nervös mit einem Kugelschreiber auf einem Notizblock herum. Metka und Kovacs erinnerten an Zombies, seit den frühen Morgenstunden waren sie auf den Beinen.

»Okay. Edi, du bist gefragt.«

Der Angesprochene warf einen kurzen Blick in seine Unterlagen und fixierte Lily. »Fremdverschulden beim Tod von Sebastian Emberger ist nach derzeitigem Wissensstand auszuschließen.«

»Mit welcher Begründung?«, fragte Lily.

»Es gibt keinen Hinweis darauf, dass ein anderes Fahrzeug involviert war. Kein Defekt beim Motor, bei den Bremsen oder den Reifen. Die Sicht war zum Zeitpunkt des Unfalls durchaus in Ordnung, die Fahrbahn trocken …«

»Wann soll das gewesen sein?«

»Um dreiundzwanzig Uhr zweiundfünfzig ist die Verbindung zwischen Embergers Handy, das im Auto lag, und dem nächsten Sender abgebrochen.«

»Das Handy ist zerstört worden?«

»Der Wagen ist teilweise ausgebrannt.«

»Was weiß der Mobilfunkbetreiber?«

»Emberger war in dieser Nacht nicht nur im Umkreis von Wien, sondern auch in Wien selbst. Das heißt, sein Handy natürlich. Aber es ist kaum vorstellbar, dass er es jemand anderem überlassen hat.«

»Eher nicht, aber man darf nichts ausschließen. Nehmen wir für den Moment an, dass er tatsächlich in Wien war. Wo genau?«

»Zum Beispiel im Zentrum.«

»Eventuell in der Nähe der Breiten Gasse?«

»Im Bereich des dortigen Senders.«

»Das steht fest?«

»Ja. Wobei ein solcher Sender schon …«

»Zurück zum Unfall.«

»Gut«, sagte Steffek leise und räusperte sich. »Bremsspuren hat es nicht gegeben. Emberger ist offenbar direkt und ohne die Geschwindigkeit zu verringern gegen einen Betonpfeiler gerast. Danach hat sich das Fahrzeug mehrmals überschlagen. Durch Funkenflug ist der Motor explodiert.«

Lilys Augen wurden schmal. »Das geschieht eigentlich eher selten, oder irre ich mich?«

»Das stimmt, Frau Doktor«, mischte sich Belonoz ein. »Nicht so häufig wie in Actionfilmen. Aber wenn man Pech hat … Das wissen die ganzen Freizeitraser natürlich nicht. Die sitzen in ihren technisch aufgemotzten Karossen und glauben, dass sie Niki Lauda sind. Und nicht einmal der war unverwundbar.«

Lily nickte nachdenklich. »Selbstmord oder Unfall, Herr Steffek?«

»Schwer zu sagen. Oft gibt es scheinbar normale Unfälle, die in Wahrheit Selbstmorde oder Selbstmordversuche waren. Das eine oder das andere nachzuweisen, ist meist schwierig.«

»Irgendwelche interessanten Spuren?«

»Einige.«

»Im Wrack?«

»Genau.«

»Machen Sie's bitte nicht so spannend, Herr Steffek«, sagte Lily ungeduldig.

»Entschuldigung. Unsere Leute haben Spuren von verbranntem Leder festgestellt.«

»Na bitte, das ist doch was«, sagte Belonoz und streckte sich gähnend.

Steffek blickte zögerlich von Lily zu Belonoz und wieder zurück. »Leider dürften diese Spuren von den Schuhen des Toten stammen. Er hat schwarze Lederslipper getragen. Dazu schwarze Jeans mit einem Ledergürtel und ein weißes Polo-Hemd. Einen Motorradhelm oder Reste davon haben wir nicht gefunden. Auch kein Messer oder dergleichen.«

Mit beiden Händen strich Lily ihre Haare straff zurück. »Falls Emberger der Mörder war, müsste er die Utensilien zurückgelassen haben. Wird danach gesucht?«

»Meter für Meter im Umkreis der Breiten Gasse. Außerdem wird uns die Müllabfuhr umgehend informieren, falls irgendwo schwarze Lederbekleidung oder ein Motorradhelm gefunden werden. Den Zusammenhang mit den Mordfällen haben wir natürlich nicht erwähnt.«

»Na gut, wenn wir Pech haben, stellt dort jemand die richtigen Zusammenhänge her und … Aber egal. Jetzt zum Fall Jordis, bitte.«

Belonoz wies mit ausgestrecktem Arm in Richtung Kovacs und Metka. »Los geht's.«

»Das Wichtigste wäre«, sagte Marlene Metka, die ihren Kopf mit der Hand abstützte und sichtlich müde war, »dass sich die Hinweise auf diesen Freund oder Bekannten verdichtet haben.«

»Auf den hübschen Dunkelhaarigen?«, fragte Lily hoffnungsfroh.

»Das ist die gute Nachricht. Wir haben uns unter den Leuten umgehört, die mit Selma Jordis studiert haben. Ein paar haben sie in seiner Begleitung gesehen. Anhand der Zeugenaussagen könnte man ein Phantombild erstellen.«

»Moment, Frau Metka … wieso ein Phantombild?«

Metka setzte ein bitteres Lächeln auf. »Und das ist die schlechte Nachricht. Alle kennen ihn bestenfalls vom Sehen. Sie haben die beiden auf der Straße getroffen, in Lokalen, bei Partys. Nur, wie er heißt …«

Lily schüttelte genervt den Kopf. »Das darf doch nicht wahr sein.«

»Übrigens haben wir allen ein Foto von Sebastian Emberger gezeigt. Niemand hat ihn erkannt. Der scheidet also aus. Obwohl es rein äußerlich tatsächlich Ähnlichkeiten geben könnte.«

»Kann man den Zeugen vertrauen?«

»Durchaus, zum derzeitigen Stand. Einige haben ein paar Worte mit dem Unbekannten gewechselt. Aber nur Oberflächliches. Insgesamt hatten viele den Eindruck, dass Selma Jordis in letzter Zeit noch zurückhaltender war als üblich.«

»Wie hat sich das ausgedrückt?«

»Sie hat sich abgekapselt. Und sich immer schnell verabschiedet, wenn sie in seiner Begleitung jemanden getroffen hat.«

»Gibt es denn nicht irgendwelche beste Freundinnen, die uns helfen könnten?«

»Klar. Selma Jordis hat eine wirklich enge Freundin gehabt.«

Lily blickte Metka erstaunt an. »Nur eine?«

»Leider. Sie heißt Ulla Koppel.«

»Mit ihr hat man schon geredet?«

»Ulla Koppel befindet sich bis Anfang Juli in Barcelona. Ein Stipendium, Erasmus heißt das, glaube ich … Wir müssen erst herausfinden, wie wir sie kontaktieren können.«

»Das ist absolut dringend. Und sonst?«

»Selma Jordis war ein Einzelkind. Sie hat sich komplett auf ihr Studium konzentriert. Die Kontakte zu Mitstudenten waren nicht besonders tiefschürfend. Sonstige echte Freunde haben wir nicht finden können. Mit einer Ausnahme. Nicole.«

»Und wer soll das sein?«, fragte Lily stirnrunzelnd.

»Gute Frage. Wir kennen nur den Vornamen. Eine junge blonde Frau Anfang oder Mitte zwanzig. Etwa gleichaltrig wie Selma Jordis. Seit einem halben Jahr ist sie regelmäßig zusammen mit Selma Jordis gesehen worden. Die beiden haben sich offenbar ganz gut verstanden.«

»Seit wann hat die Bekanntschaft oder Beziehung zwischen Jordis und dem unbekannten Hübschen bestanden?«

»Erst zwei Monate. Niemand hat ihn jemals früher mit ihr getroffen.«

»Also zwei Unbekannte. Ein junger Mann, eine junge Frau. Ein Vorname.«

Kovacs meldete sich zu Wort, seine Stimme klang nun besonders sonor. »Wir warten auf die Eltern von Selma Jordis. Sie landen heute Abend in Wien. Kommen aus Barcelona. Dort haben sie auch diese Ulla Koppel getroffen, wie ich gehört habe. Vielleicht ergibt sich aus dieser Konstellation irgendwas.«

Mehrmals nickte Lily dem Team zu. »Danke, Sie alle haben großartige Arbeit geleistet. Mich irritiert nur noch eines … Es gibt bei den jüngsten Morden unglaublich viele Spuren und Hinweise, ganz anders als bei den ersten zwei Verbrechen. Aber fast alles bleibt undeutlich und verschwommen …«

»Willkommen bei der Mordkommission, Frau Doktor«, sagte Belonoz. »Es ist Sommer und die Sonne scheint. Aber überall, wo wir auftauchen, ist plötzlich dicker Nebel.«

»Vielleicht in Wien, Herr Major. In Salzburg scheint gelegentlich die Sonne für uns.«

Lily holte aus der Mappe mit ihren Unterlagen sechs Seiten Papier und hielt sie hoch.

»Aber bevor wir weitermachen, schlage ich zwanzig Minuten Pause vor. Sie alle schauen aus, als bräuchten Sie dringend einen starken Kaffee. Und ich … Also falls Sie für mich irgendwelche Kekse oder Chips haben, bitte her damit. Sonst verhungere ich noch, bevor der Mörder in Haft ist.«

14

»Meine Damen und Herren, ich ersuche Sie, sich bestmöglich auf die Prüfung vorzubereiten. Sie wissen, ich lege Wert darauf, nur künftige Nobelpreisträger auszubilden.«

Die Studenten kicherten nervös.

»Mir hat das Semester große Freude bereitet«, sagte Professor Dalik in aufgekratzter Stimmung. »Sorgen Sie bitte dafür, dass alles ein gutes Ende nimmt. Falls Sie Fragen haben, wenden Sie sich an meine Assistenten. Und falls nicht, untersuchen Sie umgehend, ob Ihr Puls überhaupt noch aktiv ist.«

Erneut erntete Dalik Gelächter. Die letzte Vorlesung im Semester gestaltete er wie üblich betont locker. Überhaupt liebte er es, sein Fachgebiet mit sarkastischen Bemerkungen zu vermitteln, die er mit völlig ernster Miene servierte.

Hier, in einem fensterlosen, vom hässlichen Licht der Leuchtstoffröhren erhellten Vorlesungssaal des Wiener Allgemeinen Krankenhauses, war man ihm dafür stets dankbar. Nicht zuletzt jene, die sich kaum für Gerichtsmedizin begeisterten, schätzten seine ironische Art.

»Ich habe mich gefreut, dass Sie meine Vorlesung mit Ihrer Anwesenheit und interessanten Fragen bereichert haben«, sagte Dalik. »Gut, dass wir einander hier kennengelernt haben. Und nicht bei einer Gelegenheit, wo ich mich über Sie beuge und die Leichenstarre messe.«

Wieder lachten die Studenten.

»Glauben Sie mir, Sie sollten erst lachen, nachdem Sie meine Prüfung bestanden haben. Sie haben Arbeit vor sich. Sagt Ihnen das Wort Arbeit eigentlich etwas oder muss ich es für Studenten buchstabieren? A wie Alkohol, R wie Rauchen, B wie Bier, und so weiter … Allerdings darf ich Sie trösten, auch ich habe zu tun. In Wien scheint jemand in letzter Zeit erpicht darauf, mich dauernd an Tatorte zu zitieren.«

»Sie haben einen Fan, Herr Professor!«, rief jemand aus den höheren Rängen des Saales und alle lachten.

Dalik deutete gespieltes Entsetzen an. »Natürlich, da hat jemand im vorigen Semester die Prüfung nicht geschafft und will sich an mir rächen … Ich glaube, ich werde die geplanten Fragen noch einmal überarbeiten … Aber gut, wenn wir schon bei der Gelegenheit sind, sprechen wir wieder einmal über die Praxis. Wir sind hier unter uns, ich kann mich also ein wenig auslassen … Also da werden zuerst zwei junge Damen erstochen, und dann gibt es eine dritte, die aber eigentlich erstickt. Was soll man dazu sagen? Und bei allen war eine Inzision betreffend den *Bulbus oculi* feststellbar. Volkstümlich gesprochen, wurden ihnen die Augen ausgestochen. Das jedoch, liebe Freunde, ist nicht das Ende der Geschichte. Nun ist mir noch eine vierte weibliche Person jüngeren Alters auf den Tisch gekommen. Die wurde wieder erstochen, aber die Augen sind intakt geblieben. Was, liebe Kolleginnen und Kollegen, sagen Sie dazu? Falls Ihnen ad hoc nichts einfällt, darf ich Sie trösten. Mir ist auch nichts eingefallen, deshalb wird das keine Prüfungsfrage sein.«

Erneut gab es Gelächter.

»Sie sehen also, ich habe genug zu tun. Machen Sie es wie ich, gehen Sie an die Arbeit. Ich wünsche Ihnen viel Glück und einen schönen Sommer.«

Dalik deutete eine leichte Verneigung an und trat vom Rednerpult zurück. Die Studenten klopften begeistert auf die Bänke. Der Lärmpegel schwoll augenblicklich an, Dalik huschte durch einen Seitenausgang davon.

Die Studenten räumten ihre Unterlagen zusammen und beeilten sich, endlich ins Freie zu gelangen. Im hinteren Teil des Saals räumte eine junge Frau ihren Platz. Mit der Masse schwamm sie nach draußen und suchte sich einen Ort, an dem sie ungestört war. Aus der großen Umhängetasche holte sie ein iPhone und freute sich. Obwohl sie im Vorfeld befürchtet hatte, neunzig Minuten peinigender Langeweile durchleiden zu müssen. Sie interessierte sich schließlich nicht für Gerichtsmedizin. Nicht einmal für Medizin überhaupt. Aus der Sicht ihres zwanzigjährigen Lebens war das bloß etwas für Fitnessapostel und öde alte Leute, die permanent über Krankheiten sprachen.

Es waren bestens investierte neunzig Minuten gewesen. Der Hinweis, wonach Dalik in seinen Vorlesungen gerne Bezug auf aktuelle Fälle nahm, hatte sich als zutreffend entpuppt. Gaby Koch würde mit der ehrgeizigen Praktikantin der Chronik-Redaktion von *Clip24* sicher zufrieden sein.

*

Die Blicke waren munterer als zuvor, die Haltung am Tisch des Besprechungsraums war aufrechter, die Stimmen klangen weicher. Für alle war es die erste Pause seit vielen Stunden gewesen. Sie hatte ihnen gutgetan.

Aus einem nahe gelegenen Delikatessengeschäft waren für Lily zwei Käsesandwiches herbeigeholt worden. Um achtzehn Uhr versammelte man sich wieder im Besprechungsraum. Die Atmosphäre war ungleich entspannter als noch zwanzig Minuten zuvor. Lily reichte allen jeweils sechs Seiten eines gescannten Dokuments.

»Sicher haben Sie von der Hausdurchsuchung in Salzburg gehört«, sagte Lily und erntete lauernde Blicke. »Es war heikel. Die Eltern haben den einzigen Sohn verloren. Kurz darauf schneit die Polizei ins Haus und durchwühlt alles. Mit einer Beschwerde habe ich also gerechnet. Zu Mittag hat mich der Oberstaatsanwalt angerufen.«

»Was hat er denn gewollt, der alte Lenz?«, fragte Belonoz.

»Ich soll weiter effizient vorgehen, aber sensibel sein.«

Belonoz leistete sich ein halbes Grinsen. »Ein klassischer Lenz. *Effizient, aber sensibel*. Damit er nur ja nirgendwo aneckt, dieser Aal.«

Lily verkniff sich ein Lächeln und überging die Bemerkung. »Jedenfalls ist in Embergers Zimmer etwas Interessantes gefunden worden. Drei nie abgeschickte Briefe an Magdalena Karner. Auf jeweils einem doppelseitig beschriebenen Blatt.«

»Wo waren die Briefe?«, fragte Nika Bardel.

»Unter dem Teppich.«

Aus den Augenwinkeln sah Lily, wie der neben ihr sitzende Belonoz der Brusttasche seines Hemds ein Etui entnahm. Er holte eine kleine, zart umrandete Brille heraus und setzte sie auf.

Lily konnte nicht anders und musste den Major direkt anschauen. Das filigrane Gestell verlieh seinem Gesicht etwas unerwartet Intellektuelles.

Rasch sprach sie weiter. »Die Briefentwürfe sind datiert. Sie stammen aus den zwei Wochen vor dem Tod von Magdalena Karner. Ich wäre auf Ihre Kommentare gespannt.«

Zehn Minuten lang herrschte Schweigen.

Als Erster hatte Belonoz die Lektüre beendet. Er warf Lily einen Blick über den Rand seiner Brille hinweg zu.

Schließlich waren auch die anderen so weit.

»Was sagen Sie?«, fragte Lily und sah alle nacheinander an.

Nika Bardels Kopf schwankte unschlüssig, doch sie wagte einen Anfang. »Ich bin überrascht. Wirklich. Da denkst du, einen Eindruck von diesem Emberger gewonnen zu haben, und dann ... einfach unglaublich.«

Steffek und Metka nickten zustimmend.

»Völlig richtig«, sagte Metka mit erstaunt hochgezogenen Augenbrauen. »Das ist so ganz anders, als ich es mir erwartet hätte. Überhaupt, dass er Briefe geschrieben hat. Wer tut das heute noch? Es gibt E-Mails und SMS und man telefoniert. Aber einen Brief schreiben, noch dazu mit der Hand?«

Steffek schloss sich umgehend an. »Die Texte zeigen zwei Dinge, Frau Staatsanwältin. Einerseits, dass er Magdalena Karner offenbar stark verehrt hat. Er schreibt einmal *Meine liebe Lena,* dann *Liebste Lena* und schließlich *Über alles geliebte Lena.* Das ist ... fast schon poetisch, würde ich sagen. Seine Briefe sind intensiver geworden, drängender. Man erkennt das am Datum. Er benötigt fast zwei Drittel des Textes allein dafür, ihr zu schildern, was sie ihm alles bedeutet.«

»Stimmt genau«, unterbrach Bardel. »Er schreibt zum Beispiel: *Als ich Dich zum ersten Mal sah, war es für mich, als hätte ein Blitz eingeschlagen. In mir entstand ein Feuer, das nie mehr erlöschen wird.* Sicher, das klingt kitschig wie aus einer schlechten Fernsehsoap, aber ich habe nie ... ich meine, solche Worte liest eine Frau natürlich gerne. Vorausgesetzt ...«

»Ja?«, fragte Lily neugierig. »Was vorausgesetzt, Frau Bardel?«

»Na dass so ein Brief von jemandem kommt, den man auch selbst mag. Von einem Fremden möchte ich das sicher nicht geschickt bekommen. Da käme ich mir belästigt vor.«

»Frau Bardel, Sie sprechen einen wichtigen Punkt an. Aber bleiben wir beim reinen Inhalt der Texte. Frau Metka, was meinen Sie?«

Marlene Metka verzog den Mund. »Das stimmt ja alles, was gesagt wurde, aber … Ich bin es sicher nicht gewohnt, dass mir jemand sowas schreibt. Es kommt wirklich darauf an, wie das Verhältnis zwischen Emberger und Karner eigentlich war.«

»Genau darum geht es. Was sagen die Briefe über die beiden aus?«

»Da muss schon einiges zwischen ihnen gewesen sein. Etwa die Stelle: *Ich wusste sofort, dass Du die Eine bist, auf die ich immer gewartet habe. Mein Herz verriet mir, dass ich niemals wieder jemandem begegnen würde, der so ist wie Du. All das fühle ich immer noch. Nichts kann das jemals ändern. Wir gehören zusammen. Du bist mein Schicksal. Nur mit Dir kann ich ein echter Mensch sein. Du machst mich zu einem besseren Menschen.* Bitte, das ist ein Wahnsinn. Entweder ist der Typ verrückt, oder … oder er meint das wirklich völlig ernst.«

»Was glauben Sie?«

»Ich weiß nicht, aber … auf jeden Fall hat mehr in Sebastian Emberger gesteckt, als ich geglaubt habe. Er war offenkundig so völlig besessen von Magdalena Karner, dass er ihr sowas mitteilen wollte.«

»Hat er aber nicht«, sagte Kovacs nüchtern. »Er hat diese Briefe ja nie abgeschickt.«

»Haben Sie etwas dieser Art in Karners Besitz gefunden?«, fragte Lily.

Steffeks Kopfschütteln signalisierte ein stummes Nein. »Entweder hat er ihr nie einen derartigen Brief geschrieben oder …«

»… oder sie hat ihn vernichtet. Beide Möglichkeiten zeigen, dass es zwischen Emberger und Karner etwas gegeben hat, das nicht ausgesprochen werden sollte.«

»Und was war das?«

»Einseitige Gefühle vielleicht. Oder etwas, in das beide involviert waren. Was es auch immer war.«

Belonoz drehte sich nach links zu Lily. »Alles ganz interessant, Frau Doktor. Aber wieso ist das für die Ermittlungen relevant?«

»Wir können den Tod von Magdalena Karner nicht ohne den Tod von Sebastian Emberger verstehen. Es gibt einen Zusammenhang. Mit Magdalena ist auch ein Teil von Sebastian gestorben. Ihre Ermordung war für Emberger ein Endpunkt.«

»Inwiefern?«

»Emberger hat eine Entscheidung gewollt. Von ihr. Und auch von sich selbst. Möglicherweise hat er diese Briefe vor allem geschrieben, um über seine Gefühle und seine Situation Klarheit zu erlangen. Herr Steffek, ich habe Sie vorhin unterbrochen. Sie haben gesagt, man würde zwei Dinge erkennen. Was war das zweite?«

Steffek musste kurz nachlesen, bevor er den Faden wiedergefunden hatte. »Also ... hier zum Beispiel: *Wir wissen beide, welche Hindernisse es zwischen uns gibt. Aber wir werden sie überwinden. Das verspreche ich Dir hoch und heilig! Nichts auf der Welt kann uns dann noch trennen, und wenn es nötig sein sollte, werden wir alle damit überraschen, was wir tun. Alle, die gegen uns sind, werden mit großen Augen dastehen, aber sie werden nichts mehr tun können. Es wird vollbracht sein für immer und ewig. So wird es sein, weil es uns so bestimmt ist.* Das klingt stark religiös. Fast schon krankhaft. Aber wenn beide wissen, worum es geht, hätte es einen Sinn. Da hat es ein Hindernis gegeben, das überwunden werden sollte.«

»Was für ein Hindernis könnte das gewesen sein?«

Bardels Gesicht leuchtete auf. »Na, ganz einfach. Seine Eltern haben es abgelehnt, dass Magdalena Karner seine Freundin ist. Oder dass er sie womöglich heiratet. Wir wissen doch mittlerweile, dass sich die Embergers für etwas Besonderes halten. Wenn dort die Polizei aufkreuzt, wird gleich beim Oberstaatsanwalt in Wien interveniert. Dazu gibt es diese Geschichte mit der Tochter eines Salzburger Politikers, die mitten in der Nacht bei der Polizei erscheint und behauptet, von Sebastian Emberger bedroht worden zu sein. Was anschließend vertuscht wird, damit kein Aufsehen entsteht. Weil in solchen Kreisen ja immer heile Welt gespielt wird. In diese Atmosphäre passt eine Verbindung wie die zwischen Emberger und Magdalena Karner nicht. Das Mädchen aus der Mittelschicht ist nicht gut genug für diesen tollen jungen Mann.«

Nika Bardel hatte ihre Analyse beendet und sah sehr entschlossen aus. Lily schaute die Kriminalbeamtin lange an. »Besser kann man es nicht formulieren. Bleibt nur die Frage, ob das, was Sebastian Emberger geschrieben hat, ihn verdächtig macht.«

»Die Fakten können wir nicht ignorieren«, sagte Belonoz düster. »Nämlich dass Emberger zum Zeitpunkt der beiden letzten Morde in Wien war.«

»Und was ist mit den ersten zwei Morden?«, fragte Lily. »Wo war Emberger da?«

Steffeks Mund wurde schmal. »Tut mir leid, das habe ich total vergessen. Signale von Embergers Handy sind auch an diesen Samstagen in Wien empfangen worden.«

Schlagartig war es still geworden. Alle dachten intensiv nach, um die richtigen Schlüsse aus den widersprüchlichen Informationen zu ziehen. Niemand rührte sich.

Dann durchbrach Marlene Metka das Schweigen. »Nein, das passt für mich überhaupt nicht. Ich bin zwar jetzt am Fall Jordis dran gewesen. Aber ich habe hier zugehört und jetzt die Briefe gelesen … Also einfach vom Gefühl her stimmt da etwas nicht. Sorry, das hat jetzt gar nichts mit den Fakten zu tun, aber …«

»Das ist relevant, Frau Metka«, sagte Lily und sah die Kriminalbeamtin freundlich an. »Man darf das Gefühl bei solchen Ermittlungen nicht außer Acht lassen. Oft führt das weiter als das Starren auf die angeblichen Tatsachen. Es ist wichtig, den Instinkt niemals zu verdrängen.«

»Leider muss ich die Damen beim Gespräch über Intuition kurz stören«, unterbrach Belonoz und handelte sich einen zornigen Blick von Metka ein. »Im letzten Brief schreibt unser sensibler Frauenversteher Emberger nämlich: *In letzter Zeit ist mir aufgefallen, wie wenig ich eigentlich zu Dir durchdringen kann. Da gibt es immer eine Wand, die zwischen uns steht. Du warst und bist für mich unerreich-*

bar. Es war mir oft, als würdest Du Dich mir entziehen. Eine Fremdheit war zwischen uns, die mir in der letzten Zeit stärker aufgefallen ist als früher. Ob es an mir liegt, weiß ich nicht. Vielleicht bin ich schuld daran. Wenn das so ist, möchte ich mich entschuldigen, falls ich Dich irgendwie abgestoßen haben sollte. Dann möchte ich alles wiedergutmachen und dafür sorgen, dass so etwas nie mehr zwischen uns steht. Hier habe ich auch eine kleine Intuition. Vielleicht waren die beiden nicht nur die Salzburger Version von Romeo und Julia, bei denen die böse Umgebung die ideale Liebe verhindert. Sondern womöglich war auch zwischen den beiden etwas nicht in Ordnung. Und das war Magdalena Karners Verhalten. Ihre Angst vor Nähe. In körperlicher oder seelischer Hinsicht. Oder beides zusammen.«

Belonoz setzte die Brille ab und schaute in die Runde.

Lily sah ihn lange an. Als sie zu sprechen begann, klang ihre Stimme ernster als zuvor. »Sie haben recht, Herr Major. Sie haben wichtige Sätze vorgelesen. Ich glaube, dass wir auf dem richtigen Weg sind. Wir müssen nur noch die Zeichen richtig deuten. Irgendetwas von dem, was in der letzten halben Stunde gesagt worden ist, wird uns zum Mörder führen. Das spüre ich. Und deshalb wird diese … wie sagen Sie immer? Genau, *Piste*. Also diese Piste wird weiter bearbeitet. Ohne Rücksicht auf Interventionsversuche durch prominente Lokalbesitzer oder sonstige Querulanten. Von mir haben Sie volle Rückendeckung bei Ihrer Arbeit. Wenn jemand kommt und Sie behindert, melden Sie es mir bitte auf der Stelle. Ich werde dagegen vorgehen. Und bei Beschwerden verweisen Sie auf mich. Ich werde das aushalten. Weil es hier um Gerechtigkeit geht. Ich will diesen Weg zu Ende gehen. Egal, wer am Ende als Mörder enttarnt wird. Wir werden ihn finden, koste es, was es wolle.«

Belonoz hatte die Staatsanwältin scharf beobachtet. Groß waren seine Augen geworden, ihr eisiges Blau schien geradezu in den Raum zu strahlen.

Es wurde vereinbart, das Treffen am nächsten Tag zur selben Zeit fortzusetzen. Belonoz ging mit Lily hinaus, um sie nach unten zu begleiten.

»Sie haben gut gesprochen«, sagte er kühl.

»Danke. Und auch für das, was Sie als *kleine Intuition* bezeichnet haben.«

»Genießen Sie es. Dazu neige ich nur selten.«

»Ich weiß.«

»Irgendwann haben wir daran gedacht, einen Kriminalpsychologen einzuschalten.«

»Gut, dass Sie mich daran erinnern …«

»Ich habe einen Vorschlag.«

Beide waren hungrig. Sie gingen ins selbe Wirtshaus wie schon vom Abend zuvor, nahmen im Gastgarten Platz und bestellten als Erstes anständig gekühlten Grünen Veltliner. Es dauerte, bis das Gespräch in Gang kam.

Und das Wichtigste musste gar nicht mehr gesagt werden. Sie wussten, was geschehen war. Etwas, auf das zu hoffen sie nicht gewagt hatten. Die Lektüre der Briefe hatte ihnen den Umschwung und die nötige Energie beschert. Sie hatten zum ersten Mal Witterung aufgenommen. Sie waren dem Mörder auf der Spur.

*

Ein in grelle Signalfarben gezwängter Fahrradbote meldete sich beim Portier des Grauen Hauses in der Wickenburggasse. »Das soll ich hier abgeben. Für eine Frau Doktor Lily Horn von der Staatsanwaltschaft.«

Der Portier löste sich widerwillig vom Fernsehgerät, schleuste das schlanke Päckchen durch einen Metalldetektor und legte es in ein Fach.

»Wieder keine Briefbombe«, sagte er.

»Sonst wäre ich noch schneller geradelt«, erwiderte der Kurier lachend.

»Gibt es einen Absender?«

»Es soll anonym sein. Quittieren Sie mir bitte den Empfang?«

»Na sicher.«

Solche Sendungen war der Portier gewohnt. Jeder konnte der Wiener Staatsanwaltschaft Material zukommen lassen, ohne seinen Namen zu hinterlassen. Nicht die Form zählte, sondern der Inhalt.

Was Nachforschungen nicht ausschloss. Um irgendwann doch herauszufinden, wer dahintersteckte.

*

»Warum ausgerechnet morgen?«, fragte Belonoz und blickte beim Gehen zu Boden.

Lily und er schlenderten zum Taxistandplatz Ecke Berggasse/Porzellangasse.

»Es ist höchste Zeit für eine Pressekonferenz«, sagte Lily. »Wir müssen öffentlich auftreten und unsere Sicht präsentieren. Bevor die Gerüchte uns völlig sabotieren. Andererseits steht immer noch nicht fest, ob wir einen Mörder identifiziert haben oder … Zwischen den beiden letzten Morden sind nur zwei Tage vergangen.«

»Sie befürchten, dass in der kommenden Nacht etwas passiert?«

»Ich befürchte nichts. Und ich hoffe nichts. Was immer bis morgen geschieht oder nicht, eine Pressekonferenz ist unausweichlich. Ich möchte …«

Lily ließ den Satz unvollendet.

Belonoz gab sich damit nicht zufrieden. »*Was* möchten Sie?«

»Jemanden aus der Reserve locken.«

»Wen?«

»Ich weiß noch gar nicht, ob dieser Jemand überhaupt existiert … Wie viele Pressekonferenzen haben bisher stattgefunden?«

»Zu unserem Fall?«

»Ja.«

»Keine.«

Lily sah den Major ungläubig an. »Wie ist das möglich?«

»Niemand hat das vorgeschlagen. Ich vermute, es war politisch nicht genehm, zu viel Lärm um die Sache zu machen.«

»Ich verstehe. Übrigens, glauben Sie, dass Promegger wirklich die richtige Wahl ist?«

»Ich habe bis jetzt nur darauf gewartet, dass mir das Bundeskriminalamt einen Kriminalpsychologen auf die Nase drückt. Besser, wir bauen vor und holen uns einen, der uns passt. Ich kenne Promegger schon lange. Er ist ein guter Mann. Kompetent und zuverlässig.«

»Wann vertrauen Sie anderen Menschen, Herr Major?«

»Wenn es sich nicht vermeiden lässt.«

Belonoz und Lily waren beim Taxistand angelangt. Sie verabredeten sich für den nächsten Morgen zu einer kurzen Besprechung vor der Pressekonferenz um elf Uhr. Belonoz stieg in einen Wagen und schlug die Tür zu.

Lily griff in ihre Handtasche. Auf dem Weg nach Hause wollte sie ihre Nachrichten kontrollieren. Aber da war kein Handy. In Gedanken sah sie es auf ihrem Schreibtisch im Grauen Haus liegen.

Eine Viertelstunde später betrat sie das Graue Haus. Sie ging zum Aufzug, als ihr der Portier nachrief: »Frau Doktor Horn, für Sie ist was abgegeben worden.«

Lily betrachtete das Päckchen. Etwas Hartes, Quadratisches musste darin sein.

»Vielleicht Schokolade!«, witzelte der Portier und setzte sich wieder vor seinen Fernsehapparat, um ein Fußballspiel weiterzuverfolgen.

Sie riss das Päckchen auf und entnahm ihm eine Plastikhülle, die eine DVD umschloss. Sonst war da nichts. Kein begleitendes Schreiben, kein Absender.

In ihrem Büro fand Lily das Handy auf ihrem Schreibtisch. Sie musste es dort vergessen haben, als sie ihre Tasche eingeräumt hatte. Es hatte ein paar Anrufe gegeben, erstaunlicherweise nichts Wesentliches. Nicht einmal Lenz hatte sich gemeldet.

An sich empfand Lily wenig Lust, noch länger hier im Büro zu bleiben. Sie sehnte sich nach Hause. Nach Geborgenheit.

Doch die verdammte Neugier siegte. Lily warf den Computer an und legte die DVD ein.

Zuerst sah sie undeutliche Bilder auf dem Bildschirm. Eine nächtliche Szenerie, ein erleuchtetes Fenster. Eine Gestalt, die sich bewegte. Zunächst angezogen, später nackt. Sie schien in einem Zimmer herumzutanzen. Ziemlich lange und immer wieder. Die Aufnahmen mussten bei verschiedenen Gelegenheiten entstanden sein, die Lichtverhältnisse stimmten nicht überein.

Dann wieder Nacht, wieder ein erleuchtetes Fenster, wieder eine Gestalt. Aber eine andere. Sie zeichnete sich schwarz vor dem Hintergrund des hell erleuchteten Zimmers ab. Als sich die Gestalt bewegte, glänzte sie matt. Man erkannte das schwarze Leder.

Lily erhob sich aus ihrem Sessel. Sie griff in ihre Tasche, holte das Handy hervor und rief Major Belonoz an. Um ihm zu sagen, dass eine DVD aufgetaucht war, die den Mörder von Magdalena Karner zeigte. Aber auch Magdalena Karner selbst. In ihrer Wohnung tanzend, völlig unbekleidet.

15

Wieder und wieder sahen sie sich die Bilder an. Eine Stunde verbrachten Lily und der Major mit der DVD, die rund zwanzig Minuten Material in bester digitaler Qualität enthielt.

Magdalena Karner tanzte durch ihre Wohnung, die Lily sofort erkannt hatte. Vermutlich bewegte sie sich zu Musik. Auf der DVD selbst waren bloß die Geräusche einer vielbefahrenen nächtlichen Straße zu hören.

Sie tanzte nicht selbstversunken, nachlässig oder quasi nebenbei. Nein, da war etwas anderes, etwas Gewolltes, das vor allem auffiel, wenn Magdalena Karner nackt war. Und abgesehen von einer kurzen Sequenz zu Beginn war sie das immer. Sie bewegte ihren Körper, als befände sie sich auf einer Bühne. Vor einem Publikum.

Ihren Körper bot sie offenherzig dar. Oft berührte sie die Spitzen der Brüste. Und regelmäßig glitten ihre Hände hinunter zu ihrer Scham.

»Sie haben recht«, sagte Belonoz leise zu Lily. »Das wirkt so, als würde sie für jemanden tanzen, der zuschaut. Als wäre sie nicht allein. Oder als wäre ihr bewusst, dass man sie beobachtet. Nur … wer sollte das sein, für den sie hier tanzt?«

Lily stoppte die Wiedergabe. »Es gibt drei Möglichkeiten. Sie tanzt für jemanden, der sich in ihrer Wohnung befindet, aber außerhalb des Bildausschnitts. Oder sie tut es für die Person, die das gefilmt hat, was wir sehen. Und dann könnte es eine zweite Kamera in ihrer Wohnung gegeben haben. Etwa die Kamera in ihrem Laptop. Oder eine Webcam.«

»Sowas haben wir dort nicht gefunden.«

»Was diese Möglichkeit nicht ausschließt. Ich fürchte, Frau Bardel oder Frau Metka müssen im Internet recherchieren, ob sie ein Webcamgirl finden, das wie die Tote aussieht. Auf diese Weise könnte sich Magdalena Karner ein Zubrot verdient haben.«

»Trauen Sie ihr das zu?«

Lily schaute Belonoz intensiv an. »Ja, Herr Major, das tue ich. Bis zum Beweis des Gegenteils. So wie ich prinzipiell allen Menschen alles zutraue. Das Beste und das Schlimmste. Ausnahmslos.«

»Sie denken, dass der Charakter von Magdalena Karner zu so etwas passt?«

»Warum nicht? Was haben Sie oder ich bisher über Magdalena Karner erfahren, das dagegen sprechen würde? Dass sie eine brave Medizinstudentin ist? Erstens war sie das nicht jeden Tag vierundzwanzig Stunden lang. Sie hat auch einfach ihr Leben gelebt, mit allen Träumen, Wünschen, Begierden. Sie war keine Frau ohne Unterleib. Und zweitens haben Medizinstudenten oft ein unbefangeneres Verhältnis zum menschlichen Körper. Das bringt die Ausbildung mit sich. Da steht man im Anatomiekurs bei nackten, kalten Leichen und schnipselt an ihnen herum.«

Belonoz war nicht überzeugt. »Von allen, die bisher über Magdalena Karner ausgesagt haben, hat keiner eine solche Möglichkeit auch nur angedeutet.«

»Es wäre nur natürlich, dass sie das eher nicht an die große Glocke gehängt hat. Würden Sie das Ihren Freunden oder Bekannten erzählen? Das ist also kein Argument. Außerdem … Denken Sie an die Briefe von Sebastian Emberger. Wo er sinngemäß schreibt, dass sie sich ihm entzieht. Vielleicht ist das, was wir hier sehen, ein Grund dafür gewesen. Weil sich Magdalena Karner mehr vom Leben erwartet hat als einen einzigen, treuen Verehrer. Und andere Sehnsüchte oder Begierden hatte. Wir wissen nicht, was wirklich alles in ihrem Hirn vor sich ging. Wir können nur aus den Umständen darauf schließen. Dafür müssen wir alle Möglichkeiten in Betracht ziehen. Und untersuchen.«

Für den Bruchteil einer Sekunde schien Belonoz zu lächeln, bevor er wieder sein kühles Gesicht zurückgewonnen hatte. »Interessant, Frau Doktor Horn. Sie wollen den Mörder fangen, schonen das Opfer aber überhaupt nicht.«

»Nur weil Magdalena Karner ermordet wurde, heißt das nicht, dass sie ein jungfräulicher Engel auf Erden war.«

Belonoz nickte, er hatte begriffen. Und er wunderte sich fortan nicht mehr, dass diese so zerbrechlich zarte Frau neben ihm eben jene sture Staatsanwältin gewesen war, die einen flüchtigen Mehrfachmörder aufgestöbert hatte.

»Einverstanden«, sagte er. »Machen wir uns auf die Suche nach dem Webcamgirl.«

Energisch schüttelte Lily den Kopf. »Das war nur eine Variante, die in Frage kommt. Persönlich glaube ich an etwas anderes. Das nur kaum besser ist als die Webcam-These.«

»Was denken Sie?«

»Mein Gefühl sagt mir, dass Magdalena Karner zum Fenster hin agiert hat. Nicht zu jemandem in der Wohnung.«

»Sie meinen, in Richtung der Person, die diese Aufzeichnungen gemacht hat.«

»Exakt.«

Belonoz atmete tief ein. »Womit klar ist, auf wen sie abgezielt hat.«

»Natürlich. Der Aufnahmewinkel und die Position der Kamera lassen keinen anderen Schluss zu. Das müssen Bilder sein, die Horvath aufgenommen hat. Unser Voyeur.«

»Aber aus welchem Grund sollte sie für ihn getanzt haben? Das klingt komplett verrückt …«

»Wie alle Bilder sind auch diese hier mehrdeutig, Herr Major. Wir müssen sie erst entschlüsseln, um ihre Bedeutung zu verstehen.

Aber mein Gefühl … Ich *weiß* einfach, dass wir hier etwas ganz Entscheidendes sehen. Ich habe nicht die geringste Ahnung, *was* es ist. Aber es ist etwas, das mit dem Mord zu tun hat.«

»Sie meinen jetzt die Bilder des Mörders?«

»Nein … obwohl sie immerhin der Beweis sein könnten, dass Horvath den wahrscheinlichen Täter korrekt beschrieben hat. Auch wenn er uns die Bilder dazu vorenthalten hat … Es war offenbar tatsächlich eine in schwarzes Leder gekleidete Person, und damit wird eine Brücke zum Fall Jordis geschlagen, wo … Egal, ich meine etwas anderes. Etwas, das mit Magdalena Karner zu tun hat, die nackt für eine Kamera tanzt. Und damit, dass sie sich so darbietet, sich unbekleidet beobachten lässt, ganz bewusst. Das ist etwas Entscheidendes. Nur in welcher Hinsicht … das müssen wir erst herausfinden. Dafür besitzen wir nicht genügend Informationen.«

»Sie müssen Horvath verhören. Ist er noch in Haft?«

»Natürlich. Auf meinen Antrag ist über ihn eine vierzehntägige Untersuchungshaft verhängt worden. Wegen Flucht- und Verdunkelungsgefahr. Die Richterin hat so entschieden. Um dem Voyeur eine Lektion zu erteilen.«

»Wann wollen Sie ihn zu dieser Sache vernehmen?«

»Jetzt gleich«, sagte Lily emotionslos.

»So spät am Abend?«

»Das ist nicht verboten. Auch wenn sein Anwalt einen Anfall kriegen wird, sobald wir ihn aus einem Luxusrestaurant jagen. Aber wir müssen unseren Vorteil nutzen.«

»Nämlich?«

»Dass wir jetzt schon von dieser DVD wissen.«

»Wieso …?«

»Wahrscheinlich hat niemand damit gerechnet, dass ich heute Abend noch einmal in mein Büro komme. Weil ich mein Handy vergessen hatte. Die DVD ist ausgerechnet heute spät am Abend beim Portier abgegeben worden. Als ob jemand versucht, sich abzusichern.«

»Jetzt habe ich keine Ahnung, was Sie meinen, Frau Doktor.«

»Der Zeitpunkt war sicher nicht zufällig gewählt. Die DVD ist hier abgeliefert worden, aber es war klar, dass ich erst morgen früh davon erfahre. Das war beabsichtigt. So handelt jemand, der sich nicht angreifbar machen möchte. Indem er für einen Mordfall wichtiges Material zwar bereitstellt, sich zugleich jedoch eine Galgenfrist genehmigt. So will er vermeiden, wegen Unterschlagung von Beweismitteln belangt zu werden.«

»Wer kann so vorgehen?«, fragte Belonoz. »Der Mörder? Oder ein Mitwisser?«

»Das wissen wir hoffentlich bald«, erwiderte Lily und griff zum Telefon auf ihrem Schreibtisch. Sie gab die Anweisung, Horvath auf der Stelle vorzuführen.

Es war kurz vor dreiundzwanzig Uhr, als der Voyeur in Begleitung von zwei Justizwachebeamten eintraf.

*

Einerseits konnte Leutnant Descho zufrieden sein. Unvermittelt, lediglich durch Zufall, war er zum Salzburger Verbindungsmann in der Wiener Morduntersuchung avanciert. Andererseits war es damit vorbei mit seinem bisher vergleichsweise beschaulichen Dasein.

Plötzlich sah er sich mit einer Fülle von Aufgaben konfrontiert, die zu erledigen waren. Das leichte Nörgeln seiner Frau war ihm nicht entgangen, als sie miteinander telefoniert hatten. Erneut musste ein Abendessen mit der Familie ausfallen. Aber Descho hatte Glück mit seiner Frau. Manchmal stichelte sie, doch das tat sie nur, um das Feuer in ihrer Beziehung nicht erlöschen zu lassen. Sie war achtzehn und zu schlank, weil magersüchtig, gewesen, als sie einander bei gemeinsamen Freunden getroffen hatten. Seitdem hing sie an ihm. Mit einer Selbstverständlichkeit und Großzügigkeit, die jeden Keim eines Gedankens an andere Frauen in ihm stets rasch erstickten.

Descho verdrängte alle Sorgen seine familiäre Harmonie betreffend und machte weiter. Alles, was in Sebastian Embergers Zimmer an interessantem Material konfisziert worden war, musste kontrolliert und analysiert werden. Die Briefe war er freilich schnell losgeworden.

Es blieb die zeitaufwendige Durchsicht sämtlicher Dokumente und Unterlagen. Darunter Vorlesungsskripten, Notizzettel und Rechnungen. Vor allem jedoch gab es den Computer und das Notebook. Diese Untersuchung verschlang Zeit.

Das Erfolgserlebnis stellte sich ein, als Descho die E-Mails inspizierte. Es hatte einiger Anstrengungen bedurft, Embergers Account auf einem Free-Mail-Server zu knacken. Doch das Ergebnis war überwältigend gewesen.

Embergers vollständiges Beziehungsleben spiegelte sich in den Mails wider. Die Beziehung zu jenem Mädchen wurde klarer, das eines Nachts bei der Polizeiinspektion aufgetaucht war. Und nicht zuletzt das Verhältnis zu Magdalena Karner erfuhr eine Neubewertung.

Ein enger Freund konnte identifiziert werden. Endlich ein Freund. Nicht irgendein Bekannter oder Verwandter. Solche besaß Emberger genügend. Als Sohn eines prominenten Salzburger Gastronomen tummelten sich in seiner Umgebung all jene, die irgendwie Zugang zu seinen Eltern gewinnen wollten und dadurch zu noch wichtigeren, noch einflussreicheren Personen. Emberger war wohl bewusst gewesen, dass er von manchen nur als Pfeiler angesehen worden war, über den sie ihre Brücken hatten bauen wollten.

Nun ein Freund. Einer, mit dem Emberger offenbar eine echte Gesprächsbasis besaß. So viel meinte Descho den E-Mails entnehmen zu können: Lukas Kloves.

Descho recherchierte. Kloves war zwei Jahre älter als Emberger und studierte Philosophie an der Universität Salzburg. Möglicherweise wies dies auf eine ernsthafte Persönlichkeit hin, überlegte Descho. Für Emberger mochte er eine Art Ratgeber gewesen sein. Ein Ersatz für einen großen Bruder. Emberger war ein Einzelkind gewesen, dessen Eltern zwar viel Geld verdienten, dafür jedoch ständig mit ihrem Restaurant beschäftigt gewesen waren.

Wohlstandsverwahrlosung, gemildert durch teure Geschenke, dachte Descho.

Im Computer fand Descho nichts Negatives über Kloves. Keine noch so kleine Polizeistrafe. Ein unbescholtener junger Mann, der nicht einmal einen Führerschein besaß. Descho suchte im Internet nach einer Telefonnummer, fand aber nichts. Er kontaktierte die Telekommunikationsbehörde in Wien. Und kam zu einer Handynummer.

Kloves meldete sich umgehend.

»Kann ich Sie zurückrufen?«, fragte er Descho mit einem Unterton, der zwischen Selbstbewusstsein und Skepsis schwankte. »Nur um sicherzugehen, dass Sie wirklich von der Polizei sind. Das soll kein Misstrauen sein, Herr Descho. Ich möchte nur nicht mit irgendwelchen Reportern reden.«

»Kein Problem«, sagte Descho und gab ihm seine Büronummer.

Die Vorsicht von Lukas Kloves gefiel ihm. Das deutete auf jemanden hin, der möglicherweise tatsächlich etwas mitzuteilen hatte.

»Offen gesagt, ich wollte mich eigentlich schon selbst bei der Polizei melden«, bemerkte Kloves, als er kurz darauf anrief. »Ich habe gehört, was vorgefallen ist. Sebastian war ein guter Freund. Auch wenn …«

Er machte eine kurze Pause, offenbar um die geeigneten Worte zu finden. Da sah Descho seine Chance. »Treffen wir uns doch. Ein persönliches Gespräch unter vier Augen ist immer vorzuziehen. Hätten Sie heute Zeit. Vielleicht sogar innerhalb der nächsten Stunde?«

»Das ließe sich machen, allerdings muss ich heute unbedingt noch lernen. Übermorgen habe ich meine Diplomprüfung.«

»Verstehe. Wollen Sie zu mir ins Büro kommen?«

»Also von der Logistik her … ich meine, es wäre mir lieber, wenn wir uns in der Altstadt treffen könnten. Dann bin ich schneller wieder zu Hause und spare Zeit. Wie wäre es mit dem Café Tomaselli?«

»Hervorragend«, sagte Descho und versprach, in zehn Minuten dort zu sein.

Pünktlich betrat Descho das Kaffeehaus. Kurz dachte er daran, wie lange er schon nicht mehr hier gewesen war. Das Tomaselli wurde bevorzugt von sehr bürgerlichen Salzburgern und Touristen frequentiert, die sich im holzgetäfelt-historischen Ambiente wohlfühlten. Ganz normale Salzburger wie Descho ließen sich dort selten blicken. Mit den Touristen, die ohnehin bereits die engen Gassen der Altstadt verstopften, wollten sie nicht auch noch im Kaffeehaus konfrontiert sein.

Er hatte keine Zeit gehabt, sich zu überlegen oder zu recherchieren, wie Kloves aussehen könnte. Dennoch erkannte er ihn sofort. Ein Mittzwanziger in Jeans und grauem Leinensakko, aus dessen Brusttasche ein auffällig gemustertes Stecktuch ragte. Dazu ein offenes weißes Hemd und leicht abgetragene, eindeutig teure Mokassins.

Auf dem Tisch lag ein Stapel Bücher. Der Student erhob sich höflich, als sich Descho ihm näherte.

»Das finde ich aufregend«, sagte Kloves, nachdem sie sich gesetzt hatten. »Ich habe noch nie mit einem Kriminalbeamten gesprochen. Gut, dass ich diese Erfahrung mache, ohne dazu gezwungen zu sein. Oder wollen Sie mich verhaften?«

Descho rang sich ein Lächeln ab. »Das kommt darauf an, was Sie getan haben.«

Kloves sprach gewählt, gestikulierte sparsam, doch elegant. Seine großbürgerliche Herkunft verhehlte der Mittzwanziger nicht. Er demonstrierte vollendete Höflichkeit und Hilfsbereitschaft, zugleich unverkrampfte Selbstsicherheit. Descho überlegte, was ihn wohl mit Sebastian Emberger verbunden haben mochte.

Kloves begann zu erzählen, in einem Tonfall distanzierter Gelassenheit. »Ich kenne Sebastian schon … beziehungsweise ich kannte ihn seit etwa acht Jahren. Wir haben einander auf der Geburtstagsfeier einer gemeinsamen Freundin getroffen und uns sofort gut verstanden. Die Verbindung zwischen uns ist seither eigentlich nie abgerissen, bis auf …«

»Ja?«, fragte Descho und bemühte sich dabei um einen angemessen lockeren Tonfall. Er versuchte Menschen, die er vernahm, stets dort abzuholen, wo sie sich befanden.

»Sagen wir, es gab eine Zeit, wo wir einander eher selten gesehen haben. Aber gerade in letzter Zeit hatten wir intensiven Kontakt. Sebastian hat auf den ersten Blick ein sehr anderes Leben gelebt, als ich es schätze. Mit großartigem Auto und hübschen Mädchen, tollen Partys … Darauf lege ich nicht so viel Wert. Aber in seinem Inneren war Sebastian anders, als man hätte glauben können.«

»Wie würden Sie das beschreiben?«

»Er war viel tiefgründiger. Die Luxusaccessoires, mit denen er sich umgeben hat, waren nur Requisiten. Wie in einer Theaterinszenierung. Innerlich hat ihn vieles bewegt, das man ihm nicht zugetraut hätte, wen man ihn bloß oberflächlich kennengelernt hat. Daran waren seine Eltern schuld.«

»Inwiefern?«

»Sie wissen ja, dass seinen Eltern dieses Nobellokal gehört. Schicker Ort für schicke Leute. Übrigens mit höchst mittelmäßigem Essen, wenn Sie mich fragen. Aber dort zählt nur der Schein, nicht das Sein. Und der Sohn musste natürlich in diese Atmosphäre passen. Um später den Betrieb zu übernehmen und auszubauen. Das haben ihm die Eltern ständig eingeschärft. Sebastian sollte einmal der Restaurantkönig von Salzburg werden. Und so haben sie ihn ständig mit Gästen der Festspiele, Wirtschaftsmagnaten, Opernsängern und anderen sogenannten Prominenten zusammengebracht. Und er hat das Spiel mitgespielt.«

»Hat er das gerne getan?«

»Eigentlich eher widerwillig. Aber oberflächlich hat er sich gefügt. Die Eltern haben einen subtilen Druck auf ihn ausgeübt. Dass Sebastian in Wahrheit ein sehr sensibler Mensch war, haben sie nie kapiert. Und er hat das geschickt vor ihnen verborgen. Ob das klug war, möchte ich dahingestellt lassen.«

»Interessant, Herr Kloves. Und welche Rolle hat Magdalena Karner in seinem Leben gespielt?«

»Ich merke, Sie möchten zum eigentlichen Thema kommen. Gut, das kann ich verstehen. Dann lassen Sie sich gesagt sein, dass Magdalena Karner seine große Liebe war. Mit allem, was dazugehört.«

»Was gehört denn dazu?«

»Der ganze Wahnsinn einer intensiven Liebe natürlich. Alles, was den Verstand der Durchschnittsbürger übersteigt. Und das musste vor den Eltern verborgen werden.«

»Die haben aber von dieser Verbindung gewusst, oder?«

»Sicher, aber sie haben es geschafft, dass er Magdalena verlassen hat. Und dass er dann mit dieser Tina zusammengekommen ist. Eine blonde … na ja, Tussi, um es so flapsig zu formulieren. Aber aus sogenanntem guten Haus. Die Tochter eines Hoteliers. Damit waren die Eltern hochzufrieden.«

»Aber Sebastian Emberger nicht?«, fragte Descho.

»Natürlich nicht. Darauf hat er sich nur den Eltern zuliebe eingelassen. In Wahrheit hat er diese Tina ziemlich uninteressant gefunden. Was sie auch ist. Ich kann das beurteilen, ich habe sie kennengelernt. Sie hat keine anderen Gesprächsthemen als Shopping, teure Fernreisen, Lokalbesuche, Cocktails, Partys. Und lächerliche Hundezüchtungen.«

»Angeblich soll es zwischen den beiden eine körperliche Auseinandersetzung gegeben haben.«

»Selbstverständlich. Und nicht nur einmal. Wissen Sie, so nett und lieblich sich Tina in der Öffentlichkeit gibt … Sie kann sehr herrschsüchtig sein. Ein Kontrollfreak im Kostüm einer harmlosen Blondine. Das hat Sebastian vollkommen irritiert. Wenn sie wenigstens immer nett gewesen wäre … aber diese Doppelgesichtigkeit hat ihn abgestoßen. Deswegen wollte er sie schließlich verlassen.«

»Hat er das getan?«

»Nein, dazu ist es nicht mehr gekommen. Er hat es zu lange hinausgezögert. Wann immer es auch nur den Hauch einer Krise zwischen den beiden gegeben hat, haben alle Druck auf ihn ausgeübt. Seine eigenen Eltern, dann die Eltern von Tina, und natürlich Tina selbst.«

»Und welche Rolle hat Magdalena Karner gespielt?«

»Die war immer präsent. Immer. Magdalena und er haben regelmäßig miteinander telefoniert. Und es ist zu vereinzelten Treffen gekommen. Wie gesagt, sie haben heimlich geplant, wieder zusammenzukommen.«

»Auch Magdalena hat das gewollt?«

»Daran sollten Sie nicht zweifeln, Herr Leutnant Descho. Ihre Beziehung hat auf Gegenseitigkeit beruht. Ich weiß das ganz genau. Aus eigener Anschauung ebenso wie durch die Erzählungen von Sebastian.«

»Aber sie hat dennoch in Wien studiert?«

»Es gibt ja Autos und Autobahnen, oder? Sebastian ist regelmäßig nach Wien gefahren.«

»Wissen Sie das genau? Und war das auch in letzter Zeit so?«

»Gerade eben in letzter Zeit. Und auch wenn sie nicht verabredet waren, ist Sebastian nach Wien gefahren. Einfach um in ihrer Nähe zu sein, in der Stadt, in der sie gelebt und studiert hat. Jedes Wochenende ist er in seinem BMW nach Wien gerast. Am Samstagnachmittag hin und am Sonntag wieder zurück.«

»Wo hat er in Wien gewohnt?«

»In seinem Auto. Manchmal ist er noch in der Nacht nach Salzburg zurückgekehrt, in den frühen Morgenstunden. Oder er ist länger geblieben. Mir hat er gesagt, er hätte sich auf den Straßen herumgetrieben, in der Nähe ihrer Wohnung. Um ihre Anwesenheit zu spüren.«

»Das wissen Sie genau?«

»Sicher. Sie könnten das ja überprüfen, durch seine Handydaten zum Beispiel.«

Descho nickte, sagte aber nichts.

»Und wie war es am vergangenen Samstag?«, fragte er.

»Sie meinen den Samstag, als Magdalena ums Leben gekommen ist? So wie immer. Sebastian ist nach Wien gefahren. Und als ich am Sonntagmorgen aufgewacht bin, habe ich diese Nachricht auf meinem Handy vorgefunden.«

Kloves zückte sein Mobiltelefon, drückte ein paar Tasten und reichte es Descho.

Dort war zu lesen: *Jetzt bin ich schuldig geworden. Kein Weg führt mehr zurück. Alles ist aus.*

»Das hat er Ihnen also per SMS mitgeteilt?«

»Ja. Um drei Uhr früh. Sehen Sie hier auf dem Display.«

Descho fühlte, wie ihm heiß wurde. »Was glauben Sie, hat Emberger damit gemeint? Er war wieder zufällig in Wien und …«

»Nein, nicht zufällig! Überhaupt nicht! Sie waren ja verabredet!«

»Sebastian und Magdalena?«

»Wer sonst? Das sollte die große Wiedervereinigung werden. Am Sonntag hat er seinen Eltern mitteilen wollen, dass er sich von Tina trennen würde. Dazu ist es leider nicht mehr gekommen. Es hat ein Problem gegeben.«

»Welches?«

»Er war zu spät dran.«

»Was meinen Sie damit?«

»Schlicht und einfach die Tatsache, dass die beiden eine Verabredung für den Abend in Wien hatten. Aber Sebastian ist von seinen Eltern aufgehalten worden. Sie haben ihn wieder heftig unter Druck gesetzt. Und ihn zu einer Einladung geschleppt. Erst am späten Abend hat er sich losreißen können.«

»Um wie viel Uhr war das?«

»So gegen dreiundzwanzig Uhr. Dann ist er nach Wien gefahren. Wo er sich eigentlich um einundzwanzig Uhr mit Lena hatte treffen wollen.«

»Also hat Sebastian Emberger das Treffen versäumt?«

»Wahrscheinlich. Aber genau weiß ich das natürlich nicht. Ich habe ja nicht mehr mit ihm sprechen können. Nur die Nachricht hat mich erreicht, die ich Ihnen gezeigt habe.«

»Was schließen Sie daraus?«

»Ich habe nicht die leiseste Ahnung, wirklich nicht. Ob sie einander doch noch getroffen haben, oder ob sie über sein Nichterscheinen erbost war und ihn daher sitzengelassen hat … Wer soll das wissen?«

Descho hatte genug erfahren. Kloves verabschiedete sich höflich und ging mit seinen Büchern heimwärts. Nachdem Descho in seinem Büro angekommen war, verfasste er eilig einen Bericht und mailte ihn an Lily Horn.

*

Horvath hatte sich geweigert, auch nur ein Wort ohne seinen Rechtsanwalt zu sagen. Schließlich war nach einer halben Stunde ein junger Mitarbeiter von Horvaths Anwalt Georg Sima eingetroffen.

Er war jung, sehr dünn und saß in einem verknitterten dunklen Anzug neben Horvath. An seinem Gesicht war abzulesen, wie wenig begeistert er war, zu dieser Stunde einem Verhör beiwohnen zu müssen.

»Noch einmal, Herr Horvath«, sagte Lily. »Ich möchte wissen, ob die Bilder, die ich Ihnen gerade vorgeführt habe, von Ihnen stammen. Können Sie das bestätigen?«

Horvath blickte unwillig drein und schwieg. Die Untersuchungshaft hatte ihn verhärtet. Er betrachtete sich als Opfer, das von lauter Gegnern umgeben war. Seine voyeuristischen Aktivitäten waren aufgeflogen. Was einmal sein gut gehütetes Geheimnis gewesen war, kannten nun alle. Er fühlte sich schutzlos und rettete sich in eine permanente Verweigerungshaltung.

Lily versuchte es erneut. »Ich nehme nicht an, dass ausgerechnet Sie mir diese DVD geschickt haben. Und auch niemanden dazu veranlasst haben, sie mir zukommen zu lassen. Aber es handelt sich um Ausschnitte aus den Videos, die Sie von Ihrer Wohnung aus beim Beobachten von Magdalena Karner angefertigt haben. Wie aber gelangt jemand anderer in den Besitz Ihrer Videos? Etwa über das Internet? Haben Sie Ihre Videos im Internet angeboten oder verkauft?«

Lily stellte diese Fragen, auch wenn sie wusste, dass die Durchsuchung von Horvaths Wohnung nichts dergleichen ergeben hatte. Aber vielleicht war Horvath vorsichtig vorgegangen. Vielleicht hatte er seine Spuren gut verwischt.

Horvaths junger Rechtsbeistand beugte sich zu seinem Mandanten. Sie flüsterten kurz miteinander, dann sah Horvath die Staatsanwältin an. »Also, das sind Aufnahmen, die ich gemacht habe. Aber ich habe sie Ihnen nicht geschickt. Mehr will ich nicht sagen.«

»Warum nicht, Herr Horvath?«, fragte Lily. »Es geht hier um wichtige Beweismittel in einer Untersuchung der Staatsanwaltschaft. Wir müssen wissen, wer noch im Besitz dieses Materials ist.«

Aber Horvath saß nur stumm da, blickte ins Leere und schüttelte trotzig seinen Kopf.

»Herr Anwalt, können Sie überhaupt nichts tun?«, sagte Lily zu dem jungen Menschen, der seine Arme ausbreitete, um seine Ohnmacht zu demonstrieren.

Major Belonoz rutschte inzwischen unruhig auf seinem Sessel hin und her, kontrollierte sein Handy, erhob sich schließlich und ging zu Lily.

»Kovacs ist da«, raunte er in ihr Ohr. »Etwas ganz Wichtiges, und sehr dringend. Gehen wir raus zu ihm?«

Lily nickte. »Kurze Unterbrechung. Bitte, Herr Horvath, beraten Sie sich noch einmal mit Ihrem Anwalt, bis ich wieder zurück bin.«

Draußen am Gang wartete Kovacs. Sein Gesicht strahlte stolz.

»Das müssen Sie sehen, einfach unglaublich!«, sagte er und reichte Lily drei Bögen Papier.

Lily war zuerst nicht klar, was sie davon halten sollte. Bis sie bemerkte, dass Kovacs ein paar Seiten der nächsten Ausgabe von *Clip24* mitgebracht hatte. Auf der Titelseite sah man Screenshots aus genau jenem Video, das Lily zugespielt worden war. In Farbe wurde Magdalena Karner, wenn auch verpixelt und wenigstens nicht nackt, gezeigt. Und schließlich gab es ein Bild des Mörders in schwarzem Leder, stark vergrößert. Die Headline war reißerisch wie immer: *Die Bilder des Todes! Die letzten Momente der Studentin … und dann kam der schwarze Killer!*

»Woher haben Sie das?«, fragte Lily.

Kovacs blieb vage. »Das habe ich durch Bekannte bekommen. Jedenfalls ist das wirklich die morgige Ausgabe. Ganz Österreich wird diese Seiten lesen können.«

Lily dankte ihm herzlich. Kovacs verabschiedete sich und stürmte davon.

»Das habe ich Ihnen noch nicht mitgeteilt, Frau Doktor«, sagte Belonoz leise, »aber Kovacs war beim Heeresnachrichtenamt, bevor er zur Polizei gestoßen ist. Und er hat aus dieser Zeit noch ein paar Kontakte. Nicht alles kann offiziell verwendet werden. Die Sache läuft also eher informell. Aber gelegentlich ist es hilfreich.«

Lily nickte ruhig. Am liebsten jedoch hätte sie wütend aufgeschrien. Von Kovacs' früherer Tätigkeit beim Nachrichtendienst des österreichischen Militärs hätte man ihr ruhig früher erzählen sollen.

»Woher stammt das?«, fragte sie den Major.

»Entweder aus der Grafik von *Clip24* oder aus der Druckerei. Natürlich nur eine Vermutung von mir. Aber gut möglich, dass Kovacs an mindestens einer der beiden Stellen jemanden kennt. Und der hat ihm das gesteckt.«

»Die Frage ist, wie wir jetzt vorgehen sollen. Und was wir mit diesem Horvath machen.«

»Kommt zunächst einmal darauf an, was Horvath beichtet. Vielleicht löst sich das Rätsel schnell.«

»Und wenn nicht? Morgen ist die Pressekonferenz. Klar, dass Fragen zu diesen Bildern kommen werden. Und irgendjemand wird wissen wollen, wie *Clip24* an das Material gelangt ist. Der Oberstaatsanwalt wird mich ins Gebet nehmen ... Herr Major, ich muss Ihnen eine unangenehme Frage stellen.«

»Sie müssen mich nicht warnen. Also?«

»Können Sie für Ihre Leute die Hand ins Feuer legen?«

Belonoz war starr geworden. »Sie meinen, ob jemand aus meiner Truppe ...? Ausgeschlossen ... Schwachsinn, ausgeschlossen ist im Leben gar nichts. Ich vertraue meinen Leuten prinzipiell. Aber natürlich weiß man nie ... Der Geist kann willig sein, das Fleisch manchmal äußerst schwach ... Ich lege die Hand für meine Leute ins Feuer. Was nicht heißt, dass ich meine Augen und Ohren nicht offen halte. Ich habe das immer getan und werde das immer tun. Davon können Sie ausgehen, Frau Doktor Horn.«

»Gut. Dann werde ich jetzt mal schauen, ob Horvath nicht doch etwas mitzuteilen hat.«

Als das Verhör endete, war es beinahe Mitternacht. Durch die warme Nachtluft ging Lily nach Hause und genoss jeden Schritt und jeden Atemzug.

Donnerstag, 17. Juni

16

Verschlafen klang die Stimme aus dem Telefon. Es war sieben Uhr morgens.

Marlene Metka hatte sich bewusst für diesen Zeitpunkt entschieden. Wollte man Studenten während eines Auslandssemesters erreichen, musste man eine asoziale Zeit wählen, dachte sie sich. Wenn kein Party mehr im Gang war und noch keine Vorlesung begonnen haben konnte.

»Was gibt es denn?«, fragte Ulla Koppel.

»Frau Koppel, Sie haben noch nichts gehört wegen Ihrer Freundin Selma Jordis?«

»Aber ja, um Gottes willen … entschuldigen Sie, ich bin müde, es ist gestern Abend ziemlich spät geworden …«

Beinahe musste Metka lächeln, weil sie richtig getippt hatte.

»Wer sind Sie noch einmal? Ich habe das nicht gut verstanden …«

»Mein Name ist Metka, ich bin von der Wiener Polizei. Wenn Sie einverstanden sind, würde ich mich gerne mit Ihnen unterhalten. Es wird nicht lange dauern.«

»Woher haben Sie denn meine Nummer? Ich wohne hier nur zur Untermiete …«

»Das gehört zu unserer Arbeit, Frau Koppel. Sie können beruhigt sein, die Nummer wird nicht weitergegeben … Sie haben also schon davon erfahren, Frau Koppel.«

»Selbstverständlich. Ihre Eltern waren ja hier und … es war ein Wahnsinn. Einfach nur schrecklich …«

»Sie waren eine enge Freundin von Selma, stimmt das?«

»Ja, das stimmt … Moment, ich trinke nur rasch einen Schluck Wasser … okay … Ich bin noch immer schockiert. Selma ist ein … war ein großartiger Mensch. Wir waren so eng befreundet, wie es nur möglich war. Jedenfalls bis ich nach Barcelona geflogen bin.«

»Wieso? Hat sich dadurch die Freundschaft verändert?«

»Verändert nicht. Aber durch den Abstand … Wir haben uns nicht regelmäßig gesehen, sondern waren auf E-Mails, SMS und Skype angewiesen. Und dann …«

»Ja?«

»Ich habe plötzlich weniger von ihr gehört. Sie hat mir nur selten geschrieben, und wenn, dann ging es meist nur um Banalitäten. Ich habe sie einmal gefragt, ob irgendetwas los ist … ja, was überhaupt los ist mit ihr, weil sie mir plötzlich so seltsam vorgekommen ist, so distanziert, irgendwie viel weniger interessiert an unserer Freundschaft.«

»Und was hat sie Ihnen geantwortet?«

»Sie war ausweichend und hat abgelenkt. Sie hat gesagt, dass alles wie früher ist und sie sich freut, wenn ich wieder in Wien bin.«

»Wann war das?«

»Ungefähr Ende März, Anfang April. Ich müsste nachschauen.«

»Haben Sie die E-Mails noch? Und die SMS-Mitteilungen?«

»Ich glaube schon … warum?«

»Es wäre nützlich für uns, wenn wir das lesen könnten. Vielleicht ergibt sich daraus die eine oder andere Information.«

»Entschuldigen Sie, Frau …«

»Metka.«

»Frau Metka … was hat das mit dem Mord zu tun? Ich habe sogar hier in Barcelona von dieser Mordserie gehört. Es hat Berichte in spanischen Zeitungen gegeben. Da geht ein Monster in Wien um und tötet junge Studentinnen. Stimmt doch, oder? Warum brauchen Sie dann unsere privaten E-Mails? Es geht wirklich nur um komplett Banales und …«

»Frau Koppel, es ist einfach so, dass wir allen Spuren nachgehen. Auch den unwahrscheinlichsten. Und ganz grundsätzlich sind wir immer bestrebt, möglichst viel herauszufinden. Das gehört zum kriminalistischen Handwerk. Das ist Teil der Recherche, verstehen Sie?«

»Aha, klar … das war mir nicht bewusst, ich kenne mich da nicht so aus …«, sagte Ulla Koppel verunsichert und gähnte.

»Macht nichts. Aber wie gesagt, wenn Sie uns die E-Mails zur Verfügung stellen könnten, wäre das sehr nett.«

»Von mir aus. Kein Problem. Ich kann Ihnen alles mailen. Aber … also in letzter Zeit …«

»Was war da?«

»Na ja, in den letzten vier oder sechs Wochen haben wir öfter miteinander telefoniert. Sie hat plötzlich begonnen, mich anzurufen …«

Metka wollte keine Zeit verlieren und unterbrach sie brüsk. »Das heißt, seit ungefähr Anfang oder Mitte Mai war das Verhältnis wieder enger und Sie haben regelmäßigen Telefonkontakt mit ihr gehabt. Ist das richtig so?«

»Ja, ungefähr seit der ersten Maiwoche. Ich habe mich echt gewundert. Da ruft plötzlich …«

Während Ulla Koppel offenbar langsam wach wurde und weiter plauderte, dachte Marlene Metka rasch nach.

Anfang Mai. Das war knapp vor Beginn der Morde gewesen.

Erneut unterbrach sie Ulla Koppel, die gerade erzählte, wie sie mit anderen Wiener Freunden in Kontakt geblieben war: »Und worüber haben Sie mit Selma Jordis in diesen Telefongesprächen gesprochen?«

»Na ja, also … es ist dann doch unterschwellig darum gegangen, warum sich Selma eine Zeit lang so zurückgezogen hat. Sie hat sich in irgendeinen Typen verliebt und dabei …«

»Das ist ja nicht ungewöhnlich für eine junge Frau.«

Koppel lachte heiser. »Für Selma schon. Sie haben sie nicht gekannt, aber … Selma hat sich nur alle paar Jahre für jemanden interessiert. Normalerweise war sie eher eine Einzelgängerin und hat sich ausschließlich ihren künstlerischen Projekten gewidmet. Für Männer hat es nicht viel Platz gegeben. Außerdem war sie extrem wählerisch. Es war unglaublich, wie sie …«

»Wann hat sie ihre letzte Beziehung gehabt?«

»Vor vier Jahren.«

Metka staunte. »Das ist ziemlich lange her.«

»Eben. Sag ich ja. Darum habe ich mich zunächst für sie gefreut.«

»Warum *zunächst*?«

»Weil das Ganze insgesamt doch nicht so … also es war nicht so rosig, wie ich es ihr gewünscht hätte.«

»Warum?«

»Ich weiß nicht, anfangs war Selma ganz enthusiastisch. Frisch verliebt eben. Und dann … Sie hat mir nichts Genaues gesagt. Außer, dass es irgendwelche Probleme gab. An einen Satz von ihr kann ich mich wortwörtlich erinnern. Nämlich: *Es gibt ein großes Hindernis, das wir überwinden müssen.* Damit hat sie sich und ihren Freund gemeint. Und sie hat außerdem gesagt, dass sie hart daran arbeiten, damit diese Probleme geklärt werden.«

»Welche Probleme? Und was für ein Hindernis?«

»Hat sie nicht gesagt. Ich habe mich gewundert … Aber das war so eigenartig, dass es mir im Gedächtnis geblieben ist. Leider habe ich mich nicht getraut nachzufragen.«

»Irgendeine Vermutung haben Sie nicht?«

»Keine Ahnung. Selma hat keine Details verraten. Zum Schluss hat sie eigentlich sehr gestresst gewirkt. Wie unter Druck. Schade, denn am Beginn war offenbar alles sehr cool. Sie hat ihren Freund gemocht. Und sie hat mir vorgeschwärmt, wie gut er aussieht. Sie war ganz aufgeregt, dass er so schön ist. Immer wieder hat sie mir gesagt: *Ulla, er ist so schön, das kannst du dir gar nicht vorstellen, dass mir so ein wunderschöner Mann untergekommen ist.* Ich will das nicht beurteilen, weil ich ihn nie kennengelernt habe. Aber ihre früheren Freunde und Verehrer waren alle … viel älter als sie und sehr ordentlich und brav, fast schon langweilig. Besonders gut ausgesehen hat lustigerweise keiner. Selma war zwar selbst attraktiv. Aber ihre Art hat viele Männer abgeschreckt. Sie war sehr auf sich selbst konzentriert und intellektuell.«

»Frau Koppel, was wissen Sie über diesen Freund?«

»Nicht viel. Nur dass er Tom geheißen hat.«

»*Tom*? Sind Sie absolut sicher?«, fragte Marlene Metka scharf.

»Das können Sie mir glauben. Der Name ist oft genug gefallen.«

»Frau Koppel, ich würde Ihnen per E-Mail gerne etwas schicken. Eine Zeichnung, die einen jungen Mann zeigt. Falls Sie ihn eventuell doch kennen sollten.«

»Das können Sie machen, schadet nicht. Aber ich habe Tom nie kennengelernt …«

»Ich maile Ihnen dazu noch eine zweite Zeichnung. Sie zeigt eine junge Frau. Leider wissen wir über sie gar nichts. Abgesehen davon, dass sie möglicherweise *Nicole* heißt, also falls Sie …«

»Nicole heißt die Schwester von Tom, das hat mir Selma erzählt.«

Metka war kurz verstummt. Binnen weniger Sekunden waren relevante Teile des Puzzles ergänzt worden. Eine Vermutung war bestätigt worden, ein Name war hinzugekommen. Der eines möglichen Verdächtigen.

»Sind Sie ganz sicher, Frau Koppel?«

»Natürlich. Tom und Nicole. Das sind die Namen, die Selma am Telefon zuletzt immer wieder erwähnt hat. Bruder und Schwester. Möchten Sie sonst noch etwas von mir wissen? Ich meine … unbedingt jetzt gleich? Ich müsste mich langsam zur Uni aufmachen. Das klingt jetzt herzlos, nämlich wegen Selma … weil sie doch tot ist … und ich bin natürlich wahnsinnig traurig … aber was soll man tun? Das Leben geht weiter. Das verstehen Sie doch, oder?«

»Selbstverständlich«, erwiderte Marlene Metka und wurde zornig.

*

Durch die geschlossene Tür hörte man den Lärm der wartenden Meute.

»Haben Sie sich überlegt, was Sie den Journalisten erzählen werden?«, fragte Belonoz.

»So ungefähr«, sagte Lily vage. »Und Sie?«

»Keine Spur.«

»Ich werde das regeln.«

»Wie viele Pressekonferenzen haben Sie schon gegeben?«

»Das ist meine zweite.«

»Dann bin ich ja beruhigt.«

Lily und Belonoz befanden sich im Nebenraum eines Gerichtssaals, der gerade nicht für einen Prozess benötigt wurde. Deshalb hatte Lily sich entschieden, die Pressekonferenz dort abzuhalten. In der Mitte, vor den Zuschauerbänken, wo sonst die Zeugen aufzutreten pflegten, hatte sie ein Rednerpult aufstellen lassen.

»Lassen Sie mich machen. Der Rest wird sich ergeben.«

»Die Titelseite von *Clip24* hat eingeschlagen wie eine Bombe.«

»Das glaube ich auch«, sagte Lily mit zustimmendem Nicken. »Ich werde Antworten liefern. Vor allem werde ich ein paar Köder auswerfen.«

Als sie fünf Minuten später gemeinsam den Saal betraten, flammten sofort die Blitze der Fotografen auf. Das Geraune der Anwesenden schwoll zu einem gewaltigen Rauschen an. Auf Kameras montierte Scheinwerfer brachten gleißende Helligkeit und zusätzliche Hitze in den Raum. Am Rednerpult waren die Mikrofone der TV-Sender montiert worden. Alle österreichischen Stationen waren vertreten, auch ausländische hatten Berichterstatter entsandt, dazu kamen die Nachrichtenagenturen.

Lily ersuchte die Fotografen, den Raum zwischen Rednerpult und Zuschauern zu räumen. Nun war sie bereit.

»Guten Morgen, meine Damen und Herren«, sagte sie. »Danke für Ihr Kommen. Mein Name ist Lily Horn. Ich leite als Staatsanwältin die Ermittlungen. Neben mir steht Major Belonoz, der Leiter der Mordkommission. Als Erstes werde ich Ihnen der Stand der Dinge erläutern, was die bisherigen Morde sowie unsere Arbeit betrifft. Danach können Sie Ihre Fragen stellen. Diese Pressekonferenz wird eine Stunde dauern und nicht länger. Sie wissen, dass wir noch anderes zu tun haben.«

In knappen Worten bot Lily eine Chronik dessen, was seit Mai vorgefallen war. Sie achtete darauf, sich nicht in Details zu verlieren. Und sie sprach nicht über ausgestochene Augen, nicht über ein ersticktes Mordopfer und auch nicht über schwarze Lederkleidung.

Nach zwanzig Minuten leitete Lily zu den Fragen der Journalisten über. Einige Medienleute versuchten, durch Lautstärke schneller an die Reihe zu kommen. Doch Lily deutete jeweils auf den Fragenden, den sie anzuhören bereit war.

»Was sagen Sie zu den heute aufgetauchten Fotos?«

»Die Veröffentlichung dieser Bilder war mehr als überflüssig. Sie helfen niemandem weiter. Der Mörder kann dadurch nicht identifiziert werden. Aber das Opfer wird bloßgestellt. Das ist eine Verletzung der Intimsphäre. Und sehr unsensibel. Was sollen die Angehörigen eines Mordopfers denken, wenn solche Bilder in der Öffentlichkeit kursieren?«

»Frau Horn, glauben Sie nicht, dass diese Fotos zu Hinweisen aus der Bevölkerung führen könnten? Und dass es Ihre Aufgabe gewesen wäre, sie zu publizieren?«

Lily nickte und lächelte den Journalisten an. »Es gibt hier zwei Möglichkeiten. Eine Beschreibung des Täters zu veröffentlichen oder eben die Bilder. Beides läuft auf eine Person in schwarzer Motorradkluft mit Helm hinaus. Die Bilder sind überflüssig. Sie haben keinen Mehrwert.«

»Glauben Sie nicht, Frau Horn, dass die Öffentlichkeit ein Recht auf Informationen hat. Es schwirren Gerüchte herum, und viele Leute haben Angst. Warum etwa gibt es erst heute die erste Pressekonferenz?«

»Die Öffentlichkeit hat ein Recht auf Informationen, da haben Sie recht. Auf sinnvolle Informationen, die zu sinnvollen Hinweisen führen können. Was nun die Pressekonferenz betrifft … Ich habe die Ermittlungen am Montag übernommen. Heute ist Donnerstag und wir sind hier in diesem Raum.«

Ein älterer, seriös wirkender Journalist meldete sich. »Gibt es eine heiße Spur? Es war zu hören, ein Verdächtiger hätte Selbstmord begangen. Ist die Mordserie möglicherweise vorbei?«

»Ich befasse mich mit Fakten, nicht mit Möglichkeiten. Und ich gebe keine Zukunftsprognose ab. Lassen Sie mich aber etwas feststellen. Die Person, die für die vier Morde verantwortlich ist, wird der Öffentlichkeit bald bekannt sein. Wir sind dem Täter dicht auf der Spur.«

Als sie dies sagte, fühlte Lily, dass Belonoz ihr von der Seite einen bohrenden Blick zuwarf. Sie wusste, dass sie ihm eine Erklärung schuldig war.

Eine in ein schwarzes Kostüm gequetschte, junge Frau hob ihren Arm. »Frau Staatsanwältin, Mütter machen sich Sorgen um ihre Töchter, weil ein namenloser Killer in Wien unterwegs ist. Es herrscht Angst. Die Behörden verschanzen sich hinter dürren Verlautbarungen. Meinen Sie nicht, dass es zur Pressefreiheit gehört, wenn die Medien Material veröffentlichen? Das ist doch der Sinn der Pressefreiheit in einer Demokratie.«

Einige Journalisten tuschelten. Belonoz beugte sich leicht zu Lily und raunte in ihr Ohr: »Das ist Gaby Koch von *Clip24*.«

Lily hauchte ein Danke in Richtung Belonoz und wandte sich an die Fragende. »Frau Koch, Medienfreiheit ist ein hohes Gut. Aber sie bedeutet etwas anderes als die Veröffentlichung von Fotos, die ein späteres Mordopfer in einer sehr privaten Situation zeigen. Diese Art Pressefreiheit wäre die Erfindung eines Idioten.«

Der Lärmpegel im Saal stieg schlagartig. Lily ließ sich nicht beeindrucken und machte gnadenlos lächelnd weiter.

Nach einer Stunde wiederholten sich die Fragen nur noch. Nahezu alle Journalisten legten es darauf an, persönlich mit einer Antwort bedacht zu werden. Lily beendete die Pressekonferenz pünktlich.

Fünf Minuten später saßen sie wieder in Lilys Büro.

»Ihre Antwort auf die Frage der blöden Koch war originell«, sagte Belonoz. »Pressefreiheit als Erfindung eines Idioten … na ja.«

»So habe ich das nicht gesagt.«

»Natürlich nicht, aber man wird Sie so zitieren. Damit habe ich meine Erfahrungen.«

»Gesagt ist gesagt. Ich kann es nicht ändern. Außerdem habe ich es darauf angelegt.«

»Warum?«

Für den Bruchteil einer Sekunde war in Lilys Gesicht ein ungewohnt harter Zug wahrzunehmen. »Um zu zeigen, dass mit uns nicht gut Kirschen essen ist. Niemand soll uns unterschätzen. Außerdem brauche ich die Mithilfe der Eltern von Magdalena Karner. Heute werde ich sie treffen. Wenn sie wissen, dass ich auf ihrer Seite stehe, werden sie kooperieren. Und deshalb war es notwendig, zu den veröffentlichten Bildern klar Stellung zu beziehen.«

»Es wäre gut, wenn Ihre Strategie aufgeht.«

»Herr Major, die Österreicher lieben pointierte Aussagen. Man muss große Töne spucken, danach kann man den Kompromiss anstreben. Die Fotos in *Clip24* waren ein Angriff. Wenn wir da nicht

Paroli bieten, sind wir eine Lachnummer, die von niemandem mehr respektiert wird.«

Belonoz sah Lily mit unverhohlenem Interesse an. »Da könnten Sie recht haben. Aber überlegen Sie sich etwas für Lenz. Wie ich ihn kenne, wird er sich die Gelegenheit nicht entgehen lassen. Um sich aufzuplustern.«

»Mich abzusetzen wird er sich nicht trauen. Damit würde er einen Fehler eingestehen. Und die Justizministerin spricht sich so gerne für die Stärkung von Frauen im Justizapparat aus. Auch sie wird nichts unternehmen. Herr Major, ich bin zum Bleiben geradezu verdammt. Und weil die Dinge so liegen, tue ich die Arbeit auf meine Weise.«

Belonoz lächelte kurz. Innerlich war er immer wieder überrascht von der Stärke und dem strategischen Denken der Frau, die ihm da gegenübersaß. »Warum haben Sie davon gesprochen, dass wir dem Täter auf der Spur sind und …«

»Der Mörder hat ein Spiel begonnen. Er hat geglaubt, alle Trümpfe in der Hand zu halten. Den Spaß habe ich ihm jetzt verdorben.«

»Und Sie haben ein gutes Blatt?«

»Weiß ich nicht. Aber wer pokern will, muss bluffen, Herr Major.«

*

Seine Stirn glänzte. Auf dem Hemd zeichneten sich Schweißflecken ab. Berti Stotz war aufgeregt. Seine Stimme dröhnte. Ausgiebig gestikulierte er mit Armen und Händen. Auf seinem Stuhl hielt er es schon längst nicht mehr aus. Manisch streifte er durch den Raum. Das alles war sichtlich anstrengend für ihn. Er atmete schwer. Zugleich gab er sich den Anschein von Amüsiertheit.

»Ist die Frau jetzt total gestört?«, fragte er.

Im Fernsehen hatte er die Übertragung der Pressekonferenz verfolgt. Michael Schegula war auch da. Und Marina Lohner.

»Frau Doktor Horn müssen wir gar nicht mehr demontieren«, sagte Stotz. »Das macht die im Alleingang. Pressefreiheit als Erfindung eines Idioten? Mehr braucht sie nicht. Das wird bei den Journalisten schlecht ankommen.«

Schegula schüttelte zaghaft den Kopf. »Eigentlich hat sie das so nicht gesagt. Sondern sie hat …«

»Michael, du bist zu intellektuell. So haben es die Leute verstanden. Und sie legt sich mit *Clip24* an. Das reinste Harakiri.«

»Andererseits hat sie behauptet, dass sie dem Täter auf der Spur ist. Wenn sie den Fall löst, ist sie eine Heldin. Da kann sie sich einen Konflikt mit *Clip24* locker leisten. Die werden es nicht wagen, sie zu kritisieren.«

»Das glaubst du, Michael? Mir hat man anderes berichtet … aber wurscht. Die soll nur so weitermachen. Es war eine gute Entscheidung, sie auf diesen Posten zu hieven. Das lenkt von uns ab. Das Versagen wird man der Justiz in die Schuhe schieben. Und wir gewinnen die nächste Wahl.«

»Die Justizministerin würde das so nicht hören wollen.«

»Geht mich einen Dreck an. Das Beste ist übrigens, dass *Pratorama* mittlerweile nur unter *ferner liefen* rangiert. Oder was sagst du dazu, Marina? Mir gefallen deine neuen Beliebtheitswerte.«

Marina Lohner lächelte und nickte zustimmend.

In ihrem Kopf sah es anders aus. Sie misstraute Stotz mehr denn je. Mit Menschen sprang der Bürgermeister um wie mit Schachfiguren. Er war und blieb ein Machtmensch, skrupellos in seinen Methoden. Ein Egoist, der erkannt hatte, dass Menschen seines Schlages in der Politik ein ideales Betätigungsfeld geboten wurde.

Zugleich misstraute sie Lily Horn. Sie überlegte, inwieweit Stotz wirklich auf das Scheitern der Staatsanwältin setzte. Auch dies konnte bloß ein Täuschungsmanöver sein.

Sie saß hier bei ihm, weil er sie wieder brauchte. Und sie hatte ihm Folge geleistet, damit er nicht misstrauisch wurde. Stotz mochte keine Frauen, die seinen Plänen im Weg standen. Weder seine Vizebürgermeisterin konnte er ausstehen noch diese Staatsanwältin.

Aber die Uhr tickte. Bald würde der König fallen. Auf diesen Moment war Marina Lohner vorbereitet.

Nun musste sie abwarten.

*

Ein Mensch hatte die Live-Übertragung der Pressekonferenz im Fernsehen gesehen.

Und wunderte sich zunächst.

Später war er erzürnt.

Die Aussagen, die gefallen waren. Das stimmte doch alles nicht. Das musste man sofort korrigieren. Man hätte dazwischenbrüllen mögen ob all der Dummheiten, die da aufgetischt worden waren.

Ein Irrweg musste verhindert werden. Ihm gehörte das Kostüm aus Leder. Deshalb hatte er das Recht, sein Werk zu gestalten, wie es ihm beliebte.

Die Staatsanwältin hatte zu größten Hoffnungen Anlass gegeben. Daher war die Enttäuschung umso herber ausgefallen.

Sie war doch nur eine weitere blöde Frau. Eine, die nichts kapierte. Die alles mit allem verwechselte und stur auf dem Holzweg dahinspazierte.

Sofort und mit allen Mitteln musste diese Person korrigiert werden.

Das heilige Werk durfte nicht zerstört werden.

Man musste ihr die Wahrheit beibringen.

Damit es ihr wie Schuppen von den Augen fiel.

17

Belonoz war so skeptisch, dass er schon hämisch grinste.

»So sollen die beiden ausgesehen haben?«

Er musterte die Phantombilder von *Tom* und *Nicole*, die eine Zeichnerin angefertigt und mithilfe des Computers überarbeitet hatte. Das digitale Ergebnis hatte die Qualität von Passbildern.

Während *Tom* geradezu das Idealbildnis eines prototypisch schönen Jünglings darstellte, erinnerte *Nicole* an eine wilde Groupie-Blondine aus den 1980er Jahren.

Kovacs versuchte sich an einer Rechtfertigung der Werke. »Sie sind nach übereinstimmenden Zeugenaussagen angefertigt worden. Den Vorbildern sollen sie sehr nahekommen.«

»Waren die Zeugen männlich und weiblich gemischt?«

»Das waren überwiegend Frauen, glaube ich.«

»Also deswegen schaut er so gut aus, und sie kommt relativ schlecht weg.«

»Aber wenn sie wirklich so ausgesehen haben?«

Belonoz lachte sarkastisch. »Na sicher. Der Schöne und das blonde Biest. Wie im richtigen Leben.«

»Wir müssen uns halt auf die Angaben stützen, die wir haben. Besseres liegt nicht vor. Vielleicht helfen uns die Bilder weiter.«

»Solange das nicht eine Verhaftungswelle unter männlichen, dunkelhaarigen Models provoziert. Weil jede zweite Frau schwört, diesen jungen Mann schon einmal gesehen zu haben.«

»Wer bekommt die Bilder?«

»An die Zeitungen geben wir sie noch nicht. Ich habe keine Lust, dass die beiden sich frühzeitig aus dem Staub machen. Schick die Bilder an die Landespolizeidirektionen. Wer weiß, wo die beiden herkommen. Ich möchte, dass alle österreichischen Polizeiinspektionen damit versorgt werden. Und mail sie auch sofort der Horn, kapiert?«

»Sicher, mach ich gleich.«

»Die Computerrecherche nach den beiden Vornamen hat etwas ergeben?«

»Noch nichts, aber wir arbeiten dran.«

Es klopfte. Nika Bardel betrat das Büro des Majors. Sie war offensichtlich in aufgekratzter Stimmung.

»Da gibt es etwas über ... Sind das die Phantombilder? Interessant.«

Geradezu fasziniert begutachtete sie die Zeichnungen. Schließlich schien es, als hätte sie einen Einfall.

»Ich weiß nicht genau, aber ... ich könnte schwören ... den Burschen kenne ich. Wirklich. Der kommt mir sehr bekannt vor.«

Triumphal grinsend wandte sich Belonoz an Kovacs.

»Na, hab ich's dir nicht gesagt?«

*

Er klopfte an und stand in ihrem Büro, bevor sie noch richtig reagieren konnte.

»Erstaunlicher Auftritt, Lily«, sagte Oliver Seiler breit grinsend.

Lily saß am Schreibtisch. Die Akten lagen ausgebreitet vor ihr, daneben stand eine längst erkaltete Tasse grünen Tees. Sie bereitete sich gerade auf das Gespräch mit den Eltern von Magdalena Karner und Selma Jordis vor. »Am liebsten hätte ich gar keine Pressekonferenz veranstaltet, aber irgendwie musste es sein.«

»Dein Satz über die Pressefreiheit der Idioten wird in die Geschichte der Wiener Staatsanwaltschaft eingehen, Lily. Darauf wette ich.«

»Ich habe es nicht darauf angelegt, das kannst du mir glauben.«

Belonoz gegenüber hatte sie vorgegeben, sich gezielt so ausgedrückt zu haben. Tatsächlich hatte ihr Zorn nach einem Ventil gesucht. Ihr Ärger über die Veröffentlichung der Bilder war durch die überhebliche Pose der Journalistin noch angeheizt worden. Ausgerechnet Gaby Koch hatte sich als selbsternannte moralische Instanz und Hüterin der Pressefreiheit aufgespielt.

»Du hast dich gut geschlagen. Einfach ist das nicht. Man steht einem Pulk von Medienleuten gegenüber, wird von Blitzlichtern und Scheinwerfern angestrahlt, die sämtliche Poren ausleuchten. Jeder Schreiberling möchte dir eine besonders pointierte Frage stellen. Möglichst eine, die dich ins Schwitzen bringt. Und trotzdem musst du ruhig und professionell bleiben.«

»Ich habe mir Mühe gegeben. Schauen wir, wie Lenz reagiert.«

»Lenz ist in diesem Fall völlig unwichtig … Hauptsache, der Mörder fürchtet sich vor dir.«

»Besser als umgekehrt.«

»Also seid ihr ihm wirklich auf der Spur?«

»Ich glaube schon. Das sagt mir mein Gefühl.«

»Aha, dein berühmtes Gefühl«, sagte Seiler und lachte auf. »Lily, auch New York hat dich nicht verändert.«

Seiler hatte, einmal mehr, mit dem Instinkt eines Jägers ihren wunden Punkt getroffen.

»*Ich* bin prinzipiell immer bereit, mich zu ändern, Oliver. Aber ich mag es nicht, wenn irgendjemand *mich* ändern möchte.«

»Du hast völlig recht, man muss die Dinge nehmen, wie sie sind ... Übrigens freut es mich, dass du in dieser Sache anscheinend mehr Glück hast als ich ... Wenn ich mir vorstelle ...«

Seilers Blick war herrlich verträumt geworden. Lily musste sich zusammenreißen. Sie durfte ihn nicht so lange anschauen.

»Komm, Oliver«, sagte Sie. »Du kannst schließlich nicht alle aufsehenerregenden Fälle bearbeiten.«

»Sicher, aber trotzdem ... Ich hätte mich gefreut, etwas weiterzubringen. Meine Bilanz hat nicht gut ausgesehen. Wahrscheinlich habe ich mich zu stark um *Pratorama* gekümmert.«

»Mach dir bitte keine Vorwürfe ...«

»Nein, ich mache mir keine Vorwürfe. Es ärgert mich.«

»Die Sache mit dem jungen Mann aus Salzburg ist erst jetzt aufgekommen. Also hättest du nie, auch wenn du ...«

»War er der Täter?«, fragte Seiler hoffnungsvoll.

»Er war jedes Mal in Wien. Und in der Nähe der Tatorte. Aber ... Natürlich wäre man ein großes Problem los, wenn sich herausstellt, dass Emberger der Mörder war.«

»Auf jeden Fall. Übrigens, Lily ... wie schaut es mit unserem Mittagessen aus?«

»Heute ganz schlecht. Vielleicht morgen, was meinst du?«

»Passt mir ausgezeichnet.«

»Ich werde es in den Kalender eintragen. Hoffentlich kommt nichts dazwischen. Jedenfalls nichts Unangenehmes. Positive Überraschungen sind herzlich willkommen.«

»Na, vielleicht wird das morgige Mittagessen eine solche Überraschung.«

Lily lächelte. »Versprich nicht zu viel, Oliver.«

»Nur das, was ich auch halten kann«, erwiderte Seiler und lächelte sie verschmitzt an, während er ihr Büro verließ.

Lily wandte sich wieder ihren Unterlagen zu. Sie suchte nach Ideen und Ansätzen für gute Fragen, doch ihr fiel nichts ein. Sie wurde zunehmend nervös, wenn sie an die bevorstehenden Gespräche mit den Eltern dachte. Als ahnte sie, dass diese Begegnungen wichtig sein würden. Weshalb jedes einzelne Wort gut gewählt sein musste.

Eine Stunde später spürte sie ihren Hunger. Das Ehepaar Karner war für dreizehn Uhr angekündigt. Nur für den einen Tag waren sie nach Wien gekommen. Um alle traurigen Formalitäten zu regeln und die Dinge zum Abschluss zu bringen.

Um fünfzehn Uhr sollten dann Herr und Frau Jordis in Lilys Büro erscheinen. Somit fiel das Mittagessen heute mit Sicherheit aus. Vorsorglich hatte sich Lily deshalb am Morgen schon etwas zu essen besorgt.

Sie verschlang eine Topfengolatsche, weil sie nach Süßem gelüstete, trank Buttermilch dazu und gönnte sich danach noch eine große Portion Erdbeeren. So reif und saftig, dass jeglicher Zuckerzusatz ein Verbrechen am Eigengeschmack gewesen wäre.

Lilys flaues Gefühl im Magen wollte indes nicht schwinden. Sie starrte auf die Tür zu ihrem Büro und kam sich vor, als müsste sie gleich eine große Prüfung absolvieren.

Lächerlich, sagte sie sich in Gedanken, was soll denn schon geschehen?

*

Pünktlich um dreizehn Uhr hatten sie an die Tür geklopft. Nun saßen sie in den zwei Stühlen vor Lilys Schreibtisch und boten ein Bild des Elends.

Man sah ihnen an, dass der Verlust der einzigen Tochter eine Katastrophe für sie sein musste. Sie bemühten sich darum, die Reste einer Selbstsicherheit zu bewahren, die sich aus ländlicher Erdverbundenheit speiste.

Auf Lily wirkten sie wie schrumpelig gewordene Luftballons. Die Mutter wirkte noch lebhafter, während der Vater mit gefalteten Händen starr im Sessel hockte und düstere Gottergebenheit ausstrahlte. Immer wieder landeten die Blicke seiner Frau auf ihm, mit einer Mischung aus Besorgnis und schüchternem Wohlwollen.

Sie hatten nicht viel zu sagen. Lily bemühte sich, das Gespräch in Gang zu bringen. Doch jedes Wort der Eltern schwebte tonnenschwer im Raum, bevor es langsam zu Boden sank. Der sonnige, heiße Tag draußen vor den Fenstern von Lilys Büro schien sehr weit weg zu sein. Hier drinnen herrschte Eiszeit.

»Ich hoffe, die Reporter waren nicht zu aufdringlich«, sagte Lily.

Da wachte Herbert Karner plötzlich auf. »Doch, das waren sie. Haben Sie eine Ahnung. So ein widerliches Gesindel. Dauernd wollen sie Fragen stellen. Und Fotos haben. Damit unsere Tochter möglichst gut in der Zeitung ausschaut, haben sie gesagt. Können Sie sich vorstellen, dass jemand so etwas sagt? In der Nacht auf Montag, als Ihr Polizist, dieser … Descho, weg war, sind sie aufgetaucht und haben sich vor unserem Haus herumgetrieben. Regelrecht belagert haben sie uns, diese Hurensöhne.«

Seine Frau wandte sich ihm beruhigend zu. »Reg dich nicht so auf.«

»Aber weil's doch wahr ist! Das kann die Frau Doktor ruhig hören, oder stört Sie meine Ausdrucksweise?«

Lily sah ihn freundlich an und bemühte sich um einen sanften Tonfall. »Sagen Sie, was immer Sie möchten.«

Herbert Karner verfiel wieder in eisiges Schweigen.

Immerhin ist ein wenig Leben in die düstere Bude gekommen, dachte Lily.

»Ich hab mit dem Herrn Descho über unser Problem mit den Zeitungsleuten geredet«, sagte Margit Karner. »Er hat sofort geholfen. Einen Polizisten hat er uns vors Haus gestellt, und seitdem ist Ruhe.«

»Das freut mich. Und sollten Sie noch irgendetwas benötigen, sagen Sie es mir bitte.«

Frau Karner zögerte ein wenig. »Es ist nur so … was uns interessiert, ist natürlich, ob … ob der Sebastian wirklich … ich meine … ich kann mir das nicht vorstellen, aber war er wirklich …?«

Sie brach ab.

Lily vollendete den Satz. »Ob er wirklich der Mörder war?«

»Ja, Frau Doktor, genau das ist es. Das beschäftigt meinen Mann und mich sehr.«

»Das kann ich nachvollziehen. Ich gebe Ihnen mein Versprechen, dass Sie von mir alle Informationen erhalten. Sie haben ein Recht darauf, zu erfahren, wer es war. Und Sie werden verstehen, dass ich hier sehr genau vorgehe und keine Fehler machen will. Es geht um den echten Täter, nicht um schnelle Lösungen. Vier Morde sind eine komplizierte Sache, man muss alles genau untersuchen. Haben Sie Sebastian gut gekannt?«

»Schon, natürlich. Er war ein lieber Bursch, wenn man ihn näher kennengelernt hat. Sehr höflich und freundlich und … er hat sich wunderbar mit der Lena verstanden.«

Der Vater hob seinen Blick vom Boden, die Augen waren von entsetzlicher Leere. Umso entschiedener klangen seine Worte. »Wir haben geglaubt, aus den beiden wird etwas. Nämlich nicht nur so eine … eine *Beziehung,* wie man das heute nennt. Sondern etwas Ernstes. Verstehen Sie, was ich meine?«

»Selbstverständlich, Herr Karner. Wie ist es eigentlich zu der Krise zwischen den beiden gekommen? Sie haben sich getrennt und …«

»Aber das waren seine Eltern«, unterbrach Herr Karner temperamentvoll. »Denen war die Lena … wir waren ihnen nicht gut genug. Die haben eine bessere Partie für ihn gewollt. So sind sie, die Menschen mit viel Geld. Die mögen andere Leute nur, wenn die auch viel Geld haben.«

Frau Karner wollte ihren Mann beruhigen. Sie legte ihre Hand auf die seine und lächelte nervös. »Was redest du denn da?«

»Ja stimmt denn das nicht, was ich erzähle? Denen waren wir zu minder. Aus dem Grund haben sie ihn halt gedrängt, andere Mädchen zu treffen. Da war natürlich bald der Wurm drinnen. Das hat die Lena nicht wollen. Wobei auch …«

»Aber lass doch um Himmels willen wenigstens die Lena in Ruhe.«

»Es ist doch wahr. Die Lena war das beste Mädel der Welt, aber sie war … ganz nach der Mutter geraten. Sehr katholisch, verstehen Sie, was ich meine, Frau Doktor?«

Lily nickte stumm und begriff sofort den Zwist zwischen den beiden. Der Tod der Tochter drohte, diesen zu vertiefen.

»Sie war viel zu katholisch. Dabei hab ich dir immer gesagt, dass du sie nicht so erziehen sollst. Oder beleidige ich Sie jetzt, Frau Doktor? Sind Sie vielleicht auch streng katholisch?«

»Nein, reden Sie ruhig. Und ich bin übrigens nicht katholisch.«

»Ist auch besser so. Dieses Gerede von den Sünden … was die Pfaffen halt so erzählen, wenn der Tag lang ist! Das war in der Lena leider drin. Und statt dass sie dem Sebastian stärker entgegenkommt und ihn einfängt, hat sie sich völlig zurückgezogen. Sie hat das scheue Reh gespielt. Wie die Pfarrer es mögen bei den jungen Mädchen.«

Herbert Karner hatte sich in Rage geredet. Seine Frau saß stumm da und blickte ins Leere.

»Man muss wissen, was man will, und dann versuchen, das auch zu erreichen. Viel zu brav war die Lena. Das hat dem Sebastian nicht genügt, das muss man schon verstehen … Ein Mann will, dass eine Frau auch etwas Wildes an sich hat. Immer nur brav und katholisch und sittsam ist fad.«

Lily fragte sich, ob jemals etwas Wildes an Frau Karner gewesen war. Falls ja, dann war davon nichts mehr zu spüren. Unklar war, ob ihr Mann darauf anspielte oder der Grund für seine innere Wut anderswo zu finden war.

»Du hast dauernd versucht, die beiden wieder zusammenzubringen«, sagte Frau Karner mit verhaltener Ängstlichkeit.

»Sicher. Ich hab's ihr immer wieder gesagt. Wenn er dir gefällt, der Sebastian, dann nimm ihn dir. Wurscht, was seine Eltern dazu sagen. Schnapp ihn dir, hab ich zu ihr gesagt.«

»Zuletzt haben sie sich einander ja wieder angenähert«, sagte Lily.

»Ja sicher, aber zu spät. Das ist die Tragödie.«

Eine kurze Pause entstand.

Lily bemühte sich um die richtige Frage. Das Gespräch sollte weitergehen, doch der Konflikt zwischen den Elternteilen durfte nicht auf die Spitze getrieben werden. »Hatte Magdalena noch andere Freunde? Ich meine, andere Beziehungen zu Männern?«

Sofort hakte Herr Karner ein. »Der Sebastian war ihr erster Freund. Und ihr letzter … aber die Pfaffen werden sich freuen, dass sie so keusch geblieben ist. Diese Heuchler.«

Lily registrierte, dass kein negatives Wort über Sebastian Emberger gefallen war. Im Gegenteil. Es war die ermordete Tochter, die sich posthum kritisieren lassen musste.

Sie hatte sich Empörung und Wut auf Emberger erwartet. Stattdessen erschien er nun wie der ideale Schwiegersohn. Und nicht wie jemand, der als Serienmörder verdächtigt wurde.

»Herr Descho hat Ihnen, glaube ich, die unangenehme Nachricht in Salzburg überbracht. Vorher hat er sie in einem Ort namens Dienten gesucht, wo Sie angeblich waren. Richtig?«

Der Mann schwieg. Also antwortete die Frau. »Ja, wir waren dort und … dann ist der Herr Descho zu uns gekommen und …«

Sie verstummte.

»Sie beide kommen ja ursprünglich aus Dienten. Mich interessiert, was Sie an dem betreffenden Sonntag dort gemacht haben.«

Margit Karner blickte für einen Moment unschlüssig drein, dann antwortete sie: »Das war … eine Art Ausflug in die alte Heimat …«

Sie sah ihren Mann an.

»Ab und zu will man halt wissen«, sagte er, »was dort los ist und wie es dort zugeht. Was die so alles treiben in dem … Und das können Sie mir glauben, Frau Doktor, die treiben eine ganze Menge. Da gibt's Tourismus, viele Leute kommen hin … da geht's zu. Aber nach außen sind sie alle brav katholisch und spielen heile Welt.«

Langsam verödete das Gespräch. Die Energie von Herrn Karner schien verbraucht zu sein, Frau Karner äußerte sich gar nicht mehr.

Nach ein paar Belanglosigkeiten begleitete Lily das Paar zur Tür, um sich zu verabschieden. Als sie ihm die Hand schüttelte, blickte Herr Karner sie plötzlich intensiv an.

»Sie entschuldigen schon … Ich weiß, dass man das eine Staatsanwältin nicht fragt, aber … wenn Sie nicht katholisch sind, sind Sie dann überhaupt religiös?«

Resolut herrschte ihn seine Frau an. »Geh bitte, was bildest du dir denn ein, die Frau Doktor sowas zu fragen?«

»Lassen Sie ihn ruhig«, sagte Lily. »Ich habe viel von Ihnen wissen wollen. Jetzt haben Sie das Recht auf eine Antwort. Um ehrlich zu sein, ich weiß nicht genau, wie religiös ich bin. Mein Vater hat mich zur Agnostikerin erzogen. Ich glaube manchmal, dass ich Atheistin bin. Und herkunftsmäßig bin ich jüdisch. Sie sehen, das ist alles ein bisschen kompliziert.«

Herr Karner sah sie überrascht an. Eine Art von Respekt lag in seinem Blick. »Aha ... So ist das ... Das gefällt mir. Das gefällt mir sogar sehr. Dann sollen Sie ein Stern sein, der Licht in diese Angelegenheit bringt und alles aufhellt.«

Für einen kurzen Moment war Lily von der unerwarteten, seltsam poetischen Aussage des Mannes peinlich berührt.

Er ließ nicht locker. »Noch etwas will ich Sie fragen. Es geht jetzt nicht um das, was Sie bisher herausgefunden haben, sondern um das, was *Sie* glauben. Also, *glauben* Sie, dass Sebastian Emberger der Mörder unserer Tochter ist? Glauben Sie das?«

Lily atmete tief ein und blickte in die Augen des Mannes, der kein Kind mehr hatte.

»Eines weiß ich ganz sicher«, sagte sie. »Nämlich, dass die Liebe zwischen Ihrer Tochter und Sebastian tragisch war.«

Herbert Karner nickte mehrmals. Dann gingen er und seine Margit den langen, hohen Korridor entlang, zurück in ihre Einsamkeit.

*

Die Eltern von Selma Jordis bildeten das Gegenprogramm zum Ehepaar Karner. Sichtlich wohlsituiert und von vollendeter Selbstbeherrschung betraten sie Lilys Büro pünktlich um fünfzehn Uhr. Sie ließen sich in den beiden Stühlen vor Lilys Schreibtisch nieder.

Barbara Jordis war Ende fünfzig, sie trug ein zartes, schwarzes Kostüm, dem man Qualität und Preis sofort ansah. Ihr Mann Stephan, der Generaldirektor, war älter als sie. In einen edel geschnittenen, grauen Anzug mit feinen Nadelstreifen gekleidet, hatte er zu seinem makellos weißen Hemd eine matt schimmernde, schwarze Krawatte umgebunden.

So, wie sie aussahen und wirkten, hätten sie bei einer Abendeinladung auftreten können. Dennoch offenbarten manche ihrer Blicke und Gesten bei sorgfältiger Beobachtung, und sei es bloß für Bruchteile von Sekunden, eine tiefsitzende Verunsicherung.

Zugleich wirkte das Paar in diesem kahlen, auf das Notwendigste reduzierten Büro einer österreichischen Staatsanwältin sehr fremd. Wie hereingeschneit aus einer von menschlichen Abgründen niemals berührten, von genügend Geld abgefederten Welt, die Krankheit und Tod als bloße Störungen betrachtete.

Lily offerierte beiden ihr Mitgefühl und ihre Anteilnahme. Sie nahmen diese Bekundungen mit scheinbar geübter Geste entgegen, als ginge sie es persönlich gar nichts an.

»Ich möchte Ihnen nur mitteilen, Frau Staatsanwältin«, sagte der Generaldirektor der *SecuriGen* schließlich in keineswegs unfreundlichem, aber sachlichem Tonfall, »dass wir Ihnen für Ihre Bemühungen herzlich danken. Wir sind derzeit, wie Sie sich vorstellen können, mit zahlreichen Aufgaben konfrontiert, die wir zu erledigen haben. Wenn wir Ihnen hier irgendwie weiterhelfen können, würde das meine Frau und mich sehr freuen. Aber ich darf Sie ersuchen, es so kurz wie irgend möglich zu machen. Gezwungenermaßen haben wir viel zu tun.«

Lily nickte höflich. »Selbstverständlich. Sie können sich außerdem darauf verlassen, dass wir alles in unserer Macht Stehende tun, um Licht in diese Angelegenheit zu bringen.«

»Vielen Dank, Frau Staatsanwältin, genau das habe ich von Ihnen erhofft. Ich weiß, dass Sie Ihr Bestes tun werden. Ihr Ruf eilt Ihnen voraus.«

Lily bedankte sich freundlich. Zugleich erstaunten sie die formvollendeten Worte des Versicherungschefs. Trotz oder wegen ihrer dezent übertriebenen Höflichkeit verströmten sie eine kalte Geschäftsmäßigkeit. Als ginge es lediglich darum, einen verdienten Mitarbeiter zu würdigen. Das Unpersönliche schien dem Anlass dieses Zusammenseins nicht unbedingt angemessen.

Lily erkundigte sich, wie das Ehepaar in Barcelona benachrichtigt worden war und ob man sie gut behandelt hätte. Stephan Jordis erzählte rasch, was sich abgespielt hatte, als ginge ihn das Ganze nicht wirklich etwas an. Zu nichts und niemandem hatte er etwas Negatives anzumerken.

Doch schließlich wurde er deutlicher. »Frau Staatsanwältin, ich möchte Ihnen keine Vorgaben machen. Doch wenn es möglich wäre, schnell zum Kern dieses Treffens zu gelangen, wäre das eine Erleichterung für uns. Und bitte verschonen Sie uns mit konkreten Details.

Das möchten wir nicht wissen. Es hilft uns nicht weiter. Wir müssen uns abfinden mit dem, was geschehen ist. Die Art und Weise des Hergangs würde uns nur belasten.«

»Das ist durchaus in meinem Sinn«, sagte Lily und ertappte sich dabei, den gesetzten Tonfall ihres Gegenübers zu imitieren. »Ich habe eine ganz konkrete Frage an Sie. Nämlich, ob Sie mir irgendwelche Hinweise geben könnten, wer hinter dieser Tat stecken oder was das Motiv sein könnte. Auch wenn es aus Ihrer Sicht noch so irrelevant oder unglaubwürdig …«

»Nein, Frau Doktor, da ist leider nichts, womit ich Ihnen dienen könnte. Oder willst du etwas dazu sagen, Barbara?«

Er wandte sich an seine Frau, die mit freundlich runden Augen verfolgte, was sich zutrug. Kurz verzog sie ihre Miene, als müsste sie sich für etwas entschuldigen. »Du hast völlig recht, Stephan. Auch mir fällt überhaupt nichts ein.«

»Wir sind eigentlich davon ausgegangen, dass diesbezügliche Auskünfte nicht von uns erwartet werden. Schließlich kennen wir den Rahmen für dieses Unglück. Nämlich, dass es hier um einen Serientäter geht, der in Wien zugange ist. Wie sollten wir dazu irgendetwas beisteuern könnnen? Das liegt bedauerlicherweise nicht in unserer Macht. Sie müssen sich diesbezüglich wohl auf Ihre Experten verlassen, Frau Staatsanwältin.«

»Sie sehen das richtig«, sagte Lily, »nur ist es unsere Pflicht, die verschiedensten Erkundigungen einzuziehen. Jede noch so kleine Information kann ein Mosaiksteinchen sein, das am Schluss Teil eines großen Ganzen wird.«

Generaldirektor Jordis blieb höflich distanziert. »Aber selbstverständlich. Dennoch sind Ihre Fragen, wenn Sie mir diese Bemerkung gestatten, nicht ganz … wie auch immer. Ich glaube ganz einfach, dass Selma hier vom Schicksal getroffen worden ist. Dieses Schicksal hat es oft sehr gut mit ihr gemeint. Sie war enorm begabt.«

Seine Frau pflichtete ihm bei. »Wirklich wahnsinnig talentiert war sie.«

»Nun hat das Schicksal es gewollt, dass geschehen ist, was eben geschehen ist. Es ist sinnlos, dagegen zu opponieren.«

Lily versuchte es mit Fragen zu Selma Jordis' Freundes- und Bekanntenkreis. Doch viel kam nicht dabei heraus. Erneut zeigte sich, dass Selma eine Einzelgängerin gewesen sein musste, völlig fokussiert auf ihren Traum von einer Existenz als Designerin und Künstlerin. Dabei hatte sie sich von niemandem ablenken lassen wollen.

Ob sie nicht auch verliebt gewesen sei und Beziehungen zu Männern gehabt habe, schließlich sei eine künstlerische Hochschule doch ein gutes Terrain, um interessante Leute kennenzulernen? Das sei alles richtig, stellte der Vater fest, doch Selma habe sich als hochbegabte Solistin begriffen, die keinen Mann an ihrer Seite nötig gehabt hatte. Verliebt sei sie wohl auch gewesen, das sei etwas Menschliches, aber etwas Ernstes sei daraus jedenfalls nie entstanden. Und die Mutter nickte dazu freundlich, die Äußerungen ihres Mannes bestätigend.

»Dann darf ich Sie noch bitten, sich das anzusehen«, sagte Lily und reichte ihnen die Phantombilder. »Sagen Ihnen diese Gesichter etwas? Kennen Sie zufällig jemanden, der so aussieht und sich eventuell im Umkreis von Selma befunden hat?«

Herr und Frau Jordis studierten die Bilder mit Sorgfalt. Ihre Mienen blieben ausdruckslos.

Der Generaldirektor schüttelte bedauernd den Kopf. »Leider kann ich dazu nichts sagen, ich kenne keine Person, die dem entsprechen würde, was ich da sehe.«

»Ich muss ebenfalls passen«, sagte Barbara Jordis sofort. »Wer soll das sein?«

Lily legte die Phantombilder zu ihren Unterlagen. »Reine Routine, machen Sie sich keine Gedanken. Kennen Sie übrigens einen *Tom* oder eine *Nicole,* die sich in Selmas Umfeld aufgehalten haben könnten?«

Lily erntete ratlose Blicke. Nur in diesen Momenten war ersichtlich, dass das Ehepaar aus zwei echten Menschen bestand, und nicht aus Zombies.

Der Vater war schließlich ganz eindeutig. »Diese Namen sagen mir gar nichts. Und dir, Barbara?«

»Mir geht es genauso. Was für Leute sollen das sein?«

»Das sind zwei Personen, die vielleicht mit ihrer Tochter bekannt waren«, sagte Lily. »Eventuell sogar gut befreundet.«

Das Ehepaar verharrte in ausdrucksloser Starre. Nichts von dem, was jemals außerhalb ihres Horizonts gewesen war, spielte für sie nur die geringste Rolle.

Aber immerhin klang Barbara Jordis' Stimme matter als bisher. »Von denen habe ich nie gehört. Selma hat mir eigentlich immer alles erzählt. Da hätte sie die zwei doch erwähnt. Möglicherweise liegt da eine Verwechslung vor. Oder ein Irrtum.«

»Irrtümer kann man natürlich nie ausschließen«, sagte Lily. »Jedenfalls möchte ich Sie bitten, sich umgehend bei mir zu melden, falls Ihnen doch noch etwas dazu einfallen sollte.«

Der Abschied vom Ehepaar Jordis ging höflich und rasch vonstatten. Lily ging zum Fenster und öffnete es. Von draußen kam warme, frische Luft herein. Der Straßenverkehr, der sie sonst so oft störte, irritierte sie diesmal überhaupt nicht. Sie empfand ihn vielmehr als Ausdruck einer Lebendigkeit, die sie in der letzten Stunde vermisst hatte.

Oberflächlich betrachtet hatte sich aus den Gesprächen nichts Neues ergeben. Um mehr über Selma Jordis und die beiden Unbekannten herauszufinden, konnte man nicht auf das elegant-distinguierte Paar aus der Welt des Spitzenmanagements setzen. Da mussten die üblichen polizeilichen Methoden zu besseren Informationen führen.

Doch Lily hatte das Gefühl, der Wahrheit über den Tod Magdalena Karners nahegekommen zu sein. So nahe, dass sie, als sie an das Gespräch mit den beiden Leuten aus Salzburg zurückdachte, diese Wahrheit einen Moment lang beinahe mit Händen greifen zu können vermeint hatte.

So rasch, wie sie gekommen war, löste sich diese Ahnung wieder auf. Zurück blieben die Ungereimtheiten.

Da war das brave und katholische Mädchen, das sich nackt tanzend vor der Kamera eines Voyeurs produziert hatte. Und da war der Verdächtige, der vom Vater der Ermordeten in Schutz genommen worden war. Wenn es gelang, all dies zu einem stimmigen Bild zusammenzufügen, wäre die Wahrheit endgültig festgemacht. Davon war Lily überzeugt.

Erneut fiel ihr Deschos Anmerkung ein. Er hatte notiert, dass Herr Karner beim ersten Gespräch stark nach Alkohol gerochen habe. Lily hatte keine Möglichkeit gesehen, danach zu fragen. Womöglich wäre die Frage als Eindringen in die Intimsphäre empfunden worden und hätte die Gesprächssituation zerstört. Außerdem war natürlich nicht klar, ob dieses Detail irgendwie relevant war. Dennoch machte sich Lily heftige Vorwürfe, sich nicht danach erkundigt zu haben.

Aber an dem, was gewesen war, ließ sich nicht mehr rütteln. Man musste damit auskommen. Also musste Herr Karner als Alkoholiker betrachtet werden. Seine Aussagen hatten entsprechend beurteilt zu werden. Auch heute hatte er zwischen Apathie und plötzlicher Erregung geschwankt. Seine Fragen hinsichtlich der Religiosität Lilys waren mit dem für Alkoholiker typischen Hang zu Aufdringlichkeit und emphatischer Vertrauensseligkeit erfolgt.

Lily setzte sich an ihren Tisch, um Gesprächsnotizen anzufertigen. Danach erst kontrollierte sie ihr Handy, das die ganze Zeit über in einer Schublade gelegen war.

Oberstaatsanwalt Lenz hatte angerufen und eine Nachricht auf der Mobilbox hinterlassen. Dringend ersuchte er um ein Gespräch.

18

»Sie sind jetzt ein wahrer Medienstar, Frau Kollegin«, sagte Otto Maria Lenz am Telefon.

Süßlich war der Tonfall zwar. Nicht unbedingt herzlich.

Lily war unterwegs zur Besprechung mit Belonoz und dessen Mannschaft. Diesmal hatte sie sich entschlossen, den Weg zu Fuß zu bewältigen. Dabei konnte sie das Gespräch mit dem Oberstaatsanwalt hinter sich bringen. »Wenn sich ein solcher Auftritt hätte vermeiden lassen, wäre mir das durchaus recht gewesen.«

»Sie sagen es … aber dieser Fall steht nun einmal im Zentrum der Aufmerksamkeit. Und damit auch Sie selbst. Sie werden damit leben müssen, solange … Aber wo wir gerade beim Thema sind … wie verlaufen die Ermittlungen?«

»Aufschlussreich. Eine Fülle von Informationen und Material muss analysiert werden. Wir sind auf dem richtigen Weg.«

»Hervorragend, Frau Kollegin. Sagen Sie, stimmt das, was Sie in der Pressekonferenz verlautbart haben, nämlich, dass Sie dem Mörder auf der Spur sind?«

»Was nicht automatisch heißt, dass ich schon morgen eine Verhaftung anordnen werde.«

»Das wäre auch zu schön gewesen. Aber Sie können mir sicher sagen, ob dieser Emberger in Betracht kommt.«

»Als Täter? Das ist die große Frage.«

Lenz' Stimme geriet noch weicher. »Wissen Sie, es wäre für uns alle sehr günstig, wenn das die Lösung wäre. Die Eltern sind natürlich arm dran, das wäre nicht so ideal für deren Geschäft … Aber zumindest wäre das Vertrauen der Öffentlichkeit in Justiz und Polizeibehörden wiederhergestellt. Sie wissen, Frau Kollegin, was die Zeitungen über uns schreiben. Ein rasches Ende mit Schrecken wäre einem Schrecken ohne Ende ganz gewiss vorzuziehen.«

»Das kann ich verstehen«, sagte Lily. Sie überlegte, ob österreichische Führungskräfte alle dieselbe Schule besuchten, wo übertrieben höfliches Herumreden und Jonglieren mit Konjunktiven gelehrt wurden. Generaldirektor Jordis hatte ähnlich auf sie gewirkt, wenngleich nicht so beamtenhaft verklausuliert.

»Wenn es gute Hinweise auf Embergers Täterschaft gibt, dann lassen Sie sich nicht aufhalten, Frau Kollegin. In unserem Beruf wissen wir nur zu gut, dass man eben manchmal mit Indizien ein Auskommen finden muss. Man kann nicht immer alles hundertprozentig beweisen, nicht wahr?«

»Das kann vorkommen, Herr Oberstaatsanwalt«, sagte Lily vorsichtig.

»Um an den Anfang unseres Gesprächs zurückzukommen … das war natürlich eine starke Ansage von Ihnen, dieser Satz über die Pressefreiheit … Unrecht haben Sie nicht, ich war durchaus amüsiert. Trotzdem, vielleicht geht es das nächste Mal ein wenig milder … Journalisten sind die reinsten Mimosen. Sie wissen, was ich meine, Frau Kollegin … Also, alles Gute und viel Erfolg.«

In seiner Manier, Gespräche mit Höflichkeitsfloskeln in die Länge zu ziehen, um sie relativ abrupt zu beenden, hatte Lenz aufgelegt.

Lenz war um sein Image in den Medien besorgt. Lily nahm sich vor, in Zukunft behutsamer zu sein. Man musste sich nicht jetzt schon mit den Journalisten anlegen. Später, wenn der Fall geklärt war, würde man offene Rechnungen begleichen können.

Doch die Fragen zur Täterschaft Embergers alarmierten Lily. Offenbar gab es den Wunsch, die ganze Angelegenheit rasch zu einem Abschluss zu bringen und einen Schuldigen zu präsentieren. Ob manche Fragen ungeklärt bleiben würden, war da nicht mehr von Interesse. Angesichts der exzellenten politischen Beziehungen, die Lenz pflegte und denen er auch seinen Posten verdankte, konnte ein diesbezüglicher Hintergrund nicht ausgeschlossen werden. Manch Mächtige in Wien wünschten sich offenbar, dass Ruhe einkehre. Auch auf die Gefahr hin, dass es einen Falschen treffen könnte. Wobei die Tatsache, dass Sebastian Emberger tot war, alles leichter machte. Die Sache wäre rasch vom Tisch, weil nicht einmal mehr ein Gerichtsverfahren die Gemüter erregen würde.

Lily wusste diese Zeichen zu deuten. Von nun an musste sie auf der Hut sein.

Und Verbündete finden.

*

»So weit ist es schon«, sagte Belonoz. »Wenigstens weiß man, woran man ist.«

Er saß mit Lily in seinem Büro. Lily hatte ihn zu einem Gespräch gebeten, noch vor der allgemeinen Lagebesprechung. »Jetzt fangen die politischen Interventionen an. Das war ohnehin nur eine Frage der Zeit. Die Presse schießt aus allen Rohren. Und die Politiker machen sich deshalb in die Hose.«

»Sie glauben, dass hinter den Worten von Lenz mehr steckt?«, fragte Lily.

»Ich kenne Lenz gut. Ein typischer Vertreter des Systems.«

»Was für ein System meinen Sie?«

»Den politisch-medialen Justizkomplex. Lenz ist ein Netzwerker allererster Güte. Damit hat er einiges erreicht. Aber er will mehr. Und ewig Zeit hat er in seinem Alter auch nicht mehr.«

»Was will er denn werden?«

»Richter am Verfassungsgerichtshof zum Beispiel. Oder Justizminister. Vielleicht sogar Bundespräsident. Falls er es schafft, sich zum gesetzestreuen Beamten zu stilisieren, der stets nur das Wohl des Landes im Sinn hat. Es gibt genügend Österreicher, die auf einen derartigen Schwachsinn hereinfallen. Weil sie nicht wissen, was hinter den Kulissen passiert.«

»Also müsste es auch in seinem Interesse sein, dass dieser Fall gründlich aufgeklärt wird, nicht nur schnell.«

Belonoz schüttelte verächtlich den Kopf. »Lenz verhält sich wie ein Politiker. Er befindet sich in ständigem Wahlkampf bei den Mächtigen und Einflussreichen. Und Politiker benötigen für ihre Bilanz nicht unbedingt echte Erfolge. Sondern Resultate, die sie als Erfolge interpretieren können. Nur Tatenlosigkeit wird bestrraft. Genau so handelt Lenz. Er sucht irgendein Resultat. Mit der Betonung auf *irgendein*.«

»Gut, aber ein Serienmörder ist eine Sache für sich. Wenn Emberger unschuldig war, könnte der Täter wieder zuschlagen. Dadurch würde unweigerlich jeder sehen, dass hier kein …«

»Und wenn es bei den vier Morden bleibt, Frau Doktor? Sebastian Emberger wäre plötzlich die Lösung aller Probleme. Sollten Sie oder ich versuchen, weiter zu ermitteln, wird man uns behindern. Bis wir keine Chance mehr haben, jemals die Wahrheit herauszufinden.«

»Nehmen wir an, dass es zu einem neuen Mord kommt …«

»Dann wird man von einem Nachahmungstäter sprechen, einem Trittbrettfahrer. Ich habe das erlebt. Wenn später die Wahrheit doch noch ans Licht kommt, kümmert sich niemand mehr darum. Und alle, die unbequeme Meinungen vertreten, werden bis dahin als Spinner abgetan.«

Lily runzelte die Stirn. »Ich bin nicht sicher, ob …«

»Politiker lieben einfache Lösungen. Fliegt eine Sache irgendwann auf, suchen sie Sündenböcke. Und beschuldigen uns, sie falsch informiert zu haben. Oder sie wenden andere Methoden an. Das ist die Stunde der Helfershelfer.«

»Sie hören sich an wie ein Verschwörungstheoretiker, Herr Major.«

Belonoz lächelte sarkastisch. »Frau Doktor, Sie erinnern sich wohl kaum an den STEVO-Skandal vor dreißig Jahren. Der Firmenchef hat an einer Autobahnraststätte einen tödlichen Herzinfarkt erlitten. Sein Hausarzt hat von Herzproblemen nichts gewusst. Der Waffennarr und Extremist Blumenau hat in seiner videoüberwachten Zelle Suizid begangen. Und der lebenslustige Verteidigungsminister Litzenberg hat sich während einer Jagd erschossen. Ein Linkshänder, der die Pistole mit der rechten Hand bedient haben soll. Zuvor hat es Gerüchte um einen illegalen Waffendeal mit dem Nahen Osten gegeben. So lösen sich Probleme in Luft auf. Gegen Tote wird nicht ermittelt.«

Lily wusste nicht, wie sie jetzt argumentieren sollte. Vieles in ihr sträubte sich dagegen, wie ihr Belonoz die Welt erklärte. Sie mochte keine alternden Menschen, die versuchten, ihre Verbitterung an nachwachsende Generationen weiterzugeben. Zugleich widerstrebte es ihr, Belonoz in diese Kategorie einzureihen.

»Sind Sie überzeugt, dass da immer etwas faul war?«, fragte sie.

»Wer hätte das denn näher untersuchen sollen? Als Polizist möchte man nicht zum Spinner oder Verschwörungstheoretiker erklärt werden. Und wer zu oft die falschen Fragen stellt, wird versetzt.«

Lily begriff. »Ist das Ihnen passiert?«

»Ich habe nicht nur Fragen gestellt, sondern meinem damaligen Vorgesetzten auch eine unmissverständliche Antwort gegeben. Mit meiner Faust.«

»Wie sollen wir uns also verhalten, Herr Major?«

»Sie haben mir bei unserem ersten Treffen versprochen, dass es anders laufen würde. Also schlage ich vor, dass wir unsere Arbeit erledigen. In alle Richtungen und intensiv. Bis sich ein Erfolg einstellt. Inzwischen können wir den Bestien ein paar Häppchen zum Fressen hinlegen. Damit sie beruhigt sind und glauben, dass wir in ihrem Sinn handeln.«

»Es wird nicht einfach werden«, sagte Lily und seufzte.

Belonoz schaute sie an. Sein Gesichtsausdruck verriet keine Emotion.

*

Wegen der Klimaanlage stellte es beinahe ein Vergnügen dar, sich im Besprechungsraum aufzuhalten.

Lily reichte den Anwesenden jeweils ein paar zusammengeheftete Blätter. Die Kurzfassung ihrer Gespräche mit den Eltern von Magdalena Karner und Selma Jordis. Ursprünglich hatte Lily erwogen, ihre Notizen allen zu mailen. Doch Belonoz hatte ihr abgeraten.

»Falls Ihnen irgendetwas auffällt oder einfällt, dann sagen Sie es bei unserem nächsten Treffen. Frau Metka, haben Sie Ulla Koppel inzwischen noch einmal telefonisch erreicht?«

»Ja, nach zwei Stunden hat sie endlich abgehoben«, sagte Marlene Metka. »Wozu haben die Leute überhaupt ein Mobiltelefon, wenn sie nie …?«

»Was hat sie erzählt?«

»Die Gesichter auf den Phantombildern hat sie nicht erkannt. Und sie hat nicht gewusst, dass Selma Jordis ihren Eltern nie etwas von *Tom* und *Nicole* erzählt hat. Aber sie hat mit Selma auch nicht darüber gesprochen. Und dann habe ich sie noch gefragt, ob Selma vor ihren Eltern gelegentlich Dinge verheimlicht hat. Sie hat gemeint, dass das vorgekommen ist, aber selten.«

»Hat sie das näher erläutert?«

»Ihre Eltern waren sehr besorgt um Selma, haben sich andererseits aber nur für das berufliche Fortkommen der Tochter interessiert. Dass sich Selma auch verliebt oder mit jemandem ins Bett geht, haben sie nie zur Kenntnis nehmen wollen. Für sie war Selma ein asexuelles Wesen. Immer die brave Tochter. Meint jedenfalls die Koppel.«

»Haben Sie ihr die Frage gestellt, um die ich Sie gebeten hatte?«

»Da hat sie gelacht und behauptet, dass ihr das garantiert aufgefallen wäre«, sagte Metka völlig ernst. »Selma Jordis war völlig *straight*. Genau dieses Wort hat die Koppel benutzt. *Straight*. Von zeitweise lesbisch oder bisexuell keine Spur.«

Während Nika Bardel und Edi Steffek einander anblickten, dachte Lily für einen Moment nach. »*Straight*. Wir haben eine junge, begabte, ehrgeizige Studentin. Die praktisch keine nachweisbaren Beziehungen mit Männern hat und nicht lesbisch ist. Dann treten *Nicole* und *Tom* in ihr Leben. Den Eltern erzählt sie nichts davon, der besten Freundin ebenfalls wenig. Zwischen den beiden Freundinnen gibt es exakt zu diesem Zeitpunkt eine Pause in der Kommunikation, die von Selma nicht begründet wird. Wir wissen aber, dass sie von diesem *Tom* sehr angetan war. Und dass da irgendein großes Problem ist, das Selma lösen möchte. Sie selbst spricht von einem *Hindernis*. Zuletzt ist sie sehr gestresst ... Na ja, das klingt relativ logisch. Frau Metka, haben Sie die E-Mails bekommen?«

Metka stand auf und reichte Lily ein paar Seiten. »Nicht besonders ergiebig. Mitschnitte der Telefongespräche wären natürlich großartig gewesen, weil man ...«

»Terrorverdacht war aber keiner im Spiel«, sagte Lily und überblickte die E-Mails. »Wenigstens liefert uns das eine zeitliche Linie. Anfang März sind sie vergleichsweise ausführlich. Da findet die Kommunikation alle zwei, drei Tage statt, manchmal sogar täglich ... Ende März werden sie sichtlich kürzer ... Von da an werden offenbar nur noch sporadisch Mails geschickt.«

»Wie gesagt, seit Anfang Mai haben sie zumindest wieder telefoniert, sagt die Koppel. Gemailt hat Selma Jordis lediglich, wenn sie vergeblich angerufen hat.«

»Da war sie wieder aktiv an einem Kontakt interessiert ... Was ist übrigens mit der Putzfrau?«

»Die habe ich am Nachmittag vernommen«, sagte Kovacs. »Sie kriegen noch heute das ausführliche Protokoll, Frau Doktor.«

»Vielleicht eine kurze Zusammenfassung?«, bat Lily.

»Zuerst war sie extrem zurückhaltend. Ich habe ihr zugesichert, dass alles unter uns bleibt und wir die Schwarzarbeit nicht weitermelden. Dadurch wurde sie gesprächiger. Sie hat die Namen *Tom* und *Nicole* nicht gekannt. Aber sie hat sie auf den Phantombildern identifiziert und angegeben, beide ein paarmal in der Wohnung flüchtig gesehen zu haben. Außerdem hat sie erzählt, dass sie am Montag und am Donnerstag dort geputzt hat …«

»Zweimal wöchentlich?«

»Genau.«

Metka schmunzelte. »Mir würde es schon reichen, wenn jemand einmal pro Woche zu mir zum Putzen kommt.«

»Sie sagen es, Frau Metka … Und weiter, Herr Kovacs?«

Kovacs überflog sein Gesprächsprotokoll. »In der Wohnung hat sie zwischen dreizehn und fünfzehn Uhr gearbeitet. Einmal, als sie hingekommen ist, hat Selma Jordis sie wieder weggeschickt. Dabei hat sie im Hintergrund diesen *Tom* gesehen, halb bekleidet. Er und Selma hätten verschlafen ausgeschaut, wie gerade erst aus dem Bett gestiegen. Und in der ungelüfteten Wohnung soll es muffig gerochen haben, ein irgendwie unangenehmer, schwerer Duft, leicht verfault und süßlich … Selma Jordis hat ihr aufgetragen, niemandem zu sagen, dass sie weggeschickt worden ist. Dabei war sie streng und aggressiv. Angeblich ungewöhnlich für das Mädchen. Jordis hat sogar gedroht, dass sie ihre Arbeit verlieren könnte, falls sie etwas weitererzählt. Beim nächsten Mal ist Selma Jordis dann wieder so nett wie immer gewesen.«

»Ziemlich eindeutig«, sagte Belonoz kühl.

Lily lehnte sich zurück. »Selma hat mit dem Unbekannten Sex gehabt, er hat bei ihr übernachten dürfen. Und was den Geruch in der Wohnung betrifft …«

»Könnte Cannabis gewesen sein.«

»Warum nicht?«

»Das ist ja lustig«, sagte Metka. »Ich habe Ulla Koppel routinemäßig gefragt, ob ihre Freundin schon einmal Drogen konsumiert hat. Sie hat blöd gelacht und behauptet, dass Selma bestenfalls Alkohol getrunken hat. Und bestenfalls alle heiligen Zeiten.«

»Sonst noch was, Herr Kovacs?«

»Eigentlich nur, dass Jordis an sich als ordentliche Person bekannt war. In letzter Zeit dagegen hat sich die Wohnung in einem unaufgeräumten, fast schon chaotischen Zustand befunden, wenn die Putzfrau gekommen ist.«

Belonoz zuckte mit den Achseln. »Sobald ein hübscher Jüngling das Leben eines strebsamen, sexuell wenig erfahrenen Mädchens auf den Kopf stellt, ändert sich halt so manches.«

»Genau das ist die Situation, Herr Major«, sagte Lily nachdenklich. »Zum ersten Mal hat sich in ihrer braven Welt etwas Aufregendes getan. Vielleicht war sie zum ersten Mal ernsthaft verliebt, möglicherweise hat sie zum ersten Mal erlebt, was Sex bedeuten kann … All das ist normal. Aber hier hat sich ein Mord ereignet. Deshalb müssen wir das Geschehen mit anderen Augen betrachten. Der Zustand der Wohnung ist symptomatisch. Viele Menschen, die in eine seelische Krise geraten, vernachlässigen ihr Zuhause.«

Bereits während der letzten Minuten war Nika Bardel auf ihrem Platz unruhig geworden. Zuvor hatte sie verkrampft gewirkt, mehr und mehr hatte sich ihr Blick starr auf die Tischplatte fokussiert.

Nun hielt sie es nicht mehr aus. Schneidend klang ihre Stimme. Und böse. »Entschuldigung, Frau Doktor. Aber was hat das noch mit unserem Fall zu tun? Ich sehe den Zusammenhang zwischen dem Privatleben dieser reichen Studentin, die halt zum ersten Mal etwas Wildes erlebt, und dem Serienmörder, der sich seit Wochen in Wien herumtreibt, nicht. Diesen Psychopathen, der junge Frauen tötet, müssen wir endlich finden. Darum sollte es doch gehen. Nämlich um Strategien, wie man den Mörder fängt. Und falls ohnehin Sebastian Emberger der Mann war, den wir suchen, kann ich eigentlich überhaupt nicht akzeptieren, wie hier stundenlang analysiert wird, was irgendeine Putzfrau berichtet. Oder was eine Freundin plaudert, die zum Tatzeitpunkt in Barcelona war.«

Im Raum herrschte kurz Stille. Willentlich oder nicht, Nika Bardel hatte die Rolle des Advocatus Diaboli eingenommen. Sie stellte alles Erreichte gleich wieder in Frage.

Das war das Problem solcher Ermittlungen. Jede Freude darüber, möglicherweise endlich so etwas wie eine Spur entdeckt zu haben, wurde irgendwann von Zweifeln überschattet. Dann war nichts mehr sicher. Alles wurde in Frage gestellt, von den kleinen Details angefangen bis hin zum Sinn des großen Ganzen und der eigenen Fähigkeiten überhaupt. Polizisten, die länger in einer Mordkommission tätig waren, haben hundertfach erlebt, wie auf erhoffte Durchbrüche die Krise folgte.

Lily wusste, dass sie jetzt gefragt war. Sie musste den Ausweg finden, denn vorher würden sie alle diesen Raum nicht verlassen können.

»Frau Bardel, Ihre Einwände sind wichtig«, sagte sie bedächtig und in sachlichem Ton. »Erlauben Sie mir, Ihnen allen eine Frage zu stellen. Wie liefen die Ermittlungen bisher? Also bevor ich die Untersuchung übernommen habe?«

Belonoz blickte ins Leere. Steffek sah kurz Lily an, senkte den Blick aber sofort wieder. Metka und Kovacs schauten einander an, danach beide gleichzeitig Nika Bardel.

Und Bardel merkte, dass sie sich nicht einfach wieder aus einer Debatte ausklinken konnte, die sie angestoßen hatte. »Beim ersten Fall, also beim Mord an Sabine Foltinek, haben wir schon das Privatleben erforscht. Aber Ihr Vorgänger hat eher die These vertreten, dass ein Psychopath am Werk ist. Wegen der Umstände der Tat, natürlich wegen der ausgestochenen Augen. Der zweite Mord in derselben Weise hat seine Ansicht bestätigt.«

»Schön, aber in welche Richtungen haben Sie ermittelt?«

»Abgesehen vom privaten Umfeld des Opfers haben wir uns nach einschlägig Vorbestraften umgeschaut. Also die übliche Routine. Wir haben nach Leuten gesucht, die für diese Tat in Frage kämen, weil sie sexuell oder psychisch gestört sind.«

»Hört sich sehr gut an. Eine exzellente Strategie. Zu welchem Ergebnis sind Sie gelangt?«

Bardel bewegte sich nach wie vor kaum. Aber der Blick, mit dem sie Lily bisher fixiert hatte, war nun weniger starr, sondern wanderte durch den Raum. Wie auf der Suche nach einem festen Punkt. »Wir haben alle abgecheckt, die irgendwie auffällig geworden sind. Bis hin zum letzten Exhibitionisten. Dann haben wir im einschlägigen Milieu recherchiert, bei Prostituierten oder Zuhältern. Wir haben nach gewalttätigen Gästen gefragt. Nach Leuten, die gerne fesseln und dabei vielleicht schon einmal ausgezuckt sind. Außerdem haben wir die österreichischen Pornoproduzenten gefragt, ob sie Personen kennen, die ihnen irgendwie auffällig vorgekommen sind, zum Beispiel brutal oder sadistisch.«

»Okay, Frau Bardel, das waren lauter Ermittlungen, die wichtig und richtig waren. Aber noch einmal, was war das Ergebnis?«

»Null«, sagte Bardel überraschend kleinlaut.

»Was würden Sie also vorschlagen, Frau Bardel? Wo und wie sollen wir weitersuchen?«

Unvermittelt war Lily zu einem sanften, verständnisvollen Tonfall umgeschwenkt. Nika Bardel schien für einen Augenblick lang überfordert.

Schließlich raffte sie sich doch zu einer Antwort auf. »Es liegt natürlich bei Ihnen, die Richtung zu bestimmen, in die ermittelt wird … Es ist mir nur … komisch vorgekommen und ziemlich unpassend … diese ganzen privaten Details … Was ist, wenn es jemand war, den wir einfach nicht kennen? Der noch niemals irgendwo aufgefallen ist. Ein Nobody, der sich in schwarzes Leder hüllt und tötet, aber sonst irgendwo in seiner Wohnung sitzt oder mit seinen Kindern spielt. Da wäre es völlig sinnlos, im Privatleben der Opfer herumzuwühlen.«

Lily nickte. »Das wäre tatsächlich sinnlos, wenn dieser Nobody nie etwas mit diesem Privatleben zu tun gehabt hätte. Wenn ein völlig Fremder, der noch niemals irgendwie und irgendwo auffällig geworden wäre, urplötzlich beschlossen hätte, in Wien allein lebende Studentinnen ähnlichen Alters auf ähnliche Art und Weise zu ermorden. Ohne nennenswerte Spuren oder Hinweise zu hinterlassen. Wenn es so wäre, könnten wir eigentlich gar nichts tun. Außer abzuwarten, bis irgendein Zufall uns irgendwann zum Täter führt. Oder wir überlegen, ob wir dem Täter eine Falle stellen können. Gibt es dafür Ideen?«

Bardel schwieg, obwohl alle Blicke auf sie gerichtet waren.

»Leute, das genügt«, sagte Belonoz, »dass wir den Täter noch nicht haben, ist blöd genug. Aber es wäre eine Katastrophe, wenn man uns vorwerfen könnte, wir hätten nicht genügend ermittelt. Das wäre für jeden von uns das Ende seiner Polizeilaufbahn. Das absolute Ende. In meinem persönlichen Fall ist das vielleicht egal, mich würde man irgendwohin befördern. Aber dass an diesem Tisch ein paar Menschen sitzen, die noch so etwas wie eine Karriere erleben möchten, weiß ich ganz genau.«

Lily sah Nika Bardel genau an, dann die anderen Anwesenden.

»Etwas Wichtiges habe ich Ihnen noch gar nicht gesagt. Ich vertraue Ihnen. Zum Beispiel Ihnen, Frau Bardel. Ebenso Ihnen, Herr Steffek, und genauso Ihnen, Frau Metka und Herr Kovacs. Das ist es, was Sie wissen sollten. So wie ich Herrn Major Belonoz kennengelernt habe, sitzen Sie alle nicht zufällig hier. Sondern weil Sie die Besten sind. Bei mir liegt offiziell die Verantwortung für die Ermittlung. Sollte es lauter Irrwege geben, sollten die Ermittlungen zu nichts führen, sollte der Täter weitermorden, fällt das auf mich zurück. Ich würde eine Pressekonferenz geben und dort erklären, dass alle Fehler auf meine Kappe gehen. Weil ich nicht gut genug war. Ich, sonst niemand. Darauf können Sie sich verlassen. Ist das ein Deal?«

Es war, als wäre ein böser Zauber von einem Moment auf den anderen aus dem Raum verschwunden.

Man atmete durch.

Nika Bardel streckte sich und lehnte sich in ihrem Stuhl zurück. Ihre Gesichtszüge entspannten sich. Sie nahm das Glas Wasser, das bisher unberührt geblieben war, und trank es zur Hälfte aus.

Sie sah Lily an. »Danke, dass Sie das gesagt haben. Ich habe überreagiert. Sorry.«

Belonoz stand auf. »Die Ermittlungstaktik ist also klar. In alle Richtungen. Nichts und niemand sind tabu. Ob irgendeine Nachforschung was bringt oder nicht, ist weniger wichtig, als dass sie geschieht. So, jetzt ist Pause. Fünfzehn Minuten. Und du, Nika, kommst in mein Büro und trinkst dort ein Bier. Aus der Dose, das wird dir als Steirerin nicht passen, aber Befehl ist Befehl. Beschweren kannst du dich bei der Personalvertretung. Das ist mir auch schon scheißegal.«

Nika Bardel lächelte.

*

Draußen versank die Sonne als oranger Ball in einem blutroten Meer am Horizont. Doch ihre letzten, schwächer werdenden Strahlen wurden ausgesperrt. Die Jalousien verhinderten, dass sie ins Zimmer drangen.

Rauchschwaden schwebten in der Luft.

»Sollten wir nicht etwas tun?«, fragte der junge Mann.

Er lümmelte auf dem Ledersofa, schläfrig, oder erschöpft. Vielleicht beides zusammen.

»Das klärt sich von allein«, sagte seine Gefährtin.

Sanft sprach sie mit ihm. Wie man sich mit Kindern unterhält. Mit überdeutlicher Zuwendung. Das benötigte er dringend.

Zärtlich streichelte sie seinen Kopf. »Du musst dir keine Sorgen machen. Wirklich nicht.«

Er reagierte nicht. Denn er musste nachdenken. Dazu benötigte er Ruhe. Und Zeit.

Schließlich raffte er sich auf. Er wollte reden, und zwar jetzt. »Lass mich nur einmal überlegen … Was ist, wenn sie uns finden? Und dann kommt heraus … Wir haben sie ja gekannt und ich habe … Sicher werden sie uns fragen, warum … Also was da los war und … und warum wir nicht fähig waren … Ich weiß nicht, ich habe irgendwie Angst … dass alles zerbricht …«

Sie umarmte ihn fest und liebevoll. »Du denkst zu viel. Deshalb machst du dir lauter Sorgen. Und du redest so viel. Zu viel …«

Jetzt musste sie lachen. »Dabei sprichst du ohnehin schon so langsam.«

Sie reichte ihm die Zigarette. »Nimm einen Zug. Das wird dich beruhigen, Tom.«

19

»Machen wir weiter. Jetzt geht es um die DNA-Spuren.«

Als Lily den Weg nach Hause nahm, erinnerte sie sich an diesen Satz. Sie hatte ihn gesagt, nachdem die Diskussion um den richtigen Weg der Ermittlungen überstanden gewesen war.

Der Satz hatte selbstbewusst und entschieden geklungen. Professionell. Ganz so, wie sie sein und scheinen wollte.

Sie wunderte sich. Irgendwie war es ihr möglich geworden, in die Haut einer klar denkenden, kühl entscheidenden Staatsanwältin zu wechseln, sobald sie täglich zur Arbeit ging.

Wie war es zu dieser chamäleonartigen Veränderung gekommen? War es einfach die Anpassung an die Umgebung und deren Erfordernisse? Oder verbarg sich dahinter ein unbewusster Wunsch nach einer Veränderung ihrer Persönlichkeit?

Zugleich existierten noch die alten Konflikte in ihr, wenn sie allein und zu Hause war. Die Erlebnisse und Enttäuschungen von New York waren sofort wieder präsent, wenn man ihnen die Möglichkeit dazu einräumte.

Also war es besser, über den Fall nachzudenken.

Im Fall Jordis hatte die DNA-Analyse noch nichts ergeben, daran wurde noch gearbeitet. Bei Magdalena Karner sah es kaum besser aus.

»Alle Spuren wurden geordnet und analysiert«, hatte Steffek gesagt. »Es gibt keine Auffälligkeiten. Nichts, was tatbezogen irgendwie relevant zu sein scheint.«

»Was ist mit dem Leder?«, hatte Lily gefragt.

»Natürlich, das Leder … Die Experten haben sich das noch einmal angeschaut. Kleine Partikel von schwarzem Leder an allen bisherigen Tatorten. Den von Selma Jordis ausgenommen, da müssen wir noch abwarten.«

»Und das Sperma in Magdalena Karners Bett?«

Auf diese Frage hin hatte Belonoz genickt, seine Lippen waren schmal geworden. »Eine schöne Spur, wie aus dem kriminalistischen Bilderbuch. Die DNA ist ermittelt. Aber niemand, auf den sie passt. Jedenfalls keinen, der schon in der DNA-Datenbank verzeichnet ist. Richtig, Edi?«

Gehorsam hatte Steffek genickt, doch Lily war nicht zufrieden gewesen. »Sebastian Emberger wird wohl kaum in der Datenbank vertreten sein, oder?«

Da hatte Steffek sein Gesicht kurz mit den Händen massiert und dann um Entschuldigung heischend zu Lily geblickt. »Sorry, Frau Doktor, das ist mein Fehler, dass ich Ihnen das noch nicht mitgeteilt habe … Es war nicht Embergers Sperma.«

Fatalistisch hatte Belonoz die Arme ausgebreitet. Wie um zu zeigen, dass man in diesem Fall der Willkür des Schicksals ausgeliefert war.

Lily war froh, nach diesem Tag wieder zurück am Rooseveltplatz zu sein. Als sie ihr Haustor aufsperrte, dachte sie jedoch vor allem an das Bild von Magdalena Karner, das sich in ihr geformt hatte.

Die brave Magdalena. Von ihren Eltern geliebt, beschützt und gefördert. Begehrt von einem jungen Mann, den sie auf Distanz gehalten hatte. Sich nackt den Blicken des Voyeurs darbietend. Das Bett in ihrer peinlich geordneten und sauberen Wohnung mit dem Sperma eines unbekannten Dritten befleckt.

Zu viele Widersprüche. Teilaspekte passten zueinander, andere wiederum schienen zu einem ganz anderen Menschen zu gehören, doch gewiss nicht zu Magdalena Karner. Sosehr Lily auch darüber nachdachte, sie schaffte es nicht, eine logische Erklärung zu finden.

Als sie ihr leeres Postfach inspiziert hatte, beschloss sie, es gut sein zu lassen. Es reichte. Kein Nachdenken mehr über die Morde, zumindest heute Abend nicht. Sie musste Abstand gewinnen. Es war wohl gut, dass die Arbeit sie von ihren New Yorker Erlebnissen ablenkte. Doch zu sich selbst fand sie dadurch auch nicht. Gerade das schien ihr nun nötig zu sein.

Nachdem sie in der Küche ein Glas Wasser getrunken und einen Apfel verspeist hatte, rief sie endlich Onkel Neubauer an.

»Es hat ein bisschen gedauert, weißt du«, sagte sie zu ihm. »Ich hab dir zwar versprochen, dass ich mich bald melde, aber …«

Da war diese runde, freundliche, mit Lebenserfahrung gesättigte Stimme, die ihr sofortiges Wohlbefinden injizierte. »Vergiss es, Lily. Ich habe ja mitbekommen, was du machst. Dass du wenig Zeit hast, verstehe ich vollkommen.«

»Na ja, trotzdem …«

»Ich bitte dich! Außerdem bin ich ja selbst auch nicht so flexibel. Gerade habe ich einen Termin …«

»Entschuldige, dann störe ich dich nicht länger. Also dann frag ich dich ganz schnell, ob du am Sonntag Zeit für mich hättest. Ich brauche dringend ein Gespräch mit dir. Ginge das?«

»Sonntag … Lass mich nachdenken … Magst du zum Mittagessen kommen? Nichts Großartiges, ein bisschen Fisch und Gemüse, vorher eine Suppe, dann eventuell ein süßes Dessert, zumindest für dich, weil ich darf ja nicht … Sagen wir, um dreizehn Uhr bei mir?«

»Großartig, also bis Sonntag, und jetzt mach weiter!«

»Gib acht auf dich, Lily. Das ist das Wichtigste.«

Lily atmete tief ein und aus. So kurz das Gespräch mit Onkel Neubauer gewesen war, es hatte ihr ein plötzliches Wohlgefühl verschafft. Sie wählte eine andere Nummer.

»Also gut. Du hast es so gewollt. Ich komme heute Abend.«

Albine jubelte. »Cool. Ich habe schon befürchtet, dass du Stress hast und nicht kannst.«

»Stress habe ich. Deswegen will ich ja kommen. Ich möchte für ein paar Stunden loslassen und entspannt sein. Neue Leute treffen, nette Gespräche führen. Nicht denken, sondern genießen.«

»Was? So kenn ich dich ja gar nicht? Du und nicht denken? Unmöglich!«, sagte Albine lachend.

»Zumindest an etwas anderes denken als an Morde und Ermittlungen und DNA-Tests und Vernehmungen …«

»Schlimm, Lily. Also über die Arbeit wird nicht gesprochen, das ist spießig. Da gibt es diese Anzugträger, die man auf einer Party kennenlernt, und nach dreißig Sekunden fragen die: Und was machst du so? Da sage ich dann immer: Na, *leben* natürlich, das mache ich. Du nicht auch? Solche Typen muss man meiden.«

»Genau, Albine. Also hoffe ich auf nette Leute.«

»Na dann sind wir schon zu zweit. Aber keine Angst, es wird sicher eine nette Party. Du kennst ja Christoph, der lässt keine Spießer in seine Gemächer … Außerdem darfst du dich auf gute Musik und exquisite Getränke freuen. Falls dich das interessiert.«

»Und wie. Wann soll ich wo sein?«

*

Kurz nach dreiundzwanzig Uhr dreißig stieg Lily die enge Treppe hinauf zur Mölkerbastei, einem der letzten Reste der alten Wiener Stadtmauer. Dreimal ging sie ums Eck, bis sie sich auf dem kleinen Platz wiederfand. Das gesuchte Haus erkannte sie gleich. Im *Dritten Mann* war es einst als Location verwendet worden. Orson Welles hatte sich in den Hauseingang geflüchtet und war doch von Joseph Cotton erkannt worden. Lily lächelte in Erinnerung an diese Szene und blickte hinauf zu den geöffneten Fenstern im zweiten Stock. Man hörte mit Musik unterlegte Stimmen.

Nach dem Telefonat mit Albine war Lily von einem heftigen Anfall von Müdigkeit übermannt worden. Sie hatte sich fest vorgenommen, bloß zehn Minuten auf dem weichen Sofa in ihrem Wohnzimmer zu dösen. Daraus waren beinahe zwei Stunden geworden. Offenbar hatte sie den Schlaf nötig gehabt.

Der Dreck und der Schweiß des Tages waren im heißen Wasser der Dusche verdampft. Sie hatte ihren Körper trockengerieben und war in ein dunkelblaues Kleid geschlüpft. Im New Yorker Sommer hatte sie es so gerne getragen.

Geister waren dazu da, ausgetrieben zu werden.

Ein aufkommendes Hungergefühl hatte sie mit einer Eierspeise bekämpft. Danach war sie in die Schuhe mit den höchsten Absätzen, die sie überhaupt besaß, geschlüpft und losmarschiert.

Lily zückte ihr Handy und rief Albine an. Eine Gegensprechanlage oder eine Tastatur für einen Türcode gab es nicht.

Albine schrie Unverständliches ins Telefon, kurz darauf summte der Türöffner. Sie stieg die steinerne Wendeltreppe empor. Alles in diesem Haus war alt und duftete nach Vergangenheit, nach den Menschen, die hier gelebt hatten, und den Schicksalen, die hier verhandelt worden waren.

Albine begrüßte sie mit einer herzlichen Umarmung. »Ich bin so froh, dass du hier bist. Und zum richtigen Zeitpunkt. Vor einer halben Stunde war es noch recht fad.«

»Das habe ich mir gedacht«, sagte Lily. Sie folgte Albine in die Wohnung und schaute sich zaghaft um. »Angenehme Musik. Was ist das?«, fragte sie ihre Freundin.

»Das ist erstens der gute Geschmack von Christoph. Und zweitens gibt es heute einen Abend mit italienischem Rock, Lounge und Bossa Nova aus den Seventies …«

Weiter kam Albine nicht, der Gastgeber war aufgetaucht.

»Schön, dich zu sehen, Lily!«, sagte Christoph und küsste sie auf die Wangen.

»Hallo Christoph.«

»Du siehst großartig aus. New York hat dir sichtlich gutgetan.«

»Danke … wird wohl so sein«, sagte Lily, lächelte mit geschlossenen Lippen und nickte dem Gastgeber so zu, wie man es in den USA tat, als Zeichen, dass alles herrlich in Ordnung war.

Lily war unschlüssig, was von seinen Worten zu halten war. Christophs Tonfall hatte zwar nach ehrlicher Bewunderung geklungen. Doch ein Bewunderer Lilys war er, seitdem sie einander vor fünf Jahren durch Albines Vermittlung kennengelernt hatten. Und das war er seither immer geblieben. Mehr hatte nie stattgefunden. Vielleicht hatte die richtige Gelegenheit gefehlt, die Bekanntschaft auszubauen. Aber er hatte auch nie aufgehört, ihr Komplimente zu machen. Wobei stets unklar blieb, was er sich davon versprach und weshalb er nie versucht hatte, die netten Worte in eine Strategie der Verführung einzubauen. Also waren Christophs Komplimente für Lily mit der Zeit zu etwas geworden, das sie als bloßen Ausdruck von Höflichkeit betrachtete, nicht mehr.

»Komm weiter, Lily«, sagte Christoph, »ich stell dir ein paar Leute vor.«

Albine lächelte ihre Freundin vielsagend an, als hätte sie die Idee noch immer nicht aufgegeben, Lily mit Christoph zu verkuppeln. Sie wanderten in den großen Salon. In diesem Moment wechselte die Musik zu einem sanften Bossa Nova, der weniger von brasilianischer Melancholie als vielmehr von italienischer Leichtfertigkeit gekennzeichnet war. Also die 1970er-Pop-Variante dessen, was Antonio Carlos Jobim und andere einst in Rio erfunden hatten.

Der Raum, zu dessen geöffneten Fenstern Lily vor wenigen Minuten hinaufgeschaut hatte, war in milden Rot- und Gelbtönen beleuchtet. Das diffuse Licht schmeichelte den Anwesenden, die sich als halbdunkle Silhouetten vor den mit großformatigen Bildern gepflasterten Wänden abzeichneten. Die Stimmen der Menschen ergaben einen eigenen Klangteppich, der mit der Musik harmonierte. Alle schienen gelassen, nur vereinzelt hörte man Lacher.

Christoph sah Lily neugierig an. »Was möchtest du trinken?«

»Ein kühler Weißwein wäre fein.«

»Gespritzt?«

»Lieber gut und pur. Gibt es einen Grünen Veltliner?«

»Sicher.«

Albine mischte sich ein. »Für mich auch, ich will hier nicht verdursten.«

Der Gastgeber holte eine Flasche aus dem Kühler, öffnete sie und füllte zwei Gläser.

Lily nickte anerkennend. »Aha, *Riedel*-Gläser.«

»Seinen Stil hat er nicht verloren, der gute Christoph«, sagte Albine genüsslich.

»Ich habe überhaupt nichts verloren, liebe Albine. Ganz im Gegenteil, ich habe sogar manches hinzugewonnen.«

»Versprechen oder Drohung?«, fragte Albine und nahm einen großen Schluck von ihrem Veltliner.

»Bist du noch in dieser Werbeagentur … wie hat sie noch geheißen?«, fragte Lily.

»Ich hab gewechselt, aber … ja, immer noch die Werbebranche.«

»Damit warst du früher ja sehr zufrieden. Ist das immer noch so?«

Albine erhob ihren Zeigefinger wie eine strenge Lehrerin. »Ihr seid so schlimme Kinder. Ihr redet über Berufliches. Das ist *ab-so-lut* verboten, ein Tabu … Moment, entschuldigt mich kurz …«

Albine hatte eine Kollegin entdeckt und eilte zu ihr.

Lily lachte. »Also, jetzt, wo unsere Aufseherin weg ist … Sag schon, geht's dir gut?«

»Es ist noch immer das Kreativ-Sein, das mir gefällt. Aber grundsätzlich ist mir natürlich klar, dass ich eigentlich nichts Weltbewegendes mache. Also nichts, das die Welt besser macht.«

»Solange es die Welt nicht schlechter macht …«

»Das will ich vermeiden. Was noch immer bedeutet, dass die Bilanz gleich null ist.«

Sie sprachen über berufliche und private Lebensentwürfe, über gemeinsame Freunde, kaum über sich selbst.

Lily fiel auf, dass Christoph fast nicht auf ihre Tätigkeit als Staatsanwältin einging oder sie gar mit einer neugierigen Frage zu den Morden belästigte. Nur ganz allgemein erkundigte er sich nach ihrem Arbeitsplatz, führte den Dialog dann aber wieder von diesem allzu offensichtlichen Thema weg. Das gefiel Lily. Sie war erleichtert, dass sie nicht schon wieder in Gedanken in ihr Büro in der Landesgerichtsstraße zurückkehren musste. Doch für einen Augenblick überlegte sie, ob es nicht das war, was Christophs Höflichkeit stets gekennzeichnet hatte. Dieser Hauch von Unverbindlichkeit, den er offenbar nicht abzuschütteln imstande war. Und der mit dafür verantwortlich war, dass es niemals zu mehr gekommen war.

Doch sie schob diese Erkenntnis sofort wieder beiseite. Sie wollte die Party genießen, und Christophs höfliche Zurückhaltung erleichterte dies. Sie lernte andere Menschen kennen, während Christoph sich wieder auf seine Pflichten als Gastgeber besann, und keinem schien sie als die in der Mordserie ermittelnde Staatsanwältin ein Begriff zu sein.

Einmal fragte sich Lily zwar, ob sie nur so taten, ließ den Gedanken jedoch wieder fallen. Die Menschen waren interessant und die Musik angenehm, Lily trank ein zweites und drittes Glas, bis sie das Gefühl hatte, den kriminalistischen Problemen langsam zu entschweben.

Irgendwann wurden die Stimmen der Gäste lauter, ebenso die Musik, es wurde mehr gelacht, und ein paar Mädchen fingen an, zu einem besonders poppigen Bossa Nova ausgelassen zu tanzen. Zwei Mädchen kamen einander näher, sie umschlangen und küssten sich, ihre Hände wanderten über den Körper der jeweils anderen. Lily sah zu ihnen hin. Für einen Moment und völlig gegen ihren Willen dachte sie an Selma Jordis und die zwei Unbekannten namens *Tom* und *Nicole*.

Sie lenkte ihren Blick zu der Gruppe, die sich auf ein paar Fauteuils ausgestreckt hatte. Albine war ebenfalls darunter. Ihr Kopf ruhte im

Schoß eines jungen Mannes, den Lily auf höchstens zwanzig schätzte. Er saugte an einem Joint und reichte ihn dann Albine, die genießerisch einen Zug nahm und den Rauch langsam ausatmete. Kurz streiften einander die Blicke von Lily und Albine, die lächelte und auf den Joint deutete, als böte sie diesen ihrer Freundin an. Lily lächelte zurück und tippte scherzhaft an ihre Stirn. Im nächsten Moment fiel ihr zum ersten Mal der intensive Blick eines hübschen dunkelhaarigen Mannes auf, der sich in Gesellschaft einer auffällig schlanken Brünetten mit wallender Mähne befand. Er mochte Mitte zwanzig sein und machte keine Anstalten, seinen Blick von Lily abzuwenden, während er an seinem Weinglas nippte und ihr völlig unbefangen zulächelte.

Lily erwiderte das Lächeln. Sein Starren empfand sie hingegen als leicht aufdringlich. Kannte er sie vielleicht? Sie war überzeugt, ihn noch nie gesehen zu haben.

Vielleicht gefalle ich ihm einfach, überlegte sie, und der Weißwein ließ diesen Gedanken völlig sorgenfrei und fast schon verlockend erscheinen.

Er war ihr auch nicht völlig zuwider. Wie eine kleine Ewigkeit kam es ihr vor, seitdem sie das Gefühl gehabt hatte, von einem akzeptablen Mann beachtet worden zu sein. Doch machte Lily nun die Erfahrung aller, deren Bild durch die Medien gegangen war. Sie konnte nicht sicher sein, ob der Blick des Mannes unschuldig und aus dem Moment geboren war. Oder ob ihm die Neugier an einer Person zugrunde lag, über die im Fernsehen berichtet worden war, weil sie einen Mörder suchte.

Lily unterhielt sich mit Albines Radiokollegin, als Christoph wiederkam. Er wollte an das frühere Gespräch anknüpfen. Doch er kam im falschen Moment, wie schon immer.

Lily bemerkte, dass sie nur noch zu lustigem Smalltalk zu gebrauchen war. So blieben sie zu dritt und sprachen über interessante Destinationen für den Sommerurlaub. Einmal sah Lily hinüber, wo Albine noch immer in unveränderter Position lag und rauchte. Und sie bemerkte, dass das Interesse des Dunkelhaarigen weiterhin ihr galt und nicht der dünnen Brünetten.

Um zwei Uhr beschloss Lily, nach Hause zu gehen. Sie hatte die Party genossen und wäre gerne noch länger geblieben. Das Ambiente war verführerisch, und sie wusste jetzt noch besser, was sie in New York vermisst hatte. Was ihr entgangen war, als sie in New York nur Zeit für Berufliches und eben diesen einen Mann gehabt hatte. Lily schalt sich selbst dafür, wie dumm sie gewesen war. Wie sie das eigene Leben eingeengt hatte, und dabei verdrängt hatte, was die Welt mit all ihren Menschen zu bieten hatte. Wie sie vernünftig gewesen war, anstatt neugierig zu sein.

Doch dass morgen ein Arbeitstag auf sie wartete, machte auch der Grüne Veltliner nicht ganz vergessen. Immerhin hatte er dafür gesorgt, dass keine Schuldgefühle bei ihr aufgekommen waren, nicht schon längst im Bett zu liegen und brav zu schlafen.

Lily verabschiedete sich von allen, die sie kannte. Christoph bedauerte ihren Abschied und kündigte an, sie in den kommenden Tagen anzurufen. Natürlich erst nachdem er dafür bei ihr um Erlaubnis angesucht hatte. Er war und blieb ein wohlerzogener Mann. So anständig, und so vorhersehbar.

Mit Albine dauerte es länger. Ihr sommersprossiges Gesicht war leicht gerötet, was sie aussehen ließ wie ein junges Mädchen, das bei einer Peinlichkeit ertappt worden war. Lily und Albine umarmten einander herzlich und lange, dann versprach Lily, dass sie sich am Wochenende sehen oder zumindest ausgiebig telefonieren würden.

Als sie vor dem Hauseingang stand, genoss Lily die frische Sommerluft. Ein leichter, angenehmer Wind kam auf. Lily fiel der gute Geruch auf. Womöglich stammte er von den Bäumen an der nahen Ringstraße, oder vielleicht sogar von viel weiter, vom Rathauspark. Sie fühlte sich wohl. Plötzlich war auch für sie Sommer in Wien. Alles war in Ordnung. New York war vergangen. Und diese Morde würde sie schon irgendwie lösen. Ab morgen wieder. Diese schönen, ruhigen Momente mitten in der Stadt wollte sie genießen.

Sie tat ein paar Schritte die Mölkerbastei hinunter. Über den Ring wollte sie nach Hause schlendern. Wie durch Zufall wandte sie sich um und sah hinauf zu den geöffneten Fenstern, aus denen sanfte Musik ertönte.

Im Rechteck des Hauseingangs zeichnete sich die Silhouette eines schlanken Mannes vor der dunkelbraunen Holztür ab. Der Mann nahm die zwei Stufen hinunter zum Gehsteig. Er wurde vom Licht der Straßenbeleuchtung erfasst.

Lily erkannte ihn sofort. Es war der Mann, der sie so intensiv angeblickt hatte.

Er steckte sich eine Zigarette in den Mund, entzündete sie mit einem Feuerzeug, ging noch ein paar Schritte, blieb stehen und rauchte.

Lily schien es, als sei er nicht zufällig hier. Als sei er ihr gefolgt. Wollte er mit ihr hier allein sprechen? Oder was wollte er überhaupt von ihr? Und warum sagte er nichts, sondern blieb einfach stumm stehen?

Doch Lily hatte keine Lust auf ein nächtliches Gespräch. Sie wollte jetzt niemanden mehr kennenlernen. Sie hatte mehr als genug Veltliner getrunken und wollte nach Hause.

»Mach's gut, Fremder, auf ein anderes Mal«, rief sie ihm zu und setzte ihren Weg fort.

Von der Mölkerbastei bog sie nach rechts in Richtung Ring ab. Taxis rasten vorbei, zwei Radfahrer wichen einer Gruppe von Jugendlichen aus. Lily fühlte etwas, das sie nicht beschreiben konnte. Instinktiv wandte sie sich um.

Da war er. Etwa dreißig Meter von ihr entfernt. Er musste ihr gefolgt sein. Jetzt war er sogar stehen geblieben und sah in ihre Richtung.

Lily gefiel das nicht. Sein Verhalten schien ihr seltsam und unheimlich. Wahrscheinlich hätte sie ihm auf der Mölkerbastei nichts zurufen sollen. Möglicherweise hatte ihn das erst animiert und angestachelt.

Sie wählte einen Weg ganz nahe an der Fahrbahn und beschleunigte ihre Schritte. Im Gehen öffnete sie ihre Handtasche. Sie holte das Handy heraus und tippte den Notruf der Polizei ein. So wäre nur noch ein Knopfdruck nötig, um die Verbindung herzustellen. In der Polizeizentrale war ihre Nummer bekannt. Selbst wenn sie gar nichts sagte, würde man umgehend ein paar Beamte losschicken, sobald das Gerät geortet war.

Gegenüber der Universität blickte sie sich erneut rasch um. Da stand er, beim Treppenabgang zur U-Bahnstation Schottentor. Immerhin weiter entfernt als zuvor. Mit den Händen in der Tasche, regungslos. War es das jetzt gewesen?

Etwas später, als sie vor der Votivkirche angelangt war, riskierte Lily einen weiteren Blick zurück. Niemand war zu sehen. Das Spiel schien beendet.

Sie erreichte ihr Wohnhaus und betrat es hastig. Mit dem alten Aufzug fuhr sie hinauf und war erleichtert, die Tür hinter sich absperren zu können. Kurz darauf machte sie sich Vorwürfe. Sie hatte die Situation wohl überinterpretiert. Der Mann hatte sich zwar seltsam verhalten. Doch war er möglicherweise auch nicht mehr ganz nüchtern gewesen.

Lily fühlte sich ausgetrocknet und trank reichlich Wasser. Als sie ihr Handy auf den Tisch in der Küche legte, fiel ihr beim Blick auf das Display auf, dass jemand sie gegen Mitternacht angerufen hatte. Die Nummer erkannte sie sofort. Es war die des Portiers der Staatsanwaltschaft. Lily überlegte, worum es sich handeln könnte. Sie hatte an sich wenig Lust auf ein Telefonat. Lieber wollte sie die Nachwirkungen der schönen Party genießen.

Doch ihre Neugier siegte. Sie rief zurück.

»Frau Doktor, guten Abend«, meldete sich der diensthabende Portier. »Ich habe Sie angerufen, weil Sie gebeten hatten, dass man Sie verständigt, wenn interessante Post für Sie eintrifft.«

»Natürlich, klar«, erwiderte Lily. »Was ist es denn?«

»An sich nichts besonderes, ein Brief halt, ganz normal.«

»Absender?«

»Keiner. Aber adressiert an Sie persönlich. Er liegt jedenfalls für Sie bereit. Wenn es dringend ist, können Sie ihn auch jetzt schon haben.«

Lily schwankte. »Wäre das viel Mühe, wenn Sie jetzt …?«

»Überhaupt nicht, Frau Doktor, ich bitte Sie. Ich gebe das einer Funkstreife und die bringt Ihnen den Brief. In etwa einer Viertelstunde haben Sie ihn. So um kurz nach halb drei.«

Lily nahm die Uhrzeit mit Ernüchterung zur Kenntnis. »Machen Sie das bitte. Danke, dass Sie mich angerufen haben.«

Sie verfluchte ihre Neugier. Aber sie wollte unbedingt gleich wissen, was ihr jemand mitzuteilen hatte. Vielleicht war es eine Belanglosigkeit, dann war es auch egal. Sie bräuchte ohnehin noch zehn Minuten, um fertig fürs Bett zu sein.

Sie putzte sich die Zähne, wusch ihr Gesicht und trug eine Creme auf. Als sie aus dem Badezimmer kam und noch einmal in die Küche wollte, kam sie an der Eingangstür vorbei. Sie hörte, dass im Stiegenhaus der Aufzug nach unten fuhr. Offenbar war noch jemand nach ihr nach Hause gekommen. Sie blieb stehen, um zu erfahren, wer das war. Der Lift fuhr wieder nach oben. Er hielt in ihrem Stockwerk. Jemand stieg aus.

Lily wunderte sich. Sie überlegte, ob das schon die Polizisten mit dem Brief sein konnten. Und fragte sich, wieso sie nicht unten an der Gegensprechanlage geläutet hatten.

Nichts war zu hören. Behutsam ging Lily zur Tür. Leise schob sie den Schutz vor dem Türspion beiseite und blickte hinaus. Zuerst sah sie nichts, nur den schummrig beleuchteten Gang vor ihrer Tür. Dann war da plötzlich eine dunkle Gestalt. Sie stand da. Der Türspion lieferte eine Weitwinkelansicht, Details waren nicht zu erkennen.

Die Gestalt war großgewachsen und schwarz gekleidet.

Das war kein Polizist.

Lily erstarrte. Sie fühlte ihr Herz wie wild schlagen, so laut, dass sie befürchtete, man würde es sogar vor der Tür hören. Plötzlich war ihr auch sehr warm geworden. Sie spürte den Schweiß auf ihrer Stirn und unter den Achseln.

Sie bemühte sich, durch den Türspion das Gesicht zu erkennen. Unmöglich. Mehr als eine schwarze Silhouette war nicht auszumachen.

Da fing die Gestalt an, sich Lilys Wohnungstür zu nähern.

Lily zwang sich dazu, die Situation kühl zu analysieren. Konnte das jener Mann sein, der sie vor einer halben Stunde verfolgt hatte? Wie war er ins Haus gelangt? Was wollte er hier?

Knapp vor der Tür blieb die Gestalt stehen. Am liebsten hätte Lily aufgeschrien, um die Spannung dieser Situation loszuwerden. Doch ihr Körper war wie gelähmt. Die Gedanken vermengten sich zu einem wirren Chaos. Die nackte, plötzlich ausgebrochene Angst regierte diesen Moment.

Sie sah, wie sich die Gestalt bückte.

Dann begann das Kratzen und Schaben an der Tür. Anfangs recht vorsichtig. Schließlich immer heftiger.

20

Das Auto hielt vor dem Haustor. Eine junge Frau schwang sich aus dem Fahrzeug. Während sie zum Tor schlenderte, setzte sie ihre Kappe auf und korrigierte deren Sitz. Das verlieh ihr Sicherheit. Vor allem deshalb tat sie es, nicht unbedingt wegen der Vorschriften.

Ringsum gab es keine Geräusche. Sogar der übliche Wind hielt sich zurück. Nur wenn man aufmerksam war, konnte man die Fledermäuse sehen, die durch die Nacht schossen.

Auf dem metallenen Feld der Sprechanlage suchte die junge Frau nach der richtigen Taste. Zweimal drückte sie, jeweils etwa eine Sekunde lang.

Nichts geschah, niemand meldete sich, das Tor blieb verschlossen. Nach einer halben Minute wiederholte die Frau die Prozedur. Wieder zweimal drücken, jeweils eine Sekunde lang.

Die junge Frau wartete eine halbe Minute lang. Dann versuchte sie durch die in das Haustor eingelassenen Fenster einen Blick in das dunkle Innere zu ergattern. Schließlich ging sie ein paar Schritte zurück und nahm die Hausfassade in Augenschein. Aus zwei Fenstern drang ein Lichtschimmer.

Sie wandte sich um und machte in Richtung des wartenden Autos ein fragendes Gesicht.

Plötzlich schien sie etwas zu hören. Sie kehrte zum Haustor zurück und beugte sich zur Sprechanlage.

»Hier ist die Funkstreife, mein Name ist Svoboda«, sagte sie. »Mich schickt die Staatsanwaltschaft Wien. Da wäre ein Brief für Frau Doktor Horn.«

»Kommen Sie herein«, sagte die Stimmte. »Zweiter Stock.«

Ein Summen ertönte, die Polizistin warf einen kurzen Blick zum Auto, nickte und trat dann ins Haus. Sie fuhr mit dem Lift hinauf und stellte sich direkt vor den Türspion.

Die Tür öffnete sich langsam und nur so weit, wie es die Türkette gestattete. Ein Gesicht erschien im Spalt.

»Vielen Dank«, sagte Lily und nahm das Kuvert an sich, das ihr entgegengestreckt wurde. »Benötigen Sie eine Unterschrift?«

»Nein, aber eine Legitimation wäre nett. Nur zur Sicherheit ...«

Lily hatte es geahnt und präsentierte ihren Dienstausweis.

Svoboda salutierte und lächelte. »Danke, und gleichfalls noch eine gute Nacht, Frau Doktor«

»Übrigens, noch eine kurze Frage«, sagte Lily und erwiderte knapp das Lächeln. »Als Sie heraufgekommen sind ... sind Sie zufällig jemandem begegnet?«

»Sie meinen, unten beim Eingang ...?«

»Oder im Stiegenhaus.«

Die Polizistin verzog bedauernd das Gesicht. »Mir ist nichts aufgefallen. Aber ich bin mit dem Aufzug gefahren ... Gehört habe ich nichts ...«

»Kein Problem, nicht so wichtig. Nochmals vielen Dank.«

Die Polizistin lächelte wieder. Doch jetzt bemerkte sie etwas.

Sie ging in die Hocke. Die Wohnungstür bestand, wie in vielen alten Wiener Häusern, aus zwei Flügeln, von denen meist nur einer regelmäßig geöffnet wurde. Mit der Hand fuhr die Polizistin zum Spalt zwischen dem geschlossenen Türflügel und dem Fußboden. Sie rüttelte kurz herum und zog etwas heraus.

»Schauen Sie ... das ist da unten gesteckt ... Vielleicht eine Nachricht von einem Nachbarn?«

Sie reichte Lily ein dünnes Kuvert.

»Ach ... wirklich ... das ist mir gar nicht aufgefallen ...«

»Ja, das sieht man nur, wenn man vor der Tür steht. Also dann gute Nacht!«

Svoboda salutierte, ging zum Aufzug und fuhr hinunter.

Als sie aus dem Haustor trat, blieb sie kurz stehen und beobachtete die Umgebung. Nach ein paar Sekunden ging sie zum Auto und stieg ein.

»Sag, hast du jemanden rauskommen gesehen?«

Ihr Kollege hatte beim Warten eine Zigarette geraucht. Er warf sie aus dem Fenster und sah seine Kollegin an. »Aus dem Haus, meinst du? Als du oben warst?«

»Ja.«

Er schüttelte den Kopf.

»Ich glaub nicht, nein …«, sagte er, startete den Motor und löste die Handbremse.

Doch dann hielt er inne, als fiele ihm etwas ein.

»Moment … Ich hab das Haustor gehört, wie es zugefallen ist, dann hab ich hingeschaut, weil ich geglaubt hab, dass das schon du bist …«

»Wen hast du gesehen?«

»Niemanden. Ich hab mir dann gedacht, dass das vielleicht ein Zeitungsausträger war. Die stellen um diese Zeit zu.«

»Stimmt«, sagte Svoboda zufrieden. »Den wird sie wahrscheinlich gemeint haben.«

»Dann hast du den Zeitungsausträger eh gesehen?«

»Ich doch nicht. Ich war oben bei der Horn.«

»Die sind ja auch im Stiegenhaus unterwegs. Gibt es einen Lift, mit dem du gefahren bist?«

»Freilich.«

»Na eben«, meinte er abschließend, »und ist ja nicht so wichtig, oder? War was nicht in Ordnung?«

»Nein, alles okay. Ich habe ihren Ausweis zur Sicherheit kontrolliert. Sonst werde ich noch deppert angeredet, falls etwas schiefgeht. Also, fahren wir.«

*

Lily hatte sich aufs Sofa gesetzt. Die zwei Kuverts lagen vor ihr.

Schon der äußere Unterschied zwischen den Kuverts war augenfällig. Das eine, das die Polizistin bei der Tür gefunden hatte, sah billig und zerdrückt aus, war unbeschriftet und offensichtlich in Eile zugeklebt worden. Das andere war edlerer Natur und sorgfältig verschlossen. Zudem war darauf vermerkt, an wen es gerichtet war: *Dr. Lily Horn, Staatsanwaltschaft Wien, Landesgerichtsstraße 11, 1080 Wien.* Die Adresse war mit der Hand geschrieben worden. Allerdings hätte ein Grafologe wohl nicht allzu viel aus der Handschrift herauszulesen vermocht. Eine Plastikschablone für Normschriften war verwendet worden, wie sie Geschäfte für Zeichenbedarf anboten.

Lily holte ein Paar Plastikhandschuhe aus der Küche, um nicht alle möglichen Spuren zu zerstören, nahm die Kuverts in die Hand, wog sie und tastete sie vorsichtig ab. Beide bargen offenbar nicht viel Inhalt, ganz leicht ließen sie sich biegen. Mit einem Küchenmesser öffnete sie das Schreiben, das die Polizistin gebracht hatte.

Sehr geehrte Frau Dr. Horn!
Mit großer Freude stell ich fest, dass Sie seit kurzem als federführende Staatsanwältin die Ermittlungen in den Morden leiten, die Wien und die Wiener, besonders aber die Wienerinnen so beschäftigen.
Ich darf Ihnen, wenn Sie dies gestatten, dazu herzlich gratulieren. Zugleich erlaube ich mir, Ihnen das Beste zu wünschen. Möge Ihnen Erfolg beschieden sein.
Bedauerlicherweise muss ich anfügen, dass ich persönlich nicht von einer erfolgreichen Tätigkeit Ihrerseits ausgehe. Gewiss könnten Sie dies als Bösartigkeit eines anonymen Beobachters missverstehen. Dem ist keineswegs so.
Im Gegenteil, ich amüsiere mich leider großartig, und bei mir ist von Bösartigkeit keine Spur! Allerdings basiert mein Amüsement auch auf Ihrer Arbeit. Umgekehrt darf ich davon ausgehen, dass Sie von meiner Arbeit nicht erfreut sind.
Meine Tätigkeit besteht bedauerlicherweise darin, die Stadt Wien von menschlichem Dreck zu säubern. Dies ist, lassen Sie mich Ihnen dies versichern, keine besonders angenehme, zugleich jedoch eine befriedigende Aufgabe. Ich kann nicht zusehen, welche Unordnung in dieser Stadt herrscht. Infolgedessen nahm ich mir vor, zu handeln.

Dabei darf es kein Pardon geben. Wir alle wissen, dass Justitia blind ist, deshalb muss sie dazu gezwungen werden, die Realität zu erkennen.
Es war niemand anderer als ich, der drei Mädchen zur Verantwortung ziehen musste, weil sie Schuld auf sich geladen hatten. Ihr lockerer Lebenswandel führte in den Abgrund. Sehenden Auges konnte dies nicht weiter akzeptiert werden, denn die Moral stand auf dem Spiel.
Die Moral darf nicht gefährdet werden, denn sonst kann es keine Gerechtigkeit geben. Jeder Richter hat das zu wissen und in sein Handeln einzubeziehen.
In höchstem und verabscheuungswürdigstem Maße wird die Moral jedoch auch verletzt, sobald in ihrem Namen Handlungen begangen werden, die ihr widersprechen. Im konkreten Fall bedeutet dies: Wer lügt, kann nicht moralisch sein. Sie sehen, dass ich nicht lüge, sondern Ihnen die Wahrheit vermitteln möchte. Deshalb sei Ihnen gesagt: Die Wahrheit ist, dass jene junge Frau, die zuletzt gewaltsam zu Tode kam, nicht von mir zur Rechenschaft gezogen wurde. Um es einfacher für Sie zu machen und damit Sie die Angelegenheit durchschauen: Die Fälle Foltinek, Back und Karner haben nicht das Geringste mit der Tötung von Selma Jordis zu tun. Selma Jordis war und ist mir nicht bekannt, ich bin ihr nie begegnet, ihr möglicherweise bedauernswerter Tod kann nicht von mir verantwortet werden. Somit sind Sie gezwungen, den Fall Jordis separat zu bearbeiten. Er hat nichts mit den anderen Ereignissen zu tun. Hier hat sich jemand erdreistet, das Muster zu plagiieren, ohne dazu berechtigt zu sein.
Deshalb ersuche ich Sie höflichst, mir zu glauben, dass ich die Aufdeckung der Identität jener Person herbeisehne, die Selma Jordis ermordet hat. Ich will wissen, wer da in meinem Schatten gestümpert hat. Das muss aufgedeckt werden. Es ist dringend zu vermuten, dass ein völlig primitives Bedürfnis dahintersteckt.
Für den Fall, dass Sie irrtümlich annehmen, eine sich in diese Angelegenheit einmischende Person hätte den Ihnen vorliegenden Brief verfasst, darf ich auf folgendes Detail verweisen: Die Augen der drei von mir zur Verantwortung gezogenen Personen wurden eliminiert.

Ich hoffe, verehrte Frau Dr. Horn, aus tiefstem Herzen, Ihnen behilflich gewesen zu sein.
Mit vorzüglicher Hochachtung
Der Richter

Lily ging zu einem der beiden Fenster des Wohnzimmers, öffnete es und beugte sich hinaus. Tief atmete sie die frische Nachtluft ein. Dann kehrte sie zurück zum Sofa, nahm das Glas Wasser und trank es in einem Zug aus.

Sie begutachtete den Brief. Es war ein Computerausdruck, der offenbar zusätzlich fotokopiert worden war, um weitere Spuren zu verwischen. Die Form war unpersönlich, doch der Inhalt richtete sich an sie.

Er drückte aus, was sie vermutet hatte. Sie hatte Major Belonoz nichts davon gesagt. Doch in ihr waren die Zweifel gewachsen, dass die Morde an den drei Mädchen von derselben Person verübt worden waren, die auch für den Tod von Selma Jordis verantwortlich zeichnete.

Zwei Mörder waren in Wien unterwegs.

Zwei Mörder, die sie festnehmen musste, bevor sie weitere Taten begehen würden. Die Zeit drängte.

Lily schmiegte sich in das Sofa und zog die Beine an. Sie schloss die Augen. Der Briefschreiber hatte das Detail erwähnt. Jenes Detail, das keine Zeitung veröffentlicht und kein TV-Sender verlautbart hatte. Die ausgestochenen Augen waren Täterwissen.

Dazu kam der entschiedene Wille des Briefschreibers, sich vom Mord an Selma Jordis zu distanzieren. Ein Trittbrettfahrer würde sich unverdientermaßen aller Morde gerühmt haben, auch jener, die er nicht begangen hatte.

Da hatte jemand etwas klarstellen wollen. Durch einen persönlichen Brief an jene Person, die mit der Untersuchung der Morde beauftragt worden war.

Und dann noch der zweite Brief. Besser war es, ihn gleich zu lesen. Worum es auch immer gehen würde, sie befand sich in der Stimmung, jegliche Mitteilung zu akzeptieren.

Sie öffnete das Kuvert. Darin lag ein abgerissen aussehender Zettel.

Freitag (morgen/heute), 13 Uhr, Theseustempel, Volksgarten
ich warte auf Sie und bringe wichtige Informationen zu den Wiener Morden
kommen Sie allein
ich erkenne Sie und werde Sie ansprechen
keine Angst
aber es ist dringend
bitte an niemanden ein Wort
kein Witz
wahrscheinlich kenne ich den Täter

Diesmal eine Aufforderung. Mysteriöser als der Brief jener Person, die behauptete, der Mörder zu sein. Dabei ganz konkret, mit der Aussicht darauf, dass jemand sich persönlich mitteilen wollte, an einem bestimmten Ort.

Diesen Zettel hatte die Gestalt hinterlassen, die Lily durch den Türspion beobachtet hatte. Lily erinnerte sich an die Momente, als sie hinter der Tür stand. Offenbar war sie nur wenige Zentimeter von jemandem entfernt gewesen, der etwas wusste.

Lily ließ beide Briefe im Wohnzimmer liegen. Sie begab sich zu ihrem Bett und fiel hinein. Sie wäre am liebsten sofort eingeschlafen. Doch die Gedanken wirbelten durch ihren Kopf, ihr Herz schlug wild.

Erst als es draußen bereits taghell war, kam sie zur Ruhe und schloss die Augen.

Freitag, 18. Juni

21

Um acht Uhr meldete sich der Radiowecker. Während die Moderatorin die neuesten Nachrichten verkündete, glitt Lily langsam aus dem Schlaf in den Tag.

Sie war selbst erstaunt, dass sie sich eigentlich nicht müde fühlte. Mehr noch, nach einem grünen Tee und einem Joghurt und einer lauwarmen Dusche fühlte sich ihr Körper geradezu vor Energie strotzend an.

Die Klarheit, die sich durch den Brief ergeben hatte, trug wohl dazu bei. Und die Aussicht auf Informationen, die sie hoffentlich in fünf Stunden im Volksgarten erhalten würde.

Lily holte aus dem Schlafzimmer die beiden Schreiben und überflog sie mit klarerem Blick als in der Nacht zuvor. Sie waren so gegensätzlich. Ausschweifend und zu Floskeln tendierend das eine, konkret und fast wie ein SMS das andere. Lily überlegte, ob trotzdem ein Zusammenhang bestehen könnte.

Einerseits der Brief von jemandem, der behauptete, der gesuchte Serienmörder zu sein. Und zugleich erklärte, nicht für den Tod von Selma Jordis verantwortlich zu sein. Andererseits die Nachricht, in der jemand angab, den Serienmörder zu kennen. Was außen vor blieb, war eine dritte Person. Jene, die Selma Jordis ermordet hatte. Somit musste es drei Menschen in Wien geben, die mehr oder minder die gesamte, hektisch ersehnte Wahrheit kannten. Zwei von ihnen hatten begonnen, ihr Wissen zu enthüllen. Es sei denn, jemand segelte unter falscher Flagge. Und es waren nicht drei, sondern bloß zwei Personen involviert.

Lily wollte gegen neun Uhr im Büro sein. Um zehn war eine Sitzung mit Belonoz' Truppe geplant. Deshalb verschob sie ihre Überlegungen auf später. Womöglich würden sich die Antworten von selbst ergeben. Im Volksgarten, beim Treffen mit dem Unbekannten.

Mit leichter Wehmut dachte Lily an die Sorglosigkeit der nächtlichen Stunden, an die Party bei Christoph. Nun hatte sie die Realität wieder fest in ihrem Griff. Sie rief sich noch einmal den jungen, dunkelhaarigen Mann, der ihr gefolgt war, in Erinnerung. Wahrscheinlich war er tatsächlich nur ungeschickt gewesen. Ein dummer Typ, der nicht gespürt hatte, dass allzu großes Interesse auch abschreckend wirken konnte.

Eines hatte Lily noch nicht entschieden, und darüber dachte sie angestrengt nach, als sie ein paar Kirschen aß, sich die Zähne putzte, Schuhe anzog und sich auf den Weg zum Grauen Haus machte. Nämlich ob sie Belonoz und den anderen Kriminalbeamten etwas von den beiden Schreiben erzählen sollte. Etwas in ihr sträubte sich dagegen. Notwendig war es nicht, denn sie war die Ermittlerin in diesem Fall. Was ihr zur Kenntnis gebracht wurde, floss in die Ermittlungen ein. Die Polizei wurde lediglich mit Aufgaben betraut, für die ihre Mithilfe erforderlich war. Alles andere konnte jeder Staatsanwalt allein bearbeiten, wie es ihm gefiel.

Dennoch, so überlegte Lily, konnte ein anderer Blick auf die Briefe nützlich sein. Zumal das Schreiben des angeblichen Täters analysiert werden musste. Wobei dieses Täterwissen auch jenen bekannt war, die als Polizisten ermittelten.

Ein fataler Gedanke.

Stammte der Brief aus den Reihen der Polizei? War er ein Test für die zurückgekehrte Staatsanwältin? Oder gar eine politisch motivierte Falle, durch die sie irgendjemand zu Fall bringen wollte?

Sich hier falsch zu verhalten, konnte verhängnisvolle Auswirkungen zeitigen.

Lily beschloss, das Treffen im Volksgarten abzuwarten. Danach würde genügend Zeit sein, eine Entscheidung zu treffen.

Als sie an ihrem Schreibtisch saß und die Aktenordner vor sich sah, wurde Lily klar, wie viel der Brief des vermeintlichen Täters verändert hatte. Nichts war mehr, wie es gewesen war. Der Blick auf die Ereignisse hatte sich verändert. Einerseits konnte und musste der Mord an Selma Jordis gesondert betrachtet und untersucht werden. Andererseits hatte der Serienmörder in den Fällen Foltinek, Back und Karner den Nimbus des Phantoms eingebüßt. Er war zu einer zwar anonymen, aber konkreten Person geworden, die Deutsch sprach und sich gewählt zu artikulieren verstand. Er hatte sich selbst entzaubert. Und ein klein wenig enttarnt.

Die Möglichkeit, dass Sebastian Emberger der Täter war, schien vom Tisch zu sein. Soweit man dem Brief trauen konnte. Allerdings blieben offene Fragen. Die Zeugenaussagen im Fall Jordis, wonach eine Person in schwarzem Leder gesichtet worden war, behielten ihre Brisanz. Schwarze Lederkleidung war auch Bestandteil der Serienmorde. Als Selma Jordis getötet worden war, hatte noch niemand von diesem Detail gewusst. Lediglich die Ermittler und der Mörder. Und der Voyeur und … nein, das Rätsel war nicht gelöst. Und sollte es tatsächlich zwei verschiedene Mörder gegeben haben, war ein weiteres Rätsel aufgetaucht. Aber keine auch nur halbwegs logische Erklärung.

Die Sitzung mit den Polizisten brachte an sich wenig Neues. Lily bemerkte, wie sehr die meisten Anwesenden nach dem bevorstehenden Wochenende gierten. Belonoz erweckte den Eindruck, geistig nicht völlig präsent zu sein. Stumm lümmelte er auf seinem Stuhl und gab gelegentlich undefinierbare Laute von sich. Lily vermeinte endlich zu begreifen, woher der Ruf des Majors als ein schwieriger und wenig kooperativer Charakter rührte.

Doch die demonstrative Lockerheit des Majors war wohl lediglich Camouflage gewesen. Belonoz war offenbar höchst angespannt.

»Ich mache mir Sorgen«, sagte er nach dem Treffen zu Lily und vermied es zunächst, ihr in die Augen zu schauen. »Nämlich ob und wann es den nächsten Mord geben wird. Wenn der Täter sein ursprüngliches Schema einhält, haben wir eine Woche, bevor er wieder zuschlägt.«

Nun sah er sie unvermittelt an, sehr direkt, mit hartem Blick. »Mich deprimiert diese Hilflosigkeit. Wir wissen nichts, überhaupt nichts. Wir kommen einfach nicht vorwärts. Gestern noch kam mir die Situation etwas besser vor. Aber jetzt glaube ich, wir machen uns etwas vor. Wir greifen nach jedem Strohhalm und sind ganz begeistert darüber. Nur um den Moment der Niederlage hinauszuzögern.«

Da hätte Lily ihm am liebsten von den beiden Briefen erzählt.

Doch sie hielt sich zurück. Sie wollte warten. Oder gehörte Belonoz' Bemerkung gar zu diesem Spiel? Lily verbot sich diesen Gedanken. Er war zu pessimistisch und säte zu viele Zweifel.

Dennoch war bei ihrem Treffen etwas erörtert worden, das niemand besonders gewürdigt hatte. Mit Ausnahme Lilys. Die DNA-Proben von den Tatorten sowie die Spuren von schwarzem Leder waren analysiert worden. Dabei hatte sich Erstaunliches gezeigt: Die Lederpartikel wiesen in den Fällen Foltinek, Back und Karner eine identische Zusammensetzung auf. Aber sie unterschieden sich von jenen im Fall Jordis.

Lily hatte bloß genickt. Innerlich dagegen beschleunigte sich ihr Puls. Nun lag ein wissenschaftlicher Beleg für zwei unterschiedliche Täterschaften vor. Erneut bestätigte sich das Täterwissen des Briefes.

Sie sehnte sich nach einer zweiten Meinung. Einer, die fachspezifisch, aber unabhängig sein sollte.

Ihre Verabredung mit Oliver Seiler zum Mittagessen stand noch. Sie musste ihn dazu überreden, ihrem aktuellen Appetit entgegenzukommen.

Sie klopfte an die Tür seines Büros und trat ein, sah ihn über seine Akten gebeugt. Er blickte auf und lächelte.

»Hallo Lily, setz dich bitte«, sagte er fröhlich und fuhr sich rasch durch die Haare.

»Wenn ich dich nicht störe.«

»Es ist wichtig, gelegentlich von *Pratorama* und den Politintrigen abgelenkt zu werden. Sonst rennt man irgendwann in den eigenen Gedanken herum wie in einem Labyrinth.«

»Die Sache hat dich zum Medienstar gemacht, vergiss das nicht.«

»Sicher, und … das ist vor allem anstrengend. Im Blickpunkt der Öffentlichkeit zu stehen, ist meistens eher lästig.«

Lily nickte langsam. »Wem sagst du das? Übrigens … wie steht es mit unserer Verabredung zu einem Mittagessen?«

»Der Medienstar ist unverändert interessiert.«

»Und wie wäre es mit … jetzt? Ich weiß, es ist noch nicht einmal zwölf Uhr, aber ich habe ein Treffen um eins. Und falls du Lust auf Süßes haben solltest …«

»Süßes?«

»Ich brauche dringend eine Mehlspeise … Magst du mit mir zum Demel gehen? Du kannst ja etwas Würziges bestellen.«

»Demel klingt gut, sehr gut sogar. Ich mag Süßes und Kalorienreiches, auch wenn mir das keiner glaubt.«

Genau, und Lily glaubte es auch nicht, während sie beobachtete, wie sich Seilers schlanker und athletischer Oberkörper unter seinem blauen Hemd abzeichnete.

»Dann los«, sagte sie. »Jetzt oder nie.«

»Mein Motto, Lily.«

22

Der Kohlmarkt bot das übliche Bild. Geschäftsleute eilten ihren Terminen entgegen und sprachen gleichzeitig in ihre Handys. Touristengruppen wankten Menschen mit in die Höhe gestreckten Schirmen erschöpft hinterher. Flaneure führten Hunde spazieren. Junge Frauen, deren elegante Kleidung sie zehn Jahre älter erscheinen ließ, stolzierten in Begleitung anzugtragender Männer auf die hochpreisigen Boutiquen zu.

Lily Horn und Oliver Seiler überquerten den Michaelerplatz. Wenige Meter trennten sie vom Demel.

»Vor einem halben Jahr hat es hier einen Einbruch gegeben«, erzählte Seiler.

»Hier, auf der Nobelmeile der Reichen und Schönen?«, fragte Lily.

»Du kannst dir nicht vorstellen, wie kompliziert das war. Nicht der Fall war schwierig. Sondern der Wohnungseigentümer. Extrem zurückhaltend mit Informationen. Wahrscheinlich hätte er den Einbruch am liebsten vertuscht.«

»Wieso?«

»Sagt dir der Name Ric Morloc etwas?«

»Du meinst den Schmusepopsänger?«

»So darfst du ihn nicht mehr nennen. Er macht doch nur noch

seriöse Unterhaltung. Seit dem Eurovision Song Contest vor fünfzehn Jahren hat er sich … na eben weiterentwickelt, höflich formuliert.«

»Stimmt. Jetzt schreibt er Hymnen für die österreichische Fußballnationalmannschaft. Das habe sogar ich mitbekommen.«

»Und hat ein riesiges Tonstudio, macht nebenbei Filmmusik, und so weiter.«

»Ja, und was ist mit ihm?«

»Stell dir vor, dem gehört eine riesige Wohnung am Kohlmarkt.«

»Wir haben den falschen Beruf, Oliver. Und was ist bei dem Einbruch gestohlen worden?«

»Drei Bilder. Das war eine gezielte Sache.«

»Was für Bilder?«

»Ein italienischer Maler. Lucio Fontana.«

»Der, der die Leinwand immer zerschnitten hat?

»Genau.«

»Und sowas sammelt dieser Popfuzzi?«

Sie waren beim Demel angekommen, stiegen hinauf in den ersten Stock der Konditorei und nahmen an einem kleinen Tisch Platz. Die altmodische Pracht des Raums ließ einen augenblicklich alles Gegenwärtige vergessen. Die Probleme waren weiterhin da, aber sie hatten ihre bedrohliche Unmittelbarkeit eingebüßt. Zumindest auf Zeit.

Zehn Minuten später hatte Lily bereits ein halbes Stück Dobostorte verzehrt.

»Wie läuft es denn so in der *Pratorama*-Sache?«, fragte sie, um Seiler am Reden zu halten und selbst essen zu können.

Er wog unschlüssig den Kopf von einer Seite zur anderen. »Mühsam. Stück für Stück geht es vorwärts. Als ob man ein riesiges Puzzle neu zusammensetzen müsste.«

»Kommt mir bekannt vor.«

»Wird bei dir ähnlich sein, oder?«

»Davon kannst du ausgehen. Ein Riesenchaos an Informationen. Man hat den Eindruck, es gibt zugleich zu viele und zu wenige. Schwierig.«

»Dafür gibt es in meinem Fall den politischen Druck. Du kannst dir nicht vorstellen, Lily, wie viele Leute sich bei mir nach den Ermittlungen erkundigen. Vorsichtig natürlich. Oder unter irgendeinem Vorwand. Man kann tun oder erreicht haben, was man will. Aber einige Leute aus der Politikszene halten alle Außenstehenden für Vollidioten.«

Desillusioniert schüttelte Lily den Kopf. »Die kenne ich, die Situation.«

»Lenz?«

»Ein bisschen.«

»Der liebe Herr Oberstaatsanwalt will es sich natürlich mit niemandem verscherzen«, sagte Seiler und lächelte böse.

»Aber mit *wem* will er es sich nicht verscherzen? Das ist doch die Frage.«

»Mit den Mächtigen und den Einflussreichen.«

»Und die wären?«

»Die, die beinahe alles tun können, was sie wollen. Weil sie von niemandem mehr behelligt werden. Sie kontrollieren, was über sie veröffentlicht wird.«

»Und das schaffen die?«

»Natürlich nicht immer. Heute wird vieles öffentlich, und sei es durch puren Zufall. Deshalb sorgen diese Leute dafür, dass zu viele Informationen im Umlauf sind. Da weiß niemand mehr, was richtig ist und was nicht. Das ist die einzige Gegenstrategie.«

»Ja, das könnte sein.«

»Ist das in deinem Fall so?«, fragte Seiler. »Du genießt ja auch viel Aufmerksamkeit.«

»Darum kümmere ich mich nicht wirklich. Und die Pressekonferenz habe ich angesetzt, weil es ein berechtigtes Bedürfnis der Öffentlichkeit gibt, über diese Mordserie informiert zu werden. Nämlich aus berufenem Munde.«

»Völlig richtig. Und wie kommst du voran?«

»Die Sache ist noch immer ein großes Rätsel. Aber in der letzten Zeit hat es interessante Hinweise gegeben. Ich sehe den Weg, der vor mir liegt. Das Ziel ist klar.«

»Entschuldige die direkte Frage, aber wie gut stehen die Chancen, dass du den Täter bald findest?«

»Seit gestern deutlich besser, würde ich sagen.«

»Aha, wie darf ich das verstehen?«

»Ich habe einen Brief bekommen. Von einem Zeugen, der mir glaubwürdig erscheint. Und der einen Verdacht bestätigt hat.«

»Einen Verdacht gegen eine konkrete Person?«

»Das ist alles noch in der Schwebe. Jedenfalls glaube ich, es gibt nicht nur einen Täter.«

Seilers Augen wurden riesengroß. »Mehrere? Das wäre ja unglaublich.«

»Aber durchaus logisch«, sagte Lily und verspeiste das letzte Stück ihrer Torte.

»Bist du dir da sicher?«

»Sicher kann ich mir sein, wenn ich den oder die Täter anklage. Was ich erst tun werde, wenn ich genau weiß, was vorgefallen ist. Aber mein Gefühl … Als ich in der Wohnung des dritten Mordopfers war, der armen Magdalena Karner, da habe ich etwas empfunden … zunächst noch verschwommen … aber langsam wird es deutlicher.«

»Hat die Wohnung denn einen so großen Einfluss auf deine Empfindungen gehabt?«

»Aber natürlich. Ist das bei dir nie so, wenn du Tatorte besichtigst?«

»Schon, hängt davon ab …«

»Also bei mir ist das ganz essenziell. Ich weiß zwar noch immer nicht ganz genau, was ich damals unbewusst registriert habe … aber ich spüre …«

»Weiß Belonoz von deiner Intuition?«

»Zum Teil. Letztlich kommt es nur darauf an, dass *ich* es weiß.«

»Also gibt es den einsamen Mörder, der Wien in Atem hält, gar nicht. Das ist ja wirklich sehr spannend. Da habe ich mich ja total geirrt …«

»Doch, selbstverständlich existiert er. Nur ist er nicht so mächtig, wie er es gerne wäre. Es gibt auch andere Morde, die … Egal, ich rede viel zu viel Unsinn durcheinander.«

»Überhaupt nicht.«

»Doch. Alles ist noch im Fluss … und jetzt muss ich langsam gehen, tut mir leid, Oliver …«

»Hast du schon wieder einen Termin?«

»Mit einem Informanten«, sagte Lily und schaute auf die Uhr.

»Na dann will ich dich nicht aufhalten. Ich hab die Mittagspause jedenfalls genossen.«

»Eine angenehme Abwechslung. Wahrscheinlich für uns beide, oder?«

Seiler wollte sich zunächst nicht davon abbringen lassen, die Rechnung zu begleichen. Aber Lily war schnell und hatte die Geldbörse bereits gezückt. Sie war es, die ihn einlud.

»Wir sollten das wiederholen und dann zahle ich, okay?«, sagte er, als sie hinaus auf den Kohlmarkt traten.

»Gerne, Oliver. Sobald ich wieder mehr Zeit habe.«

»Du meinst, wenn du deine Täter hast …«

»Genau, dann wird das Leben zum reinsten Vergnügen. Und ich kann endlich den Sommer in Wien genießen. Mit allem, was dazugehört. Falls dann noch Sommer ist … Eigentlich schrecklich, was ich da sage, nicht wahr, Oliver? So reden Leute, wenn sie davon träumen, was sie in ihrer Pension alles machen werden.«

Auf dem Ballhausplatz trennten sich ihre Wege. Es war kurz vor dreizehn Uhr.

Zeit für die Wahrheit.

*

Zwischen dem Heldenplatz, der Ringstraße und dem Burgtheater breitete sich innerhalb kunstvoll verzierter, schmiedeeiserner Gitter der Volksgarten aus. Eingebettet in die klassisch strenge Parkanlage im französischen Barockstil lag der Theseustempel, ein von der griechischen Antike inspiriertes Gebäude aus dem 19. Jahrhundert. Gelegentlich wurde es für Ausstellungen benutzt. Im Sommer war der Theseustempel ein beliebter Ort, um zu verweilen und in der Sonne zu sitzen. Seit einer Renovierung prunkte er in gleißendem, beinahe unwirklichem Weiß, das ihn wie aus Zucker erbaut erschienen ließ.

Eilig durchquerte Lily die Alleen. Plötzlich meldete sich Nervosität in ihrem Inneren. Sie hatte nicht nachgedacht, was dieses Treffen bedeuten würde, sondern sich mutig darauf eingelassen. Die Nacht war kurz gewesen, Zeit für Reflexionen hatte es keine gegeben. Nun war handeln gefragt. Gefährdet fühlte sich Lily keineswegs. Es hatte aufgehört zu regnen, und so befanden sich um diese Zeit mehr als genügend Menschen im Park.

Die Aussicht, etwas Entscheidendes zum Fall zu erfahren, war es, die ihren Magen in leichte Unruhe versetzte.

Die Glocken der nahen Minoritenkirche schlugen die Stunde. Lily nahm vor dem Theseustempel Aufstellung und sah sich um. Auf den Stufen waren junge, studentisch aussehende Leute hingefläzt, die lasen, telefonierten oder Zärtlichkeiten austauschten. Eine Gruppe italienischer Touristen walzte sichtlich erschöpft an ihr vorbei.

Lily bemerkte niemanden, den sie kannte. Das war auch besser so. Nichts wäre schlimmer gewesen, als zufällig jemandem in die Arme zu laufen und in ein Gespräch verwickelt zu werden. Andererseits wäre das auch nicht ihre Schuld gewesen. Schließlich hatte nicht sie sich diesen Treffpunkt ausgesucht.

Sie erklomm die Stufen hinauf zum Eingang und erinnerte sich an Kinderzeiten. Als sie nichts lieber getan hatte, als sich nachts, wenn sie wieder einmal allein zu Hause war, im Fernsehen Spionagethriller anzuschauen. Auch in diesen Filmen war es ständig um Verabredungen und Treffpunkte gegangen. Jetzt war ihr, als sei sie selbst in einen solchen Film geraten.

»Frau Doktor Horn?«, sagte jemand hinter ihr.

Das Kribbeln, das über ihren Rücken lief, verdrängte Lily, indem sie sich brüsk umwandte.

Da stand der Mann.

Er mochte Mitte oder Ende fünfzig sein, hatte schütteres, graues Haar, trug eine Pilotenbrille und war in einen leichten, schmutzigschwarzen Sommeranzug gekleidet, mit einem schwarzen T-Shirt darunter.

Lily glaubte, seinem Gesicht noch nie irgendwo begegnet zu sein. Auch seiner Stimme nicht, die dunkel und rauh klang. »Danke, dass Sie gekommen sind. Die Form der Einladung war ungewöhnlich, ich weiß. Aber in dieser Situation ist mir nichts Besseres eingefallen. Ich bekenne mich schuldig.«

Er stand anderthalb Meter von Lily entfernt im Schatten des Säulengangs und machte nicht die geringsten Anstalten, daraus hervorzutreten.

»Ich habe keine Zeit für Witze«, sagte Lily ruhig, aber streng. »Wer sind Sie und was wollen Sie?«

Der Mann nickte, seine Miene verzog sich zu etwas, das vielleicht ein Lächeln sein sollte.

Versuch das erst gar nicht, dachte Lily, das steht dir nicht.

Das war kein Mann, der zu lächeln pflegte. Sondern einer, der im Schatten blieb.

»Das ist kein Scherz und ich werde Ihre Zeit nicht verschwenden«, sagte er und zündete sich eine Zigarette an. »Ich habe es nämlich genauso eilig wie Sie.«

»Wer sind Sie?«

»Das kann ich Ihnen nicht sagen. Zumindest jetzt nicht. Das wäre angesichts meiner Position reiner Wahnsinn. Aber ich weiß etwas über die Morde, die Sie untersuchen. Und Sie sollten das auch wissen.«

»Wenn Sie mir nicht sagen, wer Sie sind, hat dieses Gespräch keinen Sinn. Und vergessen Sie nicht, als Staatsanwältin kümmere ich mich um alle Personen, die sich irgendwie verdächtig machen und …«

»Und um Leute, die sich einmischen, auf sich aufmerksam machen. Ist mir alles bewusst. Mein Verhalten ist verdächtig. Sie könnten mich sofort festnehmen und verhören lassen. Das wäre sogar Ihre Pflicht.«

Unaufgeregt und unpersönlich hatte er diese Worte gesprochen. Als befürchtete er nicht eine Sekunde lang, dass Lily entsprechend handeln würde.

Ruhig nahm er einen Zug von seiner Zigarette und fuhr fort. »Nur geht es hier nicht um mich. Sondern um die Frage, ob Sie den Mörder fassen möchten. Beziehungsweise *die* Mörder. Ich gehe davon aus, dass Sie zumindest das schon ahnen. Wir wissen beide, dass das Geschreibsel der Drecksblätter nichts mit der Realität zu tun hat.«

Da war er wieder. Zum zweiten Mal innerhalb von zwölf Stunden. Der Hinweis darauf, dass mehrere Täter involviert waren.

Lily versuchte, sich die Irritation nicht anmerken zu lassen. Sie war mit jemandem konfrontiert, der etwas wusste. Und es mitteilen wollte, aus welchem Grund auch immer.

Der Mann konnte die Wahrheit sagen. Oder ein Spiel treiben. Lily war skeptisch, ob zwei dermaßen zeitnahe Zufälle wahrscheinlich waren. Erstens der Brief des angeblichen Mörders und zweitens dieser obskure Mensch, der sich als Informant andienen wollte.

»Ich sehe Ihnen an, Frau Doktor Horn, dass Sie nicht überrascht sind. Offenbar besitzen Sie bereits Hinweise auf mehrere Täter. Woher Sie diese Hinweise haben, weiß ich nicht. Aber sie stimmen, das kann ich Ihnen bestätigen.«

Lily wurde ungeduldig. »Deshalb werden Sie verstehen, dass ich Sie nun als potenziell wichtigen Zeugen ...«

»Dass Sie mich verhören müssen. Völlig logisch. Aber das würde zu nichts führen. Wenn Sie sich jetzt umdrehen, was Sie selbstverständlich nicht tun werden, aber nehmen wir es an ... dann sehen Sie links das Parlament und rechts das Rathaus. Und in der entgegengesetzten Richtung das Bundeskanzleramt. Das sind die Symbole der politischen Macht in dieser Stadt. Und genau in diesem Spannungsfeld bewege ich mich.«

Er nahm noch einen Zug und warf den Stummel fort, ohne ihn auszutreten. »Ich bin jemand, der Bescheid weiß. Das ist die Antwort auf Ihre Frage, wer ich bin. Ich weiß, was hinter den Kulissen der Macht geschieht. Und ich weiß auch, was Sie alles nicht wissen, Frau Doktor Horn. Nämlich, dass Sie sich in diesen Kulissen bewegen. Sie stehen auf der Bühne, haben aber keine Ahnung, welches Stück aufgeführt wird. Keine gute Situation, wenn die Vorstellung erfolgreich enden soll.«

»Was wollen Sie von mir?«

»Ich bin vielleicht der Einzige, der überhaupt nichts von Ihnen will. Sondern ich möchte Ihnen etwas schenken. Das Wissen, womit Sie es zu tun haben. Damit Sie gewappnet sind.«

»Geht es hier um Politik?«

»Am Rande, ja. Das ist das Erste, das Sie verstehen müssen. Der Grund, warum man Ihnen diese Morduntersuchung anvertraut hat, ist rein politischer Natur.«

»Was meinen Sie damit?«

»Es gibt Leute, die angenommen haben, dass Sie ideal für die Ermittlungen wären. Weil Sie jung und relativ unerfahren sind. Abgesehen von diesem Glückstreffer mit Salusek.«

Ohne den kleinsten Anflug von Scheu hatte er Lily direkt ins Gesicht mitgeteilt, was er von ihrer Karriere hielt. Dass er richtig lag, wusste Lily. Dennoch wurde sie zornig. Es tat weh, die Wahrheit in so lapidarem, komplett selbstsicherem Tonfall vor Augen geführt zu bekommen.

Er sprach weiter. »Das haben diese Leute gesagt, nicht ich. Nur damit das klar ist. Man hat Sie ausgewählt, damit sich die Ermittlungen in die Länge ziehen. Offenbar ist das Vertrauen mancher Entscheidungsträger in Ihre Fähigkeiten nicht allzu groß.«

Erneut hatte der Mann unbeteiligt geklungen, als ginge es um bloße Feststellungen. Doch Lily trafen die Worte ins Herz.

»Wer sind diese Leute, von denen Sie sprechen?«, fragte sie.

»Das ist im Moment nicht so wichtig. Ich werde es Ihnen zum richtigen Zeitpunkt mitteilen. Doch zuerst müssen Sie diese Leute beschämen. Indem Sie die Mörder fangen.«

»Und dabei wollen Sie mir helfen? Warum?«

»Spielt an sich keine Rolle. In Ihrer Situation werden Sie froh über jeden hilfreichen Hinweis sein. Aber wenn Sie eine ungefähre Antwort haben wollen … Ich weiß halt vieles. Darunter Dinge, die ich überhaupt nicht wissen möchte. Ich selbst kann nichts damit anfangen. Sie hingegen schon, Frau Doktor.«

Langsam reichte es Lily. Sie hatte genug von der selbstherrlichen Attitüde dieses Mannes. Da gerierte sich jemand als graue Eminenz hinter den Kulissen der österreichischen Politik. Und tat dies in einem öffentlichen Park, wo Tauben umherflogen und auf das Denkmal der ermordeten Kaiserin Elisabeth schissen.

Der Gedanke beschlich sie, dass auch der Mann der Ansicht verfallen war, sich in einem Spionagethriller zu befinden. Und sich deshalb möglichst mysteriös gab, ständig im Ungefähren verblieb, alles Konkrete mied. Dass er eine Phantasie realisierte und dafür Lilys Zeit missbrauchte. Kurz, dass er ein Spinner mit dem Talent zur Doppeldeutigkeit war.

Lily sah ihn mit wütender Entschlossenheit an. »Das ist keine Antwort auf meine Frage nach dem Motiv für Ihr Handeln.«

»Doch, Frau Doktor. Politische Intrigen sind eine Sache. Mord ist eine andere. Wenn junge Frauen abgeschlachtet werden, will ich damit nichts zu tun haben. Wer zu viel weiß, der kann damit irgendwann einmal nichts mehr anfangen. Sonst würden ganze Lügengebäude einstürzen, weil alles miteinander vernetzt ist. Man erstickt an diesem Wissen und wird handlungsunfähig. So enden Politiker. Dazu habe ich keine Lust.«

»Sagen Sie mir endlich, was Sie wollen und was Sie wissen.«

»Als Erstes müssen Sie begreifen, dass Ihre Position eine politische ist. Aber lassen Sie sich davon nicht einschüchtern. Gehen Sie Ihren Weg. Finden Sie die Mörder. Kümmern Sie sich nicht um Hindernisse, die man Ihnen in den Weg legt.«

»Was für Hindernisse?«

»Bohrende Nachfragen Ihrer Vorgesetzten zum Beispiel«, sagte der Mann. »Oder aufgeregte Medienberichte. Wenn man Sie lobt, ignorieren Sie es. Man will Sie nur in falscher Sicherheit wiegen. Zuerst kommt die Schmeichelei, danach der Dolch. Wie bei den römischen Cäsaren.«

»Und weiter?«

»Akzeptieren Sie die Tatsache, dass es mehr als einen Mörder gibt. Solange Sie daran zweifeln, verschwenden Sie kostbare Zeit.«

»Wer sollen diese Mörder sein, von denen Sie sprechen?«

»Ich selbst bin kein Mörder. Aber ich kenne Spuren, die auf jemanden hindeuten. Nicht auf alle Täter. Aber auf einen.«

»Wie kann ich den finden?«

»Finden Sie das Foto.«

Lily erstarrte. Der Tonfall dieses Mannes, seine Augen, die Mimik, das Gesicht. Alles verriet mit einem Mal größten Ernst. Die Spielerei war vorüber.

»Was für ein Foto?«, fragte Lily leise.

»Ein Foto, auf dem drei Mädchen abgebildet sind.«

Lily nickte gehorsam, als wäre ihr ein glasklarer Hinweis zugespielt worden. Etwas sagte ihr, diesen Moment nicht zu verderben. »Wie gelange ich an das Foto?«

»Indem Sie die Akten suchen, die verschwunden sind.«

»Welche Akten? Wo soll ich danach suchen?«

Der Mann versuchte zu lächeln. Doch sein Gesicht verkam zur Fratze. »Sie wissen doch jetzt, dass ich mich in der Politik bewege. Überlegen Sie, welche politische Affäre in den letzten Monaten diese Stadt erschüttert hat. Wenn Sie die Antwort haben, müsste alles klar sein.«

Lily stutzte kurz. »Mir fällt im Moment nur der *Pratorama*-Skandal ein.«

»Ihre Auffassungsgabe ist bemerkenswert.«

»Da sind Akten verschwunden?«

»Finden Sie es heraus. Mehr kann ich Ihnen momentan nicht sagen. Sonst bin ich selbst geliefert. Aus reinem Selbstschutz wäre ich sogar gezwungen, Ihnen zu schaden.«

»Haben Sie mit meinem Kollegen Seiler gesprochen, der sich um *Pratorama* kümmert?«

»Ich bin doch nicht blöd. Mir geht es um die Morde, nicht um *Pratorama*. Ob *Pratorama* aufgeklärt wird oder nicht, ist mir völlig egal. Ehrlich gesagt würde ich mir sogar wünschen, dass dieser Skandal einfach von der Bildfläche verschwindet.«

»Was soll das heißen?«

»Es gibt eine Verknüpfung zwischen der Politik und den Frauenmorden. Und diese Verknüpfung hat es in sich. Gehen Sie noch einmal die Mordfälle durch. Sie werden jemanden finden, der etwas über verschwundene Akten weiß. Zum Beispiel einer der Angehörigen. Suchen Sie die Verbindung zwischen *Pratorama* und den Morden. Wenn Sie die finden, ist ein großer Schritt getan.«

»Dann habe ich alle Mörder?«

Heiser lachte der Mann auf. »Sicher nicht. Ein wenig müssen Sie auch allein arbeiten. Sonst merkt man, dass Sie Hilfe in Anspruch genommen haben. Eines kann ich Ihnen aber verraten: Der letzte Mord an der Studentin im siebten Bezirk hängt mit *Pratorama* nicht zusammen. Hier sind Sie auf sich allein gestellt, da kann ich Ihnen nicht helfen. Trennen Sie das Wesentliche vom Unwesentlichen. Und dann handeln Sie. Den Theseustempel habe ich nicht zufällig ausgewählt.«

Lily runzelte die Stirn. »Was meinen Sie damit?«

»Kennen Sie die Welt der antiken Sagen? Die hat mich schon als Kind fasziniert. Im Labyrinth von König Minos auf Kreta hat der Minotauros gelebt. Eine Art Monster, halb Mensch, halb Stier. Dem sind alle neun Jahre sieben Jungfrauen und sieben junge Männer aus Athen geopfert worden. Theseus hat den Minotauros getötet. Durch seine Tat hat er die Athener von dieser Last befreit.«

»Ist das alles, was Sie mir erzählen können?«

»Im Moment ja. Aber wer kennt die Zukunft? Ich werde beobachten, was Sie tun. Wenn es nötig ist, melde ich mich.«

»Kann ich Sie irgendwo erreichen?«

»Drehen Sie sich einfach um. Jetzt. Machen Sie es bitte. Dann werden Sie begreifen.«

Lily tat es.

»Links steht das Parlament, rechts das Rathaus«, sagte er.

»Okay, und jetzt?«

»Wenn Sie nach rechts gehen, finden Sie mich früher oder später.«

»Dort halten Sie sich auf?«

»Sehr oft. Begreifen Sie, was ich meine?«

Falls der Mann die Wahrheit sagte, musste man ihn folglich im Umfeld des Rathauses vermuten. Unklar war, worauf er im Detail anspielte. Etwa auf den Bürgermeister und dessen Leute. Oder auf eine der Oppositionsparteien.

Vielleicht war er ein frustrierter Politiker aus der dritten Reihe, der sein Wissen loswerden wollte. Oder ein Beamter, der es nicht wagte, die Staatsanwaltschaft direkt zu kontaktieren.

»Was haben Sie mit dem Rathaus zu tun?«, fragte sie, bevor ihr eine andere Idee kam. »Aber es könnte ja auch sein, dass Sie mich bewusst vom Parlament ablenken möchten.«

Sie erhielt keine Antwort.

»Ist das ein verklausulierter Hinweis oder ein Ablenkungsmanöver?«

Lily wandte sich um.

Der Mann war verschwunden.

Sie schaute sich um, ging den Säulengang entlang und suchte die Umgebung mit den Augen ab. Einen Moment lang meinte sie, eine Silhouette in Richtung des Kaiserin-Elisabeth-Denkmals huschen zu sehen. Doch die vielen Touristen und Studenten, die sich im Volksgarten tummelten, machten es unmöglich, einzelne Personen ausfindig zu machen.

Lily atmete tief ein. Aus ihrer Tasche holte sie ihr Handy und notierte stichwortartig, worum es in dem Gespräch gegangen war.

Danach eilte sie zurück in ihr Büro.

Lily kämpfte mit ihrer Intuition. Ein eindeutiges Gefühl, was sie von diesem Mann und seinen Andeutungen halten sollte, hatte sich noch nicht eingestellt. War er bloß ein Scharlatan und Wichtigtuer oder wusste er mehr?

Auch ein möglicher Zusammenhang mit dem Brief des angeblichen Mörders spukte weiter in ihrem Kopf herum. Zweifellos war sie auch beim Theseustempel mit Täterwissen konfrontiert gewesen.

Sie übertrug die Notizen, die sie im Volksgarten angefertigt hatte, in ihren Computer und ergänzte sie.

Wieder und wieder las sie ihre letzte Notiz.

Ein Foto mit drei Mädchen.

23

Unter den Achseln seines weißen Hemdes prangten große, nasse Flecken mit unscharfen Rändern. Das glänzende Gesicht schien noch geröteter als üblich. So sehr hatte ihn die Nachricht erregt.

Michael Schegula ruhte bequem auf einem der beiden Stühle im privaten Büro des Bürgermeisters und konnte Stotz in aller Ruhe beobachten.

Der stand vor der großen Fensterfront und fuchtelte mit ein paar Zetteln herum.

»Zweiunddreißig Prozent!«, sagte Stotz schnaufend. »Ein Wahnsinn!«

Die Zahlen der jüngsten Meinungsumfrage des GESMA-Instituts sprachen für sich.

»So weit unten waren wir lange nicht, Michael. Innerhalb eines Jahres haben wir elf Prozent eingebüßt. In den letzten vier Wochen allein fünf Prozent. Drei Prozent, stell dir das vor, drei Prozent trennen uns noch von der Opposition!«

Schegula versuchte den Bürgermeister zu beruhigen. »Es sind ja noch ein paar Monate bis zur Wahl. Da kann sich noch einiges ändern.«

»Ja, natürlich. Nämlich zum Schlechteren. Die Oppositionstrottel grinsen mich jetzt schon blöd an, wenn Sie mich sehen.«

»Ich finde nicht, dass du so pessimistisch sein solltest, Berti.«

»Michael, schau dir an, was die Zeitungen schreiben.«

»Nicht *Clip24*.«

»Aber alle anderen hetzen uns wie blöde Hunde. Angeblich haben wir abgewirtschaftet, Wien ist ein Selbstbedienungsladen für abgehobene Kommunalpolitiker, dazu natürlich *Pratorama*, und die Diskussion um die Sicherheit, plus die Frauenmorde. Mir reicht es.«

»Ich glaube fest, dass wir das Ruder herumreißen werden. Im Wahlkampf sind wir die Besten.«

Stotz ließ sich in seinen Bürostuhl fallen und atmete schwer. Er war erschöpft und ausgelaugt.

»Jetzt müssen wir Nägel mit Köpfen machen, Michael.«

»Und woran denkst du?«

»Totale Strategieänderung. Marina habe ich auf ihrem Posten belassen. Aus jetziger Sicht ein Fehler. Also werde ich sie als Vizebürgermeisterin einzementieren. Und wir bestellen eine neue Spitze.«

Mit den aus Panikattacken geborenen Eingebungen des Bürgermeisters war Schegula vertraut.

»Wie genau soll ich das verstehen?«, fragte er vorsichtig.

»Du wirst nächste Woche Bürgermeister. Und ich bleibe Parteichef. So machen wir das.«

Schegula setzte sich kerzengerade auf und starrte Stotz an. Damit schien er nicht gerechnet zu haben.

»Berti, das ist … sehr überraschend und … eine große Ehre …«

»Na, so soll es ja auch sein. Nämlich eine Überraschung. Das gefällt den Leuten, das weiß ich aus Erfahrung. Und die Schreiberlinge, die immer dieselben Leitartikel auskotzen, werden blöd aus der Wäsche schauen.«

»Nur hast du mich gar nicht gefragt, ob ich überhaupt noch Bürgermeister werden möchte …«, sagte Schegula kokett.

»Davon gehe ich aus. Oder hast du plötzlich keine Lust mehr, Michael?«

»Na selbstverständlich.«

»Aber das genügt nicht. *Pratorama* müssen wir endgültig abdrehen.«

»Das wird schwer sein, Berti.«

»Aber machbar. Lenz will nach oben. Ohne Protektion schafft er das nicht. Also wird er Seiler ablösen müssen. Der eitle Gockel hat schon viel zu lange in die Fernsehkameras gegrinst.«

»Was bringt uns das?«

»Kostbare Zeit, Michael. Ein Nachfolger muss sich zuerst mit der Materie vertraut machen. Außerdem lenkt das die Menschen ab. Statt auf *Pratorama* werden sie sich auf die Ereignisse in der Staatsanwaltschaft konzentrieren. Sie werden sich fragen, ob Seiler wirklich so kompetent ist. Ablenkung ist eine der schönsten Methoden der Politik. Und danach ist Frau Doktor Horn dran.«

»Deine Wunschkandidatin für die Mordfälle, Berti.«

»Ja, Michael, reite bitte nicht darauf herum … Ich habe sie falsch eingeschätzt. Ich habe glaubt, dass sie langsam und gemütlich scheitert. Stattdessen gibt sie sofort eine Pressekonferenz und macht sich wichtig. Obwohl sie einen Mörder gefangen hat, der sich als stinknormaler Spanner entpuppt hat.«

»Du hättest Marina wirklich abgesetzt, wenn du …?«

»War alles vorbereitet. Das kannst du erledigen, sobald du Bürgermeister bist. Das ist das Schöne an der Sache. Ein Neuer im Amt hat das Recht, eine eigene Mannschaft zusammenzustellen. Das kann ihm auch der Koalitionspartner nicht verwehren.«

Stotz lächelte und erhob sich. Er schüttelte Schegula kräftig die Hand. »Michael, wir haben Großes vor. Diese Stadt gehört uns. Und niemand wird uns aufhalten.«

Als Schegula gegangen war, nahm Stotz das Handy aus der Schreibtischlade. In letzter Zeit war er unvorsichtiger geworden. Das Prinzip, elektronische Kommunikationsmittel aus diesem Raum zu verbannen, hatte er zunehmend ignoriert. Was sich wieder ändern musste, so viel war ihm klar. Seinen Gegnern unterstellte er alle Methoden, die er selbst anwandte.

Der Mann hob sofort ab. »Der Kontakt ist zustande gekommen.«

»Wird sie darauf einsteigen?«, fragte Stotz nervös.

»Sie hat angebissen.«

»Hast du das wirklich gespürt?«

»Ja, habe ich. Sie wird für meine Informationen empfänglich sein.«

»Sehr gut, sie frisst uns also aus der Hand.«

*

Schegula ermahnte sich, nicht in Gedanken zu versinken. Er musste auf den hektischen Freitagabendverkehr konzentriert bleiben. Einen Unfall konnte er jetzt nicht brauchen.

Doch es fiel ihm schwer, nicht an das Verhalten des Bürgermeisters zu denken, der immer unberechenbarer zu werden drohte. Gestern noch Gutgeheißenes wurde heute verdammt. Eine stringente Strategie war nicht mehr festzustellen. Stotz erweckte den Eindruck, nur noch auf äußere Impulse zu reagieren, anstatt kreativ zu handeln. Launenhaft war er geworden, wie ein römischer Kaiser. Seine Haltung gegenüber Marina Lohner entbehrte jeglicher Rationalität.

Mit ihm selbst als Bürgermeister würden andere Sitten einziehen. Er würde sich sämtlicher Altlasten entledigen.

Der Vorgänger musste umgehend in die Bedeutungslosigkeit abgeschoben werden. Bevor Stotz noch mehr Unheil anrichten konnte. Zum ersten Mal seit langer Zeit würde er seine Grenzen kennenlernen. Ob er wollte oder nicht.

Seine eigenen Ziele kannte Schegula. Und dass er nicht allein dafür kämpfen musste, bestärkte ihn zusätzlich.

Seine Zeit war gekommen. Endlich vermochte er zu tun, wonach er sich allzu lange bloß hatte sehnen dürfen.

*

Der Schlaf, den sie in der Nacht geschwänzt hatte, fehlte ihr nun umso mehr. Am liebsten hätte Lily sich sofort hingelegt. Außerdem rumorte es in ihrem Kopf. Sie war erschöpft und aufgekratzt zugleich.

Die letzte Sitzung mit Belonoz und seinen Leuten vor dem Wochenende war nicht aufzuschieben. Lily fügte sich in ihr Schicksal. Danach würde sie zum Rooseveltplatz eilen und auf der Stelle ins Bett fallen, diese Hoffnung spendete ihr Trost.

Große Neuigkeiten hatte niemand zu vermelden. Lily war entschlossen, die Sache möglichst kurz zu halten. Bloß Marlene Metka gab sich optimistisch.

»Die Sache mit dem Leder ist doch interessant«, sagte sie fröhlich.

Belonoz lächelte spöttisch. »Okay, wir haben den wissenschaftlichen Nachweis, dass die Person in schwarzem Leder an allen Tatorten war. Phantastisch.«

»Das habe ich nicht gemeint. Sondern die Unterschiede. Altes, gebrauchtes Leder bei den ersten drei Morden, neues Leder im Fall Jordis.«

»Also hat er sich frisch eingekleidet.«

»Zum Beispiel. Da könnte man weiter nachforschen, ob bei einem der …«

Steffek rollte mit den Augen. »Was bitte willst du da nachforschen, Marlene? Wenn wir alle Personen überprüfen, die sich in der letzten Zeit Ledergewand angeschafft haben, dauert das Wochen. Mindestens. Und wo willst du die zeitliche Grenze ziehen? Alle Käufe der letzten zwei Wochen, des gesamten Monats? Oder überhaupt seit Jahresbeginn? Außerdem muss der Täter nicht aus Österreich kommen. Sorry, das schwarze Leder hilft uns nur weiter, wenn wir eine halbwegs verdächtige Person haben.«

Metka zog eine beleidigte Grimasse. »Na dann halt nicht.«

Lily hatte überlegt, wie sie vorgehen sollte. Wann sie einsteigen und wie sie es formulieren wollte. Nun gab sie sich einen Ruck. »Das mit dem Leder könnte aber ein wichtiges Detail sein. Vor wenigen Stunden habe ich einen Hinweis erhalten. Eventuell haben wir es tatsächlich nicht mit einem Einzeltäter zu tun.«

Es war plötzlich sehr still geworden. Belonoz setzte sich ruckartig auf und blickte Lily frontal an. Seine Stimme klang scharf und unfreundlich. »Ein Hinweis? Kein Einzeltäter? Was soll das?«

»Den Mord an Selma Jordis hat möglicherweise eine andere Person verübt.«

»Woher haben Sie das?«

»Ich kann momentan nicht mehr dazu sagen. Herr Major, sprechen wir nachher noch kurz miteinander …?«

»Das will ich auch hoffen«, sagte Belonoz in feindseligem Ton, ohne Lily eines weiteren Blickes zu würdigen.

Nika Bardel stöhnte. »Na super. Jetzt sind es schon zwei Täter, die frei herumlaufen. Und die wir nicht finden können. Die Menschen werden uns bejubeln.«

»Das wäre eine Erklärung für die unterschiedlichen Ledersorten«, sagte Metka mit triumphierendem Lächeln.

Steffek schüttelte den Kopf. »Beide haben Leder getragen … So einen Zufall kann es gar nicht geben.«

»Die Zeitung hat das schließlich auch gewusst.«

»*Welche* Zeitung hat *was* gewusst?«

»*Clip24*. Die haben die Fotos des Täters gebracht. Wer weiß, was für Informationen auf irgendwelchen Kanälen sonst noch geflossen sind.«

Lily nickte. »Richtig, Frau Metka. Das muss untersucht werden.«

Belonoz wandte sich an Kovacs. »Du bist noch an der Sache dran?«

»Sicher. Es ist nicht leicht, bei den Medien zu recherchieren. Wenn man nicht aufpasst, hagelt es Beschwerden, dass die Pressefreiheit verletzt wird.«

»Genau«, sagte Lily. »Polemiken sollten wir derzeit vermeiden.«

Niemand hatte mehr etwas vorzubringen. Man vertagte sich auf Montag. Unter Vorbehalt. Falls nichts dazwischenkommen und ein früheres Treffen erzwingen würde.

Die Mitglieder des Teams ordneten tratschend ihre Unterlagen und verließen das Zimmer.

Lily stand da und schaute Belonoz erwartungsvoll an.

Der Major stand auf und drehte ihr den Rücken zu. »Gehen wir in mein Büro.«

»Gerne.«

Belonoz nahm hinter seinem Schreibtisch Platz und wies Lily einen Stuhl zu. Er deutete auf eine Schachtel Zigarillos, die neben seinem Computer lag. »Stört es Sie? Das Fenster ist offen.«

»Rauchen Sie ruhig, Herr Major. Ich mag den Geruch.«

Bald entströmte seinem Mund eine dichte Wolke. So saß er da und erwartete, dass Lily den ersten Schritt tat.

Lily wusste, dass sie ihn überzeugen musste. »Ich verstehe, dass Sie sauer auf mich sind. Und ich weiß, dass mein Verhalten … seltsam auf Sie wirkt. Sie denken wahrscheinlich, ich würde Ihnen und dem Team etwas verheimlichen. Aber … ich kann im Moment einfach nicht anders. Es geht nicht. Ich kann derzeit nur sagen, dass ich diesen Hinweis auf zwei verschiedene Täter bekommen habe. Deshalb … muss ich Sie um Vertrauen bitten. Ich werde Sie und Ihr Team nicht aufs Glatteis führen. Und sollte ich mich irren, werde ich Sie nicht zum Sündenbock für meine Fehler machen.«

Belonoz rauchte und sagte nichts. Sein Blick war ausdruckslos, beinahe entrückt. Und Lily verstand.

Unzählige Verhöre hatten Belonoz gestählt. Er hatte gelernt, in Gesprächen die Oberhand zu behalten. Selbst wenn er gar nichts sagte.

Es ging nicht um oberflächliche rhetorische Tricks. Sondern um die Einheit von Taktik und Strategie. Das Ziel war so wichtig wie der Weg. Wer das internalisiert hatte, konnte es sich leisten, bis an die Grenze zu gehen. Und den Gesprächsabbruch als Risiko einzukalkulieren. Entsprechend verhielt sich Belonoz. Er war furchtlos. Sämtliche Ängste wurden auf das Gegenüber projiziert. Er selbst verblieb im Ungefähren.

Lily setzte erneut an. »Falls ich einen Fehler begehe, übernehme ich die Verantwortung. Ich werde dafür einstehen und keine Sündenböcke suchen. Lieber trete ich als Staatsanwältin zurück, als der Polizei die Schuld für Ermittlungsfehler zu geben. Ist das akzeptabel?«

Belonoz schwieg.

Lily nahm einen dritten Anlauf. »Es gibt kein doppeltes Spiel. Ich bin nicht mit Lenz verbündet, auch sonst mit niemandem. Das ist keine Falle. Und ich werde die Konsequenzen ziehen, falls die Sache schiefgeht. Bitte vertrauen Sie mir. Ich möchte, dass wir den Fall gemeinsam lösten. Egal, wie viele Täter im Spiel sind. Mein Misserfolg wird allein mein Misserfolg sein. Aber mein Erfolg wird auch Ihr Erfolg sein. Darum kann ich nichts anderes tun, als Sie zu bitten. Bitte vertrauen sie mir, Herr Major. Ich kann jetzt nicht mehr sagen als das …«

Zuletzt war ihre Stimme schwach geworden. Auch der fehlende Schlaf forderte seinen Tribut immer heftiger.

Belonoz beförderte den Zigarillo in den Aschenbecher. »Versuchen wir es also mit Vertrauen«, sagte er.

Lily hätte am liebsten gejubelt und zugleich losgeweint. Exakt in diesem Moment klopfte es an der Tür. Durch einen Spalt streckte Kovacs den Kopf in den Raum.

»Entschuldigung, falls ich störe …«, sagte er und kam herein. »Sie müssen sich das anschauen.«

Er entrollte einen rechteckigen, farbig bedruckten Bogen Papier.

»Die erste Seite der morgigen Ausgabe von *Clip24*. Im Netz wird es ab drei Uhr zu lesen sein.«

Lily und Belonoz lasen die in fetten Lettern gedruckte Schlagzeile: *Was die Polizei verschweigt – Clip24 enthüllt: Zerstochene Augen! So wütet die Wiener Mörderbestie.*

Belonoz schaute Kovacs an. »Wie haben diese Vollidioten das erfahren?«

»Und *was* wissen die noch?«, sagte Lily. »Sonst irgendwelche Informationen dazu, Herr Kovacs?«

»Ich arbeite daran.«

Lilys Stimme hatte ihre Kraft wiedererlangt. »Damit hat *Clip24* eine Grenze überschritten. Sie machen unsere Ermittlungen kaputt. Das werden wir nicht tolerieren. Wer hat den Artikel geschrieben?«

»Ich tippe auf Gaby Koch«, sagte Kovacs. »Von Beginn an war das ihre Geschichte.«

»Fein. Die Schonfrist für diese Frau ist abgelaufen. Herr Kovacs, ich möchte, dass Sie alles recherchieren, was mit dieser Schlagzeile in Verbindung steht. Und bitte rasch.«

Kovacs sah zu Belonoz.

Der Major nickte. »Stimm dich mit Steffek ab.«

Kovacs verließ den Raum.

Lily beobachtete Belonoz genau. Dessen Blick war grimmig geworden, voller Verachtung und Wut.

»Marlene Metka hat den Braten gerochen«, sagte Lily.

»Stimmt.«

»Sagen Sie, Herr Major … noch was, was ist mit *Pratorama*?«

Belonoz runzelte die Stirn. »Wie meinen Sie das jetzt?«

»Na der *Pratorama*-Skandal.«

»Was hat der mit unserem Fall zu tun?«

»Genau das möchte ich wissen. Gibt es da einen Zusammenhang?«

»Woher haben Sie denn diese Idee, Frau Doktor?«

*

An das Geländer der Terrasse gelehnt, genoss sie den Anblick der sanft ansteigenden Weinberge. Es war so friedlich und tröstend. Jegliche Sorgen waren weit entfernt.

Auf dem Tisch neben der weit geöffneten Schiebetür stand das Abendessen bereit. Eine Auswahl österreichischer Käsesorten, dazu Rucolasalat, beträufelt mit steirischem Kernöl.

Marina Lohner wollte sich vor der Mahlzeit ein paar Augenblicke der Entspannung gönnen. Da meldete sich ihr Handy. Das musste der Anruf sein, den sie erwartet hatte.

Vier Minuten später holte sie das Bier aus dem Kühlschrank. Sie setzte sich und nahm das Besteck zur Hand.

Während sie langsam aß, dachte sie nach.

Stotz war nicht mehr ernst zu nehmen. Seine Handlungen ließen alle Logik vermissen. Er war abgetaucht in einen Ozean der Paranoia. Menschen schob er wie Figuren auf einem Schachbrett herum. In der irrigen Annahme, dadurch seine Macht erhalten zu können. Den Kontakt zur Realität hatte er längst eingebüßt.

Lohner hatte einst einen anderen, offeneren Berti Stotz gekannt. Einen vitalen, von Visionen erfüllten Menschen. Jemanden, der instinktsicher vorgegangen war. Einige seiner Vorstellungen waren immer schon irritierend falsch gewesen. Doch wenigstens hatte er damals noch so etwas wie Ideen besessen. Und hatte den Kontakt mit Menschen gesucht und geliebt.

Mittlerweile war er zu einem einsamen Ränkeschmied verkommen. Verschanzte sich in seinen Büros, ließ wenige Auserwählte an sich heran und ersann Möglichkeiten, die Hebel der Macht nicht aus den Händen zu lassen. Was nicht in seine Auffassung der Realität passte, verdrängte und bekämpfte er. Da klammerte sich eine ausgelaugte Politikerruine an ihren Sessel und wälzte absurde Pläne.

Doch für Kurskorrekturen was es zu spät. Das Endspiel hatte begonnen.

Marina Lohner hatte noch viel vor im Leben. Der Abschied von der Wiener Politik gehörte allerdings nicht dazu. Ganz im Gegenteil. Sie wollte höher hinaus.

In der kommenden Woche würde es so weit sein.

*

Gerade noch rechtzeitig hatte Albine angerufen. Und sie jammerte heftig.

»Ich bin mit wahnsinnigem Kopfweh aufgewacht.«

»Hast du wenigstens die Nacht noch genossen, nachdem ich gegangen bin?«, fragte Lily.

»Ja ... soweit ich mich überhaupt erinnern kann.«

»Ich sehe schon, du hast nichts anbrennen lassen ...«

»Blöderweise habe ich zu viel getrunken, nur kein Mineralwasser ... und geraucht. Geschieht mir recht. Mit Ende zwanzig sollte man sich nicht mehr so aufführen wie in der Pubertät. Aber ich bin eben eine Berufsjugendliche. Mein Sender zwingt mich dazu. Ist das nicht eine herrliche Ausrede?«

»Wenigstens hast du deinen Spaß gehabt, Albine.«

»Falls du damit meinen Verehrer meinst, irrst du dich. Auf der Party war er wirklich nett. Aber später ... Heute früh bin ich in einer Studenten-WG aufgewacht, stell dir das bitte vor. Seine zwei Mitbewohnerinnen haben schon um sieben Uhr früh einen Höllenlärm veranstaltet. Wegen irgendeiner Prüfung an der Uni. Als ich aufs Klo gegangen bin, haben sie mich blöd angeschaut und kein Wort gesagt.«

»Du hast im Jagdrevier junger Gemsen gewildert. Wie alt ist er?«

»Zwanzig oder einundzwanzig vielleicht. Was weiß ich. Jedenfalls definitiv zu jung.«

Lily musste lachen. »Seit wann hast du etwas gegen jüngere Männer?«

»Seit heute. Das war nur mühsam. Der Typ war völlig hilflos. Ein Publizistik-Student, der in einer WG wohnt, die wie ein Sauhaufen aussieht. Völlig verkommen und einfach komplett stillos. Nicht ein Hauch von Geschmack, völlig zugerammelt mit scheußlichen Möbeln. Gut war nur, dass die WG im fünften Bezirk liegt. Da war es nicht weit zu mir nach Hause.«

»Und, hast du was mit ihm gehabt?«

»Geh bitte, überhaupt nichts. Um fünf Uhr sind wir bei ihm und seinen Grazien angekommen. Wir waren irrsinnig müde und sind sofort eingeschlafen.«

»Na, da hast du vielleicht etwas versäumt?«, frage Lily neckisch.

»Sicher nicht. Er ist süß und lieb, aber ... eben völlig hilflos. Ich glaube nicht, dass der weiß, was guter Sex ist. Natürlich war er enttäuscht, dass nichts gewesen ist. Weil ich seine Lieblingsmoderatorin bin, hat er gesagt, und er mich immer schon verehrt hat und meine Stimme so liebt. Das war herzig von ihm. Nur bin ich mir in diesem Studentenambiente plötzlich so erwachsen vorgekommen ... Darauf kann ich verzichten. Frühstück hat es auch keins gegeben. Na ja, wenigstens habe ich mir keine Ausrede einfallen lassen müssen, um mich bald zu verabschieden.«

»Und, triffst du ihn wieder?«

»Eher nicht. Er ist irgendwie ... zu fad. Nett allein ist nicht abendfüllend. Und wie geht es dir, Lily? Das muss eine schrecklich kurze Nacht für dich gewesen sein. Ich habe mir ohnehin schon Vorwürfe gemacht, dich dorthin geschleppt zu haben.«

»Blödsinn. Es war schon okay. Du hast recht, ich darf nicht leben wie in einer Kartause ... Aber sag, erinnerst du dich zufällig an einen jungen, gutaussehenden, dunkelhaarigen Mann Mitte zwanzig, der ...«

»Sicher, der hat dich die ganze Zeit beobachtet.«

»Kennst du ihn?«

»Der muss der Einzige gewesen sein, mit dem ich mich nicht unterhalten habe. Hat er dir gefallen?«

»Er ist mir auf die Straße gefolgt.«

Albine war wie elektrisiert. »Wie bitte? Das gibt es doch nicht. Was hat er dann gemacht?«

»Er ist mir nachgegangen.«

»Bis zu dir nach Hause?

»Nur bis zum Ring.«

»Hat er irgendetwas ... Ich meine, ist er dir gefährlich vorgekommen?«

»Ich weiß nicht ... Angenehm war es jedenfalls nicht.«

»Kann ich mir vorstellen. Jetzt, wo es diese Morde gibt, und du noch dazu die Staatsanwältin bist ... Ich werde Christoph fragen. Der muss ja wissen, wer das war.«

»Bitte mach das.«

»Privat solltest du dich schon entspannen können, ohne dass gleich irgendein Trottel … Es ist sicher stressig für dich. Ich halte dir die Daumen, dass du erfolgreich bist. Und einen netten Mann kriegst, der zu dir passt. Du musst ihn ja nicht gleich heiraten. Aber verhaften kannst du ihn ja lassen, wenn er dir gefällt.«

»Na ja, Albine … Momentan bin ich mit diesem Fall dermaßen beschäftigt … Das wird noch etwas dauern.«

Albine war plötzlich leiser geworden. »Gut wäre es schon …«

Sie schwieg.

»*Was* wäre gut?«, fragte Lily behutsam.

»Na, wenn du diese Sache rasch aufklären kannst. Es liegt ein Schleier über Wien. Wir haben Sommer, es ist angenehm warm, alle sind eigentlich total entspannt … dennoch gibt es im Hintergrund … etwas wie Angst in dieser Stadt. Man kann versuchen, sich abzulenken. Aber das komische Gefühl bleibt. Eigenartig, weißt du. Ich kenne ein paar junge Frauen, die sich fürchten, nachts allein nach Hause zu gehen. Oder sogar allein zu Hause zu sein … Ist es wirklich so schlimm, Lily? Muss man sich Sorgen machen, auch … wenn man vorsichtig ist?«

»Wir haben ein Problem, Albine. Wann der Tag kommt, an dem dieses Problem gelöst sein wird, weiß ich nicht. Aber er wird kommen, das verspreche ich dir.«

Lily gähnte.

Albine verstand das Signal, wünschte der Freundin einen erholsamen Schlaf und verabschiedete sich.

Ihr Handy ließ Lily im Wohnzimmer liegen. Sie schlurfte müde ins Schlafzimmer. Die Erschöpfung übermannte sie sofort und sie schlief augenblicklich ein, tief und fest.

Als zwei Stunden später, kurz nach zweiundzwanzig Uhr, der Anruf kam, bemerkte Lily gar nichts.

Sanft vibrierte das Handy und blieb unberührt.

Samstag, 19. Juni

24

In der Nacht hatte es geregnet. Die Stadt hatte ihre staubige Patina eingebüßt. Klarer und reiner schien die Luft zu sein. Die letzten Wolken hatten sich bereits verzogen.

Lily öffnete ihre Augen, während die Glocke der Votivkirche achtmal schlug. Lily zählte mit und rechnete erstaunt nach. Das bedeutete, dass sie rund zwölf Stunden geschlafen haben musste. Offenbar hatte es ihr Körper dringend nötig gehabt, sich so lange auszuruhen. Lily setzte sich in ihrem Bett auf und rieb sich die Augen. Sie horchte in ihren Körper hinein und achtete auf dessen Signale. Dabei empfand sie ein lange vermisstes Wohlbefinden, etwas, das sie seit der ersten Zeit in New York nicht mehr so intensiv verspürt hatte. Sie fühlte sich erholt und ausgeglichen, entspannt und energiegeladen. Die Gedanken, die in den vergangenen Tagen einem heftigen, alles durcheinanderwirbelnden Sturm von Eindrücken ausgesetzt gewesen waren, kamen ihr angenehm geordnet vor.

Sie schämte sich beinahe, sich dies eingestehen zu müssen. Eigentlich war sie erst jetzt bereit für die Aufgabe, die sie übernommen hatte. Sie überdachte ihr Verhalten der letzten Woche im Schnelldurchlauf. Immerhin hatte sie sich nichts vorzuwerfen. Sie hatte sich korrekt und kompetent verhalten. Hatte alles gegeben, was man von ihr und ihrer Rolle als Staatsanwältin erwarten durfte.

Nach einer raschen Dusche holte Lily ihren Jogginganzug aus dem Schrank. Während sie sich anzog, erinnerte sie sich an das Gespräch mit Albine. Wie sicher junge Frauen in Wien überhaupt noch seien, hatte Albine sie gefragt.

Lily schnürte ihre *Asics*-Sportschuhe zu. Für eine Sekunde hatte sie gestern das Gefühl gehabt, Albine hätte einen wesentlichen Punkt getroffen. Vielleicht würde ihr später wieder einfallen, worum es gegangen war. Außerdem, beschloss Lily, war es jetzt genug mit Eingebungen und Ahnungen. Konkretes war gefragt.

Als Lily im Wohnzimmer ihr Handy kontrollierte, bemerkte sie den Anruf. Gestern Abend um zweiundzwanzig Uhr und drei Minuten. Unbekannter Teilnehmer, keine Nachricht auf der Mobilbox.

Lily lief die Treppe hinab und trat aus dem Haus, ins Sonnenlicht. Es war halb zehn und der Rooseveltplatz geradezu menschenleer. Von ferne vernahm man das Rauschen des Verkehrs wie an einem beliebigen Wochentag. Sie spürte die typische Wiener Samstagsatmosphäre. Völlige Entspanntheit und aufgeregte Geschäftigkeit lagen nah beieinander.

Mit raschen Schritten spazierte Lily über den Ring und entlang des Donaukanals zur Salztorbrücke. Als sie die Brücke in den zweiten Bezirk überquerte, wandte sie sich kurz um. Sie schaute hinüber zu dem großen Wohnhaus, in dem Magdalena Karner ermordet worden war. Dort war jene Person gewesen, die alle Rätsel sofort aufklären könnte.

Weitere Gedanken in diese Richtung verbat sich Lily. Sie beschloss, das Wochenende nach Möglichkeit zu genießen. Es wusste ohnehin niemand, wie lange dieses Wochenende überhaupt dauern würde. Für sie, oder für Belonoz, oder für Steffek, Bardel, Metka und Kovacs.

In der Hollandstraße beobachtete sie die ersten Gäste einer kleinen Gastwirtschaft, die schon um diese Tageszeit alkoholbeschwingt diskutierten. Fast wäre sie stehen geblieben, um zu erfahren, was die zwei Frauen und drei Männer so erregte. Schließlich schlenderte sie doch weiter.

Jeder Schritt schien ihr kostbar. Beständig rückte sie Wien näher, während die New Yorker Vergangenheit im Nebel verschwand. Lily genoss die Gerüche und die Geräusche, die sie umgaben und in ihre Heimatstadt zurückholten. Alles war wie immer. Und zugleich wieder neu für sie. Sie wusste um die Kostbarkeit solcher Momente und befahl sich, diese Eindrücke im Gedächtnis zu verankern.

Den Karmelitermarkt beherrschte emsiges Treiben. Hausfrauen und ehrgeizige Hobbyköche besorgten sich Zutaten für ihre kulinarischen Vorhaben. Ehepaare streiften im Zeitlupentempo zwischen den Buden und Tischen herum. Junge Eltern manövrierten Kinderwagen durch das Gewühl auf den engen Wegen. Ältere Leute beäugten misstrauisch das Angebot und erkundigten sich nach den Preisen. Lily wusste, was sie wollte. Ihre Vergangenheit wiederfinden. Bis sie endlich sah, wonach sie sich während der gesamten Woche gesehnt hatte.

»Sie waren aber lang nicht mehr da«, sagte der rundliche ältere Mann mit den roten Backen, der jeden Samstag frisches Obst hier am Markt anbot.

Sofort hatte er sie erkannte. Lilys Herz war in die Höhe gesprungen. Am liebsten hätte sie gejauchzt vor Glück.

Sie war wieder zurück. Angenommen. Akzeptiert. In ihrer Heimatstadt.

»Gibt es noch Erdbeeren?«, fragte sie.

»Bei dem Wetter nicht. Aber Kirschen. Heute früh um halb fünf gepflückt.«

Er zeigte Lily seine Ware. Frische, karmesinrote Kirschen, wie es sie in keinem Supermarkt mehr zu kaufen gab. Lily war begeistert, nahm zwei Kilo und verabschiedete sich herzlich. Sie erkundete den Rest des Karmerlitermarkts und überprüfte, inwieweit sich ihre Erinnerung mit der Realität überschnitt, als ihr Handy läutete.

»Tut mir leid«, sagte die Stimme von Major Belonoz, »ich störe Sie nur ungern am Wochenende. Aber da gibt es etwas, das ich Ihnen sagen muss. Und zwar jetzt gleich.«

»Kein Problem. Was ist los?«

»Sie haben mich gestern gefragt, ob es einen Bezug zum Fall *Pratorama* gibt.«

»Und?«

»Ich habe nachgedacht, ich muss noch einen Blick in die Unterlagen werfen … aber ich glaube nicht, dass ich mich irre. Es gibt diesen Bezug.«

Plötzlich war es egal, dass Lily mitten im Gewimmel stand und telefonierte. Sie hatte nur noch Ohren für die Stimme aus dem Handy.

»Moment, Herr Major … Sie denken …?«

»Gar nichts denke ich. Ich weiß es. Mich wundert nur, dass mir das nicht längst aufgefallen ist. Keine Ahnung, was da mit mir los war.«

*

Früher hätte Lily das Café Landtmann nie im Jogginganzug betreten. Doch mittlerweile sah sie keinen Grund mehr für allzu viel Ehrerbietung angesichts der eitlen Politiker und diversen anderen Anzugträger, die dort tagsüber Hof hielten. So viel mit Selbstüberschätzung gepaarter Eitelkeit musste man geradezu etwas entgegensetzen.

Sie erkannte Mario Promegger sofort. Er saß an einem Tisch im gläsernen Verbau, der das Lokal auf den Vorplatz erweiterte.

Der Kriminalpsychologe erhob sich und begrüßte Lily freundlich. Er war kleiner, als sie es erwartet hatte. Die Fernsehkameras, vor denen sich Promegger gerne produzierte, schönten die Realität.

Eilfertig war der Kellner herbeigerast. Lily musste lächeln. Natürlich, Promegger galt hier als Prominenter. Also wurden er und seine Gäste mit wienerischer Unterwürfigkeit bedient. Lily bestellte einen großen Braunen und stilles Mineralwasser.

Promegger musste gerade ein üppiges Frühstück beendet haben. Vor ihm standen Teller und Schüsselchen, ein halb geleertes Glas Orangensaft, ein Teekännchen samt Tasse. Er trug exakt die Kleidung, die man von seinen Fernsehauftritten kannte, einen dunkelgrauen Anzug, ein weißes Hemd mit goldenen Manschettenknöpfen, eine gepunktete Fliege. Promegger war ein Mann aus der tiefsten Provinz. Sein Auftreten hatte etwas Professorales.

Er begann ohne große Vorreden. Als hätte Lilys Erscheinen ihm das Stichwort geliefert. »In zwei Stunden habe ich eine TV-Aufzeichnung. Eine neue zwölfteilige Serie. Legendäre Verbrechen der österreichischen Kriminalgeschichte. Und ich analysiere die Täterpersönlichkeiten. Das wird eine spannende Show, glaube ich.«

»Sicher«, sagte Lily desinteressiert. »Vielleicht können Sie meinen Fall auch irgendwann fürs Fernsehen aufbereiten.«

»Möglich, wenn nicht sogar sehr wahrscheinlich. Dergleichen darf sich das Fernsehen gar nicht entgehen lassen. Da muss man kein Prophet sein, um die Quote vorherzusagen.«

Lily hatte Promegger auf Anhieb unsympathisch gefunden. Umso mehr wunderte sie sich, weshalb Belonoz so große Stücke auf ihn hielt. Er hatte geradezu darauf gedrängt, ihn in diesen Fall einzubinden.

Promegger plauderte munter weiter. »So ist das Fernsehen halt. Man braucht das Erwartbare, den kalkulierbaren Effekt. Ich passe mich dem an und trage mein Kostüm.«

Lily runzelte die Stirn. »Welches Kostüm?«

»Diesen Anzug mit dieser Fliege. Wenn es nach mir persönlich ginge, würde ich mich so anziehen wie Belonoz. Ganz in Schwarz. Das war mein Stil, bevor ich im Fernsehen aufgetreten bin. Vor der Prominenz sozusagen. Als Kriminalpsychologe sollte man zurückhaltend sein. Der Täter steht im Mittelpunkt. Nicht ein vorlauter Experte. Aber die Fernsehleute haben mir die schwarze Kleidung verboten. Das kommt auf dem Bildschirm nicht gut, haben sie gesagt. Irgendeine Modeberaterin hat mir das Kostüm verpasst. Ich hasse es, aber inzwischen ist es mein Markenzeichen geworden. Eigentlich komisch. Alle glauben, dass man viel Einfluss besitzt. In Wirklichkeit ist man weiterhin ein machtloses Männchen, das brav sein mediales Image bedienen muss.«

Sie blickte Promegger scharf an. Seine letzten Bemerkungen hatten noch ein anderes Licht auf ihn geworfen.

»Ich verstehe, worauf Sie abzielen«, sagte sie. »Und von mir aus können Sie anziehen, was Sie wollen. Mir kommt es lediglich darauf an, ob Sie etwas zur Aufklärung dieser Morde beitragen können.«

»Deshalb habe ich in der Nacht auf heute alle verfügbaren Akten studiert.«

Lily war überrascht. »Das habe ich nicht gewusst.«

»Belonoz hat das ermöglicht. Bis vier Uhr früh war ich in der Kriminaldirektion und habe gelesen, was zu diesem Fall verfügbar war.«

»Das ist gut«, sagte Lily. »Sind Sie zu irgendwelchen Schlüssen gekommen?«

»Sicher. Das ist einer der seltsamsten Fälle überhaupt.«

»Sorry, aber diese Einschätzung hilft mir nicht sehr viel weiter.«

Promegger lachte, und mit einem Mal wirkte er entspannt und gelöst. »Das kann ich verstehen. Und doch ist es so. Wenn es nicht jeweils einen ähnlichen Tathergang gegeben hätte, wäre da nichts, was diese Morde verbindet.«

»Vielleicht, dass es Studentinnen ähnlichen Alters sind? Die allein in zentralen Bezirken Wiens leben?«

»Richtig. Nur sind das Fakten, die von einem zufälligen Täter niemals hätten antizipiert werden können.«

»Also?«

»Also sind das keine zufälligen Opfer. Ein normaler Serientäter sucht sich in erster Linie die richtige Situation aus. In diesem Fall hat er sich primär die richtigen Opfer ausgesucht. Der Tathergang wurde dann der jeweiligen Situation angepasst. Aber wie hat er sich die richtigen Opfer ausgesucht? Und wie hat er sie gefunden? Das sind die offenen Fragen. Deswegen ist dieser Fall seltsam. Weil die zentralen Punkte unerklärlich sind.«

»Das stimmt natürlich, aber …«

»Die Opfer stehen im Mittelpunkt. Der Tathergang ist von sekundärer Bedeutung. Bis auf ein Detail.«

»Welches?«

»Die ausgestochenen Augen in den drei ersten Fällen. Dieses Merkmal ist äußerst wichtig.«

»Inwiefern?«

»Es ist ein Zeichen von kontrollierter Aggression. Wohingegen die zahlreichen Messerstiche auf die Körper der Opfer ungefilterte Aggression darstellen. Zuerst Hass auf die Person, danach der Wunsch, das Augenlicht zu zerstören. Emotionalität und Rationalität treffen zusammen. Das gibt es selten. Vor allem im Zusammenhang mit der Wahl der Opfer, wie wir sie hier vorfinden.«

»Was schließen Sie daraus?«

»Hinter den Morden muss eine konkrete Geschichte stehen. Die müssen Sie herausfinden. Aber gehen Sie davon aus, dass die Opfer nicht zufällig gewählt sind. Genau diese Personen sollten getötet werden, weil sie Hass auf sich gezogen hatten. Die ausgestochenen Augen sind ein symbolisches Zeichen. Es geht um das Sehen, um die Wahrnehmung. Möglicherweise haben diese Opfer etwas gemeinsam, das bisher unberücksichtigt geblieben ist. Eventuell haben sie etwas gesehen, das sie nicht hätten sehen sollen. Durch das Ausstechen der Augen nimmt der Täter darauf Bezug.«

Lily nickte schweigend und trank ihren Kaffee aus.

»Wie erklären Sie sich, dass es im letzten Fall keine ausgestochenen Augen gab?«, fragte sie.

»Ein guter Punkt. Abgesehen davon scheint ja alles ins vertraute Bild zu passen. Etwa die Beschreibung des Täters durch Zeugen. Aber ein zentrales Tatmerkmal, die ausgestochenen Augen, kommt nicht vor. Es wäre also vorstellbar, dass der jüngste Mord nicht zu der Serie gehört. Eine Imitation sozusagen. Lediglich die Aggression gegen die junge Frau stimmt mit den anderen Fällen überein. Aber das ist es auch schon. Wie es zu dieser Imitation gekommen sein mag … dazu kann ich nichts sagen. Das ist Ihr Bereich.«

Lily schaute Promegger direkt an. Der erwiderte ihren Blick ruhig, ohne seine Gefühle zu verraten.

Plötzlich begriff sie, weshalb Belonoz ihn empfohlen hatte.

Letztlich war es eine Sache des Vertrauens. In jemanden, der unverschnörkelt Klartext redete. Und sich selbst in die öffentliche Person und den echten Menschen aufspaltete.

Aus einer Seitentasche ihres Jogginganzugs holte sie zwei fotokopierte Seiten, die sie mittlerweile stets bei sich trug, und reichte sie Promegger. Es war der Brief des Mannes, der sich *Der Richter* genannt hatte. »Lesen Sie das bitte. Und sagen Sie mir, was Sie davon halten.«

Promegger holte ein braunledernes Etui aus seiner Tasche, und aus diesem wiederum eine goldumrandete Lesebrille. Er setzte sie auf und fing an, sehr konzentriert zu lesen.

Als er fertig war, beugte er sich vor und legte die beiden Blätter auf den Tisch. Mit den Händen strich er behutsam darüber, als wollte er sie glätten. Sein Blick blieb auf den Brief fixiert. Er schien nicht mehr zu lesen, sondern den Text zu durchsuchen.

Dann nahm er plötzlich die Hände von dem Brief weg, wie von einem heißen Topf. Zugleich schaute er Lily intensiv an.

Aus seinem Blick war die bisher dominierende Jovialität verschwunden.

Er setzte die Brille ab. »Frau Doktor Horn, ich kann Ihnen nur raten, sehr vorsichtig zu sein. Der Mensch, der diese Zeilen verfasst hat, ist äußerst gefährlich. Sein sprachlicher Stil beweist, dass er von überdurchschnittlicher Intelligenz und Bildung ist. Er drückt sich durchaus komplex aus. Aber was er sagt, ist hart und brutal. Er kennt keine Gnade. Sorge bereitet ihm lediglich, dass jemand sich erfrecht hat, seine Taten zu imitieren. Das kränkt ihn. Ein Zeichen von übersteigertem Selbstwertgefühl, was wiederum auf ein unterdrücktes, verletztes Ego deuten lässt. Auf kindliche Minderwertigkeitsgefühle, würde ich sagen. Die nur dadurch abgetragen werden können, dass der erwachsene Mensch grausame Taten begeht. Die Opfer schmäht er, indem er sie als *menschlichen Dreck* abqualifiziert. Er versucht, seinen Taten so etwas wie Legitimität zu verleihen. Wozu auch die Selbstbezeichnung als *Der Richter* passt.«

»Was könnte die bedeuten?«

»Er geht davon aus, dass er gerecht handelt. Oder er will das vortäuschen. Jedenfalls maßt er sich die Autorität an, andere für ihre Taten zu bestrafen. Erkennen Sie den Zusammenhang zu dem, was ich vorhin gesagt habe, Frau Doktor? Die Opfer sind keine Zufallsbekanntschaften. Sie sind gezielt ausgewählt worden, weil sie für etwas Konkretes büßen sollten. Dieser selbsternannte Richter ist in Wahrheit kein Richter, sondern ein Rächer. Es geht ihm um etwas Persönliches. Er sucht Vergeltung. Wofür auch immer.«

Promegger atmete tief durch, wie nach einer körperlichen Anstrengung. Er winkte dem Kellner und ließ sich die Rechnung geben. Inzwischen überlegte Lily rasch.

»Ich habe vor kurzem einen Hinweis erhalten. Sie werden die These wahrscheinlich abwegig finden. Aber es gibt jemanden, der an eine Verbindung zwischen den Morden und dem Skandal um *Pratorama* glaubt.«

Dem sich unterwürfig verneigenden Kellner spendierte Promegger ein üppiges Trinkgeld. Danach schaute er Lily gelassen an. Was sie gesagt hatte, schien ihn keine Sekunde lang zu verblüffen. In aller Ruhe verstaute er seine Brille im Etui.

»*Pratorama* hat in Wien viel Staub aufgewirbelt und für starke Emotionen gesorgt«, sagte er. »Allerdings würde ich Ihnen empfehlen, nicht auf Offensichtliches zu setzen. Denken Sie um mehrere Ecken. *Pratorama* ist politisch, es geht um rationale Probleme. Die Morde hingegen haben stark emotionale Aspekte. Mein Gefühl ist, dass jemand persönliche Rechnungen begleichen will. Dieser *Richter*, der zugleich Henker ist, hat womöglich gar nichts mit *Pratorama* zu tun. Aber eventuell bestärkt ihn diese Affäre, in Wien aufzuräumen.«

Promegger lehnte sich vor, bis er Lily ganz nahe gekommen war. »Ich bin ein vielbeschäftigter Mann. Und ich habe auch politische Kontakte. Man hat mich in die Wiener Politik holen wollen … Es ist nicht dazu gekommen. Aber ich weiß, dass der näher rückende Wahlkampf einen unheilvollen Einfluss auf das Geschehen in Wien hat. Sie müssen vorsichtig sein, Frau Doktor Horn. Ihre Aufgabe ist politischer, als Sie vermuten. Es gibt Personen, die sich wünschen, dass in Wien Ruhe herrscht, damit die nächsten Wahlen ohne große Überraschungen über die Bühne gehen. Die Morde und Ihre Ermittlungen sorgen dagegen für Unruhe. Das gefällt manchen Leuten überhaupt nicht. Gegen die Morde können die nichts tun. Aber gegen Sie, Frau Doktor. Sehen Sie sich vor. Sie haben in ein Wespennest gestochen, ohne es zu ahnen. Solange das Nest nicht ausgeräuchert ist, haben Sie wenig Freunde. Dafür viele Feinde. Man wird nicht zögern, Ihnen Steine in den Weg zu legen. Halten Sie sich also an die Menschen, die Ihre Freunde sind. Und bringen Sie Ihre Arbeit erfolgreich hinter sich.«

Promegger lehnte sich wieder zurück. Und erweckte den Eindruck, das Treffen beenden zu wollen. Er richtete seine Fliege, während er mit seinem Blick das Kaffeehaus durchsuchte. Lily dagegen war unzufrieden. Promeggers letzte Bemerkungen waren zu allgemein gewesen, und viel zu kryptisch. Als hätte er das Interesse an der Sache schon wieder verloren.

»Ist das jetzt alles, was Sie mir sagen können?«, fragte sie hartnäckig.

»Für den Moment. Wenn es etwas gibt, bei dem Sie meine Hilfe benötigen ... melden Sie sich bei mir.«

Promegger kramte eine Visitenkarte heraus und reichte sie Lily. »Ich kenne Ihre Karriere und bin überzeugt, dass Sie eine fähige Person sind. Theoretisch sollten Sie es schaffen, die Sache aufzuklären. Also tun Sie es, solange die Situation in Wien nicht völlig vom Wahlkampf vergiftet ist. Sonst werden die Mordfälle zu denen zählen, die nie gelöst werden.«

»Jemand hat sich mit mir verabredet und mir Hinweise gegeben. Dabei hat er so getan, als wäre er ein Insider.«

»Ein *Insider*?«

»Oder ein Mitwisser. Kann ich so jemandem trauen?«, fragte Lily.

»Das kann einer von denen sein, die Ihnen helfen wollen. Es kann sich aber auch um einen Feind handeln. Untersuchen Sie, was er Ihnen gesagt hat, und treffen Sie eine Entscheidung.«

»Noch eine letzte Sache«, sagte Lily. »Der Freund des ersten Opfers hat Selbstmord begangen. Und dieser Freund hatte mit *Pratorama* zu tun.«

Nun war Promegger doch für einen Augenblick irritiert. Lange schaute er Lily an, bevor er die richtigen Worte fand. »Das ist ... das ist wirklich erstaunlich, Frau Doktor. In der Tat. Andererseits ändert es nichts an dem, was ich vorhin erklärt habe. *Pratorama* mag im Hintergrund mitspielen. Im Vordergrund geht es aber um Hass, Rache und ein verletztes Selbstwertgefühl. Also um mehr als lediglich eine politische Affäre. Suchen Sie einen verletzten Menschen. Und bringen Sie in Erfahrung, wie es jemand geschafft hat, Details der ersten drei Morde bei der vierten Tat zu imitieren. Sie müssen also herausfinden, wer Zugang zu welchem Wissen besitzt. Eliminieren Sie die Ahnungslosen. Das eine führt zum anderen. Und vice versa.«

Promegger erhob sich und schüttelte Lilys Hand. Lily bedankte sich.

»Machen Sie es gut, Frau Doktor ... das heißt, ich bin eigentlich überzeugt, dass Sie es gut machen werden. Lassen Sie sich nicht irritieren. Gehen Sie Ihren Weg. Und vielleicht bis bald, wer weiß.«

Er ging und hinterließ eine in Gedanken versunkene Staatsanwältin.

Lily trank das Mineralwasser gierig aus. Ihr Mund war trocken geworden. Nachdem sie ein stichwortartiges Gesprächsprotokoll angefertigt hatte, stürmte sie aus dem Café Landtmann. Sie musste sich bewegen.

Sie spazierte zunächst in Richtung Parlament. Danach um den Ring bis zum Schwarzenbergplatz, von dort durch den mit einkaufsbummelnden Menschen zum Bersten gefüllten ersten Bezirk bis zur Votivkirche. Sie musste ihren Kopf durchlüften. In der Hoffnung auf eine Erleuchtung. Oder zumindest eine Inspiration. Vom Schicksal durfte man nicht zu viel verlangen.

Zu Hause aß Lily ein paar von den Kirschen, die sie auf dem Markt gekauft hatte. Endlich fand sie Zeit, private E-Mails zu beantworten. Nebenbei hörte sie Musik. Italienischen Bossa Nova besaß sie nicht, deshalb mussten Stan Getz und Astrud Gilberto herhalten.

Gegen achtzehn Uhr brach sie auf. Lange war sie nicht mehr in ihrem Fitnesscenter gewesen. Als sie zur Rezeption kam, erkannte sie ein vertrautes Gesicht. Freudig wurde sie begrüßt, als wäre sie überhaupt nie weggewesen. Wie gut das doch tat, fand Lily und beeilte sich, die Kundalini-Yoga-Stunde nicht zu versäumen. Auch dort wurde sie willkommen geheißen. Balsam für ihre Seele. Und, vor allem, Ablenkung.

Anderthalb Stunden später schwitzte sie im Dampfbad. Und sie tat, was sie sich zuvor untersagt hatte.

Sie dachte an die Morde.

Nach dem Essen in ihrem Lieblings-Sushi-Restaurant in der Werdertorgasse machte sie es sich zu Hause auf der Couch gemütlich. Antonio Carlos Jobim und Frank Sinatra beruhigten sie enorm. Die sehnsuchtsvolle Melancholie der Musik und der Texte spendeten ihr Frieden.

Heute Morgen war Belonoz der Bezug zu *Pratorama* eingefallen. Felix Bawart, der Freund des ersten Opfers, hatte Selbstmord begangen. Er war ein führender Mitarbeiter der *Pratorama*-Errichtungsgesellschaft gewesen.

War es das, worauf der Informant beim Theseustempel angespielt hatte? Wie in aller Welt hing ein wirtschaftskrimineller Skandal mit den Taten eines Serienmörders zusammen? Vor allem wenn man die Analyse Promeggers zur Täterpersönlichkeit berücksichtigte, stand man vor einem Rätsel.

Gegen halb elf schlief Lily ein, auf der Couch.

Sonntag, 20. Juni

25

»Als ob ich es geahnt hätte«, sagte Major Belonoz müde und blickte durch das offene Fenster nach draußen.

Vor zwei Stunden hatte Lily ihn angerufen. Es war zehn Uhr vormittags. »Jetzt sitze ich schon wieder im Büro.«

»Es muss sein«, sagte Lily.

»Ich bin selbst schuld. Wenn mir die Sache mit diesem Bawart erst heute Abend eingefallen wäre …«

»Wir haben nur noch eine knappe Woche.«

Belonoz, bleicher als üblich, löste seinen Blick vom Fenster und setzte sich.

»Also?«, fragte er.

»Ich möchte alles über Bawart wissen. Wieso waren Sie überhaupt involviert bei einem Selbstmord?«

»Am Anfang war nicht sicher, ob es tatsächlich Selbstmord war. Bawart ist in seinem Auto aufgefunden worden. Mit einer Schusswunde an der Schläfe und einer Pistole in der linken Hand. Auf dem Beifahrersitz zusammengesunken.«

Lily verzog das Gesicht. »Auf dem Beifahrersitz? Komisch.«

»Deshalb hat es verdächtig gewirkt.«

»Und war es tatsächlich Selbstmord?«

»Hundertprozentig. Erstens war Bawart Linkshänder. Zweitens haben wir an der linken Hand Schmauchspuren gefunden. Drittens war die Waffe auf ihn registriert. Warum er sich den Beifahrersitz ausgesucht hat, weiß ich nicht. Aber in seiner Wohnung hat er einen Abschiedsbrief hinterlassen.«

»Haben Sie den hier? Eine Kopie, meine ich.«

»Liegt bei Seiler. Über das Motiv für den Suizid kann man nur spekulieren. Vielleicht hat er zu viel gewusst oder sich isoliert gefühlt … Sowas kommt vor. Tragisch.«

»Wie ist es weitergegangen?«

»Nach vier Tagen war klar, dass das kein Fall für die Mordkommission ist. Damit war die Sache für uns beendet.«

»Glauben Sie, dass alles in Ordnung war, keine Manipulation …?«

»Darauf gebe ich Ihnen mein Wort. Nein, das Seltsame ist die Verbindung zwischen Bawart und Foltinek. Zwei Wochen nach seinem Suizid ist sie ermordet worden.«

»Wieso ist Ihnen diese Verbindung erst jetzt aufgefallen?«

»Bawart war damals in der Öffentlichkeit kein Begriff. Erst in den letzten Tagen ist sein Name vereinzelt in den Medien aufgetaucht. Da habe ich mich an ihn erinnert … aber auch nur, weil Sie dezidiert nach einem Zusammenhang mit *Pratorama* gefragt haben.«

»Gibt es bei den anderen Mordfällen irgendeinen Konnex zu *Pratorama*?«

»Ich sehe da gar nichts. Sie vielleicht?«

Lily erhob sich aus ihrem Sessel und ging zum Fenster. Sie sehnte sich nach frischer Luft, nach Licht, nach Sommer. Weit weg von all diesen Todesfällen.

»Ich hätte sofort Alarm geschlagen und Seiler kontaktiert«, sagte sie leise.

Belonoz beobachtete sie ruhig. »Bawarts Tod war die Voraussetzung für Foltineks Ermordung.«

Lily drehte sich um. »Inwiefern?«

»Er war achtunddreißig, sie mehr als fünfzehn Jahre jünger. In solchen Fällen passen manche Männer besonders auf ihre Freundinnen auf. Aus Angst, dass sie fremdgehen. In der Befragung hat Sabine Foltinek angegeben, dass Bawart praktisch jeden Abend bei ihr übernachtet hat. Wenn er noch am Leben gewesen wäre, hätte der Mord wahrscheinlich nie stattfinden können.«

Lilys Augen fixierten den Major. »Was haben Sie gerade gesagt … Sabine Foltinek ist befragt worden?«

Belonoz zuckte mit den Schultern. »Natürlich.«

»Es gibt ein Protokoll des Gesprächs mit ihr? Davon weiß ich gar nichts.«

»Weil das inzwischen bei den *Pratorama*-Akten gelandet ist. Nach dem Mord an Foltinek habe ich das Gesprächsprotokoll noch einmal durchgelesen. Für unsere Zwecke bringt es leider gar nichts. Völlig uninteressant.«

Lily wirkte nicht ganz überzeugt. Sie sah Belonoz weiter an, obwohl der bereits schwieg. Als ob sie sich noch etwas erwartete, als ob das nicht alles gewesen sein konnte, das einen Bezug zu *Pratorama* erlaubte.

Sie kehrte zum Schreibtisch des Majors zurück. »Sabine Foltinek war ein Einzelkind. Die Mutter ist vor einigen Jahren verstorben. Ihren Vater haben Sie nach dem Mord vernommen. Nirgendwo in diesem Gespräch beziehen Sie sich auf *Pratorama*.«

»Nach Lage der Dinge hat das keine Rolle gespielt. Deswegen hat keiner von uns daran gedacht, was Bawart beruflich getan hat. Auch ich nicht.«

»Ich will mit dem Vater noch einmal sprechen. Können Sie den Kontakt herstellen?«

Belonoz nickte, setzte sich an seinen Computer, fuhr mit der Maus herum und tippte etwas ein.

Währenddessen redete Lily weiter, doch es war mehr so, als würde sie laut nachdenken. »Für die Medien wäre es herrlich, eine Linie von *Pratorama* zu den Serienmorden ziehen zu können. Besonders für *Clip24*. Dann würden wir endgültig mitten in der politischen Polemik landen. An sorgfältige Ermittlungsarbeit wäre nicht mehr zu denken. Unsere Gegner hätten ihr Ziel erreicht.«

Belonoz blickte auf. »Was hat es mit Ihren Andeutungen auf sich, dass der Fall Selma Jordis nicht zu den Serienmorden gehört?«

Lily zog eine zerknitterte Fotokopie aus ihrer Tasche und reichte sie Belonoz. Es war dieselbe, die sie gestern Mario Promegger vorgelegt hatte. »Bitte lesen Sie das.«

Belonoz studierte die beiden Seiten sorgfältig.

Er sah Lily an. In seinem Blick lag Ärger, vor allem jedoch Enttäuschung. »Warum haben Sie mir nichts von diesem Brief erzählt?«

Lily schwieg für einige Sekunden. Sie hatte gewusst, dass dieser Augenblick kommen würde. Die richtigen Worte hatte sie bisher nicht gefunden. Aus Angst, Belonoz zu verletzen, trotz aller Erklärungsversuche. »Der Brief … Er war an mich persönlich gerichtet …

Ich habe nicht gewusst, ob der Inhalt des Briefs ernst zu nehmen ist oder … Außerdem gibt es da noch etwas, das Sie wissen müssen.«

Sie berichtete ihm von dem Treffen beim Theseustempel. Belonoz hörte ihr gelassen zu, ohne sichtbare Gefühlsregung. Ihrem Blick wich er allerdings aus und konzentrierte sich auf die Oberfläche seines Schreibtisches.

Als sie geendet hatte, war sein Mund schmal geworden.

Erst nach einer Weile schaute er sie wieder an.

»Und das hätten Sie mir nicht schon längst sagen können?«, fragte er. »Warum, Frau Doktor? Warum haben Sie das nicht getan?«

Lily spürte, dass sich Belonoz ausgegrenzt fühlte. Von der Frau, die ihm eine bessere Zusammenarbeit versprochen hatte.

Sie bereute, dass sie es nicht anders und vor allem besser angestellt hatte. Ihre Stimme wurde leiser, zerbrechlicher. »Ja, Sie haben recht. Mir fällt überhaupt nichts zu meiner Entschuldigung ein … Ob Sie mir abnehmen, dass ich mit mir selbst gekämpft habe, weiß ich nicht … Ich trage die Verantwortung für die Ermittlungen und … Dieser Fall ist größer, als ich ursprünglich angenommen habe. Viel größer, das zeigt sich von Tag zu Tag mehr. Und ich habe mich falsch verhalten. Weil ich unsicher war, wie ich … Können Sie das akzeptieren, Herr Major, oder …?«

Belonoz sah Lily genau an. »Wissen Sie, plötzlich wird mir eines bewusst. Ich habe eigentlich keine Lust, Sie irgendwie zurechtzuweisen. Und ich verstehe Sie. Man tut nicht immer das Richtige zum richtigen Zeitpunkt. Weil wir Menschen sind. Und jetzt sollten Sie mit Herrn Foltinek sprechen.«

Sie erwiderte seinen Blick lange. »Danke.«

Er schien sie loswerden zu wollen. »Fahren Sie zu Herrn Foltinek. Oder liegt noch etwas an?«

»Vorgestern hat mich ein Anruf erreicht, als ich schon geschlafen habe. Anonym. Ich möchte wissen, wer das war.«

»Kein Problem.«

Sie standen auf, er brachte sie zur Tür.

»Wie war der Termin mit Promegger?«

»Gut, dass Sie mich fragen. Er hat mich überrascht. Er war … anders als erwartet.«

»Menschen sind wie Häuser. Die Fassade sagt nichts darüber aus, was sich im Inneren abspielt.«

*

In der vergangenen Nacht hatte Berti Stotz kaum geschlafen. Dafür umso mehr gesoffen. Er fühlte sich müde und überdreht zugleich. Am liebsten wäre er sofort ins Bett gesprungen, aber sein rasender Puls verriet ihm, dass ihn dort keine Erholung erwarten würde.

Allein saß er in seinem Büro herum und wusste nicht, was er tun sollte. Er kannte diese Einsamkeit. Die Einsamkeit vieler Politiker.

Zwar hatte er täglich mit unzähligen Menschen zu tun. Doch lediglich, um mit ihnen Politik zu machen, Strategien auszuklügeln, Kampagnen zu entwerfen, die Opposition auszumanövrieren, Intrigen vorzubereiten. Persönliche Freunde hatte er hingegen keine mehr. Die letzten hatten sich schon vor Jahren verabschiedet. Oder er hatte sich von ihnen getrennt. Oder sie zumindest so lange vernachlässigt, bis die Freundschaften zerbröselt waren wie ein von Termiten zerfressenes Gemäuer.

Irgendwann in den letzten Jahren muss ich diese Menschen verloren haben, ohne dass es mir aufgefallen ist, dachte er.

Wie gerne hätte er jetzt mit jemandem gesprochen. Von Freund zu Freund. Doch er wusste nicht, wen er hätte anrufen sollen. Kein einziger Name kam ihm in den Sinn. Er brannte darauf, sich einem Menschen anzuvertrauen. So lange hatte er das nicht mehr getan. Er fühlte sich mit einem Mal wie eine Pflanze, die über Nacht vertrocknet war.

Ich kann doch nicht bei der Telefonseelsorge anrufen, sagte er sich.

Und er wurde wütend. Er griff sich irgendwelche Broschüren, die auf seinem Schreibtisch lagen, und schmiss sie gegen die Fensterfront.

Die Scheiben hielten dem Angriff stand. Kurz segelten die Broschüren durch den Raum.

Aber die Probleme, die er zuletzt zu beherrschen geglaubt hatte, wollten nicht verschwinden. *Pratorama* war weiter in der Öffentlichkeit präsent. In den Medien blühten die Spekulationen. Die Serienmorde konnten davon nicht ablenken, im Gegenteil. Sie verstärkten das negative Image der Stadtregierung. Offenbar hatte er Wien überhaupt nicht mehr im Griff. Das behaupteten zumindest prominente Kolumnisten. Das Wochenmagazin *kontur* hatte in seiner neuesten Ausgabe Stotz zur Zielscheibe hämischer Attacken erkoren. Zumindest empfand das Stotz so, der jeden Artikel, in dem er nicht hofiert wurde, als persönlichen Angriff empfand.

Sogar sein einstiges Leibblatt *Clip24* war plötzlich auf die Seite der Kritiker gewechselt. Der samstägliche Aufmacher über die ausgestochenen Augen hatte für Aufsehen gesorgt. Heute Morgen war in einer anderen Zeitung ein langes Interview mit Mario Promegger erschienen. Zu den Morden selbst hatte er offenbar wenig zu sagen gewusst. Dafür hatte er Wien als eine Stadt gebrandmarkt, in der die Leute Unangenehmes verdrängten und lieber dem schönen Schein frönten. Auf diese Weise, hatte Promegger argumentiert, sei ein Korruptionssumpf entstanden, der *Pratorama* überhaupt erst möglich gemacht habe. Die etablierte Kultur des Wegschauens und feigen Abwiegelns erleichtere auch andere Verbrechen, hatte Promegger gesagt. Etwa die Serienmorde, die der Täter offenbar über Wochen hinweg völlig ungestört begehen könne.

Dass es ein Fehler gewesen war, Promegger zuerst zu umgarnen und danach abzuservieren, wusste Stotz. Er hätte sich anders verhalten sollen. Nun war der Schaden angerichtet.

Stotz begann zu schreien. »Man muss etwas tun!«

Wütend schlug er mit der Faust auf seinen Schreibtisch.

In zwei Stunden würde Michael Schegula ihn besuchen kommen. Ihm konnte man noch am ehesten trauen. Schließlich war ihm der Bürgermeistersessel versprochen worden. Schegula musste ihm helfen, damit nicht alles zusammenbrach.

Genau dieses Bild hatte Stotz vor sich. Deshalb war er von Angst erfüllt. Die Macht, die er besaß, wollte er nicht abgeben. Durch sie war er wichtig geworden. Man hörte auf ihn. Und die Frauen schauten ihn an, wenn er irgendwo erschien, sie lächelten ihn an. Frauen, die ihn nicht eines einzigen Blickes gewürdigt hätten, besäße er keine Macht.

Durch Fleiß, Geschick, Glück und Intrigen war Stotz eine öffentliche Person geworden. Diesem Ziel hatte er alles untergeordnet und geopfert, angefangen bei seinem Privatleben. Es gab schon seit Jahren keinen privaten Berti Stotz mehr. Er selbst wusste das am besten. Und so etwas hätte er einem Freund gebeichtet. Wenn da einer gewesen wäre. Einer, dem er wirklich vertrauen konnte, der nicht sofort alles, was er erfuhr, weitererzählte und den Medien zuschanzte. Der es nicht für alle Fälle notierte, um es irgendwann verwenden zu können.

Schegula war auch kein Freund. Nur ein Verbündeter. Also das, was man in der Politik unter einem Freund verstand. Aber nicht im wahren Leben.

Er massierte seinen linken Arm, der wieder einmal taub zu sein schien. Dabei blickte er durch die geschlossenen Fenster hinaus auf die Dächer der Stadt.

Es muss unerträglich heiß sein draußen, noch viel ärger als hier drinnen, dachte Stotz.

*

Das Dottergelb der stuckverzierten Fassade machte geradezu Appetit. Das Gebäude stammte aus dem frühen 20. Jahrhundert, als in Wien noch für die Ewigkeit entworfen, konstruiert und errichtet worden war. Dick waren die Mauern, hoch die Räume, geräumig die Wohnungen. Hier ließ es sich leben, man konnte sich zurückziehen und einigeln. Der Lärm der Außenwelt drang nur gedämpft herein. Man wurde nicht gestört. Und man störte selbst keine anderen Menschen. Die Eingangshalle wartete gar mit etwas Marmor auf. Darüber hing eine Lampe, deren Messingkonstruktion Anklänge an den Jugendstil aufwies. Im ellipsenförmigen Treppenhaus verkehrte ein Aufzug, der sich noch im Originalzustand befand. Abgesehen von der sanft renovierten Kabine und ein paar technischen Neuerungen.

Wie seine Tochter wohnte auch Franz Foltinek im dritten Bezirk.

In der Hintzerstraße, nicht weit entfernt von der Wohnung, in der die Mordserie ihren Anfang genommen hatte. Das Verhältnis zwischen Sabine Foltinek und ihrem Vater musste innig gewesen sein. Das hatte Lily den Akten entnommen. Darum wollte sie unbedingt mit ihm sprechen.

Ein hagerer Mann öffnete die zweiflügelige Doppeltür. Er hatte schütteres, schlohweißes Haar und war etwa Anfang sechzig. Er führte Lily in ein großzügig dimensioniertes, altmodisch eingerichtetes Wohnzimmer. Dampfender Kaffee stand bereit. Lily nahm auf einer abgewetzten Sitzgarnitur Platz.

»Schön, dass Sie so pünktlich sind«, sagte Herr Foltinek freundlich, zugleich distanziert. »Das ist heutzutage selten. Die Menschen werden immer undisziplinierter. Niemand achtet auf Ordnung und Fleiß. Jeder will sich selbst verwirklichen. Sie dagegen, Frau Staatsanwältin, arbeiten sogar an einem Sonntag.«

Lily lächelte breit. »Na ja, wenn es sein muss. Ich bin Ihnen jedenfalls dankbar, dass Sie so flexibel sind und Zeit für mich haben.«

Mit umständlicher Genauigkeit schenkte Foltinek Kaffee in die zwei Tassen. »Sehr gerne, kein Problem. Nachdem ich so lange darauf gewartet habe, bin ich froh darüber.«

Lily stutzte. »Entschuldigen Sie, aber worauf haben Sie schon so lange gewartet?«

»Darauf, dass etwas weitergeht. Dass die Behörden den Fall genauer untersuchen. Aber jetzt sind ja Sie da.«

»Interessant. Sie haben das Gefühl, dass … zu wenig getan worden ist?«

»Ich habe mich sehr gewundert.«

»Aber man hat Sie befragt, ich habe das Vernahmeprotokoll gründlich gelesen.«

»Sicher, das war sogar ein sehr langes Gespräch. Aber dann habe ich nichts mehr von den Behörden gehört. Dieser … ein Herr namens Belonoz … ich weiß nicht, ob Sie ihn kennen …«

Lily befürchtete Böses. »Ja, den kenne ich … Was ist mit ihm?«

»Der war äußerst zuvorkommend und hat mir aufmerksam zugehört. Auf mich hat er sehr engagiert gewirkt. Ich bin überzeugt, er ist allen Spuren nachgegangen. Aber nach dem zweiten Mord hat das Interesse am Tod von Sabine stark nachgelassen.«

Lily war dieses Gefühl eines Angehörigen eines Mordopfers vertraut. Es war beinahe die Regel, dass sich Angehörige vernachlässigt vorkamen. Der Verlust des geliebten Menschen hinterließ eine Lücke. Was immer die Polizei unternahm, es war nie genug.

»Ich kann Ihnen versichern, Herr Foltinek, dass wir Sie und Sabine nicht vergessen haben«, sagte sie freundlich und zugleich bestimmt. »Ganz im Gegenteil. Darum bin ich heute hier bei Ihnen. Bitte glauben Sie mir, dass meine Kollegen von der Kriminalpolizei sehr intensiv mit den Ermittlungen beschäftigt sind.«

Foltinek nahm einen kleinen Schluck von seinem Kaffee. »Ja, das glaube ich Ihnen, Frau Staatsanwältin. Außerdem habe ich von Ihnen in der Zeitung gelesen. Sie sind die Neue. Und Sie haben sich viel Renommee erarbeitet.«

»Ein Herr namens Salusek könnte das anders sehen«, sagte Lily und lächelte.

»Sie können ruhig stolz sein auf das, was Sie erreicht haben. Wissen Sie, ich bin ein alter Lehrer. Meinen Schülern habe ich immer erklärt, dass man auf eigene, selbst erarbeitete Leistungen stolz sein muss. Wer ständig mit sich selbst unzufrieden ist, kommt nie zur Ruhe. Der ist dazu verdammt, immer noch Besserem nachzujagen. Wie ein Süchtiger auf der Suche nach dem nächsten Schuss.«

»Sie haben Latein unterrichtet, wenn ich mich nicht irre.«

»Genau. Eine tote Sprache. Und doch sehr lebendig, was ich einer Juristin nicht erklären muss. Jetzt kommen wir aber zum Grund Ihres Besuchs. Was führt Sie zu mir?«

»Ich kann Ihnen nicht versprechen, dass ich auf der richtigen Fährte bin. Aber mich interessiert, ob es einen Zusammenhang gibt zwischen dem Tod Ihrer Tochter und dem Suizid von Herrn Bawart.«

Foltinek beäugte Lily intensiv. Mit einem Mal schien es, als hätte er sein freundliches Auftreten abgeschüttelt. Sein Tonfall wurde klar und nüchtern. »Ich habe mich also nicht in Ihnen getäuscht. Sie haben ins Schwarze getroffen.«

»Wie meinen Sie das?«, fragte Lily.

»Genau darum geht es nämlich. Eben nicht ausschließlich um meine Tochter. Sondern auch um Felix Bawart. Dass man diesen Kontext nicht näher untersucht hat, hat mich ja so erstaunt. Und dass ich nichts darüber in der Zeitung gelesen habe.«

Lily holte ein Notizbuch aus ihrer Tasche. »Stört es Sie, Herr Foltinek, wenn ich mir ein paar Stichworte aufschreibe?«

»Im Gegenteil, das finde ich sogar sehr gut. Das gibt mir das Gefühl, dass Sie mich ernst nehmen.«

»Sie glauben also, dass Bawarts Tod eine größere Rolle spielt, als bisher angenommen?«

»Ich meine *Pratorama,* Frau Staatsanwältin. Diesen Skandal. Jeden Tag berichten die Medien darüber. Jetzt etwas weniger, weil die Morde offenbar für mehr Aufsehen sorgen. Nur, über die Verbindung, die es dazwischen gibt, schreibt niemand.«

Lily ermahnte sich, ihre Gefühle nicht zu zeigen und Entspanntheit vorzutäuschen.

»Wahrscheinlich ist das niemandem aufgefallen«, sagte sie betont locker. »Mir auch erst jetzt, offen gestanden.«

»Sie, Frau Staatsanwältin, trifft keine Schuld. Vor allem weil Sie erst eine Woche in dieser Causa ermitteln. Immerhin sind Sie jetzt zu mir gekommen. Und auch mir ist die Verbindung zwischen dem Skandal und Sabines Tod zunächst nicht aufgefallen. Aber als ich bemerkt habe, was verschwunden ist, habe ich mir …«

Lily nahm rasch die Kaffeetasse, an der sie gerade genippt hatte, von ihren Lippen. »*Was* ist verschwunden, Herr Foltinek?«

»Ich habe mich um Sabines Wohnung kümmern müssen, nachdem sie … tot war. Diese Unordnung, die Untersuchungen der Behörden … Es war nötig, dort aufzuräumen. Da ist es mir aufgefallen. Ein Foto von Sabine war nicht mehr da und die Unterlagen von Felix waren verschwunden.«

»Was für Unterlagen? Papiere oder Ausweise oder …?«

»Wissen Sie, ich habe Felix gerngehabt. Sicher, er war sechzehn Jahre älter als Sabine und hat mehr vom Leben verstanden als sie. Sabine war vergleichsweise unerfahren. Und naiv. Aber sie waren ein hübsches Paar. Felix hat ihr Sicherheit gegeben. Bevor sie ihn kennengelernt hat, war ihr Leben recht chaotisch. Sie war jede Nacht unterwegs, hat nur kurze Beziehungen gehabt, mit Männern, die sie irgendwo getroffen hat. Und von denen sie mir nie hat erzählen wollen. Ich habe mir Sorgen um sie gemacht. Zugleich habe ich Sabine verstanden. Der Tod ihrer Mutter hat sie aus der Fassung gebracht.«

»Wann ist Ihre Frau gestorben?«

»Vor fünf Jahren. Sie war die großartigste Ehefrau und Mutter, die man sich vorstellen kann. Ihre Krankheit hat sie nicht verdient gehabt …«

Foltinek senkte seinen Kopf und verstummte. Er litt.

»Wie hat Sabine darauf reagiert?«, fragte Lily leise.

»Sie hat den Verlust ihrer wichtigsten Bezugsperson nie überwunden. Das Gymnasium hat sie gerade noch absolviert. Aber danach ist es abwärts gegangen. Sie war völlig verstört. Sie hat Nächte mit seltsamen Freunden durchgefeiert. Möglicherweise hat sie Drogen genommen, das habe ich jedenfalls vermutet, aber … Felix hat sie herausgeholt. Er hat ihr gezeigt, dass das Leben lebenswert sein kann. Ich bin Felix dafür dankbar. Mir selbst wäre das nie gelungen. Obwohl oder eben weil ich der Vater bin …«

»Das kenne ich, ich verstehe Sie sehr gut … Und diese Unterlagen, die Sie erwähnt haben?«

Jetzt hob Foltinek wieder seinen Kopf und wurde lebhafter. »Zwischen Sabine und Felix hat ein starkes Vertrauensverhältnis existiert. Eines Tages hat er zu Sabine gesagt, dass er ein paar Unterlagen bei ihr hinterlegen möchte. Das hat mir Sabine erzählt. Und dass diese Unterlagen mit *Pratorama* zu tun haben. Warum er das Material nicht einem Notar oder Rechtsanwalt übergeben hat, ist mir bis heute schleierhaft. Vielleicht hat er am Ende überhaupt niemandem mehr vertraut.«

»Sie wissen genau, dass sich diese Unterlagen auf *Pratorama* bezogen haben?«

»Das weiß ich von Sabine. Ich war bei ihr zu Besuch, sie hat mir die drei Aktenordner gezeigt. Und als ich in der Wohnung aufgeräumt habe, waren sie nicht mehr da.«

»Könnte sich Bawart das Material wieder zurückgeholt haben?«

»Unmöglich, Frau Staatsanwältin. Ich habe die Sachen in der Wohnung gesehen, als Felix schon verstorben war. Dass Sabine das Material vernichtet oder anderswo untergebracht hat, kann ich mir nicht vorstellen.«

»Wissen Sie in etwa, was in den drei Aktenordnern enthalten war?«

»Ich habe nicht die geringste Ahnung. Leider.«

»Wann haben Sie den Verlust bemerkt?«

»Zwei Wochen nach … nach der Tat. Daraufhin habe ich einen Brief an den Staatsanwalt geschrieben. Ein paar Tage später hat er sich bei mir gemeldet und sich bei mir bedankt.«

»Und?«

»Gar nichts ist passiert. Ich habe nie wieder davon gehört.«

Lily überflog ihre Notizen. »Sie haben ein Foto erwähnt, das auch verschwunden sein soll?«

Foltinek nickte. »Genau. Ein schönes Bild, das auf Sabines Schreibtisch gestanden ist. Ein gerahmtes Foto. Nicht sehr groß, sonst wäre es mir vielleicht früher aufgefallen.«

»Was war darauf zu sehen?«

»Es war ein Bild von Sabine, als sie etwa zwölf Jahre alt war. Sie hat hinreißend darauf ausgesehen. An der Schwelle zwischen Kind und jungem Mädchen.«

»Komisch, dass so etwas verschwindet. In den anderen Fällen ist nichts Vergleichbares vorgekommen. Obwohl dort ebenfalls Passfotos oder Porträts in den Wohnungen vorhanden waren.«

»Nein, Frau Staatsanwältin«, sagte Foltinek und lächelte nachsichtig. »Sie haben mich missverstanden. Das war eigentlich kein Porträt. Und auch kein Passbild.«

Lily schaute ihn verständnislos an. »Entschuldigen Sie, aber … ich habe mich offenbar geirrt. Ich habe geglaubt, Sie sprechen von einem Foto ihrer Tochter.«

»Ja, schon. Aber Sabine war mit zwei anderen Mädchen abgebildet. Alle drei haben fröhlich in die Kamera gelächelt. Sorglos und freudig. Ich vermisse das Bild sehr.«

Lily spürte den Schweiß auf ihrem Rücken.

Ein Foto mit drei Mädchen.

Die Worte des Mannes, den sie beim Theseustempel getroffen hatte, hallten in ihrem Kopf wider. Sie hörte seine Stimme.

Er hatte davon gewusst, er hatte ihr den Tipp gegeben.

Also war doch wahr, was er ihr erzählt hatte.

Lily griff rasch zur Tasse und trank von dem mittlerweile kalten Kaffee. Dabei schwor sie sich, jetzt nicht überzuschnappen, sondern möglichst ruhig und mit den Gedanken hier im Raum zu bleiben, aus dem Gespräch mit Foltinek herauszuholen, was nur möglich war.

»Wissen Sie, wer die beiden anderen Mädchen waren?«, fragte sie.

Da folgte die Enttäuschung.

Foltinek schüttelte seinen Kopf. »Sabine hat nur erzählt, dass das zwei Jugendfreundinnen waren. Ich hätte mich genauer erkundigen sollen. Nun ist es zu spät. Ich kann Ihnen gar nicht sagen, wie sehr ich das bedauere. Alle Fragen, die ich noch an Sabine habe, gehen ins Leere. Niemand antwortet mir.«

Noch einmal versuchte es Lily. »Ihre Namen, kennen Sie die vielleicht? Zumindest die Vornamen?«

»Leider nein.«

Zehn Minuten später verließ Lily das Haus und stieg in den bereitstehenden Wagen der Polizei. Während der Fahrt dachte sie angestrengt nach.

Ein Foto mit drei Mädchen.

Und verschwundene Unterlagen zum Fall *Pratorama.*

Ja, der Mann im Volksgarten hatte ihr die Richtung angezeigt. Woher hatte er all diese Dinge gewusst? Wieso war er besser informiert als alle Ermittler und Journalisten?

Ein Verdacht keimte in Lily.

»Wissen Sie, woran ich bei *Pratorama* und dem Tod meiner Tochter denken muss?«, hatte Herr Foltinek sie beim Abschied gefragt. »An ein lateinisches Sprichwort. *Manus manum lavat.* Als Juristin verstehen Sie garantiert ein bisschen Latein. Also wissen Sie vielleicht, was das bedeutet. Und ich erspare mir einen Kommentar.«

»Richtig, Herr Foltinek«, hatte Lily erwidert. »Ich kenne das Sprichwort. *Eine Hand wäscht die andere.*«

26

Zwanzig Minuten lang hatte sie vergeblich versucht, Oliver Seiler zu erreichen.

»Na endlich!«, rief Lily in ihr Handy.

Es war ihr gelungen. Wenngleich die Verbindung von starkem Rauschen unterlegt war.

»Tut mir wirklich leid, Lily. Du erwischst mich gerade beim Golfspielen. Der Empfang ist nicht optimal.«

Lily wunderte sich lächelnd. »Unser lieber Oberstaatsanwalt spielt aber nicht mit, oder?«

»Wo denkst du wieder hin, Lily? Ich bin hier mit Freunden. Aber es freut mich, deine Stimme zu hören. Wie komme ich zu der Ehre deines Anrufs?«

»Ich störe dich nicht gerade beim … wie nennt man das? Abschlagen oder so? Sorry, ich kann nur Yoga.«

»Golf ist doch ein langsamer Sport, da störst du nicht. Weil du überhaupt nie störst …« Oliver Seiler konnte es nicht lassen.

»Ich muss leider etwas vollkommen Unverzeihliches tun, nämlich dich mit Beruflichem behelligen. Darf ich?«

»Was liegt an?«

»Es geht um den ersten Mordfall. Mich interessiert die Verbindung zwischen dem Mord an Sabine Foltinek und *Pratorama*. Beziehungsweise, ob es eine solche Verbindung geben könnte.«

»Wie ich dich kenne, fragst du mich sicher nicht ohne Grund danach, oder?«

»Natürlich nicht. Der Freund von Sabine Foltinek war ja in die *Pratorama*-Geschichte verwickelt.«

»Genau, er hat damit zu tun gehabt. Warum fragst du?«

»Ich habe mich nur gewundert, warum davon nichts in den Akten steht.«

Lily hörte, wie Seiler stöhnte. Sie nahm es mit Genugtuung zur Kenntnis. Es war fein, wenn der so auf Perfektion bedachte Seiler einmal von anderen daran erinnert wurde, dass er doch bloß ein Mensch war.

Seiler sprach unüblich leise. Er wirkte geknickt. »Stimmt, das hätte ich dir natürlich sagen müssen. Ich habe blöderweise darauf vergessen. Weil es Momente gibt, wo mir *Pratorama* mit allen involvierten Personen nur noch auf die Nerven geht. Dafür muss ich mich bei dir entschuldigen. Das hätte nicht passieren dürfen.«

Sie hatte Lust, ihn zu necken. »Ist schon okay, Oliver, du musst nicht weinen ... Aber gibt es sonst eine Verbindung zwischen *Pratorama* und den Morden oder nicht?«

»Nicht dass ich wüsste. Das hätte ich dir auf jeden Fall gesagt. Der Freund der Ermordeten hat mit *Pratorama* zu tun gehabt. Ein trauriger Zufall, mehr nicht. Aber ich habe sonst keine Verbindung zu *Pratorama* recherchieren können. Und spätestens mit dem zweiten Mord war diese Theorie vom Tisch. Schade, denn ich wäre der Erste gewesen, der sich darüber gefreut hätte.«

»Das verstehe ich gut«, sagte Lily. »Außerdem hast du recht, die weiteren Morde haben mit *Pratorama* nichts zu tun. Trotzdem ... kann ich dich noch was fragen? Hast du mal etwas von verschwundenen *Pratorama*-Akten und einem ebenso verschwundenen Foto gehört?«

»Verschwundene Akten? Zu *Pratorama*? Na, das interessiert mich aber.«

»Davon hat mir der Vater von Sabine Foltinek erzählt. Er erinnert sich ganz genau, dass es Unterlagen zu *Pratorama* gegeben hat, die Felix Bawart in der Wohnung von Sabine Foltinek hinterlegt hatte. Später waren sie verschwunden. Herr Foltinek behauptet, dir dazu einen Brief geschrieben zu haben.«

»Völlig richtig, ich kann mich daran erinnern. Ich habe ihm zurückgeschrieben und mich für seinen Hinweis bedankt.«

»Aber warum hast du mir nichts von diesen verschwundenen Akten erzählt, Oliver?«

»Lily, es gibt gar keine verschwundenen Akten. Was Herr Foltinek möglicherweise vermisst, sind Unterlagen, die ich in der Wohnung beschlagnahmt habe. Eben weil ich ja *Pratorama* aufklären muss. Ich habe ihm das ganz bewusst nicht genau erklärt. Es gibt ohnehin schon so viele Informationen, die in der Öffentlichkeit kursieren.

Und Angehörige von Verbrechensopfern werden gerne von Boulevardreportern in die Mangel genommen.«

»Das stimmt leider.«

»Deswegen habe ich ihm einen Brief geschrieben, der eher allgemein gehalten war. Einem Journalisten, der ihn in die Hand bekommt, hilft er nicht weiter. Du kannst die beschlagnahmten Unterlagen jederzeit bei mir einsehen. Nur werfen sie kein neues Licht auf den Mordfall. Aus diesem Grund habe ich völlig darauf vergessen und dich nicht informiert. Der Mord hat mit *Pratorama* offenbar nichts zu tun. Zumindest ist mir bis dato nichts aufgefallen, das eine solche These belegen könnte.«

»Und das verschwundene Foto?«

»Richtig, das hat Herr Foltinek mir gegenüber behauptet. Allerdings hat er dieses Foto nicht genau beschreiben können. Also wie die Personen aussehen, welche Kleidung sie tragen, was im Hintergrund zu sehen ist und so weiter. Und er hat nicht gewusst, wer darauf neben seiner Tochter abgebildet war. Nicht einmal die Namen hat er gekannt. Das alles ist ziemlich vage.«

»Ja, mir hat er auch nicht viel mehr sagen können.«

»Ich wüsste keinen Grund, weshalb ein obskures Foto verschwinden oder gestohlen werden sollte. Oder auf welche Weise ein Foto mit drei jungen Mädchen auf *Pratorama* hindeuten sollte. Den Kopf habe ich mir schon genug zermartert. Eingefallen ist mir dazu null.«

»Schade, Oliver«, sagte Lily. »Jedenfalls bin ich dir sehr dankbar, dass du dir an einem freien Sonntag Zeit für meine Fragen genommen hast. Das war wirklich sehr, sehr hilfreich.«

»Gerne, Lily. Du weißt, dass du mich immer anrufen kannst, wenn du irgendetwas brauchst. Und sollte mir doch noch irgendeine Idee zu dieser Sache kommen, lasse ich es dich sofort wissen.«

Die Spur schien so klar gewesen zu sein. Im Moment führte sie nicht weiter. Es gab undeutliche Indizien, nicht mehr.

Was sie in den vergangenen Stunden gehört hatte, warf zudem ein seltsames Licht auf den Mann, den sie im Volksgarten getroffen hatte. Lily fragte sich, ob das, was er ihr erzählt hatte, vielleicht besonders geschickte Desinformation gewesen war. Um sie zu verwirren, von der richtigen Spur abzubringen oder geschickt auf eine falsche Fährte zu locken.

Und wieder dachte Lily an den bösen Verdacht, der zuletzt in Herrn Foltineks Wohnung über sie gekommen war.

Dass sie dem Mörder niemals so nahe gewesen war wie an jenem Donnerstag beim Theseustempel.

*

»Es sieht wieder einmal überhaupt nicht gut aus«, sagte Major Belonoz.

Den Kopf in die Hände gestützt, saß er an seinem Schreibtisch. Vor ihm stand ein Glas Eistee. »Das ewig gleiche Spiel. Neue Informationen, die zunächst vielversprechend klingen. Aber der Erkenntnisgewinn ist gleich null. Fast könnte man denken, irgendjemand will uns bewusst verwirren.«

Er sah Lily an.

Sie nickte. »Nicht nur Sie haben diesen Verdacht. Mir scheint, dass ein Verschleierungsmanöver im Gang ist. Vielleicht weil wir der Lösung nahe sind. Deshalb sollen wir vom Weg abgebracht werden. Aber *wer* ist es, der uns verwirrt?«

»Ich weiß nicht, waren Sie es, Frau Doktor, oder war ich es, der sich über die Überfülle an Hinweisen und Indizien in diesem Fall gewundert hat. Den Gipfel haben wir jetzt erreicht. Verschwundene Akten, die gar nicht verschwunden sind. Und ein obskures Foto mit drei Mädchen. Am schönsten wäre es, wenn diese drei Mädchen auch noch unter den Mordopfern wären. Die Verwirrung wäre perfekt.«

»Mir ist dieser Gedanke auch schon gekommen. Nehmen wir einmal an, dass es so war. Drei der vier sind auf dem Foto abgebildet … Da muss man sich fragen, woher die drei einander gekannt haben sollen. Und warum wir bisher nicht herausgefunden haben, dass sie einander gekannt haben.«

Belonoz massierte sich mit beiden Händen das Gesicht. »Das haben wir unter Aufbietung aller Möglichkeiten untersucht. E-Mails, Telefonverbindungen, alte Briefe und Postkarten, Internet-Aktivitäten, soziale Netzwerke, Gespräche mit Verwandten und Freunden. Kein einziger gemeinsamer Bezugspunkt hat sich ergeben. Dem wären wir doch sofort nachgegangen. Mit großer Freude sogar.«

»Eben«, sagte Lily mit düsterer Miene. »Irgendeine Spur in diese Richtung hätte sich feststellen lassen müssen.«

»Außerdem müsste der Täter über erstaunliche Fähigkeiten verfügen. Er sieht das Foto bei seiner ersten Tat und beschließt, auch noch die anderen zwei zu töten. Warum macht er das? Wie findet er heraus, wer die anderen zwei sind? Und warum gibt es ein viertes Opfer?«

»Dafür gäbe es eine Erklärung. Drei Personen auf einem Foto deuten immer auf mindestens eine weitere Person hin.«

»Aha?«

»Die Person, die fotografiert hat. Falls kein Selbstauslöser im Spiel war.«

»Logisch.«

»Allerdings müsste der Täter absolut genial sein. Und von einem Foto auf den Fotografen schließen. Oder die Fotografin.«

»So viel kriminelle Energie wäre allerdings eine Weltsensation«, sagte Belonoz sarkastisch.

»Es sei denn, der Mensch, der fotografiert hat, ist auch der Mörder.«

»Sie haben keinen schlechten Tag, Frau Doktor. Das ist zugegeben eine spannende These. Nur das Motiv für die Morde bleibt weiter im Dunkeln. Wozu außerdem dieser Aufwand, diese Inszenierung? Und was ist mit dem vierten Opfer? Wieso gibt es die Parallele mit jemandem, der schwarzes Leder trägt und einen Motorradhelm?«

»Genau, Herr Major. Warum wurde Selma Jordis überhaupt getötet? Also auf eine Art, die auf die anderen Morde verweist, unter Benutzung von Insiderinformationen. Oder dient ihr Tod lediglich dazu, von den anderen drei Morden und dem dahinter verborgenen Motiv abzulenken?«

Belonoz schüttelte frustriert den Kopf und schaute zur Decke seines Büros. »Wie man es auch dreht und wendet … es bleibt alles sinnlos und rätselhaft. Ein Albtraum.«

»Stimmt. Ein Albtraum. Für alle. Für die Opfer, die Angehörigen. Und für die Ermittler. Nur nicht für den oder die Täter.«

»Frau Doktor, was ist … nur so als Idee … wenn der Mann im Volksgarten der Mörder war? Oder zumindest ein Mitwisser?«

Lily fühlte sich geradezu ertappt. Ihre Stimme wurde leiser. »Natürlich. Und ich möchte am liebsten gar nicht daran denken. Es wäre typisch für Serienmörder, sich triumphal aufzuspielen und den Ermittlern korrekte Informationen zukommen zu lassen. Weil sie sich überlegen und unantastbar fühlen. Bewusste Falschinformationen gehen dagegen meistens auf das Konto von Wichtigtuern und Querulanten.«

»Wir hätten den Volksgarten damals zumindest beobachten sollen.«

»Herr Major, ich habe mir schon genug Vorwürfe gemacht, glauben Sie mir das. Aber ich kann es nicht ändern. Heute würde ich anders handeln.«

»Alle Menschen machen Fehler. Und irgendwann wird es unserem Täter ebenso ergehen.«

Mit plötzlicher Entschlossenheit erhob sich Lily aus ihrem Sessel. »Wissen Sie was, Herr Major? Wir machen einfach weiter. Ohne groß an versäumte Gelegenheiten zu denken. Dahin will man uns ja vielleicht treiben. In eine bestimmte Richtung. Genau das sollten wir vermeiden. Wir müssen offen bleiben.«

Während Lilys letzter Worte hatte das Handy des Majors geläutet. Er hielt es ans Ohr und lauschte.

»Danke«, sagte er schließlich und lächelte Lily erstaunlich amüsiert an. »Kovacs' Beziehungen waren wieder einmal hilfreich.«

»Worum geht es?«

»Ich kann Ihnen sagen, wer gestern Abend versucht hat, Sie telefonisch zu erreichen. Es ist eine gewisse Marina Lohner.«

Lily sah Belonoz ungläubig und mit großen Augen an. »Wie bitte?«

»Sie haben schon richtig gehört. Die Vizebürgermeisterin.«

Lily war dermaßen überrascht, dass sie sich wieder setzen musste. »Das ist doch … das kann nicht wahr sein. Außerdem … woher hat die meine Nummer?«

»Und woher hat der Informant aus dem Volksgarten Ihre Privatadresse gehabt? Wie hat es jemand geschafft, einen Zettel unter Ihre Wohnungstür zu schieben? Wien ist ein Dorf, Frau Doktor. Wer gewisse Informationen haben möchte, findet Wege, sie sich zu beschaffen. Vor allem, wenn man die richtigen Beziehungen hat. Und davon würde ich bei der Frau Vizebürgermeisterin blind ausgehen.«

»Herr Major, Sie müssen mir glauben, dass ich echt keine Ahnung habe, was hier los ist. Ich bin dieser Frau noch nie begegnet. Warum wendet sie sich nicht offiziell an mich? Was soll diese Heimlichtuerei? Und was will sie überhaupt von mir?«

Belonoz lachte und goss Eistee in ein zweites Glas, das er Lily zuschob. »Willkommen in Wien. In dieser Stadt nimmt man nie den direkten Weg. Die Feigheit ist enorm. Niemand will sagen, worauf genau er aus ist. Aus Furcht, auf irgendetwas festgelegt zu werden. In Mailand und Rom und Madrid ist es lustigerweise ähnlich. Das muss der katholische Einfluss sein. In der Beichte sagt man die Wahrheit. Und in der Öffentlichkeit das, was gut klingt.«

»Vielleicht haben Sie recht«, sagte Lily und erinnerte sich an die wütenden Worte von Magdalena Karners Vater. »Andererseits ist das nicht nur katholisch … Auch in protestantisch geprägten Regionen gibt es Doppelzüngigkeit. Ich habe es in New York erlebt … Vielleicht ist das einfach die Natur des Menschen.«

»Und Tiere tarnen sich. Das ist deren Art zu lügen.«

Erneut stand Lily auf. Sie nahm ihre Tasche. »Egal. Herr Major, machen Sie weiter. Sagen Sie Ihren Kollegen, was zu tun ist. Was es auch immer sein möge. Ich bin jetzt zum Mittagessen verabredet. Nachher komme ich zu Ihnen zurück. Einverstanden?«

»In Ordnung … Aber was genau … Wo sollen wir ansetzen?«

»Tun Sie, was Sie für richtig halten. Von mir aus auf gut Glück. Ich bin jetzt hungrig. Am Nachmittag sehe ich Sie wieder.«

Lily trat aus der Kriminaldirektion hinaus ins Freie und ging die Berggasse hinauf. Als sie die Ecke zur Währinger Straße erreichte, raste ein Ambulanzwagen mit Sirenengeheul in Richtung Allgemeines Krankenhaus.

Die Meteorologen der Radiostationen und Fernsehsender hatten sich bei ihren Prognosen nicht getäuscht. Der Tag war heißer geworden als alle Tage des Jahres bisher. Was manche Menschen leiden ließ. Und andere sterben.

*

Vielleicht war das nun der letzte, der alles abschließende Teil ihrer Heimkehr nach Wien. So ging es Lily, als sie die Wohnung von Onkel Neubauer betrat, die ungleich mehr Geborgenheit und Zuhause für sie bedeutete als jeder andere Ort in dieser Stadt. Mit Ausnahme ihrer eigenen vier Wände.

Diese Wohnung übte eine Doppelfunktion aus. Sie diente als Privatunterkunft und als Ordination, somit quasi als öffentlicher Ort. Dennoch war kein Bereich unpersönlich gehalten, nicht einmal das Behandlungszimmer, in dem Onkel Neubauer seine Patienten empfing. Sämtliche Wände waren mit Büchern übersät, nur um gelegentlich Platz für Bilder zu lassen und Onkel Neubauers Interesse an österreichischer Kunst der 1970er und 1980er Jahre zu dokumentieren.

Lily wusste nicht mehr, wann sie angefangen hatte, ihn *Onkel Neubauer* zu nennen. Es musste sehr früh in ihrer Kindheit gewesen sein, weshalb sie den genauen Zeitpunkt nicht mehr bestimmen konnte. Jedenfalls hatte sie ihn zum Onkel erkoren, was er faktisch gar nicht war. Ein Verwandtschaftsverhältnis bestand nicht, wohl aber ein Naheverhältnis. Zunächst zum Vater, dessen bester Freund er gewesen war, schließlich auch zur Tochter. In der Bezeichnung *Onkel Neubauer* drückten sich zwei entgegengesetzte Tendenzen aus. Einerseits die leicht Distanz schaffende Verwendung des Familiennamens, andererseits die Adoption als Familienmitglied. Diese Rolle hatte er tatsächlich übernommen, seine eigenen zwei Söhne, die er mit seiner Frau sehr jung bekommen hatte, waren längst aus dem Haus. Als er mit der kleinen Lily ins Gespräch gekommen war, hatte er sich in einem Alter befunden, das weder einem Bruder noch einem Großvater angemessen gewesen wäre. Folglich war er zum Onkel honoris causa ernannt worden.

Schon als Kind hatte Lily diese Wohnung als die Höhle eines Weisen, eines Philosophen empfunden. Was den Beruf von Onkel Neubauer ausmachte, hatte sie damals noch nicht verstehen können, jedoch die Umstände seiner Profession als äußerst geheimnisvoll empfunden. Er war ein Arzt und besaß deshalb eine Ordination. Dennoch ähnelte nichts in Onkel Neubauers Räumen dem, was Arztpraxen sonst charakterisierte. Ebenso wenig wie er jemals einen weißen Mantel trug oder mit irgendwelchen medizinischen Apparaten hantierte. Erst als Lily in ihr zweites Lebensjahrzehnt eingetreten war, hatte sie zu begreifen begonnen, was ein Psychiater und Psychotherapeut war. Eine Person, die sich der unsichtbaren, doch umso drängenderen seelischen Probleme der Menschen annahm.

Mit seiner unerschöpflichen Gabe des verständnisvollen Zuhörens und dem Talent, im richtigen Moment die geeigneten Worte zu finden, ohne je in die Rolle eines pädagogisch verformenden, sich mit schlichten Gebrauchsanweisungen für das Leben aufdrängenden Ratgebers zu verfallen, hatte er sie von der Kindheit durch die Jugend bis in ihr Frausein begleitet. Dem Kind Lily war er jemand gewesen, der auf Augenhöhe mit ihr, nicht von oben herab als alles besser wissender Erwachsener, gesprochen und diskutiert hatte. Durch ihn hatte sie gelernt, sich selbst als eigenberechtigtes Wesen zu sehen, das nicht den Erwartungen der Mitwelt, sondern den eigenen entsprechen musste.

Zugleich hatte sich in der kleinen Lily ein unbeugsamer Gerechtigkeitswille etabliert, der sie zusammen mit ihrem Selbstbewusstsein regelmäßig in Konflikte mit angemaßten Autoritäten geführt hatte, wovon ihre Lehrer ein Lied zu singen gewusst hatten. Später, wenn sie von pubertären Liebesverwirrungen und Identitätsproblemen geplagt worden war, hatte sie sich oft in die Wohnung ihres Wahlonkels in der Mondscheingasse geflüchtet, um je nach Stimmungslage begeistert, aufgeregt, wütend oder deprimiert ihre Seele zu entlasten. Dabei hatte sie erkannt, was Onkel Neubauer auszeichnete. Nämlich, dass er niemals beurteilte oder gar verurteilte, sondern sich stets bemühte, zu begreifen und zu analysieren. Diese Haltung gegenüber den Mitmenschen hatte sie im Lauf der Zeit übernommen und sich zu eigen gemacht. Sie war die Grundlage dafür gewesen, dass sie sich für das Studium der Rechtswissenschaften und den Beruf der Staatsanwältin im Besonderen entschieden hatte. Genau in diesem Bereich, wo es lediglich um Normen, deren Überwachung sowie die Bestrafung im Fall des Zuwiderhandelns zu gehen schien, tatsächlich jedoch stets der Mensch mit seinen Abgründen, Schwächen und Irrtümern im Mittelpunkt stand, hatte sie sich einbringen wollen. Ziel der Gesetze und Vorschriften war eine möglichst harmonisch zusammenlebende Gesellschaft, in der für einen gerechten Ausgleich der Interessen aller Bürger gesorgt wurde und Konflikte bereinigt werden konnten. Das hatte Lily als Herausforderung an sich selbst begriffen, weshalb ihr die Entscheidung gegen das lange erwogene Medizinstudium schließlich leichtgefallen war.

»Und, Lily, bereust du es noch immer nicht?«, fragte Onkel Neubauer und lächelte schalkhaft.

»Was denn?«

»Dass du nicht Ärztin geworden bist?«

»Das fragst du mich regelmäßig, Onkel. Du bist wie besessen von dieser Frage!«

»Stimmt. Weil ich eigentlich auf etwas anderes hinauswill …«

»Ich weiß. Ich sollte … deine Praxis übernehmen … Ja, manchmal bereue ich es. In schwachen Momenten. Am liebsten würde ich beides tun. Staatsanwältin *und* Psychiaterin beziehungsweise Therapeutin sein.«

»Gibt es in eurem Geschäft irgendwelche Vorschriften zur Unvereinbarkeit? Egal, Psychotherapeutin kannst du jedenfalls immer noch werden. Wäre ein nettes Hobby für die Pension, Lily.«

»Pension? Um Himmels willen. Daran will ich gar nicht denken.«

»Glaubst du, ich will das tun? Darum arbeite ich mit Ende siebzig immer noch. Das ist das Schöne an so einer Praxis. Da kann niemand kommen und einem anschaffen, dass man mit dem Arbeiten aufhören muss. Paradiesisch. Wobei mir überhaupt niemand irgendetwas anschaffen kann. Nicht, wann ich meine Ordination auf- oder zusperre. Oder welche Kleidung ich trage. Deshalb habe ich mir diesen Beruf ausgesucht.«

Onkel Neubauer und Lily hatten gerade das Mittagessen beendet. Eigentlich hatte auch Frau Neubauer teilgenommen, doch sie war, wie immer, ständig unterwegs gewesen zwischen dem Esszimmer und der Küche, um irgendetwas zu servieren, vorzubereiten oder abzuräumen.

Jetzt reichte es Onkel Neubauer. »Bleib endlich sitzen, Marta.«

Marta Neubauer erweckte nicht den Eindruck, sich allzusehr um die Anweisungen ihres Mannes zu kümmern. »Ich muss kontrollieren, ob in der Küche alles in Ordnung ist.«

»Was soll denn nicht in Ordnung sein? Wenn es dort brennt, werden wir es hier schon rechtzeitig riechen.«

Lily kannte das Ritual von anderen gemeinsamen Mahlzeiten. Sie genoss die Vertrautheit, die von diesen bekannten Verhaltensweisen ausging. Die Routine sorgte bei ihr für Entspannung und das Gefühl, endlich wieder angekommen zu sein.

Nach einer mild gewürzten Grießnockerlsuppe war man zu zart gedünstetem, mit Knoblauch aromatisiertem Seeteufel und Blattspinat übergegangen, gefolgt von Topfenstrudel. Geduldig und stolz hatte Marta Neubauer auf die Komplimente gewartet, die unweigerlich kamen.

Lily strahlte. »Es war wieder einmal köstlich, vielen Dank.«

Schon wurde Marta Neubauer widerspenstig. »Das glaube ich dir nur, wenn du noch ein zweites Stück vom Strudel nimmst.«

»Ich kann doch nicht so viel essen.«

»Du schon, Lily. Du bist ohnehin ganz dünn. Ganz im Unterschied zum Hausherrn.«

Marta Neubauer blickte streng auf ihren Mann, der sehnsüchtig die Platte mit dem Topfenstrudel im Visier hatte.

Später zogen sich Onkel Neubauer und Lily in sein Arbeitszimmer zurück. Wie immer schwang sich Lily auf die herrlich bequeme, schon leicht durchgesessene Ledercouch, während er auf einem Lehnstuhl Platz nahm. Irgendwoher hatte er in der Zwischenzeit eine dicke kubanische Zigarre genommen.

»Darfst du das denn noch?«, fragte sie ihn.

»Zu besonderen Gelegenheiten schon. Muss ich sogar, sonst bin ich nicht mehr ich selbst. Oder stört es dich mittlerweile? Das Fenster ist ohnehin offen, du wirst nicht eingenebelt.«

»Weiß ich ja. Es würde mich geradezu schockieren, wenn du darauf verzichtest. Ich müsste mir gleich Sorgen um dich machen.«

»Dem wollen wir vorbeugen«, sagte Onkel Neubauer und entzündete sorgfältig seine *Bolivar*. Lily erinnerte sich, dass sie vor kurzem eine ähnliche Situation mit Major Belonoz erlebt hatte.

»Also, Lily, wie geht es dir?«

Ihre quasi-therapeutischen Gespräche hatten stets mit dieser Frage begonnen. Lily wusste, dass er sie auch seinen Patienten zu Beginn einer Sitzung stellte.

»Mir geht es eigentlich gut, Onkel Neubauer.«

»Großartig. Warum *eigentlich*?«

»Erwischt, Onkel Neubauer … einfach so. Ich weiß nicht, warum ich das gesagt habe …«

»Wie war es in New York?«

»Mich hat der Aufenthalt verändert. Zumindest ein wenig. Ich bin, glaube ich, als ein anderer Mensch zurückgekommen. Ich habe … von ein paar Träumen Abschied genommen.«

»Bedauerst du das?«

»Nicht wirklich … bilde ich mir zumindest ein. Es kommt mir vor, als wäre ich sogar froh darüber. Weil ich erkannt habe, dass manche Träume eigentlich mehr Illusionen waren.«

»Glaubst du wirklich?«

»Ja … oder vielleicht nicht Illusionen, sondern … dass ich gewisse Dinge überbewertet habe oder … gedacht habe, dass ich bestimmte Sachen unbedingt zum Leben brauche.«

Eine kurze Pause entstand. Lily schwieg und sinnierte, Onkel Neubauer rauchte gedankenverloren.

»Du bist wegen Ben nach New York gegangen, nicht wahr?«, fragte er schließlich, wie aus einem Traum erwachend.

»Nicht nur. Auch wegen mir selbst.«

»Erklär mir das bitte, Lily.«

»Da spielt vieles mit. An erster Stelle steht sicher Ben. Ich habe ihn heiraten und mit ihm in New York leben wollen. Mit Kindern. Und allem, was so dazugehört zu einer normalen Familie. Geordnete Verhältnisse sozusagen. Sicherheit. Gegenseitiges Vertrauen.«

Onkel Neubauer nickte, wobei er freundlich lächelte. »Ich kann mich erinnern, wie lebhaft du mir von dem erzählt hast, was du vorhast. Wie siehst du deine damaligen Ambitionen heute?«

»Aus einem vollkommen anderen Blickwinkel. Mir kommt vor, dass ich sehr ... Ich war nicht egoistisch, aber ... zumindest ichbezogen. Das alles waren *meine* Träume, und Ben war eben der Mann, der zu diesen Träumen gepasst hat. Er hat eine bestimmte Funktion übernommen. Wie ein Schauspieler in einem Stück, das sich jemand anderer ausgedacht hat.«

»Lily, das klingt, als würdest du durchaus kritisch auf dein Verhalten blicken.«

»Ja, das tue ich. Sehr kritisch sogar.«

»Inwiefern?«

»Ich war auf der Suche nach meiner Identität. Sowohl diese Hochzeit wie überhaupt meine Vorstellungen vom geordneten Familienleben haben mit meinem Vater zu tun gehabt. Mit meinem geliebten und verehrten Vater. Den ich manchmal verachtet und sogar gehasst habe. Der mein Vorbild war und für mich zum abschreckenden Beispiel geworden ist. Weil er einsam war und trotzdem niemanden an sich herangelassen hat. Und der mich geprägt hat wie kein anderer Mensch. Bis ich mich dazu entschlossen habe, mich selbst zu prägen und all das zu tun und zu sein, was ich bei ihm und an ihm vermisst habe.«

Es klopfte an der Tür zum Arbeitszimmer.

27

Marta Neubauer war mit dampfendem Kaffee erschienen und hatte sich wortlos zurückgezogen.

Ihr Mann schenkte zwei Tassen ein, dazu kredenzte er Wasser aus einer bereitstehenden Karaffe. Lily war froh, ihre leichte nachmittägliche Müdigkeit wegtrinken zu können. Nach einer kurzen Pause setzte Onkel Neubauer fort, wo sie aufgehört hatten. Doch erst, nachdem er seine inzwischen erloschene Zigarre wieder ausgiebig befeuert hatte.

»Früher hast du geglaubt, dein Vater hätte dir etwas vorenthalten«, sagte er.

Lily verzog kurz das Gesicht. »Von der traditionellen Familie hat er irgendwie nicht viel gehalten. Wir waren deshalb auch keine Familie in dem Sinne … er und ich. Meine Mutter war weg und … er hat es abgelehnt, wirklich zum Vater zu werden. Wie um das zu demonstrieren, war er oft abwesend. Als Kind war ich wütend auf ihn. Erst später habe ich verstanden, dass er … Er hat mich nicht schlecht behandeln wollen. Sondern er war auf der Flucht. So wie er als Jugendlicher auf der Flucht gewesen war. Und später in den Untergrund gegangen ist. Zu den Leuten, die er als legitime Widerstandskämpfer gegen Unterdrückung und Versklavung von Arbeitnehmern betrachtet hat. Er hat das nie mehr abschütteln können. Er hat das Vertrauen verloren, dass es irgendwo ein Zuhause geben könnte. Fatal war, dass er mir seine Geisteshaltung unbedingt hat eintrichtern wollen.«

»Du sagst *fatal*?«

»Ja, ich verwende bewusst dieses Wort. Es hat etwas mit Schicksal und Bestimmung zu tun. Heute würde ich vielleicht von Karma reden. Jedenfalls hat er gewollt, dass ich das, woran er geglaubt hat, einfach akzeptiere und von ihm übernehme.«

»Wie siehst du sein Verhalten heute?«

Lily blickte zur Decke und ließ sich Zeit. Sie wollte die richtigen Worte finden. Onkel Neubauer verhielt sich still, er rauchte und bewegte sich kaum.

»Mit gemischten Gefühlen«, sagte Lily. »Ich kann ihn hundertprozentig verstehen. Aber es war problematisch, dass er versucht hat, mir etwas überzustülpen. Zugleich weiß ich, dass er es nicht besser gewusst hat. Und er hat mich davor bewahren wollen, an trügerische Illusionen zu glauben. Es ist ihm darum gegangen, mich für das zu präparieren, was er für das wahre Leben gehalten hat. Um mich vor Enttäuschungen zu bewahren.«

»Der Begriff *Illusionen* taucht immer wieder auf in deinen Erzählungen. Fällt dir das auf?«

»Das stimmt. Mein Vater wollte, dass ich die Realität sehe. Also hat er es dauernd darauf angelegt, alle möglichen Illusionen zu zerstören. Er hat das in gutem Glauben getan. Aber für ein Kind … für mich war das schwierig. Jedes Kind braucht … wenn nicht Illusionen, dann zumindest Träume. Für meinen Vater war das nichts als Selbstbetrug.«

Onkel Neubauer lächelte milde. »Ja, in der Hinsicht war er sehr strikt. Man kann diese Haltung besser verstehen, wenn man seine Geschichte kennt, glaubst du nicht?«

»Natürlich, aber für mich war es hart. Vielleicht war es eine Art von Protest, dass ich so bemüht war, fixen Ideen nachzujagen. Hochzeit, Ehe, Kinder …«

»Und in dieses Schema hat Ben hineingepasst?«

»Im Grunde hat er dasselbe gewollt wie ich. Aber für ihn war das etwas völlig Selbstverständliches. Für mich … waren das eher Obsessionen. Ich habe etwas nachholen wollen, von dem ich geglaubt habe, dass es mir entgangen ist. Mein Vater hat Religiosität komplett abgelehnt. Er hat mir immer gesagt, dass es keinen Gott geben kann. Wenn es einen Gott gäbe, hätte er nicht all die Grausamkeiten zugelassen, die sich in der Geschichte ereignet haben. Das hat er mir regelmäßig vorgehalten. Er hat sämtliche Kriege, Genozide, Massenmorde, Massaker und Vertreibungen als Beweise dafür angeführt, dass er recht hat.«

»Man könnte deinen Vater als desillusioniert beschreiben?«

»Schon. Aber mit einer solchen Haltung kann ein Kind schlecht umgehen. Als Kind erwartet man von den Eltern, dass sie Träume nicht zerstören. Man will nicht so weit kommen, dass man sich fragt, woran man überhaupt glauben und worauf man hoffen darf.«

Eine kurze Pause entstand. Das Gesagte musste im Raum nachhallen und begriffen werden.

»Wieso hat es mit Ben nicht geklappt?«, fragte Onkel Neubauer vorsichtig, um den Gesprächsfaden nicht abreißen zu lassen.

»Vielleicht, weil er mich nie verstanden hat, wenn ich ihm von meinen Problemen erzählt habe. Er ist in einer Behütetheit aufgewachsen, die mir letztlich fremd war. Daraus hat sich irgendwann ein großer Graben zwischen uns ergeben. Das habe ich viel zu spät entdeckt.«

»Hast du versucht, eine Brücke über diesen Graben zu bauen?«

»Ich habe geglaubt, dass ich das mache«, sagte Lily leise. »Heute weiß ich, dass ich instinktiv das Gegenteil getan habe.«

»Weil du unbewusst dieses Gegenteil haben wolltest?«

»Ja, möglicherweise. Weil ich nicht ganz abschütteln kann, was mir mein Vater vermittelt hat. Und auch gar nicht will. Ich denke, dass er in einigen Punkten recht hatte. Man soll nicht zu viele Illusionen haben. Vielleicht auch gar keine. Nur hätte er mir das auf eine weniger harte Weise beibringen sollen. Und er hätte mich vor seiner Resignation verschonen sollen. Andererseits habe ich mich eben deshalb dazu entschlossen, aktiv zu sein.«

»Darum bist du Staatsanwältin geworden und nicht Psychiaterin.«

»Richtig. Die Psychiatrie wäre mir schon wieder zu klein, zu eng, zu privat geworden. Mir ist es darauf angekommen, in der Öffentlichkeit zu kämpfen. Und dort etwas zu bewirken.«

»Was du jetzt tust, Lily. Aber noch einmal zurück zu Ben. Hat sich der Zwist nicht überwinden lassen?«

Lily schüttelte so entschieden den Kopf, als müsste sie alles Unerwünschte loswerden. Als wäre das endgültige Urteil der letzten Instanz gesprochen. »Unmöglich. Und als Paul in mein Leben gekommen ist … Ich habe das zunächst nicht wahrhaben wollen. Als ich ihn vor einem Jahr kennengelernt habe, hätte ich nie gedacht, was daraus werden würde … Egal, es hat diese Beziehung gegeben … Affäre oder wie immer man das nenne soll … Jedenfalls hätte ich mich nie darauf einlassen sollen. Aber ich habe es getan. Als hätte ich die Verbindung zu Ben torpedieren oder zumindest auf eine Probe stellen wollen.

»Wie ist das passiert?«

»Ich war mit Ben auf einer Party von Albine … dort habe ich Paul kennengelernt, der in jeglicher Hinsicht das komplette Gegenteil von

Ben ist. Schon auf dieser Party habe ich versucht, Paul von Ben fernzuhalten … Es war absurd. Von Anfang an war mir klar, dass zwischen ihm und mir etwas in der Luft war, das … Es hat geheim bleiben müssen. Obwohl zwischen Paul und mir noch gar nichts war.«

»Als wäre Paul ein Ausdruck für deine unbewussten Wünsche gewesen«, sagte Onkel Neubauer trocken und nahm einen tiefen Zug von seiner bereits kurz gewordenen Zigarre.

Lebhafte Zustimmung durchfuhr Lily. »Das wird der Grund sein, warum ich so rasant in die Geschichte mit Paul geschlittert bin. Heute kann ich kaum glauben, wie schnell das gegangen ist. Wir haben miteinander gesprochen und gelacht. Zwischendurch ist Ben aufgetaucht, den ich irgendwie weggeschickt habe … und plötzlich war ich mit Paul allein in einem engen Vorraum und … die Sache war nicht mehr aufzuhalten. Weil sie so unkompliziert war. Keine großen Gedanken oder Erwartungen. Sondern reine Sinnlichkeit.«

»Wahrscheinlich hast du das gebraucht.«

»Sicher sogar. Aber im Lauf der Zeit ist es anstrengend geworden. Ich war mit Ben verlobt, ich sollte die Hochzeit vorbereiten, meine Übersiedlung nach New York war fix … Ich musste geistig präsent sein und zugleich etwas verheimlichen, was mich enorm verwirrt hat … Dann hat Ben von diesem Doppelspiel erfahren. Ich muss noch herausfinden, wie das geschehen ist.

»Das weißt du nicht?«

»Keine Ahnung … jedenfalls stand ich vor einem Trümmerhaufen. Nach New York zu gehen war mein Versuch, alles wieder ins rechte Lot zu bringen. Was nicht geklappt hat. Ben war unrettbar verletzt. Mir gegenüber war er eisig. Ich kann ihm das nicht verübeln. In New York habe ich einen Neuanfang versuchen wollen … Es hat nicht funktioniert. Dort ist so vieles, an das ich geglaubt habe, gescheitert. Mein eigenes Verhalten ist der Grund dafür. Sonst nichts. Und niemand. Nur ich.«

Onkel Neubauer richtete sich aus seiner versunkenen, gebeugten Haltung auf. Neue Energie schien in ihn geflossen zu sein. »Und was machst du jetzt in Wien?«

»Ich suche nach geordneten Bahnen für mein Leben. Und ich

knüpfe an meine alte Existenz als Staatsanwältin wieder an. Was etwas Beruhigendes hat. Alles ist vertraut, das erleichtert den Neuanfang. Gelegentlich kann ich mich der Illusion hingeben, es hätte gewisse Ereignisse in meinem Leben gar nicht gegeben … Aber ich habe mir eine Aufgabe aufgehalst, die viel zu … Ich hätte das ablehnen sollen.«

»Du meinst die Aufklärung dieser Serienmorde?«

Lily rollte mit den Augen, dabei blähte sie die Backen auf und ließ die Luft sachte entweichen. »Ganz genau, und mit den Ermittlungen bin ich als Person auch noch zum Tagesgespräch geworden. Das habe ich überhaupt nicht angestrebt. Andererseits ist die Aussicht, in diesem Fall für Gerechtigkeit zu sorgen, absolut verlockend. Kannst du das verstehen?«

»Sehr sogar, Lily. Das wahre Selbst kann man nicht verleugnen. Übrigens … berühren dich diese Morde persönlich?«

»Und wie. Lauter junge Frauen, die niemals hätten sterben sollen. Sie sind durch gewalttätige Akte zu früh aus dem Leben gerissen worden. All das, woran sie geglaubt oder wovon sie geträumt haben, ist radikal ausgelöscht worden … bis hin zu ihren Augen.«

»Hast du Verbündete? Leute, die dir beistehen?«

»Im Moment nur diesen Major, den Leiter der Mordkommission. Mir scheint, dass ich ihm vertrauen kann. Aber wer weiß? Und sonst … einen Kollegen, einen Staatsanwalt. Er ist sehr … Ich finde ihn attraktiv als Mann. Er ist quasi mein Vorgänger in dieser Ermittlung. Aber ich weiß nicht recht, was ich von ihm halten soll.«

»Magst du ihn?«

»Onkel Neubauer, lieber wäre mir, wenn er nicht … Er ist wie eine ständige Versuchung. Aber ich bemühe mich, Distanz zu ihm zu bewahren. Ich habe Angst davor, mich schon wieder gehen zu lassen. Ich will nicht Berufliches und Privates vermischen. Und schon gar nicht will ich irgendwelchen Instinkten nachgeben. Das bringt mir kein Glück.«

»Lily, weißt du was? Hör auf deine Instinkte.«

»Meinst du wirklich? Soll ich Gefühlen nachgeben, auch wenn …?«

»Nicht so schnell, Lily. Ich sage nur, dass du grundsätzlich auf deine Instinkte vertrauen sollst. Sie leiten dich ans Ziel. Kann schon sein, dass es nicht so angenehm für dich wird, wie du es dir tief in deinem Herzen wünschen würdest. Aber du wirst den richtigen Weg gehen. Du musst keine Angst haben. Davon bin ich überzeugt, Lily.«

Er beugte sich vor, nahm ihre Hand und drückte sie fest. Sein Blick, der auf ihr ruhte, war voller Milde, Heiterkeit und Zuversicht.

Gegen fünfzehn Uhr dreißig verließ sie Onkel Neubauers Wohnung, selbstbewusst und energiegeladen. Was sie belastet hatte, schien nicht mehr so erdrückend.

Sie brannte darauf, in Wien für Gerechtigkeit zu sorgen. Gegen alle Widerstände.

*

Belonoz lungerte in seinem Bürostuhl. Seine Augen waren geschlossen, er schien zu dösen.

Lily betrat sein Büro. Der Glaube an ihre Kräfte war frisch erwacht. Als wäre eine schmutzige Küche blankgeputzt worden, um Platz für die Zubereitung des nächsten Abendessens zu machen.

»Ich weiß jetzt, wie wir vorgehen sollten«, sagte Lily und strahlte den Major an, der sich langsam aufsetzte. »Der Mann im Volksgarten, dieser Bezug zu *Pratorama,* der Anruf der Vizebürgermeisterin. So vieles in unserem Fall deutet auf die Politik hin. Mehr benötigen wir gar nicht. Das Rathaus spielt irgendeine Rolle, die wir aufklären müssen. Wir müssen bis zur Spitze vordringen. Falls das nötig sein sollte. Und wenn wir uns damit Feinde machen, auch gut. Darauf nehmen wir einfach keine Rücksicht mehr.«

Der Major war müde. Seine Mimik blieb unverändert. »Hervorragend, Frau Staatsanwältin. Dem hätte ich noch vor zwei Stunden zugestimmt.«

Augenblicklich stutzte Lily. Die resignative Haltung des Majors entging ihr nicht. Doch so leicht wollte sie sich nicht irritieren lassen. »Kommen Sie schon, Herr Major … was ist denn los?«

»Haben Sie die neuesten Nachrichten nicht gelesen oder gesehen?«

»Keine Zeit. Warum?«

Der Major blickte sie lange an. Für wenige Augenblicke lag Mitleid in seinen Augen. »Kurz nachdem Sie gegangen sind, haben es die Nachrichtenagenturen gemeldet. Berti Stotz hat einen schweren Schlaganfall erlitten.«

Lily setzte sich auf den Stuhl vor dem Schreibtisch des Majors. Beinahe schien es, als sackte sie leicht in sich zusammen. »Das darf nicht wahr sein … ausgerechnet jetzt. Wie geht es ihm?«

»Man weiß nicht, ob er überleben wird. Allerdings wird er es kaum schaffen, bis zur Wahl wieder fit zu sein. Der ist auf absehbare Zeit weg vom Fenster.«

»Was bedeutet das für uns?«, fragte Lily tonlos.

Belonoz runzelte die Stirn. »Für uns bedeutet das nichts Gutes. Seiler wird es jetzt schwerer haben. Stotz war in *Pratorama* verwickelt, das hat sich in Wien jeder denken können. Die Frage ist nur, welche Rolle er gespielt hat. Diese Firmenkonstruktionen … alles sehr undurchsichtig, lauter Strohmänner und obskure Netzwerke … Wer immer die Nachfolge von Stotz antritt, wird bestrebt sein, möglichst viel unter den Teppich zu kehren. Und deshalb die vollständige Aufklärung behindern. Damit die Wahlen nicht in eine Katastrophe ausarten. Und jetzt kommen wir ins Spiel. Genauer gesagt Sie, Frau Doktor. Die besten Chancen als Nachfolgerin von Stotz hat im Moment Vizebürgermeisterin Lohner. Also genau die Frau, von der Sie am Freitag angerufen worden sind.«

Lily sehnte sich danach, die bei Onkel Neubauer erreichte Lockerheit zurückzugewinnen. »Vielleicht wird sie sich darum bemühen, alles möglichst umfassend aufzuklären …«

Doch Belonoz lächelte zynisch. »Das glauben Sie nicht wirklich, oder? Ich jedenfalls nicht, tut mir leid, Frau Staatsanwältin. Bis heute waren die Fronten in Wien relativ klar. Auf der einen Seite Stotz mit seiner einflussreichen Clique. Auf der anderen Lohner, die ehrgeizig ist, aber nicht die entscheidenden Connections hat. Der große Kampf um die Macht wird einsetzen, bis die Rollen neu verteilt sind. Wenn sich Marina Lohner durchsetzen will, darf sie die Stotz-Leute nicht total vergrämen. Also wird sie die *Pratorama*-Ermittlungen nach

Möglichkeit abdrehen. Das heißt, noch mehr Leute werden alles dafür tun, dass die Wahrheit nicht ans Licht kommt.«

»Okay, aber das betrifft hauptsächlich Seiler.«

»Nein, auch uns. Glauben Sie, irgendjemand will, dass die Morde mit dem Rathaus in Verbindung gebracht werden? Selbst jene, die uns vielleicht hätten helfen wollen, werden von nun an gegen uns arbeiten. Wir sind plötzlich sehr allein, Frau Doktor.«

»Das waren wir eigentlich schon immer, Herr Major. Wir haben es nur nicht gleich erkannt.«

Schweigend sahen sie sich kurz darauf die Fernsehnachrichten an. Der Großteil war dem Schlaganfall des Bürgermeisters gewidmet. Ein Reporter meldete sich mit düsterer Miene live vom Allgemeinen Krankenhaus, in das Stotz eingeliefert worden war. Als der Moderator zum nächsten Thema überleitete, griff Belonoz zur Fernbedienung.

Da schrie Lily auf. »Halt, warten Sie!«

Der nächste Beitrag berichtete von einem Mann, dessen verkohlte Leiche in einem ausgebrannten Einfamilienhaus in der Nähe von Wien gefunden worden war. Ein Passfoto des Mannes wurde gezeigt.

Belonoz winkte müde ab.

»Ich habe davon gehört«, sagte er desinteressiert. »Kollegen haben mir …«

Lily unterbrach ihn. »Ich habe … Ich habe diesen Mann gekannt, Herr Major.«

Es vergingen einige Sekunden, bis Belonoz reagierte.

»Was meinen Sie bitte?«, fragte er. »Welchen Mann haben Sie gekannt?«

»Den Toten aus dem Einfamilienhaus.«

Belonoz starrte sie entgeistert an. »Diesen … den haben Sie …?«

»Ja«, sagte Lily und nickte. »Zumindest habe ich ihn vor kurzem kennengelernt.«

Die Stimme des Majors war hart und schneidend geworden. »Und Sie irren sich nicht? Sind Sie ganz sicher?«

Lily nickte, und erst jetzt vermochte sie ihre Augen vom Bildschirm zu lösen. Der Moment der Wahrheit war gekommen, rascher, als es Lily oder Belonoz für möglich gehalten hätten.

»Herr Major, ich bin mir hundertprozentig sicher. Das ist der Mann, den ich vor zwei Tagen beim Theseustempel getroffen habe.«

*

Äußerlich signalisierte sie vollkommene, selbstsichere Gelassenheit.

Tatsächlich war Marina Lohner übel vor Nervosität und Angst, als sie zur hastig einberufenen Krisensitzung im Rathaus eintraf. Neben den Mitarbeitern von Stotz waren alle wesentlichen Mitglieder der Koalitionsrunde erschienen. Lohner wusste, was auf dem Spiel stand. Sie war an einem entscheidenden Wendepunkt ihrer Karriere angelangt. Danach würde ihr Weg entweder in strahlende Höhen führen. Oder sie würde akzeptieren müssen, in einer Sackgasse angekommen zu sein.

Im Sitzungssaal sah sich Marina Lohner mit drei Arten von Menschen konfrontiert. Die einen waren ihre deklarierten Feinde. Die anderen ergingen sich in vorsichtiger Zurückhaltung und harrten des geeigneten Moments, um sich rechtzeitig auf die richtige Seite schlagen zu können. Eine kleine Minderheit bekundete ausdrückliche Sympathie für die Vizebürgermeisterin.

Sie wusste, dass es auf sie allein ankam. Kaum jemand würde ihr beistehen. Sie war die Außenseiterin. Immerhin konnte sie auf die Kraft des Moments bauen. Das entstandene Machtvakuum sorgte für Ratlosigkeit unter den Anwesenden. Niemand hatte Vorschläge im Ärmel, wie es weitergehen sollte. Der Schlaganfall von Stotz hatte sämtliche Planspiele obsolet gemacht. Angesichts des bedrohlich näher rückenden Wahltermins, bei dem man noch einmal auf die auch angesichts von *Pratorama* kaum geminderte Beliebtheit des Bürgermeisters hatte setzen wollen, lagen die Nerven blank.

Entsprechend verlief die Sitzung. Sie fing mit einer zögerlich geführten Diskussion an und artete rasch in Schreiduelle aus. Und irgendwann fiel es, das sonst tabuisierte Wort: *Pratorama.*

Ein junger Delegierter aus dem zehnten Bezirk erwähnte es betont beiläufig und suhlte sich anschließend in der Befriedigung, die älteren Sitzungsteilnehmer damit provoziert zu haben. Er selbst gewann nichts damit, schon gar nicht an Respekt. Aber seine Wortmeldung veränderte den Charakter des Zusammentreffens. Die Panik vor einem Absturz bei der kommenden Wahl ergriff die Anwesenden. Plötzlich wurde davon geredet, wie wichtig es sei, rasch zu handeln und den Wählern Vertrauen einzuflößen.

Jemand erwähnte den Namen von Michael Schegula und pries ihn als würdigen Nachfolger des verdienstvollen, unglückseligerweise jedoch nicht mehr verfügbaren und für die Wahl wenig nützlichen Berti Stotz.

Schweigend hörte Schegula der hitzigen Diskussion zu. Freundlich nickte er jedem zu, der ihn als in dieser Situation idealen Bürgermeister skizzierte. Alles spitzte sich auf ihn zu, während er selbst gelassen lächelte.

Schließlich forderte ihn eine klare Mehrheit der Anwesenden auf, als Nachfolger zu kandidieren. Der Gedanke sorgte für helle Begeisterung. Umso größer waren das Erstaunen und das Unverständnis, als sich Schegula bei den Mitgliedern dieses Gremiums bedankte, das Amt des Wiener Bürgermeisters jedoch ablehnte. Man war allgemein bestürzt.

»Liebe Freunde«, sagte Schegula, »ich weiß es zu schätzen, welch Vertrauen mir entgegengebracht wird. Ich werde das nie vergessen. Aber wir sind in einer komplexen Situation. Die Wahl wird eine enorme Herausforderung darstellen. Deswegen müssen wir nach außen signalisieren, wie offen wir für Neuerungen sind. Was die Medien derzeit beschäftigt, kann durch einen geschickten Schachzug zum Verpuffen gebracht werden. Darum schlage ich für das Bürgermeisteramt eine Person vor, die mindestens so qualifiziert ist wie ich und zudem das ideale Signal für einen Aufbruch in dieser Stadt darstellt. Das ist es, was Wähler heute wollen: Veränderung. Ich bitte euch daher, Marina Lohner zur neuen Wiener Bürgermeisterin zu küren. Sie wäre außerdem die erste Frau an der Spitze von Wien.«

Das Erstaunen war groß. Manche Sitzungsteilnehmer wirkten, als würden sie es gleich Stotz nachtun und ebenfalls vom Schlag getroffen werden. Andere erstarrten vor Hilflosigkeit. Ausgerechnet Schegula, als enges Mitglied von Stotz' Clique bekannt, hatte die umstrittene Außenseiterin als künftige Bürgermeisterin ins Spiel gebracht. Wie er das getan hatte, nämlich Lohner als Zeichen des notwendigen Wandels beschreibend, sorgte für Verwunderung und Verunsicherung.

Aber nicht lange. Jemand begann zu klatschen, andere folgten, schließlich wurden es immer mehr. Schegula ging zu Lohner, bedeutete ihr aufzustehen und applaudierte entzückt. Die Würfel waren gefallen. Keiner wagte es, sich dieser Bewegung entgegenzustellen. Jeder wollte im Mainstream der Meinungen mitschwimmen. Nicht zuletzt klang Schegulas Satz von der ersten Frau an der Spitze allzu verlockend. Dadurch konnte man sich als besonders aufgeschlossen darstellen. Nach nichts sehnten sich Politiker mehr als danach, für modern gehalten zu werden.

Kurz nach achtzehn Uhr meldeten die Nachrichtenagenturen, dass Lohner zur Nachfolgerin von Stotz gewählt worden war. In den Redaktionen der Zeitungen machten sich die Journalisten daran, Porträts der neuen Bürgermeisterin zu verfassen, während die Fernseh- und Radiosender prominente Politikwissenschaftler um Wortspenden baten.

Gegen zweiundzwanzig Uhr, nachdem sie die wesentlichen Interviewanfragen befriedigt und ihre Visionen für die künftige Wiener Politik verkündet hatte, saß Lohner auf der Terrasse ihrer Villenetage in Döbling. Die Luft war angenehm frisch, im Garten zirpten die Grillen, ansonsten herrschte vollkommene Stille. Vor ihr standen zwei Gläser und eine beinahe geleerte Flasche Champagner.

Marina Lohner lächelte, wie sie lange nicht mehr gelächelt hatte.

»Es ist interessant«, sagte sie, »wie ein einziger Tag alles verändern kann. Am Morgen bist du die einsame Einzelkämpferin, die Außenseiterin, die für Irritationen sorgt und um ihre Zukunft bangen muss. Und am Abend stehst du an der Spitze, hast das Sagen, kannst die wichtigsten Entscheidungen treffen. Plötzlich jubeln dir alle zu, suchen deinen Rat, zeigen dir, wie wichtig du bist. Mein Gott, die meisten Menschen sind so simpel gestrickt. Sie suchen ständig nach jemandem, zu dem sie aufblicken können. Egal, wer das letztlich ist. Der Verlierer von gestern kann zum Superstar von morgen mutieren.«

Sie nahm die Flasche, schenkte sich den Rest ein und trank das Glas aus.

»Die Frage ist, ob ich mich verändern soll«, fuhr sie fort. »Das habe ich eigentlich nicht vor. Aber ich muss mich natürlich anpassen. Das erfordern die Umstände. Ich muss genau darauf achten, wie ich mich ab jetzt verhalte. Nur, eines ist klar. Alle, die bis heute gegen mich waren, müssen über kurz oder lang entfernt werden. Das habe ich aus der Erfahrung mit Stotz gelernt. Gutmütigkeit ist in der Politik nicht gefragt. Dafür wird man bestenfalls in Nachrufen gelobt. Und ich habe vor, noch sehr lange zu leben.«

Sie erhob sich.

»Das Spiel hat funktioniert«, meinte Marina Lohner mit verführerischem Unterton. »Jetzt setzen wir es fort. Ich erwarte, dass du dazu bereit bist. Versagen wird von mir bestraft. Ich bin die Bürgermeisterin, ich darf das.«

Der Mann, der ihr zugehört hatte, kam auf sie zu. Er griff nach ihren Brüsten und massierte sie. Danach zog er ihr die Unterwäsche vom Leib, das Einzige, was sie überhaupt trug.

Mit großen Augen beobachtete sie sein Tun. Ihre Stimme war leise geworden. »Das war teuer, zerreiß das Scheißzeug. Sei leidenschaftlich. Und mach weiter, bis du mich im Bett hast.«

Er tat, was sie ihm befohlen hatte.

Plötzlich hielt sie seine Arme fest und drückte kurz ihre Zunge in seinen Mund, bevor sie hauchend weiterredete.

»Die hätten nie gedacht, dass es zwischen uns eine Verbindung gibt«, sagte sie. »Und dass du mich über alles informierst. Wir haben diese Vollidioten ausmanövriert. Du und ich. Das feiern wir jetzt, bis wir blaue Ringe unter den Augen haben.«

Marina Lohner streifte sich die Reste ihrer Unterwäsche von der Haut. Sie ergriff die Hand des Mannes und lotste ihn in ihr Schlafzimmer. Dort schlief Michael Schegula mit Marina Lohner, voller Begehren und Schuldbewusstsein wie schon seit einem Jahr.

*

Anfangs ging es um nichts Großes, eher um bloße Routine. Ein am Franz-Josefs-Kai logierender amerikanischer Opernsänger hatte sich beim Polizeinotruf beklagt, dass in Sichtweite seines Zuhauses gedealt werde. Weil man davon ausging, dass der an der Wiener Staatsoper auftretende, sich erregt gebende Sänger womöglich bei Vorgesetzten Beschwerde einlegen würde, handelte man prompt. Eine kleine Einheit der Drogenfahndung wurde zum Donaukanal abkommandiert.

Gefasst wurde ein junger Österreicher, der es nicht mehr geschafft hatte, rechtzeitig in die Dunkelheit zu fliehen. Er hatte damit gerechnet, die üblichen Routinekontrollen in dieser Gegend zu unterlaufen. Gut frisiert und ordentlich gekleidet, unterschied ihn äußerlich nichts von vielen anderen Passanten. Von dem empörten amerikanischen Bariton, der um seine Familie bangte, hatte er noch nie in seinem Leben etwas gehört.

Große Mengen an Rauschgift waren jedenfalls nicht im Spiel, den Nachschub hatte sich der Mann aus Verstecken im Umkreis besorgt, die nur mühsam aufzustöbern waren. Man hätte ihn observieren müssen, um die Drogenverstecke zu finden. Die dafür nötige Zeit hatte angesichts des nervösen Amerikaners jedoch gefehlt.

Seitdem ihm Handschellen angelegt worden waren, gab sich der junge Wiener missmutig und wortkarg. Kaum war er in einen schmucklosen, von hässlichen Lampen kalt beleuchteten Büroraum des Polizeikommissariats Deutschmeisterplatz verfrachtet worden, änderte sich sein Verhalten jedoch schlagartig. Er grinste breit und nahm eine stolze Haltung ein.

»Ich weiß etwas, das ihr auch gerne wissen würdet«, sagte er mit hämischer Arroganz zu den Beamten. »Aber ihr wollt mir ja nicht zuhören.«

Die ignorierten das und bereiteten sich auf die Einvernahme vor.

Doch der Mann ließ nicht locker. »Den kenne ich nämlich.«

Dabei deutete er auf die Wand des Büros, in das man ihn gebracht hatte. Dort hing ein Blatt mit zwei Phantombildern. Sie zeigten einen hübschen, dunkelhaarigen Jüngling und ein blondes Mädchen. Im Begleittext wurde ersucht, allfällige Informationen bezüglich dieser zwei unbekannten Personen an die Gruppe Belonoz in der Kriminaldirektion weiterzuleiten.

Die Drogenfahnder sahen einander an.

»Meint der das ernst oder will er uns verarschen?«, fragte einer der Beamten.

»Auf einen Versuch können wir es ankommen lassen.«

»Na gut. Also was gibt's? *Wen* willst du kennen? Oder versuchst du depperte Spiele mit uns?«

Der junge Mann war bestens gelaunt. »Na, die auf den Bildern. Die zwei kenn ich.«

»Und woher?«

»Weil sie gute Kunden sind. Die kommen fast jeden Tag und wollen kaufen.«

»Was wollen die bei dir kaufen?«

»Beste Ware.«

»Geht's noch ungenauer?«

»Heroin, Gras. Aber ich sage nur, dass die das kaufen *wollen*. Ich sage natürlich nicht, dass ich sowas anbiete und ihnen auch wirklich verkaufen kann. Nur damit ihr mir keinen Strick daraus dreht.«

Wieder tauschten die Polizisten Blicke.

»Schauen wir uns einmal an, ob du Märchen erzählst«, sagte einer der Beamten.

Eine Stunde später erging an Belonoz' Team per E-Mail die Mitteilung, dass ein verhafteter und des Drogenhandels verdächtiger Wiener angegeben hatte, die zwei gesuchten Personen namens *Tom* und *Nicole* zu kennen. Täglich seien sie zu ihm gekommen, um Marihuana und Heroin zu besorgen. Heute seien sie bereits bei ihm gewesen. Somit müsse ihr nächster Besuch für den Montagabend zu erwarten sein. Eine Garantie für die Richtigkeit dieser Aussagen gebe es selbstverständlich nicht. Aber der Mann wirke in dieser Hinsicht glaubwürdig. Das hätte die eingehende Befragung gezeigt. Nicht in den geringsten Widerspruch war er zu verwickeln gewesen, obwohl sich die Kollegen darum bemüht hatten.

Montag, 21. Juni

28

Über Stunden hatte ein Gewitter durchnässt, was ihm ausgeliefert gewesen war. Straßen, Plätze, Denkmäler, Autos, Dächer, Verkehrsschilder, ja, sogar Bäume, Blumen, Sträucher und Rasenflächen strahlten. Ganze Gärten hatten ihre Pracht wiedererlangt. Die Farben waren in das Stadtbild zurückgekehrt, die Sinne neu geschärft.

In der Nacht hatte sie versucht, Belonoz zu erreichen. Kurz vor ein Uhr morgens, aber der Major hatte nicht mehr abgehoben. Nika Bardel hatte während ihres Journaldienstes als Erste erfahren, was der junge Mann im Polizeikommissariat Deutschmeisterplatz ausgesagt hatte. Stichwortartig hatte sie Belonoz das Wesentliche auf die Mobilbox gesprochen.

Gegen sieben Uhr rief er zurück. Er ließ sich noch einmal genau erzählen, worum es ging, danach kontaktierte er die Kollegen von der Drogenfahndung. Zehn Minuten später hatte er Lily am Apparat. Anfangs klang sie verschlafen, ihre Stimme war rauh. Nach seinen ersten Worten war sie jedoch schlagartig wach. »Wenn das stimmt. Das ist genau das, wonach wir uns die ganze Zeit gesehnt haben.«

»Richtig«, sagte Belonoz. »Der eine glückliche Zufall, der die Wende bringt.«

»Hoffentlich lügt der Mann nicht. Er hat ein Strafverfahren zu erwarten, möglicherweise will er nur Zeit schinden.«

»Schwer zu sagen. Uns bleibt nichts anderes übrig, als dieser Spur nachzugehen. Dann wird man ja sehen.«

»Wenn die beiden wirklich regelmäßig zu ihm kommen, sollte es nicht lange dauern, bis sie wieder auftauchen. Ich werde gleich zu ihm fahren und ihn befragen. Wissen Sie zufällig, wer der Staatsanwalt in dem betreffenden Fall ist?«

»Taub.«

Lily jauchzte beinahe. »Noch ein glücklicher Zufall. Ich kenne Taub gut. Ein extrem umgänglicher Mensch. Ich werde mit ihm sprechen.

Vielleicht lässt sich etwas arrangieren, falls der Dealer die Wahrheit sagt.«

»Der Mann hat Glück ... Die Kollegin Bardel wird übrigens bei der Drogenfahndung nachforschen, ob ihnen unsere Phantombilder etwas sagen. Vielleicht sind die beiden schon einmal aktenkundig geworden, in welcher Form auch immer ...«

»Sehr gut, wir sehen uns um zehn Uhr bei der Besprechung.«

Eilig absolvierte Lily ihr Morgenprogramm. Sie gestattete sich aber noch ein paar Yoga-Übungen. Als sie kurz nach acht Uhr in ihrem Büro im Grauen Haus eintraf, waren ihre Haare noch leicht feucht.

Kollege Taub, der in der vergangenen Nacht Dienst gehabt hatte, war noch da. Mit ihm hatte Lily bereits telefoniert. Sie verständigte sich mit ihm darauf, zunächst keine weiteren Schritte im Strafverfahren gegen den Dealer einzuleiten. Es sollte abgewartet werden, ob seine Aussagen irgendeinen Realitätsbezug aufwiesen.

»Viel Rauschgift haben wir bei ihm nicht gefunden«, sagte Taub. »Der führt immer nur geringe Mengen mit sich und holt sich zwischendurch Nachschub. Das wäre also nicht sein größtes Problem. Aber er ist kein Neuling für uns. Eine Verurteilung hat er schon auf dem Kerbholz.«

»Wenn er ein wichtiger Zeuge in einem Mordfall ist, sieht seine Situation vielleicht anders aus. Nämlich besser.«

Vorsichtig signalisierte Taub Zustimmung. »In einem solchen Fall könnte man vielleicht etwas für ihn tun. Aber nur, falls er wirklich kooperativ ist.«

Eine halbe Stunde später saß Lily dem jungen Mann gegenüber. Der sonnte sich lächelnd in der Gewissheit, plötzlich wichtig geworden zu sein. Er war sich seiner Sache so sicher, dass er sogar einen Anwalt abgelehnt hatte.

»Ich kann Ihnen helfen«, sagte er selbstbewusst. »Aber nur wenn Sie mir auch helfen.«

Lily ließ sich die Anspannung nicht anmerken, sondern lächelte lässig. »Wieso sollte ich das tun?«

»Weil beide Seiten etwas davon haben. Sie finden die zwei Personen, und ich … ich kriege Vergünstigungen, über die wir uns noch einig werden müssen.«

»Und Sie glauben, dass ich darauf einsteige? Nur weil Sie irgendetwas behaupten?«

»Den Beleg erhalten Sie innerhalb von vierundzwanzig Stunden. Oder maximal achtundvierzig. Für Sie stellt das kein Risiko dar. Sie gewinnen etwas. Ohne meine Mitarbeit schaffen Sie das nicht. Nur ich weiß, wo ich die beiden treffe. Außerdem sind sie sehr vorsichtig. Wenn die mich nicht zur vereinbarten Zeit am vereinbarten Treffpunkt sehen, kommen die gar nicht erst in die Nähe.«

»Ich glaube, wir könnten das auch ohne Sie schaffen. Vielleicht dauert es ein paar Tage länger, aber wir würden die beiden kriegen.«

Der junge Mann lächelte nachsichtig. »Sicher würden Sie das zustande bringen. Irgendwann. Aber erstens haben Sie es eilig, das erkenne ich an den Phantombildern. Die gibt es nur, wenn die Ermittler nicht mehr weiterwissen. Und zweitens kenne ich Sie, Frau Horn. Ich weiß, welchen Fall sie bearbeiten. Also weiß ich auch, dass Sie auf mich angewiesen sind.«

Lily blieb skeptisch. Doch wenn der Mann die Wahrheit sagte, hätte er den Ermittlungen in Österreichs meistbeachtetem Mordfall enorm geholfen. Das musste honoriert werden. Sie garantierte ihm also, in der Drogenstrafsache etwas für ihn zu tun, falls sich seine Angaben als wahr erweisen würden. Eine Bewährungsstrafe läge im Bereich des Möglichen.

Sie verhörte ihn eingehend, und er behauptete standhaft, von dem jungen Mann und der blonden Begleiterin beinahe täglich aufgesucht zu werden. Ansonsten schien er nichts über die beiden zu wissen. Nur dass sie jedes Mal korrekt zahlten, ohne zu murren.

»Das sind wirklich gute Kunden«, sagte der Dealer.

Er wollte Lily von seinem Privatleben erzählen. Doch sie ließ sich nicht ablenken. Sie erklärte ihm, dass sie noch mehr für ihn tun würde können, falls er über seine Hintermänner und Lieferanten auspacken würde. Der Dealer wurde zunächst stutzig und plötzlich sehr zurückhaltend. Schließlich kündigte er an, möglicherweise mehr preiszugeben. Lily garantierte ihm, dass ein Weg gefunden würde, das Verfahren gegen ihn niederzuschlagen. Als wichtiger und möglicherweise gefährdeter Zeuge könnte er in den Genuss einer bevorzugten Behandlung kommen.

Das Gespräch war nicht einfach. Am Ende jedoch hatte der Mann begonnen, ernsthaft über die ihm in Aussicht gestellten Möglichkeiten nachzudenken. Und Lily begann mit ihm zu verhandeln.

*

Pünktlich begann die Besprechung in der Kriminaldirektion. Beinahe die gesamte Gruppe Belonoz war anwesend, auf besonderen Wunsch des Majors auch Nika Bardel. Sie hatte sich zwischendurch zwei Stunden hingelegt und sah ungewohnt zerknittert aus. Lediglich Steffek fehlte, den Belonoz mit dringenden Arbeiten entschuldigte. Belonoz und Lily hatten zuvor vereinbart, den Brief des Mörders gemeinsam zu besprechen. Kopien des Schreibens wurden verteilt.

Marlene Metka schüttelte entsetzt den Kopf. »Wie gestelzt der Typ schreibt. Was nichts daran ändert, dass es ein gefährlicher Irrer sein muss.«

»Richtig, Frau Metka«, sagte Lily. »Er ist gefährlich. Zugleich verwendet er gebildet klingende Worte. Ein Wolf im Pelz eines Intellektuellen. Genau nach einer solchen Person müssen wir suchen. Außerdem ist er überheblich. Er glaubt, über dem Gesetz zu stehen, und bezeichnet sich als *Der Richter*. Dadurch versucht er, seinen Taten Respektabilität zu verleihen. Woraus wir wiederum erkennen können, dass er sich zwar selbstbewusst gibt, das aber eigentlich gar nicht ist. Er fühlt sich innerlich klein und minderwertig. Zum Trost spielt er sich als moralische Autorität auf, die über andere Menschen richten darf.«

Eine Pause entstand. Die Anwesenden dachten nach.

Bis sich Kovacs zu Wort meldete. »Mir kommt er vor allem ziemlich eitel vor. Sicher, er ist gefährlich und überheblich. Aber ich frage mich, warum er diesen Brief überhaupt geschrieben hat. Er scheint es nicht darauf anzulegen, sich zu den Taten bekennen zu wollen. Denn er gibt sich als Richter aus. Er verschanzt sich also hinter einem Amt, das dafür da ist, für Recht und Ordnung zu sorgen. Ebenso wenig geht es ihm darum, Ängste zu schüren. Sonst hätte er den Brief an einen TV-Sender oder eine Zeitung geschickt, was ihm Publizität verschafft hätte.«

»Also?«, fragte Metka. »Worauf möchtest du hinaus?«

»Der wichtigste Grund, warum er diesen Brief verfasst hat, ist seine Eitelkeit. Es stört ihn einfach, dass sich jemand erdreistet hat, ihn unerlaubterweise zu imitieren. Das ist wie bei den großen, teuren Marken, die gegen Plagiate vorgehen. Oder wie bei Hunden, die aggressiv werden, sobald jemand in ihr Revier eindringt.«

Nika Bardel schnitt eine Grimasse. Wie so oft zeigte sie sofort und deutlich, was sie von einer anderen Meinung hielt. »Aber warum dann überhaupt ein Brief? Und wenn er so eitel ist, wie du glaubst … hätte er eben gerade deswegen nicht an eine Zeitung oder einen Sender schreiben müssen? Das hätte seiner Eitelkeit unglaublich geschmeichelt, wenn das ganze Land über den Brief diskutiert hätte.«

»Das sehe ich ganz anders«, sagte Kovacs. »Er ist in seiner Eitelkeit verletzt worden. Eitle Menschen ertragen es nicht, in der Öffentlichkeit bloßgestellt zu werden. Sie möchten perfekt erscheinen. Ohne Makel, stets erfolgreich. Als könnte ihnen niemand etwas anhaben. Niederlagen verbergen sie, soweit es geht. Damit ihr Image nicht befleckt wird. Deswegen hat er den Brief an die Staatsanwältin geschickt. Also an Sie, Frau Doktor. Sie sollen den quasi falschen Mord aufklären und die aus der Sicht des Mörders richtige Ordnung wiederherstellen. Erst, wenn das getan ist, kann er sich selbst an die Öffentlichkeit wenden. Dann wäre der falsche Mörder gefasst, enttarnt und besiegt. Er selbst wäre weiterhin anonym und somit mächtig.«

Belonoz hob die Hand mit dem Daumen nach oben. »Das Seminar in Zürich hat sich auf deine analytischen Fähigkeiten enorm ausgewirkt.«

Kovacs wirkte zunächst unschlüssig, ob er Belonoz' Worte für Lob oder Spott halten sollte. Aber Lily sprang ihm zur Seite.

»Ich glaube, Sie haben den Kern getroffen, Herr Kovacs«, sagte sie und lächelte Kovacs aufmunternd zu. »Solche Briefe werden von

Tätern aus verschiedenen Gründen geschrieben. Etwa zur Selbstdarstellung, zur Rechtfertigung oder zur Erleichterung des Gewissens. In unserem Fall täuscht der Täter Selbstdarstellung vor, hinter der sich aber nur gekränkte Eitelkeit verbirgt. Außerdem ist der Brief die Reaktion auf den Mord, den er nicht begangen hat. Also ein Ereignis, das er nicht beeinflussen kann und das zudem sein Werk beschädigt. Bleibt also ein weiteres Motiv, das für diese Art von Briefen nicht selten ist, nämlich der Versuch, die andere Seite zu manipulieren.«

»Und was will er damit letztlich erreichen?«, fragte Bardel.

»Er möchte uns Souveränität vorgaukeln und uns dazu bringen, den quasi störenden Mord nur ja nicht zu übersehen. Interessant für uns ist wiederum, dass wir dadurch seinen wunden Punkt kennen. Nämlich die Eitelkeit. Außerdem wissen wir, dass er leicht zu kränken ist und kein gefestigtes Selbstbewusstsein besitzt. Das gaukelt er bloß vor. Ein typischer Blender.«

Belonoz sah Lily an. »Okay, aber was fangen wir mit diesem aufschlussreichen Wissen konkret an?«

»Nicht er darf es sein, der manipuliert. Wir drehen den Spieß um. Und machen *ihn* nervös.«

*

Eine halbe Stunde später goss Belonoz ein zweites Glas Mineralwasser ein, das Lily sofort zur Gänze austrank. Der Major schenkte nach. Sie saßen in seinem Büro, und dort war es heiß.

»Am Freitag hat mir die Kriminaltechnik angekündigt, dass die erste grobe Untersuchung mindestens zwei Tage dauern wird«, sagte Lily. Vielleicht haben wir Glück und wissen heute nachmittag mehr. Andererseits geht dieser Mensch extrem vorsichtig vor. Er hat das Kuvert sicher nicht mit Speichel zugeklebt.«

»Und was ist mit dem Dealer?«

»Es kommt auf den heutigen Abend an. Mit Ihren Kollegen von der Drogenfahndung habe ich mich schon abgesprochen.«

»Wird er auspacken?«

»Der Typ ist schlau. Er weiß, dass wir etwas von ihm brauchen.

Und das will er natürlich so teuer wie möglich verkaufen. Also wartet er ab.«

»Wie wir alle. Wir warten und warten und warten. Und Godot kommt nicht.«

»Sind Sie resignativ, Herr Major?«

»Tagsüber nie. Aber jeder Kriminalbeamte kennt das Gefühl. In diesem Fall warten wir seit Mitte Mai darauf, dass etwas vorwärts geht.«

»Das kann ich gut verstehen«, sagte Lily. »Für mich ist es ein bisschen leichter. Ich bin an dieser Sache erst seit einer Woche dran. Obwohl es mir, ehrlich gesagt, viel länger vorkommt. So viel hat sich getan … Jedenfalls ist gerade jetzt Resignation nicht nötig. Etwas liegt in der Luft. Das spüre ich deutlich.«

»Sie gehen anscheinend gerne instinktiv vor. Oder intuitiv.«

Lily musste schmunzeln. »Ja, ich weiß. Jetzt kennen Sie meine Methode, Watson!«

Für einen kurzen Moment schien es, als würde Belonoz lächeln. Aber der Moment war so rasch vorbei, wie er gekommen war.

»Wann haben Sie bemerkt, Herr Major, dass ich sehr auf Intuition setze?«

»Als Ihnen in der Wohnung von Magdalena Karner etwas aufgefallen ist, von dem Sie allerdings nicht gewusst haben, was es war. Eine solche Bemerkung ist mir bei keinem anderen Staatsanwalt untergekommen.«

»Erzählen Sie das aber nicht weiter. Staatsanwälte sollen brav rational arbeiten und ständig die Gesetze im Kopf haben. Alles andere ist verpönt.«

»Wissen Sie inzwischen, was Ihnen in der Wohnung aufgefallen ist?«

»Ich glaube, es war diese peinliche Ordnung in der Wohnung. Das hat mich an jemanden erinnert … Es gibt Leute, die von großen Ängsten erfüllt sind. Das versuchen sie auszugleichen, indem sie auf größtmögliche Ordnung und Genauigkeit Wert legen. Dadurch fühlen sie sich sicherer und geborgener. Überhaupt war die Wohnung nicht sehr lebendig. Alles war so gestellt und unpersönlich. Magdalena Karner hat das echte, schmutzige Leben aus ihrer Wohnung verbannt. Sie hat sich nach Sauberkeit gesehnt.«

Belonoz zog die Stirn in Falten. »Interessant, mein erster Eindruck war ähnlich. Ich habe das inzwischen fast vergessen gehabt.«

»Und dennoch war das die Wohnung, in der Magdalena Karner nackt getanzt hat. Wo sie sich bewusst den Blicken eines Voyeurs ausgeliefert hat. Ich weiß nicht, aber … sie muss etwas erlebt haben, irgendetwas Einschneidendes, das sie dazu gebracht hat.«

»Hat das Bedeutung für unseren Fall?«

»Keine Ahnung. Wenn es so ist, besitzt dieser Fall eine Dimension, die wir noch gar nicht ermessen können. Dann geht es um weit mehr als *Pratorama*. Nämlich auch darum, ob der Täter seine Opfer zufällig ausgewählt hat. Oder ob ein Schema dahintersteckt. Vielleicht …«

»Ja?«

Lily war in Gedanken versunken. Sie sprach jetzt sehr leise, wie zu sich selbst. »Vielleicht das Foto mit den drei Mädchen …«

Überraschend respektvoll wartete Belonoz ein paar Augenblicke ab, bevor er weiterredete. »Wir haben noch die ungeklärte Spermaspur im Bett.«

»Genau, die überhaupt nicht zu dieser Sauberkeit passt … Mir fällt gerade das Gespräch mit den Eltern ein. Der Vater hat gegen alles Katholische geschimpft, er muss da irgendein Problem haben.«

Belonoz nickte. »Nika Bardel hat ermittelt, dass Magdalena Karner als Kind in der Katholischen Jungschar war.«

»Und obwohl sie einmal in dieser Jugendorganisation der Kirche war, hat es in der Wohnung keinen einzigen Hinweis auf irgendetwas auch nur annähernd Katholisches gegeben. Dafür Sauberkeit und nacktes Tanzen … Das passt wunderbar zu dieser Überfülle an Hinweisen, von der wir unlängst gesprochen haben. Die uns nur verwirrt und ablenkt. Und die Lösung ist in Wahrheit sehr einfach, beinahe banal …«

Plötzlich stand Steffek im Raum. Sein vorsichtiges Klopfen war überhört worden. Also hatte er die Tür aufgerissen und war hereingestürmt.

Er wirkte erstaunlich aufgeregt. »Es gibt endlich was Neues.«

»Edi, du beherrschst die Kunst des richtigen Moments«, sagte Belonoz.

»Die Kontakte zu den Kollegen waren hilfreich. Der Tatort wird total abgeschottet. Keine Informationen nach draußen. Weil es um *Pratorama* geht. Ihr Kollege Seiler ist da sehr strikt, Frau Doktor.«

»Wo bitte geht es schon wieder um *Pratorama*?«, fragte Lily nervös. »Können Sie etwas deutlicher werden?«

Und Steffek wurde deutlicher. Der Brand, von dem er berichtete, war in der Nähe von Klosterneuburg ausgebrochen. In einer verschlafenen Gegend, bestückt mit unzähligen Einfamilienhäusern. Wo Menschen wohnten, die sich keine Villen, aber solide bürgerliche Unterkünfte leisten konnten. Die auf Behaglichkeit mehr Wert legten denn auf architektonische Finessen. Wohlanständigkeit und Konformität wurden wie Fetische verehrt. Zu den Nachbarn wahrte man höfliche Distanz. Zugleich wurde ständig beobachtet, ob jemand aus der Phalanx der Normalität auszubrechen drohte. Dann konnte bedenkenlos getuschelt und verurteilt werden, in Abwesenheit der vermeintlich Schuldigen.

Sonntagmittag hatte eine Frau die Feuerwehr angerufen, nachdem ihr der starke Rauch aufgefallen war. Für das Haus war es beinahe zu spät, in seinem Inneren verkohlte nahezu alles. Dennoch konnten Polizeibeamte einen Panzerschrank mit Aktenordnern sicherstellen, die auf *Pratorama* hindeuteten.

»Damit war Seiler im Spiel«, sagte Steffek zu Lily. »Seitdem gilt Informationssperre.«

»Aber sicher nicht für Sie.«

»Sicher nicht. Der Mann hat Hans Labuda geheißen. Dreiundfünfzig Jahre alt. Von Beruf Privatdetektiv.«

Belonoz streckte den Arm aus und deutete mit dem Zeigefinger herausfordernd auf Steffek. »Das steht fest?«

»Er ist bis auf die Knochen verbrannt.«

»Hat er dort allein gewohnt?«, fragte Lily.

»Anscheinend ja. Nur er war an dieser Adresse gemeldet. Auch die Nachbarn haben nichts über weitere Bewohner gewusst.«

»Was war die Brandursache?«

»Das ist interessant. Manches deutet auf Brandstiftung hin. Andererseits muss man sich dann fragen, warum Labuda im brennenden Haus geblieben und ums Leben gekommen ist …«

»Gut gemacht, Edi«, sagte Belonoz. »Bleib an der Sache dran.«

Der Major brachte Steffek eilig zur Tür und verabschiedete ihn mit einem herzlichen Handschlag.

Lily entging die plötzliche Geschwindigkeit nicht. Besorgt sah sie Belonoz an. »Sie haben ihn rasch wieder loswerden wollen, Herr Major.«

Belonoz wich ihrem Blick aus. »Richtig erkannt.«

Er schwieg.

Lilys Stimme wurde weich. »Wenn es etwas gibt, das Sie mir sagen wollen, aber nicht …«

»Auch ich habe Hans Labuda gekannt.«

Die Härte und Kälte seines Tonfalls ließen Lily erstarren. Es war, als hätte der Major eine endgültige Antwort geben wollen. Eine, die weitere Nachfragen auf Abstand hielt. Doch Lily musste die Details erfahren.

Sie sah den Major streng an. »Was meinen Sie damit?«

Belonoz zuckte die Schultern. »Er war ein Kollege. Ein Kriminalbeamter. Für mich ist es mit dem Polizeiskandal wieder aufwärts gegangen. Und für ihn … eben umgekehrt. Labuda war irgendwie darin verwickelt. Gerüchte hat es genug gegeben, genaue Details hat niemand erfahren. Vor drei Jahren hat Labuda gekündigt. Seitdem hat er sich als Privatdetektiv durchgeschlagen. Er soll davon ganz gut gelebt haben. Angeblich hat er für Politik und Wirtschaft heikle Aufträge übernommen.«

»Was heißt das?«

»Er hat gute Beziehungen gehabt. Besonders zum Wiener Ex-Bürgermeister.«

»Zu Berti Stotz?«

»In der Branche hat man sich das erzählt. Was niemanden erstaunt hat. Labudas politische Verbindungen waren bei Insidern bekannt. Angeblich hat er es ihnen zu verdanken gehabt, dass er rechtzeitig seinen Posten verlassen hat. Dadurch ist er nicht mehr direkt in den Skandal hineingezogen worden.«

»Glauben Sie, dass Labuda über verwertbares Hintergrundwissen verfügt hat?«

»Sicher. Er war nicht ganz sauber. Jetzt hat er die Geheimnisse mit ins Grab genommen.«

»Kurios«, sagte Lily und schüttelte verwundert den Kopf. »Wir haben den Mann beide gekannt, wenn auch aus unterschiedlichen Gründen.«

»Schade, dass wir das erst jetzt entdecken.«

»Dafür steht nun fest, dass die Morde mit *Pratorama* in Zusammenhang stehen. Also hat auch unser Briefschreiber mit *Pratorama* zu tun. Das verschleiert er. Aber seine Taten sprechen gegen ihn. Jetzt hat er einen Privatdetektiv getötet, der zu viel gewusst hat.«

Da verzog Belonoz das Gesicht, als hätte er in eine Zitrone gebissen. »Na Moment, Frau Doktor, Sie sind ziemlich rasant unterwegs. Sie glauben also, dass Labuda ermordet worden ist? Ohne Beweise? Wagen Sie sich mit Ihrer Intuition wirklich so weit vor?«

»Ja, Herr Major. Natürlich könnte auch das wieder ein Zufall sein. Aber ich habe es satt, an lauter Zufälle zu glauben. Dahinter steckt eine ganz spezifische Logik, die von *Pratorama* über die Auswahl der Opfer bis zu Labudas Aussagen beim Theseustempel reicht. Wir verstehen das System noch nicht. Deshalb entgeht uns der Zusammenhang. Aber am Ende wird sich ein stimmiges Bild ergeben.«

»Und glauben Sie, dass Labuda den Namen des Täters gekannt hat?«

»Natürlich. Darum hat er mit mir gesprochen. Und deswegen hat man ihn ermordet.«

Belonoz stand auf, ging zum Fenster und sah hinaus. »Wissen Sie, wie mir diese Stadt plötzlich vorkommt, Frau Doktor? Wie Feindesland. Und wir müssen uns darin bewegen, wenn wir nicht besiegt werden wollen.«

*

Der spätabendliche Autoverkehr entlang des Donaukanals und von der Ringstraße beherrschte die akustische Kulisse. Doch zwischen der Augartenbrücke und der U-Bahnstation Schottenring kümmerten sich die jungen Passanten nicht darum. Sie waren unterwegs in der warmen Abendluft, meist auf der Suche nach dem nächsten Lokal. Das Semester an den Universitäten ging zu Ende. Es war an der Zeit, sich gehen zu lassen.

In einer kleinen Grünfläche beim Franz-Josefs-Kai stand ein einzelner Mann und wartete. Er drückte herum, als wollte er etwas verbergen. Niemand kümmerte sich um ihn, und er machte nicht die geringsten Anstalten, sich anderen aufzudrängen. Er starrte immer wieder in den abendlichen Himmel, als gäbe es dort etwas zu entdecken.

Gegen dreiundzwanzig Uhr wurde der Mann aktiver. Er hatte jemanden erkannt, der ihm vertraut war, und ging auf ihn zu. Dabei hob er zweimal kurz den Arm.

»Ist er das jetzt?«, fragte der Chef der Drogenermittler, der im unauffälligen, leicht heruntergekommenen Kleinbus saß und konzentriert auf den Bildschirm starrte.

»Zwei Personen im näheren Umkreis, keine Blondine in Sicht«, sagte sein Mitarbeiter.

»Die Geste war aber eindeutig. Das war das vereinbarte Zeichen. Was denken Sie?«

Er blickte Lily an, die sich zu einer blitzschnellen Entscheidung zwang. »Zugriff«, sagte sie ruhig.

Während die Szene von starken Scheinwerfern erhellt wurde, stürmten in Zivil gekleidete Polizeibeamte herbei. Manche hatten sich hinter Bäumen und im Buschwerk versteckt gehalten. Der junge, dunkelhaarige Mann wurde zu Boden gestreckt und durchsucht. Er konnte nicht sehen, dass der Dealer, den er gerade erst freundlich begrüßt hatte, umringt und weggebracht wurde.

Minuten später wurde der junge Mann in ein Polizeifahrzeug verfrachtet und zum Deutschmeisterplatz transportiert. Er musste sich nackt ausziehen und seine Personalien angeben. Danach wurde er, in Handschellen, in ein grell beleuchtetes Verhörzimmer gebracht, wo er auf einen Stuhl gesetzt wurde. Hinter ihm bezog ein uniformierter Beamter Position. Im nächsten Moment öffnete sich die Tür. Der junge Mann blickte erstaunt auf die schick gekleidete Frau, die hereinkam und das Gespräch ohne lange Vorreden eröffnete.

»Die Frage ist, ob Sie zuerst unnötig herumreden«, sagte Lily in stark unterkühltem Tonfall und mit entschlossener Miene. »Oder ob wir gleich zum Thema kommen. Ich bin Staatsanwältin Horn und will keine Zeit vergeuden.«

Erschöpft starrte der junge Mann sie zunächst an, bis er trotzig zu Boden schaute. »Ich habe nichts zu sagen. Absolut nichts.«

Lilys Mimik veränderte sich keinen Deut. »Sie haben die Möglichkeit, einen Anwalt anzurufen. Eines sollten Sie gleich wissen: Es geht hier nicht nur um simple Drogenbeschaffung.«

Sie entrollte einen großen Bogen Papier, den sie in der Hand gehalten hatte. Es war das Plakat mit den zwei Phantombildern.

»Das ist unser Thema«, sagte sie. »Sie sehen der gesuchten männlichen Person ähnlich. Wenn Sie dazu etwas sagen möchten, tun Sie es sofort.«

Der junge Mann schüttelte den Kopf. Seine Stimme klang gepresst. »Ich will meinen Anwalt.«

Lily sah ihn drei Sekunden lang intensiv an, bevor sie das Plakat wieder zusammenrollte. »Das ist Ihre Entscheidung. Leben Sie mit den Konsequenzen.«

Sie ging auf den engen, schlecht beleuchteten Korridor vor dem Verhörzimmer und holte das Handy aus der Gesäßtasche ihres schwarzen Hosenanzugs. Belonoz, der auf den Anruf gewartet hatte, hob sofort ab.

»Wie steht's?«, fragte er ohne Umschweife.

»Wir haben eine männliche Person festgenommen.«

»Nur ihn? Keine blonde Begleiterin?«

»Es war keine Blondine in der Nähe. Aber der Festgenommene heißt mit Vornamen *Thomas* und ist ausgesprochen hübsch.«

Der Atem des Majors war durch das Handy zu hören.

»Tom«, sagte er heiser.

*

Eine halbe Stunde lang recherchierten Metka und Steffek im Melderegister. Schließlich riefen sie Lily an und teilten ihr das Ergebnis mit.

»Einen derartigen Zufall kann es nicht geben«, sagte Lily. »Bitte geben Sie an Belonoz weiter, dass ich die Hausdurchsuchungen autorisiere. Und ich mache mich auf den Weg.«

Siebzig Minuten nach der Festnahme des jungen Mannes läuteten uniformierte Polizisten an der Tür einer alten Villa am Linnéplatz in Döbling. Das zweistöckige Haus musste einst bessere Zeiten gekannt haben. Der Verputz bröckelte, die Fensterscheiben waren verschmiert, der kleine Vorgarten verwildert.

Eine junge, schüchterne Frau mit dunkelblonden Haaren öffnete. Als sie gleich darauf erfuhr, was geschehen war, brach sie zusammen. Sie konnte nur noch weinen und jammern. Später zeigte sich, dass sie eine der beiden Schwestern des Verhafteten war.

Etwa zur gleichen Zeit ereignete sich im achten Bezirk, in der Lenaugasse, eine ähnliche Situation. Nur dass die Polizei erst unauffällig das sich schüchtern zusammendrängende Gebäude aus der Biedermeierzeit betreten und die gesuchte Wohnungstür finden musste. Glücklicherweise zeigten sich keine Hausbewohner.

Auch hier öffnete eine junge Frau. Sie war ebenfalls blond, doch wirkte sie entschieden wilder als das zerbrechliche Mädchen vom Linnéplatz.

Lily trat vor.

»Sind Sie Nicole?«, fragte sie.

Und erntete ein wortloses Nicken.

Dienstag, 22. Juni

29

Die Nacht war lang gewesen. Und Lily hatte vergessen, ihr Handy entweder abzudrehen oder es zumindest nicht in ihrem Schlafzimmer liegen zu lassen. Als das Telefon sie um halb acht Uhr morgens aus dem Schlaf läutete, hätte sie es aus Zorn beinahe an die Wand geschmissen.

Lily hörte eine Stimme. »Ich gratuliere Ihnen herzlich.«

Es war die Stimme von Oberstaatsanwalt Lenz. Was Lily im Halbschlaf nicht auf Anhieb erkannte. Zumindest dachte sie daran, sich vor einer Antwort rasch zu räuspern. Zumal vor Lenz wollte sie sich nicht mit Unausgeschlafenheit blamieren. Lenz zählte zu jenen Morgenmenschen, die aus ihrer Veranlagung gerne Vorteile schöpften. Indem sie etwa Termine am liebsten auf den frühen Vormittag legten, um gegenüber andersgearteten Menschen den Vorteil geistiger Frische auszunutzen.

»Vielen Dank«, sagte Lily und fragte sich, ob Lenz darauf abonniert war, sich zu den unmöglichsten Zeiten zu melden.

Auch um diese Uhrzeit blieb Lenz bei seiner hohlen Formelhaftigkeit. »Ich war sehr erfreut, von den Verhaftungen zu hören. Das ist ein Meilenstein. Und es zeigt sich, wie richtig es von mir war, Sie mit diesen schwierigen Ermittlungen zu betrauen.«

»Ja, danke, Herr Oberstaatsanwalt.«

Lily fiel auf, dass Lenz' Lob für sie zugleich mit einem Selbstlob verbunden war. Der süßliche Tonfall des Oberstaatsanwalts alarmierte sie zusätzlich. Ihr Instinkt täuschte sie nicht.

»Wissen Sie, Frau Kollegin, diese Sache ist besonders interessant, weil … Na ja, nennen wir es beim Namen. Die beiden Verhafteten sind natürlich nicht irgendjemand …«

Lily rätselte, worauf Lenz hinauswollte, zugleich spürte sie, dass er etwas im Schilde führte. »Wie meinen Sie das, Herr Oberstaatsanwalt?«

»Dieser Thomas Saborsky, dazu noch seine Schwester … Da muss man schon ein bisschen vorsichtig sein, nicht wahr? Saborsky ist ja nicht irgendein Name in Wien. Also, Sie wissen schon, was ich meine. Noch einmal herzliche Gratulation und weiter viel Erfolg.«

Lenz hatte das Telefonat beendet. Lily hatte keine Ahnung, worauf er angespielt hatte. Doch sie spürte, dass das Herumgerede des Oberstaatsanwalts nichts Gutes verheißen konnte.

Dann beschloss sie, einfach nicht mehr daran zu denken. Sie drehte sich auf die andere Seite und schlief noch eine halbe Stunde, bis der Radiowecker ansprang.

Zwei Stunden später war es Belonoz, der Lily während der Besprechung aufklärte. Wobei er angesichts von Lilys Bildungslücke grinsen musste.

»Der alte Saborsky war eine große Nummer in Wien«, sagte er. »Jedenfalls in bestimmten Kreisen. Ludwig Saborsky war der Prototyp eines Multifunktionärs. Universitätsprofessor am Institut für Germanistik, Mitglied dreier Schriftstellervereinigungen, Literaturkritiker und Juror bei wichtigen Literaturpreisen. Außerdem hat er Theater- und Opernkritiken geschrieben, war Berater der Salzburger Festspiele, Träger des Großen Österreichischen Staatspreises für Theaterkritik, Juror beim Ingeborg-Bachmann-Preis. Habe ich irgendwas vergessen, Edi?«

Steffek reagierte sofort. »Stadtrat war er auch einmal.«

»Genau. In Wien war er Stadtrat für Kultur. Vor etwa zehn Jahren.«

Nun begriff Lily, weshalb ihr der Name nichts gesagt hatte. Ludwig Saborsky war wohl eine Größe gewesen, allerdings auf einem bestimmten Gebiet. Und für Menschen in Lilys Alter gab es keinen Anlass, sich für jemanden wie Saborsky zu interessieren.

Inzwischen fuhr Belonoz fort: »Und er hat noch mehr getan. Bücher herausgebracht, Vorträge gehalten, Fernsehauftritte absolviert. Er hat Karrieren gefördert. Und andere Karrieren verhindert oder zumindest behindert. Ja, zu seiner Zeit war er ein wichtiger Mann mit besten Beziehungen. Damit hat er andere erpressen können. Mit anderen Worten, er war ein Arschloch.«

»Was macht er heute?«, fragte Lily.

»Nicht viel. Seit fünf Jahren liegt er auf dem Zentralfriedhof. Dort, wo er schon lange hingehört hat, wie manche Leute behaupten.«

Geradezu fasziniert sah Lily Belonoz an. »Woher wissen Sie denn das alles?«

»Durch eine persönliche Begegnung, die nicht besonders angenehm verlaufen ist. Vor dreißig Jahren war ich ein kleiner Streifenpolizist. Eines Nachts war ich mit einem Besoffenen konfrontiert, der in einem Restaurant in der Wiener Innenstadt herumgepöbelt hat. Das war Saborsky. Der hat sich über irgendetwas wahnsinnig aufgeregt.«

»Worüber?«

»Dass er nicht den vereinbarten Tisch bekommen hat, oder dass das Essen schlecht war, irgend so etwas. Ich weiß es nicht mehr. Die Affäre hat man durch Intervention von oben niedergebügelt. Der damalige Polizeipräsident hat mich persönlich zum Rapport bestellt. Um sicherzugehen, dass nichts nach außen durchsickert. Saborsky hat mächtige Freunde besessen.«

»Und jetzt befassen wir uns mit seinem Sohn. Sind bei den Ermittlungen irgendwelche Störmanöver zu erwarten?«

»Ich würde es nicht ganz ausschließen. Saborskys Vernetzung mit einflussreichen Wiener Kreisen reicht lange zurück.«

»Wie auch immer, an den ermittelten Tatsachen lässt sich nicht vorbeigehen. Da kann Lenz machen, was er will. Haben die Hausdurchsuchungen etwas ergeben?«

Marlene Metka meldete sich zu Wort. »Bis jetzt keinerlei Auffälligkeiten. Nur in der Wohnung von Nicole Saborsky haben wir ganz kleine Mengen von Marihuana gefunden. Aber keine Hinweise auf einen Zusammenhang mit dem Tod von Selma Jordis.«

»Danke, Frau Metka. Bitte mailen Sie die Fotos der Festgenommenen an Ulla Koppel. Vielleicht erkennt sie die Gesichter. Und auch die Studenten, die nach dem Mord an Selma Jordis befragt worden sind, müssen sich die Fotos anschauen«

»Erledige ich sofort.«

Belonoz sah Lily erwartungsvoll an. »Wie wollen Sie jetzt vorgehen, Frau Doktor?«

Lily richtete ihre Augen kurz zur Decke, als wäre von dort Inspiration zu erwarten. »Zuerst möchte ich Nicole Saborsky einvernehmen. Gestern Abend war sie ziemlich überrascht von ihrer Festnahme und äußerst verstockt. Viel hat sie nicht erzählt. Aber sie hat bestätigt, dass sie Selma Jordis durch ihren Bruder gekannt hat.«

Metka war augenblicklich begeistert. »Na bitte, immerhin …«

»Das beweist noch überhaupt nichts. Ihre Rolle in diesem Fall ist völlig unklar. Wenn wir nicht mehr Fakten auftreiben, wird der Haftrichter sie gehen lassen. Uns bleiben rund achtunddreißig Stunden, um mehr herauszufinden. Und um zu verhindern, dass sie irgendwelche Beweise verschwinden lässt, von denen wir noch nichts ahnen.«

»Eigentlich klassische Flucht- und Verdunkelungsgefahr, wie sie im Buche steht«, sagte Kovacs. »Und was ist mit Tom?«

»Zuerst will ich mich über die Art der Beziehung zwischen Bruder und Schwester informieren.«

»Sie vermuten also, dass eventuell mehr dahinterstecken könnte?«, fragte Belonoz lauernd.

»Spekulationen erspare ich mir. Aber hinter allen Dingen des Lebens steckt mehr, als man auf den ersten Blick denken würde. Wir werden sehen.«

Steffek, der bisher stumm und beinahe regungslos geblieben war, schien plötzlich erwacht zu sein. »Hat Tom Saborsky die Aussage verweigert?«

»Ja. Er hat nur einen Anwalt verlangt. Sonst hat er nichts gesagt.«

»Interessant. Meiner Erfahrung nach handeln nur Menschen so, die etwas zu verbergen haben oder Erfahrung mit polizeilichen Ermittlungen haben.«

»Durchaus möglich … Was ist bei den Hausdurchsuchungen herausgekommen?«

»Bis dato nichts Spektakuläres«, sagte Nika Bardel. »Aber der Großteil der Arbeit steht uns noch bevor. Die Untersuchung von Computern, Laptops, Handys, DNA-Tests und …«

Lily unterbrach sie. »Ich will unbedingt wissen, ob Selma Jordis jemals in der Wohnung von Tom war. Oder bei Nicole. Suchen Sie überall und sehr genau. Sparen Sie keinen Raum aus. Ist bisher irgendetwas Konkretes gefunden worden, das auf die Täterschaft im Mordfall Jordis hindeuten könnte?«

»Leider nein.«

»Besitzt Tom Saborsky ein Auto?«

»Es gibt einen alten Saab, der dem Vater gehört hat. Nicole Saborsky fährt einen Fiat.«

»Was wir vor allem brauchen, sind lückenlose Biografien von Tom und Nicole Saborsky. Kümmern Sie sich darum?«

Bardel stöhnte. »Da bin ich gerade dabei, eine Heidenarbeit.«

»Und sehr wichtig«, sagte Lily, während sie aufstand.

Belonoz streckte den Arm in Lilys Richtung aus, als wollte er sie zurückhalten. »Eines sollten wir unbedingt noch klären, Frau Doktor. Nämlich was wir den Medien sagen.«

»Ich schlage eine Informationssperre vor. Aber so, dass es keiner merkt. Das fehlte gerade noch, dass eine Gaby Koch irgendwelche Halbwahrheiten verbreitet. Wenn es Anfragen von Journalisten gibt, sagen Sie, dass Sie von nichts wissen. Dementieren Sie, was das Zeug hält. Verweisen Sie immer auf mich oder Major Belonoz. Oberstaatsanwalt Lenz ist kein Problem. Er findet die Sache heikel, also wird er abwarten, was herauskommt. Die unbekannte Größe ist der Anwalt von Tom Saborsky. Er könnte versuchen, an die Öffentlichkeit zu gehen. Aber das kann man blockieren. So, jetzt werde ich mich mit Nicole Saborsky befassen.«

Belonoz lächelte schief. »Bei uns sind Sie schon für Ihre Intuition berühmt. Was denken Sie über Nicole und Tom? Ist das die richtige Spur?«

Lily musste ein paar Sekunden nachdenken, bevor sie antwortete. »Momentan geht es um die Fakten. Erst danach folgt die Bewertung. Das darf man nicht vermischen. Sonst lässt man sich von den falschen Gedanken leiten. Also weder vom Intellekt noch vom Gefühl. Sondern vom puren Ehrgeiz. Das ist eine Falle, in die schon viele Ermittler getappt sind. Wenn das Ziel, möglichst rasch eine Lösung zu finden, alles überschattet, begeht man Fehler, die irreparabel sind.«

*

Im Verhörzimmer in der Kriminaldirektion stand eine Videokamera. Lily legte ein Bündel Akten auf den Tisch und setzte sich. Neben ihr nahm Belonoz Platz.

»Einvernahme von Nicole Saborsky, anwesend sind Staatsanwältin Horn und Major Belonoz«, sagte Lily ordnungsgemäß. »Frau Saborsky, wie geht es Ihnen?«

Zusammengekrümmt saß die Angesprochene auf ihrem Sessel. Sie trug ein verwaschenes T-Shirt, enge Jeans und teure Stöckelschuhe. Die Handschellen waren ihr abgenommen worden. Sie starrte auf die Tischplatte und vermied jeden Blickkontakt mit Lily.

Es dauerte, bis sie endlich zu sprechen begann. »Ich weiß überhaupt nicht, was das alles soll. Warum bin ich überhaupt hier? Wieso haben Sie mich verhaftet, warum ist meine Wohnung durchsucht worden? Ich sollte jetzt auf der Uni sein und …«

»Keine Sorge, Frau Saborsky«, sagte Lily beruhigend sanft und lächelnd. »Wenn Sie uns helfen, ist diese Angelegenheit in Windeseile bereinigt. Sie haben nach Ihrer Festnahme gesagt, dass Sie keinen Anwalt benötigen. Bleiben Sie dabei? Ich würde Ihnen raten …«

»Wozu brauche ich einen Anwalt? Ich habe nichts getan. Das muss ein Irrtum sein.«

»Ich werde dafür sorgen, dass Ihnen ein Anwalt zur Seite gestellt wird, der Ihre Rechte wahrnimmt.«

Plötzlich war Nicole sehr energisch. »Nein, das will ich nicht. Niemand soll sich in meine Angelegenheiten einmischen. Ich brauche keine Wichtigmacher. Sagen Sie mir endlich, was Sie von mir wollen!«

»Eine junge Frau ist qualvoll ums Leben gekommen. Darum geht es. Reicht Ihnen das jetzt?«

Nicole Saborsky wurde still. Schließlich begann sie zu flüstern: »Was geht das mich an?«

»Das finde ich seltsam. Die meisten Menschen reagieren ganz anders, wenn jemand ermordet wird, den sie gekannt haben. Sie sind erschüttert. Und wütend auf den Täter. Dagegen sind Sie, Frau Saborsky, eher emotionslos. Haben Sie dafür eine Erklärung?«

Nicole Saborsky wand sich kurz auf ihrem Stuhl. »Sie war keine enge Freundin von mir. Ich habe sie nur flüchtig gekannt. Soll ich deswegen gleich ausflippen?«

»Das verlangt niemand von Ihnen. Aber Sie hätten sich doch bei der Polizei melden und sich als Zeugin zur Verfügung stellen können.«

»Warum denn bitte? Wieso bin ich eine Zeugin?«

»Immerhin haben Sie mit Selma Jordis Kontakt gehabt. Es gibt Leute, die Sie und Selma zusammen gesehen haben. Da wäre es logisch, dass man zur Polizei geht und sein Wissen anbietet. Schließlich könnten Sie über Kenntnisse verfügen, die zur Aufklärung des Verbrechens beitragen.«

Widerwillig schüttelte Nicole Saborsky den Kopf. »Für mich war das eben nicht logisch. Außerdem weiß ich nichts über den Mord. Nur das, was darüber berichtet wurde. Was nicht viel ist, weil mich solche Mordgeschichten nicht interessieren. Ich möchte einfach nur meinen Spaß haben.«

Lily spürte, wie aggressiv Nicole Saborsky auf das Thema reagierte. In Abwehrhaltung, mit verschränkten Armen, saß die Verhaftete am Tisch. Ihre Blicke waren unstet und wanderten im Raum herum. Sie schien ebenso unsicher wie arrogant zu sein.

Belonoz, der bisher zurückgelehnt in seinem Stuhl gesessen war, richtete sich auf.

»Niemand will Sie zu irgendetwas zwingen«, sagte er kühl. »Machen Sie, was Sie wollen. Allerdings sind Sie mit zweiundzwanzig Jahren alt genug, um zu wissen, dass jedes Verhalten Konsequenzen hat. Selma Jordis und die anderen Mädchen, die in den letzten Wochen in Wien erstochen aufgefunden worden sind, waren in Ihrem Alter, Frau Saborsky. Die Opfer waren jung und haben sicher genau so ihren Spaß gewollt wie Sie. Diese Chance hat ihnen jemand genommen. Kapieren Sie das jetzt?«

Nicole sah ihn unschlüssig an. Sie hatte geglaubt, sich gegenüber Lily behaupten zu können. Doch mit jemandem wie Belonoz konnte sie sichtlich nicht umgehen.

Belonoz tat nicht viel. Er saß bloß da in seinem schwarzen, zerknitterten Anzug. Die Haare fielen ihm auf das Jackett, er war blass und schlecht rasiert und sah Nicole Saborsky mit seinen eisblauen Augen unverwandt an. Das genügte, um sie zu verunsichern.

»Sicher verstehe ich das«, sagte Nicole leise, während sie einen rhetorischen Ausweg suchte, den sie schließlich auch zu finden schien. »Sie müssen nicht gleich so aggressiv sein. Oder ist das bei Ihnen üblich?«

Belonoz ließ sich von der versuchten Regression zu pubertärem Trotzverhalten nicht irritieren. »Ich habe Sie gefragt, ob Sie meine Worte begreifen, Frau Saborsky. Fragen zu stellen gehört zu meinem Beruf. *Das* ist es, was hier üblich ist, okay? Jetzt haben Sie von mir eine Antwort erhalten. Auf *Ihre* Antwort warten wir nach wie vor, Frau Saborsky.«

Sie wetzte auf ihrem Sessel herum. Bis sie erneut versuchte, sich durch Trotz Luft zu verschaffen. »Geh bitte, was soll das eigentlich alles hier? Warum bin ich überhaupt verhaftet worden? Seit wann werden Zeugen eingesperrt? Das muss ein blöder Witz sein. Und jetzt muss ich mir Belehrungen anhören von Leuten, die wahrscheinlich denken, dass sie unglaublich cool sind.«

Lily lachte plötzlich laut. Nicole starrte sie entgeistert an. Jetzt hatte es auch Lily fertiggebracht, sie zu irritieren.

»Wirklich interessant und lustig, was Sie sagen«, sagte Lily gutmütig, aber so rasch, dass Nicole keine Zeit hatte, das Gespräch durch einen neuen Trick zu sabotieren. »Der Grund Ihrer Festnahme ist relativ einfach. Es sind Morde verübt worden. Bei der Aufklärung schwerer Verbrechen kann es zu Maßnahmen kommen, die für Unbeteiligte nicht so angenehm sind. Sie sind festgenommen worden, Frau Saborsky, weil Ihre Rolle beim Mord an Selma Jordis völlig unklar ist. Vielleicht haben Sie gar nichts damit zu schaffen. Oder Sie sind eine wichtige Zeugin. Es könnte auch sein, dass Sie uns wichtige Informationen verheimlichen. Ein festgenommener Drogenhändler behauptet, dass Sie zusammen mit Ihrem Bruder regelmäßig bei ihm eingekauft haben. Ich rede nicht von Marihuana, sondern von Heroin. Das alles hat dazu geführt, dass Sie jetzt hier sind. Ich lasse Menschen nur festnehmen, wenn es nicht anders geht. Wenn Sie mit uns zusammenarbeiten, uns weiterhelfen, und wenn sich erweist, dass Sie keinerlei Schuld am Tod von Selma Jordis trifft, können Sie sofort nach Hause gehen. Jetzt sollten Sie mir signalisieren, dass Sie verstanden haben, was ich gesagt habe. Wäre das möglich?«

Lily hatte den richtigen Ton getroffen. Nicole hatte begonnen, die Staatsanwältin ganz ruhig anzusehen. Ihr Blick flackerte nicht mehr, sondern blieb fokussiert.

Doch sie schwieg.

Lily stand auf. »Morgen oder übermorgen wird das Gespräch fortgesetzt. Überlegen Sie sich bis dahin, wie Sie sich verhalten möchten. Vergessen Sie nicht, sich einen Anwalt zu nehmen. Und falls Sie wissen, dass Ihre Lage problematisch ist, würde ich Ihnen sogar dringend zu einem rechtlichen Beistand raten.«

Sie drehte sich in Richtung Videokamera. »Ende der Vernehmung.«

Dann ging sie mit Belonoz zur Tür und drückte auf den Knopf. Während sie darauf wartete, dass von außen geöffnet wurde, wuchs in ihr die Überzeugung, die richtige Strategie gewählt zu haben.

Nicole Saborsky benötigte Freiheit wie die Luft zum Atmen. Sie glich einem wilden Tier, das in einen Käfig gesperrt worden war. Die vage Ankündigung, dass erst morgen oder gar übermorgen das nächste Verhör stattfinden werde, sollte sie schockieren.

Belonoz trat auf den Korridor, Lily folgte ihm. Die Tür wurde gerade geschlossen, als aus dem Verhörzimmer exaltiertes Gebrüll zu vernehmen war.

»Ich will reden! Und zwar jetzt! Sofort! Hört ihr mich nicht, ihr vertrottelten Schweine?«

*

Draußen schien die Luft zu glühen. Dennoch bestand Lily darauf, die Fenster in Belonoz' stickigem Büro kurz zu öffnen.

»Es wird hier drinnen irrsinnig heiß werden, Frau Doktor«, sagte der Major.

»Egal. Nach diesem Aufenthalt in der klimatisierten Dämmerung des Verhörzimmers ist mir das willkommen. Ich brauche Sommer, Sonne, Hitze. Ich brauche das Leben.«

Belonoz verkniff sich einen Kommentar und ließ die warme Luft hereinströmen. Er setzte sich an den Schreibtisch und lehnte sich weit zurück. »Eine unangenehme Person, diese Nicole Saborsky.«

Lily lächelte milde. »Ihr Leben ist bisher immer nur nach ihren eigenen Regeln verlaufen. Sie hat gelernt, andere Menschen zu manipulieren. Je nach Situation ist sie lieb und nett oder trotzig und widerspenstig. Das hat sie von Kindesbeinen an aufgesogen. Ich bin schon gespannt auf den Lebenslauf, den mir Frau Bardel besorgen wird.«

Belonoz holte aus der Sakkotasche eine Schachtel mit kubanischen Zigarillos und zündete einen davon an. »Wie schätzen Sie die Vernehmung ein, Frau Doktor?«

»Sie versucht ein Katz-und-Maus-Spiel mit uns. Natürlich hat sie mit uns sprechen und nicht weiter in einer Zelle schmoren wollen. So ist ihr Leben. Sie ist es gewohnt, andere Menschen für ihre Zwecke einzuspannen.«

»Wieso macht sie das?«

»Weil sie das von klein auf so gewohnt ist. Sie verhält sich so, als wäre sie nicht zweiundzwanzig, sondern zwölf. Ihre Biografie wird das vielleicht erklären.«

»Ist sie die Täterin? Tom Saborsky wirkt eher passiv.«

Lily dachte nach. »Schwer zu sagen. Das Seltsame ist, dass sie bei mir keine Gefühle hervorruft. Ich weiß nicht, wie ich sie einschätzen soll. Wir müssen weitere Fakten recherchieren.«

»Jedenfalls hat sie Selma Jordis anscheinend nicht gemocht.«

»Was kein Mordmotiv ist, aber zumindest ein interessantes Detail. Vielleicht hat Nicole einfach begriffen, dass Selma das genaue Gegenteil von ihr war. Manchmal führt das zu Sympathie, in anderen Fällen zu erbittertem Hass. Dabei kommt Tom Saborsky ins Spiel. Er hat Selma offenkundig sehr gemocht.«

»Seltsam, diese Beziehung zwischen Tom und Selma. Auf den ersten Blick scheint es nichts zu geben, das sie verbindet. Die Intellektuelle und der Schönling.«

Mit der entsprechenden Kopfbewegung verneinte Lily. »Sie irren sich, Herr Major. Stellen Sie sich Toms Situation innerhalb der Familie Saborsky vor. Da hat es den starken, dominierenden Vater und dessen gute Beziehungen gegeben. Außerdem seine beiden Schwestern. Also Familienbande, von denen er sich vielleicht eingeengt gefühlt hat. Bei Selma Jordis war es ähnlich. Außerhalb von Familie und Studium hat es für sie kein wirkliches Leben gegeben. Möglicherweise hat sie Tom als Chance gesehen, den Bindungen zu entfliehen. Auch bei ihm könnte es so gewesen sein.«

»Fein, aber warum diese Beziehung?«

»Sie waren sehr konträre Persönlichkeiten, und ihre Beziehung hätte womöglich nicht lange gehalten. Aber als sie einander getroffen haben, waren beide unbewusst auf der Suche nach einer Person, die ihnen den Ausstieg aus den bisherigen Lebensumständen garantiert. Das ist natürlich nur eine Vermutung von mir, aber vielleicht erfahren wir beim Verhör von Tom mehr ... wobei mir gerade auffällt, dass es an der Zeit ist, damit anzufangen.«

Auf dem Korridor vor dem Verhörzimmer erblickte Lily eine vertraute Gestalt.

»Was machen Sie denn hier?«, fragte sie Georg Sima.

»Das Gleiche wie Sie, Frau Kollegin, arbeiten«, sagte der Strafverteidiger breit lächelnd. »Herr Saborsky hat mich zu seinem juristischen Beistand erkoren.«

»Ein interessanter Zufall.«

»Mein Ruf eilt mir offenbar voraus, Frau Kollegin. Übrigens sage ich Ihnen gleich, dass Herr Saborsky nichts mitzuteilen hat. Wir haben uns darauf geeinigt, zuerst einmal Ihre Ermittlungsergebnisse abzuwarten.«

Lily wollte etwas erwidern. Doch sie spürte das Brummen ihres Handys in der Hosentasche. Sie holte das Telefon heraus, um es abzustellen. Ihr Blick fiel auf das Display. Sie erkannte die Nummer.

Die neue Wiener Bürgermeisterin hatte sie angerufen.

Lily wunderte sich. Doch die gellende Stimme von Marlene Metka riss sie aus ihren Gedanken. »Einen Moment noch bitte, ich hab da noch was Wichtiges.«

Sie winkte Lily und Belonoz eilig in einen Nebenraum, dessen Tür sie energisch zuwarf.

»Sorry«, sagte sie mit der üblichen Unbekümmertheit, unter der jedoch leichte Aufregung durchschimmerte. »Ich glaube, diese Informationen können Sie gerade gut brauchen. Wir haben die endgültigen Ergebnisse der Hausdurchsuchungen. In der Villa von Tom und Lavinia Saborsky hat es nichts Auffälliges gegeben, nicht einmal Drogen …«

Belonoz unterbrach sie. »Wohingegen das bei Nicole Saborsky der Fall war, richtig?«

Marlene Metka war beeindruckt. »Das stimmt … Aber jetzt zum wirklich interessanten Punkt. Zur Wohnung von Nicole in der Lenaugasse gehört ein Kellerabteil voll mit altem Ramsch. In einem Plastiksack haben wir etwas gefunden. Einen Helm, wie ihn Motorradfahrer tragen, und Kleidung aus schwarzem Leder.«

30

Unmittelbar nach seiner Verhaftung hatte Tom Saborsky verschreckt und ängstlich gewirkt. Mittlerweile hatte er sich gefangen.

Er gab sich entspannt und locker, so wie er da breitbeinig herumlümmelte. Gelangweilt musterte er Lily und den Major. Er beobachtete das Geschehen demonstrativ desinteressiert, als ginge es ihn eigentlich gar nichts an. Seinem Gesichtsausdruck war nicht die geringste Regung abzulesen.

»Sie wollen derzeit keine Aussage machen, richtig?«, fragte Lily, während sie überlegte, ob Toms Verhalten in jene Kategorie fiel, die das Adjektiv *cool* verdiente.

Tom deutete ein Nicken an. Zugleich hob er die Augenbrauen, als sei er überrascht, dass ihm diese Frage überhaupt gestellt wurde.

Lily war nicht zufrieden. »Ich muss das von Ihnen selbst hören, Herr Saborsky. Damit wir wissen, dass Sie sich so entschieden haben. Wenn Sie die Aussage verweigern, vermeiden Sie es zwar, sich womöglich selbst zu belasten. Aber auch zu Ihrer Entlastung tragen Sie nichts bei. Bleiben Sie also dabei?«

Er nickte diesmal etwas deutlicher, sagte kurz »Ja« und schwieg wieder.

Jetzt hielt es Georg Sima nicht länger aus. »Das sollte jetzt klar sein, nicht wahr, Frau Kollegin? Wobei man in diese Entscheidung nicht allzu viel hineingeheimnissen sollte. Wir möchten halt wissen, in welcher Sache Sie mit welchen Ergebnissen ermitteln und was meinem Mandanten überhaupt von Ihnen vorgeworfen wird. Offen gesagt, ist mir noch nicht ganz klar, warum Sie hier tätig sind, Frau Doktor. Ich habe geglaubt, Sie wären anderweitig beschäftigt?«

»Keine Sorge, Herr Doktor Sima«, sagte Lily kühl lächelnd. »Das hier fällt durchaus in meinen Aufgabenbereich.«

»Sie sind zuständig, wenn jemand nachts verhaftet und beschuldigt wird, er habe illegale Suchtmittel kaufen wollen? Was ich bisher weiß, fußt dieser Verdacht auf den Angaben eines Dealers. Nicht sehr vertrauenerweckend, Frau Kollegin. Diese Leute erzählen viel, wenn der Tag lang ist. Ob der Haftrichter dem Glauben schenken wird, bezweifle ich stark. Ebenso, dass er eine Inhaftierung für angemessen halten wird.«

»Was uns der Dealer berichtet hat, war sehr konkret und zutreffend. Es kann sich weder um einen Zufall noch um ein frei erfundenes Märchen handeln. Aber Sie fragen, warum ich hier sitze. Und da wird es haariger für Herrn Saborsky. Mich interessiert seine Beziehung zu Selma Jordis. Zu der Studentin, die vor einer Woche ermordet aufgefunden wurde. Die Tat weist bestimmte Merkmale auf. Und dadurch ergibt sich ein Zusammenhang mit der Wiener Mordserie. In der ich ermittle.«

»Moment, Frau Kollegin, ist das jetzt ein Mordverdacht, den Sie gegen Herrn Saborsky aussprechen? Damit sollte man vorsichtig sein.«

»Ich weiß, was ich tue«, sagte Lily kalt. »Aber überlegen Sie sich noch einmal, ob diese Aussageverweigerung nicht doch voreilig ist.«

»In einem Rechtsstaat muss in der Regel niemand seine Unschuld beweisen. Sondern man muss einem Menschen nachweisen, schuldig zu sein. Das wissen Sie so gut wie ich.«

»Wobei es auch noch weitere Regeln in unserem Rechtsstaat gibt. Darunter jene, die besagt, dass Anwälte beim Verhör ihrer Mandanten anwesend sein können, sich aber nicht in die Befragung einmischen dürfen. Korrekt?«

Sima lächelte und deutete eine höflich-ironische Verbeugung in Richtung Lily an. Touché, dachte sie und wandte sich an Tom Saborsky. »Sie können bei Ihrer Aussageverweigerung bleiben. Fairerweise lege ich Ihnen aber ein paar Fakten auf den Tisch, die Sie überdenken sollten. Sie waren mit dem Mordopfer gut bekannt, möglicherweise auch auf intimer Basis. Dafür haben wir Zeugenaussagen. Nicht zuletzt hat das Ihre Schwester Nicole bestätigt.«

Für den Bruchteil einer Sekunde schien in Toms Augen etwas aufzuflackern. Doch er hatte sich sofort wieder unter Kontrolle. Und blickte Lily schweigend an.

»Darum wundere ich mich, Herr Saborsky, warum Sie sich nicht bei der Polizei gemeldet haben. Eine Freundin wird ermordet. Aber Sie bieten Ihr Wissen über das Leben von Selma Jordis nicht den Behörden an? Haben Sie nicht dabei helfen wollen, den Mörder zu fangen? Das finde ich seltsam. Aber jetzt machen wir es, wie von Ihnen gewünscht.«

Lily stand auf und machte eine Geste zum Polizeibeamten. »Das Verhör ist beendet. Und Sie gehen zurück in Ihre Zelle. Das ist die erste Konsequenz Ihrer Aussageverweigerung.«

*

Weil Sentimentalität keine Kategorie der Politik ist, war die Umgestaltung des Büros im Nu abgeschlossen. Gerade hatte Berti Stotz hier noch amtiert, nun bezog Marina Lohner dessen Räume im Wiener Rathaus. Sie genoss es, den von Stotz so geschätzten, kleinkariert wirkenden Plunder samt den armseligen Büropflanzen entfernen zu lassen. An dessen Stelle rückte ein Stil, der einer schicken Werbeagentur angemessen gewesen wäre.

Michael Schegula traf zur ersten Besichtigung ein. Und staunte nicht wenig. »Unglaublich, das ist wie ein Facelifting.«

»Eher wie ein Gesichtspeeling, bei dem der ganze Schmutz weggefräst wird und die saubere Haut zutage tritt«, sagte die neue Bürgermeisterin. »Wobei das nur der erste Schritt ist.«

»Du willst hier noch stärker umbauen?«

»Nein, das war ganz prinzipiell gemeint. Nämlich, wie ich mit dem Erbe von Berti Stotz umgehen möchte.«

Sie nahmen auf zwei eleganten Fauteuils Platz, die zu einer kreisförmig angeordneten Sitzgruppe gehörten.

»Also willst du groß ausmisten?«, fragte Schegula.

»Sicher. Der Dreck muss weg. Ich will einen radikalen Neuanfang. Das muss nach außen sichtbar werden. Alles, wofür der Name von Berti Stotz gebürgt hat, soll verschwinden. Bis hin zum *Pratorama*-Schlamassel.«

Gelassen zündete sich Marina Lohner eine der von ihr geschätzten sehr langen und sehr schlanken Zigaretten an, die sie sich ein paarmal pro Tag genehmigte.

Schegula konnte seine Besorgnis nicht länger verbergen. »Ist das nicht gefährlich? Wird das nicht unnötig Staub aufwirbeln? Wir haben derzeit ohnehin keine gute Presse.«

»*Pratorama* ist sowieso in aller Munde. Also nehmen wir unseren Gegnern die Munition weg. Wir legen uns ein Saubermann-Image zu. Damit werden wir ein paar alte Stotz-Kumpanen vergraulen. Egal, die hängen uns ohnehin wie Blei an den Füßen. Und kosten uns mehr Wählerstimmen, als sie uns bringen. Was kümmern mich diese Unternehmer-Seilschaften, die sich in Wien breitgemacht haben und seit Jahren alle öffentlichen Aufträge unter sich aufteilen? Sie schaden uns mehr, als sie uns nützen. Also weg mit ihnen. Ich werde Oliver Seiler sicher nicht dabei behilflich sein, sich in den Medien weiter als der große Aufdecker feiern zu lassen. Vielleicht ist sein Ziel, in die Politik zu gehen. Seine Kollegin Horn habe ich schon angerufen, aber nicht erreicht.«

»Du gehst damit ein großes Risiko ein. Befürchte ich zumindest.«

»Das ganze Leben ist ein einziges Risiko. Mit dir eine Beziehung zu haben, ohne dass Stotz es merkt, war ein Risiko, richtig?«

Schegula lächelte und beugte sein Haupt demütig.

Lohner hob triumphierend die Augenbrauen, was nur selten geschah, sonst hätte ihre Stirn mehr Falten aufgewiesen. »Na, siehst du. Wobei ich Lily Horn gar nicht als Risiko sehe. Im Gegenteil, es wäre schlimmer, sie einfach zu ignorieren. Dieses Büro habe ich mir nicht als Provisorium eingerichtet. In einem Jahr möchte ich immer noch hier sitzen. Vielleicht auch noch in fünf Jahren, falls ich nicht Bundeskanzlerin geworden bin. So wie ich dann noch immer mit dir den besten Sex haben will, den eine Wiener Politikerin nur kriegen kann.«

*

Die Straßen und Plätze flogen an ihnen vorbei. Plötzlich erschien die Stadt weniger feindselig. Weil sie es geschafft hatten, eine Fährte aufzuspüren.

Belonoz wunderte sich dennoch. »Da ist also Tom Saborsky beinahe täglich in die Innenstadt gefahren, um sich Drogen zu besorgen. Ziemlich mühsam.«

»Eher gut durchdacht«, sagte Lily. »Die Dealer im Zentrum sind zum Teil auf quasinoble Kundschaft spezialisiert und wissen, welches Verhalten gefragt ist. Was sich allerdings im Preis niederschlägt. Es ist wie mit den Boutiquen teurer Designer. Die Kunden bezahlen für die Architektur und die Umgangsformen des Personals.«

In einem Dienstwagen der Polizei waren Lily und der Major zu dem Haus unterwegs, in dem Tom bis gestern gelebt hatte. Lily wollte die Atmosphäre des Gebäudes kennenlernen.

Toms Schwester Lavinia hatte sich am Telefon kooperativ gezeigt. Nein, niemand habe ihr verboten, mit den Ermittlern zu sprechen, hatte sie Lily mitgeteilt. Und sie lasse sich von anderen Menschen auch nichts vorschreiben. Jederzeit könne man sie besuchen, man müsse sie nur rechtzeitig darüber informieren.

Das Fahrzeug hielt vor der grau-gelblichen Villa am Linnéplatz. Das Gebäude sah aus, als sei es Anfang des 20. Jahrhunderts errichtet und seitdem kaum renoviert worden. Die Hitze der vergangenen Wochen hatte Pflanzen und Bäumen zu schaffen gemacht, während Unkraut fröhlich gedieh. Dennoch hatte sich das Gebäude einen unzerstörbaren Rest an Würde und Wucht bewahrt.

Lily stieg aus dem Auto. »Die Saborskys leben in einer guten Gegend.«

»Schattenseiten gibt es auch hier«, sagte Belonoz düster. »Vor ein paar Monaten waren meine Leute dienstlich in der Nähe. Ein Mann hatte sein kleines Kind zu Tode geprügelt.«

»Wo Menschen sind, gibt es Abgründe. Aber diese Umgebung mildert die Tragik. Man hat das Gefühl, dass es noch so etwas wie Ordnung gibt, die alles wiedergutmacht. Weil man sich in die Behaglichkeit und Sicherheit dieser Häuser zurückziehen kann, bis der Sturm vorüber ist. Allerdings …«

»Ja, Frau Doktor?«

»Eine Villenetage in dieser Gegend wäre schon teuer genug. Aber gleich eine ganze Villa für eine Familie allein …«

Belonoz grinste sarkastisch, doch aus Höflichkeit senkte er dabei kurz seinen Kopf. »Was heißt Familie? Zwei Personen. Aber das ist ein spezieller Fall. Die Villa ist nach dem Zweiten Weltkrieg in den Besitz der Stadt Wien gelangt. Irgendein Institut oder Unternehmen im Dunstkreis des Rathauses war hier untergebracht. Dann sind die ausgezogen und Saborsky hat die Villa der Stadt abgekauft. Zum Freundschaftspreis.«

»Na dann …«, sagte Lily überrascht und drückte auf die Taste der altmodischen, stark abgewetzten Gegensprechanlage. Ein Namensschild fehlte.

Zunächst war nichts zu hören. Etwa eine Minute lang.

Bis sich die von starkem Rauschen unterlegte, elektronisch verfremdete Stimme einer Frau meldete.

»Ja?«, fragte sie.

»Lily Horn von der Wiener Staatsanwaltschaft.«

»Kommen Sie herein.«

Ein leichtes Summen ertönte, gleichzeitig war aus dem Schloss des Tores ein Knacken zu vernehmen. Lily stieß das Tor auf. Gefolgt von Belonoz, schlenderte sie den kurzen, verwahrlosten Schotterweg zur Haustür.

Eine junge Frau mit mädchenhafter Ausstrahlung erschien im Türrahmen. Lily schätzte sie auf Anfang zwanzig. Und schalt sich dafür, sich das genaue Geburtsdatum nicht eingeprägt zu haben.

Lavinia trug ihr seidig schimmerndes, dunkelblondes Haar zu

einem Knoten am Hinterkopf zusammengebunden. Die blasse Haut kontrastierte mit dem bodenlangen, tiefschwarzen Kleid, das ihren Körper umhüllte. Sie war sehr schlank, doch ihr Körperbau ließ sie auf den ersten Blick viel robuster erscheinen. Ihre Figur wirkte weiblich und hatte zugleich etwas Fragiles an sich. Sie war ungeschminkt, deshalb dominierten ihre ausdrucksvollen, hellblauen Augen das Gesicht. Ihre kurzgeschnittenen Finger- und Zehennägel waren nicht lackiert, und sie war bloßfüßig. Lily überlegte, welchen Männern diese junge Frau wohl gefiele. Lavinia wirkte teilweise schon erwachsen-fraulich, teilweise noch kindlich-unschuldig. Möglicherweise zog sie sowohl jene an, die zu Beschützergefühlen neigten, wie solche, die selbst beschützt und umsorgt werden wollten.

Lavinias Stimme war weich und melodiös. »Willkommen, Frau Doktor Horn.«

»Das ist Major Belonoz von der Kriminalpolizei«, sagte Lily und deutete auf Belonoz. Sie hatte sich entschlossen, den Begriff *Mordkommission* aus psychologischen Gründen zu unterlassen.

Lavinia schüttelte schüchtern die Hand des Majors und bat die beiden ins Haus.

Lilys erster Eindruck war der eines Antiquitätengeschäfts. Praktisch jeder verfügbare Platz war mit alten, möglicherweise kostbaren Möbeln vollgestellt. Stilistisch bot sich ein wilder Mix aus Barock, Biedermeier und Jugendstil dar. Die Wände waren mit Gemälden unterschiedlicher Epochen bestückt. Es war überraschend dunkel im Haus, wofür die schweren Vorhänge vor den Fenstern verantwortlich waren. Lily empfand den sofortigen Wunsch, die Beleuchtung anzudrehen, so düster war es hier. Vor allem jedoch empfand sie ein leichtes Unbehagen. Ihr, die saubere Wohnflächen schätzte, wäre es wie ein Albtraum vorgekommen, das Innere dieses Gebäudes putzen zu müssen. Der genauere Blick offenbarte, dass auf dem gesamten Interieur eine Art Patina aus Staub lag. Lily gewann den Eindruck, sich durch ein vernachlässigtes Museum zu bewegen.

»Gehen wir hinauf in den Salon«, sagte Lavinia. »Dort kann man besser reden.«

Sie führte ihre Gäste über eine massive Holztreppe in den ersten

Stock. Auch der Salon war zum Bersten möbliert, doch die stilistisch äußerst unterschiedlichen Bilder an den ungefähr vier Meter hohen Wänden waren allesamt Porträts, die stets dieselbe Person zeigten, einen Mann mit einer üppigen Haarmähne. Die Bilder mussten in verschiedenen Jahrzehnten entstanden sein, das geschätzte Alter des Abgebildeten variierte zwischen vierzig und siebzig. Die einst dunklen Haaren waren schließlich einem tiefen Weiß gewichen.

»Entschuldigen Sie meine Neugier, aber wer ist das?«, fragte Lily.

»Mein Vater«, erwiderte Lavinia, deren Stimme bei diesen Worten an Festigkeit gewann.

»Interessant«, sagte Lily und bemerkte, dass Belonoz ihr einen ironischen Blick zuwarf.

Eine Wand des Salons wurde durch eine Flügeltür durchbrochen, die offen stand. Lily konnte einen Schreibtisch erkennen. »Ein Arbeitszimmer?«

»Richtig, da hat mein Vater früher gearbeitet«, sagte Lavinia und lächelte plötzlich verträumt.

»Herrlich, ich liebe diese alten Räume, die noch Spuren der Vergangenheit aufweisen. Darf ich es mir kurz anschauen?«

In Lavinias Stimme machte sich unüberhörbarer Stolz bemerkbar. »Sehr gerne, bitte gehen Sie vor. Es wird Ihnen gefallen.«

Lily trat über die Schwelle in den Raum. Der Stil der Einrichtung unterschied sich prinzipiell nicht von den anderen Räumen des Hauses, die Lily bisher kennengelernt hatte. Doch hier standen Stapel mit Unterlagen und Büchern herum, sogar vereinzelte Bündel längst nicht mehr aktueller Zeitungen okkupierten den Raum. Gemälde gab es dafür keine. An den Wänden waren gerahmte Diplome und Fotografien zu sehen. Lily sah genau hin und erkannte den Mann wieder, dessen gemaltes Konterfei den Salon dominierte. Hier war er jeweils zusammen mit anderen Personen zu sehen. Manche konnte Lily als prominente Künstler und Wissenschaftler identifizieren, andere waren ihr fremd. Lily war, als befände sie sich in einem jener rekonstruierten Gedenkräume, in denen Museen an das Leben bedeutender Persönlichkeiten erinnerten.

Inzwischen hatte Belonoz auf einem üppig gepolsterten Sofa Platz genommen. Lily kehrte in den Salon zurück und fragte, ob sie sich auf den daneben befindlichen Stuhl setzen könne. Echter Jugendstil, blankes Holz. Polstermöbel waren Lily als Hort von Staub und Schmutz eher zuwider. Lavinia, die noch immer stand, nickte freundlich.

»Möchten Sie etwas trinken?«, fragte die Gastgeberin. »Tee, Kaffee oder Mineralwasser? Auch Cola und Fruchtsaft könnte ich anbieten.«

Belonoz hob höflich abwehrend die Hände. »Für mich bitte nichts.«

Lily schloss sich an. »Nein danke, Frau Saborsky. Wir werden Sie nicht lange belästigen. Aber herzlichen Dank für Ihre Mühe.«

»Selbstverständlich«, sagte Lavinia und setzte sich auf einen gepolsterten Lehnstuhl, der zum Sofa passte. »Was möchten Sie von mir wissen?«

Sie atmete kurz durch, dann begann Lily: »Zunächst bin ich Ihnen dankbar, dass Sie mir diesen Termin ermöglicht haben. Ich weiß, dass Ihnen die Hausdurchsuchung heute Nacht Unannehmlichkeiten bereitet hat. Dazu noch die Verhaftung Ihres Bruders …«

»Machen Sie sich keine Sorgen«, sagte Lavinia überraschend unbekümmert, sie war nun mehr Mädchen als Frau. »Sie erledigen eben Ihre Pflicht. Für mich ist das die Gelegenheit, Ihnen mit dem, was ich weiß, zu helfen. Also fragen Sie mich bitte, was immer Sie wissen möchten.«

»Mich würde interessieren, welches Verhältnis zwischen Ihrem Bruder und Selma Jordis bestanden hat.«

»Tom hat Selma sehr gemocht. Vielleicht war sie seine große Liebe … Ich kann das schwer beurteilen. Ich bin ja seine Schwester, also sehe ich gewisse Dinge natürlich verzerrt, weil es dieses Nahverhältnis gibt. Wie auch immer, ich bin überzeugt, dass zwischen Tom und Selma etwas sehr Inniges im Gange war. Sie waren so oft zusammen wie möglich. Und Selma hat Tom verändert. Er ist durch sie ein anderer Mensch geworden. Nein, das war sicher nicht irgendeine Beziehung. Das war schon etwas Besonderes.«

Lily fiel auf, wie gewählt und überlegt sich Lavinia ausdrückte. Blitzschnell, als sie ihr Notizbuch sowie ein paar Unterlagen aus ihrer Tasche hervorholte, schaute sie zu Belonoz. Dessen Blick war erstaunlich konzentriert und ruhte auf Lavinia, als wollte er sie nicht aus den Augen lassen. Das Gesicht des Majors war entspannt und ausdruckslos. Lily überlegte, ob und wann er sich in den Dialog einschalten würde. Bis dahin musste sie allein weitermachen. »Leider möchte Ihr Bruder dazu überhaupt nichts aussagen …«

»Das verstehe ich gut. Sie müssen wissen, dass Tom zwar sehr auffällt, weil er so hübsch ist, und das hat ihm natürlich viele Freundinnen beschert. Oder solche, die das um jeden Preis angestrebt haben. Aber eigentlich ist er extrem zurückhaltend. Sogar ich als seine Schwester weiß nicht alles über ihn. Ich kann nur versuchen, ihn auf den richtigen Weg zurückzubringen, falls er Probleme hat.«

»Und Ihre Schwester Nicole … was glauben Sie, welche Rolle spielt sie in dieser Sache?«

Lavinia zögerte kurz. »Wie meinen Sie das, Frau Doktor?«

»Nicole ist oft zusammen mit Ihrem Bruder und Selma Jordis gesehen worden. Außerdem gibt es Hinweise, dass Nicole und Tom gemeinsam … ich hoffe, das ist jetzt kein Schock für Sie … also dass die beiden Drogen beschafft haben. Heroin und Marihuana.«

Lavinia atmete tief durch, dann lächelte sie wie befreit. »Nicole ist ein Fall für sich. Sie liebt Tom seit Kinderzeiten. Sie hängt sehr an ihm und versucht ihn in jeder Hinsicht zu unterstützen. Vielleicht sogar auf eine Weise, die gar nicht günstig für ihn ist. Weil sie ihn zu sehr vor allem Bösen beschützen will. Aber sie hat … ihre eigenen Probleme, um es so zu formulieren.«

Lily bemühte sich um ein verständnisvolles, geduldiges Lächeln. Auch wenn in ihrem Inneren schon wieder die Neugier brannte. »Was meinen Sie damit, Frau Saborsky? Sprechen Sie von Drogen?«

»Ich möchte hier nichts Schlechtes über Nicole sagen. Im Gegenteil … Die Drogen waren das Problem meines Bruders, nicht das von Nicole. Ich bin überzeugt, dass Nicole nichts damit zu tun hat. Tom dagegen … Er ist schwächer, als man denken möchte. Deswegen hat er es in London nicht ausgehalten.«

»Was hat er dort gemacht?«

Lavinias Blick schien sich nach innen zu kehren, mit der Hand strich sie sich über ihre Stirn. Als wollte sie sich beim Erinnern selbst trösten und beruhigen. »Er war als Model tätig, anfangs wirklich erfolgreich. Wenn Sie im Internet recherchieren, finden Sie Fotos von ihm. Aber dann ist er leider … Er ist schwach geworden. Und undiszipliniert. Er hat wichtige Termine geschmissen, obwohl große Designer ihn haben wollten. Das Interesse an ihm ist radikal gesunken. Darum ist er nach Wien zurückgekehrt. Nicole hat versucht, ihm zu helfen.«

»Das heißt … Sie haben von seinem Drogenproblem gewusst?«

»Logisch. Aber als Angehöriger ist man in einer schwierigen Position. Was immer man auch sagt, es ist falsch. Besonders, wenn man die Schwester ist. Nicole hat trotzdem nicht lockergelassen.«

Belonoz meldete sich zu Wort, er hörte sich ungewohnt weich an. »Auf welche Weise hat Nicole versucht, Tom zu helfen?«

»Durch eine entsprechende Therapie natürlich«, sagte Lavinia und sah den Major lange an. »Nicole hat etwas in die Wege leiten wollen. Tom hat sich, soviel ich weiß, bei einigen Experten erkundigt, ob sie ihm helfen könnten. Er hat unbedingt wieder Model sein wollen. Das hat ihm Spaß und Erfüllung gebracht.«

»Wann hat er London verlassen?«, fragte Lily.

»Vor zwei Jahren.«

»Was hat er seitdem gemacht?«

»Offen gesagt, nicht viel. Er hat alles versucht, um wieder in sein altes Leben zurückkehren zu können. Bisher ist ihm das nicht richtig gelungen. Dafür war er bis gestern ein kleiner Star auf Wiener Partys. Die coolsten Mädchen haben sich um ihn bemüht. Und er hat sie beeindruckt, indem er Anekdoten über seine Arbeit als Model erzählt hat.«

Blitzschnell fuhr Belonoz dazwischen, nach wie vor mit völlig entspanntem Gesicht. »Können Sie Motorrad fahren?«

Lavinia war sichtlich verwirrt. »Nein … wieso …?«

Ebenso rasch stieß Belonoz nach. »Und Tom oder Nicole?«

»Nein, nicht dass ich … ich meine, das wüsste ich sicher, aber …«

»Vergessen Sie es, nur Routine. Was machen Sie eigentlich, Frau Saborsky?«

Ein leichtes Lächeln kam in Lavinias Gesicht. »Ich nehme privat Schauspielunterricht, aber nicht ganz so intensiv, wie ich mir das wünschen würde. In letzter Zeit habe ich mich hauptsächlich um meinen Bruder gekümmert. Und jetzt, nach dem, was geschehen ist, muss ich offenbar wieder …«

Lily klinkte sich wieder ein. »Haben Sie Selma persönlich gekannt?«

»Überhaupt nicht. Ich weiß nur, was Nicole oder Tom erzählt haben.«

»Wie war denn das Verhältnis zwischen Nicole und Selma?«

»Na ja … ich weiß nicht, ob ich das jetzt sagen soll …«

»Es ist alles vertraulich. Sie haben mein Wort.«

»Nicole war total eifersüchtig auf Selma. Es war ihr nicht recht, dass Tom immer mehr Zeit mit Selma verbracht hat. Aber mehr weiß ich dazu nicht. Sie müssen Tom fragen.«

»Kann ich mir vielleicht kurz das Zimmer von Tom anschauen?«

»Klar, kommen Sie. Ich begleite Sie in den zweiten Stock.«

Lily erhob sich und sah zum Major, der noch auf dem Sofa saß und sein Handy umständlich aus der Sakkotasche fischte. »Sorry, nur ein kurzes Gespräch. Ausgerechnet jetzt geben diese Komiker keine Ruhe. Ich komme gleich nach.«

Belonoz stand auf, wandte sich ab und sprach erregt in den Apparat. Lily schien es, als würde der Major etwas Dringendes zu bereden haben. Ungern ließ sie ihn allein zurück.

Lavinia öffnete die Tür zu Toms Refugium. Keine antike Möblierung, stattdessen ein völlig weiß gestrichener Raum. Es gab ein Bett, außerdem ein kleines Pult, auf dem ein Laptop stand, einen IKEA-Schrank sowie eine Kleiderstange, an der Hosen, Hemden und Jacken hingen. Die Wände waren mit Postern diverser Bands übersät. Das Zimmer wirkte jugendlich und provisorisch. Eine Collage von Fotos zeigte einen jungen Mann in unterschiedlichen Posen. Die Bilder waren professionell und mussten während Toms Modelkarriere entstanden sein.

»Ich habe hier wieder Ordnung gemacht, nachdem die Polizei gestern alles ein wenig durcheinandergebracht hat.«

»Tut mir echt leid«, sagte Lily unangenehm berührt. »Ich hoffe, Sie haben Verständnis für …«

Doch Lavinia reagierte mit lässiger Großzügigkeit. »Machen Sie sich bitte keine Gedanken, Frau Doktor. Jetzt ist es ja wieder gut.«

»Die Fotos sind phantastisch. Ich habe nicht gewusst, dass Ihr Bruder so erfolgreich war. Und jetzt kann ich noch besser verstehen, warum man ihn gebucht hat.«

Verschwörerisch, quasi unter Frauen, lächelte sie Lavinia an.

Lavinia erwiderte das Lächeln, sie begann beinahe zu strahlen. »Nicht wahr? Tom sieht großartig aus. Kein Wunder, dass er so ein Frauenschwarm ist.«

»Und auch den Designern wird er gefallen haben«, sagte Lily bewundernd.

Lavinia schaute die Staatsanwältin verärgert an. »Mit Männern hat Tom nie etwas gehabt. Das ist ein Klischee, dass alle hübschen Jungs schwul sind. Tom hat sich nur für Frauen interessiert. Das weiß ich ganz genau.«

»Ich habe etwas anderes gemeint. Nämlich, dass die Modedesigner ihn sicher gern verpflichtet haben. Er ist ja äußerst fotogen.«

»Auch das ist ein häufiger Irrtum, Frau Staatsanwältin. Designer wählen selten die Models persönlich aus. Viele andere Personen sind involviert, die meisten von ihnen sind übrigens Frauen. Die treffen in der Regel die Entscheidungen.«

Man hörte Belonoz aus der Entfernung »Ich rufe dich gleich zurück, aber jetzt gib mir Zeit, okay?« sagen, dann platzte er in das Gespräch der beiden Frauen. Entnervt deutete er auf das Handy und verstaute es wieder im Sakko. An Toms Zimmer zeigte der Major wenig Interesse. Ihn musste etwas anderes beschäftigen. Lily konnte es kaum erwarten, ihn danach zu fragen. So gut, wie sie ihn inzwischen kannte, sah sie ihm die Anspannung an. Obwohl sich der Major Mühe gab, diese zu verbergen.

Zehn Minuten später hatten Lily und Belonoz das Gebäude wieder verlassen. Lavinia hatte zugesagt, jederzeit für weitere Auskünfte zur Verfügung zu stehen. Der Abschied war freundlich, so wie das gesamte Treffen mit der Schwester des Inhaftierten.

Sie waren beim Auto angekommen, und Lily streckte sich. »Schön, wieder an der Sonne zu sein. Auch wenn sie herunterbrennt. Besser als in dieser Gruft.«

»Offenbar soll möglichst wenig Tageslicht ins Haus dringen«, sagte Belonoz und machte ein missbilligendes Gesicht. »Ich wundere mich, wie das Mädchen es dort drinnen aushält.«

»Wahrscheinlich Gewöhnungssache. Was nichts daran ändert … Haben Sie auch das Gefühl gehabt, durch ein ungepflegtes Museum zu wandeln?«

»Fragt sich nur, was dort ausgestellt wird.«

»Das Leben eines einflussreichen Mannes, nehme ich an.«

»Kein Wunder, dass der Sohn zu Problemen tendiert. Der alte Saborsky war selbstherrlich und einschüchternd. Dass er ein guter Vater war, kann ich mir nicht vorstellen.«

»Vielleicht hat Tom deshalb flüchten wollen. Zuerst in die Tätigkeit als Model, dann nach London. Dort ist er gescheitert, weil er vielleicht nicht stark genug war. Zurück in Wien hat er jede Möglichkeit wahrgenommen, nicht zu Hause zu sein. Lavinias Aussagen kommen mir sehr aufschlussreich vor. Ich muss gleich ein Gedächtnisprotokoll anfertigen.«

»Wenn Sie es einfacher haben wollen«, meinte Belonoz und zog ein Diktiergerät aus einer Sakkotasche. »Einen Teil habe ich mitgeschnitten.«

Lily spielte Entrüstung. »Ich hoffe, Sie machen das nicht, wenn wir miteinander sprechen.«

Belonoz grinste. »Und falls es Sie interessiert, wie es in Lavinias Zimmer aussieht …«

Er holte sein Handy heraus und reichte es Lily. »Die Bilder habe ich gemacht, nachdem Sie und Lavinia schon vorausgegangen sind.«

»Was man hat, das hat man«, sagte Lily und sah sich die Bilder an. »Wie haben Sie gewusst, wo Lavinias Zimmer liegt?«

»Hat mir einer der Beamten gesagt, die bei der Hausdurchsuchung dabei waren. Deshalb habe ich mich beeilen können.«

»Sagen Sie, ist dieses Porträt wirklich so groß?«

Lily zeigte auf ein Foto, auf dem ein großes, schlicht gerahmtes Öl-

oder Acrylbild zu sehen war. Eine sehr junge Lavinia war von einem unbekannten Künstler porträtiert worden.

Belonoz nickte. »Ja, der Schinken beherrscht das ganze Zimmer. Ein Albtraum.«

Im Auto studierte Lily weiter eingehend die Fotos und redete mehr mit sich selbst: »Außerdem hängen noch weitere Bilder an den Wänden … Das Zimmer ist in dunklen Erdtönen gehalten … Die Jalousien sind heruntergelassen. Anscheinend mag Lavinia das Halbdunkel … Über eine Tischlampe ist eine Art Schleier gebreitet … Die Möbel passen stilistisch zum Rest des Hauses, das sind zweifellos Antiquitäten …«

Sie gab Belonoz das Handy zurück. Der Major startete den Wagen und trat temperamentvoll auf das Gaspedal.

Von der Seite warf Lily ihm einen Blick zu. Aber zunächst schwieg sie weiter. Erst als das Fahrzeug an einer Ampel halten musste, ergriff sie das Wort. »Danke, dass Sie so flott unterwegs sind. Als hätten Sie meine Gedanken lesen können.«

Belonoz sagte nichts.

»Mir ist dieses Haus schon dermaßen auf die Nerven gegangen, Herr Major. Dieser ganze alte Plunder, dieses verkrampfte Festhalten an einer verstauben Vergangenheit. Mir ist beinahe übel geworden. Nichts wie weg aus diesem ganzen Bezirk.«

»Warum machen wir dann halbe Sachen?«, fragte Belonoz.

Er öffnete das Seitenfenster, hob das Blaulicht aufs Dach, ließ die Sirene aufjaulen und raste los.

31

»Wie du damals über mich gespottet hast. Und wer hat recht behalten?«

Triumphierend wandte sich Nika Bardel in Richtung Belonoz.

»Und ich hab dir doch gesagt, dass er mir bekannt vorkommt.«

»Dann leg los, du Modelexpertin«, sagte Belonoz.

Die nachmittägliche Lagebesprechung hatte begonnen. Nika Bardel referierte die Lebensläufe von Nicole und Tom Saborsky. Bei der Polizei waren sie nie auffällig geworden, abgesehen von ein paar Verkehrsstrafen von Nicole. Tom besaß gar keinen Führerschein.

Einige Monate hatte er sich in London als hoffnungsvolles junges Model verdingt. Im Internet war Bardel auf Fotos gestoßen und hatte sie wohlwollend betrachtet. Die Bilder ließen ihn grandios aussehen. Jung, hübsch, mit ausdrucksvollen Augen, absolut männlich, mit einem betörenden Hauch von Laszivität.

Das war zwei Jahre her. Der abwechselnd müde und aggressiv wirkende Tom der Gegenwart hatte mit seinem früheren Ich zwar einige Äußerlichkeiten gemeinsam. Das einst aus seinem Inneren dringende Strahlen, das ihn so charismatisch hatte wirken lassen, war jedoch erloschen. Gewichtsmäßig hatte er auch leicht zugelegt. Wie eine Sternschnuppe musste er damals verglüht sein. Aus welchen Gründen Tom in London von der Bildfläche verschwunden war, hatte Bardel nicht recherchieren können. Im Internet stand dazu nichts. Bei einer Wiener Agentur, die Tom kurz unter Vertrag gehabt hatte, war niemand bereit gewesen, dazu Stellung zu nehmen. Womöglich hatte man ihn schon vergessen. Tom war offenbar eines jener Talente gewesen, die trotz etlicher Chancen den endgültigen Durchbruch letztlich doch verpasst hatten. Oder verspielt.

Zurück in Wien, war Tom vorübergehend zu einer fixen Größe in der Partyszene geworden. Bardel hatte dazu Schnappschüsse und kleine Artikel aufgetrieben, in denen sein Name vorkam und er als *Londoner Topmodel* bezeichnet worden war. Doch auch in dieser Hinsicht war es vor ein paar Monaten deutlich ruhiger um ihn geworden. Das Haus am Linnéplatz hatte sich den verlorenen Sohn wieder eingefangen wie ein Käfig den entflogenen Vogel.

Um Nicole stand es weniger mondän. Zwar war sie auf einigen Partyfotos neben Tom abgebildet. Allerdings ohne dass ihr Name erwähnt wurde, dafür stets mit Zigarette und einem Glas in der Hand. Immerhin ähnelte sie auf den Fotos ihrem Phantombild. In der entsprechend ausgesuchten Kleidung und mit der passenden, wilden Frisur sah sie tatsächlich völlig anders aus als in Räuberzivil. Da besaß sie so etwas wie eingebildete Souveränität. Wohingegen die blasse, verschreckte Nicole, die Lily kennengelernt hatte, in ihrer Regression auf infantile Manipulationsmanöver gar nichts Glamouröses mehr aufwies. Nicole war als Studentin an der Wiener Wirtschaftsuniversität eingeschrieben. Offiziell widmete sie sich der Betriebswirtschaft. Um ihren tatsächlichen Studienerfolg war es mau bestellt. Behielt sie ihr bisheriges Tempo bei, würde sie erst mit Anfang dreißig einen Abschluss vorzuweisen haben. Falls sie überhaupt durchhielt.

Lily nickte anerkennend. »Super recherchiert, Frau Bardel. Jetzt würde mich noch interessieren, was mit Tom Saborskys Vater los war? Seit wann ist er tot und was ist aus der dazugehörigen Mutter geworden?«

»Das kann ich Ihnen aus dem Gedächtnis sagen, Frau Doktor«, sagte Belonoz und gab sich dabei so routiniert, dass er beinahe schon gelangweilt wirkte. »Der alte Saborsky hat seine Frau ins Grab gebracht. Er selbst hat heimliche, aber gerne kolportierte Verhältnisse mit diversen Damen der Wiener Kulturszene unterhalten. Wenn Sie mich fragen, würde ich sagen, er war ein Schwein. Nicht dass er sich um frustrierte Ehefrauen und einsame Geschiedene gekümmert hätte. Nein, vor allem hat er vielen jungen Frauen geschworen, etwas für deren Karrieren zu tun. Darunter angehenden Schauspielerinnen und Malerinnen genauso wie jungen Schriftstellerinnen. Alles leere Versprechen.«

»Vielleicht haben sie durch ihn wenigstens die Chance erhalten, in einflussreiche Kreise zu gelangen?«, fragte Lily.

»Genau das hat er verhindert. Ich weiß das, weil manches aktenkundig geworden ist. Es hat Selbstmordversuche gegeben, anonyme Drohungen, Telefonterror, Stalking. Was immer Sie wollen, Saborsky hat es erlebt. Ihn scheint das überhaupt nicht gestört, sondern im Gegenteil noch beflügelt zu haben. Klar, dass unter Kriminalbeamten darüber gesprochen worden ist. Außerdem hat es die Gerüchte gegeben, denen zufolge sich Saborsky gerne mit sehr jungen Begleiterinnen geschmückt habe. Für den tatsächlichen Sex hat er jedoch die etwas reiferen Semester bevorzugt. Wahrscheinlich, um Peinlichkeiten vorzubeugen.«

»Und wie hat seine Frau darauf reagiert?«

»Die hat alles mitbekommen. Sie war eine intelligente Person, eine studierte Literaturwissenschaftlerin, die in einem Verlag gearbeitet hat. Manchmal war es, als hätte es ihm gefallen, ihr sein Liebesleben vorzuführen, während sie isoliert verwelkt ist. Jedenfalls ist Saborskys Frau an Krebs gestorben. Auf sein Leben hat das keinen Einfluss gehabt, er hat weitergemacht wie bisher. Aber vor fünf Jahren hat man ihn tot aufgefunden.«

»Wie? Wo?«

»Zwischen zwei Terminen ist er einfach mitten in Wien umgekippt. Direkt hinter dem Stephansdom, unmittelbar nach einem Restaurantbesuch. Das war es für ihn. Und aus. Er hat sich so viel Mühe gegeben, dauernd in der Öffentlichkeit zu stehen und als wichtig wahrgenommen zu werden. Aber sein Tod war unspektakulär, geradezu banal. Er selbst hätte das gehasst. So wie er es gehasst hätte, nackt im Sektionssaal zu liegen, während der Gerichtsmediziner den Kopf aufsägt oder in seinen Gedärmen herumwühlt. Aber wegen der vielen Gerüchte um sein Privatleben war eine genaue Klärung der Todesursache unumgänglich.«

Lily spielte nervös mit dem Stift in ihrer Hand. »Ein schwieriges Lebensumfeld für die jungen Menschen, mit denen wir es zu tun haben … Allerdings ist das keine Entschuldigung, sondern lediglich eine Erklärung. Wir haben es mit zwei nicht unkomplizierten Personen zu tun, die in einem Zusammenhang mit der Ermordung von Selma Jordis stehen. Bemerkenswert finde ich das Haus, in dem Tom und seine Schwester Lavinia wohnen. Das ist eine Art von Gedenkstätte für den Vater, vollgestopft mit Memorabilien …«

Da wurde sie von Nika Bardel unterbrochen. »Sorry, mir ist gerade aufgefallen, dass ich ein Detail vergessen habe. Tom war polizeilich am Linnéplatz gemeldet. Aber seit Anfang April auch in der Wohnung von Selma Jordis. Übrigens fehlt einer der drei Wohnungsschlüssel von Selma Jordis. Durchaus möglich, dass Tom einen besitzt. Wir müssen ihn nur noch finden.«

Lily dachte nach. Die anderen sagten nichts und warteten, was kommen würde, wobei sie jeglichen Blickkontakt untereinander vermieden.

Lily legte den Stift aus der Hand. »Tom hat den Linnéplatz verlassen und mit Selma Jordis zusammenleben wollen. Dabei ist ihm jemand dazwischengekommen.«

»Oder jemand hat bewusst diesen Anschein erwecken wollen«, sagte Metka.

»Richtig. Deshalb brauchen wir noch mehr Informationen über Tom, Nicole und Selma Jordis. Außerdem über Lavinia Saborsky. Ansonsten wird uns Georg Sima, den Tom ganz zufällig zu seinem Verteidiger erkoren hat, mit seinen hervorragenden Kontakten zu den Medien die Hölle heißmachen.«

Lily ordnete an, gegen zwanzig Uhr noch einmal zusammenzukommen. Auf dem Korridor vor dem Besprechungszimmer holte sie das Handy aus der Tasche und rief Albine an.

»Sag, kennst du einen gewissen Tom Saborsky?«

Albine klang gehetzt und hantierte hörbar mit irgendetwas herum. »Ich bereite mich gerade auf eine Sendung vor. Aber lass mich kurz überlegen … Tom Saborsky … Ja natürlich, das ist doch eine Wiener Szenengröße, nur eben der dritten Kategorie. Ein Angeber, wenn du mich fragst. Aber bei naiven Mädchen durchaus erfolgreich. Er sieht gut aus. Leider steckt hinter der schönen Fassade nichts, das interessant sein könnte.«

»Danke, Albine, bis bald«, sagte Lily und legte auf. Sie fuhr mit dem Aufzug hinunter und trat hinaus auf die Berggasse.

Was an Informationen über Tom und Nicole Saborsky hereinkam, würde in den Kontext der übrigen Informationen gestellt werden müssen. Mit etwas Glück würde sich die Spreu vom Weizen trennen. Bei den Indizien würde endlich eine Hierarchie entstehen. Wichtiges würde von weniger Wichtigem oder gar Irrelevantem getrennt werden können.

Aus Lilys Handtasche drang ein Summen. Sie holte das Handy heraus. Und atmete erst einmal durch. Denn sie kannte die Nummer. Doch jetzt war es wirklich an der Zeit, das Gespräch hinter sich zu bringen. Und sie nahm sich vor, sich nicht auf Dubioses einzulassen. Oder sich erpressen zu lassen.

»Ja bitte?«, fragte Lily.

»Mein Name ist Marina Lohner. Sind Sie Staatsanwältin Horn?«

»Ja, aber woher haben Sie diese Nummer?«

»Ich muss unbedingt mit Ihnen sprechen. Also habe ich recherchiert und …«

Lily wählte einen entschlossenen Tonfall, der keine Zweifel lassen sollte. »Für Versuche, die Ermittlungen zu beeinflussen, bin ich nicht empfänglich. Das müssen Sie wissen.«

»Frau Doktor Horn, ich bin im Besitz von Informationen, die Sie vermutlich gut gebrauchen können. Treffen Sie mich in meinem Dienstwagen. Wir sind dort absolut ungestört. Um achtzehn Uhr werde ich in der Nähe der Staatsanwaltschaft sein. Ein schwarzer Mercedes, Ecke Frankhplatz und Garelligasse.«

Lohner hängte einfach auf, ohne eine Antwort abzuwarten.

Lily wunderte sich nicht. Da glaubte jemand, alles würde sich nach ihr richten. Doch Lily war unwohl. Ob sie wollte oder nicht, nun kam endgültig die Politik ins Spiel.

*

Leutnant Descho stand in der kleinen Teeküche neben seinem Büro. Direkt vor ihm rumorte die Espressomaschine. Langsam füllte sich die Tasse.

Ein bekanntes Gesicht tauchte auf.

»Das freut mich aber, wie geht es dir denn?«, sagte Descho herzlich zu seinem Kollegen Roman Kaller.

»Wie es einem halt geht, wenn die eigene Espressomaschine kaputt ist, obwohl man sie dringend braucht.«

»Da kann ich dir helfen. Ich werde dafür sorgen, dass der Espresso angemessen stark ausfällt.«

Kaller nickte. »Ich bitte darum. Vor zehn Minuten sind wir alarmiert worden. Fast eine Stunde Fahrzeit habe ich noch vor mir. Dann bin ich am Tatort, sobald ich dort fertig bin, geht es wieder zurück ins Büro … Na, am besten, ich denke gar nicht darüber nach, dass ich seit sechs Uhr früh im Dienst bin … Aber einen Kaffee brauche ich jetzt noch schnell.«

Descho lächelte und nickte. »Das sind die Vorteile unseres Berufs. Jeder Tag bringt Unerwartetes … Aber weißt du was, nimm gleich meinen Kaffee, du brauchst ihn dringender als ich. Ich mach mir einen neuen.«

»Da bin ich dir wirklich dankbar«, sagte Kaller schon etwas heiterer. »Wobei es schon ein lustiger Zufall ist, dass wir uns ausgerechnet jetzt treffen.«

»Wieso?«

»Na, du hast mir doch vor ein paar Tagen von deinen Ermittlungen für die Wiener erzählt … Geh, Ferdinand, komm einfach auf einen Sprung in mein Büro, das wird dich garantiert interessieren.«

Descho folgte Kaller in dessen Stockwerk. Dort überreichte ihm der Kollege einen Computerausdruck. Das Foto eines Mannes.

»Das hab ich mir vom Passamt schicken lassen«, sagte Kaller. »Hast du nicht gerade erst mit dem zu tun gehabt?«

Während Kaller seinen Espresso in kleinen Schlucken austrank, sah sich Descho das Foto genauer an. Bis ihm die Erleuchtung kam. »Sicher, jetzt erinnere ich mich … Letzte Woche habe ich mit ihm gesprochen, als die Kollegen wegen der Serienmorde angefragt haben. Hat der was angestellt? Kann ich mir eigentlich kaum vorstellen …«

»Du hast völlig recht. Jemand hat etwas mit ihm angestellt. Und jetzt hat er ein Loch in seinem Schädel, von dem er sich leider nicht mehr erholen wird.«

»Ein Unfall?«

»Ganz sicher nicht. Da war ein freundlicher Mitmensch im Spiel. Jedenfalls schaut es danach aus. So, jetzt muss ich dich verlassen und losfahren.«

»Halt mich auf dem Laufenden, Roman. Das ist wirklich ein unglaublicher Zufall.«

Descho kehrte in die Teeküche zurück. Er machte sich an einen neuen Espresso. Und wusste, dass er wieder im Spiel war.

*

Lily begriff sofort, dass sich Marina Lohner den Treffpunkt nicht zufällig ausgesucht hatte. Er lag zwar in der Nähe des Grauen Hauses, aber die Gegend war schon am frühen Abend wie ausgestorben. In der Umgebung waren vor allem Büros untergebracht, außerdem die Oesterreichische Nationalbank und diverse Universitätsinstitute. Niemand suchte hier abends einen Parkplatz, nur gelegentlich kamen Leute vorbei, die ihre Hunde ausführten. Der Platz war gut und einfach zu überschauen.

Das blankgeputzte Dienstauto der neuen Bürgermeisterin befand sich an der vereinbarten Stelle. Wenige Meter entfernt stand der Fahrer und rauchte eine Zigarette. Als Lily näher kam, ging eine Tür auf.

Es ertönte die Stimme von Marina Lohner. »Steigen Sie bitte ein, Frau Doktor.«

Lily ließ sich auf die weich gepolsterte Rückbank fallen. Hier hatte sie keine Wahl, ein Holzsessel stand nicht zur Verfügung.

Die Bürgermeisterin saß neben ihr und lächelte sie so gewinnend an, als posierte sie für ein Plakat. »Vielen Dank, es freut mich, dass Sie kommen konnten.«

Lily gelang ein Lächeln, das bewusst kühl ausfiel. »Frau Lohner, ich sage Ihnen am besten gleich, dass ich mich jetzt und hier im Dienst befinde. Ich will Ihnen nichts unterstellen, das wäre unhöflich. Aber falls es um irgendwelche Absprachen oder Beeinflussungsversuche gehen sollte, bin ich die falsche Person. Ich muss mich um die Suche nach einem Mörder kümmern. Alles andere interessiert mich nicht. Sollten Sie das Gegenteil vermutet haben, ist dieses Treffen rascher vorbei, als Sie denken.«

Marina Lohner hatte sie mit unwandelbarer Freundlichkeit angesehen. »Machen Sie sich nicht die geringsten Sorgen, Frau Doktor. An Machenschaften ist mir nicht gelegen. Es hätte nicht viel gefehlt und ich wäre auf dem Abstellgleis gelandet. Eben aufgrund solcher Intrigen im Hintergrund. Ich habe das satt. Und ich muss gestehen, dass ich mein neues Amt noch einige Zeit behalten möchte. Deshalb muss ich reinen Tisch machen. Dieses Treffen gehört dazu. Ich habe es mir gut überlegt, ob ich Sie kontaktieren soll. Ihre Vorbehalte überraschen mich nicht. Es spricht für Sie, dass Sie mir gegenüber reserviert sind. Ich habe nicht vor, Sie zu kompromittieren. Sondern ich will, dass Sie etwas wissen, das ich nicht für mich behalten sollte. Ist das für Sie in Ordnung, Frau Doktor?«

Lilys Miene blieb ausdruckslos. »Alles hängt davon ab, was Sie mir eigentlich mitteilen wollen, Frau Bürgermeisterin.«

»Es geht um Herrn Labuda. Ich weiß nicht, ob sein Tod ein Unfall oder doch Mord war. Aber Labuda war nicht irgendein Privatermittler. Er hatte beste Kontakte zu Berti Stotz.«

»Und?«

»*Pratorama* hat die politische Szene in Wien erschüttert. Es gibt viele Menschen, die sich rechtzeitig in Deckung bringen wollen. Weitere Enthüllungen könnten ihnen gefährlich werden. Deshalb hat Stotz Labuda engagiert. Um zu erfahren, was bestimmte Personen tun und sagen. Labuda hat ihm dieses Wissen besorgt und genau beobachtet, in welche Richtung die *Pratorama*-Ermittlungen laufen. Er hat observiert, recherchiert, Leute befragt. Mir ist erzählt worden, dass Labudas Methoden nicht immer legal waren.«

Lily richtete sich auf. Das Treffen würde offenbar nicht mehr lange dauern. »Für *Pratorama* ist Oliver Seiler zuständig. Sie müssten das eigentlich wissen.«

Lohner lächelte kurz. »Selbstverständlich weiß ich das. Damit kommen wir zum entscheidenden Punkt. Labuda war überzeugt, dass es einen Zusammenhang zwischen *Pratorama* und den Wiener Serienmorden gibt.«

»Geht es etwas konkreter?«, fragte Lily und verbarg ihre plötzlich aufbrechende Nervosität.

»Gerne. Labuda hat behauptet, den Namen des Täters zu kennen. Es soll sich um jemanden handeln, der mit *Pratorama* zu tun hat.«

Unter allen Umständen musste Lily versuchen, ihr Gefühl nicht durchschimmern zu lassen. Glücklicherweise war das Wageninnere angenehm temperiert, das verhinderte Schweißausbrüche weitgehend. »Hat Labuda einen konkreten Namen erwähnt?«

»Soviel ich weiß, leider nicht. Stotz wüsste vielleicht mehr.«

»Der kann momentan nicht aussagen. Wahnsinnig bequem für einige Leute, nicht wahr?«

»Dessen bin ich mir absolut sicher«, sagte Marina Lohner mit überraschender Bitterkeit. »Aber ich zähle nicht dazu. Ich möchte, dass Schluss ist mit den Gerüchten. Ich brauche einen Neuanfang in Wien. Alte Lasten müssen beseitigt werden.«

»Haben Sie mich kontaktiert, um Ihre Chancen bei der Wiener Wahl zu erhöhen?«

»Stotz hat Sie für naiv gehalten, Frau Doktor Horn. Ich tue das nicht. Vielleicht hilft es mir, wenn Labudas Tod aufgeklärt wird. Kann schon sein, dass dadurch einige Wiener Netzwerke zerstört werden. Inwieweit ich davon profitiere, weiß ich nicht. Möglicherweise könnte ich in meiner Funktion sogar beschädigt werden. Aber ich kann darauf keine Rücksicht nehmen. Ich will reinen Tisch machen. Eine andere Chance habe ich nicht.«

»Okay«, sagte Lily. »Ich werde Ihre Angaben berücksichtigen. Jetzt muss ich gehen. Oder gibt es noch etwas, das Sie für mich haben?«

»Nein. Bleibt das Gespräch vertraulich?«

»Ich habe gewusst, dass diese Frage kommen würde. Wenn sich dadurch ein nützlicher Hinweis auf den Täter ergibt, kann ich flexibel sein. Sie haben ja nur sehr allgemeine Angaben gemacht.«

»Mehr habe ich nicht erwartet. Machen Sie Ihre Sache gut. Das wünsche ich Ihnen von Herzen.«

Lily stieg aus.

»Geben Sie auf sich acht«, sagte die Bürgermeisterin freundlich und schloss die Autotür.

Lily nahm den direkten Weg zurück zum Grauen Haus. Im Hintergrund hörte sie, wie der Dienstwagen der Bürgermeisterin gestartet wurde und losfuhr. Die abendliche Hitze war gnadenlos. Im nächsten Moment begann Lily zu schwitzen.

*

Sie hatte ihr Büro in der Staatsanwaltschaft noch gar nicht erreicht, da hörte sie schon von weitem das Läuten der Telefone. Sowohl bei ihr wie im Vorzimmer bei ihrer Sekretärin klingelte es pausenlos. Lily blickte auf die Displays der beiden Apparate. Eine Nummer kannte sie nicht. Die andere wurde vom Anrufer unterdrückt. Sie beschloss, nicht abzuheben. Die momentan relevanten Leute besaßen ohnehin ihre Handynummer. Alles andere konnte warten.

Kurz war es still. Danach begann das Konzert der Telefone von neuem. Lily hatte gehofft, ihre E-Mails durchgehen zu können. Angesichts der akustischen Kulisse war das eine Utopie. Deshalb ließ sie es läuten und machte sich auf den Weg.

Am Rooseveltplatz legte Lily einen kurzen Zwischenstopp ein. Sie kochte sich einen Tee und aß ein großes, kalorienreiches Stück Vorarlberger Bergkäse. Mit Erleichterung erkannte sie, dass sie in hektischen Zeiten durchaus fähig war, ihre grundlegenden Ansichten zur richtigen Ernährung über Bord zu werfen, ohne Schuldgefühle zu verspüren. Also besaß der Stress dieser Ermittlungen eine ungeahnt positive Auswirkung auf sie. Mit plötzlichem Horror erinnerte sich Lily an die junge, mauerblümchenhaft hübsche Anlageberaterin, die sie vor einem Jahr im Fitnessstudio kennengelernt hatte. Als die Anlageberaterin betont fröhlich erklärt hatte, durch ausgiebiges Trainieren auf dem Crosstrainer ihr Gewicht halten zu wollen, hatte Lily einen Blick auf den Körper der Frau geworfen. Sie war bereits extrem dünn und zart gewesen. Lily hatte sich sofort geschworen, niemals so zu werden wie sie.

Gegen zwanzig Uhr traf sie in der Kriminaldirektion ein. Sie näherte sich Belonoz' Büro, dabei fiel ihr die hektische Betriebsamkeit auf. Auch hier läuteten die Telefone beinahe unentwegt.

Die Sitzung sollte beginnen, doch abgesehen von ihr glänzten die geladenen Teilnehmer durch Abwesenheit. Als Lily aufstehen und nachfragen wollte, ob man den Termin vergessen hatte, tauchten Metka, Bardel und Kovacs auf. Gleich darauf erschienen Belonoz und Steffek.

Lily wollte die Sitzung eröffnen, doch Belonoz ergriff das Wort, noch bevor er sich gesetzt hatte. »Frau Staatsanwältin, bevor wir unseren Fall besprechen, gibt es leider etwas anderes, das uns seit einer Stunde beschäftigt.«

»Und das wäre, Herr Major?«, fragte Lily mit wachsendem Unbehagen.

Belonoz sah sie direkt an. Seinem Gesicht war keine Emotion abzulesen. »Sie haben vor kurzem vorgeschlagen, die Journalistin Gaby Koch auf irgendeine Weise zu benutzen.«

»Ja, um den Täter aus der Reserve zu locken. Wieso?«

»Frau Koch ist von selbst aktiv geworden. Emil, zeig der Frau Staatsanwältin, was du hast.«

Kovacs entrollte einen bunt bedruckten Bogen Papier. Das Titelblatt für die nächste Ausgabe von *Clip24*. Groß und fett stand dort: *Frauenkiller endlich in Haft?* Darunter, etwas kleiner, war zu lesen: *Durchbruch oder neuer Fehlschlag der Ermittler?* Illustriert wurden die Schlagzeilen von gepixelten Fotos. Es gab keinen Zweifel. Ohne Pixel wären Tom und Nicole eindeutig zu identifizieren gewesen.

Belonoz nahm einen Zettel zur Hand und setzte die Lesebrille auf. »Kovacs hat das Material beschafft. Im Inneren des Blattes gibt es einen Artikel von Gaby Koch. Eigentlich ist das mehr ein Kommentar. Darin äußert sie sich höhnisch zu den Ermittlungen. Ich selbst wie auch Sie, Frau Doktor, werden namentlich erwähnt. Wörtlich heißt es über uns: *Sie tappen wie ahnungslose Amateure herum. Deshalb versuchen sie, die Öffentlichkeit in die Irre zu führen.* Das ist noch nicht alles. Gaby Koch deutet an, wir hätten die falschen Personen verhaftet. Lassen Sie mich die Stelle vorlesen: *Man will uns weismachen, ein hübscher Wiener und seine Schwester hätten die Morde begangen. Offenbar versuchen die von Erfolglosigkeit geplagten Ermittler, sich in ein besseres Licht zu rücken. Koste es, was es wolle. Dabei schrecken sie nicht davor zurück, willkürlich Menschen zu verdächtigen und einzusperren. Dass Fakten gerne frisiert werden, wissen wir bereits. Jetzt ist der Polizeistaat zum Greifen nahe.* Das steht in der morgigen Ausgabe. Ganz Österreich wird es lesen können.«

Lily spürte genau, dass alle sie anstarrten. Als erwarteten sie von ihr den Befreiungsschlag aus der misslichen Nachrichtenlage.

Sie zwang sich, logisch und kühl zu überlegen. Obwohl der Zorn in ihr hochkam. »Ich habe eigentlich mit Gaby Koch in Verbindung treten wollen … damit sie über die Verhaftungen schreibt und unser Täter gereizt wird. Aber so ein Boulevard-Müll ist natürlich kontraproduktiv.«

Lily hob den Kopf und ließ den Blick langsam über die Anwesenden wandern. »Wie gelangt Gaby Koch zu diesen Informationen? Und wer oder was gibt ihr das Recht, sich dermaßen abfällig über uns zu äußern? Es muss ihr ja klar sein, dass der Sache damit nicht gedient ist. Wenn wir uns mit solchen Anwürfen befassen müssen, bleibt noch weniger Zeit für die Suche nach dem Täter. Wobei … Wieso ist sie dermaßen sicher, dass Tom und Nicole unschuldig sind? Wieso wagt sie sich so weit vor?«

Belonoz blieb regungslos. »Bevor Sie gekommen sind, Frau Doktor, habe ich Gespräche geführt. Mit allen, die Sie an diesem Tisch sehen können. Sie haben mir geschworen, nicht mit Gaby Koch geredet zu haben. Deren Ergüsse sind schon durch Nachrichtenagenturen verbreitet worden. Zwar mit Sperrfrist bis morgen früh um drei. Aber das Wissen ist in der Welt. Deshalb sind wir seit einer Stunde hauptsächlich damit beschäftigt, Anrufe abzuwimmeln. Man verlangt Stellungnahmen zu den Verhaftungen von uns. Außerdem werden wir gefragt, ob wir wirklich so erfolglos sind und was wir zu unserer Verteidigung vorzubringen haben.«

»Das ist schlimm«, sagte Lily. »Solche Spekulationen können wir nicht brauchen. Das war der Tropfen, der das Fass zum Überlaufen gebracht hat. Ich werde diese Herausgeberin, Frau Bonino, kontaktieren. So geht es nicht weiter.«

Belonoz lächelte müde. »Dann viel Glück. Bonino hat Haare auf den Zähnen.«

»Ich auch, wenn es sein muss. Und was gibt es sonst? Oder ist heute Abend alles nur unerfreulich?«

Marlene Metka kramte in ihren Unterlagen. »Wir haben die ersten Ergebnisse der DNA-Tests. Tom Saborsky hat sich in der Wohnung von Selma Jordis aufgehalten. Außerdem gibt es Spuren von Nicole Saborsky.«

»Na wenigstens das … Erstaunlich, wo wir so unfähig sein sollen … Was ist mit der Motorradfahrerkleidung in Nicoles Kellerabteil?«

»Sehr schwierig«, sagte Bardel mit schmalen Lippen. »Zugleich aber aufschlussreich. Spuren von diesem Leder sind in der Wohnung von Selma Jordis festgestellt worden. Aber es gibt einen Unterschied zu den Lederpartikeln der übrigen Tatorte.«

Lilys Gemüt hellte sich auf. »Fein. Das unterstützt die Ansicht, dass zwei verschiedene Mörder am Werk waren … Jetzt sage ich Ihnen etwas anderes, das unter uns bleiben muss. Ich besitze glaubwürdige Hinweise darauf, dass die Morde oder zumindest einige der Morde mit dem Skandal um *Pratorama* zusammenhängen.«

Man spürte das blanke Entsetzen im Raum. Nur in den Augen von Belonoz lag eine Mischung aus Überraschung und Skepsis.

Metkas Gesicht verriet, wie erschrocken sie war. »O mein Gott, das darf nicht … Das weitet die Ermittlungen noch mehr aus. Außerdem müssten wir mit den Kollegen im Fall *Pratorama* kooperieren.«

»Genau«, sagte Lily. »Diese Untersuchung könnte deutlich komplizierter werden. Ich weiß, dass Hans Labuda im Fall *Pratorama* unterwegs war und dabei möglicherweise ein bisschen zu viel recherchiert hat … Wissen wir übrigens schon mehr über Labudas Tod?«

Steffek meldete sich. »Er ist erschlagen worden. Die Schädelverletzungen sind klar erkennbar. Danach ist das Haus angezündet worden.«

»Also fügt sich auch das ins Bild. Endlich passen ein paar Puzzlestücke mehr zusammen. Und sonst?«

»Momentan noch nichts.«

Lily spürte das Brummen ihres Handys. An sich wollte sie es ignorieren, riskierte aber dann doch einen Blick auf das Display. Die Nummer kannte sie, daher überraschte sie der Anruf. Das musste entweder ein Irrtum, eine Banalität oder tatsächlich etwas Wichtiges sein.

»Entschuldigen Sie mich bitte kurz«, sagte Lily und stand auf.

Eilig begab sie sich auf den Gang und schloss die Tür zum Besprechungsraum. Geduldig hörte sie zu, was Descho ihr mitzuteilen hatte.

Als sie in das Sitzungszimmer zurückkehrte, registrierten alle Lilys innere Unruhe. Und die Nervosität im Raum stieg erneut an. Zumal Lily einige Sekunden brauchte, bevor sie die geeigneten Worte gefunden hatte.

»Ich habe gerade mit dem Salzburger Kollegen Descho telefoniert«, sagte sie schließlich leise und konzentriert. »Heute Abend ist ein Mann ermordet aufgefunden worden. Bei den Ermittlungen zum Mord an Magdalene Karner ist er von Descho befragt worden. Es handelt sich um den Pfarrer von Dienten. Sein Name war Helmut Zach. Er ist erschlagen worden. Genau wie Labuda, Herr Steffek. Aber das ist nicht alles. Zach sind außerdem die Augen ausgestochen worden.«

Lily ließ die Anwesenden die Nachricht kurz verdauen, dann fuhr sie fort: »Ich spüre, dass die Sache ihrem Höhepunkt zusteuert. Vielleicht auch ihrem Ende, weil der Mörder nervös geworden ist. Wie auch immer dieses Ende aussehen wird.«

Entsprechend war das Gefühl, das bei den Anwesenden im Besprechungsraum dominierte. Das Endspiel hatte begonnen.

Man musste sich noch einmal, trotz des beginnenden Kriegs mit den Medien, heftig zusammenreißen. Und sämtliche Kräfte für den Kampf sammeln.

Mittwoch, 23. Juni

32

Die Nacht hatte ihr kaum Schlaf beschert. Lily schien es jedoch, als hätte sie im Moment Erholung gar nicht nötig. Nach der abendlichen Besprechung war ihr zumute gewesen, als gelte es von nun an, pausenlos weiterzumachen. Die von der Nachtruhe erzwungene Unterbrechung hatte sie deshalb bloß als lästig empfunden.

Sie hatte sich vorgenommen, sich vom medialen Störfeuer nicht irritieren zu lassen. Denn sie besaß das Mandat zur Aufklärung der Morde. Sonst niemand. Nur Lenz konnte ihr das streitig machen und sie von dem Fall abziehen. Auch nach so kurzer Zeit. Doch solange das nicht der Fall war, hatte sie die Macht, zu handeln.

Am Morgen überprüfte sie ihr Handy. Es gab keinen Anruf von Lenz. Das beruhigte sie. Wobei ihr bewusst war, dass sich Lenz vielleicht einfach nur aus der Schusslinie der Medien bringen wollte und auf Tauchstation gegangen war. Bereits heute Abend oder am nächsten Tag konnte die Situation anders aussehen. Und zu Lilys Nachteil ausfallen.

Wie sehr sich die Lage zugespitzt hatte, wurde Lily klar, als sie kurz vor neun Uhr das Graue Haus betrat. Sofort winkte ihr der erstaunlich ernst dreinblickende Portier zu, als hätte er bloß auf sie gewartet. »Für Sie ist etwas abgegeben worden, Frau Doktor. Wie letzte Woche. Nur ist diesmal der Briefkasten beim Eingang benutzt worden. Kein Fahrradbote mehr.«

Einen kurzen Moment lang hatte sich Lily gewundert. Doch sofort war ihr klar, dass erneut alles ins Bild passte. Sie nahm den Brief entgegen und erkannte die Ähnlichkeit mit dem früheren Schreiben.

Sehr verehrte Frau Staatsanwältin Dr. Horn!
Den aktuellen Medien entnehme ich meine Kenntnis Ihrer Vorgangsweise. Deren Sinnhaftigkeit ich allerdings ganz entschieden bezweifle.

Angeblich haben die von Ihnen verhafteten Personen etwas mit den Wiener Serienmorden zu tun und seien möglicherweise deren Urheber.
Die aktuelle Gesetzeslage macht es mir leider unmöglich, diese Behauptungen nachhaltig zu korrigieren. Gerne würde ich Ihnen persönlich erzählen, dass ich mit der Tötung von Selma Jordis nichts zu tun habe. Folglich ist auch die Urheberschaft der von Ihnen verhafteten Personen limitiert.
Kurz: Die Verhafteten sind nicht und in keiner Weise für die anderen Wiener Morde verantwortlich!
Habe ich mich klar ausgedrückt?
Mit anderen Worten: Es war Kain, der Abel erschlug. Und nicht Set.
Sie verstehen sicher, was ich meine.
Mit unfreundlichen Grüßen, solange Sie irren und ich daher in anhaltender Unversöhnlichkeit verharren muss,
Der Richter

Wieder ein mehrfach kopierter Computerausdruck. Lily fotografierte ihn mit dem Handy und ließ ihn an die Kriminaltechnik weiterleiten. Sie ordnete an, möglichst bald eine Kopie zur Verfügung zu stellen.

Jemand war nervös geworden und sah sich um den Ruhm für seine Taten betrogen.

Genau das hatte Lily angestrebt. Der Trick war gelungen. Und Gaby Koch hatte dazu beigetragen. Wenn auch unfreiwillig.

Lily telefonierte mit der Justizwache im Haus. Sie erteilte die Anweisung, unverzüglich die Videoaufnahmen der Kamera über dem Briefeinwurf sichten zu wollen. Danach rief sie Descho an.

Der war bester Laune, was auch Lily beflügelte. »Ihre Einmischung hat geholfen, Frau Doktor Horn. Man hat mich nach Ihrem Anruf dem Fall zugeteilt. Dem Kollegen Kaller, der mich auf die Sache aufmerksam gemacht hat, ist das ohnehin recht. Er freut sich über jede Unterstützung.«

»Was wissen Sie bisher, Herr Descho?«

»Zach muss relativ rasch tot gewesen sein. Sein gesamter Hinterkopf ist zertrümmert worden.«

»Das zeigt die große Wut des Täters. Die ausgestochenen Augen legen nahe, dass es ihm darum gegangen ist, Zach posthum zu entstellen.«

»Das glaube ich auch. Außerdem sind im Pfarrhaus Spuren von Benzin entdeckt worden. Der Täter wird ein Feuer geplant haben.«

»Wieso ist es dazu nicht gekommen?«

»Vielleicht hat ihn jemand gestört, während er versucht hat, den Brand zu legen. Wobei … Vielleicht hat es ihm leid getan, dieses schöne alte Haus, in dem so viele Erinnerungen schlummern, anzuzünden … Entschuldigen Sie, Frau Doktor, das ist natürlich ein blöder Gedanke …«

Lily unterbrach ihn auf der Stelle. »Herr Descho, Sie sagen da etwas sehr Interessantes. Ja, so könnte es sein … Möglicherweise ist unser Mörder ein besonders kultivierter Mensch. Oder ihn binden Erinnerungen an das Haus, weshalb er das Abfackeln letztlich nicht übers Herz gebracht hat.«

»Jedenfalls war das Haus in großer Unordnung. Der Täter muss etwas gesucht haben. Zach wird das Chaos kaum selbst verursacht haben. Überall sind Bücher, Aktenordner und Papiere herumgelegen.«

»Bitte mailen Sie mir möglichst rasch die Tatortfotos. Wissen Sie zufällig, ob etwas fehlt?«

»Das haben wir leider noch nicht feststellen können.«

»Ich verstehe. Wann hat sich die Tat ereignet?«

»Am Montag. Entweder am Abend oder in der Nacht auf Dienstag.«

»Wie ist der Mord entdeckt worden?«, fragte Lily.

»Am Montag hat niemand Zach vermisst. Das ist der Tag, an dem sich die Pfarrer ausruhen können. Am Dienstagmorgen ist der eifrige Zach als Religionslehrer in der Dientner Volksschule nicht aufgetaucht. Anrufe hat er nicht beantwortet. Da hat sich der Schulwart bereiterklärt, persönlich nach dem Rechten zu schauen.«

»Gibt es bereits Verdächtige?«

»Niemanden. Wir haben auch keine Hinweise, dass Zach in irgendwelche Konflikte in Dienten verwickelt war. Er scheint ein recht friedlicher Typ gewesen zu sein. Aber eitel, das war zumindest mein

Eindruck. Wir werden erst einmal sein Leben analysieren, Verwandte und Freunde befragen, außerdem …«

»Hören Sie mir jetzt genau zu, Herr Descho«, sagte Lily eindringlich. »Was ich Ihnen jetzt sage, ist eine bloße Vermutung. Aber wahrscheinlich hat Zachs Tod etwas mit unseren Serienmorden zu tun. Vor kurzem ist einem anderen Mann ebenfalls der Schädel eingeschlagen worden. Sein Haus in der Nähe von Wien ist abgebrannt. Dieser Mann hat behauptet, den Täter zu kennen. Vielleicht hat auch Zach zu viel gewusst. Es ist zwar schleierhaft, auf welche Weise Zach die Identität des Täters gekannt haben soll. Oder auf welche Weise er sonst in den Fall verwickelt war. Aber wir haben keine Zeit, lange nachzudenken. Deshalb bitte ich Sie, gezielt nach Zeugen zu suchen, die Fahrzeuge aus Wien gesehen haben. Oder einen Motorradfahrer. Und überprüfen Sie die Gäste, die in den Hotels der Umgebung übernachtet haben.«

Descho schnaufte hörbar. »Ich erledige das unverzüglich, Frau Doktor. Soll ich … muss ich Kaller informieren?«

»Behalten Sie es für sich. Je weniger Leute derzeit Bescheid wissen, desto besser. Die Gerüchteküche brodelt ohnehin schon auf höchster Stufe.«

»Frau Doktor, Sie hören von mir, sobald ich auch nur etwas halbwegs Sinnvolles entdecke.«

*

Die Sitzung mit den Beamten der Gruppe Belonoz begann um halb elf. Lily hatte eine Verschiebung um dreißig Minuten erbeten.

Als sie die Anwesenden über die Entwicklungen in Salzburg in Kenntnis gesetzt hatte, fiel ihr auf, dass sich die Stimmung im Besprechungsraum radikal verändert hatte. Die Spannung konnte beinahe mit den Händen ertastet werden. Nervosität, Konzentration, Angst, Hoffnung, alles war vorhanden. Selbst Belonoz hatte seine gewohnte Gelassenheit eingebüßt. Immer wieder ballte er seine Hände zu Fäusten, sein Gesicht war noch blasser als sonst. Die hellblauen Augen strahlten wie Suchscheinwerfer, irrten permanent durchs Zimmer.

Nika Bardel ergriff das Wort. »Mit dem Lederanzug, den wir im Kellerabteil von Nicole gefunden haben, stimmt etwas nicht.«

»Inwiefern?«, fragte Lily.

»Es gibt zwar eine Übereinstimmung mit den Lederspuren, die in der Wohnung von Selma Jordis gefunden worden sind. Die Lederpartikel wurden auf dieselbe Art und Weise bearbeitet, etwa die gleiche Imprägnierung und die gleiche Färbung. Auch dieselbe Ledersorte. Aber der bei Nicole Saborsky gefundene Anzug scheint völlig unbenutzt zu sein. Nur die Spuren, die bei der Herstellung anfallen, sind festgestellt worden. Sonst gar nichts«, sagte Bardel enttäuscht. »Nicht die geringsten Blutspuren. Auch der Helm ist brandneu.«

»Okay, das sind Tatsachen. Was ergibt sich daraus?«

Eine kurze Pause entstand, bis sich Belonoz räusperte und leise zu sprechen anfing. »Zum Beispiel, dass der bei Nicole Saborsky gefundene Lederanzug nicht zu unserem Fall gehört. Oder dass er gezielt dort plaziert worden ist. Oder beides zusammen.«

»Plaziert von wem denn?«, fragte Marlene Metka energisch. »Und zu welchem Zweck?«

»Da gibt es mehrere Möglichkeiten«, sagte Lily nachdenklich. »Ich werde heute Nachmittag bei der Vernehmung mit Nicole Saborsky darüber reden. Warten wir ab, was sie dazu sagt. Inzwischen sollte man recherchieren, wo der Lederanzug und der Helm gekauft wurden. Wer macht das?«

Schnell zeigte Belonoz auf Kovacs. »Seine Aufgabe.«

»Gut. Jetzt zu Labuda. Was ist der Stand der Ermittlungen, Herr Major?«

»Es gibt die üblichen Routineermittlungen in alle Richtungen samt Befragungen. Seiler ist darauf erpicht, die Tat aus der Perspektive des *Pratorama*-Skandals zu untersuchen. Bis dabei etwas herauskommt, das für uns interessant ist, können Wochen vergehen. Warum schalten wir uns nicht offiziell in diesen Fall ein, Frau Doktor?«

Steffek und Kovacs nickten und sahen Lily fragend an.

»Weil ich, ganz offen gesagt, ein Riesenchaos und Kompetenzgerangel befürchte. Außerdem lasse ich mir nicht gerne in die Karten schauen. Labuda hat mir gegenüber lediglich Andeutungen zum

Täter gemacht. Wahrscheinlich aus Selbstschutz. Warum ihn das nicht gerettet hat, ist eine andere Frage. Ich glaube, er hat gewollt, dass wir die Sache im Alleingang aufklären, aber zumindest wissen, in welche Richtung wir gehen sollen. Nur haben wir nicht die geringste Ahnung, auf wen seine Bemerkungen gemünzt waren. Wenn wir vorpreschen und unser Wissen mit weiteren Personen teilen, würde das dem Täter eventuell die Möglichkeit verschaffen, Spuren zu verwischen. Wir sind in dichtem Nebel unterwegs. Schreien wir laut, könnte uns das helfen. Aber auch jemandem verraten, wo wir uns befinden.«

»Nachvollziehbar«, sagte Belonoz, lehnte sich zurück und massierte sich die Stirn. »Wobei Labudas Tod noch mysteriöser wird, wenn man an den Mord in Dienten denkt. Ich kann mir nicht vorstellen, was irgendein Salzburger Landpfarrer mit dem *Pratorama*-Skandal zu schaffen haben sollte. Das wäre doch geradezu lächerlich.«

»Genau das ist der Punkt. Nehmen wir an, unser Serienmörder hat tatsächlich auch Labuda und Zach getötet und steht in einer Verbindung zu *Pratorama*. Nehmen wir außerdem an, dass Zach so wie Labuda gestorben ist, weil er etwas gewusst hat, das den Täter gefährden könnte. Welche Person passt in dieses Beziehungsgeflecht? Derzeit haben wir keinen einzigen Anhaltspunkt. Der Täter kann sich nicht sicher sein, wie viel oder was wir wissen. Vielleicht hat er Labuda und Zach ermordet, weil er bemerkt hat, dass wir auf der richtigen Spur sind.«

»Wir gehen also im Nebel in die richtige Richtung«, sagte Belonoz. »Wir wissen aber nicht, dass es die richtige Richtung ist. Nur der Mörder weiß das, und deshalb tötet er. Obwohl er nur vermutet … So ein Scheißdreck, das wird mir langsam zu philosophisch …«

»Ja, Herr Major, das ist fast schon Erkenntnistheorie. Wobei ein Mörder mit jedem neuen Mord auch immer mehr über sich selbst mitteilt. Besonders, wenn Zeugen ausgeschaltet werden. Eines ist klar, der Serienmörder hat jetzt Angst aufzufliegen. Andererseits fühlt er sich durch die Verhaftung von Tom und Nicole in seinem Stolz gekränkt. Beides setzt ihn unter Druck. Gut für uns … Da fällt mir ein, dass ich Ihnen die Sensation noch nicht gezeigt habe.«

Den vor ihr liegenden Unterlagen entnahm Lily ein paar großformatige Farbfotos und reichte sie an die Anwesenden weiter. »Vergrößerte Bilder der Überwachungskamera. Das Licht ist nicht ideal. Da hat Horvath besser gearbeitet. Aber es sind wenigstens die neuesten Bilder von unserem Täter.«

Wie elektrisiert und mit großen Augen beugte sich Steffek vor. »Woher sind die?«

Lily berichtete knapp von dem abermaligen Brief der Person, die sich *Der Richter* nannte. Danach teilte sie die Fotos aus, die sie mit dem Handy angefertigt hatte. »Diesmal ist das Schreiben kurz nach drei Uhr früh in den Briefschlitz beim Einganz zur Staatsanwaltschaft geworfen worden.«

»Wenigstens erkennt man beim Lichtkegel vor dem Briefschlitz eine Person in Lederkluft und Motorradhelm«, sagte Metka. »Auch nicht schlecht. Nicole oder Tom können das jedenfalls nicht gewesen sein.«

Steffek sah Lily begeistert an. »Also ist er wirklich in seiner Ehre getroffen. Genau das haben Sie erreichen wollen, Frau Doktor. Das ist gelungen.«

»Ich kann nur hoffen, dass er jetzt anfängt, Fehler zu machen. Aber vielleicht hat er schon damit begonnen. Man wird sehen, was sich bei den Ermittlungen zu den Morden an Labuda und Zach ergibt.«

Belonoz schien sich dagegen nicht verändert zu haben. Seine Miene war pessimistisch geblieben, sein Körper war eine einzige Abwehrhaltung. »Kein Grund für verfrühte Freude. Kommenden Samstag hat er die Möglichkeit, der Öffentlichkeit zu zeigen, wer der wahre Täter ist.«

Es wurde schlagartig still, niemand rührte sich.

»Das wäre in der Tat schlimm«, sagte Lily langsam. »In erster Linie für die betroffene junge Frau. Aber auch für uns. Die öffentliche Stimmung ist ohnehin gegen uns. Ein neuer Mord könnte uns endgültig das Genick brechen. Unsere Theorien würden in der Luft zerfetzt werden. Genau darauf könnte der Täter in seiner Panik abzielen. Ich bin absolut sicher, dass er am kommenden Samstag zuschlagen möchte.«

Erneut war man in der Sackgasse der Ratlosigkeit gelandet. Und der verdammte Zeitdruck hatte sich zurückgemeldet. Es blieben noch rund vier Tage.

»Wie kann man das verhindern?«, fragte Marlene Metka kleinlaut.

»Wir stellen uns am besten auf das Schlimmste ein«, sagte Lily und versuchte, ruhig zu wirken. »Oder glaubt hier jemand, dass wir innerhalb der verbleibenden Zeit jemanden finden, der in das Raster passt?«

Das Schweigen lastete im Raum.

Deshalb wirkte das kurze Summen von Lilys Handy umso lauter. Jemand hatte ihr eine Nachricht geschickt. Lily wollte nicht auf das Ende der Sitzung warten. Ein warnendes Gefühl befahl ihr, sofort nachzuschauen.

Sie nahm ihr Telefon zur Hand. Die Mitteilung kam von Descho und war unmissverständlich.

Bitte anrufen. Notfall.

Lily entschuldigte sich und raste beinahe auf den Korridor hinaus.

Bereits nach dem ersten Läuten hob Descho ab. »Gut, dass Sie so schnell zurückrufen. Vor einer Stunde hat sich Herbert Karner in einer Salzburger Polizeiinspektion den Behörden gestellt. Dort hat er gestanden, Zach getötet zu haben.«

»Der Vater von Magdalena hat …?«

»Ja, und er soll gesagt haben: *Jetzt ist das Schwein endlich tot.*«

*

Ihren besonderen Status bewies Sasha Bonino dadurch, dass sie erst zur Redaktionskonferenz um elf Uhr im Haus erschien. Ihre Mitarbeiter mussten bis dahin längst Präsenz gezeigt und sich durch andere Zeitungen gewühlt haben. Wer sich anders verhielt, erregte Argwohn. Nur für Bonino galten Sonderrechte. Sie kam, hörte zu und entschied. Mehr hatte sie nicht nötig. Auch in ihrer Abwesenheit wussten sämtliche Mitarbeiter stets, wen sie zu fürchten hatten.

An diesem Vormittag bedeutete ihr die Sekretärin, noch rasch die E-Mail zu lesen, die Lily Horn vor etwas mehr als einer Stunde geschickt hatte. Die Sekretärin hatte sie ausgedruckt.

Bonino zögerte zunächst. Bis die Neugier siegte.

Sehr geehrte Frau Bonino,
ich schätze die Pressefreiheit. Sie ist eines der wichtigsten Güter der Demokratie.
Aber sie berechtigt Sie nicht dazu, in Ihrem Blatt die Ermittler einer tragischen Mordserie zu verunglimpfen. Herablassende, geradezu diffamierende Kommentare, wie sie von Ihrer Redakteurin Gaby Koch verfasst werden, sind nicht hinnehmbar.
Wenn Ihre Zeitung etwas Wesentliches zum Fall beizutragen hat, unterstützen Sie das bitte. Ansonsten ersuche ich Sie, den Ton Ihres Blattes zu versachlichen. Es geht um Menschen, die ihr Leben auf grausame Weise, durch die Hand eines Mörders, verloren haben. Wir tun alles in unserer Macht Stehende, um die Person auszuforschen, die dafür die Verantwortung trägt. Es ist anmaßend, unser Bemühen auch nur andeutungsweise in Frage zu stellen.
Bitte überlegen Sie, ob Ihr Blatt von nun an dazu beitragen möchte, die Verbrechen aufzuklären. Oder ob Sie weiter Polemik betreiben möchten.
Mit besten Grüßen,
Dr. Lily Horn,
Staatsanwaltschaft Wien

P.S.: Dies ist kein Leserbrief, sondern ein persönliches Schreiben. Eine Veröffentlichung des Textes oder von Teilen daraus müsste ich gemäß Medienrecht verfolgen lassen.

Zunächst staunte Sasha Bonino. Drei-, viermal las sie ungläubig die Nachricht. Sie konnte nicht fassen, dass jemand ihr gegenüber tatsächlich einen derartigen Ton anschlug.

Schließlich wurde sie von kalter Wut ergriffen. Ihr Puls raste. »Was glaubt diese blöde kleine Beamtin, wer sie ist? Sie wird vom Geld der

Steuerzahler erhalten und leistet sich noch große Sprüche? Die muss verrückt geworden sein, sich mit mir anzulegen. Völlig durchgedreht, ein Fall für die geschlossene Abteilung.«

Erbost hatte Bonino diese Worte ihrer Sekretärin entgegengebrüllt, wobei sie beinahe in den längst abgelegt geglaubten oberösterreichischen Dialekt verfallen wäre.

Sofort zog sie sich in ihr Büro zurück. Wo sie am liebsten mit sämtlichen zur Verfügung stehenden Objekten herumgeschmissen hätte. Früher, als Rudolf Bonino schon sehr alt und gebrechlich gewesen war, hatte sie sich ähnlich benommen. Wenn ihr verwehrt worden war, wonach es sie gelüstet hatte. Wenn sie ihren Willen nicht hatte durchsetzen können. Ihr Mann hatte hilflos zusehen müssen. Kurz vor seinem Tod war ihm in solchen Situationen zum Weinen gewesen.

Als Sasha Bonino etwas zur Ruhe gekommen war und sich gerade in das untere Stockwerk zur Redaktionskonferenz begeben wollte, kam ein Anruf. Mit von unterwürfiger Verzagtheit gequältem Gesichtsausdruck erkundigte sich die Sekretärin, ob sie eventuell verbinden solle.

»Wer will etwas von mir?«, fragte Bonino barsch.

»Die Bürgermeisterin.«

*

Sie hatte darauf gewartet. Doch es kam nicht. Obwohl sie es einkalkuliert hatte. Das Gefühl blieb vollkommen weg, als wäre es ihm befohlen worden.

Lily spürte keinerlei Flugangst. Mit Erstaunen registrierte sie das, während sie aus dem dick verglasten Fenster des Hubschraubers schaute. Da zog die österreichische Landschaft an ihr vorüber, von der Ebene ging es zügig in die Alpen.

Plötzlich wurde Lily bewusst, wie herrlich dieses Land war. Wie sehr diese Täler, Berge, Seen, Wälder, Dörfer und Straßen einen Teil ihrer Identität ausmachten. Sie empfand ein Gefühl der Zugehörigkeit, das sie in dieser Form noch selten zuvor empfunden hatte. Der exakte Gegenpol zu jenem Drang, nach New York zu gehen. Da war sie entflohen, gejagt von ihrer Sucht, endlich ein Zuhause und die erstrebte feste Beziehung zu finden. Sie hatte Ketten abschütteln, eine neue Existenz begründen und frische Wurzeln schlagen wollen.

Nun erkannte sie, dass die New Yorker Episode nötig gewesen war. Für die Einsicht, dass sie Wien und Österreich verbunden war. Weit über den Rooseveltplatz hinaus. Dass sie zwar überall in der Welt ein anderes, neues Zuhause basteln konnte. Aber das alte weiterbestand, immer bereit, sie willkommen zu heißen.

Nach Deschos Anruf war Lily bewusst geworden, dass sie persönlich mit Herrn Karner sprechen musste, und zwar sofort. Sie hatte sich daran erinnert, wie unvermutet lebhaft und herzlich er am Schluss des Gesprächs auf sie reagiert hatte. Zugleich hätte sie es sich nicht leisten können, ihre Arbeit in Wien allzu lange im Stich zu lassen. Eine dreistündige Zugfahrt nach Salzburg und wieder zurück war ebenso ausgeschlossen wie die angesichts des sommerlichen Reiseverkehrs unkalkulierbare Westautobahn. Also hatte sie einen der Hubschrauber des Innenministeriums angefordert. Mit dem Eurocopter EC 135 der Flugpolizei benötigte sie rund eine Stunde für die Strecke.

Descho erwartete sie. Der Hubschrauber konnte relativ nahe der Polizeidirektion landen, von dort war es nur noch ein Katzensprung in Deschos Büro.

»Trotz der widrigen Umstände ist es nett, dass wir uns endlich persönlich kennenlernen«, sagte Lily freundlich.

Der Kriminalbeamte lächelte stolz. »Ja, finde ich auch. Allerdings hätte ich mir eine andere Gelegenheit dafür gewünscht. Eine tragische Sache ist das schon. Zuerst verliert er seine Tochter, jetzt ist er womöglich zum Mörder geworden. Sicher aus Verzweiflung. So ein armer Kerl. Was in seinem Gehirn vorgeht, möchte ich gar nicht wissen.«

»Glauben Sie eigentlich, dass er Zach ermordet hat? Was könnte sein Motiv sein?«

»Dazu will er sich nicht äußern. Er behauptet lediglich, dass er es war. Wieder und immer wieder.«

Eine Viertelstunde später, in einem vernachlässigt wirkenden Verhörkämmerchen, saß Lily Herrn Karner gegenüber. Mit ihrem Kollegen von der Salzburger Staatsanwaltschaft hatte sie vereinbart, dass sie ihn vernehmen durfte. Sie hatte sich als Begründung dafür ausgedacht, dass Karner trotz seiner Tat nach wie vor als Zeuge im Wiener Fall betrachtet werden musste. Doch der Kollege hatte gar nicht erst nachgefragt.

Karner hatte den Raum in äußerst bockiger und verstockter Stimmung betreten. Doch seine Miene hellte sich auf, sobald er Lily erkannte. »Ja, Frau Staatsanwältin, das ist eine Ehre ... Sie sind extra wegen mir nach Salzburg gekommen. Das vergesse ich Ihnen nie, das schwöre ich.«

Lily reagierte sehr sanft. »Herr Karner, leider ist der Grund für unser Treffen kein angenehmer. Aber erzählen Sie mir zuerst, wie es Ihnen geht.«

»Gut, hervorragend sogar, Frau Doktor«, sagte Karner voller Überschwang, doch seine Augen verrieten, dass er log. »Obwohl diese Leute hier kein Niveau haben. Keine Klasse. Mit Ihnen kann man die nicht vergleichen. Ich habe Ihnen ja damals erzählt, was ich von den Katholen und den Pfaffen halte. Jetzt hat dieses Gesindel eine auf den Deckel bekommen.«

»Von Ihnen, Herr Karner?«

»Freilich. Der Zach war schon seit langem auf meiner Abschussliste. Jetzt hat's ihn erwischt, diesen Saukerl. Zeit war's. Ich würde am liebsten sagen: Vergelt's Gott.«

Lily nickte ruhig. »Also haben Sie den Herrn Zach erschlagen.«

»Der hat bekommen, was er verdient hat. Den Sauschädel hab ich ihm zertrümmert.«

»Aber Herr Karner, bitte ...«

»Weil es doch wahr ist.«

Lily hatte langsam angefangen, wie mit einem Kind mit ihm zu reden. »Also dass Sie plötzlich so schlimme Sachen anstellen ... Man sieht, dass Sie noch immer sehr stark sind, nicht wahr?«

»Stimmt genau, Frau Doktor. Mit der Kraft meiner Hände habe ich dem Zach die Leviten gelesen ...«

»Ich verstehe. Aber sagen Sie bitte, was war mit seinen Augen los?«

Zum ersten Mal schien Karner leicht irritiert zu sein. »Mit welchen Augen? Die vom Zach meinen Sie?«

»Ja, die meine ich.«

»Na, kurzsichtig war er jedenfalls nicht … Der hat alles gesehen und brav geschwiegen.«

Lily erhob sich. Sie drehte eine Runde durch das Verhörzimmer und massierte sich die Stirn. Dabei fühlte sie, wie Karners Blicke an ihr hafteten. Sie setzte sich wieder, nahm das vor ihr stehende Glas Wasser und trank es aus. Milde sah sie Karner an. »Gestatten Sie mir eine Frage. Warum, Herr Karner? Warum haben Sie es getan?«

Er erwiderte ihren Blick, wirkte jedoch eher stur als ehrlich. Und schwieg.

»Warum?«, fragte Lily erneut. »Erinnern Sie sich an unser Treffen in Wien. Und daran, was Sie am Ende zu mir gesagt haben. Jetzt möchte ich, dass Sie mir helfen. Denn ohne Ihre Hilfe schaffe ich es nicht.«

Karner blickte hinunter auf die leere Tischplatte vor ihm. Zaghaft und leise begann er zu sprechen. »Der Zach war an allem schuld … Er hat der Lena etwas angetan, das weiß ich genau … auf der Jugendreise, die er vor zehn Jahren organisiert hat … Danach war die Lena ein anderer Mensch, sie ist plötzlich so schüchtern gewesen … und immer hat alles ganz sauber sein müssen bei ihr …«

»Was ist auf dieser Reise passiert?«

»Dort haben sie die alte Lena kaputtgemacht … Sie hat es meiner Frau erst viel später gestanden … Missbraucht ist sie worden. Schwer missbraucht. Von diesen Drecksäuen.«

Karner hatte zuletzt mit hochrotem Kopf geschrien. Zugleich flossen Tränen aus seinen Augen, seine Faust hämmerte mehrmals auf die Tischplatte. Er bedeckte sein Gesicht mit den Händen. Er zitterte am ganzen Körper.

Lily beugte sich vor. Sie berührte vorsichtig seine Arme.

Da schaute Karner auf. Aus seinen nassen Augen drang ein Blick zu Lily, den sie nie wieder vergessen würde. Von dem Schrecken, den er gerade in Gedanken durchgemacht hatte, und von der Wut auf das Gewesene erzählte er ebenso wie von der Dankbarkeit, dass etwas aus ihm herausgeplatzt war, das er viel zu lange in sich verborgen gehalten hatte.

»Danke für Ihre Offenheit«, sagte Lily kaum hörbar. »Jetzt gehen Sie und ruhen sich aus. Jetzt sofort. Das wünsche ich mir von Ihnen, Herr Karner. Und ich verspreche Ihnen, dass wir einander wiedersehen. Hunderprozentig.«

Erst nach fast einer Minute bewegte sich Karner, wie in Zeitlupe erhob er sich. Fast ständig blieb er mit Lily in Blickkontakt. Er schwieg. Als wollte er, dass sie intuitiv erfasste, was in ihm los war, weil er keine Worte mehr dafür besaß. Noch im Türrahmen, während ihn der Justizwachebeamte abführte, blieb er stehen und warf Lily einen flehentlichen Blick zu.

Draußen wartete Descho. Und gab sich gar nicht erst Mühe, seine Neugier zu verhehlen. »Hat er was gesagt?«

So aufgeregt er gerade noch gewesen war, plötzlich hielt er sich zurück. Weil ihm auffiel, dass Lily abwesend wirkte und in Gedanken versunken war.

»Ja, das hat er, Herr Descho. Und viel mehr, als ich erwartet hatte … Ich glaube, ich beginne zu verstehen … Organisieren Sie bitte ein Auto, wir müssen sofort zu Frau Karner fahren. Und sorgen Sie bitte dafür, dass Herr Karner beobachtet wird. Pausenlos. Verlegen Sie ihn in eine geeignete Zelle mit Videoüberwachung. Er befindet sich in einer emotional extrem instabilen Verfassung. Ich möchte nicht, dass er sich etwas antut.«

Vier Minuten später rasten Lily und Descho mit Blaulicht zum Haus der Karners. Erst als die Stille zu lange über ihnen gelastet hatte, gestattete sich Descho eine Frage. »War Karner der Täter?«

Lily sagte nichts. Erst als Descho dachte, keine Antwort zu erhalten, begann Lily zu reden. »Zuerst möchte ich Ihnen danken, Herr Descho. Weil Sie dafür gesorgt haben, dass die Medien nichts von den ausgestochenen Augen Zachs erfahren haben.«

»Sie haben es angeordnet, Frau Doktor, also habe ich es so gemacht.«

»Jedenfalls habe ich Karner auf die Augen angesprochen ... Nein, Karner ist nicht der Mörder. Er hat keine Ahnung, was wirklich mit Zach geschehen ist.«

33

Das ist die zweite Expedition, um Magdalena Karner und ihren Mörder besser kennenzulernen, überlegte Lily beim Betreten des Hauses.

Sie erinnerte sich, wie sie Magdalenas Wiener Wohnung erforscht hatte. Ihr fiel die irritierend sterile Atmosphäre wieder ein. Danach dachte sie an Belonoz' plötzlichen Aufschrei und die Verhaftung des Voyeurs. Seltsam fern schien ihr das alles. Die Intensität der letzten Tage hatte Lilys Zeitgefühl verändert.

Auch Magdalenas Elternhaus befand sich in einem betont ordentlichen Zustand. Alles war brav und bieder, dennoch wirkte es heimelig und einladend. Von Sterilität war hier keine Spur.

Margit Karner hatte Lily und Descho höflich empfangen und ins Wohnzimmer geführt. Unterschwellig war zu spüren, dass sie nicht wusste, wie sie mit der Situation umgehen sollte. Neben ihrem stolzen, wortmächtigen, aufbrausenden Mann hatte sie zunehmend die Rolle der schweigsamen, kalmierenden Ehefrau eingenommen.

Lily beschloss, das Gespräch direkt anzugehen. »Frau Karner, ich weiß, dass Sie mein Besuch überrascht. Aber es ist dringend nötig, so viel kann ich Ihnen verraten. Bitte erzählen Sie mir, was vor zehn Jahren geschehen ist. Was hat sich während dieser Reise ereignet, die Zach organisiert hat?«

Die Mutter blickte sie mit großen Augen an und schien verschreckt wie ein junges Tier. »Wieso ... was ... woher wissen Sie ...?«

»Ihr Mann hat mir davon berichtet. Ich glaube, er vertraut mir. Bitte helfen Sie mir auch. Ich muss die Wahrheit wissen. Nur mit der Wahrheit erreicht man Gerechtigkeit.«

Frau Karner nickte kurz, doch ihre Irritation hatte sich nicht gelegt. Lily beugte sich vor und redete leise auf sie ein. »Ich bin überzeugt, dass diese alte Geschichte der Schlüssel ist, um den Menschen zu finden, der Magdalena Böses angetan hat. Bitte helfen Sie mir, diesen Menschen seiner gerechten Strafe zuzuführen.«

Frau Karner schaute Lily lange an.

Bis sie mehrmals hintereinander nickte und signalisierte, Lilys Worte verstanden zu haben. Dennoch wirkte sie weiter verunsichert und in sich gekehrt.

Zaghaft begann sie schließlich. »Aber ... wie ... wie soll das gehen? Zach ist tot. Den werden Sie nicht mehr verhaften können ...«

Lily sprach betont langsam, leise und zugleich ohne Druck. »Erzählen Sie mir einfach, was vor zehn Jahren geschehen ist.«

Frau Karner atmete tief ein. Man konnte geradezu hören, wie eingezwängt und verkrampft ihr Brustkorb war. »Das ist so ... so schwer für mich. Es geht ... um etwas, das privat ist ... Es ist schwierig ... die richtigen Worte zu finden.«

»Und ich bin überzeugt, dass Sie die richtigen Worte finden werden. Was immer Sie sagen, es wird stimmen. Weil es um Ihren Mann und um Magdalena geht.«

Verstockt saß Margit Karner in ihrem Wohnzimmer. Sie rang mit sich selbst, weil sie es nicht gewohnt war, mit anderen Leuten über Privates zu sprechen. Also legte Lily behutsam nach: »Magdalena will, dass die Wahrheit ans Licht kommt. Da bin ich absolut sicher. Sie hat genug vom Verschweigen und Vergessen. Sie hört uns zu. Und erwartet von mir, dass ich sie räche und die Bösen zur Strecke bringe. Das kann ich tun, wenn Sie mir helfen.«

Jetzt sah Frau Karner die Staatsanwältin an, plötzlich war Klarheit in ihrem Blick. »Sie haben recht ... ja, das würde sie wollen ... denn sie war ein grundehrlicher Mensch ...«

Mit einem Mal hatte sie zu einer aufrechten, unbeugsamen Haltung gefunden, die sie vielleicht schon vor Jahrzehnten abgelegt hatte.

»Also gut«, sagte sie leise. »Ich werde es versuchen ... Vor zehn Jahren ist eine Reise nach Südtirol organisiert worden. Jugendliche aus Pfarren in ganz Österreich haben daran teilgenommen. Es ist darum gegangen, ein paar angenehme Tage zu verbringen und den Papst zu sehen, der in der Nähe Urlaub gemacht hat ... Magdalena war damals sehr gläubig und hat unbedingt dabei sein wollen ... Also ist sie mitgefahren. Zach hat die Organisation übernommen ...«

»Wo in Südtirol hat sich diese Jugendgruppe aufgehalten?«

»In Klausen.«

»Erzählen Sie bitte weiter.«

Die Augen von Frau Karner waren nun zur Decke gerichtet, als wollte sie sich besonders genau erinnern. »Das alles hat nach einer sehr schönen Sache ausgesehen. Aber dann ist Magdalena zurückgekommen und war sehr verändert. Nie wieder ist sie so geworden, wie sie vorher gewesen ist ... Sie war nicht mehr so offen und locker und zugänglich ... sondern verschlossen und auf peinliche Sauberkeit bedacht ... Am auffälligsten war, dass sie sich von der katholischen Kirche und Zach distanziert hat. Sie hat mit denen nichts mehr zu tun haben wollen. Sie hat sich vollständig von ihrem alten Leben getrennt. Wir haben das am Anfang auf die Pubertät geschoben ... aber irgendwann haben mein Mann und ich uns gewundert, warum sich Magdalena plötzlich so abkapselt. Es ist zu einem Streit gekommen, der mir heute sehr leid tut ... Jedenfalls hat Lena plötzlich sehr wütend gesagt, dass sie in Klausen ... dass sie dort etwas Unerträgliches erlebt hat. Sie hat alles aus sich herausgeschrien ... Ich habe sie zuvor und danach nie wieder mehr so aufgeregt gesehen ... Sie hat gesagt, dass sie zum ersten Mal Sex gehabt hat und keine Jungfrau mehr ist, und dass alles schmutzig war und gegen ihren Willen geschehen ist ... Mein Mann und ich waren völlig ratlos, wie wir reagieren sollten. Magdalena hat gemeint, dass Vertrauen in andere Menschen sinnlos ist ... weil sie auch jemandem vertraut hat, der aber dieses Vertrauen missbraucht hat ... Sie hat gesagt, dass aus einem Abenteuer mit einem älteren Mann etwas Schmutziges geworden ist ... und dass sie so etwas nie wieder erleben möchte ... Seitdem war Magdalena ein anderer Mensch. Es hat viel Zeit gebraucht, aber irgendwann haben wir uns daran gewöhnt. Man liebt die eigene Tochter, also ... passt man sich an.«

Sie schwieg, und die intensive, zugleich hilflose Art, in der sie Lily ansah, zeigte, dass Frau Karner nahezu ihre gesamte Energie bei diesem Erinnerungsprozess aufgebraucht hatte.

Doch Lily wusste, dass sie die Gunst der Stunde nutzen musste und an diesem Punkt nicht aufhören durfte. »Das ist nicht alles, oder?«

»Es hat nicht lange gedauert, bis sie uns dazu gezwungen hat, Dienten zu verlassen. Sie hat damit gedroht, sich sonst umzubringen. Es war ihr absolut ernst, das haben wir gemerkt. Also sind wir nach Salzburg gezogen, was eine enorme Umstellung bedeutet hat ... aber Magdalena ist es dann besser gegangen. Sie war wieder offener, wenn auch nie mehr so wie früher ... Das Gymnasium hat sie abgeschlossen und ist zum Studium nach Wien gegangen. Das war ihr großer Traum ... Dazwischen kam Sebastian Emberger ... Er war von Lena hingerissen, das war eine völlig verrückte Geschichte, die uns wirklich berührt hat ... Als sie gemerkt hat, wie stark er sie verehrt, hat sie ihn fallenlassen. So war die Situation bis vor einigen Wochen.«

»Was ist da passiert?«

»Magdalena war plötzlich sehr nervös. Sie hat uns auch öfter besucht als früher ... Wir haben uns erst darüber gefreut, aber uns dann gefragt, was dahintersteckt ... Vor zwei Wochen hat sie es nicht mehr ausgehalten ... Sie hat uns gebeichtet, dass auch andere Mädchen, die damals in Klausen waren, ähnliche Erfahrungen wie sie gemacht haben ... genauer gesagt, drei Mädchen ...«

»Drei Mädchen? Inklusive Magdalena also insgesamt vier?«

»Ja, stimmt ... Sie hat ihre Namen erwähnt ... und zwei von ihnen sind in Wien ermordet worden ... Sie hat solche Angst gehabt ... aber dann hat sie plötzlich gelacht und gesagt, dass das sicher alles nur Zufall ist ...«

»Kennen Sie die Namen der Mädchen?«

»Ich erinnere mich nicht mehr daran, leider ... aber es hat ein Foto gegeben, wo diese drei Mädchen zusammen abgebildet waren.«

Ein Foto mit drei Mädchen.

»Wo ist dieses Foto?«, fragte Lily wie elektrisiert und dachte an Herrn Foltinek. Und vor allem an den toten Hans Labuda, der beides erwähnt hatte, das Foto und *Pratorama*.

Nein, so viel Zufall gab es nicht. Hier war sie, die richtige Fährte. Jene, die zum Mörder führen würde. Dessen Namen Lily noch nicht kannte, aber dessen Gegenwart bereits zu spüren war. Er, der gemordet hatte, war in unmittelbarer Nähe. Sein Vorsprung war geschwunden.

»Das Foto war hier im Zimmer von Lena. Vor einigen Wochen hat sie es mit nach Wien genommen.«

»In ihrer Wohnung haben wir kein solches Foto gefunden.«

Frau Karner wurde resignativ. »Dann kann ich Ihnen leider auch nicht helfen …«

Vorsichtig durchbrach Lily das kurze Schweigen, das zwischen ihnen entstanden war. »Hat Ihnen Magdalena im Detail erzählt, was in Klausen vorgefallen ist?«

Frau Karner nahm eine abwehrende Haltung ein und wurde scheu. »Nein, nie. Sie hat lediglich gesagt, dass sie und die anderen Mädchen von einem Mann, der älter war als sie, missbraucht worden sind. Ich weiß noch genau, wie Magdalena dieses Wort *missbraucht* ausgesprochen hat. Ich habe gespürt, dass meine Tochter verletzt worden ist. Und dann hat sie noch gemeint, dass man Leuten nicht trauen darf, die sich besonders fromm und vorbildlich geben. Magdalena hat gesagt: *Das sind die größten Heuchler, sie missbrauchen und zerstören andere Menschen.* Mit Religion oder Glauben hat sie nach dem Jugendcamp in Klausen nie mehr wieder etwas zu tun haben wollen.«

»Das verstehe ich gut … Nur … warum haben Sie oder Ihr Mann uns nicht schon längst davon erzählt?«

Frau Karner sah Lily fest an. »Ich habe nicht gedacht … oder zumindest nicht angenommen, dass es eine Rolle spielt … oder vielleicht hab ich es einfach nicht glauben wollen … Wissen Sie, wir sind normale Leute vom Land, da möchte man über gewisse Dinge nicht sprechen. Man behält sie für sich. Zum Beispiel wenn man sich für etwas schämt.«

»Da gibt es nichts, wofür Sie oder Ihr Mann sich hätten schämen müssen.«

»Ich weiß, aber trotzdem … Sie sind aus der Stadt … Kirche und … und Missbrauch … das sind sehr heikle Themen … Lieber hätte ich mich vom Blitz treffen lassen, als dass ich es Ihnen gesagt hätte.«

»Glauben Sie, dass Ihr Mann Zach getötet hat? Weil er annimmt, dass es Zach war, der Magdalena damals missbraucht hat?«

»Ich weiß es nicht ... Vorgestern Abend war er nicht bei mir, er ist erst gestern früh nach Hause gekommen. Ich habe ihn gefragt, wo er war, aber er hat mir nicht geantwortet ... Seit dem Tod von Magdalena ist er nicht mehr, wie er einmal war ... Er wird beim kleinsten Anlass wütend ... als würde er einen Anfall bekommen. Und er treibt sich herum ... Ich mache mir Sorgen um ihn.«

Lily versprach Frau Karner, sie auf dem Laufenden zu halten. Zusammen mit Descho verließ sie das Haus.

Draußen blieb sie in der Sonne stehen und genoss für wenige Momente die wärmenden Strahlen, bevor sie sich an Descho wandte. »Ich befürchte, dass es jemanden gibt, der lästige Zeugen und Mitwisser auszuschalten versucht. Und der extrem gut informiert ist. Bitte lassen Sie Frau Karner unter permanenten Polizeischutz stellen und organisieren Sie einen vorübergehenden Wechsel ihres Wohnorts.«

Eine halbe Stunde später flog Lily zurück nach Wien. Während sie im Helikopter saß, überlegte sie angestrengt. Für die Schönheit der Landschaft hatte sie diesmal keinen Blick übrig.

*

Der Hubschrauber war in einem Hof des Innenministeriums gelandet. Belonoz holte Lily mit dem Alfa ab.

Bevor sie ins Auto stiegen, überreichte er ihr ein kleines, in Papier gehülltes Päckchen. »Ich habe zwei Semmeln mit Hirschsalami genommen, dazu einen Haufen Kirschen und eine Flasche stilles Mineralwasser.«

»Hirschsalami?«, fragte Lily überrascht. »Wo haben Sie die her?«

Belonoz zeigte keine Emotion. »Ich weiß, wo man in Wien was bekommt.«

»Jedenfalls danke für Ihre Mühe. Ich habe seit Stunden lediglich ein wenig Leitungswasser zu mir genommen.«

Als sie unterwegs waren, dauerte es, bis Belonoz zu sprechen anfing. »Am Telefon haben Sie mir ja noch nicht viel sagen wollen. Also, hat sich der Kurztrip ausgezahlt?«

Lily nickte ernst. »Definitiv. Das Kuriose ist, dass sich der Fall immer mehr auszuweiten scheint. Aber zugleich kommt es mir so vor, als würde sich die Schlinge enger ziehen. Natürlich hat Karner den Pfarrer nicht umgebracht. Vom Tathergang hat er keine Ahnung. Ich vermute, dass er einfach die Gelegenheit benutzen will, durch ein falsches Geständnis seine eigenen Schuldgefühle zu bekämpfen.«

»Welche Schuldgefühle?«

»Die Schuldgefühle, die bei allen besorgten Eltern entstehen, wenn ihrem Kind etwas zustößt. Vor zehn Jahren war Magdalena in einem Sommercamp in Südtirol. Dort hat sich irgendetwas ereignet, das sie als *Missbrauch* bezeichnet hat … Ich brauche jetzt Ihre Hilfe, Herr Major. Das ist eine Sache zwischen Ihnen und mir. Es geht um Ihre Kontakte zur italienischen Polizei. Wenn ich die offiziellen Kanäle bemühe, dauert es Tage oder Wochen, bis Ergebnisse vorliegen. So viel Zeit haben wir nicht, wenn wir weitere Morde verhindern wollen. Denn irgendjemand ist fleißig dabei, Menschen zu töten, die ahnen, worum es in Wahrheit geht.«

»Das kann ich für Sie arrangieren. Was wollen Sie wissen?«

»Ich muss noch herausfinden, wann genau dieses Sommercamp stattgefunden hat. Sobald das klar ist, benötige ich eine Liste aller Österreicher, die sich damals in Klausen aufgehalten haben. Vielleicht taucht ein Name auf, der uns bekannt vorkommt.«

Belonoz nickte, während er einparkte. »Übrigens, Kovacs hat das Geschäft gefunden, in dem der Lederanzug und der Helm aus Nicoles Kellerabteil gekauft worden sind. Genau am Tag des Mordes.«

»Großartig, Herr Major. Vielleicht erinnert sich jemand an den Käufer.«

»Kovacs hat eine Reihe von Fotos vorgelegt. Ein paar alte Bekannte aus unserem Archiv, gemischt mit Bildern von Tom und Nicole.«

»Hat das etwas gebracht?«

»Es war, wie Sportreporter zu sagen pflegen, ein Volltreffer.«

*

Kaum in der Polizeidirektion angekommen, sprach Lily mit Nika Bardel und bat sie, erneut die Verwandten und Bekannten der ersten beiden Mordopfer zu kontaktieren. Bardel solle gezielt nach einem Foto fragen, das drei junge Mädchen im Alter von etwa zwölf oder dreizehn Jahren zeige. Außerdem möge sie sich erkundigen, ob jemals von einem Sommercamp in Südtirol die Rede gewesen sei.

Danach eilte Lily in den Verhörraum, wo Nicole Saborsky bereits mit ihrem Pflichtverteidiger wartete. Nicole war sichtlich schlecht gelaunt, doch die zweite Nacht in Haft schien ihr bekommen zu sein. Erstaunlich frisch und erholt sah sie aus, außerdem wurde sichtbar, dass sie und Lavinia familiär verbunden waren. Sie besaßen beide die gleiche zarte, blasse Haut und die gleichen hellen, leicht wässrig wirkenden Augen. Nur die Haarfarbe und die Kleidung erinnerten noch an die wilde Nicole. Ansonsten hatten das Ausbleiben nächtlicher Aktivitäten und illegaler Substanzen geradezu Wunder gewirkt.

»Sie sehen aus wie das blühende Leben, Frau Saborsky«, sagte Lily kühl, nachdem sie Platz genommen hatte.

Die Angesprochene verzog genervt den Mund und schüttelte angewidert den Kopf. »Wie bitte? Sonst geht es Ihnen aber noch gut, oder, Frau Ermittlerin? Glauben Sie, dass ich hier in einem Wellnesshotel untergebracht bin? Ich sehe scheiße aus!«

»Überhaupt nicht. Sie wirken wie jemand, der ausreichend und vor allem nachts geschlafen sowie genügend gegessen hat.«

»Na danke. Was soll ich auch sonst tun? Ich esse den Fraß, um mich abzulenken, liege auf dem Bett herum, und rauchen darf man in der Zelle auch nicht.«

»Das alles noch dazu auf Staatskosten … Frau Saborsky, am besten, wir kommen gleich zum Kernpunkt. Im Kellerabteil Ihrer Wohnung ist ein Anzug aus schwarzem Leder gefunden worden, wie ihn Motorradfahrer tragen. Außerdem ein Helm. Was können Sie mir dazu mitteilen?«

Erneut schnitt Nicole eine Grimasse. »Jetzt wird es wirklich witzig. Keine Ahnung, was Sie da erzählen. Ich fahre überhaupt nicht Motorrad. Das könnten Sie eigentlich mit Ihren Polizeitypen leicht herausfinden. Ich habe nur den Pkw-Führerschein, den ich eh nicht verwende, weil ich mir immer ein Taxi nehme.«

»Es geht nicht darum, ob Sie Motorrad fahren, sondern warum die Sachen in Ihrem Kellerabteil lagen.«

»Na, vielleicht hat jemand das Zeug dort hingelegt. Womöglich gar ein Polizist. Das kennt man ja aus den Medien. Was soll ich mit einem Helm und einem Lederanzug anfangen?«

»Gut, also Sie geben an, dass Ihnen die Sachen nicht gehören. Und Sie wissen auch nicht, wem sie gehören könnten, oder wer sie dort verstaut haben könnte?«

»Wirklich null Ahnung. Außerdem ... was hat das mit mir oder dem Mord an Selma zu tun?«, fragte Nicole und wandte sich zum ersten Mal an den Pflichtanwalt, der neben ihr saß. »Und Sie haben dazu auch nichts zu melden? Na toll, wozu sind Sie denn überhaupt hier?«

Der junge, leicht überfordert wirkende Anwalt lächelte seine widerspenstige Pflichtklientin höflich an. »In die Vernehmung darf ich mich nicht einschalten.«

»Ach so?«, fragte Nicole hämisch. »Aber Geld kriegen Sie dafür schon, nicht wahr?«

Lily unterbrach. »Frau Saborsky, Pflichtverteidiger bekommen für ihre Tätigkeit kein Geld. Es gehört zu den Aufgaben von Strafverteidigern, dieses Amt turnusmäßig wahrzunehmen. Und jetzt kommen wir wieder zu unserem eigentlichen Thema zurück. Sie haben am Tag, als Selma Jordis ermordet wurde, auch keinen Lederanzug und keinen Helm in einem Geschäft im sechsten Bezirk gekauft?«

Nicoles Stimmung wechselte blitzartig. Nun gab sie sich betont gelangweilt. »Was soll das? Das ist ja nur noch lächerlich ...«

»Ein Verkäufer hat Sie auf einem Foto erkannt und bestätigt, dass Sie ...«

Nun lachte Nicole arrogant. »Mich kann kein Verkäufer erkannt haben, weil ich noch nie in einem Motorradfahrergeschäft war. Solche Läden kenne ich gar nicht. Ich habe wirklich Besseres zu tun, als mich als blöde Bikerin zu betätigen.«

»Na gut«, sagte Lily, »dann etwas anderes: Wie eifersüchtig waren Sie auf Selma Jordis?«

Nicole begann laut zu lachen. »Das ist ja wie in einer Late-Night-Show hier, ein Gag folgt auf den nächsten. Ich war auf Selma Jordis überhaupt nicht eifersüchtig, weil sie mich gar nicht interessiert hat. Sie war eine langweilige Streberin, die in der Schule sicher immer die besten Noten gehabt hat. Tut mir leid, vielleicht klingt das pietätlos, aber so war es eben.«

»Schön, dass Sie den Begriff *pietätlos* kennen«, meinte Lily freundlich. »Aber immerhin sieht man, dass Sie Selma Jordis nicht besonders gemocht haben.«

»Hey, verdrehen Sie mir nicht die Worte im Mund. Es geht nur darum, dass ich mit Selma eben nicht sehr viel anfangen konnte: Sie war ein braves Mädchen und hat keine Ahnung vom richtigen Leben gehabt. Sie ist mir so alt vorgekommen. Alles war genau geplant bei ihr, sie hat konkrete Ziele gehabt und gewusst, wie sie die erreichen will … aber keine Lockerheit … Sie war nie entspannt. Ansonsten bin ich gut mir ihr ausgekommen. Tom hat sie gemocht, und das habe ich akzeptiert.«

»Frau Saborsky, Ihre Schwester Lavinia sagt, dass Sie eifersüchtig auf Selma Jordis waren. Stimmt das oder nicht?«

Für einen Moment schien Nicole irritiert zu sein, fand aber sofort zu ihrer angriffigen Haltung zurück. »Da muss sie etwas verwechseln. Wieso soll ich eifersüchtig gewesen sein? Wenn Tom etwas mit Selma haben wollte, dann von mir aus gerne … Aber wenn Sie es genau wissen möchten, Frau Ermittlerin, dann fragen Sie doch diese fette Tussi, die sich bei uns herumgetrieben hat. Die war wirklich eifersüchtig auf Selma.«

»Was für eine *fette Tussi*?«

»Keine Ahnung, irgend so eine Schreiberin eben. Dauernd hat sie sich in die Nähe von Tom gedrängt. Sie hat alles getan, ihn in ihrem Schmierblatt unterzubringen, um sich bei ihm einzuschleimen. Andere Mittel hat diese dumme Kuh ja nicht gehabt.«

»Wie heißt sie?«

Nicole verzog ihren Mund, als wäre ihr die Frage lästig. »Warum soll ich mich an so eine lächerliche Person erinnern? Sie war jedenfalls weder hübsch noch schlank genug für Tom …«

Lily wählte einen schneidenden Tonfall. »Sie sagen mir jetzt entweder den Namen oder Sie sitzen in Ihrer Zelle, bis er Ihnen einfällt.«

Plötzlich wirkte Nicole sehr bemüht. »Ist ja in Ordnung … also … ich glaube, diese Idiotin hat Gabi geheißen oder so ähnlich …«

Lily fühlte, dass ihr Herz rascher schlug. Sie strengte sich an, äußerlich gelassen zu bleiben. »Und sie hat für eine Zeitung gearbeitet?«

»Habe ich doch eh schon gesagt …«

»Für welche Zeitung?«

»Ich glaube … *Clip24* war das … irgend so ein Drecksblatt für blöde Spießer, die den Schwachsinn lesen, wenn sie in der U-Bahn sitzen …«

Nun kam der entscheidende Moment. Und Lily wagte sich an die Frage. »Hat die Frau, die Sie meinen, Gaby Koch geheißen?«

Als wäre ihr ein lange gesuchter Begriff eingefallen, lächelte Nicole müde. »Genau, so hat sie geheißen. Eine lächerliche Blödfrau, die fast dreißig ist, aber sich aufführt, als wäre sie noch jung. Woher kennen Sie eigentlich dieses dumme Weib?«

Es half alles nichts. Lily musste lachen. Nicole hatte sich dermaßen unverblümt ausgedrückt, bar jeder Höflichkeit und völlig unberührt von der Angst, Gesprächsteilnehmer durch ihre Ausdrucksweise zu verletzen. Rücksichtslos hatte sie ihre Meinung über einen anderen Menschen dargelegt. Lily vermisste diese Art, sich zu artikulieren. Das Zustreben auf eine berufliche Karriere mit all ihren Zwängen ließ die einst Unbekümmerten vorsichtig und taktvoll werden.

Natürlich reagierte Nicole auf Lilys Lachen zuerst mit Fassungslosigkeit, dann mit erneutem Widerstand. »Ja, machen Sie sich nur lustig … Hauptsache, Sie amüsieren sich, während ich im Gefängnis sitze und Verhöre über mich ergehen lassen muss …«

»Sie irren sich«, unterbrach sie Lily. »Ich lache Sie nicht aus. Sie haben etwas ausgedrückt, das ich vor einigen Jahren selbst so formuliert hätte. Denn ich kenne Gaby Koch. Diese Frau ist sicher nicht meine Freundin. Ganz im Gegenteil.«

Zum ersten Mal sah Nicole ruhig und aufrichtig in die Augen von Lily. »Versuchen Sie, mich zu manipulieren?«

»Nicht im Geringsten. Aber mich interessiert jetzt, warum Sie sich gestern geweigert haben, ein Alibi für die Tatzeit anzugeben.«

Nicole zog sich wieder zurück und wirkte unzugänglich. Leise sagte sie: »Dazu will ich nichts sagen … noch nicht. Ich muss nachdenken.«

*

In der abendlichen Besprechung hatte Kovacs Neues zu vermelden. »Am Tag der Ermordung von Selma Jordis ist noch in einem zweiten Geschäft ein Lederanzug gekauft worden. Und ein Helm.«

Lily war nicht überrascht. »Das erklärt, weshalb der gefundene Anzug keine verwertbaren Spuren aufweist. Jemand war so klug, an die Möglichkeiten der Kriminaltechniker zu denken. Ist auch in diesem Fall Nicole als Käuferin identifiziert worden?«

»Ja«, sagte Kovacs und schnitt eine skeptische Miene. »Und das ist doch wirklich seltsam. Ein vorsichtiger Mensch würde damit rechnen, dass sich die Verkäufer an ihn erinnern.«

»Absolut richtig. Und ich glaube, man hat das einkalkuliert.«

»Was meinen Sie damit?«, fragte Nika Bardel.

»Es ist darum gegangen, dass der Verdacht auf Nicole fällt.«

Belonoz horchte auf. »Halten Sie sie für unschuldig?«

»Ich sage nur, dass vielleicht jemand gewollt hat, dass Nicole verdächtig erscheint. Das Problem ist, dass sie selbst dazu beiträgt. Weil sie nicht einmal ein Alibi präsentiert.«

Marlene Metka schlug die nächstliegende Möglichkeit vor: »Vielleicht hat sie keines?«

»Oder es steckt etwas Banaleres dahinter. Zum Beispiel, dass sie Angst hat, durch ein Alibi oder konkrete Angaben einen anderen Menschen zu belasten. Wenigstens hat sie sich dazu durchgerungen, von Gaby Koch zu erzählen.«

»Diese Person hat schon lange genervt«, sagte Belonoz. »Aber dass ausgerechnet die so tief in der Sache drinsteckt, ist mehr als ironisch.«

In der Tat war auf einigen Gesichtern der Anflug eines Lächelns zu registrieren.

Lily blieb nüchtern. »Jedenfalls kann man verstehen, warum sie so aggressiv gegen die Verhaftungen von Tom und Nicole polemisiert hat. Zugleich verschweigt sie ihre eigene Bekanntschaft mit den beiden. Wenn sie sich wenigstens an uns gewandt und um Vertraulichkeit ersucht hätte …«

Bardel schüttelte verblüfft ihren Kopf. »Das ist doch ziemlich dumm von ihr. Sie hätte sich wirklich denken können, dass wir das irgendwann herausfinden.«

»So wie es dumm ist, aus nichtigen Gründen zu schweigen. Und sich dadurch verdächtig zu machen. Oder aus gekränkter Eitelkeit Briefe an eine Staatsanwältin zu schreiben und dadurch ungewollt die Ermittlungen zu erleichtern. All das ist dumm. Nur … sehen Sie sich einmal an, welche Typen unsere Gefängnisse bevölkern. Es sind zwei Arten von Menschen. Die Dummen und die Eitlen.«

Donnerstag, 24. Juni

34

Übermorgen.

Das war Lilys erster Gedanke beim Aufwachen.

Was sie erschreckte. Weil es ihr nicht mehr gelang, sich von der Arbeit zu lösen. Kaum war sie wach, fand der nahtlose Anschluss an den vorigen Tag statt. Hoffenlich hatte das bald ein Ende. Ob ein gutes oder ein schlechtes, war schon beinahe nebensächlich. Hauptsache, sie würde wieder etwas zur Ruhe kommen.

Andererseits wollte sie sich nichts vormachen.

Am Samstag, dessen war sich Lily sicher, würde der Täter wieder zuschlagen. Um seine Souveränität und Unverletzlichkeit zu demonstrieren. Die Frage war bloß, welche Frau es diesmal treffen würde. Und wie es den Ermittlern gelingen sollte, den neuen Mord zu verhindern.

Als sie im Grauen Haus eintraf, überreichte ihr der Portier lächelnd ein großformatiges Päckchen. »Diesmal hoffentlich kein böser Brief, Frau Doktor. Das wurde von einem Boten der Zeitung *Clip24* für Sie abgegeben.«

Lily übernahm das Paket. In ihrem Büro las sie das Begleitschreiben, das auf schönem Papier mit elegantem Briefkopf gedruckt war. Da stand schlicht: *Bonino Gruppe*. Vom Billigstil der Zeitung weit entfernt.

Sehr geehrte Frau Dr. Horn!
Anbei finden Sie, worum Sie gestern Nachmittag baten. Dies ist die komplette Zusammenstellung der Artikel, die von Gaby Koch für meine Zeitung verfasst wurden. Darunter sind auch die Beiträge, für die Frau Koch redaktionell verantwortlich war, ohne namentlich aufzuscheinen.
Meine Freundin Marina Lohner hat sich gestern bei mir gemeldet. Seitdem steht fest, dass es richtig ist, mit Ihnen zu kooperieren.

Ihre Einwände gegen die bisherige Form der Berichterstattung teile ich.
Ich warte auf den passenden Zeitpunkt, um die geeigneten Schritte einzuleiten, durch die Frau Koch neue Aufgaben überantwortet bekommt. Bis dahin ziehe ich es jedoch vor, die Betroffene nicht zu informieren.
Mit besten Grüßen
Sasha Bonino

Nachdem sie das Schreiben gelesen hatte, musste Lily lächeln. Wie einfach gestrickt selbst scheinbar komplizierte Menschen doch sein konnten.

Es hatte sich ausgezahlt, die Bürgermeisterin auf das Problem mit *Clip24* und deren Herausgeberin anzusprechen. Wobei klar war, dass Boninos scheinbar freundliches Verhalten in Wahrheit berechnend war. Sie wollte es sich nicht mit der neuen Bürgermeisterin verscherzen. Außerdem fürchtete sie gewiss, durch ein eventuelles Fehlverhalten von Gaby Koch selbst in ein schiefes Licht zu geraten.

Eine schnelle Durchsicht der Artikel ergab, dass Koch als Gesellschafts- und Klatschreporterin begonnen hatte. Doch nicht als große Nummer. Sie hatte lediglich lokale Wiener Ereignisse behandelt, teilweise als Vertretung für Kolleginnen. Allerdings fiel auf, wie oft Tom Saborsky regelrecht in die Artikel hineingeschrieben worden war. Oft konnte er bestenfalls ein zufälliger Gast bei irgendwelchen Veranstaltungen gewesen sein. Dennoch hatte es Koch fertiggebracht, seinen Namen im Text unterzubringen, gelegentlich sogar mit Bild. Offenbar war Tom zum Protegé erkoren worden. Was allerdings kaum geholfen hatte. Seine bescheidene Prominenz hatte sich nicht vergrößert. Er war einer von vielen geblieben.

Lily nahm die aktuelle Ausgabe von *Clip24* zur Hand, die sie einer der Kartonboxen entnommen hatte, die in Wien herumstanden. Erneut hatte sich Gaby Koch mit den Verhaftungen beschäftigt. Diesmal jedoch war ihr Ton bereits zurückhaltender ausgefallen. *Das Rätselraten geht weiter,* hieß es groß und fett, darunter etwas kleiner: *Staatsanwältin warnt: Keine Vorverurteilungen!* Im Text wurde wortwörtlich aus der Presseaussendung zitiert, die Lily gestern veranlasst hatte: *Sogar formell Beschuldigte gelten bis zu einer Verurteilung als unschuldig. Die verhafteten Personen wurden noch gar nicht einer Straftat beschuldigt, sondern gelten lediglich als verdächtig. Vorverurteilungen sind daher ebenso unangebracht wie die Hoffnung, die Mordserie sei damit aufgeklärt.*

Was für ein Unterschied zu den bisherigen Artikeln. Und Lily selbst hatte diese drei Sätze als die wichtigsten ihres Bulletins empfunden. Dass sie in *Clip24* zitiert wurden, registrierte sie mit Befriedigung. Die professionell manikürten Hände Sasha Boninos mochten mit im Spiel gewesen sein.

*

Lily traf in der Kriminaldirektion ein. Und sie traute ihren Augen nicht.

Belonoz empfing sie beinahe strahlend. An diesen Anblick musste sie sich erst gewöhnen. Verglichen damit, wie sie ihn bisher erlebt hatte, schien er nun geradezu unter dem Einfluss euphorisierender Substanzen zu stehen. Permanent umspielte ein Lächeln seine Lippen, seine Augen muteten deutlich vergrößert an.

Sie zog ihn beiseite und sprach ihn leise an: »Herr Major, Sie machen mir Angst. Sind sie aufgeputscht?«

»Keine Sorge«, sagte er und lachte auf, was Lily auch noch nie von ihm gehört hatte. »Das liegt an den Ermittlungen meiner Leute. Ich bin schon gespannt, was Ihre bei uns schon berüchtigte Intuition dazu sagen wird.«

»Na gut. Läuft die italienische Connection?«

»Selbstverständlich. Casoni hat mich heute angerufen. Die Informationen haben wir spätestens morgen früh. Wenn es sein muss, können die Italiener flink sein. Dann dürfen sie ihre Lust an der Improvisation voll ausspielen. Die Digos hat beste Verbindungen zu den italienischen Nachrichtendiensten. In Italien gibt es fast nichts, was sie nicht herausfinden können. Eigentlich gefährliche Typen, aber uns soll es recht sein.«

»Na hoffentlich.«

»Wenn die Italiener am Werk sind, hat der Teufel ausgespielt. Das machen die schon selbst.«

Zu Beginn der Sitzung bemerkte Lily, dass Nika Bardel fehlte.

»Die kommt nach«, sagte Belonoz gutgelaunt. »Sie hat noch was zu erledigen.«

Lily sah ihn an. Sein neues Verhalten war ihr noch immer nicht geheuer. »Okay, also dann her mit den guten Neuigkeiten.«

Marlene Metka fing an. »Das für meinen Bereich Interessanteste sind die Ergebnisse der medizinischen Checks von Tom und Nicole. Spuren von Drogen sind nicht gefunden worden.«

»Wie bitte?«, fragte Lily überrascht, während sie aus dem Augenwinkel Belonoz glücklich lächeln sah.

»So ist es aber«, sagte Metka ruhig. »Die Haar- und Blutanalyse zeigt, dass beide kein Heroin konsumiert haben. Lediglich ein bisschen Cannabis ist nachweisbar. Sonst nichts.«

Lily dachte nach. »Das bedeutet … dass entweder der Dealer gelogen hat …«

Der Major unterbrach sie. »Was nicht sein kann. Schließlich konnte die Verhaftung dank seiner Mitwirkung stattfinden. Ihm hat es genützt, dass er die beiden erkannt hat. Was sie ihm abgekauft haben, war für ihn völlig egal.«

»Wenn also stimmt, was der Dealer behauptet, haben sie zumindest das Heroin gar nicht für sich selbst beschafft. Sondern für dritte Personen … Das könnte auch erklären, warum sie so beharrlich schweigen. Sie wollen jemanden schützen.«

»Und da kommen prinzipiell nur zwei Personen in Betracht.«

»Gaby Koch und Lavinia Saborsky«, sagte Lily und versank kurz in ihren Gedanken. »Ja, das ist der Weg … Mein Gefühl sagt mir, dass es darauf hinausläuft. Ich glaube, wir sind der Lösung nahe. Zumindest, was den Mord an Selma Jordis betrifft. Welche Argumente sprechen für oder gegen Koch? Beziehungsweise für oder gegen Lavinia?«

Kovacs räusperte sich. »Ich tippe auf Lavinia. Sie steht völlig im Hintergrund. Das macht sie für mich interessant. Koch wäre für mich zu offensichtlich …«

»Finde ich auch«, sagte Metka. »Diese Reporterin hat sich ja öffentlich als Bewunderin von Tom geoutet. Dazu noch diese Fotos.«

»Welche Fotos, Frau Metka?«, fragte Lily.

Metka deutete auf einen Stapel von Computerausdrucken, der vor ihr lag. »Diese ganzen Bilder habe ich im Internet auf Websites recherchiert, die Fotos von Wiener Partys anbieten. Gaby Koch ist dort oft in Begleitung von Tom zu sehen. Sie scheint sich irgendwie ständig an ihn ranzuschmeißen. Jeder kann das sehen. Da muss nichts verheimlicht werden.«

»Die Verkäufer in den zwei Geschäften haben Nicole erkannt.«

»Also scheidet Gaby Koch aus, weil sie einfach zu dick ist. Dagegen könnte sich Lavinia locker so gestylt haben, dass sie wie Nicole aussieht.«

»Stimmt. Gibt es überhaupt noch etwas, das für Gaby Koch spricht?«

Eilig hatte Steffek in seinen Unterlagen geblättert. »Mehr als genug. Horvath hat gestanden, Koch kontaktiert zu haben. Er hat sie getroffen, eine Datei mit Bildern übergeben und dafür Geld erhalten. Nur dadurch hatte *Clip24* die Fotos vom Täter … Übrigens, Frau Doktor, warum haben Sie die Koch dazu nicht einvernommen?«

Lily gestattete es sich, laut zu stöhnen. »Natürlich waren die Beweise eindeutig. Aber was immer ich gegen Gaby Koch unternommen hätte, wäre als Versuch ausgelegt worden, die Medien zu gängeln oder eine unbequeme Journalistin einzuschüchtern. Und garantiert hätte man mir oder uns allen vorgeworfen, die Verbreitung wichtiger Informationen zu behindern. Nur um unser Image zu retten. Weil die Medien ohnehin schon gegen uns geschrieben haben, habe ich darauf verzichtet, Koch vorzuladen. Heute ärgert mich das …«

»Völlig logisch«, sagte Belonoz lässig. »Ich hätte genauso gehandelt.«

»Falls Koch in diesem Mord eine Rolle spielt, müssen wir extrem gut vorbereitet sein, bevor wir sie uns holen. Sonst bekommen wir die journalistische Solidarität zu spüren.«

Allgemeines Nicken.

Steffek nahm den Faden wieder auf. »Jedenfalls ist es so, dass Koch vom Lederoutfit des Täters gewusst hat. In Verbindung mit den Saborskys macht sie das verdächtig. Sie könnte ihr Wissen weitergegeben haben.«

»Aus welchem Grund?«, fragte Metka und sah Steffek interessiert an.

»Na ja … zum Beispiel, um anderen mit ihrem Insiderwissen zu imponieren. Das würde ich ihr sofort zutrauen. Ich glaube, sie gehört zu den Menschen, die gerne im Mittelpunkt stehen. Und die auffallen möchten, um ihre Komplexe zu kompensieren.«

Belonoz grinste. »Gute Analyse, Herr Doktor Freud.«

Da schüttelte Lily entschieden den Kopf. »Nicht Freud, sondern Adler, Herr Major. Alfred Adler, der Begründer der Individualpsychologie, hat den Begriff *Minderwertigkeitskomplex* bekanntgemacht.«

»Auf jeden Fall auch ein Wiener … Aber zurück zum Fall … Du hast schon recht, Edi. Wobei es noch eine dritte Variante gibt. Die quasi die bisherigen Ideen verbindet.«

»Und die wäre?«, fragte Lily argwöhnisch.

»Koch könnte bewusst eine Person mit ihrem Wissen gefüttert haben. Weil sie und diese Person dasselbe Ziel gehabt haben. Nämlich Selma Jordis aus Toms Leben zu eliminieren.«

Die Worte des Majors hatten gewirkt. Alle dachten nach und spielten die Möglichkeiten im Geist durch.

»Da käme Lavinia ins Spiel …«, sagte Steffek leise.

Die Tür wurde aufgerissen. Atemlos stürmte Nika Bardel herein und schmiss einen Folder mit Unterlagen auf den Tisch. »Ich hab sie.«

»Wen oder was haben Sie, Frau Bardel?«

»Die Person, die weiß, wann das Sommercamp stattgefunden hat. Und nicht nur das. Sie besitzt auch das ominöse Foto. Sie wissen schon, das mit den drei Mädchen …«

Das Foto mit den drei Mädchen.

Gefunden.

Am liebsten hätte Lily laut aufgeschrien. Um endlich alles herauszulassen, was sich während der vergangenen Tage in ihr aufgestaut hatte. »Wer ist es?«

»Petra Back, die sechs Jahre ältere Schwester von Lisa.«

»Ihren Namen habe ich nirgendwo in den Akten gelesen. Ist sie nicht befragt worden?«

»Eben nicht. Sie war auf einer zweimonatigen Reise durch Südamerika. Am vergangenen Samstag ist sie nach Wien zurückgekehrt und jetzt …«

»Frau Bardel, rufen Sie Petra Back auf der Stelle an. Sagen Sie ihr, dass sie sich umgehend in die nächste Polizeiinspektion oder an einen anderen sicheren Ort begeben soll. Ich komme hin und spreche mit ihr. Wir brauchen außerdem Polizeischutz für sie.«

»Alles schon arrangiert«, sagte Belonoz so ruhig, als hätte er Lilys innere Aufgewühltheit bemerkt. »Ich habe Nika vorher entsprechende Instruktionen gegeben.«

»Herr Major, Sie sind der Beste. Ich fahre zu ihr. Sie kommen mit, Frau Bardel.«

Belonoz nickte lächelnd. »Wir halten inzwischen die Stellung und nehmen die Verbindungen zwischen Gaby Koch, Selma Jordis und Lavinia Saborsky noch genauer unter die Lupe.«

Sie sah ihn an und wäre ihm am liebsten um den Hals gefallen. »Perfekt. Wir sind zwar noch unterwegs. Aber ich glaube, den Nebel haben wir hinter uns gelassen.«

*

Ihr dunkles Haar hatte Petra Back nach hinten gebunden. Die Bräune ihrer Haut wurde von der weißen Leinenbluse kontrastiert. Aufrecht saß sie in ihrem Wohnzimmer an einem runden Esstisch. Sie wirkte klug und gefasst, beinahe etwas unterkühlt. Die Hände ruhten in ihrem Schoß.

Ihr gegenüber hatten Lily und Nika Bardel Platz genommen. Gemeinsam waren sie von einer Polizeiinspektion in der Boltzmanngasse zu Backs Zweizimmerwohnung in der Margaretenstraße gefahren. Vom neunten in den fünften Bezirk. Begleitet hatte sie die stämmige junge Kriminalbeamtin, die mit Backs Schutz beauftragt worden war.

Petra Back saß vor einer Tasse Tee und erzählte. »Für mich war es ein Schock, von Lisas Tod zu erfahren. Die Tour durch Lateinamerika war so überwältigend. Durch die Nachricht von Lisas Tod ist alles kaputtgegangen. Ich habe nur noch zurück nach Wien gewollt. Aber die Forschungsreise war mit den Kollegen vom Institut organisiert. Deswegen habe ich nicht einfach aussteigen können.«

»Was für ein Institut?«, fragte Lily.

»Das Institut für Ethnologie der Universität Wien. Ich bin dort Assistentin.«

»Andererseits ist es vielleicht besser so, dass Sie nicht in Wien waren. Ihr Wissen hätte unter Umständen gefährlich für Sie sein können.«

Back blieb gelassen, aber sie sah Lily interessiert an. »Geht es darum? Ich meine … ist meine Schwester nur deshalb getötet worden, weil … sie zu viel gewusst hat?«

»Unter Umständen.«

»Also kein zufälliger Mörder, der sich das nächstbeste Opfer geschnappt hat?«

»Ich glaube nicht … Aber bitte erzählen Sie mir, was Sie über das Sommercamp wissen. Es kann sein, dass es noch einen Menschen gibt, der dringend beschützt werden muss.«

»Das Camp hat im August vor zehn Jahren stattgefunden. Meine Schwester war dreizehn und sie hat unbedingt daran teilnehmen wollen. Unsere Eltern hatten nichts dagegen, schließlich ist alles von katholischen Organisationen betreut worden. Orgien oder Besäufnisse waren also nicht zu erwarten.«

»Wie lange hat das Camp gedauert?«

»Ich glaube, ungefähr zehn Tage oder zwei Wochen … ja, genau zwei Wochen.«

»Erinnern Sie sich, ob Ihnen Lisa verändert vorgekommen ist, als sie wieder in Wien war?«

Petra Back schaute Lily plötzlich intensiv an. Als wäre sie von einer Erinnerung überfallen worden, der sie im Licht der jüngsten Ereignisse eine andere Bedeutung zumaß. »Komisch, dass Sie das sagen … so war es nämlich wirklich. Lisa war viel ruhiger und zurückhaltender. Ich habe sie einmal danach gefragt. Sie hat mir geantwortet, dass sie vom Papst und dessen Ausstrahlung so beeindruckt gewesen sei.«

»Hat sie Ihnen sonst noch etwas über das Camp erzählt?«

»Eigentlich nicht sehr viel. Warum?«

»Nur so eine Frage …«

»Ich vermute aber, dass Lisa das Camp selbst nicht so toll gefunden hat. Jedenfalls hat sie sich später geweigert, bei anderen Ferienlagern mitzumachen. Auch bei Schulreisen war es immer schwierig, sie zur Teilnahme zu überreden. Sie hat gesagt, dass sie es nicht mag, so lange auf engstem Raum mit Leuten zusammen zu sein, die sie nicht gut kennt. Und … mir fällt jetzt auch noch ein, dass Lisa nur noch wenig Lust gehabt hat, in der Pfarre mitzuarbeiten. Bis dahin war sie dort sogar Ministrantin gewesen.«

»Aha«, sagte Lily leise und warf einen raschen Seitenblick auf Bardel, die wiederum sie ansah. »Hat Ihre Schwester jemals erklärt, warum sie nicht mehr …?«

»Nein. Sie hat nur behauptet, keine Lust mehr zu haben. Na ja, sie war dann in der Pubertät …«

Verständnisvoll nickte Lily. »Ja, eine schwierige Zeit. Da ist man derart labil, dass man leicht durcheinandergebracht werden kann, wenn man dem falschen Menschen begegnet. Aber jetzt zu diesem Foto …«

Petra Back stand sofort auf. »Das habe ich hier.«

Sie ging zu ihrem Schreibtisch, wo sie aus einer Schublade ein metallen gerahmtes Foto nahm. »Ich kann das Bild derzeit nicht sehen. Es erinnert mich zu sehr an schönere Zeiten.«

Sie legte das Foto auf den Tisch. Lily und Bardel beugten sich sofort darüber.

Das Bild zeigte die dicht aneinandergedrängten, fröhlich lächelnden Gesichter dreier junger Mädchen, die an der Schwelle zum Erwachsenwerden standen, jedoch noch Spuren von Kindlichkeit aufwiesen.

Lily und Nika Bardel schauten einander an.

Beide hatten die drei Mädchen erkannt. In den zehn Jahren, die sie bis zu ihrer Ermordung noch hatten leben dürfen, waren wesentliche Charakteristika der Gesichter nahezu unverändert geblieben.

»Wissen Sie, wer die zwei anderen Mädchen sind?«, fragte Lily.

»Nein, ich weiß nur, dass sich Lisa sehr gut mit ihnen verstanden hat. Es war noch ein viertes Mädchen dabei, das dieses Bild aufgenommen hat.«

»An Namen können Sie sich nicht erinnern?«

»Nein, dazu ist das zu lange her.«

»Schade«, sagte Lily und lächelte Back an.

Die hielt plötzlich inne, als ob ihr etwas einfiele.

Sie nahm das Foto aus dem Rahmen, drehte es um und zeigte Lily die Rückseite.

Dort war zu lesen: *Zur Erinnerung an die Zeit in Klausen, als es uns noch gut ging. Bussi, Carla-Sophie.*

Backs Miene wurde lockerer, ihre strengen Mundwinkel entspannten sich etwas. »Jetzt erinnere ich mich … Ja, sie hat Carla-Sophie geheißen, Lisa hat den Namen erwähnt. Sie hat das Foto gemacht und nach dem Sommercamp an die drei anderen Mädchen geschickt. Und ich weiß auch, dass die vier später noch Kontakt hatten. Eine Zeit lang haben sie einander Briefe und Karten geschrieben. Aber irgendwann hat das aufgehört … Sommerbekanntschaften halten eben nur selten lange.«

»Wissen Sie zufällig, was mit *als es uns noch gut ging* gemeint war?«, fragte Nika Bardel.

»Keine Ahnung. Wahrscheinlich hat sie ausdrücken wollen, dass es damals in Klausen so schön war und diese Zeit leider vorbei ist.«

»Darf ich Sie bitten, uns das Foto zu überlassen?«, sagte Lily. »Ich garantiere Ihnen, dass Sie es unversehrt zurückerhalten.«

»Natürlich, kein Problem. Momentan will ich es ohnehin nicht sehen. Obwohl es ein schönes Bild ist. So unschuldig …«

Lily erhob sich langsam. »Gut, das wäre es für den Moment.«

Plötzlich wirkte Back sehr bestimmt. Sie stand ebenfalls auf. »Sie schulden mir noch eine Erklärung. Nämlich, warum Sie diese Fragen stellen und wozu ich Polizeischutz benötige.«

»Sie haben recht, die schulde ich Ihnen«, sagte Lily ernst. »Aber ich möchte diese Schuld jetzt nicht einlösen. Bitte vertrauen Sie mir einfach. Je weniger Sie im Moment wissen, desto besser für Sie und für uns alle. Leben Sie allein in dieser Wohnung?«

Petra Back schüttelte abfällig den Kopf. »Meinen Freund habe ich vor der Reise in die Wüste geschickt. Es hat nicht mehr gepasst. Kennen Sie das?«

»Ich glaube, dass ich das sogar sehr gut kenne«, sagte Lily. »Nur aus einer anderen Perspektive.«

Sie reichte Petra Back die Hand.

Auf der Fahrt zurück in die Kriminaldirektion schwiegen Lily und Bardel zunächst. Da läutete Lilys Handy. Descho war am Apparat. »Zach hat offenbar nach Wien reisen wollen. Für den kommenden Montag hatte er ein Flug von Salzburg nach Wien gebucht.«

»Nur der Hinflug war gebucht? Kein Rückflug?«

»So ist es, Frau Doktor. Außerdem haben wir im Pfarrhaus einen Ausdruck mit der Adresse der Wiener Staatsanwaltschaft gefunden. Und einen Stadtplan, auf dem die Staatsanwaltschaft markiert war.«

*

Belonoz hatte keinen Zweifel. »Er hat etwas gewusst oder vermutet. Und deshalb wollte er nach Wien kommen. Einfach zu blöd. Das hätte ihm eine Woche früher einfallen sollen.«

Kovacs schnitt eine bedauernde Grimasse. »Wer zu spät kommt, den bestraft das …«

»… den bestraft der Tod«, unterbrach ihn Belonoz mit sarkastischem Lächeln. »So geht der Spruch. Oder bist du anderer Meinung, Emil?«

Sein Verhalten hatte sich seit dem Morgen nicht verändert, was Lily zunehmend beunruhigte. Zugleich spürte sie, wie nervös Belonoz zuletzt geworden war. Er befand sich in einer Art Lauerstellung. »Immerhin wissen wir jetzt, dass der Zusammenhang zwischen den Morden an den drei Frauen und dem Sommercamp vor zehn Jahren feststeht.«

»Aber was soll das alles mit *Pratorama* zu tun haben?«, fragte Kovacs. »Dieser Kontext ist wirklich bizarr. Ich sehe da überhaupt keine Verbindung.«

»Vermutlich begreifen wir das erst, wenn wir den Namen des Täters kennen«, sagte Lily und hörte im selben Augenblick ihr Handy summen. »Moment, bitte.«

Auf dem Gang vor Belonoz' Büro blickte sie auf das Display. Es war Sima. Lily fragte sich kurz, ob sie antworten sollte. Andererseits konnte es Neues von Tom geben. Und sie behielt recht.

Rechtsanwalt Sima war bester Laune, seine Stimmte sprudelte beinahe über vor Begeisterung. »Frau Kollegin, ich habe das Alibi für Tom. Er kann also nicht der Mörder von Selma Jordis gewesen sein. Übrigens gilt das auch für Nicole Saborsky. Ihre Vertretung habe ich am Vormittag übernommen.«

»Welch ein Glücksfall«, sagte Lily betont kühl. »Was für ein Alibi soll das sein?«

»Ein sehr gutes. In der Nacht, als Selma Jordis getötet wurde, waren Tom und Nicole auf einer Party in einem Lokal namens *Slim Body*. Und zwar stundenlang. Dafür habe ich genügend Zeugen aufgetrieben. Inklusive den Besitzer des Lokals. Aber auch eine Journalistin war dabei, Sie kennen Sie garantiert. Es handelt sich um Gaby Koch. Sie hat dort Fotos gemacht.«

Fast hätte Lily laut gelacht. »Ja, die kenne ich. Mailen Sie mir die Informationen, ich lasse sie überprüfen. Inzwischen bleiben Tom und Nicole in Haft. Machen Sie's gut.«

Sima wollte weiter argumentieren. »Schön, aber wäre es nicht ...«

Doch Lily hatte bereits die Taste auf ihrem Handy gedrückt und das Gespräch beendet. Sie ging zurück in Belonoz' Büro. Nachdenklich berichtete sie, was sie von Sima erfahren hatte. »Da bahnt sich etwas an. Georg Sima will die beiden freibekommen. Das ist er schon seinem Ruf schuldig. Womöglich spekuliert er darauf, beim nächsten Termin mit dem Haftrichter die Aussage des Dealers zu entkräften. Was ihm nicht schwerfallen wird. Schließlich haben wir keine Spuren von Heroin bei Tom und Nicole gefunden. Weder in ihren Körpern noch dort, wo sie wohnen.«

Der Major erlaubte sich ein halbes Lächeln. »Ein aufgelegtes Spiel für Sima. So ein Glückspilz. Was machen wir?«

»Ich möchte Tom und Nicole bei uns behalten. Hier sind sie in Sicherheit. Ihre Alibis werden wir also in aller Ruhe und ohne unnötige Hektik untersuchen.«

Mit fröhlichem Gesicht kam Steffek herein und legte zwei Fotos auf den Schreibtisch. »Es hat geklappt.«

»Phantastisch«, sagte der Major und schob Lily die Bilder hin. »Na, erkennen Sie diese zwei Personen?«

Er deutete nacheinander auf die Gesichter. Lily betrachtete die Fotos kurz. »Das eine zeigt Nicole … und das andere Lavinia.«

Belonoz schien sich diebisch zu freuen. »Würde man annehmen, Frau Doktor. Als Sie bei Petra Back waren, ist mir eine Idee gekommen. Kollegin Metka hat ein Foto von Lavinia im Internet gefunden. Von einer Theateraufführung der Schauspielschule, die sie bis vor einem Jahr besucht hat. Das und ein Bild von Nicole haben wir dem Kollegen geschickt, der für die Phantombilder zuständig ist. Mit ein paar Wünschen für die Bildbearbeitung.«

»Worauf wollen Sie hinaus?«, fragte Lily ahnungsvoll.

»Die Person, die Sie als Nicole erkannt haben, ist in Wahrheit Lavinia. Und umgekehrt. Steffek war in den beiden Geschäften, wo die Helme und Lederanzüge verkauft worden sind. Die Verkäufer haben die veränderte Lavinia als Käuferin identifiziert.«

Lily bedeckte ihren Mund mit der Hand. Für einen Moment war sie zu verblüfft, um etwas sagen zu können. »Mir hätte das früher auffallen sollen … Das ist unverzeihlich … natürlich, diese Ähnlichkeit … und Lavinia hat auch noch Schauspiel studiert …«

Belonoz berührte sie sanft auf dem Rücken, als wollte er sie aufmuntern. »Egal, Frau Staatsanwältin. Sowas übersieht man leicht, wenn man die Leute aus der Realität kennt. Da lässt man sich ablenken. Durch die Art, wie jemand geht, spricht und gestikuliert. Die Zweidimensionalität von Fotos schafft dagegen eine Art Abstraktion.«

»Trotzdem … meine Intuition, auf die ich mir so viel einbilde, ist offenbar nicht unfehlbar.«

»Nicht einmal der Papst ist permanent unfehlbar. Wollen Sie also päpstlicher sein als der weise Mann in Rom? Da würden Sie mir aber ziemlich auf die Nerven gehen, wenn Sie ständig und jedes Mal recht hätten.«

Kurz musste Lily lachen. »Danke, Herr Major. Das war jetzt … wirklich nett.«

»Und wenn wir schon dabei sind … Ich muss Ihnen auch einen schweren Fehler gestehen. Ich habe mir noch einmal den Bericht von der Hausdurchsuchung am Linnéplatz vorgenommen. Lavinias Zimmer ist leider nur oberflächlich kontrolliert worden. Sie hat damals einen kleinen Nervenzusammenbruch erlitten und sich auf ihr Bett gelegt. Niemand hat sich getraut, sie zu stören.«

»Ja, Herr Major, wer hätte damals schon vermutet … Überlegen wir also … Lavinia hat das richtige Aussehen und Gaby Koch das Wissen über die Kleidung des Täters … Entweder hat eine von der anderen bewusst profitiert … oder aber … beide zusammen? Im Duo?«

Belonoz breitete seine Arme aus. »Entscheiden Sie, wie wir jetzt vorgehen.«

Lily benötigte bloß eine Sekunde. »Wir holen beide sofort zur Einvernahme. Hausdurchsuchung inklusive.«

Eine halbe Stunde später platzte Metka in Belonoz' Büro. Sie war aufgeregt und ihre Stimme lauter als üblich. »Das darf einfach nicht wahr sein. Wir können sie nicht finden. Als wären Gaby Koch und Lavinia vom Erdboden verschluckt.«

35

Marlene Metka hatte den Nagel auf den Kopf getroffen. Lavinia Saborsky und Gaby Koch schienen sich in Luft aufgelöst zu haben.

Ihnen durch die Position ihrer Handys auf die Spur zu kommen, war unmöglich. Entweder hatten beide nahezu gleichzeitig ihre Telefone kurz nach vierzehn Uhr deaktiviert. Oder sie befanden sich seit diesem Zeitpunkt an einem Ort, der keine Verbindung zum nächsten Sender zuließ.

Zumal das Verschwinden von Gaby Koch barg etliche Rätsel und Herausforderungen. Lily benötigte Informationen aus der Redaktion von *Clip24*. Zugleich musste sie verhindern, dass zu viele Leute Wind von der Sache bekamen. Somit blieb ihr keine Wahl, auch wenn sie diesen Weg verabscheute.

Sie musste Sasha Bonino kontaktieren. Deren Sekretärin gab an, dass sich die Herausgeberin nicht mehr in ihrem Büro aufhalte. Jedoch versprach sie einen baldigen Rückruf.

Zehn Minuten später läutete Lilys Handy. Und sie schwor sich, höflich zu bleiben, egal, wie das Gespräch verlaufen würden. Im Moment gab es Wichtigeres als die offenen Rechnungen der Vergangenheit.

»Frau Horn, man hat mir mitgeteilt, dass Sie mit mir sprechen möchten«, sagte Bonino in dem gestelzt und distanziert wirkenden Tonfall, den sie Fremden gegenüber pflegte.

»Danke für das Material, das Sie mir zu Gaby Koch geschickt haben. Das war sehr hilfreich. Ich brauche jetzt noch etwas. Es geht wieder um Gaby Koch …«

Bonino verlor keine Zeit. »Frau Koch hat ihren Arbeitsplatz heute Mittag verlassen und ist bis jetzt nicht zurückgekehrt. Außerdem ist sie nicht erreichbar. Das ist ein unannehmbares Verhalten für eine Ressortchefin. Wenn nicht etwa ein gravierendes gesundheitliches Problem dafür verantwortlich ist, sollte sich Frau Koch in meinem Haus besser nie wieder blicken lassen. Jedenfalls habe ich ihre Stelle bereits neu besetzt und ihre persönlichen Sachen unserem Portier übergeben lassen.«

Die emotionale Kälte dieser Frau begreifend, entschloss sich Lily zu einer klaren Ansage. »Möglicherweise stehen Menschenleben auf dem Spiel. Ich muss darum detailliert wissen, was Gaby Koch in der Redaktion bis zu ihrem Verschwinden getan hat. Können Sie mir diese Informationen inoffiziell beschaffen? Oder muss ich die Bürgermeisterin anfragen lassen?«

Nach einer Sekunde absoluter Stille antwortete Bonino: »Selbstverständlich kann ich Ihnen das besorgen. Ich rufe Sie sofort zurück. Bis dann.«

Und die Frau aus Eis hielt Wort.

Bloß zwanzig Minuten dauerte es, bis Bonino das Geschehen trocken, aber informativ referierte. »Am Morgen ist Frau Koch wie üblich an ihrem Arbeitsplatz erschienen, sie hat die Redaktionskonferenz mitgemacht und Vorschläge für Artikel geliefert. Sie hat vorgehabt, erneut die Verhaftung von Tom und Nicole zu thematisieren. Und sie hat Hintergrundinformationen angekündigt. Ich habe ihr gesagt, dass sie sich in Hinkunft mehr auf die Fakten konzentrieren soll. Übertriebene Spekulationen können wir in Wien derzeit nicht brauchen. Ich kann mir vorstellen, Frau Doktor Horn, dass dies auch in Ihrem Sinn war.«

»Durchaus«, sagte Lily. Sie staunte über Boninos Wendigkeit, sich so locker mit veränderten Gegebenheiten abzufinden.

»Bis ungefähr dreizehn Uhr hat sie sich in ihrem Büro aufgehalten. Überraschend war, dass sie sich, anders als üblich, keinerlei Imbiss hat schicken lassen. Wir haben nämlich ein hausinternes Buffet-Service von guter Qualität. Damit meine Leute nicht Zeit vergeuden, indem sie auswärts essen gehen. Außerdem verdiene ich am Catering. So haben alle etwas davon.«

»Aus Ihrer Sicht verständlich.«

»Kurz nach dreizehn Uhr ist Frau Koch von einem Wiener Anwalt angerufen worden. Es war dieser Herr Sima. Kein Freund von mir. Sie hat noch ein wenig telefoniert und ihren Kollegen schließlich mitgeteilt, rasch ein Interview führen zu müssen. Seitdem haben wir nichts mehr von ihr gehört. Das wird Ihnen hoffentlich weiterhelfen. Denn mehr weiß ich beim besten Willen nicht, Frau Doktor Horn.«

»Das tue ich auch. Hoffen. Vielen Dank für Ihre Kooperation, Frau Bonino …«

»Für Sie bin ich jederzeit zu sprechen. Viel Erfolg.«

Sie hatte das Gespräch ebenso rasch beendet, wie Lenz das zu tun pflegte. Gleichwohl war Lily zufrieden. Wahrscheinlich hatte Gaby Koch durch Sima erfahren, dass Tom und Nicole ein Alibi angegeben hatten, in das sie selbst verwickelt war. Dies musste der Auslöser für ihr weiteres Verhalten gewesen sein.

Lily berichtete Belonoz, was sie von Bonino erfahren hatte.

»Aber mit wem hat Gaby Koch ein Interview führen wollen?«, fragte er.

»Falls es keine Ausrede war … zum Beispiel mit der Person, von der sie geglaubt hat, dass sie mehr über die Sache weiß. Oder zu der sie ein besonderes Vertrauensverhältnis besitzt.«

»Das heißt, mit …«

»Lavinia«, sagte Lily. »Sonst bleibt niemand mehr übrig.«

»Vielleicht sind die beiden zu zweit unterwegs. Womöglich so gut getarnt, dass wir lediglich darauf warten können, bis sie zufällig irgendwo ertappt werden.«

»Was haben die Hausdurchsuchungen ergeben?«

Er griff sich an die Stirn. »Das habe ich Ihnen total unterschlagen … Bei Gaby Koch war nichts Wesentliches zu finden. Ihr Laptop wird gerade durchforstet. Anders verhält es sich mit Lavinia. In ihrem Zimmer und auf der Toilette waren winzige Reste von Heroin. Sicher hat sie das Zeug hinuntergespült. Jetzt kommt das Schönste. Wir haben die Umgebung des Linnéplatzes durchsucht. In einer Mülltonne ist ein zerschnittener Lederanzug aufgetaucht. Ziemlich nachlässig, finden Sie nicht?«

»Da hat jemand übereilt gehandelt, der sich zuvor allzu sicher gefühlt hat. Oder es ist schon das Stadium eingetreten, in dem Täter jegliche Vorsicht ignorieren. Weil ohnehin schon alles egal ist. Und sie unbewusst sogar gefasst werden wollen.«

Mit einem Mal zeigte sich der alte, vertraute Belonoz. Sein Gesicht kündete von Unheil. »Es gibt noch die dritte Möglichkeit. Nämlich dass die Vollendung des geplanten Werks knapp bevorsteht. Was danach kommt, interessiert die Täter gar nicht mehr.«

*

Zehn Minuten später versammelte man sich im Besprechungszimmer. Die Nervosität der Anwesenden war spürbar. Lediglich Belonoz schien indifferent zu sein. Die gute Laune hatte er jedoch eingebüßt. Vor allen Teilnehmern lagen die Handys, um sofort von neuen Entwicklungen zu erfahren.

»Seitdem die Großfahndung eingeleitet ist«, sagte Steffek, »arbeiten wir und die Kollegen unter Hochdruck. Bahnhöfe, Flughäfen, Züge und der gesamte öffentliche Personenverkehr werden unter die Lupe genommen. Die Taxiunternehmen wissen Bescheid, außerdem haben wir die Medien via Aussendung informiert und um Mithilfe ersucht. Die Namen der Gesuchten haben wir zurückgehalten, momentan begnügen wir uns mit exakten Personenbeschreibungen und Fotos. Selbstverständlich stehen die Villa am Linnéplatz sowie das Wohnhaus von Gaby Koch unter Beobachtung. Das ist es im Wesentlichen, was sich derzeit tut.«

Lilys Stimme klang belegt. »Die Zeit drängt. Vermutlich ahnen die Täter, dass wir ihnen auf den Fersen sind. In einer derartigen Phase ist alles möglich. Verzweiflungstaten miteingerechnet. Weitere Tote sollten wir unter allen Umständen verhindern.«

»Was hat die Durchsuchung von Kochs Wohnung noch ergeben?«, fragte Belonoz.

»Das Schlafzimmer war tapeziert mit Fotos von Tom«, sagte Kovacs. »Generell hat nichts den Eindruck erweckt, dass sie womöglich verreist ist. Ihr Bett war nicht gemacht, in der Küche haben wir die Reste des Frühstücks gefunden, der Kühlschrank war prall gefüllt. Von Drogen übrigens keine Spur. Lediglich viel Rotwein.«

»Lebt sie allein?«, fragte Lily.

»Nur Gaby Koch ist in der Wohnung gemeldet. Und die Nachbarn haben versichert, sie nie in Begleitung gesehen zu haben. Besucher sind ihnen auch nicht aufgefallen.«

Der Major schloss die Augen und murmelte: »Ich verstehe den Grund für dieses Verschwinden einfach nicht … Das ist alles so sinnlos … Wohin sollten sie unterwegs sein? Wo könnten sie sein? Habt ihr keine Ideen, Kollegen?«

Eine unangenehme Pause entstand. Man war am Ende aller Weisheiten.

Lily gab sich einen Ruck. In den letzten Stunden hatte sich in ihr ein Bild geformt. Sie wollte es durch andere Meinungen überprüfen lassen. »Versuchen wir ein kleines Szenario. Tom und Nicole sind nicht auf Heroin. Ihre Alibis sind korrekt. Daraus ergibt sich zudem ein Alibi für Gaby Koch, die stark an Tom interessiert ist. Durchaus möglich, dass sie auf eine Konkurrentin eifersüchtig wäre, wie Lavinia behauptet hat. Allerdings hat Lavinia einiges behauptet, das mit der Realität nicht übereinstimmt. Sie hat nicht widersprochen, als wir ihr mitgeteilt haben, dass Tom und Nicole sich Heroin beschafft haben. Dabei hätte sie das völlig überraschen müssen. Wenn sie dagegen protestiert hätte, wäre das glaubwürdig gewesen. Stattdessen hat sie angegeben, davon zu wissen. Und sie hat dunkle Andeutungen gemacht. Das ist ein psychologisch unstimmiges und geradezu unsinniges Verhalten.«

Lily nahm einen Schluck aus dem Glas Wasser, das vor ihr stand.

»Nehmen wir also an, dass Gaby Koch gar nicht eifersüchtig auf Selma Jordis war, sondern weiter unbeirrt für Tom geschwärmt hat. Deshalb hat sie in ihren Zeitungsartikeln so vehement gegen seine Verhaftung gewettert. Andererseits ist Koch eine von zwei Schlüsselfiguren in diesem Geschehen. Sie war mit allen anderen Beteiligten verwoben und hat das Insiderwissen zum Aussehen des Serienmörders besessen. Weil sie mit Tom befreundet war, könnte sie erfahren haben, dass er vorgehabt hat, die Villa am Linnéplatz wie Nicole zu verlassen. Sein Umzug in die Breite Gasse hätte möglicherweise auch Lavinia missfallen. Was könnte der Grund für sie gewesen sein, Tom bei sich behalten zu wollen?«

»Na, vielleicht die Drogen?«, fragte Marlene Metka.

»Genau. Spuren von Heroin sind in ihrem Zimmer gefunden worden. Was ist, wenn sie die Süchtige ist, nicht Tom oder Nicole? Die beiden haben die Drogen vielleicht aus geschwisterlicher Solidarität beschafft. Lavinias Schauspielkarriere stagniert, den Unterricht hat sie längst beendet. Was sie über Toms Gründe, London zu verlassen, erzählt hat, trifft eher auf sie selbst zu. Denn sie ist die Suchtkranke, was wiederum Tom und Nicole uns verschwiegen haben, um die Schwester zu schützen und zugleich sich selbst nicht zu belasten.«

Nika Bardel schien von dem Szenario geradezu entflammt zu sein. »Alles extrem logisch. Wem der Kauf von Heroin nachgewiesen werden kann, dem steht eine Haftstrafe bevor. Ob die Drogen für den eigenen Konsum bestimmt waren oder nicht. Die eigene Schwester mit Drogen zu versorgen, anstatt sie einer Therapie zuzuführen, könnte zusätzlich geahndet werden.«

Lily nickte. »So erklärt sich das Schweigen von Tom und Nicole. Lavinia hat dieses Spiel locker mitgemacht, mit ihrer schauspielerischen Veranlagung hat sie uns die besorgte Schwester vorgegaukelt. Sich in zwei Geschäften als Nicole auszugeben, wird ihr ebenfalls leichtgefallen sein. Überhaupt bewegt sich Lavinia in einem privaten Märchenland, in dem Traum und Wirklichkeit verschwimmen, und das von der Erinnerung an den übermächtigen Vater geprägt ist. Dessen monströsem Schatten kann sie nicht entkommen. Der alte Saborsky verleiht ihr, deren Schauspielerei zu nichts führt und die drogenabhängig ist, einen letzten Rest von Bedeutung. Zugleich demonstrieren all die Porträts und Fotos in der museumsartigen Villa, dass sie eine Versagerin ist.«

»Diese ganzen verschissenen Ölschinken in diesem düsteren Haus«, sagte Belonoz sinnierend, »die haben mich sofort genervt. Lavinia hat die Chance zu einem eigenständigen Leben nie wahrnehmen können. Aber ein guter Mensch ist sie auch nicht. Nur weil man Opfer ist, heißt das nicht, dass man nett und lieb ist. Also hat sie es ihren Geschwistern nicht gegönnt, dass die eigene Wege gegangen und ausgezogen sind. Machen Sie so weiter, Frau Doktor. Ihre Ideen gefallen mir …«

Erneut gönnte sich Lily einen Schluck Wasser, während die faszinierten Blicke der übrigen Anwesenden auf sie gerichtet waren. »Das führt uns zur zweiten und entscheidenden Schlüsselperson. Nämlich Selma Jordis. Möglicherweise hat sie als Einzige vollständig mitbekommen, was sich abspielt. Geschwisterliche Rücksichtnahme war von ihr nicht zu erwarten. Sie hätte sicher nicht gezögert, dafür zu sorgen, dass Lavinias kleine Welt vollständig zerbröselt. Vielleicht aus Naivität. Oder weil sie aus einer heilen Familie gekommen ist. Daher hat sie nicht verstehen können, in welchen Morast aus Abhängigkeit und psychologischer Enge sie eingedrungen war. Unbewusst hat sie Tom motiviert, sich endgültig von Lavinia zu distanzieren. Der erste Ausbruch nach London war gescheitert. Ich nehme an, dass Lavinia das getan hat, was alle ähnlich veranlagten Menschen in einer derartigen Situation tun.«

»Sie hat ihn unter Druck gesetzt«, sagte Steffek.

»Richtig. Vielleicht hat sie mit Selbstmord gedroht. Sie hat erkannt, dass die gleiche Abhängigkeit, die Tom bisher an Lavinia und die Villa gebunden hat, nun durch eine neue Abhängigkeit ersetzt worden war. Nämlich von Selma. Deshalb hat Selma beseitigt werden müssen. Aber so geschickt, damit das alte Leben fortgeführt werden kann. Als hätte Selma Jordis nie existiert. Herr Major, erinnern Sie sich an unser Gespräch über die Zeugen, die eine in Lederoutfit und Helm gekleidete Person gesehen haben? Schon damals war mein Eindruck, dass sich jemand ganz bewusst präsentiert hat. Damit es nur ja niemand übersieht. Wie ein Schauspieler ... nein, wie eine Schauspielerin bei ihrem großen Auftritt.«

Auf einem Blatt Papier hatte Belonoz Notizen gemacht. »Sie haben recht ... so könnte es gewesen sein ... Es bleibt nur die Frage, ob Lavinia allein oder zusammen mit Gaby Koch gehandelt hat. Eventuell hat sich da eine Interessengemeinschaft ergeben.«

»Was das Verschwinden der beiden erklären könnte. Entweder haben beide durch Sima vom Alibi für Tom und Nicole erfahren und sind in Panik geraten. Oder ... Lavinia hat Gaby Koch exklusiv ein Geständnis versprochen. Ein Angebot, dem keine Boulevardreporterin widerstehen könnte. Und deshalb schlägt sie alle Vorsicht in den Wind ...«

Lily schwieg plötzlich. Sie biss sich auf die Lippen und schloss die Augen.

»Moment, jetzt fällt mir ...«, sagte sie fast wie in Trance. »Herr Major ... vielleicht ist es Unsinn ... aber es bleibt ein einziger Ort übrig, den wir nicht kontrolliert haben ... und es kostet uns lediglich zehn Minuten, das zu überprüfen ...«

Belonoz erhob sich blitzschnell. »Ich weiß, was Sie meinen. Gehen wir. Sofort.«

*

Nika Bardel schlich die enge Treppe hinauf und versuchte, jedes Geräusch zu vermeiden. Der Blick von außen auf die Fenster hatte nichts gebracht. Um irgendetwas erkennen zu können, hätte es dunkler sein müssen. Die Sonne würde jedoch erst in einer Stunde untergehen.

Aus den anderen Wohnungen drangen Geräusche. Menschen lachten, Popmusik erklang, irgendjemand schien lautstark zu telefonieren. Bardel hoffte, trotz dieser Lärmkulisse irgendetwas zu hören.

Doch als sie im angepeilten Stockwerk ankam, verflogen ihre Hoffnungen. Aber auch ihre Ängste. Was sie sah, war eindeutig.

Nach der kriminaltechnischen Untersuchung war die Wohnungstür versiegelt worden. Doch seitdem musste jemand eingedrungen sein. Das Siegel war aufgebrochen.

Sie lauschte an der Tür. Kaum etwas war zu hören. Nur gelegentliches Knacken, als würde jemand auf einem alten Parkettboden herumgehen.

Sehr angespannt stieg Bardel die Treppe wieder hinunter. Jeder Atemzug, den sie tat, kam ihr wie ein Wirbelsturm vor.

Langsam öffnete sie die Haustür. Entlang der Fassade, um nicht aus einem der Fenster beobachtet zu werden, näherte sie sich dem Fahrzeug.

»Und?«, fragte Belonoz vom Rücksitz.

»Die Tür ist geöffnet worden. Ich glaube, jemand hält sich in der Wohnung auf.«

»Und benutzt den dritten Wohnungsschlüssel, den wir nicht gefunden haben«, sagte Belonoz und sah Lily an, die neben ihm saß. »Was machen wir? Warten wir auf die WEGA, damit sie die Wohnung stürmen?«

Lily zögerte nicht. »Auf die Gefahr, mich in Teufels Küche zu bringen … Aber wir dürfen keine Zeit verlieren. Herr Major, wir machen es gleich selbst.«

»Ganz nach meinem Geschmack.«

Belonoz, Lily und Bardel begaben sich im Laufschritt zum Haus. Dabei achteten sie darauf, sich möglichst eng entlang der Hausfassaden in der Breiten Gasse zu bewegen. Zum Glück waren fast keine Passanten zu sehen.

Nika Bardel öffnete das Haustor wieder mit dem Generalschlüssel, über den alle österreichischen Polizisten verfügten.

Belonoz begann zu flüstern. »Ich gehe als Erster. Nika, du folgst mir.«

»Und ich?«, fragte Lily.

»Haben Sie Angst?«

»Fast gar nicht«, sagte Lily leise und nestelte einen Gegenstand aus ihrem Hosenbund.

Belonoz starrte sie an. »Was ist das?«

»Die alte Beretta meines Vaters. In Teufels Küche bin ich ohnehin schon …«

»Und seit wann tragen Sie die bei sich?«

»Seit letzter Woche.«

»Können Sie damit umgehen?«

»In New York habe ich am Schießstand geübt. Aber mit einer Glock.«

»Dann vergessen Sie nicht auf das Entsichern. Falls es nötig sein sollte.«

Sehr leise drang Belonoz in den dritten Stock des alten Hauses in der Breiten Gasse vor. Stumm registrierte er das gebrochene Siegel.

Mit größter Vorsicht begann er, leicht an der Tür zu rütteln. Die wollte allerdings nicht aufgehen.

Plötzlich sprang der Major drei Schritte zurück. Er zielte und feuerte drei Schüsse auf das Türschloss ab. Gleich darauf trat er mit dem rechten Fuß gegen die Tür, die sofort nachgab.

Die ehemalige Wohnung von Selma Jordis war komplett abgedunkelt. Dennoch konnte Lily die nackte junge Frau erkennen.

»Herzlich willkommen«, grüßte somnambul lächelnd Lavinia Saborsky. Sie wankte, als befände sie sich in einem Fiebertraum, und hielt ein blutverschmiertes Küchenmesser in der Hand.

»Wo ist Gaby Koch?«, schrie Lily gellend und entsicherte die Beretta.

Belonoz rannte auf Lavinia zu, packte sie und entwand ihr rasch das Messer. Nachdem er sie zu Boden geworfen hatte, drang er weiter vor. Nika schmiss sich auf Lavinia.

Unmittelbar danach hörte man Belonoz brüllen. »Hier ist sie. Um Gottes willen, schnell …«

Lily lief zum Major. Im Schlafzimmer sah sie, was vorgefallen war.

Auf dem Bett lag eine gleichfalls unbekleidete, an Händen und Füßen gefesselte Gaby Koch. Aus ihren Handgelenken floss Blut, der Atem war schwach.

*

»Es haben nur ein paar Minuten gefehlt«, sagte Belonoz.

Kovacs hatte Kaffee serviert. Gierig hatten Lily und der Major getrunken. Zunächst schweigend. Um für sich zu verarbeiten, was geschehen war. Doch die Szenen, die sich vor ihren Augen abgespielt hatten, waren nicht so leicht zu verdrängen.

Lily sah Belonoz an. »Das hat auch der Arzt gemeint. Das gibt einem zu denken. Der Zufall entscheidet über Leben und Sterben. Oder das Karma, wer weiß.«

»Hätten wir das Eintreffen der WEGA abgewartet, wäre Gaby Koch jetzt tot. Sie haben die richtige Entscheidung getroffen. Ich erwarte jetzt von Ihnen, dass Sie ein bisschen stolz auf Ihre Intuition sind, Frau Doktor.«

Sie schwieg so lange, bis sie die richtigen Worte gefunden hatte. »Die Geschichte der Saborskys wirkt auf mich, als wäre von Anfang an alles auf ein übles Ende zugesteuert. Lavinia war wie ein böser Geist. Das Glück von Menschen in ihrem Umfeld hat sie nicht ertragen. Und es deshalb torpediert. Tom hat seine Karriere eingebüßt und schließlich seine große Liebe verloren. Nicole ist von ihrer eigenen Schwester betrogen und zur Mordverdächtigen gestempelt worden. Selma Jordis ist gestorben. Und Gaby Koch wäre es beinahe ähnlich ergangen.«

»Wann wollen Sie Lavinia befragen?«

»Die steht noch unter dem Einfluss der Drogen, die sie genommen hat. Frühestens morgen wird es so weit sein. Erfreulicherweise besitzt sie als Mörderin nicht so viel Talent wie als Schauspielerin. Aber … einige Zeit hat sie uns zum Narren gehalten.«

»Weshalb hat sie Gaby Koch unter Drogen gesetzt?«

»Wahrscheinlich sollte es wie ein Selbstmord aussehen. Vielleicht hat sie tatsächlich geglaubt, auch damit durchzukommen. Zum Glück für Gaby Koch hat Lavinia keine Ahnung, wie man Pulsadern öffnet. Aber die Wunden an den Unterarmen, die sie Gaby Koch beigebracht hat, wären zusammen mit der hohen Dosis an Drogen letztlich doch tödlich gewesen.«

Der Computer des Majors gab ein Signal von sich. Eine E-Mail war eingelangt. Belonoz warf einen Blick auf den Bildschirm. »Das ist von Casoni.«

Er ließ das umfangreiche Attachment ausdrucken, während Lily still den Kaffee genoss. Die Beretta hatte sie längst wieder in der Handtasche verstaut.

Belonoz setzte sich zu ihr. »Das Material stammt von der Pension, auf deren Gelände das Sommercamp stattgefunden hat. Die Gäste haben sich natürlich registrieren müssen. Mit Geburtsdatum, Passnummer und Heimatadresse. Ich habe Casoni gebeten, die Unterlagen alphabetisch zu ordnen und nach dem Geschlecht zu trennen.«

Lily und er machten sich augenblicklich ans Werk. Fieberhaft gingen sie die weiblichen Vornamen durch.

Bis sie fündig wurden. Es gab zunächst drei Familiennamen, die ihnen vertraut waren. Und einen Vornamen.

Ein einziges Mädchen hieß *Carla-Sophie*.

Belonoz griff zum Telefon. »Marlene, ich maile dir jetzt die Daten einer gewissen Carla-Sophie Kommenda. Sie ist das vierte Mädchen. Ihr müsst sofort nach ihr suchen.«

Danach studierten sie die Unterlagen der männlichen Gäste. Vielleicht würde ihnen irgendein Name etwas sagen und endlich die lang gesuchte Querverbindung zwischen Sommercamp und *Pratorama* herstellen.

Als Erstes trafen sie auf Helmut Zach. Und machten weiter.

Erst als sie bereits nicht mehr darauf gehofft hatten, tauchte der zweite Name auf. Name und Geburtsdatum ließen keinen Zweifel.

Lily hielt sich mit beiden Händen den Mund zu. Sie musste erst mehrmals durchatmen, bevor sie wieder zu sprechen vermochte. Ihre

Stimme begann unkontrolliert zu zittern. »Nein, Herr Major … alles, nur nicht das … bitte nicht …«

Jegliche Farbe war aus Belonoz' Gesicht gewichen. Sofort stand er auf und schenkte zwei Gläser Mineralwasser ein.

»Es bleibt nur ein Trost … Wenigstens wird dadurch alles erklärbar … Die Zusammenhänge ergeben Sinn … aber offen gesagt … ich weiß nicht weiter … Was in aller Welt sollen wir jetzt tun?«

Er blickte Lily an, die ihr Gesicht mit den Händen bedeckt hatte und den Kopf schüttelte.

36

Kurz nach zweiundzwanzig Uhr betrat Nika Bardel das Zimmer ihres Chefs. Belonoz stand am offenen Fenster und rauchte einen Zigarillo. Lily benutzte inzwischen seinen Computer.

»Carla-Sophie Kommenda ist gefunden«, sagte Bardel und erntete ein allgemeines Aufatmen. »Sie stammt aus Klagenfurt. Derzeit hält sie sich in Padua auf, wo sie ein Gastsemester an der Universität absolviert. Ihre genaue Adresse oder Telefonnummer habe ich noch nicht finden können. Die Stellen, die mir weiterhelfen könnten, sind abends leider unerreichbar.«

Freundlich lächelte Lily. »Danke, Frau Bardel. Wie immer tolle Arbeit.«

Als sie wieder allein waren, wandte sich Lily an Belonoz. »Ich fürchte, wir brauchen noch einmal die Hilfe Ihres Kollegen Casoni. Ist das machbar?«

Belonoz nickte und griff zum Handy. »Ich rufe ihn gleich an.«

»Kommenda benötigt Polizeischutz, und ich möchte so schnell wie möglich mit ihr telefonieren.«

»Haben Sie eigentlich schon einen Plan?«

»Mir graut davor, dass irgendetwas durchsickert, und sei es durch ein Versehen. Deshalb sollten wir zwei so lange wie nötig die Einzigen sein, die Bescheid wissen. Sobald Kommenda den Verdacht bestätigt, gehen wir in die Offensive. Observierung, Überwachung von

Telefon und Computer, Überprüfung der Handydaten und so weiter. Dadurch wird natürlich ein größerer Personenkreis in die Ermittlungen involviert.«

Das Gesicht des Majors verriet deutlich dessen Pessimismus. »Wie wollen Sie verhindern, dass irgendein Trottel den Namen sofort an die Medien weiterspielt? Ganz Wien wartet seit Wochen darauf. Damit lässt sich gutes Geld verdienen, ohne dass wir das je erfahren.«

»Deshalb müssen wir eine Legende verwenden. Wir werden behaupten, dass es darum geht, eine gefährdete Person zu schützen. In diesem Fall ist das sogar glaubwürdig.«

»Gute Idee«, sagte Belonoz und warf den Zigarillo in den Aschenbecher.

»Die nächste Maßnahme wird die Hausdurchsuchung sein. Das könnte heikel werden. Wir müssen unserer Sache absolut sicher sein. Wenn wir uns irren …«

»… ist es aus mit uns. Ganz einfach. Und jetzt schaue ich, was Casoni macht.«

*

Es war kurz vor ein Uhr nachts.

Eine angenehm weiche, kärntnerisch klingende Stimme ertönte in Belonoz' Büro. Sie kam aus dem Lautsprecher des Telefons. Der Major hatte die Freisprecheinrichtung aktiviert, nachdem er sich kurz mit den italienischen Kollegen unterhalten hatte.

Die hatten Carla-Sophie Kommenda an den Apparat geholt, während Belonoz den Hörer an Lily weitergereicht hatte.

»Hallo? Hören Sie mich? Mir ist gesagt worden, dass mich eine Staatsanwältin aus Wien sprechen will. Ein paar Kriminalbeamte haben mich gepackt und mich hierher verfrachtet. In die Questura von Padua. Und ich soll hier auch übernachten. Sagen Sie mir bitte endlich, was los ist? Ich mache mir ernsthaft Sorgen. Ist meiner Familie etwas zugestoßen oder …?«

Lily bemühte sich um ihren wärmsten Tonfall. »Liebe Frau Kommenda, ich kann Sie gleich beruhigen. Ihrer Familie geht es ausgezeichnet. Und es kann auch nichts geschehen. Ich habe Ihre Familie unter Polizeischutz stellen lassen.«

»Was? Wieso das? Ich will sofort nach Hause und nicht in diesem Gebäude …«

»Sie müssen sich nicht die geringsten Sorgen machen. Diese Aktion richtet sich nicht gegen Sie, verstehen Sie mich? Mein Name ist übrigens Lily Horn. Aber bevor ich weiterspreche, habe ich eine dringende Bitte an Sie. Alles, was in diesem Gespräch erwähnt wird, muss vorläufig unter uns bleiben. Ausnahmslos. Auch gegenüber Ihren Angehörigen oder Freunden. Wäre das möglich?«

»Aber ich bin volljährig. Wieso darf ich denn nicht …?«

»Es geht um Ihren Schutz. Und darum, jemanden zu verhaften, der Schlimmes angerichtet hat. Also, können Sie mir versprechen, unser Gespräch vertraulich zu behandeln?«

Nach einer kleinen Pause erst antwortete Carla-Sophie Kommenda: »Gut, einverstanden, aber jetzt möchte ich wissen, was …«

»Es wird nicht lange dauern. Waren Sie vor zehn Jahren auf einem Sommercamp in Klausen?«

Die Pause geriet diesmal länger, bis ein kurzes, hörbar überraschtes »Ja« zu vernehmen war.

»Haben Sie dort drei Mädchen kennengelernt, sie fotografiert und später jeder von ihnen ein Bild geschickt? Mit einem Gruß von Ihnen und Ihrer Unterschrift?«

»Woher … wieso wissen Sie das?«

»Frau Kommenda, in Klausen ist damals etwas geschehen. Etwas Unangenehmes, über das später niemand geredet hat. Ich weiß, dass es absolut nicht ideal ist, per Telefon über diese Dinge zu sprechen. Aber ich muss wissen, was Ihnen und den drei Mädchen passiert ist. Und zwar sofort. Es ist von enormer Bedeutung. Wenn Sie mir helfen, werde ich die verantwortliche Person zur Rechenschaft ziehen. Das schwöre ich Ihnen. Was ist damals vorgefallen?«

Nichts war zu hören. Als wäre die Leitung tot.

»Frau Kommenda? Ich bitte Sie aus tiefstem Herzen …«

Eine halbe Minute verstrich in vollkommener Stille.

Bis man den Atem der jungen Frau stärker hörte. »Es ist so lange her … Ich habe immer gehofft, dass Gras über die Sache gewachsen ist, und dass ich irgendwann alles vergessen kann … vor allem aber, dass dieser Mensch nie mehr in meinem Leben auftaucht. Und bis jetzt war das auch so.«

»Und das wird so bleiben. Er wird nicht auftauchen. Besonders dann nicht, wenn Sie mir helfen. Ich geben Ihnen mein Ehrenwort.«

»Gut, aber … wo soll ich anfangen?«

»Ganz wie Sie möchten. Lassen Sie sich ruhig Zeit und erzählen Sie mir bitte einfach, woran Sie sich erinnern können.«

Zuletzt hatte Lily ganz unaufgeregt und gelassen gesprochen. Als ginge es um gar nichts Besonderes. Als stünde nicht alles auf dem Spiel, auch nicht das Leben von Menschen.

Was Carla-Sophie Kommenda Vertrauen einflößte. Sie fing an, zurückzudenken und das Erinnerte in Worte zu fassen.

»Wir vier haben uns auf Anhieb gut verstanden«, sagte sie. »Und überhaupt war die Stimmung dort super … Natürlich hat das Sommercamp den Zweck gehabt, den Papst zu sehen, aber eigentlich ist es vielen Teilnehmern vor allem darum gegangen, Spaß zu haben … Die meisten Betreuer aus Österreich waren nett und haben uns viel erlaubt. Aber einer von ihnen … Es war so, dass … An einem Abend am Ende der ersten Wochen hat er uns noch zu sich eingeladen. Er und die anderen Betreuer haben nämlich in Hotelzimmern gewohnt, während wir in Zelten übernachtet haben. Und in seinem Zimmer … Anfangs war es einfach ein netter Abend. Irgendwann hat er uns gefragt, ob wir schon Alkohol trinken. Wir haben irrsinnig gelacht und natürlich gesagt, dass wir selbstverständlich schon … Wir haben eben getan, als wären wir schon unglaublich reif und erwachsen. Und er hat gemeint: ›Gut, dann trinken wir eine Kleinigkeit zusammen.‹ Wir haben wieder blöd gelacht, und er hat gefragt: ›Also ich hab's ja gewusst, ihr traut euch nicht, ihr seid noch kleine Mädchen.‹ Und wir haben natürlich protestiert und … dann hat er eine Flasche Rotwein aufgemacht und fünf Gläser hingestellt … Ja, da haben wir eben angefangen … Wir haben natürlich viel zu schnell getrunken … als wäre es Himbeersaft … und in zu großen Schlucken … Anfangs haben wir uns noch lustiger als vorher gefühlt … und er hat dauernd nachgeschenkt. Bis wir vier beschwipst waren. Da hat er uns aufgefordert, dass wir uns einmal wie gute Freundinnen küssen sollen … Bis dahin war es immer noch lustig, also haben wir uns ganz harmlos geküsst. Er hat uns dabei fotografiert und gemeint, dass das sicher nette Erinnerungsfotos werden … Später hat er von uns wissen wollen, ob wir schon Frauen sind und einen Busen haben … Wir vier waren inzwischen längst besoffen. Da hat eine von uns … ich weiß nicht mehr, wer das war … Jedenfalls eine hat ihm den Busen gezeigt, eine zweite dann auch … und schließlich wir alle … Sorry, das alles ist so beschissen … Es ist mir so unangenehm, das erzählen zu müssen …«

Die Stimme war langsam leiser geworden und schließlich verstummt.

Lily musste etwas sagen, um den Dialog zu retten. Dabei fühlte sie sich selbst miserabel. Sie hasste sich dafür, dieser ihr persönlich nicht vertrauten jungen Frau ein solches Gespräch abverlangen zu müssen. »Ich verstehe Sie vollkommen, Frau Kommenda. Aber diese Zeit ist vorbei. Sie sind erwachsen geworden. Der Typ aus dem Camp hat das nicht verhindern können. Aber ich werde ihn dafür bestrafen, was er getan hat. Er darf nicht davonkommen.«

Von selbst begann Carla-Sophie Kommenda wieder zu sprechen. »Er hat das Radio eingeschaltet und gemeint, wir sollten ein bisschen tanzen … Aber dazu waren wir echt schon zu betrunken. Wir haben irgendwie gewackelt, also hat er uns gestützt und uns umschlungen … Dabei hat er unsere Körper berührt, erst wie zufällig, dann deutlicher … Wir haben uns nicht wehren können, weil er uns total überrumpelt hat … und der ganze Rotwein … Ich selbst war irgendwie unfähig, mich zu wehren. Und mir war schlecht … Ich wäre zurück in mein Zelt gegangen, aber wegen der drei anderen bin ich noch ein bisschen geblieben … Wie ich später wieder in mein Zelt zurückgekommen bin, weiß ich nicht mehr. Wahrscheinlich hat er uns zurückbegleitet, während wir schon im Rausch waren.«

»Das ist es also, was Sie damals zusammen erlebt haben.«

»Ja.«

Dann war Schweigen. Lily nahm sich die Liste mit den Namen.

Plötzlich begann Carla-Sophie Kommenda wieder zu sprechen.

»Es hat dann leider noch eine Fortsetzung gegeben ... Am nächsten Morgen ist es uns allen schlecht gegangen. Dieser ganze Alkohol, mit zwölf kann man sowas nicht einfach wegstecken. Aber irgendwann war es wieder gut, und wir haben eigentlich fast schon Witze über den Abend gemacht. Zwei oder drei Tage später hat dieser Betreuer gesagt, dass er uns vier sprechen muss. Na gut, wir sind also wieder zu ihm in sein Zimmer ... ungern, aber er war doch älter und irgendwie eine Autoritätsperson ... Heute weiß ich, wie wichtig es im Leben ist, dass man sich traut, Nein zu sagen, wenn man etwas nicht will. Aber damals ... Er hat die Fotos entwickeln lassen und sie uns gezeigt. Die Bilder waren uns nur peinlich. Dann hat er gemeint, dass unsere Eltern sicher nicht gerne erfahren möchten, wie wir uns aufgeführt haben. Davor haben wir wahnsinnige Angst gehabt, wir haben uns geschämt. Er hat gelacht und gesagt, dass das alles unser Geheimnis bleiben kann, denn wir hätten ja nichts Schlimmes getan, das sei doch alles völlig natürlich und normal gewesen. Und er hat uns vorgeschlagen, noch eine Flasche Rotwein mit ihm zu trinken, denn das Sommercamp wäre ohnehin bald vorbei, und wer weiß, ob man sich jemals wiedersehen würde. Wir waren total erleichtert, dass er unseren Eltern nichts erzählen wird, also haben wir blöderweise wieder getrunken. Eigentlich hat sich das Spiel vom ersten Mal wiederholt. Nur dass er jetzt rascher zur Sache gekommen ist. Er hat gesagt: ›Ihr müsst mir beweisen, dass ihr echte Frauen seid.‹ Jedenfalls waren wir nicht so begeistert, aber er hat gedroht: ›Gut, also schicke ich die Fotos euren Eltern.‹ So ein blödes, verdammtes Arschloch. Dem würde ich heute in seine armseligen Eier treten, bis er blutet ... Wir waren längst wieder betrunken und haben unsere Blusen ausgezogen ... und getanzt ... weitergetrunken ... Er hat uns wieder berührt. Und er ... Er hat seine Hose runtergelassen und ... Vor unseren Augen hat er an sich herumgespielt ... Dann hat er uns befohlen, dass wir uns küssen, während er ... Irgendwann war eine von uns dermaßen hinüber, also hat er gesagt, dass die Party vorbei ist ... dass wir gehen sollen und er die Betrunkene in ihr Zelt tragen wird. Wir haben uns aus dem Zimmer geschleppt und uns so schnell wie möglich hingelegt ... Mir fällt ein, dass ich unterwegs irgendwohin gekotzt habe … Am nächsten Tag war uns schlecht, aber … dem Mädchen, das er angeblich zurückgetragen hat, war ganz besonders übel. Sie hat Schmerzen im Unterleib gehabt und gemerkt, dass sie geblutet hat … Heute bin ich mir sicher, dass er sie vergewaltigt hat. Damals haben wir nicht genau nachgefragt. Wir haben nur darauf gewartet, dass dieses idiotische Sommercamp möglichst rasch zu Ende geht.«

Ein langes, deutliches Ausatmen war zu hören.

»Wissen Sie vielleicht noch, wie das vergewaltigte Mädchen geheißen hat?«, fragte Lily.

»Moment … Ich muss echt nachdenken, vielleicht fällt es mir ein … Das ist so lange her. Und ich bin dermaßen froh, dass nicht mir das passiert ist … Ja, jetzt weiß ich es wieder. Lena hat sie geheißen.«

Erst jetzt bemerkte Lily, dass ihr Puls während des gesamten Gesprächs gerast war. Sie war froh, dass gleich alles vorüber sein würde. »Frau Kommenda, ich bin Ihnen unglaublich dankbar dafür, dass Sie mir all das erzählt haben. Und ich verspreche Ihnen, dass Sie bald erfahren, wie wichtig Sie für mich waren. Nur noch ein letzter, wichtiger Punkt. Dann belästige ich Sie nicht weiter. Was wissen Sie von diesem Betreuer? Erinnern Sie sich, wie er aussah und wie sein Name war?«

»Das Aussehen … komisch, das habe ich völlig verdrängt. Das ist wie aus dem Gedächtnis radiert … auch sein Name … Vielleicht würde ich mich erinnern, wenn mir jemand den Namen sagt. Aber von allein schaffe ich das sicher nicht.«

»Frau Kommenda, wir machen es so: Ich lese Ihnen jetzt ein paar Namen vor. Und sollte der Name des Betreuers darunter sein, geben Sie mir bitte Bescheid. Einverstanden?«

»In Ordnung, das können wir versuchen.«

Lily begann, die Namensliste langsam vorzulesen.

Bis sie von Carla-Sophie Kommenda rüde unterbrochen wurde. »Genau so hat die Drecksau geheißen. Jetzt weiß ich es wieder.«

Freitag, 25. Juni

37

Während in den frühen Morgenstunden die Ermittlungsmaschinerie so intensiv anlief wie sonst nur bei Fällen von Terrorismus, schlief Lily unruhig in ihrem Bett.

Belonoz hatte sie nach Hause geschickt. Eindringlich hatte er ihr erklärt, gerade in diesem Fall sei eine ausgeruhte Staatsanwältin erforderlich, um am nächsten Vormittag die richtigen Entscheidungen zu treffen. Inzwischen wolle er selbst dafür sorgen, dass alles möglichst rasch erledigt werde. Die beteiligten Beamten hatte Belonoz zu strengstem Stillschweigen verpflichtet, wobei er behauptet hatte, es gehe darum, den Betroffenen zu schützen, weil dessen Leben gefährdet sei. Die Beamten wunderten sich nicht und stellten keine Fragen, als sie den Namen erfahren hatten.

Immer wieder wachte Lily schweißnass auf. Begebenheiten und Details aus den Ermittlungen fielen ihr ein. Nun ergaben sie Sinn, ein Mosaiksteinchen fügte sich zum anderen. Das Gesamtbild war noch unvollständig, aber man konnte erste Umrisse erkennen. Ein paarmal überlegte sie, ob sie schon früher die Zusammenhänge hätte erahnen können. Wo war ihre Intuition gewesen?

Sie begriff, dass Nähe und Vertrautheit die Intuition täuschen konnten. Doch nun war ihr klar, was sie damals in Magdalena Karners Wohnung gespürt hatte. Die Sucht nach Sauberkeit und Ordnung. Danach, sich in die eigenen vier Wände zurückziehen zu können, und sich doch einem Beobachter als visuelles Opfer auszuliefern. Die tiefe psychische Verwundung durch den Missbrauch in Klausen hatte Magdalena verdrängt, aber niemals bewältigt. Der Täter hatte sie fürs Leben gezeichnet.

Gegen halb neun Uhr morgens eilte Lily ins Graue Haus. Kurz darauf telefonierte sie mit einem aufgekratzt klingenden Belonoz.

»Die Arbeit kommt gut voran«, sagte er. »Die Zielperson hat nichts gemerkt.«

Fünf Minuten später rief er Lily an. »Jetzt haben wir es schwarz auf weiß. Er war in der Nacht von Montag auf Dienstag in Dienten. Er hätte sein Handy abstellen sollen. Übrigens ist auch klar, wie er zum Betreuer in Klausen geworden ist. Er hat sich in kirchlichen Organisationen engagiert. Erst vor fünf Jahren hat er damit aufgehört und ist aus der Kirche ausgetreten. Aber das Beste kommt noch. Er besitzt einen Motorradführerschein.«

Lily konnte nicht umhin, sich zu wundern. »Das hätte ich ihm wirklich nie zugetraut. Passt gar nicht zu ihm … Egal, fangen Sie an, sobald er die Wohnung verlassen hat. Die schriftliche Ausfertigung des Durchsuchungsbefehls stelle ich später aus.«

Lily saß brav an ihrem Computer und arbeitete. Doch ihre Nervosität wuchs mit jeder Minute. Sie bangte um das Gelingen der Aktion. Immer noch unterstellte sie dem Täter, zu überraschenden Volten fähig zu sein. Und allen eine lange Nase zu drehen. Er war eben tatsächlich ein intelligenter Mensch. Promegger hatte es messerscharf erkannt.

Zehn nach neun meldete sich Belonoz bei Lily. »Unfassbar.«

»Was ist los?«

»Ganz offen liegen Lederanzug und Helm in seinem Schlafzimmer. Außerdem hat er ein Album mit Zeitungsausschnitten über die Morde angelegt. Die Tatwerkzeuge haben wir ebenfalls. Unglaublich, wie sorglos er ist.«

»Vor kurzem habe ich Ihnen etwas über die Menschen in Gefängnissen gesagt, erinnern Sie sich? In diesem Fall treffen beide Eigenschaften zu: Dummheit *und* Eitelkeit.«

Sie traf mit Belonoz rasch einige Vereinbarungen für das weitere Vorgehen.

Danach saß sie kurz still da und dachte nach. Sie wusste, dass sie am Ende der Reise angekommen war. Nun ging es darum, den Endspurt zu gewinnen. Nichts durfte dabei schiefgehen.

Ihr Blick fiel auf das Telefon, das vor ihr auf ihrem Schreibtisch stand.

Es musste sein. Und zwar jetzt und nicht später. Es gab keinen anderen Weg.

Sie nahm den Hörer ab und wählte die Nummer, die sie inzwischen so gut kannte. Sie hätte sie auswendig rückwärts aufsagen können.

Es war die von Oberstaatsanwalt Otto Maria Lenz.

*

Die Gardinen vor den offenen Fenstern im Büro des Oberstaatsanwalts wehten. Heller Sonnenschein kam von draußen herein, als hätte Lenz ein plötzliches Bedürfnis nach Licht verspürt.

Der Oberstaatsanwalt saß hinter seinem Schreibtisch. Lily hatte davor Platz genommen. Fünf Minuten vergingen mit oberflächlichem Geplauder, das durch die Manier von Lenz, sich an überhöflichen Formulierungen zu ergötzen, in die Länge gezogen wurde.

Als sie es nicht weiter aushielt, fing Lily an, von Hans Labuda zu erzählen. Und davon, wie sie ihn kennengelernt hatte. Zuerst durch den Brief. Später persönlich. Beim Theseustempel, nicht ahnend, mit einem Todgeweihten zu sprechen.

Lenz gab sich freundlich, doch entrüstet. »Das hätten Sie mir wirklich sagen müssen, Frau Kollegin. Eine dermaßen wichtige Information … bei dem politischen Background …«

»Damals habe ich geglaubt«, erwiderte Lily mit gespielter Ruhe, »dass ich keine Wahl habe. In der Zwischenzeit …«

Ein Klopfen unterbrach das Gespräch. Die Tür wurde aufgerissen und Oliver Seiler, der unter dem Arm ein Bündel Unterlagen trug, war im Begriff, ins Büro zu treten. Er bemerkte die Anwesenheit von Lily und lächelte ihr verschwörerisch zu.

»Verzeihung, ich habe nicht gewusst, dass Sie sich in einer Besprechung …«

»Kein Problem, Herr Kollege … Übrigens, Frau Doktor Horn hat mir gerade erzählt … Aber kommen Sie doch gleich herein und hören Sie sich das an.«

Seiler nickte Lily zu, schloss die Tür und näherte sich dem Schreibtisch.

»Das wird Sie nämlich interessieren … Setzen Sie sich doch«, sagte Lenz aufatmend.

Zögernd nahm Seiler auf dem zweiten Sessel vor dem Schreibtisch Platz. Freundlich wandte sich Lily an ihn.

»Du untersuchst ja den Tod von Labuda … Ich muss dir gestehen, dass ich ihn gekannt habe, wenngleich nur flüchtig … Übrigens, nachdem wir damals im Demel waren, habe ich ihn getroffen. Es muss ganz leicht gewesen sein, Labuda und mich zu beobachten. Blöderweise habe ich vorher erwähnt, dass ich einen wichtigen Zeugen treffen will.«

Seiler sah Lily an und lächelte. »Aber … was meinst du …?«

Leise tat sich die Bürotür auf. Belonoz, Metka und Kovacs betraten den Raum.

Nun lächelte Lily ebenfalls. Gelöst und vollkommen heiter. »Übrigens, dieses Sommercamp in Klausen … Ich kenne eine junge Frau, die sich gut erinnern kann. Das ist die Person, die du nicht erwischt hast. Aber sonst … Außerdem hast du alles hervorragend dokumentiert …«

Für einen kurzen Moment ruhte Seilers Blick auf Lily. Er wirkte völlig entspannt.

Im nächsten Augenblick sprang er aus seinem Sessel auf, rannte zu einem der offenen Fenster und warf sich hinaus.

Alle stürmten los und sahen hinab auf die Landesgerichtsstraße. Seilers Körper war auf ein geparktes Auto geprallt. Belonoz und Metka liefen aus dem Zimmer.

Lily stand da und blickte hinunter. Sie wollte genießen, was sie sah. Stellvertretend für vier junge Frauen, die nicht hier sein konnten.

Plötzlich spürte sie, dass Lenz sie sanft am Unterarm berührte.

»Frau Kollegin«, sagte er ruhig, »jetzt brauchen wir jemanden, der sich um *Pratorama* kümmert. Als Nachfolgerin für den verstorbenen Kollegen Seiler. Teilen Sie mir bitte bis heute Nachmittag mit, ob Sie sich das zutrauen.«

Veit Heinichen

Im eigenen Schatten

Roman

336 Seiten. Zsolnay 2013

Das Flugzeug eines honorigen Geschäftsmanns und Expolitikers aus Südtirol explodiert nahe Triest. Sprengstoffspuren am Wrack der Cessna lassen Kommissar Laurenti rasch ein Verbrechen vermuten. Als während der Trauerzeremonie ein Goldtransporter auf der Autostrada A4 brutal überfallen und gekapert wird, überschlagen sich die Ereignisse im sonst beschaulichen Dreiländereck Italien-Österreich-Slowenien. Raffiniert, spannend und detailgenau zeigt Veit Heinichen in seinem neuen Krimi, wie nah Politik und internationale Kriminalität beieinanderliegen.

»Veit Heinichen ist ein unermüdlicher Chronist unserer Zeit und ein Autor, der ohne Angst und Scheu über die Abgründe der Gesellschaft schreibt, dabei aber nie aus den Augen verliert, dass Thriller vor allem spannend sein sollten.« Margarethe von Schwarzkopf, *NDR*

»Ein rundum gelungenes Lesevergnügen – Heinichen wird immer besser.«
Ingeborg Sperl, *Der Standard*

Weitere Informationen zu Autor und Werk finden Sie unter
www.veit-heinichen.de

David Hewson/Søren Sveistrup
Das Verbrechen
Kommissarin Lunds 1. Fall
Roman
Aus dem Englischen von Barbara Heller und Rudolf Hermstein
800 Seiten. Zsolnay 2013

Sarah Lund, 38, ist furchtlose Kommissarin bei der Polizei in Kopenhagen. Doch der grausame Mord an der neunzehnjährigen Nanna Birk Larsen, deren Leiche aus einem Kanal nahe der Hauptstadt von Dänemark gezogen wird, geht auch ihr nahe. Der Wagen, in dem sich die Leiche befand, gehört zum Fuhrpark von Troels Hartmann, dem liberalen Herausforderer des Bürgermeisters von Kopenhagen, und die Spuren des Verbrechens scheinen eindeutig in die Politik zu weisen …
Lund gelingt es in diesem hochspannenden Krimi, politische Abgründe, Intrigen und private Gewalt aufzudecken. Am Ende ist der Mörder gefunden, das Rätsel gelöst. Eine Überraschung – nicht nur für Kommissarin Lund, sondern auch für die Millionen Zuschauer der TV-Serie.

Kommissarin Lund ist eine der erfolgreichsten Serien-Ermittlerinnen aller Zeiten und längst zur Kultfigur avanciert. David Hewson ist scheinbar Unmögliches gelungen: Das Buch unterscheidet sich von der TV-Serie, ist aber ebenso spannend. Egal, ob man »Das Verbrechen« geliebt, gehasst oder gar versäumt hat, das Buch ist ein pures Lesevergnügen.

»Sarah Lund ist eine Frau, die für eine Sache kämpft. Ohne Rücksicht auf Verluste – auch wenn es um sie selbst geht.«
Maria Furtwängler/Kommissarin Charlotte Lindholm